《전근대 문학의 근대적 변모 양상》

고은지 지음

보고사

머리말

 고은지 선생이 우리 곁을 떠난 지 1년이 지났습니다. 시간이 갈수록 그리움과 안타까움이 더해져만 갑니다. 그 마음을 담아 고 선생이 남긴 소중한 논문 12편을 모아 한 권의 책으로 엮었습니다. 이 책에는 10년이 넘는 시간 동안 학문의 길을 동행해 온 선후배들의 잊지 못할 기억들도 함께 들어 있습니다. 아울러 뜨거운 열정과 깊은 숙고 끝에 나온 고 선생의 논문들이 저자의 부재와는 별개로 좀 더 많은 연구자들에게 알려지기를 바라는 애틋한 심정도 담겨 있습니다.

 본서에 실린 논문들은 저자가 학위논문에서 다루었던 중요한 문제의식들이 여타의 영역으로 확장·분화되는 과정에서 산출된 것입니다. 저자는 「계몽가사의 문학적 형상화 방식과 그 의미」(고려대학교, 2004)라는 題名으로 박사학위를 받은 후에 시조, 잡가, 소설, 야담 등의 영역으로 자신의 관심사를 확장하였습니다. 전근대의 문학 장르들이 근대를 거치면서 생성·변이·쇠퇴·소멸을 거듭하던 복잡다단한 과정들을 문학과 문학을 둘러싼 여러 요소들을 통해 추적하고자 했던 것입니다. 본서에서는 저자가 내어놓은 일련의 성과들을 3부에 나누어 실었습니다.

 이렇게 묶고 나니 마냥 안타깝기만 합니다. 고 선생이 지녔던 문학적·음악적 자질들이 잡가와 신민요를 비롯한 시가 연구의 제반 영역에서 더욱더 만개할 수 있었을 텐데……. 또한 투병의 외중에도 관심을 놓지 않았던 식민지 근대 시기의 일상사적 연구 분야에서 탁월한 성취를 이룰 수 있었을 텐데……. 그러나 어찌 이뿐이겠습니까. 고 선생이 동학들에게 남겨 준 따스한 웃음과 치열한 열정이 못내 아쉽고 그립습니다.

이 책은 고 선생을 기억하는 주변 분들의 크고 작은 도움으로 출간되었습니다. 흩어진 논문들을 수집하고 전체적인 틀을 잡아준 하윤섭·신성환 동학과 꼼꼼한 교정으로 완성도를 높여 준 서사분과의 여러 동학들에게 감사드립니다. 또한 학위논문에 이어 본서까지『한국시가문학연구총서』로 발간해 주신 보고사에 저자를 대신해서 깊은 고마움을 전합니다.

마지막으로 고 선생의 부모님과 가족들에게 이 책이 조그마한 위로가 되었으면 합니다. 아름답고 현명했던 딸, 누나, 아내 고은지가 학자로서의 역할 또한 훌륭하게 성취했다는 사실에 자부심을 가져 주시기 바랍니다.

단행본으로 출간되었던 저자의 학위논문『계몽가사의 소통환경과 양식적 특징』(보고사, 2009)과 나란히 놓고 보니 사이좋은 자매처럼 아담하고 예쁩니다. 고 선생이 남기고 간 생전의 흔적들이 사랑스러운 딸과 역량 있는 학자를 떠나보낸 우리의 아쉬움을 어느 정도 메워 주리라 믿습니다. 그런 점에서 이 책은 고인을 추억하며 준비한 것이지만 고인이 사랑하던 사람들에게 남긴 고마운 선물이기도 합니다.

2012년 5월 9일, 고은지 선생의 1주기에
고전문학한문학연구학회 선후배 일동

차 례

제 2 부

제 3 부

제
1
부

이세보 시조의 창작 기반과 작품 세계

1. 문제 제기

시조작가 이세보는 매우 흥미로운 인물이다. 우선 왕족의 신분으로 450여 수에 이르는 방대한 양의작품을 창작한 작가라는 점에서 그러하다. 사대부의 장르로 탄생한 시조가 몇 세기를 거치는 동안 19세기 말에 이르러 최상층인 왕족까지 창작에 적극 참여할 만큼 폭넓게 확산되었음을 증거하고 있기 때문이다. 뿐만 아니라 그 내용과 주제의 다채로움은 그에 대해 '시조 창작을 가장 투철하게 생활화한 작가'이며 '평시조의 지평을 확대'시켰다는 평가를 내리게 한다. 그러나 무엇보다도 이세보는 시조를 통해 19세기 말 당대의 혼란상을 반영하며 이를 비판하고 있다는 점에서 높이 평가되고 있다.

이세보를 발굴해 내고 학계에 소개한 진동혁은 이세보가 신랄한 현실비판 시조를 지었을 뿐만 아니라, 도덕적인 제약이 심한 사회적 분위기 속에서도 애정을 대담하게 묘사했다는 점에서 한국문학사상 매우 중요한 의미를 지닌다고 평가했다.[1] 이후 이세보는 지배층의 횡포와

---

[1] 진동혁, 『이세보 시조 연구』, 집문당, 1985.

억압을 통매하고 참상을 대변하는 서민의식을 구현한 선각자2)로, 시조
를 통해 비판문학의 지평을 개척한 지식인3)으로, 혹은 완강한 중세적
규범을 뚫고 여성적 정서를 문학사의 표면으로 부각시킨 사대부4)로 일
컬어지고 있다.

그러나 이상의 논의들이 이세보란 작가의 실체를 온전하게 밝혀냈다
고는 보기 힘들다. 시조를 통해 당대의 현실을 반영한다는 것은 매우 의
의있는 국면이다. 게다가 비판적 시선으로 현실의 부조리와 모순을 그려
냈다는 점에서 이세보의 현실비판시조는 시조문학사에 있어 유례를 찾
아볼 수 없을 정도로 매우 중요한 위치를 차지한다. 바로 이러한 점 때문
에 이세보는 당대의 부정적 현실상황에 대해 고민하는 선각자, 지식인의
모습으로 그려질 수 있었던 것이다. 하지만 문제는 이세보의 작품세계가
현실비판적 주제로 일관하고 있지 않다는 점이다. 이세보의 작품 중에서
가장 많은 비중을 차지하고 있는 주제는 애정이며, 유람·세시풍속·강
호에서의 흥취 등 현실인식과는 무관해 보이는 작품들도 적지 않다. 즉,
작품의 실상은 이세보의 주제의식이 현실비판에만 있지 않고, 이와는 무
관한 다른 영역들에도 닿아 있었음을 말해 주고 있는 것이다. 때문에 이
세보의 작품세계를 현실의 고발이라는 측면에 강조점을 두고 해석한다
면 그의 작품세계를 파악하는 데 일정한 한계를 지닐 수밖에 없을 것이
다. 이세보가 지니고 있었던 현실인식을 온전하게 파악하기 위해서는 그
것에 반영된 현실의 실체가 무엇이며, 비판의 목소리가 향하는 대상이
무엇인지에 대한 해석이 필요하겠다. 그러나 그간의 논의들에서는 작품

---

2) 박노준, 「이세보 시조의 分의식과 정서 표출의 두 국면」, 『동양학』 20, 단국대학교
   동양학연구소, 1990.
3) 이동연, 「19세기 시조의 변모 양상」, 이화여자대학교 박사학위논문, 1995.
4) 정흥모, 「19세기 사대부 시조의 연구」, 고려대학교 박사학위논문, 1994.

외적인 요소, 즉 작가의 이력(왕족이며 유배를 다녀왔다는 사실)을 작품에
드러난 비판적 어조와 연결시켜 그것을 현실 비판이라고 성급한 판단을
내린 것은 아닌가 여겨진다. 또한 이세보가 사대부임에도 불구하고 여성
적 어조의 애정시조를 많이 남겼다는 점에서 그를 중세적으로 억압된
정서를 해방시켰다고 평가하는 시각 역시 작가의 출신성분을 의식한 해
석이라는 점에서 재고의 여지가 있다 하겠다.

　이세보 작품세계의 중요한 축은 현실에 대한 관심과 애정의 구가이
다. 때문에 그의 실체를 밝혀내기 위해서는 우선 이 두 가지 축을 관통
시킬 수 있는 해석의 관점이 필요하다. 이런 점에서 고미숙의 논의[5]는
시사하는 바가 있다. 이세보 시조들에 나타나는 일상적이고 평이한 어
법, 통속적 정조는 대중적 시조와의 친연성을 증거하는 것이며, 이것이
눈 앞에 벌어지는 부정한 현실을 그대로 작품에 반영시킬 수 있었던 계
기라는 것이다. 즉, 현실에 대해 열려 있는 시각을 지니고 있었기 때문
에 통속적인 애정을 노래하면서도 한편으로는 현실 문제에 관심을 가
지고 이에 대한 비판적 발언을 할 수 있었다는 설명이다. 그러나 여기
에서의 문제는 왕족인 이세보가 시조창을 선택했다는 것을 '고도한 예
술적 안목을 지닌 채 가곡창을 향유한 대원군이나 이재면과는 달리 시
적 표현 욕구에 의해 시조를 창작했기 때문'으로 보는 시각이다. 논자도
지적하다시피 19세기에 음악 예술은 가악의 諸장르가 정악과 민속악이
라는 구분 없이, 예술주체의 계층적 장벽이 희석화된 채 활발히 교섭하
고 있었다. 19세기적 상황이 이러함에도 불구하고 이세보가 왕족이라는
계급적 특성에 배치되는 시조창을 선택함으로써, 통속적 애정을 노래하

---

5) 고미숙, 「19세기 시조의 전개 양상과 그 작품세계 연구」, 고려대학교 박사학위논문,
　1994.

면서도 한편으로는 현실에 대해 열려있는 시각을 가질 수 있었고 이것
이 현실비판으로 이어졌다는 설명은 재고의 여지가 있다.

  그렇다면 과연 이세보란 작가의 문학적 삶을 지탱시키는 힘의 실체는
무엇일까? 450여 수에 이르는 많은 작품을 생산해 낼 수 있었던 원동력
은 어디에 있을까? 이세보와 관련된 기록은 간단한 전기적 사실과『풍
아』를 비롯한 몇 개의 시조집,『신도일록』 등에 불과하다. 이렇게 자료
가 제한된 상황에서 작가를 논하는 것은 전적으로 그의 작품에 의존할
수밖에 없다. 본고의 논의는 흔히『풍아(大)』로 지칭되는 시조집에 수록
된 작품만을 대상으로 전개될 것이다. 이세보의 다른 시조집들인『풍아
(小)』,『시가(單)』,『풍아(별집)』에 수록된 작품들은 거의 대부분『풍아
(대)』에 수용되어 있고, 탈락되어 있는 작품들의 경우라 하더라도『풍아
(대)』에 실려 있는 작품들의 성향과 동일하기 때문이다.[6]

2. 자료의 실상과 창작의 패턴:『풍아(대)』의 편집 체제

  작가와 관련된 제반 기록이 부족한 상황에서 그 작품집에서 작가의
일생에 따른 시간적 질서를 추출해 낼 수 있다면, 작가의 창작 패턴을
파악해 볼 수 있는 하나의 단서가 마련될 수 있을 것이다. 이를 위해서
『풍아(대)』(이하『풍대』로 약칭)의 편집 체제를 통해 접근하는 방법이 유
용하리라 여겨진다. 가곡창을 위한 창본으로서의 가집들은 대개 곡조
별, 혹은 주제별로 편집되어 있다. 이중에서도 많은 가집들이 창곡별로

---

  6) 이세보의 시조는『이세보 시조집(附 신도일록)』(『동양학총서』제11집, 동양학연구
     소, 1985.)에 영인되었으며, 진동혁은 이를 주석하여『주석 이세보 시조집』(정음사,
     1985.)을 편찬하여 작품 해석에 많은 도움을 주고 있다.

작품들을 분류하고 있으며 이는 가집의 편찬 목적이 가곡창의 실연에
있음을 말해 준다. 하지만 시조창을 위한 가집들의 경우는 이와 다르다.
시조창이 가곡창과는 달리 악곡적 분파가 없기에 곡조별 편집은 애초
에 불필요하거니와 사설의 내용에 따른 주제별 편집의 경우도 찾기 힘
들다. 앞서 언급한 이세보와 관련된 가집들, 『풍아(小)』, 『시가(單)』, 『풍
아(별집)』의 편집 체제도 이와 마찬가지다. 하지만 『풍대』의 경우는 좀
특별하다. 그 작품의 실상을 들여다보면, 그때그때의 즉흥적인 감흥을
담아낸 개별적인 것으로 보기 힘든 징후들을 찾을 수 있다. 『풍대』는
북경 연행의 경험을 담아낸 일련의 작품군으로 시작되어, 초한고사의
내용을 소재로 한 작품들, 세시풍속과 농사에 관련된 농부가류의 작품
들로 이어지고 있다. 이후의 작품들도 비슷한 소재와 주제를 공통분모
로 한 작품들이 군을 형성하여 배치되고 있다. 즉, 『풍대』의 작품들은
어떠한 내적 질서에 의해 배열되어 있는 것이다.

　선행연구들에서 『풍대』의 편집 체제는 별다른 관심의 대상이 되지
못했다. 이에 대해 진동혁은 이세보의 생애와 관련시켜 '서정적 자아와
현실과의 조화(유배 직전) → 고뇌의 내면화와 자기비판(유배기) → 현실
인식과 사회비판(유배기) → 낭만적 애정감의 자아표출(유배 이후)'의 네
단계로 추정한 바 있다.7) 반면 정홍모는 『풍아』의 수록 체제가 작품의
창작 시기와 일치한다는 견해를 부정하고 주제의 무거움과 가벼움, 정
적인 면의 밝음과 어두움, 침울함과 명랑함 등을 적절히 섞어서 지루하
지 않고 내용상으로도 굴곡이 있게 시조집을 편집했다고 보고 있다.8)
정서적 리듬에 초점을 맞춰 작품들을 배열했다는 것인데, 이에 대한 논

---

7) 진동혁(1985), 앞의 책, 93~105면.
8) 정홍모, 앞의 논문, 111~114면.

거가 희박하여 전적으로 수용하기 어렵다. 진동혁의 추정이 유배라는
이력과 현실비판이라는 주제의식을 강조하는 연구자의 선입견에 의한
분류라는 혐의에서 벗어나기 어렵다 하더라도, 『풍대』의 작품 배열을
자세히 보면 작가의 생애와 어느 정도의 관련성이 있음을 발견할 수 있
기 때문이다.9)

　　① 1～13: 북경 燕行의 경험
　　② 68～140: 淳昌八景, 송광사에서의 풍류놀이, 애정
　　③ 157～213: 유배의 경험
　　④ 214～245, 269～287: 유람, 풍류, 애정
　　⑤ 288～347: 삼정의 문란상, 지방관 훈계
　　⑥ 352～402: 애정, 취흥

　『풍대』에 실려 있는 작품들을 몇 개의 의미단락으로 분류해 묶어 보
았다.10) 그 내용의 전체적인 흐름을 보면 작가의 생애에 엇비슷하게 부
합함을 알 수 있다. 이세보는 철종 2년 20세에 풍계군 聘의 후사가 되
어 이름을 호로 개명하고 경평군으로 封君되었다. 그가 맡은 첫 관직은
임금의 수라를 감선하는 직책이었으며, 26세 때인 철종 8년에는 동지사
은정사가 되어 청에 다녀오게 된다. 바로 이 때의 노정과 견문을 담고
있는 것이 ①번의 작품군이다. 淳昌八景과 송광사에서의 질탕한 풍류

---

9) 이세보의 전기적 사실에 대한 언급은 진동혁(1985), 앞의 책을 참고하였다.
10) 이 중에 누락된 작품들은 초한고사의 내용을 작품화한 작품들, 세시풍속·농사와 관
　　련된 농부가류, 충효·오륜을 강조한 교훈적인 작품들, 그리고 강호에서의 흥취를
　　노래한 작품들이다. 이러한 작품들에서는 시간적 흐름을 파악해 낼 수 있는 단서들
　　을 발견할 수 없다. 또한 그 성향이 여타의 작품에서 흔히 찾아 볼 수 있는 흔한 주제
　　들의 관습적 반복으로 이세보 시조의 특징적인 국면을 형성한다고 보기 어렵다. 따
　　라서 본고의 논의에서 이러한 작품들은 제외하도록 한다.

를 노래하고 있는 ②번의 작품군은 이세보의 아버지 李端和가 1860(철
종11)년 순창군수를 역임하고 있었다는 사실과 관련지어 볼 수 있다. 특
히 이와 관련해서『신도일록』의 다음의 기록은 눈여겨 볼만하다.

길리 전쥬지경(全州地境)으로 지나가니 이 곳즌 풍픠고읍(豊沛古邑)이요
가친(家親)이 통판(通判)을 지니여 계시고 나도 쏘한 칠팔년 스이에 왕닉ㅎ
든 곳이라. 승금졍(勝金亭), 한벽당(寒碧堂)이 문득 풍류 마당을 넌년이 지
엿쓰미 비록 여염부녈(閭閻婦女)지라도 닌 줄은 다 알더라.

가친이 통판을 지내고 있는 풍패고읍이란 다름 아닌 순창 지방이다.
이세보는 이곳을 7~8년 사이에 자주 왕래했고, 이 때의 나이가 29세임
을 감안해 본다면 경평군으로 봉군된 20세 무렵부터 이 지방을 자주 드
나들며 풍류를 즐겼음을 추측해 볼 수 있다. 특히 '해마다 승금정, 한벽
당을 지으매 그 지역의 여염의 여자들도 이세보를 익히 알' 정도라는 기
록은 이세보가 이 지역에서 적지 않은 규모로, 꽤 자주 풍류마당을 펼쳤
음을 증거한다. ②번의 작품군에 등장하는 풍류의 현장은 바로 이런 배
경을 반영한 것이다. 풍류의 현장에는 妓樂이 빠질 수 없다. 그리고 기
본적으로 남성들이 기녀들에게 구하는 바는 애정에 있다.11) 따라서 풍
류의 현장을 노래하는 작품군의 뒤를 잇는 애정시조는 이에 함께 했던
기녀들과 작자와의 애정 행각을 노래한 것이라고 추측해 볼 수 있다.
이세보는 29세 때인 철종 11년(1860) 안동 김씨 세력의 왕족 견제책
에 의해 신지도로 유배된다. 이 고난은 고종이 즉위해서야 끝난다. 이
기간 동안 창작한 것이 ③번 작품군이다. 따라서 시간적으로 ②번 작품
군보다 나중에 창작된 것이라고 볼 수 있다. 그럼 유람, 풍류, 애정을 노

---

11) 신경숙, 「조선후기 여창가곡의 연구」, 고려대학교 박사학위논문, 1994, 159면.

래하고 있는 ④번 작품군이 동일한 내용을 담고 있는 ②번 작품군보다 이후에 창작된 것이라는 사실을 어떻게 입증할 수 있을까? 이 작품군에 속해 있는 다음의 인용작들에서 그 답을 찾아볼 수 있다.

- 묘연ᄒ다 응향각은 나 노든 곳이로다/화선 연홍 미샨월도 이별이라 ᄒ 련이와/그 중의 못 잇는 회포는 일타화인가 〈풍대 280〉
- 화방지야 잘 잇느냐 귀리정도 무스헌가/화용 월티 무슈 중의 샹스 일염 뉘라든고/언졔나 남은 경기를 무궁탐탐 〈풍대 283〉

위 작품에 등장하는 응향각과 귀래정은 ②번군의 순창 팔경을 노래한 작품들[12] 속에 이미 등장하고 있다. 그런데 위 인용작들의 어조는 현재적 상황을 노래하고 있는 것이 아니라, 과거에 왔던 장소에 다시 와서 그때의 일을 회상하면서 지어졌음을 말하고 있다. 특히 280번 작품에 등장하는 기생들은 ②번군에 속하는 72, 77, 78, 84번의 작품 속에도 이미 등장했던 인물로, ②번군의 작품과 ④번군의 작품 사이에 있는 시간적 흐름을 짐작해 볼 수 있게 한다. 이세보는 3년간의 유배 생활에서 풀려나자 이를 보상받기라도 하듯이 중앙의 고위직에 등용된다. 또한 유배 기간 동안의 울적한 심사를 달래기 위해서 사찰 유람을 떠난 듯한데, 이는 유배 시조의 마지막 작품에 바로 이어지는 ④번군의 첫 번째 작품을 통해 짐작해 볼 수 있다.[13] 이러한 사실들로 미루어 ④번

---

12) · 응향각 놉혼 집의 니원제즈 압혜 두고/졀더 가인 화답ᄒ니 경기 무궁 졀승ᄒ다/아 마도 청춘 힝낙은 이 쭌인가 〈풍대 83〉
   · 귀리정 달 밝앗스니 틱빅과 놀나 가셰/젼필언 황계 빅쥬 니동현 쇼ᄉ 날반/그 중의 (無) 날낭은 풍뉴와 기싱이나 〈풍대 73〉
13) · 마음이 요란ᄒ니 졀 구경이나 가셰/합천의 ᄒ인ᄉ요 영변의 묘향ᄉ라/그 중의 금 강샨이야 다 일너 무샴 〈풍대 214〉

군 작품이 유배 시에 지어진 ③번군 작품의 뒤에 이어진다는 가능성을 상정할 수 있다.

고종 5년인 37세 때 이세보는 대원군의 명에 의해 寅應으로 개명하고 그 해 11월 공조참판에 오른다. 이듬해인 38세에는 여주 목사를, 40세에는 개성부유수에 서임된다. 삼정의 문란상과 지방관청의 아전, 수령, 관찰사들에 대한 훈계를 내용으로 하는 ⑤번군의 작품들은 바로 이 시기에 창작되었다고 보인다. 진동혁은 신지도에 유배되어 쓰라린 곤궁의 생활을 하면서 부정과 비리가 날뛰던 그 당시의 현실을 신랄하게 비판하는 다량의 시조를 지었다[14]고 보았다. 이후의 논의들에서도 유배의 경험이 이세보로 하여금 현실에 대한 비판적인 시각을 예각화하는 데 기여했고 이것이 시조를 통해 현실을 비판하는 계기가 되었다는 견해에 동조하고 있다. 하지만 유배의 경험이 이세보의 현실 비판적 의식을 형성하는 데 얼마마한 기여를 했는지 상당히 의심스럽다. 유배시조의 내용은 연군과 사친에의 정이고, 유배 생활의 고달픔이며, 解配에의 기원이 전부다. 이는 유배시의 산문 기록인 『신도일록』의 경우도 마찬가지다. 여기서 이세보의 시선은 현실 문제에 대해 철저하게 닫혀 있으며, 자신의 개인적인 문제로 향해 있다. 유배 동안 현실 모순에 대한 시선을 예각화할 수 있었다는 증거는 찾기 힘들다. 때문에 유배의 경험으로 이세보는 현실에 대해 비판적인 시선을 가지게 되었고, 이것이 이후 현실비판 시조의 창작으로 이어졌다고 보기는 어려울 듯하다. ⑤번군의 작품들에 나타난 이세보의 시선은 중앙에서 파견된 고위관리의 그것이며, 그 내용은 지방관의 근무태도에 대한 상급자로서의 비난과 훈계이다. 이러한 성향은 이 작품군이 이세보가 여주와 개성에서 지방관을 역

---

14) 진동혁(1985), 앞의 책, 299면.

임하던 시기에 창작되었음을 말해 준다.

⑥번의 작품군이 『풍대』 전체에서 시간적으로 후대에 지어졌음은 그 안에 탄로나 갱소년을 주제로 한 작품들이15) 있음을 통해 짐작해 볼 수 있다. 또한 『풍대』의 마지막에 이르러 시조 창작과 자신이 지은 작품 전체에 대한 논평을 하고 있는 작품을16) 발견할 수 있다는 사실도, 『풍대』의 편집 체제가 작가의 생애에 따른 시간적 질서를 가지고 있다는 추측을 뒷받침한다.

진동혁은 애정시조를 이세보의 창작 활동 과정 중에서 가장 후기에 지은 것으로 보았고, 이후의 논의들에서도 이것이 그대로 받아들여지고 있다. 그래서 유배당하고 관직에 오르기 전에는 현실비판류 시조를 주로 지었으나 이후의 순조로운 관직 생활 동안에는 통속적인 애정시조를 지었다는 사실이 일반적인 견해로 자리하고 있다. 하지만 이상에서 살펴본 『풍대』의 체제를 통해 우리는 『풍대』에서 애정을 노래하는 작품들은 유배시와 지방관 재임 시에 창작된 작품군 전후에 배치되어 작품집 전체를 통해 반복되고 있음을 확인했다. 그만큼 이세보는 그의 시조 창작에 있어 애정을 가장 중요한 주제로 추구했던 것이다. 그렇다면 이세보는 어떤 배경 하에서 그 많은 시조를 창작하게 되었을까? 창작의 동인은 무엇인가? 그리고 그의 창작 활동을 지배하고 있는 의식적 기반의 특질은 무엇일까? 이세보의 작품 세계에 대한 탐구를 통해 이에 대

---

15) · 뜰 압헤 석죽화는 박씃츨 웃지 마라/빅발 안 될 쇼년 업고 쇼년 아닌 노인 업다/엇지타 슈유 광음의 즈랑 계위 〈풍대 382〉
· 춘샨의 눈 녹이든 ᄇ 롬 건듯 불고 간데 업다/머리 우의 오는 셔리 나도 됴곰 날려 쥬렴/두어라 빅발이 환혹ᄒ면 쟝싱슈를 〈풍대 402〉
16) · 노릭가 빅편이면 쟝단은 몃 겸 되고/쵸즁둉쟝 분별ᄒ면 ᄉ셜은 몃 곡됴니/지금의 다시 보니 샴빅편이 넘엇구나 〈풍대 414〉
· 격 모르고 지은 가ᄉ 샴빅여 편 되단 말가/놉힐 데 못 놉히고 낫출 제 못 낫쳣스니/아마도 훗 ᄉ롬의 시비는 못 면헐가 〈풍대 415〉

한 해답을 찾을 수 있을 것이다.

3. 이세보 작품 세계의 창작 배경

3.1. 현실문제에 대한 관심과 지배체제의 옹호

이세보를 논하는 데 있어 중심으로 차지하면서, 가장 큰 의의가 부여되는 지점은 그의 현실비판시조이다. 시조를 통해서 현실의 모순과 비리에 대한 발언을 했다는 것만으로도 이세보의 중요성은 부각된다. 시조사 전체를 통틀어 문제적 상황이 노래되고 있는 것은 매우 특이한 양상이기 때문이다. 하지만 이것만으로 이세보를 지식인 비판문학의 새로운 지평을 열어간 작가[17]라고 평가할 수는 없지 않을까 한다. 그의 현실비판시조들의 실상을 들여다보면 문제적 현실을 바라보고 있는 이세보의 시선은 중앙에서 파견된 고위관리의 그것임을 알 수 있다.

> * 가련ᄒ다 우리 인싱 이 싱이를 어이 ᄒ리/칠월 더위 공마 모리 셧달 치위 납토 산영/그 중의 연호 잡역은 몃 가진고. <풍대 306>
> * 우리 싱이 드러 보쇼 샨의 올나 샨젼 파고/들의 나려 슈답 가려 풍한 셔습 지은 농ᄉ/지금의 동증 니증(洞徵里徵)은 무샴 일고. <풍대 307>
> * 셜샹가샹 더 어렵다 철모르는 쟝교 아젼/틈틈이 ᄎ져 와셔 욕질 미질 분슈 업다/지금의 디뎐통편 다 어듸 간고 <풍대 308>

위 인용작들에는 각종 잡역으로 고생하는 백성들의 모습, 동징이징[18]의 폐해, 여기에다 설상가상 장교[19]들에게 이유 모를 욕질과 매질

---

17) 이동연, 앞의 논문, 152면.

을 당해야하는 백성들의 고단하고 가련한 삶이 반영되어 있다. 이들 작품에 대해 '민초의 편에 서서 그들의 심정을 대변한 서민의식 사회시조'란 평가는 타당하다. 하지만 이세보 시조를 통틀어 이런 성향에 들어맞는 작품은 위 인용작 3편뿐이다. 때문에 이들 작품이 이세보의 작품 세계를 대변한다고는 볼 수 없다. 그의 현실비판시조의 대부분에서 이세보가 시조를 통해 비난하고 있는 현실의 실체는 상급관리의 입장에서 포착된 하급관리의 비리다. 그리고 이세보는 상급자의 입장에서 하급관리들에 의해 자행되고 있는 부정부패를 논책하고 있다.

- 호방 아젼 네 드르라 젹졍(糴政)이 최란(最難)이라/더즁쇼호(大中小戶) 분간ᄒ여 시비 업시 균분ᄒ라/아마도 민무항산(民無恒産)이면 치란(治難)인가. <풍대 294>
- 각귀기가(各歸其家) ᄒ여 보니 반됴반미(半粗半米) 황당ᄒ다/두 셤이 열 말 되고 한 셤이 닷 말이라/무상(無狀)헌 히식고ᄌ(該色庫子) 엄쟝중치(嚴杖重治) 못ᄒ신가. <풍대 295>

위 인용작에서 들을 수 있는 화자의 목소리는 호방, 아전 등 실무를 담당하는 아전들의 비리를 꾸짖는 상급자의 그것이다. 이를 통해 이세보는 19세기 말 심각한 삼정의 문란상이 반영되어 있으며, 그것의 원인이 실무 담당자들의 비리와 탐학에 있음을 고발하고 있다. 바로 이러한 점에서 이세보가 비판의 시각에서 현실을 반영하고 있다고 할 수 있다. 하지만 현실의 부정적인 측면을 주목하는 시선이라고 해서 그것이 지배질서와 이념, 권위에 대한 회의와 도전을 담보하고 있는 것은 아니다.

---

18) 洞徵里徵: 한 마을에 사는 백성이 세금을 체납하면 책임이 당사자에게만 그치지 않고, 그의 체납분을 洞이나 里에서 연대책임을 져서 납부하게 하는 것.
19) 將校: 지방 관아의 軍務에 종사하는 屬役의 총칭.

이세보가 당대 현실의 모순과 비리를 포착하는 국면은 아전들을 향해 꾸짖고 있을 때 구체적으로 드러나기 때문이다. 즉, 현실비판시조들로 구분되는 이세보의 작품들 중 대다수의 작품들이 권력의 횡포에 시달리는 서민의 시각으로 현실의 모순적 상황을 그래내고 있지는 않다는 말이다. 이런 점에서 이세보의 현실반영 양상의 실질적인 의미를 재고해 보아야 한다.

- 거ᄒᆞ(居下)가 되엿쓰니 ᄉᆞ상(事上)을 됴심ᄒᆞ쇼/단함구함(單銜具銜) 실슈 업시 오ᄌᆞ낙셔(誤字落書) 샹고ᄒᆞ쇼/아마도 울미간(蔚昧間) 시비는 더 어려워. <풍대 317>
- 그더 비쟝 누구 누구 슈령 홀더ᄒᆞ는 놈은/인졍이 어렵거든 와료(臥料)로 츅숑ᄒᆞ쇼/아마도 득인(得人) 못 헌 션치 젹어. <풍대 318>
- 빅셩을 알냐 ᄒᆞ면 아젼이 야속이요/아젼을 알냐 ᄒᆞ면 빅셩이 원망이라/엇지타 인간의 싱이가 다 각각. <풍대 319>

감사가 수령을 포폄할 때 최하등이 되었으니 윗사람 섬기기를 조심하라고 당부하는 317번에서 현실에 대한 비판적인 시각을 찾아 볼 수는 없다. 그 다음 작품에서도 마찬가지다. 위 인용작에서 화자는 수령의 곤란한 입장을 대변하고 있을 뿐이다. 그렇다고 해서 이세보가 수령이나 관찰사에 대해 동조적인 태도를 취하고만 있지는 않다. 이보다는 송사의 공정한 판결, 무사공평한 공무 수행, 廉平한 마음가짐, 아전들에 대한 단속 등 嚴明正直한 정책 수행에 대한 당부와 수행에 더 많은 부분을 할애하고 있다. 즉, 현실을 직접적으로 보여주는 대신에 관리들에 대한 훈계와 선정을 당부하고 있는 것이다. 이러한 사실은 이세보의 현실 인식이 일정한 한계를 지니고 있음을 말해준다. 이세보가 포착해낸 현실은 지배 체제의 모순으로 인해 일어나는 지각변동이 아니다. 그가 파악하고 있는 현실의 문제적 상황은 지배 질서를 제대로 수행해 내고 있지 않는 실무자들의 개인적인 비리나 탐욕 때문에 일어나는 일시적인 현상인 것이다. 이런 인식 하에서라면 현실 문제는 얼마든지 해결이 가능하다. 관리들이 지배질서와 이념의 원칙을 고수한다면 문제적 상황은 언제든지 해결될 수 있기 때문이다. 이세보가 지닌 현실인식의 한계는 대전통편의 권위에 호소하고 있는 작품이나,[20] '元亨利貞(사물의 근본이 되는 도리) 玉無瑕(티가 되지 않는 일을 한다)'를 강조하고 있는 작품[21]을 통해 드러난다. 이들 작품은 그가 얼마나 당대의 지배질서나 이념, 권위에 믿음을 가지고 있었는지를 증명하고 있다.

현실을 반영하고 있는 시조들에서 드러난 이세보의 현실의식이 지닌 한계는 그의 신분을 고려해보면 당연한 것일 수도 있다. 이세보는 왕가의 종친으로 대원군에 의해 안동 김씨 세력을 감시하라는 임무를 띠고 지방관으로 파견되었다. 그런 입장에서 현실의 문제적 상황은 지배질서의 모순이 아니라 행정 실무자의 윤리적 문제로 인식될 수밖에 없었을 것이다. 이세보가 시조를 통해 현실을 반영했다면 그것은 지배질서의 옹호와 재확인을 위한 목적에서였을 것이다. 이 시기 이후 이세보는 그의 시선을 현실문제에서 거둬들인다. 다시 풍류와 애정의 세계로 몰입해 들어가고 있다. 이는 이세보의 창작 활동에 있어 현실문제에 대한 관심은 지방관 역임이라는 특수한 상황에서 이루어진 것임을 말해 주고 있다.

---

20) 308번, 347번.
21) ・쥰민 고턱 네 글쓰는 청빅 션정 샹피로다/원형니졍 옥무ㅎ흐면 흐환향곡 믈욕인가/그 중의 교쥬고슬은 무용인인가. 〈풍대 309〉

3.2. 풍류주인과 탐화광접의 세계

이세보 시조에는 특히 풍류 현장의 모습을 재현하고 있는 작품들이 많다. 앞서 『신도일록』의 기록에서 이세보가 순창 근방의 지역을 7~8년 사이에 왕래하면서 풍류 놀음으로 그곳에서 꽤 유명한 인물이었음을 확인했다. 68번에서 86번에 이르는 작품들이 바로 이즈음 이세보가 주재했던 풍류 놀음의 현장을 담아내고 있다. 이들의 창작 시기가 비슷하다는 것은 다음과 같은 이유에서이다. 즉, 68번에서 75번은 순창의 팔경을 노래한 것으로 같은 시기에 지어졌음을 쉽게 추정할 수 있다. 또한 송광사의 삼일풍류를 배경으로 한 76번에서 86번에 이르는 작품들에서[22] 순창 팔경에 등장했던 '전필언'과 '이종현'이 다시 등장한다는 것으로 보아 두 작품군의 창작 시기가 비슷함을 추정해 볼 수 있다.

 * 검산의 봄이 드니 화징홍ᄌ(花爭紅紫) 유징청(柳爭靑)을 /무릉의 범나뷔는 간 데마다 곳치로다/동ᄌ야 술 부어라 취코 놀게. <풍대 68>
 * 귀리정 달 밝앗스니 틱빅과 놀나 가세 /전필언(全弼彦) 황계빅쥬(黃鷄白酒) 니동현(李鍾鉉) 쇼ᄉ날반(蔬食糲飯) /그 중의 날낭은 풍뉴와 기싱이나. <풍대 73>

68번은 75번까지 이어지는 八景歌가 순창의 팔경을 유람하면서 이루어진 풍류의 현장에서 창작되었음을 말해 준다. 붉은 꽃과 푸른 버들이 만들어 내는 현란한 색감은 흐드러진 풍류 현장의 분위기를 돋우고 있다. 이 가운데서 범나비에 비유되는 화자는 꽃들에 둘러싸인 채 到底

---

22) 76번에서 86번까지의 작품이 연작임은 76번 작품의 언급(꽃도 보고 경도 보려 누더 강산 다니다가/송광ᄉ 도라 드러 삼일풍뉴 즐겨쓰니)과 86번의 언급(송광ᄉ 본 년후의 물넘 젹벽 도라 드니)을 통해 짐작할 수 있다.

한 취흥에 젖어 있다. 물론 여기서 꽃은 기생의 비유이다. 기생과 더불어 악공들 역시 풍류의 현장에서 빠져서는 안 될 존재이다. 73번에 등장하는 전필언과 이종현은 84번에도 등장하는 인물로, 이세보가 주관한 풍류현장에서 器樂을 담당했을 것으로 여겨진다. 이 작품은 특히, 표현기법의 측면에서도 주목할 만하다. 73번 작품은 여러 가집들에 등장하고 있는 기존의 작품을[23] 차용한 것이다. 그러나 73번 중장을 보면 단어의 나열일 뿐 그 의미를 파악하기란 쉽지 않다. 그러나 이것은 '전필언은 황계백주를 준비하고, 이종현은 소사날반을 준비하라'고 해석할 수 있는데, 그 모태가 되고 있는 기존작에 익숙해 있기 때문이다. 즉, 73번이 창작되었을 때에 작가나 그것을 향유하는 이들 모두 그 모태가 되는 작품을 익히 알고 있었기 때문에 몇 개의 단어를 나열한 간단한 구조만으로 종장을 구성했을 것이다. 이외에도 이세보의 작품들에서 기존작의 표현기법이나 모티프를 차용하고 있음을 자주 발견해 낼 수 있다. 이러한 사실은 이세보의 창작활동이 '구비적 唱樂物'이라는 시조의 장르적 특성에 기반하고 있음을 말해주는 하나의 증거라 하겠다.[24]

- 응향각 놉흔 집의 니원졔〻(梨園弟子) 압헤 두고/졀터 가인 화답ᄒ니 경기 무궁 졀승ᄒ다/아마도 청춘 힝낙은 이 쑨인가. <풍대 83>
- 니둉현 거문고 타고 젼필언 양금 치쇼/화션 연홍 미월드라 우됴 계면 실

---

23) 孫約正은 點心 출히고 李風憲은 酒肴를 쟝만ᄒ소/거믄고 伽倻ㅅ고 奚琴 琵琶 笛 觱篥 杖鼓 舞鼓 工人으란 禹堂掌이 ᄃ려오시/글 짓고 노래 부르기와 女妓 女花看으란 내 다 擔當 ᄒ리라.

24) 시조 장르의 구비적 측면에 주목한 논문은 최재남의 논문(「구비적 측면에서 본 시조의 시적 구성원리」, 서울대학교 석사학위논문, 1983.)이 있다. 또한 최규수는 이러한 시조의 장르적 특성에 기인해『남훈태평가』에 나타난 기존작품의 변용 양상을 통해 19세기 시조의 변모 양상을 살핀 바 있다.(「『남훈티평가』를 통해 본 19세기 시조의 변모 양상」, 이화여자대학교 석사학위논문, 1988.)

슈 업시/그 중의 풍뉴 쥬인은 뉘라든고. <풍대 84>

　구비적 창악물로서 시조가 창작되었던 현장은 83, 84번에서 좀더 구
체적으로 확인할 수 있다. 이원제자란 관청에 소속되어 있는 악공들을
지칭하는 말이다. 이세보는 그의 신분상 관청에 소속되어 있던 악공들
이나 관기들을 자유롭게 이용할 수 있었을 것이다. 이원제자들을 앞에
두고 절대 가인이 화답하는 모습을 담고 있는 84번에서는 시조가 향유
되던 풍류 현장의 모습이 구체적으로 포착되어 있다. 거문고와 양금이
연주되고 있고, 여기에 맞춰 기생들은 우조, 계면을 노래하는 모습은 바
로 시조의 연행이 이루어지는 현장을 그대로 옮겨 놓은 것이다. 작중화
자는 이를 주관하는 풍류 주인으로 자리하고, 청춘의 지극한 행락을 즐
기고 있다. 바로 이러한 모습이 이세보가 주재했던 풍류놀음의 구체적
인 형상일 것이다. 풍류 주인으로서 이세보의 역할은 妓樂에 대한 적극
적인 감상자의 모습을 띠고 있기도 하다. 기녀들을 소재로 한 작품들에
서 음악적인 측면에서 그들을 평가하거나, 首唱하는 기녀에게 장단 점
수를 실수하지 말라고 당부하는 면모를25) 보이고 있다.

　위와 같은 이세보의 풍류는 遊山 풍속의 측면에서도 살펴볼 수 있을
것이다. 조선 시대 양반들은 이름 난 산하를 유람하는 遊山을 즐겼고,
이 과정에서의 견문을 기록으로 남겨, 遊記類라 지칭되는 일군의 한문
학 양식이 생산되었다. 이들 자료를 통해 본 遊山의 태도는 개인의 학
문적인 성향이나 내용에 따라 동일하지는 않다. 遊山을 산수간에 내재
한 理의 탐구 과정으로 여기고, 이를 통해 성정을 수양하려는 의지를
보이기도 하며, 문학 수업의 한 방편으로 여기기도 했다.26) 하지만 遊

25) 79번, 81번, 84번, 85번.
26) 이종묵, 「유산의 풍속과 유산류의 전통」, 『고전문학연구』 12, 한국고전문학회,

山이 심성 수양의 한 방편으로만 이용되었던 것은 아니다. 遊山에 악공
과 기생이 동원되어, 산중에서 유흥이 벌어지기도 했던 것이다. 이로 인
한 악폐도 심해, 양반들의 遊山에 스님들이나 하급 관원들이 술과 기생,
악공 등을 제공하느라 고생하였다는 기록을 쉽게 찾아볼 수 있을 정도
이다.[27] 遊山의 폐악을 지적하고 있는 글이 많다는 것은, 遊山은 질탕
한 유흥으로 이어지는 경우가 빈번했음에 대한 증거이다. 앞서 살펴본
순창 팔경가나 송광사에서의 삼일 풍류를 노래한 일련의 작품군에서
보이는 풍류의 현장은 바로 이러한 '행락 위주'의 遊山 풍속에 다름 아
니다. 다음 인용작들 역시 이세보의 遊山 경험을 바탕으로 창작되었을
것이라 짐작된다.

> ● 마음이 요란ᄒ니 졀 구경이나 가세/합천의 히인스요 영변의 묘향스라/
> 　그 중의 금강산이야 다 일너 무삼. <풍대 214>
> ● 남한산셩 도라드니 기원스 셔쟝디라/황효쳘 스면 치고 기싱 츔 취여라/
> 　다시 보니 샹엽이 홍어이월화를. <풍대 216>
> ● 샹완을 본 년후의 샹고암 올나 안져/두견쥬 취한 홍은 싱황 일곡 한가허
> 　다/아마도 금강이 불여숑니산인가. <풍대 226>

　금강산의 遊山을 소재로 한 많은 문학작품이 생산되었을 만큼 금강
산은 양반들이 가장 애호하던 遊山 코스 중의 하나였다. 이세보도 이에
서 예외는 아니었다. 214번 작품은 유배 시절에 창작한 일련의 유배시
조 작품군이 끝나자 바로 이어지는 시조이다. 이 작품을 통해 이세보는
解配 이후, '요란한 마음'을 달래기 위해 절 구경을 떠났을 것이라고 추

　　1997, 407면.
27) 이종묵, 위 논문, 390~394면 참고.

정해 볼 수 있다. 금강산 이외에도 이세보는 송광사, 대흥사 등을 찾았
고, 이때마다 어김없이 시조를 지었다.[28] 그리고 이 遊山에는 황효철과
같은 三絃을 치는 악사라든가, 춤을 추는 기생이 대동되었으리라는 것
은 216번 작품을 통해 짐작할 수 있다. 226번 작품은 속리산에서의 遊
山 여정을 담은 일련의 연작 시리즈[29] 중에 한 작품으로, 이 遊山에도
'두견주'와 '생황일곡', 즉 술과 가악이 동반되었다.

　이처럼 이세보는 국내의 명승지를 유람하면서 歌樂을 대동한 풍류마
당을 펼쳤고, 이것을 시조 창작의 한 동인으로 삼고 있는 것이다. 이를
통해 이세보의 시조 창작에 '여염부녈(閭閻婦女)지라도 다 알 만큼' 유
명한 풍류 주인으로서의 모습이 얼마만한 영향력을 미치고 있는지를
짐작할 수 있다. 이는 이세보만의 특성은 아닌 것이다. 왜냐하면 기악을
대동하고 명승지를 유람하는 것은 遊山이라고 하는 당대의 일반적인
양반문화의 한 양상이었기 때문이다.

　여기서 주목해야 할 것은 이세보 시조 가운데서 무상 취락을 주제로

---

28) 218번 작품부터 234번 작품까지 해당된다.
29) ・ 빅팔염쥬 목의 걸고 철죽쟝 손의 들고/던지도지 나려 오며 합쟝ᄒ여 문안ᄒ니/아
　　마도 쇽니ᄉ 노쥬승인가. 〈풍대 222〉
　　・ 즁아 말 무러 보ᄌ 졀 됴흔 말를 듯고/힝심일경 ᄎ져 오니 경기 됴곰 일너 쥬렴/그
　　즁이 디답ᄒ되 소승만 싸르쇼셔. 〈풍대 223〉
　　・ 쇽니ᄉ 구경ᄒ니 ᄉ암ᄌ 일웅뎐을/좌우의 쌀닌 돌은 아션왕의 어로로다/아마도 명
　　샨 디찰은 쇽니ᄉ인가. 〈풍대 224〉
　　・ 지로승 압셰우고 샹원암 올나가니/동편의 학쇼더요 셔편의 은폭이라/그 중의 허다
　　경기야 다 일너 무샴. 〈풍대 225〉
　　・ 샹완을 본 년후의 샹고암 올나 안져/두견쥬 취헌 흥은 싱황 일곡 한가허다 /아마도
　　금강이 불여송니샨인가. 〈풍대 226〉
　　・ 일빅쥬 취헌 후의 즁ᄉᄌ 나려 가니/티봉도 소즁ᄒ고 원당도 엄슉ᄒ다/아마도 졀
　　승 경기는 옛 분인가. 〈풍대 227〉
　　・ 복천암 도라 드니 경기 더욱 졀승ᄒ다/법당도 졍결ᄒ고 불샹도 웅위ᄒ다/아마도
　　ᄉ찰 창시난 한명졔 시졀인가. 〈풍대 228〉

하는 작품을 하나도 발견할 수 없다는 사실이다. 기악을 대동한 遊山은 흔히 취락의 분위기를 조장하기 쉽다. 이세보의 앞서 인용된 작품들에 서도 질펀한 취락의 분위기를 느끼기란 어려운 일이 아니다. 19세기 시 조에 보이는 취락의 분위기는 흔히 삶의 무상감과 허무의식으로 연결 되어 향락에의 맹목적 지향에 근접해 있는 경우를 어렵지 않게 찾아 볼 수 있다.[30] 그런데 이세보의 경우 이 흐름과 좀 거리를 두고 있다. 취락 에 몰두하는 풍류 주인인 이세보의 면모는 다음의 작품에서 더욱 분명 하게 알 수 있다.

* 쥬스 청누 일를 샴어 화됴 월석 분쥬ᄒᆞ니/무정헌 광음이 샴십 츈광 덧업 도다/두어라 쟉지부리(作之不已)면 니셩군ᄌᆞ(乃成君子). <풍대 400>
* 취즁의 지닌 일리 씨고 나면 낭픠 만코/식욕을 안 샴가면 병 드러 후회 만타/아마도 쥬식 두 ᄌᆞ난 ᄉᆞ롬의 평싱인가. <풍대 405>

400번의 초장과 중장에서는 주사청루에서 아침 저녁으로 바쁘게 보 낸 날들에 대한 덧없는 회한이 느껴지며, 이는 무상감과 허무의식으로 이어질 것이라는 기대를 갖게 한다. 그러나 종장을 보면 이런 기대는 틀린 것임이 드러난다. 화자는 '어떤 일이든지 시작해서 그치지 않으면 마침내는 군자가 될 수 있다'는 경구를 인용하면서 주사청루의 쾌락에 서 느껴지는 덧없음을 그것에 대한 집념으로 이끌어 가고 있기 때문이 다. 405번에서도 이를 확인할 수 있다. 취중의 일은 깨고 보면 후회 많 고, 주색을 삼가지 않으면 병이 들 것을 알고 있으면서도 화자는 '아마 도 주색 두 글자는 사람의 평생'임을 이야기하고 있다. 결국 이세보는 풍류주인으로서 향락에 대한 강한 지향을 보이고 있다. 그럼에도 이것

---

30) 고미숙, 앞의 논문, 191~195면 참고.

이 무상과 허무의 정조로 빠지지 않았던 것은 그의 신분적 위치와 관련
지어 생각해 볼 수 있다.

　이세보는 왕실의 종친으로 죽기 직전까지 중앙의 고위 관직만을 역
임했다. 그만큼 이세보의 삶이 기반하고 있는 토대는 확고했다. 만수산
에서 순절한 영혼(明의 毅宗皇帝)을 생각해서 청과의 물화 교역을 비판
했을[31] 만큼 여전히 중세적 가치에 젖어 있는 이세보에게 '존재와 삶의
가치에 대한 회의' 자체는 불필요했을지 모른다. 앞 항에서 살펴보았듯
이 그가 현실문제에 시선을 두었던 적이 있었다면 그것은 지방관으로
역임하고 있었을 때이다. 지방관을 역임하면서 삼정의 문란과 이로 인
해 백성의 고단함을 목격하기도 했다. 그러나 이세보에게 있어 이러한
문제적 상황은 일시적인 사태일 뿐이다. 고위관직을 역임하고 있는 왕
족으로서 삶의 기반이 보장되고 지배질서에 대한 신념을 지니고 있었
던 이세보에게 있어 대전통편의 원칙이 제대로 지켜지고, 관리들이 無
私公平한 청백리가 된다면 문제적 상황은 얼마든지 개선될 수 있는 것
으로 받아들여지기 때문이다. 결국 이세보가 지방에 파견된 고위관리의
입장에서 지방관들의 부정과 비리를 고발, 비판하고 기존 지배질서의
옹호를 주장한 것은 왕족의 근친이라는 그의 계급적 배경을 기반으로
하고 있는 것이다. 그에게 있어 현실의 문제적 상황은 지배질서 자체의
모순이 아니라, 실무를 담당하는 아전들의 윤리적 타락에서 야기된 것
이며, 이를 제대로 감독하지 못한 상관의 태만 때문이다. 따라서 이들이
윤리성을 회복하기만 한다면 현실의 문제적 상황은 사라지고, 현실은
다시 제자리를 찾아갈 것이라고 여겨졌던 것이다. 이처럼 확고한 이념

---

31) 삼십뎡관 일힝드라 물화 교역 그만 ᄒᆞ쇼/만슈산 찬 ᄇᆞ롬은 슌졀 영혼 한숨이라/언졔
　　나 셩인이 부귀ᄒᆞᆺ 져 쳥만을. 〈풍대 8〉

적·현실적 토대를 기반으로 하고 있었기에 이세보는 어떠한 현실적 갈등 없이 풍류 마당을 주관하는 풍류 주인으로서의 면모를 한껏 과시했던 것이다.

풍류 주인으로서 이세보의 시선이 집중되고 있는 것은 풍류 현장 그 자체가 아니라 기녀들이었다. 이는 송광사에서의 삼일 풍류를 읊은 연작들에 이은 또 다른 연작 시리즈(87번~95번)가 바로 꽃을 소재로 한 것임에서 단서를 잡을 수 있다. 이세보의 시선은 풍류현장을 전체적으로 조망하고 있는 데서, 그 일부를 구성하고 있는 존재인 꽃, 즉 기생을 향해 집중되고 있는 것이다.

- 꼿치 호졉을 몰나도 그 호졉이 쓸 더 업고/호졉이 꼿츨 몰나도 그 꼿치 쓸 데 업다/허물며 스룸이야 다 일너 무샴. <풍대 88>
- 나는 꼿 보고 말 ᄒ고 꼿츤 날 보고 당긋 웃네/웃고 말 ᄒ는 중의 나와 꼿치 갓추웨라/아마도 탐화 광졉은 나 쓴인가. <풍대 89>
- 썩고 썩즈 벼른 꼿츨 긔약 업시 썩거 들고/쵹ᄒ의 스랑ᄒ니 다졍헌 말리로다/아마도 공 드려 썩근 꼿시 의수 만어. <풍대 92>
- 화원의 봄이 드니 난만 화쵸 다 퓌엿다/스랑타 썩거 들고 쵸당의 도라드니/그 중의 무한 졍회야 일너 무샴. <풍대 93>

기생을 解語花라고도 하듯이 시조에서 꽃은 주로 기생에 대한 은유로 쓰인다. 이세보 시조에서도 마찬가지다. 88번 작품에서 그는 자신을 호접에 비유하고 꽃과 호접은 서로에게 존재의 이유가 됨을 강조하고 있다. 그러나 호접과 꽃의 관계는 결코 대등한 것이 아니다. 나는 꽃을 향해 말할 수 있는 존재이나 꽃은 그저 웃기만 하는 존재이다. 즉, 나는 꽃과의 관계에서 적극적인 입장인 반면, 꽃은 그저 나의 의지에 따라오는 소극적인 존재일 뿐이다. 꽃의 소극성은 비인격성으로 전이되어 결국 92번과 93번에서 꺾임을 당하는 대상으로 형상화된다. 이처럼 이세보에게 있어 꽃은 언제나 꺾는 대상으로 그려지고 있다.[32] 여기서 이세보가 꽃, 기생을 대하고 있는 기본적인 입장을 확인할 수 있다. 이세보에 있어 기생 하나하나는 '특별한 감정을 느끼게 하는 인격적인 존재'라고는 볼 수 있다. 이세보가 기생에게 개인적인 관심을 기울이는 것은 그것이 자신이 꺾을 수 있는 대상이기 때문이다. 공들여 꺾은 꽃일수록 더욱 意思가 많다는 발언은 이세보가 꽃 자체보다는 '꺾는 행위'에 더 많은 관심을 가지고 있음을 증거하고 있다. 꺾어 들고 초당에 돌아들어, 무한 정회를 나눌 수 있는 대상인 꽃, 그것은 풍류주인의 흥취를 돋우기 위한 존재로서의 기생일 뿐이다. 풍류주인으로서 이세보의 본 모습은 바로 꺾고 싶은 꽃을 찾아 돌아다니는 나비, 탐화광접이다.

그렇다면 탐화광접으로서 이세보가 추구했던 것은 무엇이었을까? 꽃을 소재로 한 연작이 끝난 직후 바로 애정을 노래하는 일련의 작품군이 이어지고 있다. 즉, 풍류주인인 이세보가 탐화광접이 되어 몰입해 들어갔던 것은 기생과의 애정 행각인 것이다. 순창, 송광사에서의 풍류 놀이를 배경으로 한 작품군에 이어 애정시조로 이어지는 이 일련의 연작 시리즈는 이세보가 풍류주인과 탐화광접으로서 시조를 창작했고, 그것이 애정의 구가로 집중되어 갔음을 말해 주고 있다. 이처럼 애정은 이세보의 창작 활동 全般을 주동해 나갔던 주제로 『풍대』의 후반부에 이르기까지 계속 반복적으로 등장하고 있다.

또한 그 작품수가 104편으로 양적인 면에서도 가장 많아 아세보의

---

32) · 꼿치 곱다 희도 단계 아리 꼿치로다/썩고 쏘 썩그면 못 썩그 리 업건마는/지금의 제 아니 썩고셔 못더러만. 〈풍대 350〉
 · 풍뉴 압헤 됴흔 꼿시 호걸 남즈 스랑이라/향긔 나고 고은 티도 츄파 날녀 송정이라 /아마도 인기가졀은 노류쟝화. 〈풍대 388〉

창작 활동이 애정이란 주제에 무게 중심을 두고 이루어졌음을 알 수 있
다. 때문에 이세보의 작품 세계를 구성하는 두 가지의 축, 애정에의 구
가와 현실에 대한 관심 중에서 그 본류는 아무래도 애정의 구가에서 찾
아야 할 것 같다.

4. 이세보 작품 세계에 나타난 애정형상의 특질

이세보의 작품 세계를 지배하고 있었던 것은 애정의 구가이다. 하지
만 그는 애정이 주는 즐거움을 노래하고 있는 것이 아니라, 사랑하는
임에 대한 애타는 想思나 이별에의 情恨을 노래하고 있다. 이세보가 노
래하고 있는 이러한 애정은 기생과 손님이라는 관계에서 이루어지는
감정 상태이다. 다음의 인용작들이 이를 증거할 수 있다.

> • 풍뉴 ᄌ약(綽若)시의 ᄯᅡᆫ 말 ᄒᆞ는 그 스룸과/샴경촉ᄒ 세우중의 슐 취ᄎ
>   가는 임은/아마도 다시 보면 정 어려워. <풍대 112>
> • 품 안의 임 보닌 후의 펼친 이불 모와 덥고/다시 누어 싱각ᄒᆞ니 허황헌
>   일리로다/아마도 인간지란은 남의 님인가. <풍대 116>
> • 뉵녜(六禮) 업시 만난 연분 이별이 쉽다 ᄒᆞ나/오날 날 이 경식은 다시
>   못헐 일리로다/동ᄌᆞ야 슐 부어라 가는 임 권케. <풍대 135>

풍류가 한참 무르익을 때 ᄯᅡᆫ 말 하는 사람, 늦은 밤 비가 오는 데도
술에 취해 가는 임에 대한 야속함을 노래하고 있는 화자의 목소리는 기
녀의 그것이다. 기녀의 사랑은 언제나 '남의 님'에 대한 사랑이다. 따라
서 임을 보낸 후 그와 함께 덮었던 이불을 '모아 덥고 누워' 생각해보니
허황한 일이고, '남의 님'과의 사랑만큼 어려운 일은 없다. 135번 작품에

서 나타나는 남녀 관계 역시 '육례없이 만난 연분'으로 보내는 화자와
떠나는 임의 관계가 기생과 손님의 사이임을 짐작하기란 어려운 일이
아니다. 이러한 사실들을 통해 이세보의 애정시조는 기생과의 관계에서
일어나는 여러 가지 상황과 그로 인해 촉발되는 정서를 읊고 있는 것임
을 확인할 수 있다.

- 훗날리 놉다 히도 일월이 비취이고/짜이 깁다 히도 청천이 솟거마는/엇
  지타 한 길 임의 속은 이다지 샹막. <풍대 369>
- 타향의 그린 임이 청춘의 슈심이라/샹스불견 무한 회포 화됴 월석 어려
  웨라/엇지타 인간의 임 이즐 약이 업셔. <풍대 393>
- 잇즈 버리즈 히도 정 버릴 칼리 업다/불스이즈스이요 욕망이난망이라/
  엇지타 달은 밝고 밤은 기러. <풍대 372>
- 치필를 쎼여 들고 농연의 먹을 가러/천슈 만한 그려 니여 글쓰마다 한슘
  이라/져 임아 눈물노 쓴 글시니 눌너 볼가. <풍대 397>

위 인용작들에서 알 수 있듯이 이세보의 애정 시조는 대부분이 슬픈
사랑의 노래이다. 자신의 애타는 마음을 몰라주는 무정한 님에 대한 야
속함, 그럼에도 결코 잊을 수 없는 임을 향한 사랑, 한숨 섞어 눈물로
편지를 쓸 수밖에 없는 처지, 이러한 정서와 시적 상황은 이세보의 애
정시조에서 자주 발견할 수 있다. 이세보의 시조에서는 이처럼 애정의
정서가 이별의 비애와 한탄의 정서로 표출되고 있는 것이다.

19세기 애정 시가를 주도하고 있었던 정서는 그리움과 비애이다.[33]
그러므로 이세보 시조를 주도하고 있는 정서적 특질 또한 당대 시가사의
흐름과 연관지어 생각해 보아야 한다. 『가곡원류』계 가집에서나 『남훈

---

33) 신경숙, 앞의 논문, 142면.

태평가』계 가집에서나 이별과 그리움의 주제는 최수위를 차지하고 있다. 가집이란 원래 기방을 비롯한 한 풍류 공간에서 소통되던 것이다. 이세보의 작품 중에서도 비록 적은 수이나마 가집에 실려 있으며, 기방에서 기녀들에 의해 불렸다는 기록[34]이 있다. 이러한 사실들로 보아 이세보 시조의 창작 경위나 향유의 범위가 일반 가집에 실려 있는 작품들의 그것들과 다르지 않았음을 알 수 있고, 이것이 비애와 그리움의 정서를 표출하는 작품이 많은 비중을 차지할 수 있었던 계기일 수도 있었다.

이세보 시조의 애정 표출 양상 중 또 하나의 특정으로 지적되고 있는 것은 그것이 여성 화자의 목소리를 통해 표출되고 있다는 점이다. 그렇다고 왕족 출신 사대부인 이세보가 여성화자의 시각을 대변하고만 있다고는 볼 수 없다. 왜냐하면 여성 화자의 목소리와 이세보의 그것을 동일하게만 파악할 수는 없기 때문이다. 그의 애정 시조 중에는 동일한 시적 상황을 배경으로 한 연작들을 발견할 수 있다. 우선 122번 작품에서 126번의 작품을 보자.

- 늙고 병든 나를 무정이 비반ᄒ니/가기는 가련이와 나는 너를 못 잇노라/엇지타 홍안이 빅발를 이다지 마다. <풍대 122>
- 당쵸의 몰나쎠면 이별이 웨 잇스며/이별 될 줄 아럿스면 당쵸의 졍 업스련이/엇지타 셰샹 인심이 시동이 달나. <풍대 123>
- 이팔시졀 고은 티도 과이 밋고 ᄌ랑 마라/광음 무졍 네 홍안이 빅발 공도 쟘간이라/아마도 동원도리 편시츈인가. <풍대 124>
- 후ᄉ를 위ᄒ미요 원심은 아니연만/가면 몹슬 년 되니 다시 돌녀 못 가리

---

34) 이능화, 『조선해어화사』(이재곤 옮김, 동문선, 1992.), 244면; 덧붙여 오늘날 기생들 사이에 애창되는 시조가 있어 전한다. "不親이면 無別이요 無別이면 不相思라/相思不見 相思懷는 不如無情 不相思라/아마도 自古 英雄이 일노 白髮." 이런 것들은 모두 사랑하다가 헤어지는 졍에서 나온 시가들이다. 이 작품은 『풍대』 102번 작품으로, 이외에도 『해동가요(일석본)』, 『시요』, 『삼가악부』에 실려 전한다.

라/두어라 이도 니 팔즈니 든 졍 어이. <풍대 125>

- 빅발낭군 날 보닉고 나 즈든 방 홀노 안져/노든 형용 싱각ᄒ고 업는 잠 더 업스련이/아마도 녀힝은 한번 허신 어려운가. <풍대 126>

이 작품은 '늙고 병든 나'와(122번~124번) '무정히 배반하고 가는' 홍안의 여자(125~126번) 사이에 이루어지는 문답의 형식으로 구성되어 있다. 122번과 124번에서 늙고 병든 백발의 화자는 처음 마음과는 다르게 자신을 떠나려고 하는 여자를 원망하고 있다. 이 원망은 지금 고운 홍안도 잠시 봄빛을 띠는 복숭아와 같은 것에 불과하니 '이팔시절의 고운 태도를 과히 믿고 자랑하지 말라'는 힐책으로 이어지고 있다. 마치 무언의 협박처럼 들린다. 이에 여인은 '가면 몹쓸 년이 될 것'이며 백발 낭군이 나를 보내고 나면 '노든 형용 생각'하여 잠을 이루지 못 할 것임을 헤아리고 있다. 이후에 '여지는 한번 몸을 허락하면 어려운 것'임을 깨닫고 있고, 이후에는 아마도 마음을 돌려 떠나지 않았을 것이다. 이처럼 남자는 이별 앞에서 원망을 하고, 힐책을 하고, 무언의 협박을 가하면서까지 떠나려는 여자를 어떻게든 붙잡으려 하고 있다. 이처럼 남성인 화자가 이와 같이 이별의 상황에 대해 적극적으로 대처하고 있다. 이에 반해 여성인 화자가 이별에 대처하는 방식은 다른 양상을 띠고 있다. 다음에 인용되는 작품은 떠나는 임을 만류하며 눈물로 호소하는 여인과 이를 달래는 남자의 말로 이루어져 있는 연작이다.

- 의 업고 졍 업쓰니 아셔라 나는 간다/뻘치고 가는 나샴 다시 찬찬 뷔여 잡고/눈물노 이른 말리 니 한 말 듯고 가오. <풍대 127>
- 뉵녜 업시 만난 연분 이별이 쉽다 ᄒ나/오날 날 이 경식은 다시 못헐 일리로다/동즈야 슐 부어라 가는 임 권케. <풍대 135>
- 타든 말 머무르고 숀 잡고 다시 안져/다졍이 이른 말이 우지 마라 니 속

탄다/지금의 은원 업시 이별 되니 슈히 볼가. <풍대 136>

127번의 화자는 '의 없고 정 없으니 간다'는 임의 말에 '떨치고 가는 나삼을 다시 찬찬히 뷔여 잡고' 눈물을 흘리면서 애원하고 있다. 화자가 떠나는 임에게 눈물로 이른 말이 다음 작품들에서 구구절절이 펼쳐지고 있다. 여인은 '의리가 아니었으면 믿었겠으며, 정 아니면 즐겼겠느냐' 하며 의 없고 정 없어 떠난다는 임의 말을 부정하고 있다.(128번) 떠나는 임은 '삼양사어(三讓四語) 고은 소리'에 잠시 이별을 보류한다.(129번) 하지만 임은 '백발환흑 굳은 맹세를 허황하게' 만들고 떠나고야 마는 경박자이다.(130번) 여인은 '일부종사하기로 결심'한 자신을 버리고 떠나는 임을 원망하기도 해보았지만,(131번) 결국 '경박한 낭군과는 정을 맺기가 어렵다'는 사실을 인정하게 된다.(132번) 이제 떠나는 임을 향해 있던 목소리는 자신의 처지에 대한 한탄조의 독백으로 변한다. '속 알아주는 임을 좇아 이별 없이 살자고' 했으나 '인정의 설수' 때문에 이러한 결심은 부질없는 것이 되어 버렸음을 한탄하고,(133번) 사랑 끝에 이별이 쉬울 줄 미리 알았더라면 '깁흔 뜻은 안 두었을 것을' 후회하고 있다.(134번) 그래서 결국 포기하고 마지막 이별주를 권할 뿐이다.(135번) 반면 떠나는 경박자는 눈물로 호소하는 여인네에게 지금에 '愍怨 없이 이별하면 수히 만날 수 있을 것'이라며 달래고 있다.(136번) 그러나 이러한 경박자의 목소리에는 진실성이 느껴지지 않는다.

127번과 136번에 이르는 연작에서 여성 화자가 이별에 대처하는 방식은 앞서 살펴본 122번 126번의 연작에서 남성 화자의 그것과 다르다. 임과 이별해야만 하는 상황에서 여인은 처음에는 임의 앞길을 막아서며 만류하기도 했다. 그러나 임은 여인의 만류나 호소, 변명에도 아랑곳하지 않고 떠나고야 마는 경박자였다. 이별이 확연해진 상황에서 여인

은 상황을 체념하고 신세 한탄으로 빠지고 있다. 반면 이별을 앞둔 남
성화자의 만류는 더욱더 적극성을 띠면서 상대에 대한 힐책으로까지
이어지고, 상대는 적극적인 만류에 결국 마음을 다시 돌이키는 것을 고
려하게 된다.

　이세보가 여성 화자의 목소리를 통해 애정을 노래하고 있는 것은 사
실이다. 그러나 이것을 이세보 자신의 목소리로만 볼 수 없음은 바로
위에 인용한 일련의 작품을 통해서 짐작해 볼 수 있다. 이들 작품들에
서 이별에 대처하는 남성화자의 목소리와 여성화자의 목소리는 서로
다른 양상을 띠고 있었다. 남성은 적극적으로 이별을 만류하고 나서는
반면, 여성은 이별을 자신의 운명으로 받아들이고 체념하는 소극적인
태세를 보이고 있는 것이다. 더구나 이별을 만류하고 나선 여성 화자의
哀訴에 남성은 그저 자신을 원망하지 말 것을 당부할 뿐이다. 그리고
이런 당부의 목소리는 여성의 심정을 헤아린 것이라기보다는 좀더 쉽
게 떠나고자 하는 방편에서 나온 것으로 들릴 뿐이다. 여기서 남성인
이세보 자신의 목소리는 아무래도 여성 화자의 그것보다는 남성 화자
의 그것에 가까울 것이다.

　이세보가 여성의 목소리를 통해 애절한 사랑을 노래했다는 것은 이
세보 시조의 작품세계가 지니고 있는 특성이다. 그러나 이것만으로 이
세보를 완강한 중세적 규범을 뚫고 여성적 정서를 문학사의 표면으로
부각시킨 사대부로 인정하기에는 미흡하다. 여성을 꺾어야 할 꽃으로
인식하고 있는 이세보는 조선시대의 일반적인 여성관을 가졌을 뿐이다.
또한 이별의 비애를 표출하는 데 있어서도 남성의 목소리는 여성의 목
소리에 비해 그 심각성의 정도가 다소 떨어진다. 이러한 양상은 그의
애정시조에 보이는 여성의 목소리가 여성의 입장에서 작가의 진솔한
감정으로 노래하고 있지만은 않다는 것을 말해 준다 하겠다.

5. 맺음말

이세보만큼 대량의 작품을 남긴 시조작가는 없다. 그만큼 주제적, 소재적 층위도 다양하다. 그러나 무엇보다도 이세보가 시조 창작을 통해 집중했던 것은 애정을 노래하는 것이었고, 그것은 풍류의 현장과 연결되면서 이세보의 창작 활동을 추동해 가는 중요한 요인이었다고 보인다. '유정도 ᄒᆞᆺ엿노라 무정도 ᄒᆞᆺ엿노라/ᄉᆞ랑도 ᄒᆞᆺ엿노라 이별도 ᄒᆞᆺ엿노라/아마도 취인광긱(醉人狂客)은 이 ᄲᅮᆫ인가.(401번)'라는 작품은 그가 시조창작을 통해 지향했던 세계가 무엇인지를 설명해 준다. 유정, 무정, 사랑, 이별은 그의 작품들에서 가장 많은 부분을 차지하고 있는 애정시조의 핵심적 정서이고, 취인광객에게 이것뿐이라는 고백은 그가 시조창작을 통해 몰두해 갔던 것이 풍류주인으로서의 탐화광접의 세계였음을 말해 주고 있는 것이다.

풍류객으로서의 이세보의 면모는 19세기 후반 時調唱의 양식이 확보하고 있었던 폭넓은 대중적 기반을 확인시켜 준다. 왕족으로서 최고급의 문화를 향유할 수 있었던 이세보가 가곡창이 아닌 시조창을 그의 창작활동의 기반으로 삼고 있다는 사실은, 19세기 말에 이르러 시조창이 최상층의 문화담당층에 이르기까지 그 영역을 확대시켰음을 증거한다. 시조창의 폭넓은 대중적 기반은 20세기에 접어들면서까지 지속적인 영향력을 지니고 있었는데, 애국계몽운동의 일환으로 시조창작 운동이 활발하게 전개할 수 있었던 것도 이에서 기인하지 않았을까 짐작된다.

『한국시가연구』 5, 한국시가학회, 1999에 수록.

20세기 놀이문화인 시조놀이의 등장과
그 시조사적 의미

1. 문제제기

　시조놀이는 "조선의 옛날 유명한 이들의 시조를 모아서 짝을 맞추어 승부를 겨루는 유희"이다.[1] 이를 歌鬪라고도 하는데, 놀이 행위란 의미에서 가투는 시조놀이와 동의어이이지만, "카드에 대한 音譯으로서 가투"(『동아일보』, 1940.1.9)는 시조놀이에 사용되는 도구라는 의미를 지니기도 한다. 현재 시조놀이는 일반적으로 전통적인 민속놀이의 한 종류로 설명되고 있지만, 그것은 1920년대에 '創案'되어 1930년대를 지나면서, 조선의 문화로 정착된 새롭게 탄생한 20세기 문화이다.

　시조놀이가 "일본의 가루다를 본 떠 만들어진 것"이라는 점 때문에, 이를 "일본에서 和歌를 자랑하고 대중화하는 데 자극을 받아 마련된 대응책"으로 보기도 한다. 그 결과 시조놀이를 통해 당대인들이 시조를 재인식하는 과정에서, "화가의 형식에 감염"되어 우리 시조의 전통에 없는 '시각적 묘사'나 "고정된 음수율"에 집착하는 "유사품"이 만들어졌

---

1) 「음력설, 인정의 기미를 말하는 모든 풍습, 가투」, 『조선일보』(1937.2.17).

다고 평가된다.2) 그러나 이러한 평가에는 재론의 여지가 있다. 왜냐하
면 시조놀이에서 승자가 되기 위해서는 무엇보다도 초·중장에 이어지
는 종장을 다른 사람보다 빨리 찾는 것이 중요하다. 이러한 상황에서
고시조에 "곁들어진 그림을 완상"하고 이러한 경험에서 "시각적 표현
을 중시하는 일본풍에 감염될" 여유는 없다고 해도 과언은 아니다. 더
구나 시조놀이에서 고시조가 재현되는 주된 방식이 낭송이란 점3)에서
도 시조에 대한 인식과 "시각적 표현을 중시하는 일본풍"이 서로 겹치
게 되었으리라고 보기는 상당히 어렵다. 또한 글자 수의 고정은 이미
시조놀이가 등장하기 전인 19세기 시가사의 특징적인 양상 중 하나로
자리하고 있었다. 따라서 시조놀이를 통해 무의식 중에 일본의 화가와
시조에 대한 인식에 겹쳐지게 되었고, 그 결과 시조가 고유성을 잃고
부당하게 극단화되었다는 설명은 수정될 필요가 있다.

　1920년대 조선사회에서 본격화되기 시작한 '취미문화'에 대한 당대인
들의 적극적인 요구가 시조놀이가 만들어지는 중요한 동인으로 자리했
다는 점도 시조놀이를 일본문화에 기원을 둔 '변종'이라는 부정적 시각
에 반론이 될 수 있다. 노동이 엄격하게 시간제로 관리되는 근대적인
노동 시스템 하에서는 그 반대급부로 여가 시간이 발생할 수밖에 없고,
이를 채워나갈 수 있는 다양한 오락문화에 대한 수요가 만들어지게 마
련이다. 때문에 근대화의 시스템이 본격적으로 작동되기 시작한 1920년

---

2) 조동일, 『한국문학통사(제4판)』 5, 지식산업사, 2005, 292~295면.
3) [2회 가투대회] 본사 부인기사 최은희의 낭독으로 시작(…)침착한 태도와 숙련된 기
　술로써 첫 구의 두 들자를 넘으면 벌서 앞을 다투어 집어내는 선수들의 섬섬옥수는
　마치 새벽 하늘에 번적이는 별빛과 가타야 보는 이들의 정신을 황홀케 하얏다(『조선
　일보』, 1927.2.19); [5회 가투대회가] 본사의 함대훈씨와 주최측의 모윤숙씨가 창수
　(唱手)로써 「아희야 새 술 걸너라 봄마지 하지라」하고 부르는 소리와 아울러 경긔
　는 시작(『조선일보』, 1933.2.13)

대부터 한국 사회에서도 이에 대한 수요가 자연스럽게 발생했다. 당대 '조선 사회'를 휩쓸었던 '취미담론'이 바로 그 구체적인 산물이다. 이러한 상황 속에서 전통적으로 사대부의 가창 장르로 향유되던 시조 예술이 시조놀이라는 여가문화로 변모되었던 것이다. 때문에 시조놀이가 당대 문학사의 전개에 있어 어떠한 의미를 가지는가를 밝혀내기 위해서는, 우선적으로 그것의 탄생을 추동했던 문화적 배경과 그 탄생 과정에 대한 고찰이 필요하다 하지 않을 수 없다.

또한 시조놀이의 등장과 관련하여 주목해야 할 점은 오랜 시간 풍류의 현장에서 연행되는 가창문화로 인식되어 오던 고시조가 남녀노소가 모두 즐길 수 있는 전 국민적인 문학 양식으로 변모하게 되는 과정이다. 이 지점에서 시조놀이와 시조부흥운동의 공통적 기반을 찾을 수 있다. 물론 시조부흥운동은 고시조의 언어적 형식을 계승, 이를 순수한 언어 예술로 재탄생시키는 문예운동이며, 시조놀이는 고시조를 콘텐츠로 활용한 놀이문화이다. 때문에 이 둘을 직접 관련시켜 논의하는 것은 무리이다. 그러나 시조놀이에서나 시조부흥운동에서나 모두 시조를 '국민문화의 정수'로 인식하고 있다는 점에서, 시조놀이와 시조부흥운동의 공통의 기반을 발견할 수 있다. 그렇다면 문제는 전통적으로 풍류 공간에서 한정적으로 향유되었던 고시조가 어떠한 계기로 남녀노소 누구나 쉽게 접근할 수 있는 전 국민적인 문학양식으로 재발견되어, 대중적인 놀이문화의 콘텐츠로 활용될 수 있었는가 하는 점이다.

이러한 문제를 제기하면서 본고에서는 우선 1920년대 급부상한 여가문화에 대한 수요 속에서 시조놀이가 만들어지고, 이후에 그것이 전 국민적인 놀이 문화로 성장하는 과정을 추적하고자 한다. 이어 '문학 수양'과 '고상한 취미 향상'의 '재료'로 활용되기 위해 어떠한 성향들의 고시조 텍스트들이 선택되었는지를 살펴보고, 마지막으로 그 결과 시조놀이가 한국 시조문학사의 전개에서 어떠한 의미를 지닐 수 있는지에 대해 논의하도록 하겠다.

2. 여가문화의 확산과 시조놀이의 탄생

2.1. 근대적 취미생활과 시조놀이의 탄생

경성부 숭사동(崇四洞) 륙십 이번디에 거주하는 윤태오(尹泰五)씨가 새로히 고안한 「가투(歌鬪)」라는 실내 유희구는 조선에서 유명한 시조 백수를 리용하야 그 유회 방법이 매우 자미 (…중략…) 유희하는 중에 그 시조의 사설로부터 교훈을 밧게 되어 취미와 리익을 겸한 조흔 유희구라 하겠는데 갑은 한 벌에 이원식이오 종로 동양서원 발매에서 발매한다더라

1922년 7월 4일 『동아일보』에 실린 「신유희구(新遊戱具) 가투(歌鬪)」란 기사는 우리에게 '가투'란 당시 "윤태오"라는 인물에 의해 고안된 "실내 유희구"의 이름이었음을 알려준다. 이후 '가투'란 단어는 "시조 백수를 리용하여" 노는 놀이, 혹은 그 놀이에 이용되는 유희구, 즉 카드라는 의미로 사용되면서 널리 알려지기 시작했다. 이를 시조놀이라고 부르기 시작한 것은 1936년 무렵 한성도서주식회사에서 『시조(時調)노리-일명 가투』가 발매된 즈음인 것으로 보인다. 이은상이 고시조 선별에 관여한 이 유희구는 1936년 동아일보사 후원의 '제1회 부인 가투와 擲柶의 밤'에 사용되면서 유명해지기 시작했다. 여기에 사용된 '시조놀이'란 제품명은 '윷놀이'에 대응하기 위하여 만들어진 말인 듯하며, '일명 가투'라는 부제를 단 것은 시조놀이란 용어가 생경한 당대인들에게 접근하기 위한 배려로 보인다.

고시조 백수를 이용한 놀이가 만들어지는 데 모델이 되었던 것은 일본의 '가루다'였다. 시조놀이에 대한 부정적인 시각은 이러한 탄생의 기원 그 자체에서 기인한다 해도 과언이 아닐 정도이다. 가루다의 존재를 알고 있었던 당대인들에게도 가투의 기원은 썩 유쾌한 일이 아니었던 듯하다. 다음은 1926년 1월 5일자 『조선일보』에 실렸던 기사 중 일부이다.

일본의 『가루다』를 본 쓴 것이라고 함이 혹은 불쾌하다고 하는 분도 잇는 듯하나 이것은 돌이어 오괴한 생각이다. 가투는 조선 력대의 시인, 재가, 가인, 영웅, 충신, 렬사, 정치가, 군인, 불평객, 반역아들이 쌔에 늣기고 경우에 쩔리며 일에 감동되고 세상을 걱정하야 깃붐 슬픔 노여움 근심 할 것 업시 그 텬연스러운 감정을 제대로 쏘더 내는 민족덕 특질을 생긴 대로 표현한 향토문예의 귀중한 재료가 되는 것이니 (…) 조선의 풍토에서 자라난 조선덕 취미를 길으기 위하야 조선의 문예를 붓드러 가기 위하야 일반의 취미생활의 요구와 합치된 가투의 노리를 추천코자 한다.

'가투의 노리'가 일본의 가루다를 본 쓴 것이라 하여 불쾌하게 여기는 생각이 "도리어 오괴한" 것임을 명쾌하게 지적하고 있는 이 글을 통해, 가투의 기원에 대한 우리들의 '불쾌' 역시 떨쳐 낼 수 있다. 외래문화에서 힌트를 얻어 가투가 만들어지기는 했으나, "민족적 특질을 생긴 대로 표현한 향토문예"인 고시조를 활용한다는 점에서, 그것이 "조선적 풍토에서 자라난 조선적 취미"에 합치된 놀이임이 강조되고 있기 때문이다. 고시조 중 100수만을 선택하여 만들어진 점이라든가, 텍스트 전부를 적은 패(읽는 표/꽃쪽)와 일부를 적은 패(줍는 표/엽쪽)로 나누어지는 카드의 구성 방식, 또는 정월놀이로 많이 행해진다는 사실 등에서 시조놀이와 가루다는 많은 유사점을 가지고 있다.[4] 그러나 "제 짝을 골라 맞추는" 방법은 이미 "골패나 투전, 서당아동들이 하던 邑聚(고을내기)나 掛子내기, 詩牌" 등의 전통적인 놀이들에서 행해졌다는 점에서, 반드시 가루다의 영향만이라고는 볼 수 없다는 것이 당대인들의 생각 이었다.[5] 뿐만 아니라 가루다는 "소년 소녀들이 혼잡하는 노는" 놀이로 "사랑의 싹을 엄돋게 하는 유일의 기관"으로 인식되고 있었던 데 비해,[6] 시조놀이는 "고상하고 자미잇고 실익을 겸한 새로운 유희"로 그 가치가 인정받고 있었다는 점에서, 가루다와 시조놀이는 분명하게 구분 되고 있다.

뿐만 아니라 당시 신문들에서 가투대회의 승자가 되기 위한 유일한 요령으로 제시했던 것이 바로 고시조의 완벽한 암송이란 점에서도, 시 조놀이를 즐기던 당대인들의 의식에는 "조선 문학의 중심"인 "시조 중 에서 가장 걸작품이오 또 력사적으로 뜻이 잇는 작품 일백 수"가 핵심 적인 위치에 자리하고 있었음을 확인할 수 있다. 사실 1920~30년대 시 조놀이를 하면서 가루다를 의식하고, 일본의 화가를 떠올릴 사람들은 일본어를 해독할 수 있고, 화가의 존재를 알고 있었던 극히 일부의 지 식인들이었을 것이다. 이러한 상황에서 얼마나 많은 사람이 시조놀이를 하면서 화가를 떠올릴 수 있었을까? 거의 없었으리라 해도 과언은 아닐 것이다. 결국 시조놀이는 오로지 고시조를 텍스트로 한 놀이로서, 여기 서 당대인들이 학습한 것은 우리의 전통적인 고시조의 시형과 미감이 이다. 시조놀이와 가루다의 유사성은 표면적인 현상일 뿐으로, 시조놀 이의 실질은 고시조를 암송하고, 서로 짝이 되는 '초중장'을 찾는 게임 의 방식에 있다는 점에서, 20세기 "조선의 풍토에서 자라난 조선적" 문

---

4) 이에 대해서는 임선묵, 「時調놀이 攷」, 『동양학』 10, 단국대학교 동양학연구소,
   1980, 24면 참조.
5) 「가투는 새로운 것이지만 시패와 비슷한 유희」, 『동아일보』(1940.1.19).
6) 「세계각국의 정월놀이: 일본의 가루다회」, 『조선일보』(1925.1.10).

화라 하겠다.

1920년대 일본 가루다를 모방한 새로운 '조선적인 놀이'가 만들어지는 데 결정적인 계기가 되었던 것은 당대 '조선 사회'를 풍미하고 있었던 '취미담론'이었다. 앞서 『동아일보』 기사에서 "가투"가 "취미와 이익"을 겸한 좋은 유희구로 강조되고 있는 데서, 1920년대에 접어들면서부터 생활개조론의 핵심 문제로 부상하기 시작한 취미생활에 대한 요구7)가 바로 시조놀이의 탄생에 지대한 영향을 미쳤음을 확인할 수 있다. 시조놀이가 근대적인 취미담론의 직접적인 산물임은 1922년 7월 4~5일에 걸쳐 『동아일보』에 실린 다음의 기고문을 통해 분명하게 드러난다. 이 글을 기고한 "엣스·유 생"이 설명하고 있는 '가투' 탄생의 필연적 이유는 다음과 같다.

> (현대문명은) 생존경쟁으로 인하야 生하는 苦痛의 修練場 (…) 생존경쟁의 過中에 吾人이 무엇으로써 하든지 慰藉를 求하며 享樂을 要함은 吾人 生存의 必然한 法則 (…) 목하 조선인의 실지 가정생활 상태를 고찰하면 너무도 汎然하며 너무도 疎隔 (…) 종일 지리한 노동에서 身을 抽하야 석양빗 느즌 때에 同情과 慰安의 泉을 구하고자 피로한 심장에 빠른 거름을 加하야 『歸家』하면 그 가정은 의외에도 쓸쓸하고 적막하야 불이 꺼진 것과 갓지 아니하며 인간의 취미성이 沒却된 것과 갓지 아니한가 (…) 취미에 渴하고 歡喜에 乏하고야 吾人인이 엇지 활력을 갱신하고 기분을 爽凉히 하야 다시 활발히 경쟁장소에 立할 수 잇스리오 (…) 오인의 활력을 갱신하고 따라 오인의 생활을 일층 풍부히 또 향상하랴 하면 불가불 차 가정을 安息所와 慰藉所다히 개조할 필요가 절실 (…) 그 최선한 방법은 음악과 운동에 관한 기구, 기타 가정유희에 적합한 오락기구를 이용하야 和氣를 작함 (…) 此를 이용

---

7) 이상 '취미'와 관련된 서술은 천정환, 『근대의 책읽기』, 푸른역사, 2003, 193~194면; 천정환·이용남, 「근대적 대중문화의 발전과 취미」, 『민족문학사연구』 30, 민족문학사학회, 2006, 231~247면의 내용을 참조하였음.

하야 유희하며 담소하면 그 간에 자연히 일가의 융화를 助하며 취미를 生하
야 냉냉한 가정에 춘일이 照하고 막막한 생활에 진미가 흥할 것 (…) 가정적
오락으로 新히 案出된 가투[不美舍 주인 尹泰五 군이 개발]야말로 이러한
목적에 부합.   ─ 엣스 · 유 생(生), 「사회생활과 가정적 오락」

　　18세기 중엽 산업혁명으로 근대적인 생산시스템이 갖추어지면서 영
국의 평민들은 '살인적인 노동'에 노출된 상태에서, 스트레스 해소와 기
분 전환을 위한 여가활동을 요구하게 되었다고 한다. 하지만 가정은 노
동시간 동안 쌓인 피로를 풀기 위해 썰렁한 경우가 대부분이었고, 이에
새로운 여가활동에 대한 요구가 발생했다고 설명된다.[8] 1920년대 조선
인들의 삶에서도 이러한 양태가 똑같이 반복되고 있었다. "극심한 생존
경쟁으로 인해 고통스러운 삶"을 살아야 하는 상황에서 "慰藉를 구하
며, 향락을 요"하는 것이 "吾人生存의 필연한 法"이라는 위 인용문의
구절에서, 당시 조선인들의 삶이 '극단화된 노동' 속에서 '기분전환을
위한 여가활동을 요구'했던 18세기 근대인들의 모습과 닮아있다는 것을
발견할 수 있다.
　　근대의 관점에서 1920년대 조선의 가정은 이러한 요구를 충족시키기
에는 너무나 "汎然하고 疎隔"할 뿐이었다. 노동에 지친 심신의 피로를
회복하고 "활력을 갱신"하기 위해 "가정을 安息所와 慰藉所"로 개조해
야 하는 요구가 대두될 수밖에 없고, 이에 "가정유희에 적합한 오락기구"
가 필요함을 역설하고 있는 위 인용문의 주지는 1920년대부터 조선 사회
를 휩쓸었던 수많은 취미담론의 내용과 동일하다. 시조놀이는 바로 이렇
게 적막하기 그지없는 가정에 활력을 부여할 사명을 가지고 등장한 새로
운 유희라는 점에서, 당대 취미담론의 실천적 행위로 고안된 새로운 문화

───────────

8) 박재환 · 김문겸, 『근대사회의 여가문화』, 서울대학교 출판부, 1997, 51면.

라 하겠다.

20세기 당대 조선인들이 요구했던 새로운 근대적 여가를 위해 탄생한 시조놀이는 "조선문학"의 중심인 고시조를 콘텐츠로 활용한다는 점에서, "골패 · 화투 · 투전과 갓치 野卑하지도 안코 보기에도 고상하고 읽어도 滋味가 나는"(『신민』, 1927.2) '이상적인 오락'으로 각광받으면서 전 국민적인 놀이문화로 성장하게 된다. 시조놀이가 본격적으로 대중들에게 각인되어, 남녀노소 누구나 즐길 수 있는 놀이로 부상하기 시작한 것은 새로운 정초놀이를 보급하기 위한 목적으로 '가투대회'가 개최되면서부터이다. 경성여자기독교청년회가 주최가 되고, 이에 조선일보사가 후원하는 형식으로 1926년부터 열리기 시작한 가투대회는, 1929년에서 1931년까지 3년간의 공백을 제외하고서는 1940년대까지 매년 정월놀이로 개최되면서 시조놀이를 대중적으로 보급시키는 데 혁혁한 공을 세운다.

제4회. 1932.2.12 　　　제5회. 1933.2.12 　　　제10회. 1937.11.13

당시 『조선일보』에 실렸던 가투대회의 광경을 묘사한 삽화와 실제 풍경을 찍은 사진들이다. 참가자 18명으로 출발했던 제1회 대회 이후, 3회에 이르러서는 그 참가자가 70명에 이를 정도로 가투대회의 기획은 대성공을 거둔다. 회가 거듭되면서 후원하는 업체도 많이 늘어 "세창목, 목침, 색상자, 『실용서찰법』(동양서원)"(『조선일보』, 1927.2.19) 등으로 소

박했던 초창기의 협찬품들이 "안경, 극장 관람권, 전기다리미, 최신 옷
감, 화장품, 여드름 약, 향수 용기, 유성기 음반" 등으로 다양해지는 데
서도 가투대회의 인기를 짐작할 수 있다.

특히 참가자의 성분을 보면 전업 주부만이 아니라, 齒專이나 경성여
고에 다니는 여학생 및 보육학교의 교사와 같은 신여성들[9]까지 망라되
고 있어, 시조놀이가 전통문화에 익숙한 기성세대만이 아니라 새로운
문화적 취향을 가진 신세대들에게도 적지 않는 호응을 받고 있었음을
알 수 있다. 각 지방에서 개최되는 가투대회를 알리는 신문기사들은 가
투대회가 경성 이외의 지역으로 퍼져나갔고, 이를 통해 시조놀이가 전
국적으로 확산되었음을 말해 준다. 조선일보사와 경쟁관계에 있는 동아
일보사가 뒤늦게나마 1936년에 가투대회를 개최하기 시작한 데에는, 세
대와 지역의 한계를 넘어서 전 국민적인 여가문화로 자리하게 된 시조
놀이의 성장세가 그 배경으로 작용했다 하겠다.

가투대회가 여성들의 참여로만 진행되었다고 해서, 시조놀이가 여성의
놀이로 한정되었던 것은 아니었다. 1928년 6월 15일자 『조선일보』에 실린
'마산가투대회'란 제하의 기사문이나, 사내에서 열린 가투대회에 '南宮嬉,
劉永順, 成聖賢, 金辰九' 등이 각각 1등에서 4등까지 휩쓸었다는 1940년
1월 13일자 『조선일보』의 기사문은 성인 남성들도 시조놀이를 즐겼음을
알려준다. 물론 시조놀이는 '대회'라는 집단적 형태뿐만이 아니라, 개인들
이 모이는 공간에서 여흥을 돋우기 위해 행해지기도 했다.[10]

---

9) 『조선일보』(1934.2.15): [1934년 6회 가투대회의 입상자들] 1등 이양숙(齒專 4년생,
   작년에 3등), 2등 전선애(가정), 3등 신재덕(경성여고 3년), 4등 이화봉(중앙보육 선
   생), 5등 계임덕(가정).
10) 『삼천리』(1939.1): "신문사 젊으신 족하님네 몇 분이 이 아주머니를 좀 골려볼 작정
    이던지 예고도 없이 마구 닥쳐들어 탁주를 달내는 것이다. 할 수 있나 유명한 형제주
    점 근처에 사는 죄로 꼼짝 못하고 토벌을 당했다. 오래간만에 시조노리와 웃노리가

이처럼 시조놀이는 1920년대 중·후반 매년 정월에 개최되었던 가투대회를 통해 각 가정으로 급속하게 전파되었다.[11] 이를 계기로 "청년도, 아동도, 부인도, 신사도, 遊客도 다 할 수" 있는 "재미있고 유익하고 고상한 유희"(『신민』, 1927.2)로, "남녀노유를 물론하고 섞여 놀 수 있는" 놀이(『시조놀이』, 1936)로 그 가치가 강조되면서, 당대 대표적인 놀이문화로 성장해 갈 수 있었다. "향토색이 분명한 조선적 정조"를 가지고 있을 뿐 아니라, "춘하추동 언제든지 오락을 요구하는 사람"이라면 누든지 즐길 수 있는 강점을 지닌 시조놀이는 새로운 시대가 요구하는 실내유희로 적극 권장되었고, 그 결과 '가투'가 만들어진 지 10여 년이 지난 1937년 무렵에는 전통적인 윷놀이와 함께 대표적인 조선의 정월 풍속으로 여겨질 정도로[12] 시조놀이는 당대 조선인들의 삶에 밀착해 갔다.

2.2. 시조놀이의 대중적 보급과 다양한 '가투'의 등장

시조놀이를 위해 무엇보다도 중요한 일은 그 유희 도구인 '가투', 즉 100수의 고시조를 적은 카드를 구비하는 일이다. 아직 대중적으로 보급되지 않는 가투에 낯설었을 독자들을 위해, 조선일보사에서는 대회를 앞두고 가투로 사용될 고시조 100수를 신문을 통해 소개했다. "가투가 시정에 나온 것이 얼마 되지 못하야 일반으로 보급되지 못한 까닭에" 대회에서 사용할 '가투'에 실린 "시조 백수를 차례로 지면에 게재"하여 대회의 참여 욕구를 자극하고자 했던 것이다. 그런데 여기서 언급되고

재미있었다(동아일보기자 黃信德)."

11) 1929년 1월 13일자 경성방송국 프로그램을 보면 오후 7시 35분 '취미강연' 시간에 "歌鬪의 話"가 편성되어 있는 것으로 보아 1920년대 말에는 시조놀이가 정월놀이로 자리하게 되었던 것을 알 수 있다.

12) 「음력설, 인정의 기미를 말하는 모든 풍습, 가투」, 『조선일보』(1937.2.17).

있는 '가투'는 바로 동양서원에서 발매한 『가투』이다. 『가투』의 발매와 동시에 여기에 실린 '원본 시조' 100수만 모아 간행한 소책자[13)가 있는데, 여기 수록된 작품들과 『조선일보』에 '가투'로 소개된 고시조들이 동일하기 때문이다. 다음은 가투들의 실제 모습이다.

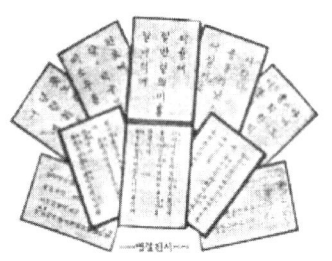
제1회 가투대회. 1926.1.5.

제4회 가투대회. 1932.2.1.

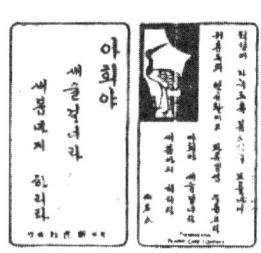
『화가투』광고. 1931.2.24.

『조선일보』에 소개되었던 가투의 실물 사진들이다. 위쪽에 있는 사

---

13) 『「歌鬪」 原本時調百首』는 8.5×12.5㎝ 크기의 소책자로, '편집겸 발행인은 윤태오(경성 숭사동)'이며, '발행소는 不美舍(경성 숭사동)', '인쇄인은 崔誠愚', '인쇄소는 신문관', '발행일은 1922년 4월'로 명시되어 있다. 가격은 10전이다. 가투의 "善手"가 되기 위해서는 "시조 전부를 獨誦ᄒᆞᄂᆞᆫ 것이 제일 필요"한 일이기에 "이상적 실내 유희를 소개하는 동시에 본 책자를 간행"했음이 서두에서 밝혀져 있다. 즉 여기에 실려 있는 고시조들은 윤태오에 의해 개발된 동양서원 발매의 "「가투」에 기재된 시조 백 수"인 것이다. 이 자료는 조경철군이 서울대학교 도서관에 소장되어 있는 『육당본 청구영언』을 열람하는 과정에서 발견하였다.

진들 중 왼쪽의 것은 제1회 가투대회에 사용된 가투이다. 여기서 종장만 적혀 있는 위쪽의 패가 "집는 쪽"이며, 全文이 적혀 있는 아래쪽의 패가 "읽는 쪽"이다. 그런데 제4회 가투대회의 공식 가투로 지정된 '화가투'의 모양이 1회 때의 가투와 사뭇 다른 대신, 아래쪽에 있는 신민사 발행의 『화가투』광고 사진과 동일하다는 점이 눈에 띈다. 즉 4회 가투대회의 공식 가투로 지정된 '화가투'가 바로 신민사 발행의 『화가투』로, 1회에서 3회 때까지의 가투대회에서는 동양서원의 『가투』가 공식 가투로 사용되었다가, 공백 기간 후에 재개된 4회 대회에서부터는 신민사의 『화가투』로 교체, 사용되었던 것이다. 『가투』의 고시조들이 신문에 소개되었던 것처럼, 『화가투』의 고시조들 역시 대회가 열리기 전인 1932년 2월 12일부터 『조선일보』를 통하여 소개되었다. 이때 소개되었던 고시조들과 1926년 1월 5일부터 신문을 통해 소개되었던 『가투』의 고시조들을 비교해보면 절반 이상이 서로 다르다.

선행 논의에서 '화가투'는 "화투와 가투를 뒤섞은 새로운 오락거리"의 이름으로, 왜색과 도박성향으로 인해 보급에 한계를 지닐 수밖에 없었던 화투에 전통놀이인 가투가 결합됨으로써, 화투가 '화가투'라는 고상한 오락과 사교방법으로 선전되며 전국으로 확산된, "새로운 생활 오락"으로 설명되고 있다.[14) 하지만 '화가투'는 그 자체가 새로운 놀이 방식이 아니라, 시조놀이와 별도로 화투 혹은 트럼프로도 활용할 수 있게 만든 새로운 유희구의 이름이다.[15) 조선일보사 주최의 가투대회에서 공식 가투가 『가투』에서 『화가투』로 교체되었던 데에는, 『가투』에 비해 『화가투』가 놀이도구로 더 유용할 뿐 아니라, 가격도 저렴하다는 점

---

14) 이경돈, 「'취미'라는 사적 취향과 문화주체 '대중'」, 『대동문화연구』57, 대동문화연구원, 2007, 246면.

15) 「실내 유희구의 정화, 화가투 경기법, 附 트람프·화투 법」, 『신민』(1931.3), 108면.

이 중요한 원인으로 작용했을 것으로 추정된다. 우선 위 사진에서 알 수 있듯이 동양서원의 『가투』는 시조 텍스트만 적혀 있는 단순한 구성인데 비해, 신민사의 『화가투』는 시조 텍스트와 함께 카드의 왼쪽 상단에 화투 그림이나 트럼프의 그림을 그려져 있어 시조놀이는 물론, 이와 별도로 화투 혹은 트럼프로도 활용될 수 있는 다목적 놀이도구이다. 여기다가 2원이었던 『가투』의 절반 가격인 1원이라는 판매가격은 상품으로서 『화가투』의 매력을 배가시킨다. 물론 『화가투』를 이용하면 화투의 원리를 도입해서 시조놀이를 진행시킬 수 있다. 그렇다고 해서 시조놀이의 본질이 달라지는 것은 아니다. 초장과 종장에 해당하는 종장을 찾는 기본적인 놀이 방법은 유지되고, 단지 승부를 결정하는 방법이 다양해질 뿐이기 때문이다. 즉 기존의 '가투'가 단지 카드를 빨리 찾는 순으로 승부가 결정되었다면, '화가투'를 활용하면 각 카드에 할당된 점수를 합해 획득한 점수 순으로 승부가 결정되는 등 보다 다양하고 방법으로 시조놀이를 즐길 수 있다는 말이다.16)

　『화가투경기법』(신민사, 25전)이란 책자가 별도로 발매될 정도로, 다양한 놀이에 활용될 수 있는 특징에다 1원이라는 저렴한 가격이 더해져서, "재판 3만부의 매진"으로 "三版物"이 출시될 정도로 『화가투』는 상업적인 성공을 거둔다. 이를 통해 『화가투』는 동양서원의 『가투』를 대체하면서 1930년대에 접어들어 대표적인 가투로 자리하게 된다. 이러한 『화가투』의 보급은 시조놀이의 대중적 확산을 의미한다 하겠다. 시조놀이의

---

16) '충효, 도학, 강산풍월, 녹수청산, 삼 사랑(三戀愛), 꿈 둘(夢二), 세 백발(三白髮), 공명, 은자, 회고, 오 동자(五童子), 다섯 님(五君)' 등 시조의 내용에 따라 각 카드에 점수를 할당하고, 나중에 모아진 카드의 점수를 합산하여 승부를 가르는 방식이 그것이다. 예를 들면 '창파에 골육을', '우리의 학발쌍'으로 시작되는 카드를 두 장 모으면 20점이고, '아희야'가 든 카드를 5장 모으면 30점이라는 규칙으로 시조놀이를 진행하는 것이다.

대중적 확산의 기세는 『시조노리』라는 또 다른 가투의 출시로 이어졌고,
1936년부터 조선일보사와 별도로 뒤늦게 동아일보사가 가투대회가 개
최하기 시작했던 것도 이러한 시조놀이의 대중적 확산의 결과이다.

- 鷺山 李殷相 編, 一松 崔永秀 畵 「時調노리 一名歌鬪」
- '삭풍은 나무 끝에 불고'로 시작되는 김종서의 시조가 쓰인 카드가 샘플로 제시되어 있다
- 인쇄 {포스타 아이보레紙, 各章節에 커트 入, 極美麗 二色 인쇄
- 내용 {古時調 二千首 중 대표작 百數 篇, 歌辭及作家名 의 絶代正確
- 특색 {在來 流行 보다는 倍大하야 遊戲上 保管上 極便極利
- 1원 20전. 송료 8전.

1936년 1월 16일자 『동아일보』에 실렸던 『시조노리』에 대한 광고로,
노산 이은상이 관여했다는 점이 관심을 끈다. 동아일보사가 가투대회에
뛰어들기 시작하면서 공식 화투로 사용했던 것이 바로 이 『시조노리』이
다. 제목 그대로 시조놀이만을 위한 전용 놀이도구라는 점이 『화가투』
와 구별된다. 뿐만 아니라 수록된 고시조들 역시 『화가투』와 차별된다.
조선일보사의 예와 마찬가지로, 가투대회를 앞두고서 『시조노리』에 실
린 고시조들이 『동아일보』의 지면을 통해 소개되었는데, 『화가투』는 물
론 『가투』에 실린 고시조들과 중복되지 않는 작품이 반을 넘는다. 특히
고시조 100수가 '가나다'순으로 정리되어 있는 점은 『시조노리』의 가장
큰 특징이다. 이러한 배열의 순서는 고시조 암송의 편이를 도모하기 위
한 배려로, 시조놀이가 시작된 지 10여 년이 경과하는 동안 시조놀이를
즐기는 대중들의 요구가 반영된 결과로 보인다.

　　이상에서 20세기 "조선적 취미를 본위로 한" 새로운 문화로 탄생한 시조놀이가 대중적인 놀이로 자리하게 되는 과정을 살펴보았다. 시조놀이의 성장 과정에서 이를 위한 유희구가 최소한 3종류나 발매되었다는 사실은 당대 시조놀이에 대한 대중적 수요의 정도가 적지 않았음을 확인케 한다. 만일 시조놀이에 대한 대중적 호응이 확보되지 않았다면, 시조놀이를 위한 놀이도구가 상품으로 출시되기는 어려웠을 것이기 때문이다. 이처럼 1920년대를 지나 1930년대로 접어들면서 시조놀이는 거대 언론사의 대대적인 후원에 힘입어 가투대회라는 대규모의 공식 행사를 통해 일시적인 유행이 아닌 생활 속의 지속적인 놀이문화로 자리하게 되었던 것이다.

3. '가투' 고시조의 성향: 別離의 情恨과 음풍농월의 풍류 그리고 윤리적인 삶

　　'가투'는 단순한 놀이도구일 뿐 아니라, "조선 문학의 정화라 할 만한 고시조 중에서 가장 아름다운 것 백수를 뽑아"내는 작업을 거쳤다는 점에서 고시조의 '앤솔로지'라 할 수 있다. 세 종류의 가투가 제작되는 과정에서 대본으로 삼았던 가집들은 각기 다르다. 우선 가장 먼저 나온 『가투』는 『가곡원류』(육당본) 혹은 『가곡원류』(불란서본)을 대상으로 선집 작업이 이루어진 것으로 보인다. 왜냐하면 『가투』에 수록된 '다만 한간 초당에 전등 걸고 책상 노코'와 '나 안고 님 안즈니 거문고란 어대 둘고'는, 위 두 가집에만 실려 있는 작품들이기 때문이다. 이에 비해 『화가투』에는 『영언유초』, 『청구영언』(육당본), 『가곡원류』(국악원본), 『대동풍아』 등에만 수록된 작품들[17]이 보이는 것으로 보아, 비교적 여러 가집들에서 작품들이 선별되었던 것을 알 수 있다.

또한 이은상이 제작에 참여한『시조노리』의 경우를 보면,『가투』나『화가투』의 경우에서처럼 19세기의 가집들에 수록된 작품들이 가장 많지만, 이러한 중에 18세기의 가집 및 문헌들에서도 작품이 선별되었다는 점에서 특징적이다.18)『시조노리』의 고시조 선별 작업이 여러 시조 문헌을 대상으로 하여 이루어졌다는 점은 그 동안 새로운 시조 문헌의 발굴 작업을 통해 많은 시조 문헌이 축적된 결과라 하겠다. 1927년『가투』가 나올 즈음에는 모두 합하면 "여러 百首"였던 것이『시조노리』가 간행된 1936년에는 "二千首"로 급증할 정도로, 10여 년이 흐르는 동안 고시조에 대한 문헌 수집 및 연구가 활발하게 진행되었다. 이러한 흐름의 선두에 있는 이들 중 하나가 바로 이은상으로, 그에 의해서 고시조 선별 작업이 이루어졌기에『시조노리』가 다양한 고시조 문헌들에서 선별된 작품들로 구성될 수 있었던 것이다.

그렇다면 수많은 고시조들 중에서 가투로 선택된 작품들의 성향은 어떤 것이었을까? 다음 인용작들은 세 종류의 가투들에 모두 실린 작품들로 초장만 인용해보았다. 그것만으로 전체 내용을 어렵지 않게 파악할 수 있을 정도로 매우 친숙한데, 성향에 따라 네 개의 그룹으로 나눌 수 있다.

---

17) '가랴 가랴커늘 성난 김이 가소하고 가는가~(무명씨,『영언유초』)', '내 청춘 누를 주고 뉘 백발 가저온고~(무명씨,『청구영언(육당본)』)', '도화는 엇지하여 홍장을 짓고 서서~(계랑,『가곡원류(육당본)』)', '청산은 내 뜻이요 록수는 님의 정이~(황진이,『대동풍아』)'.

18) '늙고 병든 정은 국화에 붙여 두고~(김수장,『해동가요(주씨본)』)', '꽃은 무슨 일로 피어서 쉬이 지고~//뫼는 길고 길고 들은 멀고 멀고~(윤선도,『병와가곡집』)', '기석에 누엇다가 깨달으니 달이 밝다~(박인로,『손씨수견록』)'.

- 이 몸이 죽고 죽어 일백번 고쳐 죽어
- 간 밤에 부든 바람 눈서리 치단말가
- 매화 옛 등걸에 춘절이 도라오니
- 태산이 높다하되 하늘 아래 뫼이로다

- 추강에 밤이 드니 물결이 자노매라
- 말 업슨 청산이오 태 업슨 류수로다
- 짚방석 내지 마라 락엽엔들 못 안지라

- 울며 잡은 사매 떨치고 가지 마소
- 님 그린 상사몽이 실솔의 넉시 죄야

- 이화에 월백하고 은한이 삼경인 제

- 이 몸이 죽어가서 무엇이 될고 하니
- 구름이 무심탄 말이 아마도 허랑하다
- 한산섬 달 밝은 밤이 수루에 혼자 안저

- 두류산 양단수를 네 듯고 이제 보니
- 뭇노라 저 선사야 관동풍경이 엇더터니

- 산촌에 밤이 드니 먼 대 개 즈져 운다
- 이화우 흣뿌릴 제 울며 잡고 리별한 님

- 추월이 만정한데 슯히 우는 저 기럭아

임금을 향한 굳건한 '일편단심'이나, 눈보라 속에서도 '독야청정' 꼿꼿하게 서 있는 '락락장송'의 지조와 절개, 혹은 목표를 향한 불굴의 의지 등 윤리적인 삶의 태도를 강조하는 작품군들이 첫 번째 그룹이다. 두 번째 그룹에는 청정하고 아름다운 자연 속에서 사는 삶의 모습을 닮아 낸 '강호한정'의 노래들이, 세 번째 그룹에는 사랑하는 이와의 이별을 노래한 작품들이 모여 있다. 맨 아래에 있는 '이화에 월백하고'와 '추월이 만정한데'는 애상감을 표출한다는 공통점이 있다. 이와 같은 작품 분류는 『가투』,『화가투』,『시조노리』에 수록된 작품 전체들에 확대 적용될 수 있다. 즉 가투에 선택된 고시조들의 대부분이 '윤리적인 삶, 자연 속에서 즐기는 풍류, 그리고 별리의 정한'이라는 주제군들로 묶인다는 것이다.

i)

- 가라 가라커늘 성난 김에 가소하고
  가고하고 가는가 안 가는가 문틈으로 예어보니
  눈물이 비 오듯 하야 풍지 저저 못 볼내라

- 청산은 내 뜻이요 록수는 님의 정이
  록수 흘러간들 청산이야 변할소냐
  록수도 청산을 못 니저 우러 예어 가노라

ⅱ)

• 두 눈에 고인 눈물 진주나 되련이면   • 압록강 해 진 뒤에 어여쁜 우리 님아
  청실 홍실 길게 깨어 임께 한끝 보내련만   연운만리를 어듸라고 가시는구
  거두지 못하여 사라짐을 어이리   봄풀이 푸르거든 즉시 도라 오소셔

ⅰ)은 『화가투』에만 실린 고시조들이고, ⅱ)는 『시조노리』에만 실린 고시조들이다. 모두 이별로 인한 상실감과 그리움을 절절하게 노래하고 있는 작품들인데, 이 작품들이 조선 시대 가집에서의 출현빈도가 그리 높지 않다는 점이 흥미롭다. '가라 가랴커늘'은 『영언유초』에만 실려 있는데, 초장의 1, 2음보만 '님이 가려커늘'로 대체된 異形態가 『靑丘詠言』과 『歌譜』에 실려 있을 뿐이다. 특히 우리에게 너무나 익숙한 황진이의 '청산은 내 뜻이오'는 『대동풍아』에서만 확인되는 작품이라는 점에서, 시조놀이를 통해 이 시조가 대중적으로 알려지게 되었던 것으로 추정해 볼 수 있다.

ⅱ)의 『시조노리』에 실린 '두 눈에 고인 눈물'은 슬픈 사연을 가진 "진주"와 남녀의 행복한 결합을 상징하는 "청실 홍실"의 부조화를 통해 눈물과 같이 사라져 버리고 마는 상실감의 깊이를 효과적으로 표현하고 있다. 현재 『역대시조전서(심재완 편)』에는 이 작품이 1945년 함화진이 편한 『가곡원류 증보판』에만 수록되어 있는 것으로 나와 있어 더욱 주목된다. 『시조노리』가 편찬될 당시 이 작품이 수록된 가집이 있었다면, 그 가집이 현재 발굴되지 않았던 것일 수도 있고, 아니면 이것이 당대에 새롭게 등장한 '신작'일 수도 있다. 기원이 어디에 있었든, 그것이 이별의 노래라는 점에서 시조놀이에 활용된 작품들의 성향을 대표하고 있음은 분명하다.

또한 '압록강 해 진 뒤에'는 『청구영언(진본)』, 『해동가요』, 『가곡원류 (하합본)』에 실려 있는 것으로 확인된다. 그런데 다른 가투에 실린 고시

조 작품들이 거의 모든 가곡원류 계열 가집에서 출현하고 있는데, 이
작품은 『가곡원류(하합본)』이나 『화원악보』 정도에서만 확인된다는 점
이에서 19세기에는 그리 각광받던 노래가 아니었음을 알 수 있다. 그런
데 이은상이 이를 『시조노리』에 실었던 것은 그것이 유발하는 별리의
정한 때문이었을 것이다.

　이처럼 가투에 실린 고시조들 중에서 가장 많은 작품들이 '별리의 정
한'이라는 주제군에 몰려 있다. '울며불며 떠나는 임을 만류해 보았지만,
기어이 임은 떠나 버렸다. 먼 곳에서 들려오는 개 짖는 소리에 혹시 임
이 오지 않을까 하는 기대를 갖지만, 그것은 착각 일 뿐. 오로지 꿈에서
만 임을 만날 수 있다'. 가투들에 실린 애정시조들은 이러한 이별의 아
픔과 이별 후의 절절한 그리움을 환기하는 작품에 집중되어 있다고 해
도 과언이 아닐 정도로, 슬픈 사랑의 노래가 각광을 받았다. 어쩌면 네
번째 그룹의 애상감을 표출하는 노래들도 이와 연관된 정서를 표출한
다는 점에서 선택된 것으로 보이기도 한다. 깊은 밤 일지춘심에 잠 못
이루는 것은 임에 대한 상사 때문일 수도 있고, 가을 달밤에 슬피 우는
저 기러기도 임을 떠나보낸 이의 마음을 닮아 있기 때문이다. 이와 같
은 성향은 '애정과 별리 같은 주정적 주제'들이 중심 영역으로 부상한
19세기 후반 시조사의 새로운 국면과 일정 정도 관련되어 있다.

　뿐만 아니라 강호한정의 주제군에서도 '심성수양과 이법을 추구하는
성리학적 미의식'보다는 자연 속에서 노니는 '흥취'를 노래하는 작품들
이 집중되어 있는 점에서도 가투의 성향이 19세기 후반 시조사의 경향
과 공유하고 있는 유사점을 찾을 수 있다.[19] 가투들에 실린 고시조 중

---

19) 19세기 시조사의 전개에 대해서는 고미숙, 『19세기 시조의 예술사적 의미』, 태학사,
　　1998, 119~235면 참조.

에는 청정한 자연 속에서 모든 현세적 욕망을 비워 내고, 오로지 달빛으로만 채운 빈 배로 표상되는 고결한 정신적 경지를 노래하고 있는 것들도 없지는 않다. 하지만 시조놀이를 위해 선택된 대부분의 강호시조들이 무릉도원처럼 아름다운 풍경 속에서 근심 없이 자연과 하나가 되어 노니는 유유자적한 삶을 노래한다는 점에서, 19세기 후반 강호시조의 경향에 닿아 있다 하겠다.

그러나 19세기 후반 시조사의 특징 중 하나로 지적되는 '삶에 대한 무상감'에 대한 작품들이 보이지 않는다는 점에서 시조놀이는 19세기 후반 시조사의 흐름과 구분된다. 인간의 유한성에서 오는 무상감은 늙음에 대한 탄식과 연결되어 '술을 마시는 행위, 즉 醉樂'에의 몰입으로 이어지게 된다. 하지만 가투들에서는 이러한 성향의 고시조들을 찾기 어렵다. 다음은 1926년 1월 『조선일보』에 소개되었던 『가투』의 시조들 중 술이 등장하는 작품들이다.

* 석죠는 나라 들고 모연은 이러난다
  동령에 달이 올아 금회를 빗최도다
  아희야 와준에 술 걸러라 탄금하고

* 큰 잔에 가득 부어 취토록 먹으면서
  만고영웅을 손곱아 헤여보니
  아마도 유령 리백 이내 벗인가

* 전촌에 계활하니 봄소식이 갓가워라
  창남에 일란하니 합리매 푸르러서다
  아희야 잔 가득 부어라 춘흥 겨워

* 창밧게 국화를 심어 국화 밋헤 술 비저 두니
  술 닉자 국화 피자 벗 오시자 달 도다 온다
  아희야 거문고 청처라 벗님 대접

여러 가집들에서 출현 빈도가 비교적 높은 작품들에 속한다. 인용작 외 가투 전체에서 술이 등장한 작품은 '술을 취케 먹고 두렷이 안젓스니'로 시작되는 작품과 '재 넘어 성권농 집에 술 익단 말 어제 듯고' 정도로, 모두 합해도 열 수가 넘지 않을 정도로 아주 적은 분량이다. '술과 탄금', '이적선과 소자첨이 놀던 자리', '큰 술잔, 그리고 유령과 이백' 등의 소재들은 인생무상으로 인한 취락에의 몰입으로 이행될 가능성을 가지고 있다. 하지만 위의 품들에서 보이는 취흥의 정도는 '도도한 흥취'를 맘껏 즐길 수 있는 정도에 머물고 있을 뿐, 현세를 잊고서 향락의 세계에 완전히 몰입해 버릴 정도의 맹목적인 모습은 아니다.

또한 19세기 후반 시조사의 흐름에서 주변으로 밀려나 있는 윤리나 도덕적인 주제들이 애정과 음풍농월의 주제군 못지않은 비중을 차지하고 있다는 측면에서도, 가투 고시조들의 성향과 19세기 후반 시조사의 흐름 사이에 일정한 거리가 존재한다. 정몽주의 <단심가>를 비롯하여, 백설이 만건곤할 제 홀로 푸른 소나무의 절개를 칭송하는 작품처럼 충절을 노래하는 작품들이 세 종류의 가투들에 고루 실려 있으며, 백설이 자욱한 데 구름마저 험한 현실에서 매화 한 송이 피지 않는 세태에 대한 절망감 역시 충절의 마음과 다르지 않다. 이 외에도 '良志誠孝', '孝悌忠信', '禮儀廉恥'의 윤리를 강조하는 노래들이 눈에 띠고, 특히 『시조노리』에서는 가곡원류 계열에서는 모두 탈락한 '반중 조홍감이 고와도 보이나다'와 가집들에서는 확인되지 않는 '동기로 세 몸 되어' 같은 노계의 교훈시조들이 수록되어 있다는 점도 특징적이다. 여기서 19세기 후반 시조사의 전개에서 주변으로 밀려나 있었던 교훈과 윤리적 성향이 시조놀이를 위한 고시조 선택의 또 다른 기준으로 작동하고 있었음을 확인할 수 있다.

이상에서 20세기 시조놀이에서는 19세기 후반 시조사의 중심이었던 별리의 정한과 음풍농월의 풍류를 노래하는 고시조들이 선택되었던 것과 동시에 축소되었던 충절과 윤리적 삶을 강조하는 교훈적인 고시조들이 선택되었음을 확인해 보았다. 별리의 정한과 음풍농월의 풍류를 '개별적인 정감'이라고 한다면, 교훈적인 태도는 집단적 윤리를 강조한다는 점에서 정반대의 지점에 있다 하겠다. 가투들에는 이질적인 성향의 고시조들이 공존하고 있는 셈인데, 시조놀이가 '취미문화'의 구체적인 실천 행위로 고안된 놀이문화라는 점에서 그 원인을 찾을 수 있다.

　20세기 전반 한국 사회에서 유행했던 취미는 "예술과 오락의 중간에 위치한 중간문화로, 일반 가정으로 들어가 모든 가족 구성원이 함께 즐길 수 있는 높고 고상한"[20] 문화라는 의미를 지녔다. 시조놀이 역시 이와 같은 취미생활의 한 방편으로 만들어진 놀이인 이상, '어른과 아이, 남녀와 노소'라는 모든 가족 구성원에게 수용될 수 있는 동시에 오락과 교양이라는 이질적인 성향을 동시에 만족시킬 수 있어야 했다. 이러한 조건이 고시조들의 선택기준으로 작용했던 결과, 19세기 후반 고시조의 가장 지배적인 성향으로 자리한 별리의 정한과 음풍농월의 풍류를 노래한 작품들을 선택함으로써, '조선취미의 滿悅'에 쉽게 접근할 수 있도록 배려하는 동시에, '유익한 수양의 자료'로 활용될 수 있도록 윤리적인 삶의 태도를 강조하는 교훈적인 작품들을 선택했던 것이다. 이러한 시조놀이의 태생적 특성 상 가투들에서 인생무상과 취락의 작품들이 배제되었던 것은 당연한 결과이다. '인생이 일장춘몽이니 아니 놀고 어이하리'와 같은 취락에의 몰입은 오락인 동시에 교양이기도 해야만 하는 취미생활에는 맞지 않는 쾌락지향적인 태도이기 때문이다. 단 가투에 쓰인 고시조를 통해 "口誦咀嚼하는 사이에 자연히 심성이 도야"(『동아일보』, 1922.7.5)된다고 할 때, 이를 성리학적 맥락에서의 심성도야를 의미한다고 오해해서는 안 된다. 20세기 근대인들은 가투의 고시조들에서 발견할 수 있는 '충과 효, 지조와 절개' 등의 덕목을 시대와 계층을 초월한 일반적인 윤리의식으로 받아들였을 것이기 때문이다.

---

20) 미나미 히로시 외, 『다이쇼 문화』, 정대성 옮김, 제이앤씨, 2007, 72면.

4. 국민문학으로서 고시조의 재발견과 대중적 보급

시조놀이를 통해 조선시대 사대부 문화권을 중심으로 하여 가창 양식으로 존재하던 고시조가 20세기에 들어 "청년도 아동도 부인도 신사도 遊客" 모두가 즐길 수 있는 고상한 취미로 자리하게 되는 과정을 살펴보았다. 『가투』가 처음 만들어져 소개되었을 당시에도 "'시조는 일부 화류계에서나 唱할 것이오 결코 普通良家에서 口頭에 上할 것이 아니라'는 者가 있을"지도 모른다는 우려가 나올 정도로, 시조는 풍류공간에서 향유되었던 노래라는 전통에 구속되어 있었다. 하지만 이런 우려를 불식하고, 시조놀이는 "장차 조선 사회에서 매장되려 하는 조선 고유한 詩人 · 烈士 · 帝王 · 貴女의 시가를 대부분 망라하야 조선의 역사적 문학을 부흥"하려 한다는 목적(『동아일보』, 1922.7.5)을 실현했다. 시조놀이가 시조문학사의 전개에 있어서 차지하고 있는 위상은 바로 이 지점에서 찾을 수 있다.

그렇다면 문제는 "화류계에서나 창"되던 시조가 어떻게 "청년, 아동, 부인"들도 자랑스럽게 즐길 수 있는 "조선의 문학의 정화"로 변신할 수 있었는가 하는 점이다. 1927년 『신민』 3월호에는 "조선 냄새 나는 조선 문학"을 건설하기 위해 시조를 부흥하자는 주장(이병기)과 동시에, "근 십년을 두고 시조 부르기를 공부해도 아즉 숭내도 변변치 내지 못할" 정도로 어려운 그런 시조를 부흥한다는 것은 곧 "침체할 운명"(민우보; 태원)이라는 의견이 동시에 실릴 정도로, 여전히 시조는 가창의 전통과 관련되어 있었다. 가창을 통한 향유에 무게 중심이 놓여있던 시조사의 중심이 이동되기 시작한 것은 20세기 고시조가 언어 텍스트로 재발견되기 시작하면서 부터이다.

고시조의 변신에 지대한 역할을 한 이는 최남선이다. 그는 『소년』, 『청춘』[21] 등의 잡지를 통해 고시조를 우리 "문학 중 가장 普遍의 형식이오 가장 由來가 久遠한" 유산으로 소개하는 작업을 진행했다. 1912년에는 이를 확대하여 『가곡선』을 펴내면서 시조를 "조선 고유한 정취와 자별한 색채와 특수한 수사"를 갖춘 "자못 중요한 조선 문학"으로 규정한다. 고시조 문헌의 발굴과 정리 작업을 통해 시조 "부흥의 기운을 促"하고자 했다는 최남선의 발언에서, 시조부흥운동의 시발이 조선 문학의 정화로서 고시조가 재발견되는 일련의 작업을 통해 마련되었음을 알 수 있다. 演唱을 위해 가집에 필사되어 있던 고시조들이 가창과의 밀착관계를 청산하고, 언어 텍스트 그 자체가 "조선 문학의 정화"로 재배치되는 극적인 변화에서, 시조가 "옛 형식에 새로운 내용을 담은 새 문학의 형식으로써 부활"되기 시작했던 것이다. 이러한 흐름을 선도한 최남선은 이광수에 의해 "시조부흥운동의 '始祖'"로 오르면서, 그 업적이 인정되고 있다. (『삼천리』, 1933.3)[22]

이와 같은 과정을 통해 "민족적 특질을 생긴 대로 표현한 향토문예의 정수, 조선 문학의 중심"으로 안착한 고시조의 변신은 시조부흥 외

---

21) 「古今時調選」, 『청춘』(1918.3): 모두 60수의 고시조로 구성되어 있는 이 기획의 저본이 되었던 것은 『청구영언(육당본)』으로 보인다. 모든 작품이 『청구영언(육당본)』에 실려 있는 중에, '대붕을 손으로 잡아 번개불에 구어먹고'와 같은 『청구영언(육당본)』의 유일작이나, '나뷔야 청산 가지 범나뷔 너도 가자'와 같은 『청구영언(육당본)』과 『삼가악부』에만 수록되어 있는 작품들 포함되어 있기 때문이다.

22) 일반적으로 시조가 부르는 노래에서 읽는 시로 전환되는 시점은 1900년대 애국계몽기 시조 창작 운동에서 찾는다. 1929년 10월 4일부터 그해 12월 1일까지 『동아일보』「과거의 금일」이라는 난`는 이때의 시조가 가끔 실렸다. 이에 대해서 이광수는 당시까지만 해도 "글로 썻스면 반드시 목으로 읍게 되였던" 상황인지라, "조선 글로 문예를 쓸 수 있느냐 하는 의문을 가졌었다"라고 증언하고 있다.(『별건곤』, 1930.1) 즉 애국계몽기의 시조창작은 고시조의 관습적 전통에 기반을 두고 이루어졌던 것이다[이와 관련해서는 고은지, 「애국계몽기 시조의 창작 배경과 문학적 지향」, 고려대학교 석사학위논문, 1997 참고]. 결국 문예 양식으로서의 시조의 부흥은 애국계몽기가 아닌 최남선에 의해 고시조가 조선 문학의 중심으로 부상하기 시작한 이후라 하겠다.

에도, 시조놀이가 만들어지는 데 중요한 배경이 되었다. "가인재자의 귀를 즐겁게 하고 마음을 기쁘게 하는 도구에만 그치고 있던"(『가곡선』 서문) 고시조를 "朝鮮 古文學의 근간"으로 끌어 낸 최남선의 작업이 있었기에, "일부 화류계에서나 唱"으로 향유되던 시조가 "보통 良家"의 '부녀자나 청년자제'들의 입에도 오를 수 있는 '고상한 취미'로 변신될 수 있었던 것이다. 그 결과 1920년대를 지나 30년대에 접어들면서부터는 그 이전까지 고시조의 소통 공간에 접근이 불가능했던 "직업선에서 활동하는 녀성들은 물론이려니와 가정에 억매여서 밧갓 출입을 별로 하지 못하는 가정부인"들이나, 중학교에 다니는 청소년들까지도23) 고시조에 친숙할 정도로, 시조놀이는 고시조의 국민적 보급에 큰 기여를 하게 된다.

물론 이즈음 근대적 연구 방법론을 학습한 신세대 학자들에 의해 고시조에 대한 문학적 연구가 본격화되고, 이를 통해 시조가 민족 시가로 정립되었다. 하지만 이러한 학적 성과물이 소통되는 범위는 지극히 한정적일 수밖에 없다. "남명 조식이 거북살스러운 당시의 서울 정계에서 벗어나" "남조선의 명산 두류산"에서 그 속상한 회포를 풀어내고 있는 '두류산 양단수'가24) 조선의 가정주부들에게, 학생들에게 알려지게 된 계기는 시조놀이였다. 생활 속의 놀이문화로 정착된 시조놀이를 통해 풍류 현장에 갇혀 있었던 고시조가 국민문학으로 재발견되고, 남녀노소 누구나 애호할 수 있는 고전문학으로 보급될 수 있었다는 데에서 시조놀이가 지닌 시조사적 의미를 찾을 수 있다.

---

23) 정병욱 선생은 중학교 시절(1934년 경) 기숙사에서 친구들과 함께 즐겼던 『시조놀이』가 '인생의 반려'인 시조"를 만나게 되는 계기가 되었다고 회고했다. 『시조문학사전』 序(신구문화사), 1966. 임선묵, 「時調놀이 攷」, 1면에서 재인용.
24) 安民世, 「데이회 가투대회를 열면서(二)」, 『조선일보』(1927.2.14).

5. 결론

　본고에서는 20세기 근대적 취미생활의 필요성과 그 실현방향이 다방면으로 모색되던 문화적 배경 하에, 조선적 문학 양식으로 재발견된 고시조가 시조놀이를 통해 가정주부나 중학생들도 함께 즐길 수 있는 국민문학으로 '부흥'하고 있었던 상황에 대해 살펴보았다. "장차 조선 사회에서 매장되려 하는 조선 고유한 詩人·烈士·帝王·貴女의 시가"들이 "조선의 역사적 문학"으로 "청년 아동"이나 "가정부인과 여학생"들의 고상한 취미로 부상할 수 있었던 것은 시조놀이의 대중적 파급력 때문이었다. 시조부흥운동이 새로운 문예양식으로 부활한 시조의 창작운동이었다면, 시조놀이는 국민문학으로서 고시조의 대중적 보급을 목적으로 한 문화운동이었다고 할 수 있다. 이를 통해 고시조는 당대인들의 일상 속에 '전아하고 고상한' 품격 높은 조선적 양식으로 자리할 수 있었던 것이다.

　시조놀이를 통해 고시조가 국민문학의 정수로 자리하게 되었지만, 가창과 결부된 시조의 전통 역시 유지되고 있었다. 시조의 조선정악전습소나 권번 등을 중심으로 꾸준히 전승되는 한편,[25] 유성기 음반이나 라디오로 소통의 매체를 확장시켜 나가면서 고급한 전통 예술로 자리하게 되면서[26] 가창의 전통은 굳건하게 지켜지고 있었다. 한편으로는 '현상문예'를 통해 당선된 시조가 라디오를 통해 방송되기도 했으며,[27]

---

25) 이에 대해서는 신경숙, 「근대 초기 가곡 교습」, 『민족문화연구』 47, 고려대학교 민족문화연구원, 2007, 213~244면에 상세하게 논의되어 있다.

26) 고은지, 「20세기 유성기 음반에 나타난 대중가요의 장르 분화 양상과 문화적 의미」, 『한국시가연구』 21, 한국시가학회, 2006, 338~341면.

27) 1940년 5월 7일 방송프로그램을 보면 8시 30분에 "時調 禿魯江(金敬實作), 旅愁(朴鳳明作) 李承煥"이란 프로가 잡혀 있는 것을 확인할 수 있다. 이 작품들은 경성방송국 주최의 현상문예 시조부문에서 당선된 작품으로(『조선일보』, 1940.4.13), 1940

현대 시조 역시 가창과 결부되어 논의되는[28] 등, 시조 본연의 가창적 전통은 새로운 국면을 맞이하기도 한다. 『화가투』의 놀이 방법을 설명하는 데 있어, 고시조 텍스트의 실현 방식으로 '평시조'나 '노래가락'이 거론되고 있으며(『신민』, 1931.3), 『가투』가 종장 말구가 생략된 시조창의 형식으로 제작되었다는 점은 시조놀이의 보급이 가창이라는 시조의 전통과 무관하게 진행되었던 것만은 아니었음을 말해 준다. 그러나 『가투』의 원본 고시조들을 모아 놓은 책자에는 각 작품의 말미에 조그마한 글씨로 종장 말구가 인쇄되어 있는데 이는 흥미로운 양상이다. 즉 음악적인 필요에 의해 관습적으로 생략해 두었던 텍스트의 일부를 복원시켰던 데서, "기차여행시 무료하거나, 홀로 산보할 때, 혹은 경제나 법학, 율서 같은 난해한 서적"을 보다 피곤할 때 개인적으로 "심기를 일전할 수" 있기에 좋은(『「가투」 원본시조백수』 서문) '독서물'로 활용될 것을 염두에 둔 배려를 엿볼 수 있기 때문이다.

이처럼 20세기 시조사에서 고시조 텍스트는 다채로운 양상으로 존재하고 있었다. 본래의 장르적 관습이 유지되는 한편, 가창에서 분리된 언어 텍스트가 창작을 위한 '문학 훈련'의 재료로,[29] 혹은 고상한 취미생

년 5월 7일자 『조선일보』에 작품의 전문이 게재되어 있다. '이승환'은 라디오 시조 방송의 단골 출연자였던 것으로 보아, 현상문예를 통해 당선된 시조가 창으로 불렸을 것으로 추정된다.

28) 홍난파가 노산의 작품에 곡을 붙이는 작업을 했는데, 그 결과물이 『조선가요작곡집: 노산시조편』(1933.5, 50전)이다. 이에 대해 具王三은 "단순하게 보통 가요 형식에 曲附化한 것에 불과할 뿐, 조선 시조 특유의 청취 및 풍운은 물론 톡톡한 향운이 제대로 발휘되지 못했다"는 비판적 의견을 제시한 바 있다. (「時調作曲의 少感: 홍씨의 歌謠集을 讀하고」, 『조선일보』, 1934.3.19).

29) 고시조의 독서 경험이 시조를 근대적인 문예 양식으로 재탄생시키는 결정적인 계기가 되었다는 사실은 "(육당이) 시조에 多大한 취미를 가저서 古人의 조혼 시조를 만히 애독할 뿐 안이라 자기도 시조 짓기를 조화하야 路上에서 각금 시조를 지여가지고 늙은 과부의 니 알는 소리 모양으로 웅얼웅얼한다"(『별건곤』, 1926.12)라든가,

활을 위한 놀이로, 혹은 연구자들의 연구대상으로 확대되면서, 19세기와는 또 다른 새로운 영역이 개척되었던 것이다. 이렇게 본다면 한국인의 삶 속에서 고시조는 결코 사라진 적이 없는 예술양식이었음을 확인할 수 있다. 지금도 시조 본래의 장르적 특성은 소수의 전문 예능인과 이에 대한 감식안을 지닌 애호가들을 중심으로 유지되고 있다. 다만 시조사의 중심이 원래 중심이었던 가창문화가 주변적인 것으로 이동하고, "국민문학"으로서 재발견된 언어 텍스트가 중심으로 부상하였던 것이다. 이러한 중심 이동의 결과 "부름에 느러지고 어려운 맛" 때문에 자칫 쇠퇴할 수 있었던 고시조 텍스트가 대표적인 고전 문학 양식으로 온 국민에게 친숙하게 자리할 수 있었다는 점에서 20세기 시조사에서 일어났던 고시조의 변신은 중요한 의미를 지닌다 하겠다.

　그러나 지금 시조놀이의 전승은 중단된 상태이다. 어느 시점부터 시조놀이의 전승이 중단되었는지는 아직 정확하게 확인할 수 없다. 해방 이후 시조놀이에 대한 구체적인 자료들이 확보된 이후에야 시조놀이의 쇠퇴 과정과 원인에 대한 본격적인 고찰이 가능하다 하겠다. 다만 1940년에 이미 복잡하고 재미없어 오락으로는 적합하지 않다는 지적30)이

　"(노산 시조는) 그가 수많은 고시조를 탐독하는 가운데 자연히 「감염」된 고전취미의 流露라고 할 것이다"(『동광』, 1932.5)이라는 기록을 통해 확인할 수 있다. 뿐만 아니라 '시조작법(時調作法)의 교과서'로 '고시조집으로는 『가곡선』(광문회)과 『시조유취』(한성도서회사)'가 추천되기도 했다(『조선일보』, 1935.3.1). 따라서 현대시조의 창작에 있어 고시조의 독서가 창작 훈련의 기능을 담당했다는 것은, 고시조가 문학 텍스트로 발견되는 인식의 전환에서 현대 시조사가 시작되었음을 의미한다 하겠다.
30) 「한 집안이 모여서 즐길 가정오락은 업슬까」, 『조선일보』, 1940.1.1. "가투는 어렵고 웃은 너무 단순하다"
　이)가투는 비교적 여러시 모여서 집단적으로 놀 수 잇는 오락이지만 재미가 업지 안허요?
　신)그러쵸 패니 복잡하기만 하고 …
　이)우선 재미가 잇서야죠.

나왔다는 데서, 이미 이즈음부터 시조놀이에 대한 대중적 호응이 시들해지고 있었던 사실을 확인할 수 있다. 무려 100수나 되는 고시조에 대한 암기가 요구되는 시조놀이가 게임으로 즐기기에는 너무 부담스러운 것은 분명하다. 시조놀이가 중단된 데에는 고시조 100수를 외워야 하는 압박이 놀이를 즐기는 데 상당한 부담으로 작용했던 것으로 추정할 수 있다. 부담감을 감수하고 시조놀이를 즐기기 위해서는 상당히 의식적인 노력이 필요할 터, 이러한 노력이 이루어질 수 없었던 여러 가지 사회적 요인에 의해 결국 시조놀이의 전승이 중단된 것이라는 추정의 수준에서 글을 마무리하고자한다.

『한국시가연구』 24, 한국시가학회, 2008에 수록.

오)재미업는 건 오락이 아니니까.

경성방송국 프로그램에 기록된
20세기 '시조예술'의 연행 양상과 특징

1. 20세기 시조예술사의 다양한 국면

『가곡원류』는 고종 13년인 1876년에 박효관과 안민영이라는 당대 최고의 시조 가객들에 의해 편찬된 것으로 알려져 있다. 현재 확인된『가곡원류』의 이본은 10여 권에 이르고 있는데, 이는『가곡원류』편찬 이후 일·이십 년 안에 일어난 일로,『가곡원류』의 편찬을 계기로 19세기 후반 시조 예술사가 정점에 이르렀음을 상징적으로 보여준다. 그러나 1900년대, 즉 20세기로 넘어오면서부터 한국 시가사에서 시조 예술사의 성장세는 급격하게 사라져버린 것처럼 서술되고 있다. 이는 많은 연구자들에 의해 지적되었듯이 그동안의 문학사 서술이 '20세기라는 새로운 시대의 시가사'는 '자유시'라는 근대적 양식을 향해 발전적으로 진행해야한다는 '직선적 사관'에 의해 이루어졌기 때문이다. 그 결과 마치 19세기 시조사와 20세기 시조사는 단절되었고, 1920년대 중후반 이후 시작된 시조부흥운동을 통해 근대적 문예양식으로 거듭난 현대시조가 등장하기 전까지 20세기 전반기의 시조예술사는 거의 주목받지 못했다.

하지만 20세기 시조예술사는 근대적 문예양식으로 '부흥'한 현대시조의 흐름으로만 서술되기에는 부족하리만치 다양한 국면으로 진행되고 있었다. 우선 1900년대 들어 등장한 근대적인 인쇄 미디어가 소통매체가 되어, 『남훈태평가』 이후 확보된 시조창의 대중적 기반을 바탕으로 '애국계몽운동'이라는 시대적 소명에 부응하기 위한 창작 붐이 일어났으며, 『가곡원류』의 전통이 20세기 가객들에 의해 그대로 이어지고 있었다. 뿐만 아니라 가창 양식으로만 존재하던 시조가 음악적 구속에서 벗어나 '조선의 국민문학·조선 고유의 시형'으로 재인식되면서, 국민문학으로 정립되는 등의 새로운 흐름이 만들어지기도 했다. 그 결과 새롭게 창작된 근대 시조와 구별 지어 '고시조'로 명명된 전통적인 시조 텍스트를 대상으로 한 正典化가 진행되는 한편, 문학 연구 텍스트로서의 史的인 집대성 작업이 이루어지기도 했다.[1] 또한 근대적 '취미담론'과 결합하여 만들어진 '시조놀이'를 통해 국민적 교양으로 확산되기에 이른다.[2] 즉 20세기 시조예술사에는 가창 양식이라는 전통적인 흐름이 지속적으로 계승되는 동시에, 전통적 장르규정에서 벗어나 '국민적 시가'로 규정되는 새로운 흐름 등으로 다채롭게 전개되고 있었다.

  이 중에서 본고에서 주목하는 지점은 경성방송국을 무대로 하여 전개되었던 20세기 시조 예술의 연행 현장이다. 이와 관련된 기록들이 당대 일간지들에 게재되었던 방송 프로그램들에 저장되어 있다. 최근 신경숙에 의해 그동안 20세기 문학사의 서술에서 급격하게 사라져 버렸던 『가곡원류』의 향방에 대한 면면들이 밝혀지면서, 20세기 시조예술의

---

1) 이에 대해서는 이형대, 「1920~30년대 시조의 재인식과 정전화 과정」, 『고시가연구』 21, 한국고시가문학회, 2008; 서철원, 「『교주 가곡집』을 통해 본 20세기 고시조 향유와 전승 양상」, 『한국문학이론과 비평』 41, 한국문학이론과 비평학회, 2008 참조.
2) 시조놀이에 대해서는 이형대, 위 논문과 고은지, 「20세기 놀이문화인 시조놀이의 등장과 그 시조사적 의미」, 『한국시가연구』 24, 한국시가학회, 2008, 385~415면 참조.

연행에 대한 새로운 관점들이 만들어지고 있다.[3] 이와 동일한 문제의
식을 공유하면서, 본고에서는 경성방송국 프로그램에 나타난 가곡창 및
시조창 방송 기록들을 통해 20세기 시조 예술의 연행 양상을 살펴보고
자 한다. 경성방송국의 역사는 1927년 'JODK'를 호출부호로 정규방송
을 시작하면서 본격적으로 출발한다. 그러나 그 전부터 이를 위한 실험
방송이 지속적으로 있어 왔다. 당시 신문들에는 실험방송을 포함하여
1945년 8월 경성방송국이 폐쇄되기 직전까지의 방송 프로그램이 꾸준
히 게재되고 있었다. 이중에는 '가곡' 혹은 '시조'로 명기된 방송 프로그
램이 포함되어 있다. 이 당시의 방송이 거의 대부분 스튜디오 생방송으
로 진행되어야만 했던 상황을 감안해 보면, 방송이 진행되던 스튜디오
는 시조의 연행 현장이라 할 것이다. 따라서 방송되는 창곡 및 창자와
반주자 및, 드문 경우이기는 하지만 노랫말까지 제공하고 있는 방송 프
로그램은 20세기 시조예술 연행 현장에 대한 생생한 기록들이라 하지
않을 수 없다. 이를 자료로 하여 본고에서는 20세기 시조예술 연행에
대한 일면을 살펴보도록 하겠다.

2. 라디오 방송의 시작, 시조예술의 새로운 소통방식

1924년 10월 6일 『조선일보』에는 '편리한 무선전화'라는 헤드라인의
기사문이 실린다. 여기서 방송무선전화, 즉 라디오는 '하로 밤에 십 여
원의 입장료를 내고 들어야할 음악이라도 먼 지방에 있는 여러 백만 명
의 청취자에게 일시에 용이하게 들려 줄 수 있'는 '근대 과학적 문명의

---

3) 신경숙, 「하순일 편집 『가곡원류』의 성립」, 『시조학논총』 26, 한국시조학회, 2007;
「근대초기 가곡교습」, 『민족문화연구』 47, 고려대학교 민족문화연구원, 2007.

결작'으로 소개되고 있다. 당시 신문독자들은 이 내용을 있는 그대로의 사실이 아니라, 앞으로 다가올 '멋진 신세계'를 그려낸 SF쯤으로 받아들였을 지도 모른다. 본격적인 라디오 방송이 시작된 것은 이후로부터 3여 년의 시간이 흐른 뒤였기 때문이다.

1924년 11월 30일 '과학의 위대한 힘'을 보여주었던 라디오 시험 방송은 일본어 방송인(『경성일보』, 1924.11.30) 탓에 당시 조선 대중들에게까지 그 '큰 감동'이 전해지기는 힘들었을 것이다. 그러나 그 다음달 17일부터 조선일보사 주최로 열린 '무선전화방송의 공개실연'은 라디오에 대한 조선인들의 대중적 관심을 증폭시키기에 충분한 사건이었다. '조선말로 처음'이란 타이틀을 내건 이 시연회의 첫날에는 '리상재씨의 연설과 이동백군의 단가독창'이, 둘째 날에는 '윤극영씨의 동요 「반달」과 홍영후의 바이요린 독주, 정악 전습소원의 관현악 합주와 조동석씨의 단소독주'가 방송되었다(『조선일보』, 1924.12.18). 위 자료들은 이때의 보

도사진들로, '아모 줄도 없이' 들리는 '신비로운 소리에 놀라는' 청중들
과, 무대에 설치된 확성기, 그리고 방송을 위해 바이올린을 연주하고 있
는 홍난파의 모습 등을 통해 당시의 분위기를 생생하게 증언하고 있다.
이 시연회에 대한 청중들의 반응은 말 그대로 폭발적이었다. 조선일보
사에서는 이에 그치지 않고 '라디오 순회대'를 조직하여 각 지방을 돌아
다니며 라디오를 알리는 데 힘썼다. 그러나 조선일보사 주최의 라디오
시연회는 일종의 활동사진 상연회와 같은 구경거리였다. 정식으로 인가
된 실험방송은 '매주 일, 화, 목, 금' 4차례씩 하든 체신국 방송이었다.
하지만 조선일보사의 라디오 시연회는 라디오에 대한 조선 대중들의
관심을 증폭시키는 데 큰 일조를 했고, 1926년 7월부터 목요일 방송은
'순전한 조선말'로 진행되는 결과로 이어진다. 그 첫 번째 방송은 '一.新
所聞. 二.靈山. 三.活寫解說. 四.朝鮮歌曲'[4]의 프로그램으로 탑동공원
음악당에서 설치된 수화기와 확성기를 통해 일반에게 공개되기도 했다
(『시대일보』, 1926.7.8). 오랜 시험방송단계를 거쳐 드디어 1927년 2월 16
일 경성방송국이 개국하고, JODK란 호출부호로 정규 방송이 시작된다.
초창기에는 조선어와 일본어가 함께 섞인 형태로 이루어지다가, 1933년
4월 26일부터 조선어 방송이 '제2방송'으로 '제1방송'인 일본어 방송에
서 분리되어 이중방송이 시작되면서 근대 조선에도 본격적인 라디오
시대가 막을 연다.[5]

　　라디오의 등장은 시조예술의 연행에 있어 획기적인 사건으로 기록될

---

4) '新所聞'은 '뉴스'를, '靈山'은 '영산회상'을, '活寫解說'은 '영화설명'을, '朝鮮歌曲'은
　가곡창이나 시조창, 혹은 잡가와 같은 조선 전통의 성악곡을 의미한다.
5) 1933년 1월에는 일본인 청취자 수는 1만 5천여 명이었고, 조선인 청취자는 2천 3백
　여 명으로(『동아일보』, 1933.1.21) 조선인 청취자가 일본인 청취자의 15%에 불과하
　였으나, 1938년 1월에는 일본인 청취자 수가 6만 7천여 명, 조선인 청취자가 3만 7천
　여 명으로(『동아일보』, 1938.1.11), 그 비율이 55% 수준까지 높아졌다.

만하다. 수세기 동안 시조는 사대부의 풍류공간을 중심으로 향유되는 가창양식이었다. 가곡창과 시조창이라는 두 가지 방식으로 분화되는 시조의 가창양식을 통틀어 '시조예술'로 지칭한다면, 20세기 접어들어 음반과 라디오라는 근대적인 음향 미디어를 통해 유통되기 시작했다는 것은 큰 변화라 하지 않을 수 없다. 이 근대적 테크놀로지들은 풍류공간이라는 폐쇄적 장소에서 일회적으로 연행되었을 뿐인 시조예술을 음반으로 만들어 언제 어디서든지 재생 가능한 영원불멸의 소리로 재탄생시켰으며, 방송국에서 라이브로 진행되는 가곡창 혹은 시조창 방송을 '먼 지방에 있는 여러 백만 명의 청취자가 일시에 용이하게 들'을 수 있는 초공간적인 소리로 만들어 놓았기 때문이다.

20세기 시조예술과 관련한 선행연구들에서 음반은 출판매체인 잡가집과 함께 중요한 자료로 활용되고 있으나,[6] 라디오는 그다지 큰 관심을 받지 못했다. 그러나 앞서 말했듯이 경성방송국의 프로그램들은 근대 방송국을 무대로 하여 펼쳐졌던 시조예술의 연행에 대한 생생한 기록들이라 할 만하다. 때문에 이를 통해 19세기 후반의 시조예술 연행이 20세기에 접어들어 경험했던 변화와 지속의 지점들을 찾아낼 수 있다는 점에서 경성방송국의 음악방송 프로그램은 20세기 시조사 연구에 중요한 자료라 하지 않을 수 없다.

경성방송국의 프로그램에는 가곡과 시조, 歌詞, 잡가 등의 시가 장르는 물론 판소리나 단가 등 조선시대의 거의 모든 가창 양식들이 망라되어 있다. 현재 그 목록들이 『경성방송국 국악방송곡 목록』(민속원, 2000.

---

6) 배연형, 「정가 유성기음반의 문헌학적 연구」, 『한국음반학』 8, 한국고음반연구회, 1998; 문현, 「고음반에 전하는 가곡·가사·시조의 음향자료 연구」, 『한국음반학』 8, 한국고음반연구회, 1998; 임미선, 「완제 시조창 연구」, 『한국음반학』 10, 한국고음반연구회, 2000; 신경숙, 『19세기 가집의 전개』, 계명문화사, 1994.

이하 방송목록으로 지칭)에 집대성되어 있다. 실험방송 단계인 1926년 7월 12일부터 1945년 광복으로 경성방송국이 문을 닫기 직전까지, 20년 가까운 시간 동안 누적되어 있는 방송목록은 20세기 시가사의 흐름을 보여주는 중요한 자료라 하지 않을 수 없다. 그러나 현재까지의 이에 대한 연구는 자료의 양적 분량이 워낙 방대한 탓에 특정 장르 혹은 특정 시기에 한정되어 있거나, 현황에 대한 실증적인 검토를 중심으로 이루어져 왔다.[7] 이 중에 가곡창 및 시조창 방송 현황은 '문인음악' 중 성악곡으로 분류되어 그것의 방송 횟수와 연주곡목, 연주주체 등을 중심으로 정리된 이외에[8] 별다른 주목을 받지 못했다.

그러나 앞서의 기대에 답하기 위해서는 자료의 실증적 접근을 새로운 관점에서 다시 시작할 필요가 있다. 방송을 통한 20세기 시조예술의 연행 현장을 보다 입체적으로 재현해 내려면 단순한 자료 검토가 아니라, 가곡창 및 시조창 방송이 음악 프로그램 전체 중 어떠한 위치에 자리하고 있으며, 그것의 의미는 무엇인지에 대한 탐색이 우선적으로 진행되어야 할 것이다. 그리고 이를 토대로 방송이라는 근대적인 무대에서 이루어지는 시조예술의 연행과 19세기 후반 시조사와의 관련성이 언급될 때, 20세기에 접어들어 시조예술사에 일어났던 변화와 지속의 흐름들을 찾아낼 수 있을 것이다. 이러한 문제의식을 안고 20세기 시조예술의 연행에 대한 탐색을 시작하도록 한다.

---

7) 장옥님, 「1930년대 후반의 국악방송 연구」, 『서울대석사학위논문집 1995~96』, 민속원, 1997; 송방송, 「1920년대 방송된 전통음악의 공연양상」, 『한국학보』26, 일지사, 2000; 김명주, 「일제강점기 이왕직아악부의 방송활동」, 『한국음악사학보』30, 한국음악사학회, 2003.
8) 정영진, 「일제강점기 문인음악 연구」, 『음악과 민족』24, 민족음악학회, 2002.

3. 음악 프로그램 편성의 특징과 가곡창 및 시조창 방송의 위상

경성방송국의 프로그램 편성은 크게 '보도, 교양, 위안'을 기조로 하여 이루어졌다. 1933년 1월 26일(목요일)자 『동아일보』 프로그램을 통해 당시 방송의 구체적인 면모를 살피도록 하자.

오전 8시 '라디오 체조'를 시작으로 라디오방송이 개시되고 있다. 현재의 방송 형태와 유사하게 주로 주부를 대상으로 하는 프로는 오전에, 아동 프로는 6시 이후에 편성되고, 야간에는 성인을 위한 오락프로가 편성되고 있는 것을 확인할 수 있다. 아직 이중방송이 시작되기 전인지라 일본어 방송과 조선어 방송이 섞여 있는데, '만도린 독주[만도린: 山中敏郎, 기타반주: 淸水五彦]/동요/가정강좌[영양요리조제법,西谷岩雄 繰]/중계방송/대중물어[探偵怪奇,栗島狹衣]'가 일본어 방송이다.[9] 맨 마지막 순서인 9시 반의 '남창가곡(하규일)'은 '만도린 독주, 대중물어'와 함께 오락연예 프로그램에 해당한다. 이중방송이 시작되어 조선어 방송이 독립되기 전까지 '조선 연예물'은 하루에 한번 마지막 순서로 9시 30분에 방송되는 것이 일반적이었다.

---

9) [   ]의 내용은 같은 날짜 『조선일보』의 프로그램을 참조했음.

　이중방송 시작 이후에도 오락연예방송은 이와 같은 포맷으로 편성되었는데, 조선어 방송의 독립으로 생겨난 큰 변화 중 하나는 하루에 한 번 방송되는데 그쳤던 조선 연예물들이 일본 연예물들이 사라진 자리를 채우게 되었다는 사실이다. 대부분의 방송을 라이브로 진행해야 하는 당시 방송 형태 때문에 무엇보다도 스튜디오에서 공연이 가능한 출연자들을 섭외하는 것이 중요한 문제였을 것이다. 경성방송국의 연예주임이었던 이서구가 '위안'방송에 대해 다양한 방송 프로그램 중 '광범위한 내용과 많은 출연자를 요구하는' 관계로, '제일 손이 많이 가고, 꽤 까다로운' 분야라 했던 것은 이 때문이다.[10] 또한 청취자들이 가장 선호하는 것 역시 바로 이 '위안'방송이었고, 청취자들은 자신의 기호도를 방송국이나 신문사에 投書하는 일도 많았다.[11] 이런 이유로 다채로운 프로그램 편성을 위해 당대의 거의 모든 문화적 양식들이 총동원되었고, 시조예술이 자연스럽게 이에 합류하면서 라디오를 통해 방송되기 시작했던 것이다. 실험방송 단계에서부터 1945년 8월까지 20여 년에 이르는 방송 프로그램의 전체적 양상을 정리하는 것은 적지 않은 시간을 요하는 일이다. 따라서 본고에서는 1933년 4월 26일 이중방송 개시 이후 '조선어 방송' 프로그램 편성이 안정화에 접어들었다고 판단되는 시기를 임의로 정하여, 1934년 2월 1일부터 12일까지의 프로그램을 사례로 당시 연예 오락방송의 면모를 살피도록 하겠다. 다음은 프로그램 중 연예 오락 부문에 해당하는 방송 목록만 발췌, 순서대로 정리한 것이다.

　　1일: 가야금병창, 바이올린과 피아노, 독창과 관현악, 레코드음악, 라디오

---

10) 이서구, 「放送夜話, 어떻게 하야 여러분의 귀에까지 가는가」, 『삼천리』(1938.10).
11) 이에 대해서는 채만식의 『태평천하』 외에도, 「과도기 방송의 교향악」, 『조선일보』(1933.12.17); 「放送夜話」, 『삼천리』(1934.11); 「라디오프로의 빈약」, 『동아일보』(1935.10.22); 김관, 「라디오음악방송비판」, 『조광』(1937.9); 「독자담화실: DK음악방송」, 『조선일보』(1939.3.1) 참조.

　　드라마
　2일: 속요, 창극조, 음율
　3일: 영화이야기, 속요, 유행가, 창극조
　4일: 속요, 속곡, 가야금병창, 경성입창, 바이올린과 피아노 독주
　5일: 하와이안 기타, 피아노 독주, 춘향가의 밤
　6일: 가사, 남도잡가, 속요, 연속야담
　7일: 경성입창, 바이올린독주, 창극조, 연속야담
　8일: 레코드음악, 하모니카 독주, 속곡, 가곡, 연속야담
　9일: 고담, 명창조 구연, 독창
　10일: 하모니카와 유행가, 가야금과 해금, 가사, 창극조, 독창과 피아노
　11일: 남도잡가, 음률, 피아노 聯彈, 속요
　12일: 유행가, 취주악, 가야금병창, 시조와 속요

　　우선 음악방송이 많은 비중을 차지하고 있음이 눈에 들어온다. 음악방송은 다시 '가야금병창, 잡가, 판소리, 가곡, 가사'의 전통적인 성악곡과 '음율, 속곡, 가야금과 해금'의 연주곡 및 '유행가'를 포함하는 '朝鮮樂'과 '바이올린과 피아노, 독창과 관현악, 하와이안 기타, 하모니카 독주, 피아노 연탄, 취주악' 등으로 세분화되는 '洋樂'의 두 영역으로 나눌 수 있다. 이와 같은 음악방송의 레퍼토리는 경성방송국 프로그램 전체를 통틀어 동일하게 적용된다. 그렇다면 이 중에 어떠한 레퍼토리가 가장 자주 편성되었을까? 1934년 한 해 동안 가장 많이 편성된 것은 잡가로 350여 회로 조사된다. 모든 레퍼토리를 합한 양악방송이 310여 회라는 사실과 비교하면, 잡가의 비중이 어느 정도였는지 짐작할 수 있다. 그리고 그 다음이 창극조, 즉 판소리로 약 130여 회가 편성되었으며, 다음으로 가야금 병창(65회), 음율(56회), 유행가(51회), 가사(48회), 속곡(38회), 가곡(39회), 아악(14회), 신민요(3회), 시조(2회)의[12] 순이다. 기타로

는 취타, 무용곡, 회심곡, 줄풍류, 대금독주, 만담, 화청, 배뱅이굿, 誦書
와 詩吟, 신아위, 고사굿 등의 프로그램명도 보인다.13)

　이렇듯 1934년의 음악 프로는 조선악과 양악의 두 영역에서 당대에
현존하는 모든 음악 양식들이 선택되어 편성되었고, 잡가·판소리와 같
은 대중적 양식들이 그 중심에 자리하고 있었다. 그런데 1938년에 가면
음악방송의 편성에 변화가 일어난다. 우선 전체 연예방송 중 음악방송
의 비중이 1934년에 비해 낮아지게 된다.14) 그렇다고 해서 음악방송에
서 조선의 대중적 성악곡들이 높은 비중을 차지한다는 사실이 달라진
것은 아니다. 여전히 잡가와 판소리가 각각 100여 회와 40여 회로 가장
많이 편성되었기 때문이다.15) 그럼에도 불구하고 1938년에 이르러 조
선악의 비중이 낮아진 것만은 사실이다. 대신 높아진 것은 양악 방송의
비중이다. 1938년 양악 방송은 모두 약 220회나 편성되었는데, 이는 조
선악 전체의 편성 횟수(약 280회)와 비슷한 수준이다. 양악방송에 비해
조선악의 비중이 절대적 우위에 있었던 1934년과 비교해 보았을 때,

12) 시조창은 가곡, 가사, 잡가와 함께 편성되는 경우도 있었고, 시조창만으로 편성되는
　 경우도 있었다. 시조창의 단독 편성은 1935년 중반 이후에야 그 모습을 드러내고 있
　 고, 그 이전까지는 모두 첫 번째 경우에 해당한다. 여기서의 '시조'는 이중에서도 시
　 조창만으로 편성된 방송을 지칭하고 있다. 첫 번째에 해당하는 시조창 방송은 모두
　 잡가 방송에 포함시켰다. 이에 대해서는 이후에 보다 자세하게 논의될 것이다.
13) 음악방송 이외 오락연예물의 레퍼토리는 다음과 같다: 야담·고담(146회), 드라마
　 (60회), 영화이야기(46회).
14) 이에 대해서는 경성방송국 프로그램 편성에 대한 전체적인 현황이 파악되어야 보다
　 자세하게 살펴질 수 있을 것이다. 일단 본고에서는 1934년과 1938년 두 해만을 비교해
　 보았고, 그 결과 1938년에는 1934년에 비해 라디오 소설이나 소설 낭독이나 시, 수필
　 낭송과 같은 문예낭송류가 새롭게 등장하는 등, 레퍼토리가 다양해지고 있다는 점이
　 음악방송의 비중이 낮아진 현상과 관련 있어 보인다는 사실만 언급하도록 한다.
15) 그 외 조선악의 방송편성 횟수는 다음과 같다: 가야금병창(26회), 유행가(24회), 음
　 율(20회), 가곡(18회), 가사(17회), 신민요(11회), 만요(10회), 시조(9회), 아악(7회),
　 속곡(7회), 시국가(6회).

1938년에는 조선악의 비중이 축소되는 대신 양악의 비중이 확대되고 있는 것이다.

가곡창 및 시조창 방송은 이와 같은 음악 방송 구성에서 어떠한 위치를 차지하고 있었을까? 이를 파악하기 위해 음악방송의 편성을 동시대 유성기 음반의 레퍼토리와 비교해 볼 필요가 있다. 가곡창이나 시조창은 대중적 양식이 아니다. 正樂으로 분류되는 이들 양식은 고급예술에 속한다. 때문에 당대 발매된 가곡창이나 시조창 음반은 유성기 음반 전체 규모에 비추어 보면 극히 소수에 불과하다.16) 문화상품으로서의 경쟁력을 갖추는 것이 중요했던 음반의 특성상 고급 장르인 가곡창과 시조창 음반을 내는 것은 어려운 일이 아닐 수 없다. 하지만 라디오에서는 잡가나 판소리 같은 대중적 장르에 비해서는 비중이 크지 않다고 하나, 가곡창과 시조창이 방송이 꾸준히 이루어졌다.17)

음반 발매에서는 소외된 위치에 처해 있었던 고급 장르가 라디오를 통해 방송되었던 것은 가곡창과 시조창의 경우만이 아니었다. 가사나 아악과 같은 궁중 음악 역시 음반매체에서는 소외된 고급 장르였지만 라디오 음악방송에서는 각자의 지분을 확보하고 있었다. 양악방송 역시 이와 동일한 경우이다. 지금의 클래식 방송에 해당하는 양악방송은 조선인 연주자들에 의한 방송도 있지만 동경이나 대판 등 일본에서의 중계인 경우가 많았으며, 홍난파 등의 해설에 의해 진행되기도 했다. 경우에 따라서는 '명곡해설' 혹은 '명곡감상'이라 하여 신문에 방송 관련 정보들이 게재되어 청취자의 이해를 도왔다. 뿐만 아니라 '레코드 방송' 중 곡명이 표기

---

16) 배연형의 조사에 의하면 유성기 음반 전체 중에 정악 음반이 자치하는 비중은 2%미만으로 불과하다고 한다. 배연형, 앞의 논문 참조.

17) 정영진의 조사에 의하면 가곡은 총 383회가 시조는 336회가 편성되었다. 정영진, 앞의 논문 참조. 이 중에 시조창만으로 편성된 것은 133회이다.

된 경우에는 유행가나 신민요보다는 클래식이 많은 부분을 차지하고 있었다. 조선에서는 음반으로 발매되는 일이 드물었던 오페라, 교향곡, 실내악 등 서양의 클래식이 라디오를 통해서 빈번하게 방송되었다는 사실은 음악의 소통에 있어 음반과 비교되는 라디오 매체의 특징을 분명하게 설명해 준다. 즉 상업적 이익을 위해 발매되는 음반과 달리, 오락적 기능과 함께 교양적 기능도 가지고 있었던 라디오의 특성상 상업적 논리의 제약 없이 고급 장르를 편성할 수 있었던 것이다.

　대중적 장르인 잡가와 판소리, 유행가[18] 등의 편성이 라디오의 오락적 기능에 충실한 것이었다면, 클래식의 편성은 교양적 기능에 충실한 것이었다 할 수 있다. 따라서 가곡창이나 시조창 및 가사, 아악과 같은 조선 전통의 고급 장르들은 이러한 맥락에서 근대 음악 방송으로 편성될 수 있었다 하겠다. 1920년대를 지나 30년대에 접어들어서도 권번이나 이왕직아악부 등을 통해 가곡창과 시조창 수업은 꾸준히 지속되고 있었다.[19] 그러나 '짜즈기분'에 물들어 있는 근대 조선의 향락공간에서[20] 이들이 연주할 수 있는 공간은 지극히 제한적일 수밖에 없다. 이러한 상황에서 라디오는 시조 예인들에게 연행 공간을 제공했다는 점에서도 의미를 부여할 만하다. 이제 라디오를 무대로 하여 전개되었던

---

18) 1930년대 중후반에 접어들면 잡가와 판소리 대신 유행가와 신민요가 유성기 음반의 주력 상품으로 자리한다. 하지만 앞서 살펴보았듯이 라디오 방송에서 이들의 비중이 기대보다는 높지 않다. 또한 흥미로운 점은 유행가 방송에 이미 인기를 끌고 있는 곡과 앞으로 음반으로 발매될 곡, 그리고 미발표곡들이 섞여 있다는 점이다. 미발표 곡은 김점도, 『유성기음반총람자료집』(신나라레코드, 2000)에서 확인되지 않는 곡목을 기준으로 했다. 이는 유행가와 신민요의 유통에 있어 라디오가 음반과는 다른 역할을 수행했음을 시사하는 현상이다.

19) 이에 대해서는 草士, 「西道一色이 모힌 平壤妓生學校」, 『삼천리』(1930.7); 浪浪公子, 「名妓榮華史」, 『삼천리』(1936.6); 「李王職雅樂部肄習會演奏綠」, 『경성방송국 국악방송곡목록』(부록) 참조.

20) 이서구, 「京城의 짜즈, 서울맛·서울情調」, 『별건곤』(1929.9).

20세기 시조예술의 현장으로 들어가 보자.

4. 라디오를 무대로 한 가곡창과 시조창의 연행 현장

4.1. 가곡창 방송

가곡창 방송은 1926년 8월 12일에 있었던 실험방송에 처음 등장하고 있는데, 이때 방송은 하규일의 남창과 서산호주·박산홍의 여창으로 편성되어 있었다.[21] 모두가 알고 있듯이 하규일은 근대가곡사의 중심인물로 조선권번에서 수많은 예기를 양성했을 뿐 아니라, 조선정악전습소와 이왕직아악부에서 가객들을 길러내 현행 가곡사의 원류로 자리하고 있다. 때문에 그가 律을 모른다는 이유로 한성권번 소속 기생의 방송출현을 금지시켰을[22] 정도로 가곡방송에 절대적인 영향력을 행사했던 것은 당연한 결과였을지도 모른다. 서산호주는 하규일이 사망하기 약한달 전인 1937년 4월 15일에 '가곡의 밤'이란 특별 편성에서 남녀창 한 바탕을 함께 할 정도로 그의 애제자였다. 그러다 이후 1927년 2월 경성방송국이 개국하면서부터는 줄곧 여창만으로 가곡창 방송이 편성되다가,[23] 그해 7월 23일부터 1929년이 끝날 때까지는 金燮鉉이 김소희, 현매홍, 이난향, 서산호주 등과 함께 한 남녀창으로만 프로그램이 구성되었다.[24] 하지만 이때까지만 해도 唱者 이외의 악곡이나 반주자에 대한

---

21) 이하 방송목록은 별다른 언급이 없는 한, 모두 방송목록을 참조한 것이다.

22) 이혜구, 「1930년대의 국악방송」, 『국악원논문집』 9, 국립국악원, 1997, 251~252면.

23) 1927년 3월 23일의 가곡방송은 남창(장덕근) 방송이다. 조양구락부의 '가교사(歌敎師)'였던 장덕근의 출연은 1회성으로 끝났다. 장덕근에 대해서는 신경숙, 「근대초기 가곡교습」, 220면 참조.

24) 김기현과 함께 한 이들이 조선권번 소속이라는 점을 고려해 보면, 김기현 역시 하규

정보는 제시되고 있지 않아 아쉬움을 남긴다.

　이렇게 시작된 가곡창 방송은 1930년에 접어들어 제자리를 잡아가기 시작한다. 현행 가곡의 연창은 남창과 여창, 그리고 남녀창의 방식으로 이루어지고, 남창은 24곡을, 여창은 15곡을, 남녀창은 24개의 악곡을 부른다. 이러한 연창 방식이 완성된 것은 19세기 후반 『가곡원류』로 알려져 있다.[25] 하지만 방송에서 정격의 편가 방식을 그대로 유지하는 것은 사실상 불가능한 일이다. 물론 예외적으로 시간이 할당되는 경우에 가곡 한 바탕이 다 편성되기도 했지만,[26] 대부분이 30분 정도인 방송 시간을 맞추기 위해서는 몇 개의 악곡을 선택할 수밖에 없었을 것이다. 그 결과 다양한 편가 방식이 나타나게 된다. 1930년 이후부터는 방송 프로그램에 악곡에 대한 정보까지 표기되기 시작하는데, 이를 통해 방송에서 이루어졌던 다양한 편가 방식들을 살펴 볼 수 있다.

　　㉠ 1930.11.1　계면두거, 롱, 우락, 환계락, 편 : 김수정, 김금주, 하규일
　　　　　　　　　(지휘)
　　㉡ 1930.11.22　우조두거, 반엽, 계면롱, 환계락, 계락, 편 : 박춘홍, 김선
　　　　　　　　　옥, 이금향
　　㉢ 1933.1.26　우조초수, 삼수, 소용, 농, 낙, 언락, 편 : 하규일
　　㉣ 1936.8.23　편락(남), 편(녀), 태평가(합창) : 하규일, 김초홍

　우선 가장 다양한 악곡 편성을 보여주는 것은 남녀창 방송으로, ㉣처

　일과 관련 있는 가객으로 추정되지만, 현재까지 밝혀진 기록이 없어 어떤 인물인지 확정지을 수 없다.

25) 가곡의 연창방식은 신경숙, 「조선후기 여창가곡의 연구」, 고려대학교 박사학위논문, 1994, 11~31면.

26) 1933년 9월 10일 12시 30분부터 명월관에서 있었던 조선권번 배반자리 중계방송과, 하규일의 마지막 방송인 1937년 15일 '가곡의 밤'과 같은 특별방송이 그에 해당한다.

럼 아주 간소한 형태에서부터 가곡 한바탕의 全唱에 이르기까지 다양한 형태로 편성되고 있다. 여창 방송에서 가장 많이 활용되고 있는 악곡 구성은 ㉠ 아니면 ㉡의 형태이다. 우조두거로 시작되는 경우에는 '우조두거-우락-환계락-편'의 구성도 자주 나타난다. '계면이수-계면두거-농-환계락-편', '우조이수-우조두거-반엽-편/우조이수-우락-환계락-편'의 구성도 각각 10회 이상씩 출현하고 있다. '小歌曲'으로 묶이는 '농-낙-편'이 중심이 되고 있다는 데서, 연주 시간이 긴 정격의 악곡보다는 빠른 변주곡들이 선호되었던 것을 알 수 있다. 특히 여창으로만 불리는 환계락은 『가곡원류』에 편입되어 있지 않을 정도로 가장 후대에 파생된 변주곡인데, 1930년대에 와서는 여창의 중요한 악곡으로 자리했음을 여창 방송에서 확인할 수 있다.

　남창방송의 악곡 선택을 보면 ㉢의 유형이 가장 자주 등장하고 있고, 이외에 여기에서 몇 가지의 악곡을 뺀 '우조초수-언락-편락-편', '소용-언락-편', '언락-편락-편수대엽' 등의 구성도 보인다. 또한 우조로 시작하는 여창과 계면조로 시작하는 여창이 거의 비슷한 수준으로 등장하는 것과는 달리, 남창 방송은 대부분 우조 초수대엽에서 시작된다는 특색을 보인다. 남창 방송에 참여한 가객으로는 하규일 이외에 이상준,27) 이병성 등이 눈에 띠는데, 이들은 모두 하규일에게서 가곡을 전수받았다. 이중 이병성의 활약이 두드러진다. 이병성은 하규일 이후의 남창 및 남녀창 주도하는 동시에 시조창 방송에도 활발히 참여한다. 그런데 특이한 점은 이병성이 기생과 함께 방송할 때는 '가곡'이란 기존의 명칭이 사용되고 있으나, 이왕직아악부 동료인 박창진과28) 함께 한 남녀창 방

---

27) 이상준의 활동에 대해서는 신경숙, 「근대초기 가곡교습」에 자세히 나와 있다.
28) 박창진은 이습회에서 주로 여창을 담당했다. 「이왕직아악부이습회연주록」, 『경성방송국 국악방송 목록』 부록.

송에는 '가악 만년장환지곡'이란 별도의 명칭이 부여되고 있다는 점이
다. 이는 1920년대 중후반에서 1930년대에 걸쳐 가곡창의 정통성이 기
생 집단에서 이왕직 아악부로 옮겨 간 상황과 관련지어 생각해 볼 수
있다.29) 1920년대 중후반 가곡창과 시조창 및 가사를 공식적인 레퍼토
리로 채택하기 시작한 이왕직 아악부는 1930년대 후반부터 그동안의
폐쇄적인 성격에서 벗어나 사회 전면으로 나서기 시작했고,30) 소속 가
객들의 방송 출연은 이러한 맥락에서 이루어졌던 것으로 보인다. 그러
면서 기생 집단에서 전승되던 여창의 전통과는 별도로 자신들만의 새
로운 가곡창 전통을 수립하고 있었던 이왕직 아악부의 입장에서는, 소
속 관원들로만 구성된 남녀창 방송 역시도 '남성 가객-여성 가객'의 조
합으로 이루어진 전통적인 남녀창 방송과 구분할 필요가 있었고, 그 결
과 '가악'이라는 별도의 명칭이 프로그램에 등장하기 시작했던 것은 아
닐까 한다.

　이상에서 가곡창 방송목록에 나타난 편가 방식과 이를 구성하고 있
는 악곡의 구성에 대해 살펴보았다. 이에서 확인되는 악곡의 명칭이나
배열의 순서들이 『가곡원류』의 체계에 거의 일치한다는 점에서, 19세기
후반 가곡사의 계승이라는 결론에 이를 수 있다. 즉 조선후기 『가곡원
류』에서 정점을 이루었던 가곡사의 흐름이 20세기에 들어서도 방송을
통해 지속적으로 이어지고 있었던 것이다. 가곡창 방송이 여창 중심으
로 편성되었다는 점 역시, 여창 중심으로 재편된 19세기 후반 가곡사의
영향이라 볼 수 있다.31) 뿐만 아니라 여창 방송의 노랫말이 『가곡원류』

---

29) 권도희, 「20세기 기생의 음악사회사적 연구」, 『한국음악연구』 29, 한국국악학회,
　　2001, 338면.
30) 권도희, 「20세기초 음악집단의 재편」, 『동양음악』 20, 서울대학교 동양음악연구소,
　　1998, 283~285면.

의 여창사설과 일치한다는 점도 이를 뒷받침한다.

현재 노랫말을 확인할 수 있는 자료는 극히 일부이다. 1930년 8월 23일의 방송분이 그 첫 번째 자료이다. 해당 날짜의『조선일보』에 게재된 프로그램에는 김선옥 외 조선권번 소속의 기생 4명이 함께 한 방송으로 나와 있는데, 이때의 악곡 구성은 '롱-우락-환계락-계락-편'이다. 그런데 각각의 악곡 옆에 '北斗七星-風-前川-靑山과 綠水-花編'이란 노랫말의 서두가 병기되어 있어 흥미롭다. 우선『역대시조전서』에서 찾아보면 '북두칠성'으로 시작되는 작품은 '북두칠성 하나 둘 셋 넷 다섯'으로 시작되는 것이 유일하다. '前川'은 아마도 '앞내'로 시작되는 '앞내나 뒷내나 중에'라는 작품일 듯하며, '청산과 녹수'는 '청산도 절로 절로 녹수도 절로 절로'로 시작되는 작품으로 보인다. 마지막에 '화편'은 동일 곡명으로 발매된 유성기 음반을 참고로 하면[32] '모란은 화중왕이요'라는 작품일 것으로 추정된다. 이들은 모두『가곡원류』의 여창 사설들로, 해당 악곡도 거의 일치한다. 그리고 1938년 6월부터 9회에 걸쳐『조선일보』에 가곡창 방송의 노랫말들이 소개되고 있는데,[33] 이 역시 노랫말과 악곡의 조합이『가곡원류』의 여창 부분과 거의 들어맞는다. 이러한 사실들에서 근대의 가곡창 방송은『가곡원류』에서 마련된 연창의 전통 하에 놓여 있었음을 확인할 수 있다.

---

31) 19세기 후반의 가곡사에 대해서는 신경숙, 「조선후기 여창가곡의 연구」 참조.

32) 배연형, 앞의 논문, 29~30면.

33) 1938년 6월 7일·17일; 7월 3일·24일; 8월 2일·14일; 9월 8일·16일; 11월 3일. 이중에 7월 24일 방송은 남창(이병성) 가곡이다. 이 사설 역시『가곡원류』의 남창사설과 일치한다. 또한 여기서 '우락'에 해당하는 노랫말은 '바람은 지동치듯 불고' 혹은 '만경창파지수에'로 시작하는 작품이라는 점에서 1930년 방송에서 '우락'의 노랫말이었던 '風'은 '바람은 지동치듯 불고'라는 작품으로 추정된다.

4.2. 시조창 방송

시조창은 지역을 기준으로 하여 크게 중앙의 경제와 지방의 향제로 나뉜다. 경제는 다시 권번으로 중심으로 한 妓版 시조와 중인 가객의 전통을 잇고 있는 선비판 시조로, 향제는 다시 충청도권의 내포제와 영남권의 영제, 호남의 완제로 파생된다.[34] 시조창 방송도 참여하는 창자의 성향에 따라 기판 시조, 선비판 시조, 향제의 세 가지 방식으로 분류해 볼 수 있다. 경성방송국의 시조창 방송은 우선 기판 시조의 계열에서 시작된다. 다음은 이에 해당하는 사례이다.

1931.8.2	시조와 경성좌창: 시조, 유산가, 소춘향가, 평안가 : 장채선, 서산홍
1932.10.16	시조와 속요: 시조삼장, 소춘향가, 뱃노래, 제비노래, 난봉가 : 김채운
1932.11.16	시조와 속요: 시조, 남창질음, 평양가, 집장가, 적벽가, 양류가 : 유개동, 조목단
1934.7.28	시조와 속요: 시조, 남창지름, 사설지름, 박물가, 은실타령, 양류가 : 이금홍, 조목단, 김연옥
1932.12.21	시조와 가사 합창: 춘면곡, 행군악, 시조삼장 : 서산호주, 김금선
1933.7.8	가사와 觱篥: 백구사, 시조, 여창지름, 남창지름 : 김진홍, 고재덕(필률)
1933.12.7	시조와 가사: 춘면곡, 평시조, 여창지름, 사설지름 : 조목단, 김연옥

---

34) 시조창의 형성과 전개 과정 및 종류에 대해서는 권순회, 「조선후기 시조창의 형성과 전개의 방향」, 『한국시가연구』 14, 한국시가학회, 2003; 김영운, 「가곡과 시조의 음악사적 전개」, 『한국음악사학보』 31, 한국음악사학회, 2004; 신웅순, 「시조창분류고」, 『시조창논총』 24, 시조학회, 2006 참조.

우선 시조창이 잡가 혹은 가사와 함께 편성되고 있었던 것을 알 수 있다. 시조창이 방송 목록에 가장 집중적으로 등장하고 있는 시기는 이중방송이 시작된 직후부터 1935년 중반까지이다. 주로 속요, 그 중에서도 경기잡가에 속하는 곡들과 함께 편성되고 있었는데, 이러한 조합은 기판 시조가 경제인 탓에 서도잡가나 남도잡가보다는 경기잡가와의 근접성이 더 높기 때문인 것으로 보인다. 여기서 주목할 점은 '시조삼장'의 존재이다. 시조삼장은 가곡창의 편가에 해당하는 시조창의 연창방식으로 세 개의 서로 다른 악곡을 연달아 부른 방식으로 정리할 수 있다.[35] 위 인용문들에서 그 세 개의 서로 다른 악곡의 실제를 확인할 수 있다. 그런데 '시조-지름시조-사설시조'의 삼장구성과는 달리 사설시조 대신 지름시조 계열의 악곡들이 선택되고 있다. 이는 사설시조가 향제인 데서 그 원인을 찾을 수 있다. 즉 기판 시조에서는 향제인 사설시조를 부르지 않았고, 그런 이유로 인해 위와 같은 삼장 구성이 이루어졌을 것으로 추정된다. 이와 같은 기판중심의 시조창 방송에 변화가 일어나기 시작한다. 그것은 바로 향제의 가객들이 방송에 출연하기 시작한 무렵이다.

㉠『동아일보』, 1933.2.19	㉡『동아일보』, 1934.8.29
時調朗吟(解說 附) 全北裡里 林晋桓	時調 蔡奎應
一. 平調 : (가) 泰山이 놉드라도	一. 平時調 : (가) 萬頃蒼波
(나)白鷗	(나) 秋夜長
二. 羽調 : 바람은 분다	二. 男唱지름
三. 辭說 : (가) 羲皇月夜三更	三. 詞說時調 : 赤壁에 敗한 孟德
(나)少年行樂	四. 平編 : 讀春秋

35) 권순회, 「'시조삼장'의 새로운 이해」, 『시조학논총』 20, 한국시조학회, 2004.

　이혜구는 1930년대 국악방송을 회고하면서 이리의 채규응이 직접 방송 출연을 요청하였고, 그의 방송이 나간 후에 고영태가[36] 와서는 힐난 끝에 자신이 직접 방송했다는 일화를 소개하고 있다.[37] ○은 그때 했던 채규응의 방송 목록으로 이것이 그의 첫 방송 출연으로 보인다. 그런데 채규응보다 먼저 방송에 출연한 시조창 가객이 있었는데, 그가 바로 ㉠의 '전북 이리'의 임보환이다. 그는 이후 1940년대에 완제의 시조창으로 명성을 얻게 되는데,[38] 그의 방송에 해설이 첨부된 것은 아마 완제의 시조창을 처음 들었을 경성과 다른 지역의 청취자들의 이해를 돕기 위한 배려로 보인다. ㉠의 '우조'와 ○의 '반편'이 정확하게 어떠한 시조창 악곡인지 확실하지 않다. 다만 '우조'가 들어가 있는 시조창의 악곡은 '우조시조'와 '우조지름시조'인데 『가창대계』의 설명에 의하면 이것이 모두 경제로만 불리는 악곡이란 점에서, ㉠의 '우조'가 이들 중 하나로 보기는 어려울 듯하다. 또한 ○의 '반편'은 '편'이 사설시조를 지칭하고 있음을 참고로 하면 '사설지름'으로 막연히 추측해 볼 수는 있다. 어찌하였든 향제 시조창 가객들의 방송 출연으로 시조창만으로 이루어진 방송 시작되었다는 점은 중요하게 기억할 필요가 있다.

　이들 자료가 주목되는 또 다른 이유는 노랫말에 대한 정보를 제공하고 있다는 점이다. 우선 ㉠의 노랫말 중에서 '평조'의 (가) '태산이 놉드

---

36) 고영태는 영제시조의 3대 명창 중 하나로 이름이 높았던 인물로, 1935년 이후 10여 년 동안 조선권번에서 嶺制를 수업했다고 한다. 김영운, 앞의 글, 156면; 문현, 「평시조의 창제별 음악적 특징연구」, 한국학중앙연구원 박사학위논문, 2004, 35면.
37) 이혜구, 앞의 글, 253면.
38) 임미선, 「현행 시조제의 판도」, 『한국성악의 예술세계』, 전통가곡연구회, 2004, 192면. 또한 『동아일보』에 「金剛山 毗盧峯에서」(1927.8.3)와 「大地에 봄이 들어」(1928.1.8) 등의 시조를 기고한 작가가 '裡里 林普桓'로 명시되어 있는데, 시조창 가객 임보환과 동일인이 아닌가 여겨진다.

라도'는 워낙 잘 알려진 작품으로, 1937년 7월 16일에는 '휘문고보 교사 이상준'이 이것을 우조초삭대엽으로 방송함으로써, 노랫말을 공유하는 가곡창과 시조창의 전통을 이에서 확인할 수 있다. 이어지는 평조 (나)의 '백구'는 그 구절로 시작되는 작품이『역대시조전서』에 4편 이상씩 수록되어 있어 어떤 작품인지 확인하기는 어렵지만, '태산이'처럼 시조창과 가곡창이 노랫말을 공유하는 경우에 해당한다고 볼 수 있다. 그런데 '우조'의 '바람은 분다'는 현재 학계에 보고된 시조 문헌들만 가지고서는 어떠한 작품인지 추정하기란 불가능하다. 그 다음 항목인 '사설'의 '(가)희황 월야삼경 (나)소년행락'으로 시작하는 작품 역시『역대시조전서』에서는 확인되지 않는다, 하지만 이로 시작되는 작품이 이창배가 편찬한『가창대계』사설시조 편에 수록되어 흥미를 유발한다. 즉 '사설' 시조창의 노랫말들이 서울을 중심으로 한 가곡창 가집을 중심으로 한『역대시조전서』에는 확인되지 않다가, 최소한『가창대계』의 저본인『가요집성』(1955년)에는 수록되어 있었다는 점은, 서울 이외의 지역을 중심으로 연행되던 향제 시조창 노랫말이 중앙의 가곡창과 동일한 노랫말을 공유하는 한편, 이와는 다른 경로를 통해 만들어졌을 가능성을 상정하게 하기 때문이다.

　ⓛ의 자료를 통해서도 이러한 가능성을 엿볼 수 있다. 여기서 '평시조'의 '만경창파'란 구절로 시작하는 평시조 작품은『역대시조전서』에서는 모두 4편이 확인되며, 이는 가곡창의 노랫말을 공유하는 경우에 해당된다. 한편 '추야장'으로 시작되는 작품은 시조창 가집인『시철가』에만 수록되어 있는 '추야장 발근 달을'로 시작하는 작품으로 보인다. 아니면『역대시조전서』에는 수록되지 않았지만 이것이 방송되기 1년 전인 1933년 3월 오케레코드사에서 발매된 이문원의 평시조 음반이 "추야장 기도 길사 실솔성이 새로워라"란 노랫말로 녹음되었다는 점

을[39] 고려해보면, 이와 동일한 노랫말일 수도 있다. 그 다음 '사설시조' '赤壁에 敗한 孟德'은 박을수에 의해 소개된 평주본 『시조집』에 수록되어 있으며, '讀春秋'로 시작되는 '반편'의 노랫말들은 낯익은 전통적인 표현으로 시작되고 있지만 이와 유사한 노랫말이 현재 시조문헌들에서는 확인되지 않는다. 이렇듯 기존 가곡창 가집에서 확인되지 않는 시조창 노랫말들로 방송이 이루어지고 있다는 점에서, '중앙의 산물'인 가곡창과는 별도의 경로로 시조창 노랫말이 만들어지고 했던 상황을 짐작해 볼 수 있다.

또한 1938년 6월 8일의 『조선일보』에도 그날의 '이병기 해설, 玄石年 창'로 구성된 시조창 방송에서 불릴 '평시조와 사설시조'의 노랫말이 실렸는데, 이를 통해서도 20세기 시조창 연행의 노랫말들이 기존 가곡창의 노랫말을 공유하는 동시에, 이와는 다른 경로에서 선택되고 있음을 알수 있다. 우선 이때 방송된 평시조의 노랫말은 가곡원류 계열 및 『남훈태평가』에도 수록되어 있는 '내 집이 길찬 양하야'로 시작되는 작품으로, 가곡창과 노랫말을 공유하는 경우에 해당한다. 그런데 문제는 '사설시조'의 노랫말로 소개된 것이 「장진주사」라는 점이다. 『역대시조전서』에 의하면 이를 시조창으로 부르는 경우를 확인할 수 없기 때문이다.[40]

이외에도 아예 20세기에 이르러 새롭게 창작된 노랫말로 시조창 방송이 이루어지는 경우도 있다. 1929년 8월 12일 방송목록에 있는 「朝博宣傳歌」와 1940년 5월 6일과 7일 방송목록에 있는 「서름」, 「향지강」이 그것이다. 이들은 공모전의 당선작으로 각각 『매일신보』(1929.7.11)과 『조

39) 이문원의 음반에 대해서는 배연형, 앞의 논문, 40면 참조.

40) 「장진주사」는 歌詞란 장르명으로 방송 프로그램에 등장하고 있다. 또한 '사설시조' 「장진주사」와 동일한 노랫말이 가사로 방송되고 있다. 가사 「장진주사」의 노랫말에 대해서는 『조선일보』(1938.8.21) 참조.

선일보』(1940.5.5)에 작품이 실려 있다. 「조박선전가」의 시형은 시조창 말구가 생략된 형식이고, 조선박람회 선전이라는 창작의도에 걸맞게 매우 계몽적이다. 작품만 보면 애국계몽기의 시조와 별반 다를 것이 없다. 그러나 「서름」과 「향지강」의 정서와 언어표현은 근대시조로 손색없다.41) 이처럼 『가곡원류』의 전통에 충실한 가곡창 방송의 노랫말들과 달리, 시조창 방송의 경우에는 전통적인 노랫말을 단순히 수용하는 경우에서부터, 이를 활용하여 개작하는 경우, 그리고 아예 새롭게 창작된 경우에 이르기까지 매우 다양한 경로에서 선택되고 있었다는 특징을 포착할 수 있다.42)

앞서 시조창 방송의 초기에는 단독으로 편성되지 못하고, 주로 가곡 창이나 가사, 혹은 잡가와 함께 편성되었다가 1935년에 이르러 시조창만의 단독 편성이 이루어지기 시작했음을 말했다. 그것은 향제 시조창 가객들이 방송이 출연하면서 부터로, 다음의 자료들이 그 사례들이다.

> 1934.12.2 시조 : 평시조, 사설, 반편, 남창지름, 여창지름 : **채규응**, 조목단
> 1935.5.6. 시조와 대금산조 : 평시조, 시조, 역금, 지름시조, 대금산조 진양조 : **고영태**, 박종기(대금)
> 1935.5.19 시조와 단소독주: 1. 시조-가)남창평시조, 나)여창평시조, 다)사설시조, 라)여창지름

---

41) 1944년 1월 2일 방송 목록에 있는 "시조:李○崎작, 송본○" 항목에서 '李○岐'는 李秉岐로 추정된다. 이 추정이 맞는다면 이병기의 작품도 시조창으로 불렸다는 말이 된다.

42) 유성기 음반으로 발매된 시조창 음반의 노랫말을 살펴봐도 이러한 경향을 감지할 수 있다. 즉 기존의 노랫말을 계승하는 경우도 있으나, 기존의 가집에서 보이지 않은 새로운 노랫말이나, 기존 노랫말을 개작한 경우도 있기 때문이다. 시조창 음반의 노랫말에 대해서는 배연형, 앞의 논문, 39~52면 참조.

　　　　2. 단소독주 청성자진한닙 : **윤종선**, 지용구
　　　　　(해금)
　1935.6.28　시조 : 평시조, 사설시조, 지름 : **고영태**

　향제 시조창 가객들이 출연한 방송 프로그램 중 몇 개만 인용해 보았다. 채규응, 고영태 등은 이미 앞서 살펴본 이름난 향제 가객이며, 1935년 5월 19일 방송 목록에 있는 윤종선 역시 완제로 이름난 가객이다. 이외에 내포제에 속하는 오수근과 전재열 및 현재 시조창의 주류인 석암제의 효시가 되는 정경태도 방송 목록에 그 이름을 올리고 있어, 향제 시조창 가객의 활발한 방송 참여를 확인할 수 있다. 또한 위 자료들에서 시조창 방송이 단독으로 편성되기 시작한 초창기에는 '평시조, 반편, 남창지름, 여창지름, 역금, 사설시조' 등의 다양한 악곡 구성을 보이고 있음이 눈에 띈다. 그러다가 '평시조, 사설시조, 지름'의 구성으로 고정되기 시작한 것은 1935년 6월 고영태의 방송 이후부터이다. 이와 같은 구성은 기생들의 시조창 방송에서 보지 못한 색다른 방식이었다. 이 이전에 시조창은 단독으로 편성되지 않고, 가곡창이나 가사, 잡가와 함께 편성되었다. 하지만 향제 가객의 방송출현은 이러한 관행에 변화를 일으켰고, 시조창의 단독 구성으로 시조창 방송이 이루어지기 시작했던 것이다. 이후 '평시조-지름-사설시조'의 편성이 주를 이루는 가운데에서, 창자에 따라 새로운 악곡의 편성을 보여주기도 했다. 이왕직아악부 소속 가객들의 방송에 나타나는 악곡구성이나. '평시조, 坐○設시조, 사설시조, 고음시조', '평시조, 半角, 사설시조' 등도 다른 악곡 편성을 보여주는 예이다.

　20세기에 들어 가곡창의 분화가 중지되었던 것과는 달리, 시조창의 경우에는 향제시조들이 다양하게 등장하고, 동시에 악곡의 파생이 진행되는 등 전성기를 구가하기 시작한다.[43] 그 영향 하에서 시조창 방송이

'평시조, 지름, 사설'을 기본으로 하면서도, 간혹 이와 다른 명칭을 사용하는 악곡 구성들도 보여 주었던 것이다. 뿐만 아니라 더 이상의 새로운 창자의 이름이 등장하지 않는 가곡창 방송에서와 달리, 시조창 방송에서는 새로운 창자의 이름이 등장한다. 이 역시도 확장일로에 있었던 당대 시조창사의 반영이라 하겠다.

그런데 여기서 흥미로운 현상은 시조창의 단독 편성이 자리하게 되는 1936년 이후부터 기생들에 의한 시조창 방송이 현저하게 줄어들고 있다는 점이다. 다만 '푸른 산중, 창 내고자'처럼 '남창지름'이 다른 잡가들과 함께 편성되고 있는데, 이는 더 이상 시조창의 레퍼토리가 아니라 잡가권에 안착된 잡가의 레퍼토리라 할 것이다. 그렇다고 해서 기생들의 시조창 방송이 향제 가객의 시조창 방송으로 대체되었다고 볼 수는 없다. 기생들의 시조창 방송은 음악적으로 보면 경제의 계보로, 이를 향제 계열인 지방 가객들이 대체한다는 것은 어려운 일이다. 기생들의 시조창 방송을 대체하는 것은 이왕직 아악부 소속 가객들의 방송이다.

    1938.1.7   시조 : 평거시조, 五數시조, 롱시조 : 이병성
    1941.1.8   시조 : 평시조. 중거시조, 삼수시조 : 이병성
    1941.1.24   시조 : 평시조, 삼수시조 : 장사훈
    1941.4.5   시조 : 평시조, 중거시조, 삼수시조 : 김천롱

이왕직아악부에 소속된 가객들의 방송목록 중 일부이다. 궁중음악만을 취급하던 이왕직아악부에 하규일을 교사로 초빙하여, 정악을 공식적인 레퍼토리로 포함시키게 된 것은 함화진의 적극적인 노력 덕분이었고, 그리하여 '서울의 중인 가객층을 중심으로 한 선비판 시조'의 명맥

---

43) 김영운(2004), 앞의 논문, 155~160면.

이 이왕직아악부를 통해 이어지게 되었다고 한다.[44] 특히 여기에서 확인되는 악곡 명칭들은 이왕직아악부 편의 『조선아악대요』와 함화진 편의 『증보가곡원류』에 나타나는 악곡명이라는 점에서, 이왕직아악부에서 통용되던 악곡명이며, '중거, 삼수, 롱' 등의 명칭을 통해 그 악곡들이 가곡창과의 관련성 속에 파생된 것임은 짐작할 수 있다. 즉 방송초기에서 1930년대 초중반까지는 가곡창은 물론 이와는 계열이 다른 대중적인 잡가와 함께 편성될 정도로 장르적 정체성이 미약했던 시조창은, 이제 1930년대 중후반을 지나면서 고급 예술인 '正樂' 장르로 완전하게 귀속되었던 것이다. 그 결과 시조창 레퍼토리들이 기생의 가창 목록에서 사라졌을 것으로 짐작된다. 이는 당대 가곡창 연행에 있어서와 마찬가지로, 서울을 기반으로 한 시조창 연행에서도 그 주도권이 기생집단에서 이왕직 아악부로 옮겨 가는 당대 음악사회의 재편 과정을 반영한다 하겠다.

이처럼 방송 프로그램을 통해 살펴본 20세기 시조창의 연행 양상은 지역적 경계 내에서 제한적으로 소통되던 향제들이 중앙 진출 및 1930년대 중후반 서울을 기반으로 한 경제의 시조창 연행에 있어 '기판 시조'의 쇠퇴와 '선비판 시조'의 부상으로 특징지을 수 있겠다. 또한 20세기 가곡창의 연행이 『가곡원류』의 19세기적 전통에 충실한 것과 달리, 시조창의 경우에는 다양한 경로에서 노랫말들이 선택되고 있는 한편, 새로운 악곡이 등장하는 등 '전성기를 구가하기 시작'한 20세기 時調唱史의 '상승 무드'를 반영한다는 결론을 내릴 수 있다.[45]

---

44) 권도희(1998), 앞의 논문, 283~285면.

45) 이와 같은 시조창사의 상승무드는 유성기 음반으로 통해 발매된 가곡창 음반과 시조창 음반을 통해서도 확인할 수 있다. 유성기 음반 전체에서 가곡창과 시조창 음반 모두 합해도 '2% 미만'의 극히 작은 비중을 차지하고 있는 와중에도, 1935년 이후

5. 맺음말

이상에서 경성방송국의 음악방송 프로그램을 통해 20세기 시조예술의 연행 양상을 살펴보았다. 그 결과『가곡원류』시대에 마련된 질서정연한 가곡창의 연창방식이 근대 방송국 스튜디오를 무대로 하여 20세기 가곡사의 흐름으로 계승되고 있었음을 확인할 수 있었다. 이처럼 가곡창 방송이 전대의 전범을 고수하는 방향으로 전개되었다면 시조창 방송은 오히려 20세기에 들어 성장세에 있었던 시조창사의 흐름을 반영하면서, 다양한 국면으로 전개되고 있었던 것을 알 수 있었다. 물론 경성방송국의 가곡창 혹은 시조창 방송이 당대 시조예술 연행의 모든 것을 보여준다고 할 수는 없다. 하규일을 중심으로 한 근대 가곡사의 이해가 당대 가곡사의 다양한 흐름들을 단순화시킬 우려가[46] 있듯이, 하규일에 의해 주도되었던 가곡창 방송 역시 근대 가곡사의 커다란 조각의 하나이지 전체는 아니다. 그가 율을 모른다는 이유로 방송 출현을 막았던 한성권번의 가곡선생인 황계춘은 하규일과 다른 계보의 가곡을 가르쳤다고 한다.[47] 뿐만 아니라 종로권번이나, 평양에 있는 기생학교에서도[48] 가곡 수업이 이루어졌다는 사실은 하규일 중심의 근대 가곡사 이면에, 또 다른 얼굴들이 숨어 있음을 말해준다. 물론 한성권번 소

더 이상의 발매가 이루어지지 않는 가곡창 음반과 달리 시조창 음반은 1936년을 지나 1940년대에 이르러서도 매우 간헐적이기는 하지만 끊어지지 않고 발매가 이루어지고 있기 때문이다. 특히 대중적 흥행을 목적으로 염가로 발매되었던 콜럼비아 리갈 음반 목록에서도 시조창 음반을 발견할 수 있다는 사실 역시 이를 뒷받침한다. 이에 대한 자료적 현황은 배연형, 앞의 논문 참조.

46) 신경숙, 「근대초기 가곡교습」, 214면.
47) 김기수,『여창가곡여든여덟잎』, 은하출판사, 1980, 209면. 권도희, 「20세기 기생의 음악사회사적 연구」, 339면에서 재인용.
48) 「삼천리 杏花村」,『삼천리』(1936.8); 「평양기생학교 구경」,『삼천리』(1934.5).

속의 기생이나 지방의 기생들이 방송에 참여하기 했으나 모두 단발성으로 끝났고, 그 횟수 역시 손으로 꼽을 수 있을 정도이다. 이러한 다양한 흐름들이 가곡창 방송으로 편입되지 못했다는 것은 아쉬운 사실로 남는다. 또한 시조창 방송의 경우에는 앞서 언급한 가객들 말고도 현석년, 이승환 등이 시조창의 가객으로 자주 등장하고 있는데, 현재까지 이들에 대한 더 이상의 정보가 없다. 향후에 이러한 난제들을 해결하기 위한 작업이 지속적으로 이루어져야 할 것이다. 그 작업을 통해 근대의 시조예술사의 빈틈들이 메워질 것으로 본다.

『한국시가연구』 26, 한국시가학회, 2009에 수록.

제
2
부

「천희당시화」에 나타난 애국계몽기 시가인식의 특질과 그 의미

20세기 초 시가의 새로운 소통매체 출현과 그 의미

20세기 전반 소통매체의 다양화와 잡가의 존재 양상

20세기 유성기 음반에 나타난 대중가요의 장르 분화 양상과 문화적 의미

「천희당시화」에 나타난 애국계몽기 시가인식의
특질과 그 의미

1. 문제 제기

　본 연구의 목적은 『대한매일신보』에 연재되었던 「천희당시화」(1909. 11.9~12.4)를 통해 애국계몽기 시가 인식의 특질과 문학적 의미를 살펴보는 데 있다. 당대의 신문이나 잡지 등을 통해서 시가 관련 글들이 발표되었고, 이들을 통해 애국계몽기의 시가 담론이 형성되었다.[1] 이 분야에 대한 선행 연구들의 논의는 대부분 도문주의(道文主義)의 전통에 있는 유가적(儒家的) 시론과 별 차이 없다는 것으로 귀결되고 있다.[2] 애국계몽기 시가론이 공리주의적 문학관을 표명하고 있는 것은 분명한 사실이나, 이를 문이재도(文以載道)에 입각한 전통적 시가인식의 반복이나 연장으로 볼 수만은 없다. 「천희당시화」에 대한 임형택의 논의[3] 에서 시사(示唆)받을 수 있듯이, 애국계몽기의 시가인식은 봉건적 예교

---

1) 이에 대한 자료 정리는 홍신선, 『한국근대문학이론의 연구』, 문학아카데미, 1991 참조.
2) 홍신선, 위의 책, 260면.
3) 임형택, 「'東國詩界革命'과 그 역사적 의의」, 『한국문학사의 시각』, 창작과비평사, 1984, 255면.

(禮敎)의 전통에서 벗어나고 있기 때문이다. 그러함에도 애국계몽기 시론을 유교적인 도문주의의 관점에서 읽어내는 관행이 유지되고 있는 것은, 그 동안의 시가 연구가 근대의 완성을 위한 발전적 관점에서 진행되었던 데 원인이 있다. 애국계몽기 시가와 관련된 글에서 '성정도달(性情導達), 풍화계발(風化啓發)' 등 전통적 시가론에서도 빈번하게 사용되고 있는 어휘들을 발견하기란 어려운 일이 아니다. '자유시'의 완성을 지향하는 관점에서 본다면, 이러한 어휘들이 사용된다는 사실은 전통적인 문학 관념의 연장 그 이상의 의미를 지니기 힘들다.

이러한 한계는 애국계몽기 문학사 전반을 보는 관점으로 확대된다. 애국계몽기 문학사에서 유력한 것은 20세기의 근대적 징후가 아니라, 19세기의 전대적 양상들이다.4) 근대를 지향하는 발전적 사관에서 본다면, 이는 여전히 구투(舊套) 혹은 구습(舊習)에서 벗어나지 못한 과도적 양상으로만 치부될 뿐이다. 즉 '근대적인 양식을 정점으로 모든 가치를 서열화하는 논리'가 작동되고 있는 한5) '신구(新舊)'가 혼재(混在)되어 있던 애국계몽기의 문학사는 '근대성의 미달'로 규정될 수밖에 없는 것이다. 본고는 이러한 문제의식에서 출발하여 '직선적 진보와 발전'의 연역적 논리에서 벗어나 '혼합과 연속'이라는 시각에서6) 「천희당시화」에 나타난 시가인식을 살피고자 한다. 이러한 작업을 통해 전통적으로 시가를 '성정도달과 풍화계발'의 중요한 수단으로 여겨졌던 인식이 애국계몽기의 시대적 상황에 조응하면서 일어난 변모양상과, 그것이 지닌 문학적 의미를 밝히는

---

4) 고은지, 「개항기 계몽담론의 특성과 계몽가사의 주제표출양상」, 『우리어문연구』 18, 우리어문학회, 2002, 219~255면.

5) 김춘식, 「장르의 소멸과 근대적 장르 인식」, 『한국문학과 근대성의 형성』, 아세아문화사, 2001, 70면.

6) 김용석, 『깊이와 넓이 4막 16장』, 휴머니스트, 2002, 14면.

데 본고의 목적이 있다. 그러나 본격적인 논의에 앞서 언급해야 할 사항은 「천희당시화」가 애국계몽기 시가 창작을 선도했던 지도이념으로서보다는, 이에 대한 총괄적인 평론 격에 해당한다는 사실이다. 애국계몽기 시가사의 가장 핵심적 위치를 점하고 있는 『대한매일신보』의 경우를 보면, 1908년 끝 무렵에 계몽가사의 시형식이 완성되어 고정적으로 발표되고 있고, 시조가 신문에 등장한 것도 이 즈음이다.[7] 「천희당시화」가 『대한매일신보』에 연재되기 시작한 1909년 11월은 이미 애국계몽기 시가운동이 정점을 넘어선 시기였다. 요컨대, 애국계몽기의 시가인식은 담론으로 구체화되기 이전부터 형성되었던 것이다. 당대의 시가인식은 다른 문학양식에 대한 인식과 상관관계를 형성할 수밖에 없다. 애국계몽기 시가인식 역시 당대 문학 담론의 내부에 위치시킬 때 그 특질을 더욱 선명하게 포착할 수 있을 것이다. 때문에 본 논의는 우선 당대 문학 인식의 전반적인 특질에 대한 밑그림을 그려보는 것에서부터 시작하고자 한다.

2. 애국계몽기 계몽운동과 문학인식의 변화
   : 대중에 대한 관심과 국문문학의 위상변화

애국계몽기에 이르러 전대의 문학양식들은 새로운 차원에서 규정되기 시작한다. 이는 계몽운동과 밀접한 관련이 있다. 계몽이란 근대화의 과정에서 나타나는 필수 코스로, 근대의 본격적인 진입을 경험하게 된 당대의 한국 사회 역시 이에서 예외일 수는 없었다. 근대화의 과정은 소수의 특권 계층을 중심으로 조직되어 있었던 사회의 구조가 붕괴되

---

7) 『대한매일신보』 시가창작의 시간적 추이에 대해서는 고미숙·강명관 편, 『근대계몽기시가자료집』 ①·②·③, 성균관대학교 대동문화연구원, 2000 참조.

는 대신, 익명적 다수의 대중이 중심이 되는 새로운 사회조직으로 재편
되는 변화 과정을 요구한다. 따라서 과거의 사회구조 속에서 소외되었
던 다수 대중이 새로운 지식과 정보를 공유함으로써 자신의 사유구조
를 변화시키고 이를 토대로 사회와 국가의 구성방식 자체를 변모시키
는 작업이 필수적으로 요청될 수밖에 없다.8) 계몽운동은 이러한 사회
적 요청에 따른 지식인 중심의 개혁운동이다. 결국 근대로의 진입과 더
불어 진행된 계몽운동을 통해 한낱 교화의 대상으로만 여겨졌던 다수
의 대중은 새로운 사회의 중심으로 재발견되었던 것이다. 때문에 계몽
의 기획에서 계몽의 방향 설정 못지않게, 익명적 다수 대중과의 원활한
소통을 위한 효과적인 방식이 중요해질 수밖에 없다. 이러한 계몽의 요
청은 대중들의 언어와 그것으로 쓰인 문학작품에 대한 위상에 획기적
인 변화를 야기하게 된다. 다음의 인용문을 통해 좀 더 자세하게 살펴
보자.

　　至若愛國義理ᄒ야ᄂ 上等社會에 官人과 士林의 責任이라 君等의 身分
으로ᄡ 何關係ᄒ야 (…)一人이 勃然大怒曰 君是官人乎아 士林乎아 我國
의 謂官人社會ᄂ 但富貴의 貪慾으로 忘君負國을 甘心爲之ᄒᄂ 者도 多ᄒ
고 士林社會ᄂ 口頭說話로 假託愛國ᄒ고 釣名弋利의 計를 陰逞ᄒᄂ 者도
有ᄒ거니와 我輩下等社會ᄂ 決코 富貴의 貪慾도 無ᄒ며 釣名弋利計도 無
ᄒ지라 曾前에ᄂ 我國에 普通敎育ᄒᄂ 方法이 無ᄒ야 我輩로 ᄒ야곰 國民
資格과 國民義務가 有ᄒ 것을 不知ᄒ얏더니 現時代에 至ᄒ야ᄂ 國文으로
發行ᄒᄂ 新聞雜誌와 小說等屬이 皆普通敎育의 機關이라 此로 有ᄒ야 毋
論貴賤富貴ᄒ고 一般國民이 된 者ᄂ 皆國家에 對ᄒ 關係를 覺知ᄒ 바 有
ᄒ지라9)

8) 권영민, 「근대소설의 기원과 개화계몽담론」, 『문학동네』, 1998 겨울호, 166면.
9) 『황성신문』 논설, 1909.4.28.

전근대 사회는 소위 '사·농·공·상'의 수직적 신분질서에 의해 인간관계가 규정되어, 사(士)신분을 제외한 다른 신분들은 어떠한 사회적 발언권도 가질 수 없었다. 이러한 수직적 신분질서는 지배층과 일반 대중을 차별화 시키는 논리가 내재되어 있는 언어의 이중적 구조에 의해 더욱 공고해지게 된다. 즉 엘리트층의 언어는 대중의 언어와 구별됨으로써, 그것으로 상호 의사소통이 가능한 공동체를 형성하였고, 이것만이 국가의 영역으로 인정되면서, 엘리트층의 언어에 공용어의 지위가 부여되는 한편, 대중의 언어는 지방어, 방언, 속어로 인식되었다.10) 이러한 '고급언어'와 '대중언어'의 분리는 신분에 따라 예술 양식을 특화시켜 '귀족예술·고급문화'와 '민간예술·대중문화'의 차별로 이어졌다. 하지만 수평적 인간관계를 중심으로 구성되는 근대의 시스템 하에서 '사농공상'의 신분질서는 더 이상 존속할 수 없다. 근대적 사회에서 국가 구성원 모두는 국민으로서의 자격을 동등하게 부여받게 된다. 즉 혈통을 중심으로 수직적 신분질서가 폐지되는 대신, 국민을 중심으로 한 수평적 질서체제로 재편되게 되는 것이다. 재편 과정에서 사회체제의 중심은 오히려 '농공상'에게로 옮겨지게 된다. '상등사회'에 대한 환멸과 동시에 '하등사회'에 대한 신뢰를 보여주고 있고 있는 위 인용문은 이러한 재편 과정을 잘 보여주고 있다.

이 글에서 나타나듯이 전통적인 사회는 상등사회를 중심으로 조직되었고, '애국의리(愛國義理)' 역시 그들의 전유물이었다. "애국의리(愛國義理)라는 것은 상등사회의 관인과 사림의 책임으로 알았지, 우리들의 신분으로서는 관계할 것이 무엇이겠느냐"라는 하등사회 인물의 항변에

---

10) 한국서양사학회 편, 『민족과 민족주의: 서양에서의 민족과 민족주의』, 까치, 1999, 80면.

는 저간의 사정이 드러나 있다. 그러나 시대는 변했다. 사농공상의 수직적 신분질서가, 국민의 수평적 질서로 바뀌면서, '애국의리(愛國義理)'는 모든 국민들의 갖추어야 할 자격이며, 의무로 강조되고 있다. 이러한 변화에 따라 윗 글의 필자 역시 애국의리를 자임했던 상등사회는 작금의 사태를 유발시킨 원흉으로 지목하는 한편, 하등사회에 대해서는 현실 문제를 해결하고 새로운 사회의 주역으로 강한 믿음을 보내고 있다. 앞으로의 과제는 애국의리와 상관없이 취급당했던 것은 '보통교육'이 없었던 결과이기 때문에, 이들에게 '국민자격'과 '국민의무'가 있음을 알려주어 그들을 국민으로 만들어 가면 되는 것이다. 이것이 '보통교육'의 구체적 내용이며, 애국계몽기 계몽 기획의 핵심이다.

그런데 여기에서 우리는 '국문'으로 된 신문·잡지와 '소설'이 보통교육 기관으로 중요하게 다루어진다는 점에 대해서 좀 더 주목할 필요가 있다. 계몽의 실효를 거두기 위한 효과적인 의사소통을 위한 국문과 국문소설이 지닌 대중적 파급력이 발견되면서 국문과 국문문학의 위상에 커다란 변화가 야기되고 있기 때문이다. 이중에서 우선 언어관의 변화에 대해 살펴보도록 하자. 한글 창제 이후 이중적 언어체제가 운영되고 있었는데, 하나는 '고급언어'로서의 '한문'이며, 또 다른 하나는 '대중언어로'로서의 '국문'이었다. 그러나 애국계몽기 계몽 기획에 있어 중심 언어로 선정된 것은 대중언어인 국문이었다. 『독립신문』이 '샹하귀쳔이 다 보게' 하기 위해 '한문은 아니 쓰고 다만 국문으로' 쓰겠다며[11] 국문 전용지로 출발한 이후, 당대의 언어담론은 국문을 중심으로 형성되었던 것이다. 이러한 언어관의 변화는 국문이 지닌 대중성을 활용해 '상하원근이 정의를 상통하기' 위한 효율적인 의사소통 시스템을 구축하고자

---

11) 『독립신문』 논설, 896.4.7(창간호).

하는 계몽의 기획에 따른 것이다.

계몽의 필요성이라는 실천적 층위에서 대중언어인 '국문'이 중심언어로 부각되는 과정과 더불어 '국문'으로 된 '소설'의 위상변화가 진행될 수밖에 없음은 당연한 결과이다. 언어는 문학을 구성하는 근본요소로, 언어의 위상변화는 곧 문학의 존재론적 위상의 변화를 동반하게 마련이기 때문이다. 국문으로 된 소설이 신문과 잡지와 동등하게 '보통교육의 기관'으로 언급되면서, 애국계몽기 당대 소설의 위상은 극적인 변화를 경험하게 된다. 조선후기 꾸준히 진행되어 온 소설의 성장에도 불구하고, 소설은 '사회의 공적 담론 속에서 공식적인 존재'로 인정받지 못했다. 식자층(識者層)들은 국문 소설의 독자인 동시에 작가이기도 했으나, 이에 대한 공식적인 입장은 대부분은 부정적이었다. 대한제국의 탄생과 멸망을 지켜 본 한 외국인은 이러한 상황을 간파하고 다음의 인용문 i)과 같은 기록을 남기고 있다.

 i) 겉으로 보기엔 한글 소설이 전 인구의 소수를 이루고 있는 식자층으로터 폄하(貶下)를 받는 듯이 보이지만 실제로 그러한 소설의 내용을 전혀 외면하는 사람은 식자층에서도 극소수에 이른다.(…)그러한 소설의 대부분은 사실상 거의가 작자 미상이며 소설 그 자체는 작자의 명예가 되지 못하는 것이 특징이다. 이와 같은 한글 소설을 가장 많이 읽는 독자의 대부분은 여자들이라고 흔히 말한다.12)

 ii) 日前 警務使 朴承祖氏가 吾平生에 可憎ᄒ고 可憐ᄒ 者ᄂᆫ 春閨花燭과 閭巷市井과 屛門長席에셔 所謂 諺文冊冊 洪吉童傳 春香傳 蘇大成傳 등 冊을 高聲大讀ᄒ면셔 嬉嬉呵呵ᄒ야 無情ᄒ 歲月을 空然히 지너니 該諺文冊冊 等이 人民生活ᄒᄂᆫ 程度에 무엇이 有益ᄒ리오

―――――――――
12) H.B. 헐버트, 신복룡 역주, 『대한제국 멸망사』, 집문당, 1999, 372면.

我가 決斷코 此等習慣을 嚴禁ᄒ깃노라[13]

ⅲ) 전에 멋난 지ᄉ들이 중츄원에 헌희ᄒ야 무릇 일반 려항간에 발매되ᄂ
넷적 소셜을 금지홈이 가ᄒ다 혼쟈ㅣ 잇ᄂᆫ디 나ᄂ 그 뜻은 올케 녁이
거니와 그 방칙은 반디ᄒ노라[14]

한국의 전통적인 지식 사회에서는 소설의 실제 향유 여부와 상관없
이 소설에 대해서는 비판적 입장이 견지되고 있었음이 낯선 이방인의
눈을 통해 그려지고 있다. '한글 소설'에 대한 폄하의 시각은 국문소설
읽는 자들을 가증스럽게 여긴 나머지 이를 엄금하겠다는 인용문 ⅱ)의
'박승조(朴承祖)'와 같은 애국계몽기의 인물에게서 극단적으로 표명되
고 있다. 당대의 국문소설 폐지론은 개인적 의견에만 머물지 않고, 정부
기관인 중추원에 헌의(獻議)하자는 등 단체행위로 공론화되기도 했다.
하지만 이미 국문소설 폐지는 대세가 될 수 없었다. 국문소설 폐지로
말문을 연 인용문 ⅲ)의 논지는 결국 국문소설 폐지 불가로 귀결된다.

ⅲ-1) 선비들의 말은 몇몇 유식한 사람의 지식만을 계발하나(…)며 샹말
과 쇽담으로 지어 노혼 칙자ᄂ 그러치 아니ᄒ야 일톄 우부부와 ᄋ동
주졸의 편벽되이 즐겨보ᄂ 바이라(…)졍결혼 새 쇼셜만 만히 나면
구 쇼셜을 ᄌ연 졀죵이 될 거시어늘 엇지 반ᄃ시 이런 강졔ᄒᄂ 일
노 민심을 거슬녀셔 힝ᄒ기 어려운 일을 ᄒ리오

위 인용문에서는 '언문소설'을 폐지하는 것이 민심을 거슬려서 행하
기 어려운 일이라며 국문소설 옹호론에 대한 단호한 입장을 내세우고

---

13) 「諺文貰冊禁讀」, 『만세보』 잡보기사, 1906.7.28.
14) 「근일에 국문 쇼셜을 져슐ᄒᄂ 쟈의 쥬의홀 일」, 『대한민일신보』 론셜, 1908.7.8.

있다. 윗글의 필자가 국문소설폐지에 대한 뜻에 동조한다고 했을 때, 그
것은 양식 자체의 폐기가 아니라, '인심과 풍속을 부패케고 음란하고 괴
이한' '구소설'의 내용에 국한된 것이다. '국민의 정신을 감발하고 구국
구민(救國求民)하는 사상과 인민의 애국심을 양상(揚上)하는'15) '신소설'
만 많이 지어지면 '구소설'은 자연히 '절종'될 것이라는 주장은 국문소
설 창작에 대한 장려에 다름 아니다. 소설에 대한 이러한 인식 변화는
애국계몽기 소설론의 대세였다.16) 애국계몽기에 소설의 위상은 이렇게
바뀌어 가고 있었다. 과거에는 '우부우부와 아동주졸'만이 '편벽되이' 즐
겨보는 '상말과 속담'으로 지어 놓은 '칙자'들에 불과했던 소설이, 이제
는 '남녀를 막론하고 애국심이 있는 동포라면 누구나 보아야 하는 것'으
로17) 변화되었던 것이다. 몇 백 년 동안 국문소설의 작가이면서 독자이
기도 했으나, 이에 대해 어떠한 공식적인 태도도 표하지 않았던 지식인
들의 전통에 비추어 볼 때, 애국계몽기에 국문소설에 대해 공적 담론이
만들어지고 있다는 것은 획기적인 사건이 아닐 수 없다. 애국계몽기에
이르러 '계집사룸의 글'이라며 천대받았던 국문이 계몽의 기획으로 포
섭되면서 공적인 지위를 부여받았듯이, 국문으로 된 소설도 '공식적인
영역'에 들어 올 수 있었던 것이다.18) '지식인 계층'을 독자로 하여 창간
된19) 『황성신문』에 국문소설이 연재되는 것은 이를 상징적으로 보여주

---

15) "國民의 情神을 感發ᄒ야 毋論 男女ᄒ고 血淚를 가히 灑홀 新思想이 有혼 小說"
  (『혈의 누』 신문광고문, 1907.4)/"志士의 救國救民ᄒᄂ 思想과 人民의 愛國心을 揚
  上ᄒᄂ데"(『서사건국지』 신문광고문, 1907.11).

16) 이에 대해서는 권보드래, 『한국 근대소설의 기원』, 소명출판사, 2000, 103~177면
  참조.

17) 「新小說 愛國婦人傳」 신문 광고문, 1907.

18) 김동식, 「한국의 근대적 문학 개념 형성과정 연구」, 서울대학교 박사학위논문,
  1999, 54면.

19) "장지연·남궁억에 의해서 『황성신문』이 창간되었다(…)이 신문은 日刊 형태로 中流

는 문학적 사건이다.[20]

애국계몽기의 지식인들에게 소설은 이와 같이 '국민의 혼'을 계몽하는 데 대단한 효력을 발휘할 수 있는 대중적 양식으로 인식되면서, 계몽의 효과적인 수단으로 선택되었고, 소설이 지닌 내용에 대한 공식적인 주장이 만들어지게 되었다. 때문에 애국계몽기 소설 개량론이 양식적 차원이 아닌 내용적 차원을 중심으로 진행될 수밖에 없었던 것이다. 계몽 기획으로 인해 발견된 국문과 소설의 대중적 파급력은, 연희와 같은 대중공연문화에 대한 논의로 이어진다. 소설과 함께 '심상한 부인 여자와 시정 무식배가 제일 감동하기 쉽고 제일 즐겨하는 바'는 바로 연희이며,[21] 이만큼 대중들에 대한 흡인력이 탁월한 양식이 계몽의 기획에서 배제될 수는 없는 노릇이다. 소설이 오락물의 차원을 넘어서 '보통교육 기관'으로 자리매김 되었던 것처럼, 연극장 역시 단순한 공연무대의 차원을 넘어서 '사회교육 기관'으로 인식되면서,[22] 연희개량에 대한 논의가 진행되었다.

> i) 현금 한국의 소위 연희쟝이란 거슨 일절 의심업시 타파홀 거시어니와
> (…녯젹 나파륜이…)굴으터 인물을 비양ᄒᄂᆞᆫ 능력은 력스상의 효력보
> 다 더욱 만타ᄒᆞ엿스니 뎌 슮은 연희가 사름의 ᄆᆞ음과 풍속에 유익홈을
> 가히 알지로다(…)비록 비우유ᄋᆞ라도 이로써 분발홀지니(…)이러ᄒᆞ여
> 야 연희가 귀ᄒᆞ다 홀 거시어늘(…)연희에 죵ᄉᆞᄒᆞ야 국민의 심졍과 감

이상의 知識人 讀者를 대상으로 발간되므로 (『뎨국신문』과는) 경쟁할 뜻이 전혀 없었다"(李鍾一, 「默菴備忘錄」, 『한국사상총서』 Ⅷ, 한국사상연구회, 1975, 306면).

20) 〈몽조(夢潮)〉, 『황성신문』, 1907.8.12~1907.9.17.

21) 「쇼셜과 연희가 풍속에 샹관되ᄂᆞᆫ 것」, 『대한민일신보』 론셜, 1910.7.20.

22) "夫教育에는 家庭教育과 學校教育과 社會教育의 區別이 有ᄒᆞ고 社會教育 중에도 數種의 分類가 有ᄒᆞ니 則 新聞을 讀ᄒᆞ야(…)演說을 聞ᄒᆞ야(…)圖書館의 內外書籍을 播讀ᄒᆞ야(…)演劇場에 入ᄒᆞ야"(『대한자강회월보』 1, 1906.7).

회를 니르케게 홀지어다[23]

ⅱ) 所謂 演興社라ᄒᆞᄂᆞᆫ 演劇場에서 노ᄂᆞᆫ 音樂소리라ᄒᆞ거늘(…)小鼓 잡
은 者ㅣ ①三四名이 突出ᄒᆞ더니 다리롤 노푸락 나즈락ᄒᆞᄂᆞᆫ 모양이
(…)무슴 노리라고도 ᄒᆞᄂᆞᆫ 모양인디(…)曰鳳凰歌 曰四巨里 曰방에打
令 曰膽破觚打令이라ᄒᆞᄂᆞᆫ디 其中에 大槪를 들은 曲調를 略記ᄒᆞᆫ즉
(에라노하라 나 못 노킷다 열네번 죽어도 나 못 노킷다) (물길나 간다
고 강짜 말고 살궁장 알이 박움물 파라)(…)웬 ②妓生一名이 쏘ᄒᆞᆫ 雜
打令으로 倡夫를 比肩進退ᄒᆞᄂᆞᆫ 淫戱뿐이오(…) ③春香이과 李道令
이 서로 作別ᄒᆞᄂᆞᆫ 쩌에 ᄒᆞᄂᆞᆫ 模樣(…)이 갓치 俚雜ᄒᆞᆫ 遊戱롤 아니ᄒᆞ
면 我國民程度에 觀光홀 滋味가 업서홀지니 不得不 嗜聞樂見을 쫏
차 營業의 振興을 圖謀코자 ᄒᆞᄂᆞᆫ지(…)營業上에도 關係가 잇게ᄒᆞ고
風化改良에도 效力이 잇게ᄒᆞ야 一篇小說을 滋味잇게 지어니되(…)
演戱의 資料가 如此ᄒᆞ면(…)營業도 擴張홀지오 今日 風化改良의 大
運動도 諸氏에게 歸홀지니[24]

'연희 개량'을 논한 글들이다. 글의 대지(大旨)는 소설개량론과 동일
하다. 인용문 ⅰ)의 필자는 비록 '우맹(愚氓)'이거나 혹은 '비우유ᄋ(卑愚
幼兒)'일지라도 이들을 감동시키고 분발케 하는 데 연희가 탁월한 효험
을 지니고 있음을 강조하고 있다. 그러나 현금 한국의 연희는 '마음을
현란케 하며 풍속을 괴란케 하여 사회에 괴악한 영향'을 끼치는 것뿐으
로, 이들을 개량하는 일이 급선무로 제시되고 있다. 소설 개량론에서 보
이는 논법과 동일하다. 인용문 ⅱ)에서는 이런 인식 하에서 연희가 공
연되고 있는 연극장 자체가 문제시되고 있다. 특히 인용문 ⅱ)는 당대
극장의 공연 방식이 구체적으로 그려져 있는데, ①은 선소리패의 공연

---

23) 「연희쟝을 기량홀 것」, 『디한민일신보』 론셜, 1908.7.12.
24) 「演劇場主人에게」, 達觀生, 『서북학회월보』 26호, 1909.10.

이며, ②는 잡가, 그리고 ③은 창극 공연이다. 이는 당대를 풍미했던 대중 공연예술로, 이 외에도 많은 '연극장'에서 이와 유사한 레파토리로 공연이 진행되고 있었다.[25] 결국 연희개량론은 대중공연 문화에 대한 개량론이라 할 수 있는 것이다. 계몽의 관점에서 보면 대중공연 문화의 수준은 한심하기 짝이 없으나, 이들이 지닌 대중적 '자미'는 계몽의 자발적인 수용을 위해 효과적인 기반이란 점에서 폐지할 수는 없다. 때문에 계몽지식인들은 대중적 공연문화에 대해서도 소설과 마찬가지로 내용에 대한 개량론을 전개하지 않을 수 없었던 것이다.

이처럼 애국계몽기에는 대중적 성향의 국문소설이나 연희들이 공적 담론의 대상이 되는 획기적인 변화가 일어났고, 이를 기반으로 하여 양식 자체는 인정하되, 내용을 '국가'와 '애국'을 지향하는 계몽사상을 고양하는 것으로 개량하는 전략이 문화운동의 차원에서 전개되었다. 결국 계몽의 기획이 수립되는 데, 당대 문학·예술사가 확보해 놓은 대중적 기반이 풍부한 토대를 제공한 셈이 되는 것이다. 강담사와 강독사 같은 이야기꾼들의 역할로 확대된 소설의 유통과 전파의 범위는[26] 방각본의 출현으로 더욱 가속화되어,[27] 19세기 후반 소설은 비약적인 성장을 거두게 되었다. 또한 상층의 전유물로 여겨졌던 제 시가양식들이 하층에까지 그 범주를 확산시키면서 향유계층과 향유공간의 한계를 넘어 대중적으로 파급되는 등, 19세기 후반의 시가사 역시 유례를 찾기 힘들 정도로 양적인 팽창을 거듭하고 있었다. 계몽의 기획에서 포착된 대중

---

25) 백현미, 「창극의 역사적 전개과정 연구」, 이화여자대학교 박사학위논문, 1996, 56~63면.

26) 임형택, 「18·19세기 '이야기꾼'과 소설의 발달」, 김열규 외, 『고전문학을 찾아서』, 문학과지성사, 1976, 310~332면.

27) 유탁일, 『완판방각소설의 문헌학적 연구』, 학문사, 1983.

적 양식들은 모두 19세기 후반 문학사의 풍부한 자양분 속에서 배태되어 나온 것들로, 소설이나 연희 개량론에서 대상이 되고 있었던 것은 전대에서 축적되어 온 문화적 토대에 배태되어 나온 양식들이다. 결국 19세기 후반 국문학사의 대중적 확산 없이는 계몽의 문화적 전략 역시 수립이 불가능했던 것이다. 이처럼 '대중성'을 매개로 19세기 후반과 20세기 초반의 문화적 상황이 서로 접합되는 지점에서, 국문과 소설, 연희 등에 전대와는 다른 새로운 위상이 부여되었다면, 시가관 역시 이와 같은 변화 과정에서 예외일 수는 없을 것이다.

19세기 후반 문학사의 전개에 있어 시가 양식 역시 소설이나 연희 못지않게 폭넓은 지지기반을 확보하고 있었다. 대중과의 효과적인 의사소통을 위해 이러한 시가양식의 대중적 기반을 계몽의 기획에서 놓칠 리가 없다. 따라서 계몽의 필요성에 의해 시가양식이 계몽의 문화적 전략안으로 이입되면서, 풍속개량의 측면에서 시가의 효용성이 논해질 수밖에 없는 당연한 일이 된다. 시가의 효용적 가치는 이미 한국 시가론의 근본적 토대이다. 애국계몽기 시가론 역시 이 전통에서 무관할 수는 없었던 것이다. 때문에 애국계몽기 당대 계몽운동의 문학적 전략으로 시가양식이 이입되면서 일어난 시가인식의 변화는 전통적인 시가관과 비교하여 어떠한 차이점을 지니고 있는지를 살펴보는 과정에서 분명하게 포착되리라 본다. 이런 사실을 염두에 두면서 본격적으로 애국계몽기의 시가론을 대표하는 「천희당시화」의 내용을 살펴보도록 한다.

3. 「천희당시화」의 내용과 문학적 의미

3.1. 대중적 양식에 대한 관심: 시가관의 영역 확장

애국계몽기 계몽운동의 문화 전략은 대중적 양식을 중심으로 기획되었음은 앞서 살펴보았다. 당대의 시가론 역시 이런 맥락과 무관할 수 없다. 전통적인 시가론은 사대부 문화권에 국한되어 전개되었다고 해도 과언은 아니다. 조선전기의 이황에서부터 조선후기의 정윤경, 김천택, 이정섭, 홍대용에 이르기까지 그들이 관심을 가졌던 국문시가 양식은 시조양식이었다. 또한 김만중이 국문시가의 위치를 한시와 대등한 위치로까지 격상시킬 때, 그가 주목한 것은 정철의 가사작품들이었다. 이렇게 전통적인 시가론은 사대부들의 고급문화를 대상으로 하여 전개되고 있었다. 그러나 이러한 「천희당시화」에는 고급양식만이 아니라 전통적인 시가론의 영역 외에 있었던 대중적 양식들의 노래까지 다 포함되어 있다.

- 가마귀눈비마자, 희는듯검노매라. 夜光明月이, 밤인들어두오랴. 님向한 一片단心, 가쉴줄이잇스랴   1909. 11. 10
- 處子죽은鬼신은, 道令의房으로모라너코, 道令죽은귀신은, 處子의房으로모라너코, 우리의죽은귀신은, 민忠正大監 넉을싸러라   1909. 11. 10
- 식야식야人王(全字破字)식야, 네가어이나왓너냐, 솔닙더닙포롯포롯, 幸혀봄철인가나왓더니, 白雪이폴폴헌날인다, 더건너, 蒼松綠竹이눌속엿다   1909. 11. 18
- 南闕綠草 봄白茉는 밤이슬 오기만 기다리고 우리 蒼生빅셩은 大院位 大監 도로오시기만 기다린다   1909. 11. 26[28]

---

28) 이후 「천희당시화」에서 인용되는 부분에 한에서는, 신문에 발표된 날짜만을 밝히도록 한다.

「천희당시화」에 거론되었던 작품들을, 발표된 날짜에 따라 인용해 보았다. 그런데 여기서 최영 장군의 「단심가」를 제외하고서는, 모두 당시에 불렸던 노래들로 추측된다. 우선 두번째 인용문은 박제순과 이지용이 실각한 후에 용산강정(龍山江亭)으로 날탕패(牌) 수인(數人)을 불러 부르게 했다는 맥락으로 보아, 실제 잡가군들에 의해 가창되었던 잡가일 가능성이 높다. 또한 '시야시야'로 시작되는 노래는 지금 우리에게도 익숙한 만큼, 당대인들에게는 더 친숙하게 불렸을 것이다. 그리고 마지막에 인용된 '남궐녹초(南闕綠草)'로 시작되는 노래 역시 "대원군이 청국에 피구(被拘)하였을 때에 각지에서 유행했던 향가(鄕歌)"라고 소개되는 본문의 맥락을 보아 당시에 유행했던 노래로 보기에 충분하다. 결국 이들 노래는 사대부문화권이 아닌 대중들의 일상적 차원에서 불리던 노래들로, 홍대용이 '천기(天璣)를 깎아 없앤 사대부의 시'보다도 나은 것이라고 치켜세웠던 바로 그 나무하면서 부르는 노래와 농사지으면서 부르는 노래들[29]인 것이다. 조선후기에 이르러 국문시가를 '속악(俗樂)'으로 규정한 사대부들의 부정적인 시각에 맞서 우리말로 지어진 노래에 대한 옹호론이 전개되면서, 여기에서 민중적 언어·생활적 언어를 강조하는 민중적 연대성을 담지하고 있음을 확인할 수 있다고[30] 해도, 이는 당위적 차원에 머물러 있었을 뿐 실천적 차원으로 이행되지는 않았다. 왜냐하면 이러한 논의에 이어지는 실제 작품은 사대부적 양식이었기 때문이다. 하지만 「천희당시화」에서는 위에서 보는바, 말 그대로 '초가농구(樵歌農謳)·이가항요(俚歌巷謠)'까지 논의의 대

---

29) "則樵歌農謳 亦出於自然者 反腹勝於士大夫之點竄敲推 言則古昔 而適足以骫喪其
    天機也"(홍대용, 『大東風謠』序).

30) 고미숙, 「조선후기 민족어문학론의 전개양상: 김만중에서 박효관까지」, 『18세기에
    서 20세기 초 한국시가사의 구도』, 소명출판, 1998, 55면.

상에 포함시키면서, '민중적 양식, 생활적 양식'에 대한 관심을 행동으로 실천하고 있는 것이다. 「천희당시화」에 대해서는 '민중적 언어·생활적 언어를 강조하는 민중적 연대성'에 대한 관심이 논의의 차원이 아닌 실천적 차원으로 확장되었다는 점에서 의미를 부여할 수 있겠다.

　이와 같은 대중적 양식의 부상은 19세기 후반 문학사의 경향과도 밀접한 관련이 있지만, 또한 계몽에 의해 새롭게 부각되는 측면도 중요한 부분을 차지한다. 19세기 후반 시가사의 전개에 있어 사대부적 양식과 차별되는 대중적 양식의 성장과 확산은 이미 주지하는 사실이다. 그러나 국문시가론의 전개 과정에서 보면 19세기 후반의 시가론은 '속악'에 대한 부정적 인식이 더욱 공고해졌다는 평가를 내릴 수 있다. 19세기 후반의 시가론을 대표하는 박효관은 『가곡원류』를 편찬하면서 대중적 양식에 대해 '비린지습을 만연시키는 무근지잡요와 학랑지해거'의 노래란[31] 비난을 서슴지 않고 있기 때문이다. 그러나 이것이 '여항을 풍미하는 대중적 문화'로부터 자신을 지키려는 고급문화의 차별적 전략의 차원에서 나온 것[32]임을 감안한다면, 이 역시 19세기를 마감하면서 대중적 양식이 얼마나 위협적인 기세로 성장하고 있는가에 대한 반증이기도 하다. 그러함에도 불구하고 대중적 양식에 대한 공식적인 논의는 진행되지 않았다. 그러나 「천희당시화」에서는 민요나 잡가권에 있는 양식까지 포함시킴으로써, 대중적 양식에 대한 논의를 공식적인 차원에서 진행시키고 있는 것이다. 이러한 양상은 애국계몽기 시가담론 전반에 나타난 특성이다.

---

31) "挽近俗末碌碌謀利之輩 攷攷相趁 薰然共化於鄙咨之習 或偸閑爲戲者 以無根之雜謠 譊浪之駁擧"(박효관, 『歌曲源流』 跋).

32) 고미숙(1998), 앞의 글, 61면.

ⅰ) 現今 我韓國內 所習歌謠는 無非病風傷性之亂雜 則不可不改革이
亦一急務라 所謂 妓女 唱夫及 衢路兒童이 開口則所謂歌曲이 都
是 수심가 난봉가 알으랑 홍타령 等類뿐이니(…) 其實은 際此開明
前進之時代ᄒ야 妨害志氣가 莫此爲甚也라[33]

ⅱ) 滿城內 歌謠를 들음이 人類生活과 國家行動에 對ᄒ야는 分毫도 觀
念이 無ᄒ고 다맛 桑間濮上의 哇音밧게 업스니 國이 如此ᄒ고 其民
의 生活이 安得不困이며 其習의 解怠가 安得不生이리오 旣往은 不
可諫이어니와 來者를 可追어다[34]

ⅲ) 興타령한마듸나 하여보자 우리날아 近來에 街巷間에 興打令이 多數
히 播傳되나 若是 名詞가 好흔 歌調로 痴男愚女가 淫風哇音으로
變作ᄒ야 桑間濮上의 習俗을 傳染케 ᄒ니 嗚呼痛哉로다 古今東西
를 勿論ᄒ고 閭巷의 尋常한 歌謠를 聞ᄒ고 其國程度의 汚隆을 驗
ᄒ는지라 今日我國의 閭巷歌謠를 聞흠이 裴洋子가 手琴을 停ᄒ고
蓋然下淚흔지 久ᄒ얏더니 今에 數関을 改正ᄒ야(…)民族進化ᄒ는
道塗에 大關흔 風化이기로 左에 記載ᄒ노라[35]

애국계몽기 시가담론을 형성하는 글들이다. 여기에서 대상이 되는
양식들은 전통적인 사대부들의 분류에 의하면 '속악'의 범주로, '비린지
습을 만연시키는 무근지잡요(無根之雜謠)'이다. 물론 이들에 대한 비난
은 19세기 후반 박효관이 지니고 있었던 시각과 동일하다. 그러나 박효
관은 '군자(君子)의 성음(聲音)'을 회복시키기 위해서 고급양식인 가곡
창을 선택하고는, 대중적 양식에 자체는 폐지할 것을 주장했다. 하지만

---

33)「歌曲改良의 意見」, 琴兮, 『대한매일신보』, 1908. 4. 10.

34)「巷謠」, 『서북학회월보』 17호, 1908. 11.

35)「歌調」, 『태극학보』 23호, 1908.

'대중'에게 관심이 집중되는 계몽의 시각에서 이는 폐지할 수 없는 것이다. 그것이 확보하고 있는 대중적 기반은 계몽의 아주 유효한 수단이되기 때문이다. 그래서 비난은 양식 자체의 폐지를 지향하고 있는 것이아니라, 내용에 집중되어 있고, 비난의 핵심은 오히려 양식 자체의 성장과 새로운 노랫말의 창작으로 이행되고 있는 것이다. 위 인용문들에서도 역시 앞서 살펴 본 소설개량론 혹은 연희개량론과 동일한 맥락에서, '개명전진시대(開明前進時代)'에 방해가 되는 시가의 내용을 '민족진화(民族進化)'의 전도에 도움이 되는 내용으로 개량하자는 주장에 전개되고 있다. 이어 그 실제의 예들을 제시하고 있는데, 그 실례(實例)들을 보면 대중적 양식에 대한 관심이 논의의 차원이 아닌 실천적 차원으로 이행되고 있음이 더욱 분명해진다.

이처럼 계몽의 전략적 차원에서 애국계몽기에 이르러서 국문시가의대중적 양식이 중요하게 대두되면서, 시가론의 전개에 있어서도 사대부들의 고급문화를 제치고 대중적 양식이 시가론의 핵심으로 부상했던것이다. 이들 양식이 차지한 대중적 기반은 소설과 연희와 더불어 상하귀천, 남녀노소를 막론하고 '신진(紳縉)사회'에서 '하층사회'까지 전국가구성원을 대상으로 한 계몽운동의 성공적인 수행을 가능케 하는 기반이 아닐 수 없다. 때문에 애국계몽기의 시가론은 전통적 시가론이 사대부 중심의 고급문화에서 출발했던 것과는 달리, 지속적으로 확대된 문학의 대중적 지지기반과 계몽의 전략이 접점을 이루는 지점에서 형성됨으로서 '민중적 양식·생활적' 양식으로까지 그 영역이 확대될 수 있었던 것이다.

계몽의 실천적 전략으로 대중에 대한 관심이 국문에 공적인 지위를부여하면서, 국문으로 지어진 소설에도 공적인 지위를 부여하는 계기를마련하게 되었다면, 국문시가 역시 이와 마찬가지의 의미를 부여하게 받게 될 것이다. 이는 국문시가를 '시'의 차원에서 인식하게 되는 계기를 마련하게 되었다는 것으로 구체화된다. 다음 항에서 논할 '국시(國詩)'개념의 탄생이 이와 관련된 논의이다.

3.2. 국시(國詩) 개념의 탄생: 민족어 문학론의 완성

한국문학의 전통에서 국문으로 된 시는 시(詩)가 아니라 가창과 결부된 노랫말로 존재하였다. 시란 용어는 한문으로 지어진 한시(漢詩)에 한정되어 사용되었고, 국문시(國文詩)에 대해서는 '이요(俚謠), 이가(俚歌)' 등등 노래와 결부된 용어가 사용되었다.36) 그런데 애국계몽기에 이르러 이러한 인식에 획기적인 변화가 일어나기 시작했다. 국문으로 지어진 노랫말에 시(詩)란 용어가 사용되기 시작한 것이다. 한국 문학사에서 '자국어 문학'에 대한 인식이 본격적인 궤도에 오른 것은 17세기부터이다. 이러한 움직임은 시가양식을 중심으로 진행되었는데, 그 정점에 있는 것이 김만중의 '자국어선언'이었다. 김만중은 '가(歌) · 시(詩) · 문(文) · 부(賦)'를 동등한 양식으로 설정함으로서 '국문시가'를 한시의 차원으로 과감하게 격상시켰던 것이다.37) 이로서 국문시가가 한시의 그늘에서 벗어나 개별적인 문학으로 인식하게 계기가 마련되기는 하였으나, 그래도 시(詩)는 여전히 한시에 국한된 용어였다. 물론 애국계몽기에도 이러한 전통은 유지되고 있다. 앞서 살펴보았던 것처럼 당대 시가론의 대상이 되었던 것은 대중적 가창양식, 즉 우리말 노래로서의 국문시가였다. 여전히 애국계몽기에도 국문시가는 가창과 결부되어 있었던 것이다. 하지만 이러한 중에서도 획기적인 변화의 조짐을 일어나고 있었는데, 바로

---

36) 노동은, 『한국근대음악사 1』, 한길사, 1995, 589면.
37) 고미숙(1998), 앞의 책, 47면.

「천희당시화」에서 국문시가가 '시(詩)'란 용어로 지칭되기 시작했다는 점이다. 이는 「천희당시화」에서 시조 양식이 인용되는 두 가지 경우를 통해서 확인된다.

* 頃者에 一友人이 將軍의 詩 二首를 錄送ㅎ엿ᄂ디 其語가 莊潔ㅎ고 其調가 雄渾ㅎ야 足히 將軍의 人格을 想傑ㅎ노라 其一曰 (가마귀 눈비 마자, 희는듯 검노매라. 夜光明月이, 밤인들 어두으랴. 님 向한 一片丹心, 가싈 줄이 잇스랴) 其二ᄂ 曰 (눈 마자 희엿노라, 굽은 솔 웃지마라. 春풍에 픠인 곳이, 每樣에 고을소냐. 풍標霜雪 紛紛ㅎᆯ 졔, 네냐 나를 부르리라

1909. 11. 10

* 一友人이 일즉 其著ㅎᆫ바 愛國吟 丈夫吟 各一首를 余에 誦傳ㅎᄂ디 國語로 爲主ㅎ고 漢字ᄂ 若干助入ㅎ야 老嫗도 加解라 余이 此를 愛ㅎ야 左에 錄ㅎ노라 愛國吟曰 <u>제 몸은 ᄉ랑컨만, 나라ᄉ랑 왜 못 ㅎ노, 國家疆土 업셔지면, 몸 둘 곳이 어디민뇨, 찰아리 몸은 죽더리도, 이나라ᄂ,</u> 丈夫吟曰 <u>長劍을 놉히 들고, 宇宙間에 歷歷ㅎ고, 六大部洲ᄂ 眼中에 恢恢ㅎ다, 아마도 丈夫의 得意秋ᄂ, 이썌인듯ᄂ</u>

1909. 11. 16 ; 밑줄은 필자

위에 인용된 시조 양식의 차이점은 우선 표기 형태에서 찾을 수 있다. 첫 번째 인용된 작품은 종장 말구까지 완전히 갖추어져 있지만, 두 번째 인용문에서는 종장 말구가 생략되어 있다. 흔히 시조창의 형식은 그 노랫말의 종장 말구가 생략되는 데 반해, 가곡창의 경우에는 그 노랫말이 완전한 형태를 갖추었다고 알려져 있다. 그렇다면 그 표기 형태로 보아 첫 번째 인용문은 가곡창에, 두 번째 인용문은 시조창의 형식이 속한다고 볼 수 있다. 그러나 이러한 구분법은 두 번째 인용문에만

해당된다. 즉, 두 번째 인용문 종장말구가 생략된 형태에는 그 장르인식이 시조창에 기반하고 있음이 반영되어 있는데 반해, 첫 번째 인용문에 거론된 시조에 대한 인식은 가창의 기반에서 벗어나고 있다는 말이다. 최영장군의 작품을 거론하면서, 「천희당시화」의 필자는 '시(詩)'란 용어를 사용하고 있기 때문이다. 이러한 추측은 우선 두 작품이 「천희당시화」의 필자에게 입수된 경위를 밝히는 부분에서 뒷받침될 수 있다. 최영장군의 작품에 대해서는 일찍이 한 친구가 장군의 시 2수를 '녹송(錄送)'해주었다고 하나, <애국음>·<장부음>에 대해서는 한 친구가 지은 바 작품을 자신에게 '송전(誦傳)'해 주었다고 밝히고 있음에 주목해 보자. 기록해서 전해 주었다는 것과 구전으로 전해 들었다는 문맥을 통해, 이 둘에 대한 인식이 서로 달랐음을 추정해 볼 수 있다. 기록은 가창과 무관한 그 노랫말 자체의 내용에 주목했다는 말이고, 입으로 전해 들었다는 것은 낭송(朗誦)이 아닌 가창(歌唱) 즉 시조창이 실현되는 형태로 그 노랫말을 접했다는 말로 이해할 수 있기 때문이다. 실제로 <애국음>, <장부음> 이 두 작품은 이미 1 여 년 전에 『대한매일신보』에 발표되었던 작품으로 확인된다.[38] 충분히 문자로 기록된 것을 접할 수도 있는 상황에서, 「천희당시화」의 필자는 이를 창작자가 '송전(誦傳)'해 주었다고 밝히고 있는 것은, 이것이 시조창으로 불리는 것을 들었음을 말해주는 것에 다름 아니다. 반면 기록을 입수했다는 최영장군의 작품은 창(唱)의 실현과 관계없이 언어적 표현물로 인식했다는 말이 될 것이다.

결국 <애국음>과 같이 당대에 시조 창작은 시조창을 겨냥해서 이루어지기도 했으나,[39] 한편으로는 기존의 가집에 수록되어 있는 시조 작

---

38) <애국조(愛國調)>(1908.12.5), <장부음>(1908.12.3).

품들을 중심으로는 창에서 분리되어 '시'로 인식되는 변화가 일어나고 있었던 것이다. 기존에 알려진 시조작품들이 '시'로 언급하는 태도는 위에 인용된 최영장군의 작품에만 해당되는 것이 아니라, 「천희당시화」 전체에서 동일하게 적용되고 있다.

- 今日에 先賢의 短歌數節을 錄ᄒ노라 退溪詩曰 雷霆이 破山ᄒ나 聾者 는 못 듯나니(…)金裕器詩曰 春풍桃李花들아 고은 빗츨 즈랑마라(…) 尹善道詩曰 松間石室에 가셔 曉月을 보려ᄒ니리   1909. 12. 2

- 國詩로言ᄒ면 (南薰殿달발근데八元八凱거나리시고)ᄒ 閑談의 詩쑌이 며 (말업는靑山態度업는流水)란 放狂의 詩쑌이며 (말은가자고네굽을 짱짱치는더님은잡고落淚ᄒ다)ᄒ 淫蕩詩쑌이며 (風波에놀낸沙工비푸 라말을사니)ᄒ 厭退애 詩쑌이며   1909. 11. 25

- 往者에 雰岡이 風騷續選 一卷을 寄送ᄒ 바 此를 開讀ᄒ즉 是本朝以 來 帝王 將相 名儒 達士의 詩歌를 載힛더라 其名이 續篇인즉 其前篇 이 必有ᄒ지며(…)前篇은 必是 三國勝朝時代를 錄ᄒ엿슬지니 然則 愚溫達 乙支文德 諸公의 出軍歌도 載有ᄒ지며 又 陽山歌(新羅人이 名將 韻蓮의 戰死를 慰ᄒ 歌) 會蘇曲(新羅人의 勸農歌) 等도 載有ᄒ 지라 此書가 若出ᄒ면 我國詩界에 一大紀念이 될뿐더러
          1909. 11. 11

선현들의 '단가수절(短歌數節)'은 여러 가집들에 실려 전하는 유명한 '단가(短歌)'들로 종장 말구까지 완벽한 형태로 인용되고 있다. 두 번째 인용문에서 '한담(閑談)·방광(放狂)·음탕(淫蕩)·염퇴(厭退)'의 시로 거

---

39) 이에 대해서는 고은지, 「애국계몽기 시조의 창작배경과 문학적 지향」, 고려대학교 석사학위논문, 1997, 40~52면 참조.

론되고 있는 것들 역시, 여러 가집들에서 어렵지 않게 찾을 수 있는 작품들의 초장에 해당된다. 이에서 우리는 기존 가집에 실려 있는 작품들이 가곡창을 위한 창사(唱詞)가 아니라 시의 형태로 인식되는 단초를 발견할 수 있다. 즉 국문시가에 대해 '우리 말 노래'란 의미가 아닌 '우리 말 시'란 의미가 부여되기 시작했다는 말이다.

이러한 인식의 변화는 기존 가집 수록작을 중심으로 일어나고 있는데, 이는 국문시가사 전반에 대한 문학적 인식으로 확대되었다는 점에서 주목할 만하다. "본조 이래 제왕(帝王)·장상(將相)·명유(名儒)·달사(達士)의 시가(詩歌)를 재(載)"했다는 설명으로 보아 『풍소속선(風騷續選)』은 가곡창을 위한 가집(歌集)으로 보이는데, 「천희당시화」의 필자의 인식은 이에 머물러 있지 않다. 이의 전편(前篇)에서 조선시대 이전의 국문시가 전체가 망라되어 있었을 것으로 기대하고 있기 때문이다. 결국 '풍소'의 전후편을 국문시가사에 대한 문학적 텍스트로 인식하고 있는 것이고, 이에서 「천희당시화」의 필자는 국문시가사 전반에 대해 '우리말로 된 노래'가 아닌 '우리말로 지어진 시'라는 인식이 확대적용하고 있음을 추정해 볼 수 있다. 결국 이러한 사례들에서 기존의 작품들을 대상으로 하여 가창양식의 창사(唱詞)로 존재했던 국문시가의 전통에 획기적인 변화가 야기되었음을 확인할 수 있다.[40] 이는 국시(國詩) 개념의 탄생으로 이어진다.

---

40) 그러나 애국계몽기 신문에 등장하는 모든 기존의 시조작품들이 '시'로 인식되고 있다고는 말할 수 없다. 『만세보』에도 1906년 7월 31일부터 그 해 말까지 시조작품을 소개하는 '해동영언(海東永言)'이란 난이 편성되고 있는데, 여기에는 기존의 가집에 수록되어 있는 작품들이 '초중대엽, 우조 초중대엽, 계면조 이중대엽, 우조 삼중대엽, 계면조 삼중대엽'에서 '계면락, 얼락 ; 지르는 낙시조, 편락, 편수대엽' 등의 악곡명과 함께 매일 한 편씩 소개되고 있기 때문이다. 이는 이들의 장르인식에 가곡창이 자리하고 있음을 말해준다 하겠다.

* 東國詩가 何오 ᄒᆞ면 東國語 東國文 東國音으로 製ᄒᆞᆫ 者가 是오
1909. 11. 9
* 詩란 國民言語의 精華라   1909. 11. 11
* 帝國新聞에 일즉 國字韻(날발갈, 닝징싱 等)을 懸ᄒᆞ고 國文七字詩를
購賞ᄒᆞ엿스니 此七字詩도 或一種 新國詩體가 될가 曰 否라(…)堂堂
獨립ᄒᆞᆫ 國詩가 自有ᄒᆞ거늘 何必支那律體를 依倣ᄒᆞ야 龍鍾崎嶇의 態
를 作ᄒᆞ리오   1909. 11. 17

　시에 대한 정의부터 획기적으로 내려지고 있다. 시의 첫 번째 조건으
로 자국문자의 사용을 내세우면서, 음악과 분리된 언어적 차원에서 시
에 대한 정의가 이루어지고 있다. 이는 단순히 문자의 문제만이 아니었
다. 동국시란 '동국어·동국문·동국음'으로 지은 것이란 정의에서 '한
국문학이란 한국인의 사상과 감정, 경험을 한국어로 표현한 문학'이란
정의를 연상시킨다. 이에 의하면 중국의 글과 양식에 의하여 이루어진
문학은 한국문학에서 제외된다.[41] 동국시의 정의 역시 이와 마찬가지
이다. 때문에 『제국신문』의 '국문칠자시'는 동국문을 사용했으나, 이는
동국시가 될 수 없는 것은, 그것이 "지나(支那)의 율체(律體)를 모방했
다"는 비난에서 국문시가와 한시의 위상이 완전히 역전되었음을 확인
할 수 있다. 이는 비단 「천희당시화」 자체에서 이루어진 변화만이 아니
다. 당대 국문의 위상 변화로 야기된 문학의 존재론적 위상의 변화와
관련된 문제이다. 앞서 살펴보았듯이 계몽의 실천적 층위에서 대중언어
인 국문이 공식적인 지위가 부여되는 것과 맞물려 국문으로 지어진 소
설에 대해 공식적인 지위가 부여되는 것과 마찬가지로, 국문으로 지어
진 시가에 대해서 '국시'란 지위가 부여되었던 것이다.

---

41) 김홍규, 『한국문학의 이해』, 민음사, 1986, 17면.

국문시가는 김만중에 의해서 노래할 수 없는 한시를 보완하는 역할에서 벗어나, 시(詩)·문(文)·부(賦)와 대등한 문학양식으로 설정됨으로써 '민족어문학'의 위상을 차지하게 되었고, 조선 후기 가집 편찬을 중심으로 국문시가 옹호론이 대두하였으나, 이는 한시에 비해 '우리 말 노래'가 지닌 우월성을 바탕으로 한 것이었다. 그러나 「천희당시화」에서 시란 '국민언어의 정화(精華)'로 규정됨으로써, '우리말 시'에 대한 인식이 탄생되었던 것이다. 이는 국문과 국문문학의 위상과 관련된 담론적 체계의 구조적 변화와 함께 진행되어 온 '자국어문학론'의 완성을 보여준다는 점에서 역사적인 사건으로 기억할만하다. 결국 사대부들이 여가에 즐기는 여가문학 정도로 여겨지던 국문시가의 위상은 애국계몽기에 이르러 시의 차원으로 당당히 올라서게 되었고, '강학의 여가에 도의의 정신을 가다듬고, 한사(閑事)의 여가생활'[42]로 여겨졌을 뿐이었던, 시작(詩作) 행위에 '세계를 도주(陶鑄)'하는 것이란(「천희당시화」, 1909.12.4) 의미까지 부여되면서 국문시가의 위상은 급부상하게 되었던 것이다.

애국계몽기 문학 담론에서 국문소설과 국문시가 문학의 중심영역으로 확정되었다는 점과 더불어 당대 문학담론의 특징적인 국면으로 지적할 수 있는 점은, 문학의 효용적 가치가 중요해지기 시작했다는 점이다. 계몽의 효과적 수행을 위해 국문문학에 대한 대중적 인지도를 계몽의 실천적 영역으로 전이시키려는 차원에서 국문문학에 대한 관심이 시작되었기 때문에 이는 당연한 결과이다. 유식한 자 몇 사람만이 알아들을 수 있고, 그 영향력 역시 지적인 계발에만 미칠 뿐인 지적인 학문에 보다는, 우부우부와 아동주졸들이 모두 편벽되게 좋아하며, 심지어는 읽는 사람이 백사람이든 천사람이든, 그 모두의 성품을 감화시킬 수

---

42) 길진숙, 『조선 전기 시가예술론의 형성과 전개』, 소명출판, 2002, 267면.

있기 때문에 '상말과 속담으로 지어 놓은 책자의' 중요성43)이 부각되면
서, 신채호·이인직·이해조 등의 계몽지식인들이 자신의 이름을 내걸
고 국문으로 소설을 창작했던 것이다. 그런데 마음을 감화시키고 성정
을 기르기 위해 음악과 노래와 시의 중요성은 일찍부터 강조되어 왔다.
즉 '서양선비가 소설을 국민의 혼(魂)'이라 말하기 전부터, 동양의 군자
들은 사람의 영혼과 관계하여 시가의 중요성을 말했던 것이다. 이와 같
은 시가에 대한 효용적 인식은 국문시가에 대한 비평적 논의에 있어 흔
들림 없는 기반이 되어왔다. 그러나 그것은 시대적으로 다른 관점에서
적용되고 있었다. 즉 조선전기는 시가의 효용이 본연지성의 회복을 향
한 유교적 예악론에 구속되어 있었다면, 조선후기에는 이에서 벗어나
자연스런 정의 솟구침을 발현하는 데서 시가의 공효성을 찾는 방향으
로 달라졌던 것이다.44) 이러한 변화는 애국계몽기의 상황과 만나면서
또 다른 맥락을 형성하게 된다. 항을 달리해 살펴보자.

3.3. 시가에 대한 효용론적 인식의 변화
  : 집합적 연대를 위한 애국적 열정의 표출

애국계몽기 시가담론이 계몽적 관점에서 시가의 효용성이 포착되어
시작되었다고 해서, 그것이 유교적 교화론에 입각한 전통적인 시가관과
곧바로 연결되는 것은 아니다. 조선조 사대부들의 악론(樂論)은 탕척사
예(蕩滌邪穢)하며 정성정(正性情)·이풍속(移風俗)한다는 『한서』「악지」
나 『사기』의 「악지」 등에서 형성된 담론을 수용하여 형성되었고, 본래
의 순선(純善)한 성정(性情)을 회복하는 데 시가가 지니는 효용성을 강

---

43) 「근일 국문소셜을 져술ᄒᆞᆫ 쟈의 쥬의홀 일」, 『대한민일신보』 론셜, 1908. 7. 8.
44) 길진숙, 앞의 책, 336~337면.

조하였다.45) 이러한 전통에서 그들은 세속의 음악에 대해 '풍속을 병들게 하게 성정을 난잡하게 만드는[病風傷性之亂雜] 노래'로 비판을 가했고, 계몽지식인들 역시 대중적 가창양식에 대해 이러한 관점을 보였음은 앞선 인용문들에서 확인해 본 사실이다. 우선 애국계몽기 당대 시가인식이 효용적인 관점에서 시작되었다는 것은 계몽지식인들의 성향과 관련지어 생각해 봐야 한다. 신채호, 박은식 등 당대를 대표하는 계몽지식인들의 문화적 기반은 국문문학이 아니라 한문문학적 소양에 더 많은 영향을 받아 형성되었다. 즉 그들의 문학수업은 한문학 양식을 기반으로 하여 진행되어 왔다는 점은 무시할 수 없는 사실이다. 『대한매일신보』을 보면 단재나 겸재로 작가를 밝힌 한시들이 발표되고 있는데, 이는 당대의 가장 진보적인 지식인들에게 있어서도 전통적인 문학관의 관습이 매우 큰 영향력을 발휘하고 있었음을 보여주는 하나의 사례이다. 따라서 우리에게 필요한 것은 중요한 것은 애국계몽기 당대 지식인들에게 현대적 문예개념을 적용하여 현실적 상황과 무관한 '자족적인 문학관'을 요구하는 것이 아니라, 시가의 효용적 가치를 어떠한 관점에서 접근하고 있는가 하는 점을 파악해 내는 일이다.

> • 故로 强武호 國民은 其詩로부터 强武호며 文弱호 國民은 其詩로부터 文弱호나니 一國의 盛衰治亂은 大抵 其國詩에서 可驗홀지오(…)詩가 盛호면 國도 亦盛호며 詩가 衰호면 國도 亦衰호며 詩가 存호면 國도 亦存호며 詩가 亡호면 國도 亦亡혼다 하노라　　　　1909. 11. 11

시의 성쇠와 국가의 성쇠를 직접 연결시키는 관점에 유가적 전통에 입각한 '실용적 문학관'이 내재되어 있음은 사실이다. 이는 결국 시가

---

45) 위의 책, 136면.

세상을 바로잡고 구제할 수 있다는 생각으로, 이것은 문학의 존재 가치를 문학 자체에서 찾지 않고, 외부 현실과 결부시키고 있다는 점에서 효용론적 관점에서 형성된 문학관이다. 하지만 문제는 그것이 지향하고 있는 최상의 가치가 내포하고 있는 실질이다. 전통적인 시론에서 자리하고 있었던 최상의 가치는 성인(聖人)의 도(道)였고, 이것이 지향하는 바 실질은 개인적 덕성의 함양과 도덕적 완성으로, 인간감정의 자유로운 분출은 최대한 이성적으로 억제되었다. 따라서 전통적인 시가관에서 '충담소산(沖澹蕭散) · 한미청적(閒美淸適) · 청신쇄락(淸新灑落)' 등 윤리적 가치를 높은 차원에서 구현하기 위한 미감을 추구하였고,46) 이는 '온유돈후의 세계'로 실현되었던 것이다.

하지만 애국계몽기 시가론은 이와 다른 지향점을 가진다. 그 지향의 최종적 도달점에는 국가가 자리하고 있다. '일국(一國)의 성쇠치란(盛衰治亂)'은 그 나라의 시에서 가히 증험(證驗)할 수 있기에 국시의 개혁이 필요하다는 논리나, 현행 가요들이 '망신(亡身) · 망가(亡家) · 망국(亡國)'의 '황음(荒音)'일 뿐이므로 개량이 시급하다는 발언은 시가의 존재가치를 국가적 가치로 환원시키는 것이다. 때문에 나라의 치란성쇠를 가늠할 수 있는 기준 역시 요순(堯舜)의 도가 아니라, '강무(強武)한 국민(國民)'으로 바뀌게 된다. "강무(強武)한 국민은 그 시로부터 강무(強武)해지며, 문약(文弱)한 국민은 그 시로부터 문약(文弱)해진다"는 주장은, 20세기를 살아가기 위해서는 불가불 국민들의 무기(武氣)를 고동해야 한다는47) 당대 계몽담론이 그대로 이입된 것이다. 계몽이란 개인적 각성을 통한 사유방식의 변화만을 요구하는 것이 아니라, 적극적인 사회적

---

46) 임형택, 「16세기 사림파의 문예의식」, 『한국문학사의 시각』, 창작과비평사, 1984, 48면.
47) 「문화와 무력」, 『대한민일신보』, 「론셜」, 1910. 2. 19.

실천을 요구한다. 때문에 적극적인 사회 참여를 유도하는 것은 당연히 필요한 것이고, 무기를 고동해야 하는 주장은, 이러한 맥락에서 나온 것으로 전쟁을 독력하는 것이 아니라, 계몽사업에의 적극적인 실천을 요구하는 발언으로 이해할 수 있다. 계몽이 적극적인 사회 참여를 요구하는 태도라고 할 때, 계몽적 관점에서 요구되는 미의식 역시 이에 부응해야 한다. 무기의 고동을 주장했던 계몽담론의 발언처럼, 애국계몽기 시가에는 온유돈후와는 다른 미의식이 요구되었다. 시의 기능을 감정의 순화에 두었던 예악적 시가관과는 달리, 애국계몽기에는 시의 효용을 감정을 격발시키는 데서 찾고 있는 것으로 구체화된다.

> • 彼無知妄靑年들이 往往叫唱曰我國을 亡케ᄒᆞᆫ者ᄂᆞᆫ 詩라ᄒᆞ니 嗚呼라 其不思홈이 엇지 此에 至ᄒᆞ뇨 今에 姑且至近의 理로 喩ᄒᆞ리니 大抵 吾輩가 喜가 有ᄒᆞ미 歡呼가 無코ᄌᆞᄒᆞᆫᄃᆞᆯ 得乎며 怒가 有ᄒᆞ미 憤叫가 無코ᄌᆞᄒᆞᆫᄃᆞᆯ 得乎며 哀怨이 有ᄒᆞ미 凄凉灑泣이 無코ᄌᆞᄒᆞᆫᄃᆞᆯ 得乎며 苦痛이 有ᄒᆞ미 呻吟狂啼가 無ᄏᆞ자ᄒᆞᆫᄃᆞᆯ 得乎아 大凡 詩란 者ᄂᆞᆫ 卽此 歡呼, 憤叫, 凄凉, 灑泣, 呻吟狂啼 等의 情態로 結成ᄒᆞᆫ 文言이니 詩를 閉코ᄌᆞᄒᆞ면 是ᄂᆞᆫ 國民의 喉를 閉ᄒᆞ며 腦를 破홈이니 此ㅣ 엇지 可ᄒᆞ며 此ㅣ 엇지 可ᄒᆞ리오(…)詩가 人情을 感發홈에 如此히 不可思議의 能力이 有ᄒᆞᆫ지라(…)勇悍 猖狂 猛奮 纖劣 或善或惡 或美或醜가 無非 詩歌의 支配力을 受ᄒᆞᆫ 바   1909. 11. 23

시를 "환호(歡呼), 분규(憤叫), 처량(凄凉), 쇄읍(灑泣), 신음광제(呻吟狂啼) 등(等)의 정태(情態)로 결성(結成)ᄒᆞᆫ 문언(文言)"으로 규정하고 있다. 이는 정서적 순화를 지향하는 전대의 시가관과는 확연히 다른 맥락이다. 시의 가치를 온유돈후의 정서로 균질화 시키는 것이 아니라, 오히려 다양한 감정을 자극하고 촉발하는 데서 찾고 있기 때문이다. 이런 점에서 애국계몽기의 시가론은 '정서적 감염'에서 시의 가치를 규정하고 있다고 볼 수 있다. 다시 말하자면 시는 때로는 기뻐하며, 때로는 성내며, 혹은 고통에 신음하며 마침내는 미쳐 울부짖게 되는 사람의 감정을 있는 그대로 솔직하게 언어를 통해 형상화된 것이라는 주장을 펼치고 있는 것이고, 이는 결국 '정서적 감염' 다른 말로 말하자면 '감동'이라고 하는 문학의 본질적인 기능에서 정의 내려진 것에 다름 아니다. "용한(勇悍) 창광(猖狂) 맹분(猛奮) 섬열(孅劣) 혹선혹악(或善或惡) 혹미혹추(或美或醜)"은 다양한 인간 감정의 영역이다. 유교적 효용의 관점에서 보자면 이는 모두 다스려지고, 순화되어야 할 대상이다. 하지만 「천희당시화」에서는 이 모든 감정을 시의 지배하에 두어, 시를 통한 정서적 감염을 시의 기능으로 삼고 있다. 이는 계몽의 문학적 전략으로 시가 선택된 원인을 설명하는 단서를 주기도 한다.

> 노래가 사람을 감동케홈이 또혼 깁도다(…)대뎌 노래라ᄒᆞᆫ거슨 사름의 감정을 건드려셔 의긔를 고등ᄒᆞ야 흥긔ᄒᆞ고 분발케ᄒᆞᆫ거신즉 그말은 간단ᄒᆞ야 알기쉽게ᄒᆞ기로 쥬장ᄒᆞ며 그뜻은 간졀ᄒᆞ고 쾌활케ᄒᆞ기로 힘을 써셔 노래롤 ᄯᅡ라셔 그 긔운이 감발케 홀거시어늘[48]

학교에서 쓰이는 노래를 논한 이 글은 시가론이 아니라, 말 그대로 음악론이라고 할 수 있다. 학교라는 가창 공간의 특성 상, 위 인용문에서 논의되고 있는 노래 양식은 창가에 해당되는 것 같다. 여기서 본 논의와 관련하여 주목할 것은 노래를 통해 사람의 감정을 건드려서 의기를 고동하고 흥기를 분발케 해야 한다는 대목이다. 감정의 격발이 계몽의 전략적 차원에서 선택된 노래의 기능이라면, 계몽의 관점에서 요구

---

48) 「학교에 쓰는 노래롤 의론홈」, 『대한미일신보』 론셜, 1908. 7. 11.

되는 정서적 상태는 고양된 감정 상태를 의미하는 것으로, 이러한 상태
는 '인심이 본래의 성정을 유지한 상태'와 매우 먼 거리에 있다. 따라서
애국계몽기의 맥락에서 "시가(詩歌)는 인(人)의 감정(感情)을 도융(陶
融)"함을 목적으로 한다(「천희당시화」, 1909. 11.16)는 의미는 유교적 효용
론의 단순한 반복이 아니라, 오히려 이를 역전시켜, 시가를 통해 감정의
자극하고 흥분 상태를 유지하는 의미로 새롭게 변용되고 있는 것이다.

이처럼 「천희당시화」에서는 전대의 시가관과는 달리 기쁨에서 미쳐
울부짖는 인간의 다양한 감정영역을 표출하는 데서 시가의 효용성을
찾고 있다. 즉 시가 지닌 '인정(人情)을 감발(感發)하는 불가사의(不可思
議)의 능력'은 인격을 도야하고 풍교(風敎)를 순화해야 한다는 맥락이
아닌, 선하고 아름답지만 때론 '창광(猖狂)'의 지경에까지 이르는 인간
의 폭넓은 감정을 담아내는 것으로 이해되었던 것이다. 이는 감정의 자
유분방함을 최대한 자제하고 온유돈후의 감정으로 정화시키는 데서 시
가의 효용적 가치를 찾았던 태도와는 분명 다른 것이다. 시가의 효용적
가치는 감정을 자극하여 의기를 고등하여 독자들로 하여금 흥기하고
분발케 하는, 일종의 정서적 흥분상태를 유발하는 측면에서 찾아진다는
점에서, 전통적인 효용적 시가관과는 구분되는 애국계몽기적 특성이라
하겠다.

이렇듯 「천희당시화」를 통해 애국계몽기 시가론에서 강조하고 있는
시의 기능은 정서적 분출의 측면인 것이다. 이러한 측면은 일정정도 19
세기 후반 유교적 효용론과는 다른 맥락에서 형성되었던 '정감지향적'
인 시가사의 흐름과 관련지어 설명할 수도 있다. 18세기 무렵 유교적
효용론의 관점에서 온유돈후의 미감에 의해 억눌려 왔던 정감표출을
둘러싼 논의가 대두되기 시작했음은 잘 알려진 사실이다.『청구영언』
서문을 써 주면서 정윤경은 김천택이 모은 시가작품을 보면 '화평유유

'(和平愉愉)'한 것도 있고, '애원처고(哀怨悽苦)'한 것도 있어 사람을 격양시킨 바가 있다면서, 노래를 통해 다양한 감정표현을 전면적으로 긍정하고 있고,[49] 이정섭 역시 우리말 노래에는 유일(愉逸)·원탄(怨歎)·창광(猖狂)·조망(粗莽)의 다양한 정태(情態)가 우러나 있어 풍아의 유지(遺旨)에 가깝다고 하면서, 노래를 통한 다양한 감정적 체험을 강조하는[50] 등, 유교적 악론에 대한 반동으로 정감지향적 경향이 만들어졌던 것이다.[51] "용한(勇悍)·창광(猖狂)·맹분(猛奮)·섬열(纖劣) 등의 모든 정서적 상태가 시가의 지배력을 받지 않는 것이 없다"는 「천희당시화」의 발언도, 이와 유사한 맥락이라 할 수 있다. 즉 국문시가에 관한 비평적 흐름에서 애국계몽기 시가관은 유교적 효용론의 관점보다는 18세기 이후 새롭게 형성된 정감지향적 경향에 더 가까이 위치해 있다고 볼 수 있는 것이다.

시가를 통한 감정의 호소는 특히 계몽적 전략의 측면에서 보면 애국계몽기의 상황에서 유효하다 하겠다. 다루고자 하는 문제가 긴박하거나 변론가와 청중들 간의 사전 합의가 보다 제한되어 있을 경우, 그리고 청중이 논리적인 논증에 쉽게 싫증을 내거나 익숙하지 않은 경우에는 감정적 호소하는 전략이 훨씬 유효하다고 하는데,[52] 애국계몽기의 시대적 상황이 이러한 조건에 처해 있었기 때문이다. 또한 그러한 감정들이 집합적 열정으로 표출될 때 이는 사회문제 해결을 위한 원동력으로

---

49) "余取以覽焉 其詞固皆艶麗可玩 而其旨有和平惟愉 有哀怨凄苦 微婉則含警 激昻則動人 有足以懲一代之盛衰 驗風俗之美惡 可與詩家表裏竝行"(정윤경, 『靑丘永言』序).

50) "至於里巷謳歈之音 腔調雖不雅馴 凡其愉佚怨歎 猖狂粗莽之情狀態色 各出於自然之眞機"(이정섭, 『靑丘永言』後拔).

51) 이에 대한 자세한 논의는 길진숙, 앞의 책, 332~333면 참조.

52) 박성창, 『수사학』, 문학과지성사, 2000, 52면.

작용할 수도 있다는 점에서 계몽의 집합적 연대를 위해 시가의 효용적 가치는 더욱 증대된다 하겠다. 애국계몽기의 계몽담론의 궁극적인 지향은 국권회복에 놓여 있었다. 국가 구성원들에 국가가 무엇인지 국민이 무엇인지를 일깨워 그들의 역량을 총집결하여 국권회복의 원동력으로 삼고, 근대적 국민국가를 수립하는 것이 애국계몽기 지식인들의 계몽 프로젝트였던 것이다. 때문에 개인들의 응집이 무엇보다도 필요해질 수밖에 없다. 애국계몽기에 나온 영웅론이 초월적인 영웅론이 아니라, 국가를 위해 헌신하는 장부라면 누구나 영웅이 될 수 있음을 강조하는 인식에 기반하고 있는 것도,53) 이 때문이다. '만인일심(萬人一心)'이 곧 영웅이라는 주장은,54) 곧 국민의 역량을 총집결하여 이를 위기에 처한 사회를 극복한 창조적 역량의 근원을 '개인들의 응집이 낳는 열광'에서 찾고자 했던 발상에55) 다름 아니다. 결국 계몽의 전략적 차원에서 '집합적 열광'을 이끌어내는 것이 요청되는 시대적 상황에서 감정을 자극하여 국가 구성원들을 애국적 열정으로 충만케 하는 것을 시가의 효용적 가치로 인식하게 되었던 것이다.

요컨대 애국계몽기에 이르러 시가는 계몽적 전략의 차원에서 감정을 자극하는 양식으로 선택되었다. 때문에 감정의 격발을 시가의 중요한 기능으로 이해되었고, 이런 측면에서 정감지향적 성향의 조선후기 시가인식의 추이와 일정정도 관련지을 수 있다. 그러나 조선 후기 정감지향적 성향과는 분명하게 구분되는 애국계몽기적 특성이 없는 것은 아니

---

53) 고은지(1997), 앞의 논문, 97면~105면.
54) 〈毋躊躇〉, 『대한매일신보』, 1909.12.4.
55) "한 민족을 형성하는 것은 우연히 여기저기에서 태어나는 한두명의 위인이 아니라 시민의 응집된 모임이다–뒤르켐" 김종엽, 『연대와 열광: 에밀 뒤르켐의 현대성 비판 연구』, 창작과비평사, 1998, 350면.

다. 조선후기 정감지향적 시가관이 '막연한 그리움' 혹은 '자족적인 절망'이라고 하는 내면적 정서로 집약되었다.[56] 반면 애국계몽기적 상황에서는 개인적 차원이 아닌 국가주의적 차원에서 집약되면서 국가주의적 열정으로 분출되었기 때문이다. 즉 조선후기 감정지향적 시가인식이 애국계몽기에 이르면, 그 분출된 개인적 감정들을 애국적 열정으로 집약시키고 있다는 데에 조선후기 시가사와 구분되는 애국계몽기 시가사의 특징적 국면이 만들어졌던 것이다.

> ◀ 팔랑갑이라 하늘로 늘며, 두더지라 싸흐로 들냐。/털망 걸닌 뎌 금죵다리새야, 풀쩍풀짝 푸드덕인들, 눌짜 길짜 네 어디로 갈짜。/우리는, 어인 일인지 오장륙부에 잇는 피 잇는디로 버적버적 밧작밧작 쓸코 쓸어 더 쓸을 것 업셔 너 잡어 먹어야, 나 살겠다。[57]

> ◀ 지작일은 쟝츙단에쵸혼졔라 구름안기침침ᄒᆞ고 구진비눈축축ᄒᆞ더 츙렬혼빅강림ᄒᆞᆫ듯 젼망ᄉᆞ졸울음운다 (…) ◀ 쏘혼ᄉᆞ졸우는고나 빅발부모영결ᄒᆞ고 쳥년쳐ᄌᆞ작별ᄒᆞ야 국가은혜갑헛스니 죽엇셔도혼업스나 쳥산빅슈과부촌에 우리가ᄉᆞ엇지ᄒᆞᆯ고 익고지고셜운지고[58]

> ◀ 삼쳔셰계광활ᄒᆞ나 이내혼몸둘곳업다 구곡간쟝불이나고 두줄눈물피가된다 슐혼잔을마신후에 참마검을놉히들고 우쥬간에비회ᄒᆞ며 허다요물숣혀보니 용셔ᄒᆞᆯ길바이업다 (…) ◀ 모든요물허다컨만 일일시험ᄒᆞᆯ수업고 뎌여섯에 요물들만 이혼칼로쇼멸ᄒᆞ면 이내흉금상쾌ᄒᆞ고 젼국인민살터이나 가련ᄒᆞᆯᄉᆞ뎌요물이 긔과쳔션ᄒᆞᆯ양이면 이내칼을웃고던져[59]

---

56) 고미숙, 「19세기 시조의 '대중화 양상'에 대한 연구」, 『18세기에서 20세기 초 한국시가사의 구도』, 소명출판, 1998, 229~250면.

57) 〈回生方〉, 『대한매일신보』, 1909.7.6.

58) 〈忠魂訴恨〉, 『대한매일신보』, 1908.4.14.

열렬한 애국적 열정이 다양한 정서적 울림으로 표출되고 있는 사례들이다. 피눈물을 흘리며 참마검(斬魔劍)을 휘두르는 화자의 심정은 독자들의 정서를 격발하기에 충분하다. 독자들은 금방이라도 검을 들고 세상에 횡행하는 난신적자들을 처단해야만 할 것은 감정의 동요를 느낄 것이다. 어떤 경우에는 애국적 열정은 비참한 정서로 표출되기도 하다. 세상사의 모습이 얼마나 비참하며 국가적 사태가 얼마나 암담한지는 '전망사졸'들의 흐느낌을 통해 절절하게 전달되고 있다. 또는 구곡간장에 불이 나, 피눈물을 흘리면서 술에 취해 칼을 들고 우주 간을 배회하는 화자의 심정에서 세상사에 대한 격정을 느낄 수도 있을 것이다. 이처럼 애국계몽기 시가작품들에서는 계몽적 주제의식이 매우 격정적으로 표출되어 있는 경우를 어렵지 않게 만날 수 있다. 이는 시를 통해 개인적 정감을 애상적으로 표출했던 조선후기 정감지향적 성향이 계몽적 영역과 만나면서 국가주의적 열정으로 집약된 구체적인 사례들인 것이다.

이처럼 정서의 표출이라는 동일한 지점에서 본다면 조선후기적 성향이 현실과 무관한 영역에서 '고립된 개인적 정서'의 표출에 집착했다면, 애국계몽기적 성향은 시가양식을 통해 국가주의적 열정으로 독자들을 자극함으로써, 문제적 현실에 대한 자각과 행동의 실천을 요구했다는 점에서 달라진다 하겠다. 즉 정서적 억압에서 벗어난 개체적 감정들을 국가적 열정으로 집중시키는 데 애국계몽기 시가론의 특징이 있다는 말이다. 감정의 흥기를 시의 중요한 기능으로 삼고 있는 「천희당시화」의 맥락에 따라 당대 독자들이 시가작품을 수용하는 것 역시 정서적 차원에서 이루어지고 있음을 확인할 수 있다.

---

59) 〈酒後劍舞〉, 『대한매일신보』, 1909.2.11.

론셜을 볼진더 풍력의 미혹혼 바ㅣ 되지 아니ᄒ고 강력의 눌니는 바ㅣ 되지 아니ᄒ며 국민의 긔개를 비양ᄒ고 국가의 톄면을 존슝ᄒ며 전도와 방향을 붉게 ᄒ고 문명과 부강을 의론ᄒ여(…)그 잡보는 직혼쟈를 직ᄒ다 ᄒ며 곡혼쟈를 곡ᄒ다 ᄒ며 션혼쟈를 션ᄒ다 ᄒ고 악혼쟈를 악ᄒ다 ᄒ며 대신들의 미국혼 ᄉ상과 쇼인들의 외인에게 아첨ᄒ는 정틱를 일일히 견발하여(…)평론을 볼진더 혹 풍간도 ᄒ며 혹 나물ᄒ기도ᄒ고 폐단도 의론ᄒ며 구졔방침도 말ᄒ더 울읍강개ᄒ여 지ᄉ의 눈물을 흐르게 ᄒ며 격절비분ᄒ여 영웅의 담력을 고동ᄒ고 완고의 긔습을 벽파ᄒ여 긔명디경으로 인도ᄒ니 그 지셩긘측흠을 가히 보리로다[60]

『대한매일신보』에 실린 독자의 기고문이다. 대의명분에 바탕을 두고 비판적인 태도로 오직 객관적인 사실에만 입각한 준엄한 사필(史筆)을 상징하는 '춘추필법'은 현대 언론의 사명이기도 하다. 위 인용문은 당대의 신문들 중에 오직 『대한매일신보』만이 '녯적 춘추의 필법'이 있다며 이에 금할 길 없는 '격절칭탄(激切稱歎)'을 보내고 있는 글이다. 이 글은 독자들이 『대한매일신보』의 계몽가사를 받아들이는 방식을 살필 수 있다는 점에서 흥미로운 자료다. 위의 글에서 '평론'이라고 지칭되고 있는 것이 바로 계몽가사인데, 독자가 이에 대해 정서적 반응으로 보이고 있다는 점에 주목해 보자. 우선 '풍간도 하고, 나물하기도 하고, 폐단도 의론하고, 구제방침도 말하'는 것은 계몽가사의 내용적 자질이다. 이에 대해 독자들은 '울읍강개'하며 '격절비분'하고 있다. 그래서 눈물도 흘리며, 담력을 고동하기도 한다. 즉 계몽가사는 정서적 환기라는 문학적 본래의 목적으로 창작된 것이고, 독자들 역시 정서적으로 반응하고 있음을 이에서 확인할 수 있다. 이는 독자들은 계몽가사를 문명의 도를 의

---

60) 「ᄆᆡ일신보는 츈츄와 비홀만홈」, 동영성 리익호, 『대한ᄆᆡ일신보』, 1909. 8. 21.

론하는 논설이나 세상사의 시비곡직(是非曲直)을 밝히는 잡보와는 다른 문학적 층위에서 받아들이고 있었음을 말해주는 단서라 하겠다.

결국 애국계몽기의 시가양식은 계몽을 위한 문학양식으로 정서적 설득을 위해 창작된 것이고, 그것이 지향하는 바는 '개체의 정서적 해방'이라는 19세기적 상황과는 달리 국가주의적 열정이라는 애국계몽기적 특성으로 표출되고 있었던 것이다. 계몽주의 문학에서 시가장르가 그 중심에 있었던 것도 시가에 대한 이러한 애국계몽기적 특성 때문이고 볼 수 있다. '시가(詩歌)는 인(人)의 감정(感情)을 도융(陶融)홈을 목적(目的)'한다는 정의는 존심양성(存心養性)을 통한 수기(修己)적 차원이 아니라, 말 그대로 감정을 자극하여 애국적 열정을 불러일으키고 이를 연대의 원동력으로 삼고자 했던 애국계몽기 특유의 시가관으로 해석해야 할 것이다. 애국계몽기 시가에서 넘쳐나는 감정은 개인적 정서가 아니라, 국가적 정서이다. 물론 개인적 서정의 토로를 중시하는 근대적 시학(詩學)에서 보면 이는 미학적 성취에 대한 논의를 도외시했다는 한계를 지적하기에 충분하다. 그러나 국가주의적 열정으로 분출되는 정서적 성향을 계몽의 문학적 전략이라는 차원에서 해석한다면, 이는 사회문제를 해결하기 위한 '집합적 열광'을 끌어내기 위한 애국계몽기 고유의 미학이라고 할 수 있다.[61]

---

61) 19세기 후반 시가사에서 보여주고 있는 감정의 해방이 지닌 '낭만적 성향'(고미숙, 『19세기 시조의 예술사적 의미』, 태학사, 1998 참조), 1910년대 이광수의 계몽주의의 '낭만적 성향'(김우창, 「감각, 이성, 정신」, 『한국문학이란 무엇인가』, 민음사, 1995, 15~28면)에 대한 논의가 진행되고 있음을 고려해 본다면, 열정의 문제는 19세기 후반과 애국계몽기, 그리고 1910년대의 문학사를 관통하는 하나의 특질이 될 것으로 기대된다.

4. 결론

이상에서 「천희당시화」의 내용을 중심으로 하여 애국계몽기 시가인식의 특징에 대해 살펴보았다. 그 결과는 다음과 같이 요약할 수 있다.

애국계몽기 문학 담론은 전통적 사회에서는 소외되었던 일반 대중들이 새로운 사회의 중심으로 부상되면서, 대중적 성향의 국문문학을 중심으로 새롭게 재편되기 시작했다. 일반 대중들과의 효율적인 의사소통을 위해 그들이 즐겼던 국문소설과 대중적 연희양식들에 대한 재평가가 활발하게 진행되었고, 심상한 부녀자들이나 무식한 시정잡배들만 즐기는 것으로 폄하되었던 이들이 계몽의 필요성에 의해 공식적인 담론의 내부로 유입되었다. 이와 같은 문학 인식의 변화는 19세기 후반 급속하게 성장한 국문학의 대중적 성장 기반이 계몽의 실천적 필요에 의해 재발견되는 과정을 의미한다. '대중성'을 중심으로 19세기 후반의 문학사와 애국계몽기 문학사가 서로 만나게 되었던 것이다. 애국계몽기 시가 인식 역시 이와 같은 당대 문학담론의 변화에 따라 진행되었다. 때문에 「천희당시화」에서는 사대부 문화에 국한되어 시조양식을 중심으로 전개되었던 전통적인 시가론과 달리, 이에서 언급되지 않았던 유흥 공간 및 일상의 영역에서 가창되던 대중적 양식으로까지 논의의 영역을 확장시켰던 것이다. '속악'의 범주로 당위적 차원에서는 논의되었을 뿐이었던 전대의 시가론과 비교해, '민중적·일상적' 대중 양식들이 공식적인 논의의 대상이 될 수 있었던 것이고, 이는 19세기 후반 확대된 국문시가의 대중적 영향력이 계몽의 실천적 필요성과 만나면서 일어난 성과로 지적할 수 있다.

다음으로 「천희당시화」는 국문시가를 '우리말 노래'가 아닌 '우리말 시'로 인식함으로써 국시(國詩) 개념을 탄생시켰다는 점에서, 김만중 이후 진행되어 오던 민족어 문학론의 완성을 보여준다고 볼 수 있다. 이는 국문이 중심 언어로 공식적인 위치를 차지하게 되면서 이로 쓰인 국문문학 역시 문학의 중심적인 위치로 급부상 하는 당대 문학인식의 전체적인 구조적인 변화와 관련되어 진행되었다. 국문소설에 대해 문학으로서의 공식적인 지위가 부여됨으로써 지식인들이 자신의 이름을 내걸고 국문소설을 창작했던 것처럼, 노래의 영역 머물러 있었던 국문시가가 한시를 대신하여 '우리 말 시'라는 위상을 점유하게 되었던 것이다. 이는 또한 가창과 결부되었던 국문시가가 '가(歌)'에서 분리되어, '읽혀지는 시'로 새롭게 인식되는 계기를 마련했다는 점에서도 애국계몽기 시가인식이 보여준 새로운 가능성이라 하겠다.

마지막으로 「천희당시화」를 통해 확인할 수 있는 애국계몽기 시가인식에 일어난 변화는 시가에 대한 효용적 가치가 정서 촉발의 측면에서 설정되었다는 점이다. 이는 정감적 지향이라는 조선 후기 시가사의 흐름과 이어지는 한편, 개체적 정서의 표출로 몰입해 들어갔던 19세기 후반의 시가사와는 달리, 해방된 개체적 감정들을 애국적 열정의 표출로 집약시킨다는 점에서 애국계몽기적 특징으로 지적할 수 있었다. 현실과는 무관하게 개체적 정서의 자유분방한 노출에만 몰두해 들어갔던 19세기 후반 시가사의 흐름이 계몽적 요청에 의해 적극적인 현실참여를 유도하는 맥락으로 변모되면서, 집합적 연대를 위한 열광을 이끌어 내는 데서 시가양식이 새롭게 정립되었던 것이다.

이처럼 「천희당시화」는 당대의 시대적 요청으로 주어진 계몽의 효과적인 수행을 위해 시가 양식이 지닌 대중적 기반을 충분히 활용하고자 하는 애국계몽기 당대의 문학론으로서, 피상적인 수준에서 보면 다분히 목적론적이고 기능론적인 문학관에 입각해 있다고 할 수 있다. 개체적 감정이나 서정적 화자의 내면의 발견을 중시하는 근대적 시관(詩觀)에

서 보면 이는 근대성의 미달로 규정될 수밖에 없다. 하지만 이러한 근
대성은 애국계몽기 문학 현실에 적용하는 것은 부당하다. 애국계몽기
문학사는 개체적 자아가 아닌 집단적 자아에 중심을 두고 전개되어온
당대 계몽담론의[62] 자장 내에 있었기 때문이다. 그러나 관심을 애국계
몽기 당대 문학현실에 주목한다면, 조선후기의 상황과는 다른 당대적
맥락을 찾아낼 수 있고, 여기에서 근대적 문학으로의 진행과정을 확인
할 수 있다. 애국계몽기 당대 문학담론의 전반적인 상황과 관련지어, 국
문과 이로 지어진 문학에 대한 인식에 구조적 재편이 일어나면서, 한문
문학에 밀려 있던 국문문학이 문학의 중심적인 위상을 차지하게 되었
고, 이 과정에서 「천희당시화」를 통해 우리말로 지어지는 '시'에 대한
인식이 싹트고 있다는 점에 주목한다면, 이에서 근대적 징후를 찾을 수
있을 것이다. 뿐만 아니라 시가의 효용적 가치를 감정적인 차원에서 찾
으면서 시를 정서적 감염을 위한 문학 양식으로 인식하는 변화가 야기
되고 있다는 점을, 문학의 본래적 목적인 감동에서 시의 효용성을 찾는
태도로 이해한다면, 이 역시 근대적 징후와 무관하지는 않다. 「천희당
시화」를 통해 당대 지향했던 새로운 문학론을 찾고자 한다면, 그 시작
은 바로 이 지점에서부터 이루어져야 할 것이다.

『한국시가연구』 15, 한국시가학회, 2004에 수록.

---

62) 손정수, 「개화기의 역사 지향담론」, 『한국문학과 계몽담론』, 새미, 1999, 46면.

20세기 초 시가의 새로운 소통매체 출현과 그 의미

– 신문, 잡가집 그리고 유성기음반을 중심으로 –

1. 혼재와 중첩의 시대
: 20세기 고전 시가사를 보는 새로운 관점

조선후기 고전 시가의 성장은 대단했다. 가집의 활발한 유통과 다양한 음악적 변화를 통해 시조 예술은 양적으로나 질적으로나 큰 성장세를 보여 주었고, 가사 역시 전대에서 볼 수 없었던 파격적이고 새로운 내용을 담아내면서 '방사선형'으로 확장되어 갔다.[1] 그러나 20세기 이후 한국 문학사 서술에서 고전 시가에 할당된 부분은 극히 소략하다. 과연 20세기에 접어들면서 고전 시가는 문학적 생명력을 다하고 신체시, 창가 등의 신시(新詩)들에게 자리를 내주면서 소멸해 갔던 것일까?

이 글의 문제의식은 여기서 시작되었다. 조선 후기 예술사의 풍부한 토대와 이를 바탕으로 한 고전 시가의 성장세를 고려해 보면, '개화' 이후 신문화가 몰려 들어오면서 고전 시가의 문학사적 생명력이 사라져 갔다

---

[1] 고미숙, 「19세기 시가사의 시각」, 『18세기에서 20세기 초 한국시가사의 구도』, 소명, 1998, 87면~101면.

는 설명에는 의문의 여지가 있다. 조선 후기 시조사의 정점에 있는 『가곡
원류』가 편찬된 것은 고종 13(1876)년으로 추정된다. 그리고 이 해는 '강
화도 조약'이 체결된 해이기도 하다. 강화도 조약이 우리에게는 절대적으
로 불리한 조건이기는 했으나, 외국과 체결한 최초의 근대적 조약이란
점에서 '개화기'의 기점으로 거론되기도 한다. 즉 19세기 시조사의 절정
기와 '개화기'가 서로 맞물려 있는 것이다. 그렇다면 '개화'의 바람이 불어
닥치는 순간, 절정기에 이르렀던 시조사는 곧장 쇠락의 길로 접어들었다
는 설명이 된다. 채 30년이 지나지 않아 고전 시가의 생명력이 급격하게
소멸할 정도로 한국 시가사의 기반은 허약하지 않았다.

　고전 시가사에 대한 서술이 20세기에 접어들면서부터는 더 이상 진
척되지 않는 이유는 20세기 문학사를 보는 연구 관점 때문이다. 그동안
연구자들은 20세기 문학사가 근대 문학의 완성을 향해 움직인다는 전
제 하에 이 시기 문학에 나타난 신문학적 징후들을 찾는 데 몰두했다.
고전문학은 당연히 이러한 구도에서 제외될 수밖에 없고, 그런 까닭에
고전문학은 문학사적 생명력을 다한 것으로 간주되었던 것이다. 그러나
20세기 초반 한국 문학사의 실제 현장은 우리가 알고 있는 상식과 다른
질감으로 다가온다. 1900년대를 지나 1920년대, 1930년대에도 고전문학
의 존재감이 매우 뚜렷하게 포착되기 때문이다. 1900년대 시조와 계몽
가사를 중심으로 전개된 계몽주의 시가 운동과 1910년대에 일어난 잡
가의 붐, 그리고 1920년대 부흥기를 맞이한 구활자본 소설의 발간이 그
실례이다. 또한 1920년대 독서경향을 조사하는 각종 기사들을 보면 『춘
향전』, 『조웅전』과 같은 19세기의 고전소설들이 여전히 많이 읽히고 있
었음이 확인된다. 뿐만 아니라 이광수, 채만식, 이태준 등 당대 걸출한
근대적 작가들의 독서 목록에도 톨스토이나 셰익스피어, 고리키 등의
소설과 함께 고전소설들이 포함되어 있었다.[2] 그동안의 신문학을 정점

에 둔 연구 관점으로 인해 이러한 문학사의 현실이 제대로 포착될 수 없던 것이다. 이에 신문학적 징후뿐만 아니라 이것에 포섭되지 않는 당대의 모든 문학 현상을 포괄할 수 있는 새로운 관점이 요구된다. 20세기 한국 사회를 19세기적인 것과 20세기적인 것이 혼재·중첩되어 있었다는 관점이 바로 그것이다.

문명사의 보편적 진행 경로를 보면 문명의 전환기에는 최소한 한 세대 이상, 그전의 문명 형태와 새로운 문명 형태가 혼합되어 진행된다고 한다. 즉 이전의 문명 형태가 이전의 문명 속으로 흡수되거나 완전히 소멸되기 전까지는 30년 정도의 시간이 필요하고, 그 전까지는 신구 문명이 혼재와 중첩이 불가피하다는 말이다.[3] 이러한 문명사의 보편적 진행 과정에 한국이 예외일 수는 없다. 근대 문명으로의 전환기를 맞이한 한국 사회에서도 신구 문명은 '새로운 물결이 있었던 물결을 밀어내는' 형국이 아니라 그 물결들이 '밀고 밀리면서 서로 섞여' 공존하고 있었던 것으로 보아야 한다. 여기서 20세기 초반 한국 문학사를 고전 문학과 신문학이 서로 공존하고 있었던 혼재와 중첩의 시대로 설명할 수 있는 근거가 마련된다. 즉 20세기 초반 문학 현장에는 새롭게 성장하는 신문학의 영역과 전대에서부터 지속적으로 성장해오던 고전문학의 영역이 혼재되어 있고 중첩되어 함께 살아 숨 쉬고 있었던 것이다.

이와 같은 혼합과 중첩의 시선은 20세기 문학사의 실체를 보다 폭 넓은 시야에서 조망하는 데 유효한 관점이다. 이를 통해 근대 문학의 완성 경로에서 제외된다는 이유로 20세기 문학사에서 생명력을 다한 것으로 간주되었던 고전 시가의 존재 양상을 있는 모습 그대로 재구해낼

---

2) 20세기 독서계의 현황에 대해서는 천정환, 『근대의 책읽기』, 푸른역사, 2002, 293~301면과 496면을 참조하였음.

3) 김용석, 「혼합의 시대를 살다」, 『깊이와 넓이 4막 16장』, 휴머니스트, 2002, 12면.

수 있을 것이다. 최근 20세기 초 고전 시가의 현황과 '활력'에 대한 논의
들은 이러한 관점에 힘을 실어 주고 있다.[4] 본 논의에서는 이러한 선행
논의들에 힘을 얻어 고전 시가 텍스트가 소통되는 매체를 중심으로, 수
세기 동안 성장을 거듭해온 고전 시가사의 흐름이 19세기를 지나 20세
기에 접어들면서 어떤 모습으로 존재하고 있었는가를 확인하고자 한다.

2. 활자본 인쇄매체의 등장: 신문과 잡가집

원래 고전 시가의 재현방식은 가창, 음영, 낭송 등의 구전적인 것이
었으며, 그 수용 방식 역시 청각적인 것이었다. 하지만 음악 정보를 기
록할 수 있는 기술과 매체가 등장하기 전까지, 고전 시가의 기록 방식
은 필사라고 하는 문자적인 전달에 의존할 수밖에 없었다. 그 결과물이
바로 필사본 가집들이다. 전적으로 필사에 의존하던 가집의 생산 방식
에 새로운 변화가 야기되기 시작한 것은 20세기 무렵이다. 그 변화는
근대적 인쇄술로 찍어낸 출판물과 소리를 녹음하고 재생할 수 있는 음
반매체의 출현에서 촉발되었다. 『독립신문』을 비롯한 『뎨국신문』, 『대
한매일신보』, 『대한민보』 등의 신문과 현재 '잡가집'으로 묶여 지칭되는
일군의 텍스트들이 전자에 해당되며, 1920년대 후반에 등장하여 30년대
에 전성기를 맞이한 유성기 음반이 후자에 해당된다.

신문과 유성기 음반을 '가집'이라는 관점에서 바라보는 것은 낯설다.

---

4) 권도희, 「20세기초 음악집단의 재편」, 『동양음악』 20, 서울대학교 동양음악 연구
소, 1998; 강등학, 「19세기 이후 대중가요의 동향과 외래양식의 이입문제」, 『인문과
학』 31, 성균관대학교 인문과학연구소, 2001; 장유정, 「20세기 전반 한국 가요와 문
화콘텐츠」, 『한국민요학』 17, 한국민요학회, 2005; 박애경, 「20세기초 대중문화의
위상과 시가」, 『민족문학사연구』 31, 민족문학사연구소, 2006.

하지만 20세기 초반의 신문과 유성기 음반의 문학 콘텐츠 중 많은 비중
을 차지하고 있는 것이 고전 시가 장르였다는 점에 주목한다면, 이러한
낯설음은 어느 정도 극복될 수 있다. 1900년대 초『독립신문』을 시작으
로 속속 발간되기 시작한 당대의 신문에는 시조, 가사, 잡가, 민요 등 조
선 시대 시가 장르가 총 망라되어 있었고, 그 양적인 생산량은 이전 어
느 시기 못잖은 활력을 띠고 있었다. 또한 1930년대 '유행가'가 급부상
하면서 다소 약화되기는 했으나 유성기 음반의 발매를 주도했던 레퍼
토리에 판소리, 잡가 등의 전통 양식이 차지하는 비중 역시 만만치 않
았다.5) 신문과 유성기 음반에는 매체의 특성 상 '집(集)'의 형태인 필사
본 가집과 달리 시가 텍스트가 개별적으로 수록될 수밖에 없다. 하지만
이들을 한데 '모아 엮어 놓으면' 말 그대로 가집이 된다.

따라서 가집의 범위를 노랫말을 모아 필사해 놓은 '연창대본(演唱臺
本)'이라는 전통적인 개념을 고전 시가 텍스트가 기록되어 있고, 실제로
소통되었던 모든 형태의 매체로 확대시킨다면 신문과 유성기 음반 역
시 가집의 범주에 포함시킬 수 있을 것이다. 본고는 잡가집을 포함하여
20세기 초반 문학사의 현장에서 고전 시가 텍스트를 기록하고 소통시
키는 데 활용되었던 유성기 음반과 신문을 '20세기 형' 가집이라는 전제
하에 논의를 진행시키도록 한다.

잡가집은 신문과 유성기 음반과 달리 일찍부터 고전 시가 연구의 대
상이 되어왔다. 잡가집의 중심이 잡가인 것은 분명 사실이기는 하지만,
잡가만이 잡가집의 전부인 것은 아니다. 수록된 노래들의 장르를 중심

---

5) 20세기 전반 신문과 유성기 음반이 수록된 고전 시가 텍스트에 대한 통계적 자료는
   각각 김영철, 「한국개화기 시가장르의 형성과정 연구」(서울대학교 박사학위논문,
   1986)과 장유정, 「일제강점기 한국 대중가요 연구: 유성기음반 자료를 중심으로」(서
   울대학교 박사학위논문, 2004)를 참조.

으로 '①종합계, ②잡가계, ③민요계, ④가사계, ⑤가곡계, ⑥기타계' 등
의 여섯 계열로 나뉠 정도로,6) 잡가집은 고전 시가의 전 장르를 아우르
고 있다. 따라서 잡가집 역시 기존의 필사본 가집들처럼 고전 시가의
소통매체로 기능하고 있었던 것이다. 단 이것이 기존 필사본 가집들과
다른 점은 '잡가'를 중심으로 하여 다양한 가창 양식들을 말 그대로 '잡
(雜)'스럽게 모아 놓았다는 데 있다 하겠다. 가집 편찬의 전통에서 보더
라도 이러한 잡가집의 구성은 새로운 것은 아니다. 필사본 가집의 주력
장르가 시조이고, 시조만으로 구성되는 것이 일반적이나 예외도 없지는
않기 때문이다. 『청구영언(육당본)』, 『남훈태평가』, 『가곡원류(가람본)』,
『시철가』 등의 가집이 그것이다. 여기에는 시조와 함께 연행되는 인접
장르인 가사(歌詞), 잡가가 수록되어 있다. 이런 맥락에서 보면 잡가와
함께 시조, 가사 등을 수록하고 있는 잡가집의 구성 방식 역시 생소한
것이 아니다. 현재 잡가집으로 분류되고 있는 『무쌍신구잡가』나 『가곡
보감』은 20세기 가곡문화의 실상을 살필 수 있는 자료로 19세기의 필사
본 가집들과 함께 논의되기도 한다.7)

　따라서 연창을 위해 노랫말들을 모아 기록해 놓은 것이 가집이라면
잡가집 역시 가집사의 전개 과정에서 제외될 이유는 없다. 가집사 전개
의 전체 틀에서 본다면 잡가집의 출현은 '20세기 고전 시가사에 있어 잡
가의 비약적인 성장을 증명해 준다. 잡가집은 상업적 이익을 위해 생산
되는 근대적 활자 인쇄매체이다. 필사라고 하는 수공업적인 생산 방식
에 의존하는 전통적인 가집 생산방식과 달리 잡가집은 판매를 목적으
로 기계에 의해 대량으로 생산된 것이다. 따라서 대중들의 구매 의사,

---

6) 정재호, 「잡가집의 계열구분과 그 특성」, 『한국속가전집』 6, 다운샘, 2002, 213면.
7) 신경숙, 『19세기 가집의 전개』, 계명문화사, 1994, 105면~131면.

즉 시장이 형성되지 않으면 잡가집의 출판 자체는 불가능해질 수밖에 없다. 더군다나 상업적 인쇄물인 잡가집의 소통의 범위나 대상은 비슷한 지역적, 문화적 취향을 지닌 동류집단을 대상으로 소통되는 필사본에 비교될 수 없을 만큼 광범위하다. 이러한 잡가집의 중심에 잡가가 있다는 사실은 당대 대중들이 다른 고전 시가 장르보다 특히 잡가에 대해 가지는 구매의사가 높았음을 의미하는 것이다. 정악에 속하는 시조나 가사는 대중들이 접근하기에는 어려운 고급예술이었던데 비해, 잡가는 대중들의 접근이 용이한 속악(俗樂)이었기 때문에 잡가의 상품성이 시조나 가사보다 앞 설 수 있었던 것이라고 볼 수 있다. 그 결과 필사본 가집들에서는 존재감이 극히 미미했던 잡가가 20세기에 들어서면서부터 상업적 인쇄물의 대상이 될 수 있을 만큼 비약적으로 성장할 수 있었던 것이다.

근대적 인쇄매체가 고전 시가 소통의 매체로 활용되기 시작한 것은 잡가집이 처음이 아니다. 이에 앞서 시조와 가사양식에 기반을 둔 애국계몽기 시가 운동이 신문을 소통매체로 하여 전개되었기 때문이다. 애국계몽기 시가 운동에서 맨 처음 포착되는 작품군은 『독립신문』에 발표되었던 창가들이다. 그러나 애국계몽기 시가 운동의 중심은 시조, 가사 등의 고전 시가 장르였다. 이에 대해 외세에 저항하기 위해서 외래적 문학현상을 의도적으로 배제했던 '복고주의적 지향' 혹은 '주체적 선택'의 결과라는 해석이 가해지기도 한다. 그러나 이는 당대의 문학적 조건보다는 정치적 조건을 지나치게 강조한 결과이다. 애국계몽기 시가운동이 고전 시가 장르를 중심으로 진행되었던 것은 1900년대 상황에서 시조나 가사 등의 고전 시가 장르는 당대 대중들의 삶에 밀착되어 있던 문화 양식이었기 때문이다. 이에 비하면 근대적 교육 기관을 중심으로 소통되었던 창가는 1900년대 대중들에게는 낯선 양식이었다. 때문에

'이천만 대한 동포'를 대상으로 한 계몽운동을 위한 시가 창작이 고전 시가 장르가 중심이 되었던 것은 자연스런 현상이라 하지 않을 수 있다.

여기서 애국계몽기 시가 텍스트들의 대부분을 차지하는 시조와 계몽 가사는 신문 연재물이라는 사실에 유의할 필요가 있다. 신문 연재물이 되기 위해서 대중들의 선호도는 중요한 관건이 아닐 수 없다. 이들이 드높은 역사의식과 새로운 시대를 선도하는 패러다임을 가지고 있다 하더라도, 독자 대중들의 관심을 끌지 못 한다면, 해를 넘기면서까지 오랫동안 신문에 연재되는 일은 불가능하다. 신문은 독자들의 구독료에 의해 유지되는 상업적 매체이고, 독자들의 흥미를 끄는 것이 중요하지 않을 수 없다. 이에 주목한다면 애국계몽기 시가운동의 중심에 있던 신문 연재 시가들이 고전 시가 장르에 집중되었던 것은 결국 그것들이 당대인들에게 호소력 있는 문화양식이었기 때문이라는 설명이 가능하다. 결국 19세기 시가사의 지속적인 흐름 위에 서서, 전대 시가사가 확보해 놓은 탄탄한 대중적 기반과 애국계몽이라고 하는 새로운 시대정신이 조우하면서 촉발된 것이 애국계몽기 시가 운동이었던 것이다.

신문에 고전 시가가 실리게 되면서 시와 가의 분리가 일어나게 되면서, 근대시의 맹아가 싹텄다는 해석이 있다. 이에는 신문의 독서 방식은 개인적인 묵독이라는 현재적 관점이 전제되어 있다. 하지만 애국계몽기 당대 독서 방식은 공동체적 음독이 일반적이었다. 이를 고려하면 신문에 실렸다는 이유만으로 고전 시가가 구술적 기반에서 벗어나 읽는 시로 변모해 갔다는 설명에 의문을 제기하지 않을 수 없다. 신문이 고전 시가 소통매체로 선택되면서 일어난 변화는 시와 가의 분리가 아니라, 매체의 특성에 맞는 새로운 시형이 탄생했다는 점이다. 가사의 기반에서 시작하여 신문 연재라는 조건에 맞추기 위해 새롭게 창출된 계몽가사가 바로 그것이다.

질적으로나 양적으로나 애국계몽기 최대의 신문이라고 할 수 있는『대한매일신보』에는 외래 양식인 창가를 비롯하여, 시조·가사·잡가, 그리고 계몽가사 등 당대 모든 고전 시가 장르가 망라되어 있다. 이 중에 계몽가사는『뎨국신문』에서 시작하여『대한매일신보』에서 완성된, 신문 연재를 위해 새롭게 고안된 애국계몽기 고유의 시 양식이다. 동일한 통사 구조를 지닌 연이 반복되는 계몽가사의 시형은 고정적이면서 정형적이다. 자유시를 염두에 둔다면 이러한 시 형식은 마땅히 '실패한 문학'이라는 평가를 받을 수밖에 없다. 하지만 신문 연재라는 소통 환경에 주목한다면 시형의 고정성은 연재를 위해 요구되는 창작의 즉흥성에 부합한다고 볼 수 있다. 또한 음독이라는 당대 독서 방식을 고려해 보면 고정된 시형의 반복은 율독의 쾌감과 관련해서 고안된 장치라는 해석도 가능하다. 계몽가사는 이처럼 철저하게 신문이라는 소통매체의 요구에 충실한 양식이다. 1910년 이후『대한매일신보』가 사실상 폐지된 이후 계몽가사의 생명력 역시 중단되었다는 사실에서도 이를 확인할 수 있다.[8]

이렇게 20세기 고전 시가의 소통 환경은 신문이라고 하는 새로운 매체로 확대되고 있었고, 계몽가사라고 하는 독특한 '신문 연재형' 시가 양식을 만들어 내기도 했다. 그러나 신문이 애국계몽기의 유일한 시가 소통 환경은 아니었다. 단지 신문을 통해 계몽주의라는 새로운 시가사의 경향이 드러났을 뿐, 이 이외의 영역에서 고전 시가는 전대의 활력을 지속적으로 성장시키고 있었다. 그 결과가 바로 1910년대 중반부터 본격적인 모습을 드러낸 잡가집이다. 앞서 서술한 바와 같이 여기에는 잡가를 중심으로 하여 당대 존재했던 모든 고전 시가 장르가 두루 포진

---

8) 이상 계몽가사에 대한 자세한 논의는 고은지,「계몽가사의 문학적 형상화 방식과 그 의미」, 고려대학교 박사학위논문, 2004 참조.(『계몽가사의 소통 환경과 양식적 특성』, 보고사, 2009 출간)

되어 있다. 즉 잡가집에는 20세기 전반 한국 시가사의 지형도가 생생하게 그려져 있다는 말이다. '혼재와 중첩'이라는 관점에서 접근한다면 조선후기의 익숙함과 20세기적 새로움이 혼합되어 있는 잡가집을 통해 19세기 후반의 시가사가 20세기에 이르러 어떠한 변화를 맞이했는지에 대한 구체적인 정황들을 밝혀 낼 수 있을 것으로 기대된다.

3. 음반매체의 등장: 유성기 음반

3.1. 한국 유성기 문화의 시작

고전 시가 소통 방식에 획기적인 변화가 야기된 것은 한국 사회에 유성기 문화가 도입되면서 부터이다. 고전 시가는 본래 가창물이었다. 그러나 소리를 기록할 수 있는 기술이 발명되기 전까지 텍스트의 기록은 문자적 방식에 의존할 수밖에 없었다. 그러다 '조선 기생과 군가와 악대의 소리를 넣은' 유성기가[9] 등장함으로써, 고전 시가는 비로소 문자와 소리를 동시에 전달할 수 있는 소통매체를 가지게 된다. 따라서 음반매체의 출현은 가창물로서 고전 시가의 존재 방식을 있는 그대로 재현할 수 있는 기록방식이란 점에서 매우 획기적인 변화라 하지 않을 수 없다.

　　일대의 명창 명곡도 그 사람의 운명과 함끠 속절업시 사라지고 마는 것이니 이로 인하야 성악예술(聲樂藝術)의 시간뎍(時間的) 싱명을 누고나 다 셔러 하는 바이엇다. 다힝이 「에듸손」씨의 축음긔가 발명돠자 「시간」에서 「공

---

9) 〈광고〉 면, 『매일신보』, 1912.3.13일: 류셩긔 죠선 기싱과 군가와 악디의 소리 너은 것이 시로 만히 왓소. 京城 泥峴 辻屋 電話 本店 二四八番 電話 支店 三六六番. 廉價 대放賣.

간」으로 음악 예술도 구원한 싱명을 갓게 된 것이다. 이리로 됴션의 노러 됴션의 음곡을 축음긔 판에 너허셔 발매(…) 10)

위 인용문에서는 축음기의 발명으로 소리가 영원히 저장될 수 있는 공간이 마련되자, 시간적 소멸로부터 음악 예술이 구원한 생명을 갖게 되었다는 인식을 드러나 있다. 필사 혹은 구전이라는 소통 환경에서 '조선의 노래, 조선의 음곡'은 불완전한 형태로 기록될 수밖에 없었다. 하지만 이제 음반 매체를 통해 소리와 내용이 통합되면서, '구원한 생명'을 갖게 되었다는 위 인용문은 유성기 음반의 등장으로 고전 시가사가 경험하게 될 변화가 얼마나 획기적인 것이었는가를 정확하게 반영하고 있다. 유성기 음반은 '동일한 음성을 기계적으로 수없이 복제'할 수 있는 기술이다. 이를 통해 조선의 노래들이 양적으로 무한하게 팽창해 나가면서, 다수의 소비자를 확보할 수 있었다. 다수의 소비자가 생기면 음악 시장 역시 커지게 마련이다.11) 이러한 물적 토대는 고전 시가의 소통을 이전의 그 어느 시기보다 획기적인 양상으로 확대시켰을 것이다. 이에 주목한다면 20세기 전반기 가창물로서 고전 시가의 생명력을 이전과는 다른 시각에서 바라볼 수 있는 관점이 마련된다. 현재 유성기 음반의 가사지(歌詞紙)들을 영인해 놓은 자료집이 모두 6권으로 출간된 상태이다. 이들 중에 고전 시가 영역에 속하는 가사들만 따로 모아 놓는다면 그 자체로 다양한 형태의 가집이 구성될 정도이다. 원한다면 시조(가곡창과 시조창), 가사(歌詞), 잡가, 민요 등이 잡다하게 섞여 있는 잡가집의 레퍼토리를 그대로 재현해 낼 수도 있다. 유성기 음반의 노랫말을 통해 구성된 가상(假想)의 가집을 전통적인 필사본 가집들과 비교한

10) 〈日東 專屬樂家 總出演〉, 『매일신보』, 1925.9.18.
11) 이에 대해서는 와타나베 히로시, 윤대석 옮기, 『청중의 탄생』, 강, 2006 참조.

다면, 노랫말 하나하나에서 실제 연창(演唱)된 소리를 들을 수 있다는 점이 다를 뿐이다. 이런 까닭에 고전시가 텍스트가 녹음외어 있는 유성기 음반들을 "20세기형 가집'이라 할 수 있는 것이다.

필사본이든 활자본이든 시가 텍스트를 문자로 기록한 가집과 소리로 기록한 음반은 기술적 토대는 물론 소통이나 수용의 방식 등에서 많은 차이가 있다. 이러한 차이는 텍스트의 변형을 야기했을 것이고, 그 범위는 언어적, 음악적인 것에서부터 장르 인식이나 미감 등에 이르기까지 매우 다양할 것이다. 이에 대해서는 앞으로 보다 심도 있는 연구가 필요할 터이다. 그러나 이에 앞에 확인해야 할 사실은 유성기 음반이 고전시가 텍스트의 소통매체이며, 이로 인해 조선 후기 이후 단절된 것처럼 여겨졌던 고전 시가사의 흐름이 20세기에도 지속되고 있다는 점이다.

우리에게 유성기 음반이 처음 소개된 것은 1899년 무렵이다. 1899년 4월 정부 차원에서 구입한 유성기에 '춘향가, 가사, 잡가' 등의 '노리 곡죠'를 넣은 음반을 '감은정 잔치'에서 틀었다고 한다(『독립신문』, 1899.4.20). 바로 이어 민간에서 '류셩긔留聲機 쳐소'를 설치하고 '유명한 노리 곡죠'와 '피리 · 져 소리'를 구비해 놓았다는 기사도(『독립신문』, 1899.4.28) 있다. 그러나 한국 유성기 음반사가 본격적인 출발은 이후 시간이 좀 흐른 뒤인 1907년, 경기 명창들이 일본에 건너가서 취입한 미국 콜럼비아 음반이 발매되면서 부터이다.

> 왓구료, 왓구료 . 무어시 와요. 네-, 그동안, 대단이 기더리시든, 소리판이, 만이왓셔요. 네, 그럿씀니가, 지금은 흔장에 얼마흐나요. 네- 양우쪽판, 흔장에, 단지, 일원이올시다, 디단이 싸젓씀니다, 지금 이러케, 싼 소리판을 사지 못흐면, 싸게 살, 기회가 업사외다, 얼마 아니 잇쓰면, 일원 오십젼, 도로 밧고 팔는지, 알 수 업사오니, 하로 밧비 사라오시옵.(…) 판미원 일본츅음긔상회.[12]

'일본축음기상회'(닙보노홍 · 일축조선소리반, 1911년)와 '일동축음기주
식회사'(제비표조선레코드, 1925년)를 중심으로 '조선 소리반'이 발매되기
시작하면서, 한국 유성기 음반사는 성장기에 접어든다. 위 인용문은 그
러한 성장의 면모를 보여주고 있다. 장터에서 장사꾼이 외치는 소리를
흉내 낸 위 광고문에서 강조하고 있는 것은 '1원'이라는 저렴한 가격이
다. 1939년에 발매된 염가반이 대략 1원 20전이라는 것과 비교해 보았을
때, 1917년에 1원이라는 가격은 매우 저렴한 편이다. 그렇다고 해도 25원
이라는 고가의 유성기 구입 비용을 감안한다면 유성기는 아무나 즐길
수 없는 문화였을 것이다. 그러다 1929년 전기녹음방식의 도입으로 고음
빌 음반의 생산이 가능해졌고, 이로부터 유성기 시장은 비약적인 성장세
를 보이기 시작한다. '일축'과 '일동'의 양립 체제가 '콜럼비아' '빅타'의
체제로 바뀌면서, 1930년대에 유성기 음반은 황금시대를 맞이하게 된다.
그 성장세는 1940년의 시대 상황 때문에 급격하게 위축되어 몇 곡의 친
일적 군국 가요만이 발표될 뿐, 새로운 음반의 발매는 거의 중단되다시
피 하면서 암흑기에 접어든다. 이상이 1900년대에서 1940년대에 이르는
동안 전개되었던 한국 유성기 음반사의 개략적인 구도이다.[13]

3.2. 유성음반의 레퍼토리와 20세기 고전 시가의 존재 양상

지금까지 밝혀진 유성기 음반의 총 규모는 약 6,500 여종에 이른다.
이에 대한 발매 목록이 현재 『한국 유성기 음반 총목록』으로 집성되어
있다. 이를 통해 파악할 수 있는 유성기 음반 콘텐츠는 음악 뿐 아니라,

---

12) 〈광고〉면, 『매일신보』, 1917.11.27.
13) 한국 유성기 음반사의 개괄은 배연형, 「한국 유성기음반 총목록 해제」(한국정신문
　　화연구원 편, 『한국 유성기음반 총목록』, 민속원, 1998, 11면~14면)와 장유정, 『오
　　빠는 풍각쟁이』(민음in, 2006, 27면~31면) 참조.

영화·연극·코미디 등에 걸쳐 매우 다양한 장르에 걸쳐 있다. 사실 유
성기 음반을 고전 문학의 연구 대상으로 여기는 것은 아직까지는 일반
적이지 않다. 유성기 음반이 20세기의 산물이며, 식민지 시대 대중문화
의 상품이었다는 점이라는 이유로 연구자들의 관심이 미치지 못했던
것이다. 판소리 관련 자료들이 주목을 받아왔을 뿐, 유성기 음반 전체
레퍼토리에 균등한 관심이 기울여지지 않았다. 하지만 현재 자료로 집
성된 유성기 음반 목록을 보면 시조, 잡가, 민요 등의 다양한 고전 시가
레퍼토리가 포함되어 있다. 다음의 기록을 살펴보자.

> (…)신진 류행가수로 그 아름다운 음색을 당당히 일류의 자리를 차지하고
> 잇는 김선초양이며 「빠리톤」 채규엽씨라는 당당한 진용이며 조선 재래의 예
> 술가로는 약 이십년 전에 경성 화류계에 예명이 높은 조모란 김련옥의 량명
> 기와 현금 인긔의 초뎜이 된 김옥엽양이 금상첨화가 되고 남도계통으로는
> 삼십년간 숨엇던 명창 리선유씨와 녀류독보 김초향씨 동생으로 최근 인긔비
> 등된 김소향양이 참가하얏슴으로 금번 취입이야말노 종래에 듯지 못할 걸작
> 이 제작될 것을 일반이 긔대가 적지 안으며(…)14)

유성기 음반에 참여하는 '신진 유행가수'와 '조선 재래의 예술가'들이
한데 소개되어 있는 위 인용문을 통해 '조선 재래의 예술'의 지속적인
성장을 확인할 수 있다. '콜럼비아사'는 '빅타사'와 함께 1930년대 한국
유성기 시장의 양대 산맥을 형성하고 있었다. 이중 '콜럼비아사'의 '유행
가' 음반 제작에 참여한 가수 '베스트 3'는 강홍식(68회)과 채규엽(65회)
그리고 김선초(44회)이다.15) 따라서 김선초와 채규엽이 '당당히 일류의

---

14) 「新舊名曲을 레코-드에 吹入」, 『매일신보』, 1931.9.3.
15) 송방송, 「현대음악사의 총체적 시각: 콜럼비아음반 자료를 중심으로」, 『한국학보』
103, 일지사, 2001, 57면.

자리를 차지'하고 있다는 위 인용문의 표현이 결코 과장이 아닌 것이다. 이들의 존재는 새로 밀려들어온 대중음악의 성장세를 상징적으로 보여준다. 그러나 '조선 재래 예술'의 위상 역시 이들에 비해 처지는 것이 아니었다. 조선 예술가의 진영 역시 이들 못잖게 당당하기 때문이다. 우선 '조모란, 김연옥, 김옥엽, 이선유, 김소향'이 포진하고 있는 조선 예술의 진용이 수적인 측면에서 단 둘뿐인 '신진 류행가수'의 진용을 압도한다. 특히 여기서 조선 예술가들이 다양한 세대로 구성되어 있다는 점에 주목할 필요가 있다. 20년 전에 데뷔한 관록의 가수들과 현재 '인기의 초점'이 되고 있는 스타급 가수, 그리고 새롭게 발굴된 신인 가수들로 구성되어 있는 모습에서 '재래'의 조선 예술이 1931년 '현재'에도 인기가 있으며, 신진의 발굴을 통해 '미래'에도 인기가 지속될 수 있다는 기대감을 읽을 수 있기 때문이다. 이처럼 유성기 음반에는 20세기 전반 한국 음악 문화 현장이 고스란히 기록되어 있고, 그 현장에서 '조선 재래의 예술'이 현재 진행형으로 존재하고 있었다. 바로 이것이 고전 시가 연구에서 유성기 음반에 주목해야 하는 이유이다. 다음의 인용문을 통해 구체적으로 '유성기 시대' 고전 시가사의 존재 양상을 살펴보도록 하자.

　　동양에서 가장 큰 유성긔회사인 닙보노홍이 조선의 음악을 널리 세계에 소개하고자 하야 금후 매월 새로 소리를 너흔 소리판을 발매합니다. 닙보노홍 유성긔에다 이 소리판을 씨여 가지고 연주하면 하늘으로부터 들니는 듯한 조흔 음악을 듯게 되오며 소리공부도 자유로 할 수 잇습니다. 이 소리판은 유성긔 파는 집에 잇싸오니 닙보노홍 조선 소리판이라고 지졍하야 주십시오. 대장부가·곽씨부인 고용가(金昌龍, 장고 한성준), 곽씨부인 별세 유언가(金昌龍, 장고 한성준), 빅구타령·츈하츄동가(金海仙, 沈梅香, 장고 한성준), 륙자빅(金秋月, 朴環花, 장고 李興元), 긴양조산조·중어리산조(가야금 김해선, 장고 한성준), 편·소시편(李楚仙, 양금 沈梅香, 장고 崔蟾紅),

공명가(최섬홍, 李眞鳳, 장고 한성준), 개성 난봉가·신고산 타령(최섬홍, 이
진봉, 장고 한성준), 수심가·자진 수심가(孫眞紅, 이진봉, 장고 한성준), 난
봉가·자진난봉가(손진홍, 이진봉, 장고 한성준), 새타령(金澤俊)16)

'조선의 음악을 세계에 소개하고자'한다는 과장 섞인 발매 의도를 밝히
면서 시작하는 위 인용문은 소리판을 통해 '좋은 음악'을 들을 수 있을
뿐만 아니라 '소리공부도 자유로이 할 수' 있다는 점을 강조하면서 소비자
들의 구매욕을 자극하고 있다. 이어 1925년 당시 유성기 음반에 '넣은'
'조선 음악'들이 소개되어 있는데, 그 레퍼토리를 보면 잡가, 가사, 가곡창
등으로 그 대부분이 고전 시가사를 구성하고 있는 실체들이다. 음반은
상업적 매체로, 어떤 콘텐츠로 구성할 것인가를 결정하는 데 당대 대중들
의 기호를 적극 반영해야 한다. 소비자들의 구매 욕구를 얼마나 자극하는
가에 따라 매체의 존속 여부가 결정되기 때문에, 유성기 음반에 수용된
문화 콘텐츠는 당대 대중들이 선호하는 '유행물'일 수밖에 없는 것이다.
따라서 1925년에도 '조선 소리'들이 유성기 음반으로 발매될 정도로 상품
성을 갖추고 있었다는 점은 조선 후기 시가사의 흐름이 20세기에도 여전
히 지속되고 있었음에 대한 증거라 하지 않을 수 없다.

이렇게 1920년대 한국 유성기 음반을 주도했던 가창 양식은 전통 양
식, 즉 고전 시가 장르였다. 고전 시가는 원래 가창물이었다. 연구자들
의 탐구 대상이 되면서 그 노랫말에 대해 고전 시가란 명칭을 사용하고
있을 뿐, 시가는 곧 노래, 가요와 다른 말이 아니다. 유성기 음반 시대가
도래하면서 이에 실려 있던 전통적인 노래들에 고전 시가란 용어를 사
용할 수 있는 것은 이 때문이다. 매체가 바뀌었다고 해서 그 안에 수용
되는 콘텐츠의 본래적 속성까지 변하는 것은 아니다. 유성기 음반으로

16) 〈닙보노홍 됴션소리판 8월분 신보〉, 『매일신보』, 1925.8.26.

녹음되었다고 해서 시조나 가사, 잡가의 장르적 속성이 조선 시대의 그
것들과는 다른 무엇이 될 수는 없다. 필사본 가집에 수록되어 있든, 유
성기 음반에 수록되어 있던 고전 시가 장르는 여전히 가창물이라는 사
실에는 변함이 없다.

　결국 1920년대 유성기라는 새로운 매체가 등장함으로써 고전 시가사
는 또 하나의 새로운 소통매체를 확보하게 되고, 이를 통해 고전 시가
사의 흐름은 중단 없이 20세기로 이어지고 있었던 것이다. 그러나 전기
녹음 기술의 도입으로 인해 음반 시장이 현저하게 확대되고, 여기에 '유
행가'가 본격적으로 인기를 끌면서 1930년대 한국의 노래문화는 '유행
가'를 중심으로 재편된다고 본다. '유행소곡' 등으로 칭해지기도 했던
'유행가'는 지금의 '트로트 혹은 전통가요'로 지칭되는 노래들의 원류
격에 해당한다. 일본 가요곡의 번안에서 출발한 '유행가'가 대중들의 이
목을 끌기 시작한 계기가 된 것은 그 유명한 윤심덕의 <사의 찬미>라
고 한다. 그러나 유부남과의 정사(情死)로 귀결되는 여가수의 스캔들이
사회적 이슈가 되면서 노래는 유명해졌으나, '유행가'라는 장르 자체에
대한 대중들의 지지를 끌어내기에는 좀 더 시간이 필요했다. 한국 대중
가요사에서 '유행가'에 대한 대중들의 본격적인 관심이 쏟아지기 시작
한 것은 1932년 <황성옛터>가 나오면서 부터라고 본다.

　그러나 이러한 흐름이 곧바로 고전 시가 장르의 급격한 소멸로 이어
지지는 않았다. 1930년대 유행가의 비중이 높아지고 있음은 분명한 사
실이지만, 전통 양식이 차지하는 비중 역시 만만치 않았기 때문이다. 본
고에서는 그 실체를 당대의 '6대 음반' 중에서 '콜럼비아사' 발매 음반
목록을 통해 살펴보고자 한다. '콜럼비아사'는 1928년 일본축음기회사
가 미국 콜럼비아 회사와 합자하여 설립된 음반사로, 정규반·리갈 보
급반 등 다양한 가격대의 음반을 발매하면서 일제 강점기 한국 음반 시

장을 장악한 굴지의 음반사이다. 다음은 1933년 1월 22일자와 2월 22일
자 『동아일보』에 게재되었던 '콜럼비아 음반' <구 정월 신보-2월 신
보>와 <3월 신보>의 내용이다.[17]

음악		극
전통 양식	외래 양식	

• 新短歌 적벽가
• 평양굿 다리굿
• 詩調 平調·詩朗吟 騰王閣序
• 수심가·역금수심가
• 흥타령·살푸리(피리)
• 투전푸리·場타령
• 흥보전 박타령·돈타령
• 춘향전 몽중가·흥보전 흥보
  쫓겨나는데
• 춘향전 어사가 춘향집에·춘향
  재봉
• 춘향전 춘향이별전
• 兎公傳 토기와 자라·토기가
  경개 일느는데
• 심청전 방아타령
	• 테너 독창 미네론가 湖畔·향
	  기로운 바람
	• 독창 조선아가야·달내 캐는
	  아가씨
	• 유행만곡 쫄不닌주제가·빗싸
	  게 굴지마라
	• 동요 당나귀·듸수물·電車
	• 유행소곡 우리네의 노래·순
	  례자
	• 노세 젊어서·북국의 저녁
	• 비 나리는 밤·무심한 그이
	• 不忘草·눈물의 밤
		• 스켓취 北行列車
		• 넌센스 늙은 處女
		• 고대소설낭독 삼
		  설긔
		• 아동비극 鍾洙의
		  설움

음악 양식과 극 양식, 전통적인 양식과 외래 양식에 이르기까지 다양
한 레퍼토리들이 섞여 있다. 19세기적 문화와 20세기적 문화가 혼재, 중
첩되어 있는 20세기 전반 한국 문화사의 특징이 이에서 다시 한 번 확
인된다. 이 중 <미네론가 호반>과 <향기로운 바람>을 부른 가수는 그
유명한 현제명이며, <조선아가야>와 <달내 캐는 아가씨>를 부른 가수
는 당대 최고의 인기 가수 바리톤 채규엽이다.[18] 따라서 이들이 부른

---

17) 『한국 유성기음반 총목록』, 181면~185면.

‘테너 독창’과 ‘독창’은 모두 지금 용어로 표현하자면 ‘클래식 성악곡’으로 분류할 수 있겠다. 이어 <흥부전>, <춘향전>, <심청전>, <춘향전> 등의 판소리를 부른 창자로는 정정열, 오비취, 박녹주, 임방울, 김소희 등 당대 명창들의 이름이 눈에 띤다. 그들이 부른 레퍼토리는 이미 조선 후기에 마련된 것으로, 이것이 음반으로 발매되었다는 사실은 1930년대까지도 판소리에 대한 소비자들의 욕구는 여전했음을 말해 준다.

이상의 곡목에서 파악할 수 있는 사실만을 가지고 말한다면, 아직까지도 ‘유행가’에 대한 선호도는 고전 시가를 앞지르지는 못 했다고 할 수 있다. 1933년 2월, 3월 신보 중 음악 부분에 해당하는 음반 종류를 합치면 모두 20종이고, 이 중 12종이 단가를 포함한 판소리와 <수심가>, <흥타령>, <투전푸리> 등의 잡가, 시조 및 한시창 등의 전통 양식에 해당한다. 이에 비해 ‘유행가’로 분류할 수 있는 것은 ‘유행만곡’, ‘유행소곡’으로 그 갈래 명에 제시되어 있는 노래들과 <비 나리는 밤>, <무심한 그이> 등의 제목을 지닌 노래 등 모두 5매에 불과하다. 1930년대에 들어 <황성옛터>의 대대적인 히트로 유행가에 대한 인지도가 높아졌음에도 고전 시가에 대한 대중의 수요 역시 여전했던 것이다. 이러한 수요는 잡가를 중심으로 형성되었다.

잡가의 장르적 규정에 대해서는 아직도 논의가 분분하다. 최근에는 잡가 존재 양상의 역사적 변화를 추적하여, 각 시기별로 잡가의 개념과 범주가 지속적으로 변화, 확장되어 왔음이 밝혀지기도 했다.19) 특히 19세기의 잡가와 20세기의 잡가는 그것을 둘러싼 문화적 환경의 차이로 인해 범주

---

18) 채규엽에 대해서는 송방송, 「1930년대 한국양악사의 일국면: 바리톤가수 채규엽을 중심으로」, 『진단학보』 92, 진단학회, 2004 참조.

19) 이에 대해서는 박애경, 「잡가의 개념과 범주의 문제」, 『한국시가연구』 13, 한국시가학회, 2003을 참조.

가 달라짐을 강조한 부분은 본 논의와 관련해서 흥미로운 지적이다. 유성기 음반이 20세기 고전 시가의 새로운 소통매체로 등장했다는 사실이 바로 20세기와 19세기 잡가의 문화적 환경의 차이를 조성하는 중요한 변별점이기 때문이다. 잡가가 음반이라는 소통매체에 실리게 되면서 잡가는 당대 음반을 중심으로 한 대중가요 산업의 중심 장르로 자리하게 된다. 즉 음반이라는 소통매체와 만나면서 잡가는 '음반화'를 전제로 하는 대중가요라는 새로운 국면으로 접어들게 되었던 것이다.[20]

3.3. 1930년대 한국 대중가요계의 중심축, 판소리·잡가와 '유행가'

(1) 전통 양식 – 69종

 ⅰ) 판소리 계열(44): 판소리(28), 단가(10), 가야금병창(6)

 ⅱ) 잡가 계열(18): 서도잡가(8), 경기잡가(5), 남도잡가(2), 긴잡가(1), 경상도민요(1), 가야금잡곡(1)[21]

 ⅲ) 판소리 혹은 잡가 계열(3): 만곡(3)[22]

 ⅳ) 시조 및 가사(3): 노래 자진한닙·롱(弄)(1), 詩調 평시조·여창지름(1), 수양가(1)

---

20) 강등학은 음반화를 전제로 대중가요의 기원을 유행가 혹은 유행창가에서 찾는 이식론적 입장에 대해, 잡가 역시 음반화되기는 마찬가지였다며 이에 대한 반론을 제기하고 있다. 그러나 강등학은 이 논의에서 잡가를 통속민요와 구분하여, 당대 대중가요의 중심이 통속민요라는 결론을 제시하고 있다(강등학, 앞의 논문, 242면). 그러나 유성기 음반 발매 당시의 자료를 보면 현대 학계에서 지칭하는 통속민요들을 비롯, 좌창이나 입창(선소리) 등의 곡목들에 대해서도 잡가라는 용어가 사용되고 있다. 따라서 본 논의에서는 당대 기록에 근거해 유성기 음반으로 발매되었던 통속민요들을 잡가에 포함시키도록 한다. 유성기 음반에 발매 목록에서 확인된 잡가 관련 갈래명에 대해서는 28번)에 보충 설명되어 있다.

21) 음반번호C103-아리랑·닐늬리야·청천강수·밀양아리랑.

22) 음반번호C111-만곡 장님흉내, 박춘재; 음반번호C168-만곡 군노사령 술주정, 임명옥·임명월; 음반번호-C201, 만요[서도잡가] 念佛·만곡 회심곡, 박명화·장고 김추월.

ⅴ) 신민요[유행가](1)

(2) 외래 양식 - 15종
ⅰ) 동요(12)
ⅱ) 유행가(2)
ⅲ) 테너독창(1)

위 인용문은 콜럼비아사에서 발매한 염가반인 '리갈음반'의 1934년
<리-갈 레코-드 제1회 7월 신보> 중 노래들만 뽑아, 장르별로 정리해
놓은 것이다.[23] 목록에서 포함되어 있는 음반 종류는 총 104 종이며, 노
래 음반은 모두 84종이다.[24] 이중 가장 높은 비중을 차지하고 있었던
것은 잡가와 판소리를 [25] 포함한 전통 양식이었다. 유행가는 단 2종뿐
으로 1933년 까지도 유행가에 대한 대중적 수요는 전통 양식에 비해 현
저히 낮았다. 정규반에 비해 보다 저렴한 가격에 발매되는 염가반은 콘
텐츠 선정에 있어 보다 더 대중적인 기호에 충실할 수밖에 없다. 염가

---

23) 『한국 유성기음반 총목록』, 337면~362면.
24) 인용문 이외의 장르별 음반 종류는 다음과 같다: 기악곡(5)-가야금독주(1), 가야금
산조(1), 단소병주(1), 대금독주(1), 저독주(1); 극(15)-영화설명(8), 스켓취(2), 영화
극(1), 넌센스(1), 소설낭독-추풍감별곡(1), 야담-왕소군(1), 동화(1)
25) 현행 학계에서 판소리는 고전 시가 장르로 보지 않는다. 따라서 판소리는 엄밀하게
보자면 20세기 전반기 소통매체의 변화와 관련해 고전 시가의 존재 양상을 살피고자
하는 본고의 논의에서 벗어나는 대상이다. 하지만 시가가 가창물이었다는 속성에 초
점을 맞춘다면, 판소리 역시 가창물로서 시가와 큰 범위 내에서는 연결된다고 볼 수
있다. 실제 조선 후기 시가 연행의 현장에서 시조, 잡가와 함께 판소리가 공연되었으
며, 다른 시가 장르와 더불어 판소리를 함께 수록하고 있는 잡가집들도 있다. 따라서
문학 텍스트의 측면이 아니라 가창 텍스트로서 판소리 역시 시조, 잡가 등의 고전
시가 장르와 함께 묶일 수 있을 것이다. 본고에서는 고전 시가를 언어 텍스트라기보
다는 실제 연행 현장에서 노래로 불렸던 가요, 즉 가창 텍스트로서의 성격에 주목하
는 바, 이런 맥락에서 잡가와 함께 판소리를 20세기 전반 가요사의 중심축으로 놓고
있는 것이다.

반의 발매가 판소리와 잡가 중심으로 이루어지고 있다는 사실을 통해 이들에 대한 1934년 당시 대중들의 선호도가 대단했음을 짐작해 볼 수 있다. 1930년대 들어 <황성옛터> 등의 빅 히트곡이 나오면서 '유행가'의 인지도가 높아졌다고 해도, 판소리나 잡가 등의 전통 양식에 대한 대중들의 선호 역시 변함이 없었던 것이다. 1939년 발매된 '콜럼비아사 보급반'의 목록에서도 이러한 양상을 확인할 수 있기는 마찬가지다. 현재 유성기 음반 자료집에 포함된 41종의 '보급반' 중에서 잡가, 판소리, 시조 등을 포함한 전통 양식은 모두 18종이 발매된 데 비해, '유행가'는 모두 12종이 발매되었기 때문이다.[26]

1930년대 한국 유성기 음반 시장에 있어 '콜럼비아사'와 함께 양대 산맥을 형성했던 '빅타사'의 음반 발매 목록에서도 이와 유사한 양상이 보인다. 1935년에서 1936년까지 발매된 '빅타 대중반'의 총 종수는 66종이다. 이중 성악곡이 모두 55종인데, 이중 단가를 포함한 판소리 관련 음반이 모두 24종으로 가장 많고, 그 다음은 잡가 10종이다. 반면 '유행가' 관련 음반은 찾을 수 없다. 이러한 자료적 상황은 1930년대 한국 대중가요계가 전통 양식인 판소리, 잡가와 외래 양식인 '유행가'의 두 가지 큰 흐름으로 나뉘어져 진행되어 있었음을 말해 준다.

잡가뿐만 아니라 판소리 역시 당대 음반을 중심으로 한 대중가요 산업의 중심이 되었다는 점은 유성기 음반 발매 당시 판소리에 대한 장르 인식을 통해 확인된다. 즉 유성기 음반에 녹음되어 있는 판소리에 대한 인식은 '가요(歌謠)'였지 소설은 아니었기 때문이다. 우선 판소리 전창

---

26) 『한국 유성기음반 총목록』, 322면~333면. *'콜럼비아' 보급반 중 현재 확인된 것은 1939년 1년 남짓 발매된 41종이 전부이다. 1원 65전인 정규반에 비해 저렴한 1원 30전이었으며, 모두 신보 위주이다. 목록을 통해 파악할 수 있는 장르별 종수는 다음과 같다: 전통양식(18종)-잡가(10), 판소리(4), 시조(2), 가야금병창(2); 유행가(12종), 이외 극(6), 가야금산조(3), 고악(1), 무용곡(1).

이 창극의 형태로 전집 발매되기도 했지만, 이런 경우는 각 음반사의 대형 프로젝트 형식으로 발매되는 매우 드문 경우였다. 대부분은 판소리의 어느 한 대목이 선정되어 각 곡목별로 발매되었다. 뿐만 아니라 판소리 춘향전 전집에 대하여 '朝鮮歌謠의 至寶'라는 표현이 사용되고 있으며, '舊謠曲目選定에 精密을 다하얏습니다'라는 광고 안에는 <개성난봉가>, <긴아리>와 같은 '잡가'와 '춘향과 番首, 今時발복'이란 제목으로 춘향전과 흥보전의 한 대목이 포함되어 있다는 데서, 당대 판소리 음반은 대중가요로 수용되었음을 알 수 있다. 당대 대중들에게 <춘향전>, <심청전>, <흥보전> 등의 서사적 내용은 이미 익숙한 것이었다. 그들이 판소리 음반을 구입하는 이유는 음악적 요구이지 서사적 요구가 아닌 것은 너무나 당연하다.[27] 그렇다고 판소리가 대중가요로만 소통되었던 것은 아니다. 1930년대까지 구활자본 소설로 수많은 판소리계 소설들이 널리 읽혔다는 점을 감안한다면, 판소리에 대한 서사적 요구는 활자본 소설책들이 충당하고 있었다고 보인다. 즉 소설로서 판소리는 활자본 소설책으로 소통되었고 노래로서 판소리는 음반으로 소통되었던 것이다.

1900년대에서 1930·40년대, 약 40여 년간 한국에서 발매된 유성기 음반의 총 목록 중 노래 음반을 전통 양식과 외래 양식으로 나누어 장르별로 정리하면 다음과 같다. 여기에 사용된 장르명은 유성기 음반 발

---

27) 요즘은 일반적으로 판소리를 소설과 구분하기 위해 춘향가와 춘향전을 구분해서 사용하고 있다. 그러나 유성기 음반 시대에는 이러한 구분이 없이 모두 춘향전, 혹은 심청전 등으로 지칭되고 있음이 흥미롭다. 또한 판소리 춘향전 전집에 대해서는 '고대소설'이라는 타이틀이 붙기도 했다. *춘향전 소리판 전편완성 고대가극 영원히 쇠잔의 비운에 빠져가든 반도 고대극 춘향전도 소생의 깃붐의 길을 일축의 노력과 반도명창 이동백 김추월 신금홍 삼인의 열성으로 재생되어 일축조선소리판으로 출현하얏습니다. 10월부터 매월 계속하야 발매합니다. 詞說은 전부인쇄하야 첨부합니다. 『조선일보』, 1926.12.3.

매 당시 명칭 그대로이다.

전통 양식		외래 양식		기타	
잡가[28]	208종	유행가	348종	신민요	66종
판소리	106종	동요	49종	만요	15종
단가	62종	성악곡	42종	혼성합창	13종
가야금병창	51종	재즈송	42종	만곡	10종
민요	9종	댄스뮤직	14종		
노래(歌曲唱)	9종	찬송가	19종		
시조	9종				
가사(歌詞)	7종				
시창	3종				
송서	2종				
466종		514종		104종	

이처럼 유성기 음반에는 전통 양식과 외래 양식 이외에 전통 양식과 외래 양식이 섞인 신민요나 만요, 만곡 등 어느 쪽으로 귀속시키기가 어려운 양식 등이 다양하게 혼재되어 있다. 이러한 유성기 노래 음반 전체 콘텐츠에서 가장 많은 비중을 차지하고 있는 장르는 바로 '유행가'이다. 이러한 현상 하나에만 주목한다면, 유성기 음반 시대를 대표하는 노래 문화는 '유행가'로 볼 수 있다. 하지만 전체 맥락 속에서 살펴보면 판소리, 잡가 등의 전통적 양식의 비중 역시 작지 않았다. 20세기 전반 한국 대중 가요계의 중심 장르는 판소리·잡가의 전통적 양식과 '유행가'의 외래 양식이었다. '유행가'의 지속적인 성장 속에서 당대인들의

---

28) 잡가와 관련되어서 유성기 음반은 '잡가, 잡곡, 속요, 경기잡가[경잡, 경성잡가], 서도잡가[서잡], 남도잡가' 등의 용어가 사용되었으며 이중 잡가가 가장 일반적이었다. 이외에도 긴잡가나 휘모리잡가 등의 용어도 보이나 이 경우는 그리 흔하지 않다. 본고에서는 이를 다 포함하여 잡가로 분류하였다.

그들에게 익숙한 전통적인 음악을 지속적으로 즐겨 들었던 것이다. 그렇다고 이것을 전통 양식의 우월성 혹은 우수성이나, 식민지 지배에 저항하는 민족적 의지의 표명으로 해석하는 것은 오해이다. 이는 언제나 낯선 것보다는 익숙한 것을 추구하게 마련인 대중의 취향과 관련지어 설명할 일이다. 즉 1930년대 어느 시점까지도 '유행가'는 낯선 신문화 양식이었던 것이었기에, 대중들은 이전부터 친숙한 전통적인 노래들을 선호했던 것이다.

이상의 논의를 통해 유성기 음반 목록을 통해 1930년대 한국 대중가요계는 전통 양식인 판소리와 잡가, 그리고 외래 양식인 '유행가'라는 두 개의 축을 중심으로 전개 되고 있었음을 확인해 보았다. 여기서 잡가는 고전 시가 장르이다. 즉 20세기에 들어서도 고전 시가사의 흐름은 중단 없이 지속되고 있었던 것이다. 이러한 지속적인 흐름 속에서 포착되는 변화는 잡가의 부상이다.

전통적으로 고전 시가사의 중심에는 가사(歌辭)와 시조가 있었다. 이 중 가사는 상업적 판매를 목적으로 생산되는 유성기 음반에 수용되기에는 적합한 장르가 아니다. 상품으로 생산되기 위해서는 생산과 소비의 분리가 전제되어야 한다. 그러나 가사는 4음보의 연속체라는 조건 외에는 별다른 장르적 구속이 없어 누구나 쉽게 창작할 수 있다. 때문에 생산과 소비의 분리가 진행되기에 거의 불가능하다. 즉 상품성이 없는 장르인 것이다. 대신 유성기 음반과는 다른 소통 경로, 즉 필사문화권에서 가사는 여전히 매력적인 장르였다. 20세기의 창작 가사들의 존재가 이를 증명한다. 또한 가창 양식으로서 시조는 정악(正樂)으로 분류되는데, 여기에는 가곡창, 시조창 이외에도 가사(歌詞)가 포함된다. 필사본 가집 시대에는 단연 이 정악이 중심 장르였다. 하지만 20세기에 들어 잡가집과 유성기 음반이 새로운 시가 소통매체로 등장하면서, 시조는 주변장르로 밀려난다. 대신 그 자리를 차지하고 있는 것이 필사본 가집에서는 주변 장르였던 잡가 및 판소리라는 속악(俗樂)이다. 필사본 시대에서 유성기 시대로 넘어오면서 가창문화의 중심 장르가 시조에서 잡가·판소리로 이동하고 있음은 이미 전술한 바이다. 잡가집에서보다 유성기 음반에서 정악의 비중이 더 낮아지고 있다는 점은 시조가 잡가에 비해 보다 고급한 예술 장르라는 점과 관련지어 생각해 볼 수 있다. 유성기 음반은 불특정 대중에게 판매할 목적으로 생산되는 상품이므로 대중들의 기호에 민감하지 않을 수 없다. 이에 비해 소수 동인 그룹을 대상으로 필사본 가집은 대중적 취향에 구애받기 보다는 예술적 취향에 집중할 수 있었을 것이다. 그 결과 유성기 음반은 대중적 양식인 판소리와 잡가에, 필사본 가집은 이보다는 고급 예술인 시조에 주력했던 것으로 짐작할 수 있다. 때문에 상품성이 중요시 되는 유성기 음반 시대에 시조는 대중 예술이 아닌 '누구나 容易히 불를 수 업스니만치 귀하고 高尙하면 聖'스러운 고급 예술의 영역에서 생명력을 확보하고 있었던 것이다.[29]

4. 남은 문제들: 20세기 고전 시가사의 새로운 변화들

고전 시가사의 실체는 소통매체를 통해 드러난다. 때문에 가집은 고전 시가 연구에 있어 중요한 대상이 아닐 수 없다. 전통적인 가집의 형

---

[29] 음반번호 C202 詩調 平詩調·女唱지름, 趙菊花·저金桂善·장고金玉葉, 〈1935년 리-갈 레코-드 제1회 7월신보〉: 朝鮮舊歌謠로 가장 高尙한 詩調는 옛날 文章들이 읇흔 아름다운 詩다. 더욱히 이 詩調는 누구나 容易히 불를 수 업스니 만치 貴한 것이다. 女流名唱 趙菊花孃은 聖스러운 이 노래를 凄凉하게 불너 名盤을 만들엇다. *이 음반은 1935년 8월에 다시 재 발매된다. 『한국 유성기음반 총목록』, 362면.

태는 필사본이다. 하지만 20세기에 들어 새로운 인쇄 기술 및 음향 녹음 기술의 유입으로 고전 시가사는 새로운 소통매체와 만나게 된다. 그것이 바로 신문과 잡가집, 유성기 음반이다. 잡가집을 제외한 신문과 유성기 음반의 체제는 노랫말들은 모아 놓고 있는 필사본 가집의 일반적인 형태와 다르다. 하지만 이들에는 수많은 고전 시가 텍스트가 기록되어 있고, 각 편의 노랫말들을 모으면 말 그대로 가집이 될 수 있다. 때문에 본고에서는 가집의 대상을 '연창(演唱)'을 위한 노랫말들을 모아 엮어 놓은 대본이라는 전통적인 개념에 한정되지 않고, 고전 시가 텍스트의 존재를 포함하고 있는 매체라는 의미로 확대하고, 신문이나 유성기 음반 역시도 가집에 포함시켰다.

그 결과, 본고에서는 20세기에도 중단 없이 진행되고 있었던 고전 시가사의 성장 과정을 확인할 수 있었다. 그리고 20세기 고전 시가의 성장의 원인을 가창물, 즉 '가요'로서[30) 그것이 가지고 있었던 대중적 인기에서 찾아보았다. 일반적으로 '유성기의 황금시대', 즉 1930년대에는 '유행가'의 성장에 압도되어 전통 음악이 밀려 났던 것으로 알려져 있다. 하지만 유성기 음반의 실체는 1930년대 한국 가창 문화계의 현장을 '유행가 시대'로 규정내릴 수 없을 정도로, 전통 양식 즉 고전 시가 장르들의 대중적 지지 기반 역시 만만치 않았음을 말해 주고 있었다. 따라서 유성기 음반은 20세기 고전 시가의 새로운 소통매체로, 이를 통해 고전 시가사의 흐름이 20세기 이르러 경험한 변모의 과정을 확인할 수 있다는 점에서 중요하다 하지 않을 수 없다.

본고의 논의는 20세기 고전 시가사가 직면해 있었던 변화의 과정을

---

30) 유성기 음반에서 고전 시가 장르는 '朝鮮歌謠', '舊歌謠' 등으로 지칭되고 있다. '朝鮮歌謠의 至寶 春香傳全集(220면), '舊歌謠界의 讚辭(360면)' 등이 대표적인 사례이다. *이상의 자료는 『한국 유성기음반 총목록』에서 인용.

구체적으로 확인하기 위한 준비 작업이다. 앞으로 보다 폭넓은 자료를 대상으로 이에 대한 구체적인 논의를 진행할 계획이다. 20세기 고전 시가의 변화 양상과 관련해서 발견한 몇 가지 의문점을 제시하는 것으로 결론을 제시하고자 한다.

첫 번째 의문점은 1930년대 대중가요계의 판도에서 '유행가'의 성장이 어느 시기 폭발적인 양상을 보인다는 점이다. 앞서 살펴본 바에 의하면 1930년대 중엽까지 '유행가'의 인기는 판소리나 잡가의 그것을 능가하지 못했다. 하지만 어느 순간 '유행가'가 판소리나 잡가를 능가하기 시작했다. 전통 양식들은 1900년부터 꾸준히 발매되어 왔고, 판소리와 잡가를 합쳐 '314'종이라는 수치는 1930년대까지 40여 년 간의 누적된 결과이다. 하지만 유행가의 발매는 1930년대 중반 이후 어느 시점부터 본격화 된 것으로, '348'종이 발매되었다는 사실은 '유행가'의 성장이 그야말로 급속도로 진행되었음을 짐작하게 한다. 바로 이 시점, 대중들의 취향이 전통 음악에서 '유행가'로 급반전되었던 그 때의 과연 한국 대중문화계에 어떠한 일들이 일어나고 있었는지가 궁금해진다.[31] 이는 아마 고전 시가사의 지속적인 흐름이 사라지는 그 시점과 일치할 것이다.

---

31) 이러한 현상은 새로운 문화 수용층, 즉 '신세대'의 성장과 관련 있을 것이라는 가능성을 상정해 본다. 유성기 음반의 수용은 경제력과 밀접한 관련이 있다. 1920년대 '유행가'가 도입되었을 때 그것이 지닌 신선하고 낯선 감수성을 이해할 만한 세대는 아직 유성기 음반을 구입할 경제력을 갖추지 못 했을 것이다. 대신 경제력을 갖춘 기성 세대는 전통 음악에 익숙해 있었을 것이다. 이런 이유로 1930년대 중엽까지 유성기 음반의 생산은 구매력을 갖춘 이들 기성 세대를 겨냥한 음반들을 발매했을 것으로 추정해 볼 수 있다. 그러나 '유행가'의 감수성을 지닌 신세대가 성장하여 구매력을 갖추고, 주 소비자층으로 부상하게 되었을 것이다. 1930년대 중엽 이후 어느 시점에 급속도로 '유행가' 음반 발매가 증가했던 이유를 여기에서 찾을 수 있지 않을까 하는 가능성을 제기할 수 있다. 이와 관련해서는 고은지, 「20세기 유성기 음반에 나타난 대중가요의 장르 분화 양상과 문화적 의미」, 『한국시가연구』 21, 한국시가학회, 2006 참조.

이에 대한 본격적인 연구를 통해 20세기 고전 시가사가 체험하고 있었던 경험의 구체적인 실체들이 밝혀질 것으로 기대한다.

그 다음의 의문점은 유성기 음반의 등장으로 야기된 시가의 새로운 소통 방식이다. 시가의 전통적인 수용 방식은 한정된 동류 집단, 즉 풍류 현장을 중심으로 한 즉석 공연을 관람하는 형태였다. 기방이 되었든, 사대부의 사랑방이 되었든, 혹은 경개 좋은 곳에 위치한 정자가 되었든, 아니면 산 좋고 물 맑은 자연 그 자체가 되었든 고전 시가는 그 현장에서 연행되는 것을 감상하는 형태로 이루어졌을 것이다. 물론 혼자 스스로 가창을 즐기기도 했을 것이다. 하지만 시간적 공간적 제약에서 자유로운 유성기를 통한 재생 방식은 이와는 전혀 다른 수용 문화를 만들어 낸다.

유성기 관련 광고문에는 한결같이 '오락용, 매음업자용(賣音業者用)'이라는 용어와 함께 '가정용'이라는 표현이 들어간다. 즉 유성기의 소통 환경은 요리집이나 극장 무대,[32] 혹은 음반을 판매하는 '레코드 가게'[33] 등과 같은 상업적 공간에서 가정이라는 개인적 공간에 이르기까지 다양한 범위에 걸쳐 있었던 것이다. 전자는 20세기 시가의 소통 환경으로 새롭게 등장한 '협률사, 단성사' 등의 신문화 공간과 연계하여 살펴 볼 수 있다. 신분적 질서에 의해 움직였던 전통적인 사회에서는 시가의 소통 공간이나 수용 방식 역시 신분적 질서에 지배받았다. 그래서 신분적 질서의 붕괴로 많이 얇아지기는 했으나, 상층의 사대부 문화와 하층의 민중 문화의 경계는 분명하게 나뉘어져 있었다. 하지만 무대 공연은 철

---

32) 〈日東 專屬樂家 總出演〉, 『매일신보』, 1925.9.18.
33) 〈流行歌手 姜弘植君:콜럼비아 專屬〉, 『매일신보』, 1935.1.3. *봄이왓네 봄이와 숫처녀의 가슴에도/나물캐러 간다고 아장아장 거러가네/산들산들 부는 바람 아리랑타령이 절노난다. 이 노래는 五, 六세 된 어린 아이들까지 신이 나게 거리로 단니며 불고 잇고 종로거리 대소상점에서는 축음긔로 그 노래를 방송하야 길가는 사람의 억개춤이 절노 나게 한다.

저하게 자본가에 의해 기획된다. 신분의 지위 고하에 상관없이 표를 구입할 수 있는 경제력만 갖춘다면 누구나 다 그 환경에 들어갈 수 있다.[34] 즉 20세기 새로운 시가 소통 환경에서는 자본의 질서가 수용 방식을 결정하기 시작한 것이다. 20세기 고전 시가사가 전대의 시가사와 구분되는 지점은 이러한 수용 방식의 변화와 관련이 있을 터, 이에 대한 보다 심도 있는 연구가 필요하다.

　이를 위해 수용 공간이 가정이라는 일상적인 공간으로 확대되면서 음악 감상은 '가정의 취미나 오락'이라는 문화 산업의 한 부분이 되었고, 가정은 이러한 문화 상품의 일상적인 소비 공간의 성격을 가지게 되었다는 견해를 주목할 필요가 있다.[35] 여기에서 음악 수용 방식이 개인적 감상이라고 하는 새로운 방식이 만들어지게 되기 때문이다. 이는 집단적인 관람의 형태와 또 다른 새로운 문화적 양상이다. 또한 '동일한 음성을 수없이 복제'할 수 있는 기술력에 힘입어 대량으로 생산되는 '소리 상품'들 속에서, 자신의 취향에 맞는 상품을 선택할 수 있는 소비자가 만들어졌을 것이라는 추정도 가능하다. 당대 소비자들의 취향은 자본의 질서와 함께 유성기 음반 시대의 음악 문화의 판도를 결정하는 중요한 요소이다. 때문에 20세기 전반 시가사에 나타난 새로운 변화의 양상은 이러한 요소들과 관련지어 적극적으로 해명할 필요가 있다.

　본고는 20세기 전반 시가사의 구체적인 현장을 재구해 내기 위한 시론적인 성격의 글이다. 해명한 문제보다는 해결해야할 문제들이 더 많

---

34) 〈國文讀者俱樂部〉, 『만세보』, 1906. 7. 8. : (…) ◀ 여보 나는 죵일고용ᄒ야 일원 훈푼을 벌어 가지고 ᄆᆡ일 협률ᄉ 이등에서 구경ᄒ니ᄭᅡ, 먹지 아니ᄒ야도 살ᄭᅵᆯ듯 홉듸다 (好樂生)

35) 이상의 논의는 요시미 슌야, 송태욱 옮김, 『소리의 자본주의: 전화, 라디오, 축음기의 사회사』, 이매진, 2005 참조.

다. 우선 본 논의에서는 당대 음반 회사를 대표할 수 있는 콜럼비아사
와 빅타사의 자료만을 대상으로 삼았다. 소위 '6대 음반회사'이라고 지
칭되는 음반회사 중에서 이 두 음반회사 가장 대표적이기 때문이다. 따
라서 보다 심화된 후속 논의를 위해서는 '포리돌, 태평, 오케, 시에론'
등의 음반 자료까지 포함시켜야 할 것이다. 이 외에도 20세기 전반의
시가사를 살펴 볼 수 있는 자료는 매우 풍부하다. 본고에서 적극 활용
한 『한국 유성기 음반 총목록』을 비롯하여, 『유성기음반총람자료집』,
현재 6권으로 묶여 나온 『유성기 음반 가사집』 및 『경성방속국 국악 방
송곡 목록』 등의 1차 자료는 물론, 『매일신보』·『조선일보』·『동아일
보』 등의 신문과 20·30년대의 수많은 잡지 등이 그것이다. 이러한 자
료들의 꼼꼼한 독해를 바탕으로 한다면 본고에서 제기된 많은 의문점
들이 해결될 수 있으리라 기대한다.

『어문논집』 55, 민족어문학회, 2007에 수록.

20세기 전반 소통매체의 다양화와 잡가의 존재 양상
– 잡가집과 유성기 음반을 중심으로 –

1. 연구의 목적

본 연구의 목적은 잡가집과 유성기 음반에 수록된 잡가 레퍼토리를 대상으로 하여 20세기 초반 소통매체의 다양화에 따른 잡가 존재 양상의 변모양상을 살펴보는 데 있다.

초창기 연구자들은 잡가를 가사나 민요의 하위 양식 정도로 이해하고 있었다. 그러나 정재호에 의해 잡가의 독자성이 부각되면서 이에 대한 본격적인 연구가 시작되었다.[1] 이후 잡가에 대한 연구는 잡가의 개념과 장르적 속성을 밝혀내는 방향으로 진행되다가,[2] 대중가요의 한국적 기원으로 잡가가 주목되면서 잡가 연구의 폭이 확대되었다.[3] 최근

---

[1] 정재호에 의한 잡가 연구는 「잡가고」, 「잡가집의 계열구분과 그 성격」, 「잡가집의 성격과 문학적 의의」의 소논문으로 구체화되었다. 이 논문들은 『한국속가전집』 6, 도서출판 다운샘, 2002에 수록되어 있다.

[2] 노미원, 「1910년대 유행한 잡가의 한 고찰」, 한국정신문화연구원 석사학위논문, 1986; 최상수, 「잡가의 장르적 성향과 수용양상」, 성균관대학교 석사학위논문, 1986; 최원오, 「잡가의 교섭갈래적 성격과 그 이론화의 가능성 검토 시론」, 『관악어문연구』 19, 관악어문연구회, 1994; 박애경, 「잡가의 개념과 범주의 문제」, 『한국시가연구』 13, 한국시가학회, 2003.

에는 잡가의 언어 텍스트 그 자체에 주목하여 사설의 시적 형상화와 구성의 원리 등에 대해 주목할 만한 견해들이 제시되고 있다.4)

이렇듯 다양한 연구 방법이 적용되면서 잡가에 대한 연구는 점차 그 영역을 확대시켜 나가고 있는 것처럼 보인다. 하지만 현재까지도 잡가의 정체는 여전히 불투명한 상태로 남아있다. 잡가의 개념이나 장르의 범위 등과 관련된 기본적인 문제에서조차 연구자들 사이의 이견들이 좁혀지지 않고 있는 것이 잡가 연구사의 실정이다. 이러한 문제를 해결할 수 있는 실마리를 찾기 위해 본고에서는 잡가가 당대의 삶 속에서 소통되었던 실체를 보여주는 잡가집과 유성기 음반에 주목하고자 한다.

잡가의 정체에 대한 구명을 위해서는 무엇보다도 잡가라는 존재의 실체를 보여주는 잡가집에서부터 논의를 시작해야 할 것이다. 하지만 잡가집 그 자체에 대한 기존 논의가 그리 활발한 편은 아니다. 정재호에 의해 현전하는 잡가집의 전체적인 맥락에서부터 각 개별 가집의 특성들에 이르기까지 자료적 상황이 꼼꼼하게 밝혀진 것이 잡가집 연구에 대한 전부라 해도 과언이 아니다. 이후 잡가 연구의 중심이 된 것은 잡가집이 아니라 12잡가나 그 주변에 있는 개별적인 작품들이었다. 이렇게 한정된 작품들을 대상으로 한 작업은 잡가의 실체를 구체적으로 밝혀내는 데 한계를 지닐 수밖에 없다. 때문에 본고에서는 실로 방만하기 그지없는 '잡가다움'의 실체를 밝혀내기 위한 기초 작업을 위해, 우

---

3) 이노형, 「잡가의 유형과 그 담당층에 대한 연구」, 서울대학교 석사학위논문, 1987; 고미숙, 「20세기 초 잡가의 양식적 특질과 시대적 의미」, 『18세기에서 20세기 초 한국 시가사의 구도』, 소명출판사, 1998.
4) 성무경, 「잡가 '유산가'의 형성원리에 대하여」, 『가사의 시학과 장르실현』, 보고사, 2000; 송여주, 「잡가의 사설 차용 현상에 대한 연구」, 서울대학교 석사학위논문, 1996; 이형대, 「선소리 산타령을 통해 본 잡가의 텍스트 변이와 미적 특질」, 『한국시가연구』 19, 한국시가학회, 2005.

선적으로 실제 소통 현장을 배경으로 잡가 텍스트를 모아 놓은 잡가집 그 자체에 대한 논의를 진행시키고자 하는 것이다.

잡가 소통의 실체를 보여주는 것으로 잡가집만 있는 것은 아니다. 유성기 음반 자료들 역시 잡가집 못지않게 잡가 연구에 있어 중요한 자료라 하지 않을 수 없다. 1920년대부터 발매된 유성기 음반들에도 많은 잡가들이 실려 있었기 때문이다. 유성기 음반은 문화 상품이며, 수록된 다양한 콘텐츠는 당대 문화의 생생한 기록이다. '잡가'란 타이틀을 달고 수많은 음반들이 발매되었다는 사실은, 20세기 전반에도 잡가는 여전히 인기 있는 장르였음을 말해 주고 있다. 즉 조선 후기 시가사의 대중적 성장을 대표하는 잡가의 생명력이 유성기를 통해 20세기에도 지속적으로 유지되고 있었던 것이다.

이러한 관점에서 출발한 본 연구는 잡가집과 유성기 음반에 수록된 잡가 레퍼토리를 살펴봄으로써 1910년대 이후 1920년대, 30년대를 거치면서 잡가가 '어떻게 살아 숨 쉬고 있었는지'를 재구해 낼 수 있는 좌표적 지점들을 찾고자 한다. 이를 통해 잡가 향유와 소통의 실체에 대해 새로운 사실이 밝혀질 것으로 기대한다.

2. 잡가집의 지속적인 출판과 잡가 음반의 발매

2.1. 1910년대에서 1930년대까지의 잡가집 출판 현황

현재 잡가집에 대한 자료는 모두 6권의 『한국속가전집』5)으로 묶여

---

5) 정재호 편, 『한국 속가 전집』 1~6, 도서출판 다운샘, 2002.
　*이 책은 1984년도에 간행한 『한국잡가전집』을 수정 보완하여 재출판한 것이다.

있다. 여기에 포함된 잡가집은 모두 26권으로, 1914년 평양의 安基和
商店에서 출간한 『新舊雜歌』가 그 중 최초의 잡가집으로 확인된다. 이
를 포함한 14권의 잡가집이 1910년대, 그 중에서도 1915년과 1916년에
집중적으로 출간되었다. 그러다 1920년대에 접어들면서 한 해에 한 권
꼴로 출간되었고, 이후에는 1931년·1946년·1958년에 각각 한권씩 출
간되는 데 그친다. 즉 1914년에서 1918년까지 4년에 걸쳐 잡가집의 출
간 붐이 형성되었다가 이후 1931년까지는 단 8종만 출간될 정도로 급격
하게 위축되었던 것처럼 보인다. 이러한 자료적 상황에만 주목한다면
1910년대 전성기를 맞이한 잡가가 1920년대에는 쇠퇴기에 접어들어 장
르적 생명력이 다했다는 결론에 이르게 된다. 하지만 1920년대의 대중
화 논쟁의 중심에 잡가가 있었고, 이러한 사실에 주목한다면 잡가의 인
기는 1920년대에도 지속되었던 것으로 볼 수 있다.6) 그러나 『한국속가
전집』에 수록되지 않은 다른 잡가집들로 시선을 확대해 보면 잡가의 인
기는 여기에서 그치지 않고 1930년대로까지 이어졌음을 확인할 수 있
다. 1920년대는 물론 1930년대에도 영창서관, 덕흥서림, 신구서림 등의
출판사를 중심으로 꾸준히 잡가집이 발간되고 있었기 때문이다. 이들과
현재 『한국속가전집』에 수록된 잡가집을 합하면 총 51권이 되는데, 잡
가집의 출판현황을 보다 정확하게 파악하기 위해 이를 연도별로 나열
하면 아래의 표와 같다. 이중에 ＊표가 된 잡가집들이 새롭게 보완된
잡가집들이다.7) 각기 동일한 제목을 지닌 잡가집들도 보인다. 하지만
이것들은 출판사나 출판연도가 각기 달라서 개별적인 잡가집으로 처리
하였다.

---

6) 박애경, 앞의 논문, 300면.

7) 이러한 조사는 방효순, 「일제시대 민간서적 발행 활동의 구조적 특성에 관한 연구」,
   이화여자대학교 박사학위논문, 2001의 자료를 참조했다.

연도	서명
1914	신구잡가, 신구시행잡가, 정선조선가곡
1915	정정증보신구잡가, 증보신구잡가, 고금잡가편, 무쌍신구잡가, 신구유행잡가
1916	신찬고금잡가-부가곡선, 특별대증보신구잡가, 증보신구시행잡가, 조선가곡선, 현행일선잡가
1917	시행증보해동잡가, * 증보신구시행잡가, * 무쌍신구잡가
1918	신구현행잡가
1921	조선속가(조선신구잡가)
1922	신정증보신구잡가, * 증보신구잡가, * 增訂日鮮신식잡가, * 懷中유행잡가
1923	남녀병창유행창가
1924	신구유행창가, 일선잡가, * 신찬고금잡가-附歌詞
1925	대증보무쌍유행신구잡가-부 가곡선, * 평양수심가
1926	* 증보신구시행잡가, * 유행잡가
1928	가곡보감
1929	조선속곡집, * 신구잡가, * 유행잡가, * 평양수심가
1930	* 시행잡가
1931	정선조선가요집
1932	* 무쌍유행신구잡가, * 日鮮신식잡가
1935	* 노래가락과 흥타령, * 남녀병창신구잡가, * 懷中신구잡가전집, * 아리랑민요집, * 유행신구잡가, * 특별신구잡가, * 유행잡가, * 남도새타령, * 노래가락민요집
1936	* 시행잡가
1946	조선고전가사집
1958	대증보무쌍유행신구잡가-부가곡선

위의 표에서 분명하게 알 수 있는 사실은 1920년대를 지나 1930년대에 접어들어서도 꾸준히 잡가집의 발간이 이루어졌다는 점이다. 이 중에서도 1935년 한 해 동안 9권의 잡가집이 집중적으로 발간된다는 점이

눈길을 끈다. 만일 이러한 자료적 상황에만 주목한다면 한동안 잠잠했던 잡가집 출판이 1930년대에 접어들면서 제2의 전성기를 맞이했다고 할 수 있을 정도이다. 특히 『노래가락과 흥타령』, 『아리랑 민요집』, 『노래가락민요집』, 『남도새타령』과 같은 새로운 스타일의 제목을 가진 잡가집이 등장했다는 사실은 잡가집 편찬에 새로운 방식이 시도되었음을 추측하게 한다는 점에서 흥미롭다. '노래가락, 흥타령, 아리랑'은 특정한 잡가곡명이다. 아직 이들 잡가집의 실체를 확인하지 않은 상태라 단정적으로 말할 수는 없지만, 일단 제목만을 본다면 이들이 예전부터 오늘날까지[新舊·古今] 전해져 오는[時行·流行] 잡가 전반을 다 아우르던 기존의 잡가집들과는 달리 특정 노래들에 집중하는 새로운 스타일로 편집되었을 것이라고 추측할 수 있다.

이렇듯 잡가집의 출간은 1920년대를 지나 1930년대 중반 무렵까지도 활력 있게 진행되고 있었다. 물론 그 출판의 양상이 신간의 발간보다는 이전 잡가집을 제목만 살짝 바꾸거나 동일한 내용의 잡가집을 서로 다른 출판사에서 반복 간행하는 양상에 집중되고 있기는 하다. 하지만 여기서 우리가 주목해야 할 점은 1930년대까지 지속적으로 잡가집이 생산되고 있었고, 이를 통해 잡가의 시장성이 여전했다는 사실이다. 잡가집은 시장이 형성되지 않으면 출간자체가 불가능한 상업적 출판물이다. 실제 1935년 당시 한 잡지의 조사에 의하면 잡가책이 연간 1만 5천 여 권이 팔렸다고 한다.[8] 즉 1930년대 중반까지 잡가집의 소비시장은 여

---

8) "조선에서 제일 만히 팔니는 冊이 무엇이냐 하면 亦是 玉篇과 春香傳이라 서울에 都賣商들로 組織된 都賣商組合이 잇는데 이 方面의 調査에 依하면 玉篇이 一年間 二萬卷, 春香傳 一年間 七萬卷, 沈淸傳 一年間 六萬卷, 洪吉童傳 一年間 四萬五千卷, 雜歌冊 一年間 一萬卷 等等이라 한다. (…) 그러면 이 冊들은 엇든 機關을 通하야 흐터지는가 하면 오로지 시골 장거리에서 장터로 도라다니며 파는 봇짐장사 一千五百名 손으로 販賣되고 잇다 한다."(「玉篇과 春香傳 第一」, 『삼천리』, 1935.6).

전히 건재했던 것이다. 따라서 잡가의 전성시대는 1920년대를 지나 1930년대 중반 무렵까지도 여전히 유효하다고 볼 수 있다.[9] 이러한 사실은 수많은 잡가들이 유성기 음반으로 발매되었다는 상황을 통해서도 확인할 수 있다.

2.2. 유성기 음반의 출현과 잡가 소통매체의 다양화

19세기가 막 끝나 갈 무렵 한국 사회에 유성기가 소개되었으나 유성기 문화가 대중화되기까지는 시간이 필요했다. '일본축음기회사(닙보노홍)'와 '일동축음기회사(제비표레코드)'에서 발매된 '조선 소리반'을 중심으로 음반 시장의 성장이 이루어진 것은 1920년대 무렵의 일이었다. 특히 1929년 전기 녹음 방식의 도입으로 고음질 음반들이 대량 생산되면서, 한국 유성기 음반 시장은 비약적으로 확대된다. '콜럼비아, 빅타, 오케, 포리돌, 시에론, 태평양'의 6대 음반 회사에서 경쟁적으로 음반들이 발매되었고, 1930년대 '유성기의 황금시대'가 도래하였으나, 1940년 한국 사회가 '암흑기'에 접어들면서 유성기 시장 역시 급격하게 위축된다. 이후 한국 전쟁의 와중에 완전히 피폐화 되었다가, 1960년대 장시간 음

---

*이러한 기사를 통해 보면 잡가집은 주로 봇짐장사들에 의해 시골 장터에서 팔려나 간 것으로 확인된다.

9) "書冊肆는 어떠한가? 機種의 漢學이 노혓슬 뿐이오. 幾百種의 新小說이 羅列하얏 슬 뿐이다. 그리고는 俗歌集 몃 冊과 남의 입내 내듯한 雜誌 몃 冊이 노혓슬 뿐이다. (…) 집집 방방에 新小說, 俗歌集은 만히 노혀잇다. 이러한지라 男女老少의 입과 입에는 小說 외우는 소리뿐이다. (…) 방구석에 업드려 雜歌나 불으고 春香傳 深淸傳 新舊小說이나 외이는 것이 그것이 할 일이겟슴니까. (…)"(朴達成, 「京城兄弟에 게 嘆願합니다!! -大京城을 建設키 爲하야-」, 『개벽』 21호, 1922.3.1). *이상의 논설은 '속가집'의 실제 소통현황을 알 수 있는 흥미로운 자료이다. 교훈적 입장에서 잡가를 비롯 신구소설에 대한 비판적 시선을 견지하고 있으나, 이러한 것들이 당대 문화에서 얼마나 인기를 끌고 있었는지를 잘 보여준다.

반(LP)의 등장으로 자취를 감추게 된다. 이상이 한국 유성기 음반사의 개략적인 구도이다.

잡가 연구는 물론 고전시가 연구에 유성기 음반은 그리 큰 주목을 받지 못했다. 하지만 유성기 음반은 20세기 고전 시가사의 흐름을 살펴보는 데 매우 중요한 대상이다. 1920년대, 1930년대 '잡가, 歌詞, 노래[가곡창], 시조[시조창], 판소리, 단가' 등의 타이틀을 단 많은 음반들이 발매되었다. 여기서 '잡가나 가사, 시조' 등은 음악적 분류이지만, 그 노랫말들을 기준으로 본다면 바로 고전문학 텍스트가 된다. 따라서 유성기 음반은 19세기 이후 20세기 고전 시가사의 향방을 알려주는 중요한 자료라 하지 않을 수 없다. 즉 활자본 인쇄기술[신문·잡가집]과 음반 녹음기술[음반]의 등장으로 고전 시가의 새로운 소통매체가 확보되었고, 이를 통해 20세기에 들어서도 고전시가의 흐름이 지속되고 있었던 것이다.10)

이중에서 본 논의의 대상이 되는 잡가음반에 대해서 살펴보자. 현재 유성기 음반 발매 목록과 관련된 자료는 『한국유성기음반 총목록』에 정리되어 있다. 여기에서 우리는 '잡가, 경기잡가(경잡), 서도잡가(서잡), 남도잡가, 속가, 속요, 잡곡' 등의 용어로 지칭되는 수많은 잡가 음반을 발견할 수 있다. 이중 10회 이상 발매 된 곡목을 횟수별로 정리하면 다음과 같다.

①수심가(100)　　②난봉가(99)　　③육자백이(66)　④방아타령(55)
⑤노래가락(48)　　⑥흥타령(36)　　⑦양산도(31)　　⑧이팔청춘가(30)

---

10) 이에 대한 보다 자세한 논의는 고은지, 「20세기 시가의 새로운 소통매체의 등장과 그 의미: 신문, 잡가집, 유성기음반을 중심으로」, 『어문논집』 55, 민족어문학회, 2007 참조.

⑨산염불(31)   ⑩배따라기(29)   ⑪창부타령(26)   ⑫영변가(22)

⑬도라지타령(20)   ⑭농부가(20)   ⑮사발가(18)   ⑯놀량(18)

⑰공명가(17)   ⑱한강수타령(15)   ⑲새타령(15)   ⑳뒷산타령(14)

㉑경복궁타령(13) ㉒제비가(12)   ㉓개고리타령(12) ㉔앞산타령(12)

㉕성주풀이(11)   ㉖범벅타령(10)   ㉗유산가(10)

'수심가, 난봉가, 육자백이, 방아타령' 등이 상위권을 형성하고 있는데, 이들은 잡가집에서 많이 실렸던 노래들이기도 하다.11) 잡가집에서 인기 있었던 곡들이 유성기 음반으로도 많이 발매되고 있는 것이다. 그런데 위 음반으로 발매된 잡가 레퍼토리들 중 발견되는 흥미로운 점은 12잡가의 존재가 미미하다는 사실이다. 현재 잡가 연구에 있어 12잡가의 존재는 매우 중요하다. 음악계에서도 '유산가, 적벽가, 제비가, 소춘향가, 선유가, 집장가, 형장가, 평양가, 달거리, 십장가, 출인가, 방물가'로 이루어지는 12잡가의 레퍼토리가 잡가의 중심으로 거론되고 있다. 잡가에 대한 문학적 접근에서도 12잡가가 그 중심을 차지하고 있기는 마찬가지다. 그런데 유성기 음반의 실상을 통해 확인해 본 바는 이와 다르다. 유성기 음반으로 발매된 12잡가는 '제비가, 유산가' 정도만 확인되기 때문이다. 뿐만 아니라 '수심가, 난봉가' 등과 비교해 보면 그 비중 역시 현저히 낮다. 20세기 전반 음악 시장에서 12잡가의 대중적 인기는 그리 높지 않았던 것이다.

이에 비해 잡가집에서는 '출인가, 평양가'를 제외한 다른 12잡가 레퍼토리들은 여러 가집들에 두루 수록되어 있다. 그러나 잡가집에서 역시 이것들이 차지하는 비중이 높은 편은 아니다. 잡가집에서도 수록 빈도

---

11) 『한국속가전집』에 수록된 잡가들 중 수록횟수가 가장 많은 것은 〈난봉가(67회)〉이 며 그 다음이 〈수심가(42회)〉, 〈방아타령(37회)〉, 〈아리랑(24회)〉, 〈육자백이(25회)〉순이다.

가 높은 노래들은 '수심가, 난봉가, 육자백이, 방아타령' 등이다.[12] 잡가 집의 경우 유성기음반에서보다는 12잡가의 비중이 비교적 높다고는 하 나, 전체 맥락에서 12잡가가 중심이었다고 말할 수 없기는 마찬가지다.

우리가 일반적으로 잡가의 중심 레퍼토리라고 알고 있는 12잡가가 잡가집에서나 유성기음반에서는 오히려 주변으로 밀려나 있다는 사실 은, 12잡가의 성향이 당대의 대중적 취향과는 거리가 있었음을 의미한 다. 12잡가는 12가사(歌詞)에 준하기 위해 원래 8잡가에 잡잡가가 더해 져서 만들어진 것으로 설명된다. 그런데 20세기 전반까지는 12잡가나, 12가사라는 말도 없었다고 한다. 그러다 하규일이 잡가 중에 자신이 알 고 있는 조금은 격이 높은 8곡을 이왕직아악부에 전수했고, 임기준은 그보다 격이 약간 낮은 4곡을 전수하면서, 품격이 상승해서 지금의 12 가사가 완성된 것으로 설명된다.[13] 즉 12가사나 12잡가는 조선후기에 만들어진 것이 아니라 다양한 잡가들 중에서 20세기에 들어서서 예인 집단의 음악적 취향에 따라 선택된 레퍼토리였다는 것이다.

소비자들의 구매 여부에 따라 존재 기반이 확립되는 잡가집이나 유 성기 음반 발매에 있어 관건이 되는 것은 예인적 취향보다는 대중적 취 향일 수밖에 없다. 따라서 이들 매체에서 12잡가의 레퍼토리에 소홀했 다는 점은 당연한 일인지도 모른다. 12잡가 대신 당대 대중들이 선택했 던 것은 '수심가, 양산도, 방아타령'과 같은 노래들이었다.[14] 따라서 대

---

12) 『한국속가전집』에 수록된 12잡가 레퍼토리별 수록횟수는 다음과 같다: 〈적벽가 (23)〉, 〈제비가(19)〉, 〈소춘향가(17)〉, 〈선유가(14)〉, 〈형장가(13)〉, 〈집장가(13)〉, 〈십장가(13)〉, 〈방물가(12)〉, 〈달거리(3)〉. 이중에 〈적벽가(5회)〉, 〈제비가(12회)〉, 〈소춘향가(4회)〉, 〈집장가(5회)〉, 〈십장가(5회)〉, 〈달거리(1회)〉가 음반으로 발매되 었다.

13) 전지영, 「歌詞와 雜歌의 발전과정에 대한 재고찰」, 『한국음악연구』 35, 한국국악학 회, 2004.

중적 기호에 충실해야만 했던 잡가집이나 유성기 음반에서는 12잡가의
선택 비중이 낮을 수밖에 없었던 것이다. 20세기 전반 잡가에 대한 대
중적 수요가 12잡가의 레퍼토리를 중심으로 만들어지지 않았다는 이러
한 사실은, 12잡가에 집중되어 있던 연구자들의 관심을 당대 대중들의
각광을 받았던 '수심가, 난봉가, 육자백이, 방아타령' 등의 노래들로 확
대시킬 필요가 있음을 시사한다. 잡가에 대한 당대적 시각은 잡가의 정
체에 대해 보다 많은 이야기를 들려 줄 것이기 때문이다.

　이렇게 잡가는 20세기 전반 한국사회의 중요한 대중적 가창 양식으
로 자리하고 있었다. 그 결정적 계기 중의 하나는 바로 잡가집과 유성
기 음반이라는 근대적인 소통 시스템이라 할 수 있다. 전통적으로 잡가
는 필사와 구전[가창]의 방식으로 소통되었었다. 하지만 활자본 인쇄와
음반이라는 근대적인 시스템이 도입되면서 잡가는 시공간적 경계를 파
괴하면서 광범위한 지역과 계층에 전파되기 시작했고, 이로 인해 20세
기 전반 대중음악계의 중심 장르로 잡가가 부상할 수 있었던 기반이 마
련되었던 것이다. 이러한 과정에서 잡가 장르 전반에 일어난 가장 가시
적인 변화는 바로 소통 환경의 다양화이다. 소통 환경의 다양화 속에서
잡가는 어떠한 모습으로 존재하고 있었을까? 그 구체적인 모습을 잡가
집과 유성기 음반에 수록된 잡가 레퍼토리의 비교를 통해 살펴보도록
하자.

---

14) "俗謠 中에서는 가장 普遍的으로 嗜好되는 曲만을 싣고 「愁心歌」 「양산도」 「방아
　타령」 等과 갓치 거의 모를 人士가 업는 種類의 「민요」 「俗謠」는 실지아니하고 通俗
　的으로 一般이 嗜好하시는 曲中에셔도 「사설」이 野卑한 것은 削除햇슴니다."(『정
　선조선가요집』, 1931, 범례). *『한국속가전집』 5.

3. 소통매체의 다양화에 따른 잡가의 변모 양상

3.1. 하위 갈래명의 세분화

잡가집에서 유성기 음반으로 소통매체의 다양화에 따른 잡가의 존재 양상 중 가장 먼저 포착되는 것은 잡가에 대한 하위 갈래명이 매우 세분화되었다는 점이다. 현재 '서도잡가, 남도잡가, 경성잡가, 경기잡가' 등의 용어를 찾을 수 있는 잡가집으로는 『가곡보감』과 『정선조선가요집』뿐이다. 이외 하위 갈래명으로 잡가를 구분하고 있는 잡가집은 확인되지 않는다. 반면 유성기 음반에서는 이보다는 더욱 세분화된 갈래명이 사용되고 있다. 전체 목록 중 이에 해당되는 몇 개의 사례만 제시해 보도록 하자.15)

	잡가집	유성기 음반
난봉가계16)	좌립창 잡가부	잡가, 서도잡가, 경성잡가, 경기잡가
수심가	서도잡가, 좌립창 잡가부	서도잡가, 서도속요, 평양잡가, 민요, 잡가, 속요
방아타령	좌립창 잡가부	잡가, 서도잡가, 경기속요, 민요
육자백이	좌립창 잡가부	남도잡가
배따라기	서도잡가, 좌립창 잡가부	서도잡가, 평양잡가, 속요, 잡가

---

15) 현재 잡가의 개념은 모호하다. 국악계에서는 음악적 특성을 중시하는 입장에서, 국문학계에서는 노랫말의 특성을 보다 중시하는 입장에서 잡가의 개념을 규정짓고 있기 때문이다. 따라서 본고에서는 현재 국악계나 국문학계에서 통용되고 있는 잡가의 개념이 아닌 유성기 음반 발매시에 사용되었던 갈래명을 기준으로 잡가를 선별하고자 한다. 그 결과 '잡가'와 '잡곡, 속요, 경기잡가, 서도잡가, 남도잡가' 등 잡가와 관련있는 갈래명으로 발매된 모든 노래를 잡가의 범주에 포함시켜 논의를 진행하도록 한다.

16) 〈난봉가〉, 〈자진난봉가〉, 〈개성난봉가〉, 〈사설난봉가〉 등은 '난봉가'에서 파생된 곡

위에서 알 수 있듯이 잡가집에서는 부르는 좌창과 서서 부르는 선소리 즉 입창을 아울러 잡가로 묶어서 '좌립창 잡가부'로 명명하고 있을 뿐, 좌창과 입창의 구분은 이루어지지 않고 있다. 하지만 유성기 음반의 경우를 보면 '좌립창' 대신 '서도잡가, 경성잡가, 경기잡가, 서도속요, 평양잡가, 남도잡가' 등 다양한 갈래명이 사용되고 있다. 잡가집의 경우에서보다는 세분화된 하위 갈래명이 사용되고 있는 것이다. 이러한 세분화된 갈래명이 잡가집에서 사용된 것은 이미 앞에서 밝혔듯이 『가곡보감』과 『정선조선가요집』이다. 그런데 이 잡가집의 발간이 각각 1928년과 1929년에 이루어졌다는 사실에 주목할 필요가 있다. 이즈음은 유성기 문화가 본격적인 성장세를 보이기 시작했던 시기였고, 그 성장세의 중심에는 판소리와 잡가 등의 '俗樂' 장르가 있었기 때문이다. 1930년대 중반 이후 '유행가' 장르가 부상하기 전까지 유성기 발매의 주력 상품은 잡가와 판소리였던 것이다. 1930년대 중엽 이후 '유행가'의 약진에 다소 세가 누그러지기는 했으나 잡가는 판소리와 더불어 당대 대중가요의 중심축을 형성하고 있었다.[17] 즉 잡가의 하위 갈래명이 세분화되는 시기는 음반 산업이 본격적인 궤도에 올라 음반 시장이 확산되는 시기와 맞물려 있는 셈이 된다.

잡가군은 그냥 잡가로 지칭하기에는 서로 다른 음악적 특징을 지닌 노래들로 이루어져 있다. 때문에 활자본 인쇄매체에 이어 음반이 잡가의 소통매체로 활용되면서 잡가에 대한 대중적 수요가 커졌고, 이에 음악적 특징들을 구분할 필요성이 대두되자, 그 결과 '경기잡가, 경성잡가, 서도잡가, 평양잡가' 등의 하위 갈래명들이 사용되기 시작했던 것으로

목으로 판단하여, 이들을 한데 묶어 난봉가계열로 지칭하고자 한다.

17) 이에 대해서는 고은지, 「20세기 유성기 음반에 나타난 대중가요의 장르 분화 양상과 문화적 의미」, 『한국시가연구』 21, 한국시가학회, 2006 참조.

추정해 볼 수 있다.

　　요(謠)라 ᄒᆞᆫ는 것은 즉 잡가(雜歌)이니 그 종류가 심다ᄒᆞ야 얼마라고 수ᄒᆞ
기 어려운 즈요 잡가에도 수천년 전에 된 것이 잇스며 각 디방과 각 도에서
부르는 잡가가 티반은 다른 것이 만토다 ᄎᆞ편은 순젼ᄒᆞᆫ 잡가만 수십종 만드
러 참고해 공홀가 ᄒᆞ노라.18)

　이 글은 1916년에 초판 된『조선잡가집』의 서두에 실려 있다. 위 인
용문에서 잡가는 수천 년 전부터 불려온 노래로 그 종류가 많을뿐더러,
'태반은 다른' '각 지방과 각 도에서 부르는' 노래들이라고 설명되고 있
다. 위 인용문은 잡가의 태생에 대한 설명이다. 여기서 잡가의 기원이
바로 '각 지방과 각 도에서 부르던', 각기 다른 음악적 특성을 가지고 있
는 노래들에 있었음을 확인할 수 있다. 주지하는 것처럼 잡가는 용산,
마포, 서강, 뚝섬 등 한강 주변의 조선 후기 신흥 상권을 중심으로 번성
하였다. 이 지역은 조선 후기 극심한 양극화 현상으로 농토를 떠날 수
밖에 없었던 지방 유이민들의 집단 거주지였다.19) 따라서 잡가는 각 지
방의 이주민들이 가져온 서로 다른 고향의 노래들을 기반으로 하여 발
생한 노래인 것이다. 이러한 잡가의 태생적 기원을 고려하면 '경기, 서
도' 등의 명칭은 잡가의 하위 갈래를 구분 짓는 기준으로 작용하는 독
특한 음악적 특성을 반영하는 것이라 하겠다.
　그러나 그 음악적 경계는 넘어설 수 없는 확고한 기준은 아닌 듯하
다. 왜냐하면 서도(황해도)의 민요에서 출발한 난봉가 계열들의 서도잡

---

18)『조선잡가집』, 이상준 발행, 신구서림, 1916년 초판, 1917년 재판, 1918년 3판. *『한
　국속가전집』 3.
19) 이에 대해서는 이노형, 앞의 논문; 전지영, 앞의 논문 참조.

가들[20]이 유성기 음반에서는 '경성잡가, 혹은 경기잡가'로 지칭되고 있
는 경우를 간혹 발견할 수 있기 때문이다. 이를 음반 발매 당시 갈래명
에 대한 오해에서 기인한 실수이거나, 오기로 볼 수도 있을 것이다. 하
지만 음악적으로도 '서울 소리와 서도소리가 높은 친연성을 지니고 있
고', 또한 '유성기음반을 통해 보면, 서울소리와 서도소리는 박춘재와
문영수처럼 서로에서 훌륭한 짝이 되어 상승작용을 해 왔다'고 설명된
다.[21] 따라서 원래 서도잡가였던 난봉가 계열의 노래가 경기잡가란 갈
래명을 달고 음반으로 발매되었다는 점은, 서로 다른 음악적 기원을 지
닌 서도소리와 경기소리가 만나 새로운 난봉가 계열의 노래가 만들어
졌다는 증거로 볼 수 있겠다.

　이처럼 잡가는 잡가집에서 유성기 음반으로 그 소통 방식에 다양해
짐에 따라 세분화된 하위 갈래명의 사용이 필요해질 정도로 성장하고
있었고, 그 성장세 속에서 기존의 노래들이 서로 영향 관계를 주고받으
면서 잡가의 자장권은 더욱 넓어지고 있었다.

3.2. 인기 레퍼토리의 변화

　잡가집에 수록된 잡가들의 레퍼토리와 유성기 음반으로 발매된 노래
들의 레퍼토리를 비교해보면 공통점과 차이점을 발견할 수 있다. 우선
잡가집에서나 유성기 음반에서나 '인기 순위' 상위권에 랭크된 노래들
이 '수심가, 난봉가, 육자백이, 방아타령, 아리랑'으로 동일하다는 점을
공통점으로 들 수 있다. 대중들은 낯설고 새로운 것 보다는 익숙한 것

---

20) "란봉가는 원 황희도 것인데 종류는 근 십여종이 되지만 보통 알만한 것 몇만 쓰노
　라."(『조선잡가집』, 1918)
21) 배연형, 「서도소리 유성기음반 연구」, 『한국음반학』 14, 한국음반학, 2004, 109면.

을 선호하게 마련이다. 따라서 새로운 것을 만들어 내려면 그 근간은
대중들에게 익숙한 것에 두어야 한다. 기존의 양식을 바탕으로 하여 새
로운 것을 만들어 냈을 때 대중들에게 선택받을 수 있기 때문이다. 즉
대중문화의 속성은 반복과 이를 변형한 새로움을 추구하는 데서 규정
된다.[22] 잡가집이 집중적으로 발매되기 시작한 것은 1910년대이고, 유
성기 음반이 대중적으로 확산되기 시작하는 것은 1920년대를 지나 30
년대에 들어서면서부터이다. 이 시간 동안 잡가집에서나 유성기 음반에
서나 선호하는 레퍼토리에 변화가 없었다는 사실은 대중문화의 이러한
속성과 관련해서 이해할 수 있다. 그러나 변화가 없었던 것만은 아니다.
지속되는 틀 안에서 끊임없이 새로운 것을 요구하는 대중들의 기호는
잡가 레퍼토리에 다음과 같은 변화를 야기했다.

3.2.1. 기존 레퍼토리의 축소 또는 소멸

잡가집에 수록된 레퍼토리를 기준으로 유성기 음반의 레퍼토리와 비
교해 보면 비중이 축소되거나 유성기 음반 발매에서는 아예 사라진 노
래들을 찾을 수 있다. 다음의 표 ①은 잡가집에 비해 유성기 음반에서
비중이 축소된 노래들이며, 인용문 ②는 유성기 음반 발매 목록에서는
확인이 되지 않는 노래들이다. 이 작업은 현재『한국속가전집』에 수록
된 잡가집 26권을 대상으로 하였다. 잡가에 중심을 둔 본고의 목적 상
가집에 수록된 가곡창과 시조창을 포함한 시조 관련 노랫말들과 판소
리, 단가는 제외하였다. 그러나 잡가 연구에 있어 오랫동안 함께 거론되
어 온 歌詞는 조사 대상에 포함시켰다.

---

22) 대중의 속성에 대해서는 움베르토 에코,『대중의 슈퍼맨』, 열린책들, 1994 참조.

①

곡목	잡가집		유성기음반	
	수록 횟수	갈래명	발매 횟수	갈래명
적벽가	23	경기계통 긴잡가 잡잡가	5	긴잡가, 서도잡가
유산가	19	경기계통 긴잡가 잡잡가, 좌립창잡가부	10	긴잡가, 경기잡가
추풍감별곡	18	가사부, 좌창 시조 잡가부	8	남도잡가, 소설낭독, 독서, 잡가, 단가, 판소리
춘면곡	18	가사부	3	가사
토끼화상	18	좌립창 잡가부	6	잡가, 경기잡가, 속요, 남도잡가
성주풀이	18	남도잡가, 좌립창잡가부	11	잡가, 남도잡가, 민요, 속요
상사별곡	17	가사부	3	가사, 낭음
소춘향가	17	경기계통 긴잡가 잡잡가	4	긴잡가, 경기잡가, 잡가
초한가	17	좌립창 잡가부	5	남도단가, 단가, 서도잡가, 남도가요

② 강호별곡(11회, 좌립창잡가부), 과부가(11회, 가사부), 권주가(11회, *), 규수상사곡(10회, *), 길군악(13, 가사/좌립창잡가부), 날개타령(6, 좌립창잡가부), 몽유가(12회, 좌립창잡가부), 백구사(11회, 가사부), 봉황곡(11회, 좌립창잡가부), 사거리(8회, 서도잡가/좌립창잡가부), 사미인곡(10회, 좌립창잡가부), 사시풍경가(10회, 좌립창잡가부), 사친가(11회, 좌립창잡가부), 상사진정몽가(7회, 가사부), 상사화답가(10회, 가사부), 석춘가(11회, 가사부), 양양가(8회, 가사부/좌립창잡가부), 어부가(8회, 가사부), 원부사(9회, 좌립창잡가부), 자운가(9회, 가사부), 장진주(9회, 가사부), 중거리(9회, 서도잡가/좌립창잡가부), 진정부(8회), 진정편(9회, 가사부), 처사가(10회, 가사부), 청루원별곡(9회, 가사부), 형장가(13회, 좌립창잡가부), 화류가(10회, 좌립창잡가부), 화류사(9회)[23]

---

23) *표는 잡가집에서 갈래명이 확인되지 않은 경우이다.

총 26권의 잡가집 중에 모두 23회나 수록될 정도로 매우 인기가 있었던 '경기계통 긴잡가 잡잡가'인 <적벽가>가 유성기 음반에서 확연하게 줄어들었다는 것이 눈에 띤다. 이 노래 이외에도 '유산가, 추풍감별곡, 춘면곡, 토끼화상, 성주풀이, 상사별곡, 소춘향가, 초한가' 등은 여러 잡가집에 수록되어 있었으나, 음반으로 발매된 것은 그리 많지 않았음도 확인된다. 이들 중 '유산가, 춘면곡, 토끼화상' 등은 '좌립창잡가부' 혹은 '경기계통 긴잡가 잡잡가'로 분류된 노래들이다. 반면 <춘면곡>, <추풍감별곡>, <상사별곡>은 '歌詞'로 분류되고 있다. 즉 잡가집에서는 비중이 높았던 가사 계통의 노래들이 유성기 음반 발매 목록에서는 주변으로 밀려나고 있는데, 이러한 경우는 인용문 ②에서 더 많이 찾을 수 있다. 인용문 ②는 아예 유성기 음반 발매 목록에서 찾을 수 없는 잡가집 수록 노래들로, 이 중 상당수가 잡가집에서는 가사로 분류되어 있다.

잡가와 친연성이 있는 장르로 거론되는 가사의 비중이 잡가집에 비해 유성기 음반에서는 그 비중이 현저하게 축소되고 있는 현상의 원인은 正樂, 즉 '고급 예술'에 속하는 장르적 특성이 대중성을 겨냥한 유성기 음반의 매체적 속성과 맞지 않는다는 데서 찾을 수 있다.

우리 죠선에서 부르는 창가의 종류는 가 歌, 스 詞, 됴 調, 요 謠 등 스종으로 분ㅎ엿는데 그 스종을 더강 셜명ㅎ진더 가 歌 혹 가곡 歌曲이라ㅎ는 것은 우됴와 계면이라는 것에 이십 여종이 잇고 또 남창과 녀창이 잇스며 그 사셜은 고상ㅎ고 됴가 청아, 웅장ㅎ며 잡음이 업고 일정한 고져와 장단이 잇고 <u>보통으로 알기란 難ㅎ 즈는 가곡이요.</u> 가사라 ㅎ는 것은 열두 가스가 잇는데 황계사라 백구스라 춘면곡이라ㅎ는 등 십이기요, 시됴 詩調라 ㅎ는 것은 [판독불능] 날아드니 평스락안이 엘화안인가 [판독불능] 지름이라ㅎ는 것인데 <u>이상 가곡, 가사에 비ㅎ면 보통이 된다 홀 수 잇는것이요.</u>

위 인용문은 앞서 인용된 『조선잡가집』의 서두 부분 중 나머지에 해당하는 내용이다. '조선에서 부르는 창가' 즉 가창양식을 '가곡(창), 歌詞, 시조(창), 잡가'로 구분하여 각 양식의 특성을 설명하고 있다. 이 중 눈여겨 볼 내용은 가곡은 '보통으로는 알기가 어렵[難]'고, '가곡과 가사에 비하면' 시조(창)은 '보통이 되다'는 내용이다. 즉 가곡(창)은 일반 대중들이 쉽게 접근할 수 없는 난이도 높은 예술 양식이며, 가사 역시 이에 못지않게 고급한 양식이라는 의미이다. 20세기 전반의 상황에서 가사는 가곡창과 더불어 대중적 취향과는 거리가 먼 예인적 취향을 가진 양식으로 받아들여지고 있었던 것이다. 때문에 대중성을 지향하는 유성기 음반에서는 이들 고급 양식은 주변으로 밀려날 수밖에 없었던 것이다. 실제 가사와 함께 가곡창은 물론 시조창의 비중 역시 유성기 음반 발매율은 현저히 낮다.[24]

여기서 동일한 유성기 음반에 비해 가사 및 가곡창의 비중이 높았던 잡가집의 경우에는 그 성향이 대중적 취향보다는 음악에 대한 고급한 감식안을 요구하는 '예인적 취향'에 더 가까이 있었던 것으로 짐작해 볼 수 있다. 동일한 잡가의 소통매체로 기능하고 있었으나, 잡가집과 유성기 음반의 소통 범위가 동일한 것만은 아니었을 것이라는 말이다. 즉 경우에 따라서는 잡가집이 보다 더 고급 예술을 지향하는 집단에서 선호되었다면, 음반의 경우에는 이보다는 더 통속적인 취향을 가진 광범위한 대중 집단에서 선호되었을 가능성을 상정해 볼 수 있겠다.

그런데 이보다 설명하기가 더 복잡한 문제는 잡가집에서도 '잡가'로 분류된 노래들이 유성기 음반에서는 그 비중이 미미해졌거나 아예 사

---

24) 유성기 음반 전체 중에 정악 음반이 차지하는 비중은 2%미만으로 극히 소수에 불과하다고 한다. *배연형, 「정가 유성기음반의 문헌학적 연구」, 『한국음반학』 8, 한국고음반연구회, 1998 참조.

라져 버린 경우가 많다는 사실이다. 12잡가에 속하는 <형장가>를 비롯해서, <사거리>, <봉황곡>, <화류가> 등 '좌립창 잡가'에 속하는 노래들은 현재 유성기 음반 목록에서 확인되지 않는 잡가들이다. 이렇게 유성기 음반으로 발매되지 않은 잡가들은 대중 흡인력이 <수심가>나 <방아타령> 등의 노래에 비해 월등히 떨어진다고 볼 수 있는데, 그렇다면 그 원인이 무엇일까. 이에 대한 답을 찾는 일은 그리 쉬운 일이 아니다. 음악적 특성이나 문학적 내용에서부터 출판물과 음반이라는 매체적 특성 및 인접 장르와의 상관성 등 다양한 관점에서 심도 있는 논의가 필요한 과제이기 때문이다. 여기에서는 일단 문제제기의 수준에서 멈추고 향후 논의를 통해 보완할 과제로 삼고자 한다.

3.2.2. 새로운 레퍼토리의 개발

앞서의 경우가 잡가집의 레파토리가 유성기 음반 발매 목록에서 축소된 것이었다면, 이번에 살펴볼 잡가들은 유성기 음반에서 새롭게 각광받으며 등장한 경우들이다. 우선 유성기 음반으로 인기리에 발매되었던 '노래가락, 흥타령, 창부타령, 도라지타령, 공명가, 한강수타령, 사발가, 경복궁 타령, 개고리타령, 범벅타령' 등은 잡가집에서는 그리 선호받지 못했었다. 잡가집 수록 횟수가 모두 5편 미만이었기 때문이다. 이 중에 '노래가락'의 성장이 가장 눈에 띤다. 잡가집에 노래가락이 수록되기 시작한 것은 1921년 초판된 『대증보 무쌍 유행신구잡가』에서 부터이다. 1928년에 나온 『가곡보감』에는 '경성잡가' 편에 노래가락이 수록되어 있고, 1931년에 나온 『정선조선가요집』에는 '경기계통 긴잡가·잡잡가' 편에 노래가락이 보인다. 현재 『한국속가전집』에 수록된 잡가집을 통틀어 모두 합하여 9회 정도 수록된 것으로 확인된다. 이에 반해 유성기 음반 발매 목록에서는 그 횟수가 48회로 확인되는 바, 잡가집에 비해 말 그대로 비약적으로 확대되고 있다. 유성기 음반에서도 '노래가락'은 공통적으로 '경기잡가, 경성잡가'란 갈래명을 달고 있어, 이것이 20세기 서울 지역에서 발생하여 1920년대에 성장한 잡가임을 짐작해 볼 수 있다. 또한 잡가집 수록횟수가 1회에 불과했던 '사발가, 창부타령, 한강수타령' 등의 약진도 눈에 띤다.[25]

그런데 흥미로운 것은 이러한 약진이 보이는 잡가들이 모두 1958년에 발간된 『대증보 무쌍 유행 신구 잡가』에 수록되어 있다는 점이다. 이 책은 1921년에 초판된 『대증보 무쌍 유행 신구 잡가』의 증보판으로 보인다. 두 책을 비교해 보면, 1921년 판본에서는 '무녀의 노래가락' 한 항목뿐이었는데, 30년대 판본에는 이 이외에 '신노래가락' 항목이 새로 설치되었으며, '노래가락'은 '일·이·삼'으로 다시 세부 항목으로 나뉘어져 있다. 즉 1920년대 초반에는 노래가락이 그다지 큰 인기를 끌지 못했으나 1920년대 후반을 지나 1930년대에 접어들면서 그 인기가 급부상했던 것이다. 유성기 음반 목록에서 약진을 보이는 '사발가, 창부타령, 한강수 타령' 역시 모두 1921년 판본에는 수록되어 있지 않다.

이렇게 1920·30년대를 지나면서 잡가집과는 다른 레퍼토리가 개발되고 있었고, 이를 통해 20세기 초 잡가의 지속적 성장을 확인할 수 있다. 뿐만 아니라 잡가집에서는 확인되지 않는 새로운 잡가곡들이 유성기 음반으로 발매되었다는 사실에서도 1930년대 무렵 잡가의 성장을 확인할 수 있다. 비록 높은 비중은 아니었으나 '경산타령, 경흥타령, 골패타령, 기성팔경, 매화타령, 언문풀이, 군밤타령' 등 잡가집에 수록되지 않았던 곡들은 유성기 음반으로 발매되고 있는 새로운 레퍼토리들이다.

---

25) 이 노래들이 유성기 음반으로 발매된 횟수는 각각 18회, 26회, 15회로 확인된다.

이외에서 유성기 음반 목록에서 확인되는 '베틀가, 어랑타령, 어화청춘, 오봉산타령, 한오백년, 평양팔경' 등도 잡가집 미수록곡들이다. 본고의 대상이 된 잡가집은 『한국속가전집』에 수록된 잡가집들 뿐이다. 따라서 여기에 수록되지 않는 잡가집들은 본 논의에서 제외되었다. 향후 이 잡가집들의 실체가 확인되면 1920년대를 지나 1930년대로 들어오면서 진행되었던 잡가의 성장세가 보다 풍부하게 포착될 것으로 기대한다.

3.3. 새로운 스타일의 잡가 탄생

3.3.1. 양악반주의 도입과 신속요의 등장

앞서의 경우가 잡가집에서는 찾을 수 없었던 새로운 잡가곡들이 유성기 음반으로 발매되는 경우라면 이번에 살펴볼 양상은 기존의 잡가를 기반으로 하여 변화를 준 '신잡가'의 등장이다. 그 예가 다음의 노래들이다

> 잡가 신방아타령, 잡가 신경복궁타령(박부용, 양악반주, 오케레코드 1571-
>   A · B)
> 잡가 신청춘가(박부용, 양악반주, 오케레코드 1573-B)
> 속요 신흥타령(김향, 이소홍, 조선악반주, 기린레코드 160-B)
> 잡가 신개성난봉가(이소홍, 조선악반주, 기린레코드 163-B)[26]

위 노래 모두 기존의 <방아타령>, <경복궁타령>, <청춘가>, <흥타령>, <개성난봉가>를 변개한 '신'잡가들이다. 위 음반들 중에 속요 음반이 하나 있는데, 이 역시 잡가음반으로 봐야 할 것이다. 동일한 곡명

---

26) 이상의 자료는 각각 『유성기음반가사집』 2, 641 · 642 · 643 · 1054 · 1058면에 수록
    되어 있다.

의 잡가가 때로는 속요란 갈래명으로 발매되기도 하며, '경기속요, 서도
속요'가 '경기잡가, 서도잡가' 대신 사용되는 등, '잡가와 속요'가 통용되
고 있었기 때문이다. 이와 같이 기존의 잡가를 바탕으로 한 새로운 잡
가의 개발은 이미 잡가집에서도 이루어지고 있다. <신난봉가>, <신노
래가락>, <신제농부가>, <신제산염불>, <신창부타령>, <신방아타
령>, <신청춘가>[27] 등 기존의 노래에서 파생된 신 잡가들을 잡가집들
에서 발견할 수 있기 때문이다. 즉 잡가의 자기 변모는 이미 잡가집에
서부터 끊임없이 시도되고 있었던 것이다. 위에 인용한 새로운 스타일
의 잡가 음반들은 잡가집의 시대에서부터 구축되어온 잡가의 상품성이
유성기 음반의 등장으로 더욱 확대되고 성장한 결과이다. 잡가의 소통
매체가 잡가집에 이어 음반으로 확산되면 잡가의 소비 시장은 확대될
수밖에 없고, 이러한 상황 속에서 새로운 것을 요구하는 대중들의 수요
를 충족시키기 위해 기존의 잡가는 지속적인 변화를 시도해야만 했고,
그 결과 새로운 스타일의 잡가가 더욱더 활발하게 생산되었던 것이다.

　잡가 음반에서 시도된 새로운 시도는 연주 스타일에서 확인할 수 있
다. 전통적으로 잡가의 반주는 장고 등 국악기, 즉 '조선악반주'로 이루어
진다. 하지만 유성기 음반에서는 여기에 양악 반주가 더해지고 있다. 위
에 인용한 음반들 중 양악반주로 녹음된 <신방아타령>, <신경복궁타
령>, <신청춘가> 등이 대표적인 사례이다. 물론 '양악반주'를 겨냥한 잡
가집도 있다. 1929년에 발간된 『조선속곡집』에는 '서양곡조로 글이여 낸'
잡가의 오선악보가 첨부되어 있어,[28] 양악반주에 맞춘 잡가 연주가 이
즈음부터 시도되고 있었음을 알 수 있다. 하지만 오선지 악보로 채록된

---

27) 잡가집에 수록된 <신방아타령>과 <신청춘가>의 경우에도 유성기 음반으로 발매된
　　동명의 노래들은 서로 노랫말이 다르다.
28) 이 잡가집은 『한국속가전집』 5에 수록되어 있다.

잡가 악보가 등장했다는 사실은 잡가의 반주가 국악기의 구속에서 벗어나 바이올린이나 피아노 등의 다양한 서양악기로 확대되고 있었던 상황을 반영하고 있다. 1929년이면 유성기 음반 시장이 본격적으로 활성화되기 시작한 시기이다. 따라서 잡가의 양악반주는 유성기 음반이 잡가의 새로운 소통매체로 등장하면서 야기된 새로운 변화인 것이다. 즉 음반 시장의 활성화와 더불어 서구식 음악이 대중들에게 본격적으로 보급되기 시작하자 그 영향으로 잡가 연주를 국악반주의 전통에서 벗어나 양악반주로 그 영역을 확장시키는 새로운 시도가 이루어졌고, 이러한 과정에서 양악반주를 겨냥한 잡가집이 발매될 수 있었던 것이다.

이와 같이 잡가는 이전과는 다른 무엇인가를 끊임없이 요구하는 대중들의 구미에 맞추기 위해 다양한 자기 변모를 시도하고 있었다. 잡가의 변모 양상은 잡가집에 더해 유성기 음반이 소통매체로 등장하면서 더욱 가속화되어, 위 인용된 노래들 외에 <신닐닐리야>, <신담바귀타령>, <신사발가>, <신사절가>, <신식이팔청춘가>, <신오봉산>, <신작창부타령>, <신조수심가>, <신조아리랑> 등 갈래명을 잡가라고 명기한 많은 '신' 잡가들이 발매되는 한편,[29] 양악 반주로 녹음된 잡가 음반들도 발매되었다.[30] 이러한 시도들이 기존의 노래들의 틀을 유지한 채, 반주 스타일이나 편곡 등에서 새로움을 추구하고 있는 것이라면, 다음에 살펴볼 노래들은 그 변화의 방향이 새로운 음악 장르의 파생으로

---

29) 김점도 편, 『유성기음반총람자료집』, 217~223면.

30) Okeh1509-A: 朝鮮民謠 사발가(石炭白炭歌)의 歐美출세. 在來의 長鼓伴奏를 洋樂伴奏로 完成식힌 歌盤界의 劃期的 音盤. *『한국유성기음반총목록』 729면. 〈사발가〉 음반은 민요 이외에 '잡가, 속요, 경기잡가, 경기가요' 등의 갈래명을 달고 발매되었다. 이외에 Columbia40520-B: 쌘죠獨奏 양산도, Columbia40512-A·B: 伽倻琴바요린二重奏 新唱夫타령·오동동秋夜 등도 양악반주에 맞춘 잡가음반이다. *『한국유성기음반총목록』, 212~213면.

까지 이어지고 있다는 점에서 보다 더 적극적이라 하겠다.

　李道令의 옷깃을 붙잡고 발버둥치는 春香의 너두리. 元來 春香傳 中의 離別歌님니다마는 거기다 새 멜로듸를 너허서 雜歌 비슷, 판소리 비슷한 新俗謠.

　「봄피리」는 소년과부의 봄미나리. 짝 일흔 鴛鴦에게는 봄도 원망스러운 한숨석긴 哀怨曲임니다 멋들어지고 청성마진 金玉眞氏 得意의 俗謠.[31]

　위 인용문은 1936년 6월 빅타레코드사 신보 중 '신속요' 음반에 대한 광고문이다. 앞서 설명했듯이 유성기 음반에서 속요는 잡가와 혼용되어 쓰이던 용어였다. 따라서 신속요를 새로운 스타일의 잡가라 이해해도 무방할 것이다. 이외에도 1935년에 빅타레코드회사에서 발매된 <일편단심>, <자진 방아타령>, <철모르는 아해들>, <황망한 구름>[32] 등도 신속요란 갈래명을 달고 발매된 음반들이다. 이들의 음원을 확인하지 못한 상태에서 음악적인 특성을 말하는 것은 무리이다. 하지만 신속요들은 <자진방아타령>을 제외하고는 모두 작사자와 작곡자가 밝혀져 있는 것으로 보아, 기존의 잡가를 그대로 계승한 것이 아니라 음악적으로 새롭게 창작된 양식임을 확인할 수 있다. 즉 신속요란 잡가의 음악적 특징을 바탕으로 여기에 '새 멜로듸'를 가미해 만들어진 '잡가 비슷하기도 하고 판소리 비슷'하기도 새로운 음악 스타일의 잡가라 말할 수 있다.

---

31) 1936.6.〈六月新譜〉; 新俗謠 離別歌 朴公珠作曲/봄피리 五冠子作詩 朴公珠作曲. ＊『한국유성기음반총목록』, 463면.

32) 〈일편단심〉은 五冠子 작사, 朴公珠 작곡, 김옥진 노래이고, 〈자진방아타령〉은 五冠子 작사, 조금희 노래이며, 〈철모르는 아해들〉과 〈황망한 구름〉는 모두 五冠子 작사·작곡, 김옥진 노래이다.

잡가를 바탕으로 해서 만들어진 새로운 음악이라는 점에서 신속요는 일정정도 신민요와 관련성을 가진다 하겠다. 신민요가 '흥타령을 洋曲化' 했다거나 '속요에서 착상'한 노래로 소개되기도 했으며,[33] '신방아타령'이나 '신사발가' 등의 동일한 곡명을 지닌 노래가 잡가로도, 신민요로도 발매될 정도[34]로 잡가는 신민요라는 새로운 장르가 탄생하는데 중요한 영향력을 행사했다. 이렇게 음악적으로 신속요과 신민요는 잡가의 테두리에서 파생된 새로운 음악 양식이라는 점에서 공통분모를 가진다 하겠다. 실제 가장 많은 신속요 음반을 녹음한 김옥진이 '신민요가수'로도 이름이 높았다는 데서[35] 신속요과 신민요의 음악적 친연성은 다시 한 번 더 확인된다.

3.3.2. 새로운 노랫말의 개발

잡가집은 종이책 형태로 발간된다. 여기에 수록되는 텍스트는 길이에 제한을 받지 않는다. 하지만 재생 시간이 3분 이내에 불과한 음반의 경우에는 수록할 수 있는 텍스트의 분량에 분명한 한계가 있다. 이러한 매체의 차이 때문에 잡가집에 수록된 잡가가 음반으로 녹음될 경우 길이가 짧아지게 되는 것은 당연한 결과이다. 잡가집에 수록되어 있던 잡가들이 3분 이내의 분량으로 녹음되는 과정에서 일어난 변화는 새로운

---

33) 신민요 「세 골 큰 애기」: 濟州라 漢拏山, 晉州 矗石樓, 天安 三巨里의 세 곳 큰 애 . 기타령. 曲은 신민요에 새로운 경지를 내이고 잇는 羅素雲氏의 作으로 興打鈴을 洋曲化한 것입니다/신민요 「성화타령」: 金福姬孃이 부른 신민요. 曲은 俗謠에서 着想한 全壽麟氏의 作 *『한국유성기음반총목록』, 463면, 465면.
34) 이들은 동일한 노래들이 아니다. 현재 관련 자료가 남아 있는 노래는 '신방아타령'인데, 신민요음반과 잡가음반은 노랫말이나 선율에서 전혀 다른 노래로 확인된다.
35) 신민요 가수로 이름 높흔 김옥진씨가 부른 단가와 판소리. *『한국유성기음반총목록』, 465면.

노랫말들이 개발되고 있다는 점이다. 즉 동일한 곡목의 잡가라 하더라도 잡가집에서의 노랫말과 음반에서의 노랫말이 서로 동일하지 않다는 말이다. 특히 잡가 음반인 경우에는 동일한 가사를 반복해서 수록하고 있는 잡가집의 경우와 달리, 동일한 잡가 곡목의 음반들이라 하더라도 그 노랫말들은 서로 각기 다르다는 점이 주목된다. 이에 대한 구체적인 내용을 잡가집에서나 유성기 음반에서나 가장 많은 인기를 누리고 있었던 <수심가>의 예로 살펴보도록 하자. 우선 잡가집에 수록된 <수심가>의 노랫말을 보자.

①
천수만흔 셔리밤에 일일야야 슈심일다 니 마음 푸러니여 슈심ㄱ를 부르리라/우리랑군 어듸간고 슈심일다 흔번가고 아니오니 이니마음 슈심일다/관산이 어듸메요 바라보니 슈심일다 란간이 젹막흔더 스룸그려 슈심일다
(…)
어화 이 스룸을 긘 줄 알고 슐심일다 쇼쇼랑군 츠질 젹에 하마불견 슈심일다/운산이 쳡쳡흔더 쇼식몰나 슈심일다 슈심슈심 슈심중에 님리별이 슈심일다

②
놉세다 놉세다 졀머만 놉세다 나이 만하 빅슈가 지면 못 놀니라/인싱이 흔번 도라가면 만슈쟝림에 운무로다 청춘홍안을 앗기지 말고 ㅁ움대로 놉세다/이 몸이 변루흐여 셜샹가샹에 미화꼿이오 무릉도원에 범나븨로구나 건건스스로 님 그려 못 살갓네/약스몽혼으로 힝유젹이면 문젹셕로가 단셩스라 창망흔 구름 밧게 님의 쇼식 망연이로다/우리네 두 스룸이 연분은 아니오 원슈로구나 맛나기 어렵고 리별이 죵죵 ㅈㅈ셔 못살갓네/금슈강산이 하 됴타고 흘지라도 님 곳 업스면 젹막이로구나 춤아가 산뎡쥬가 가루 막혀 나 못살갓네
(…)

ᄌ구야 울지 말아 울나거든 너 혼자 울지 랑군의 줌들 날 씨우니 원슈로구나

위 노래들은 순서대로 1914년에 발행된『신구시행잡가』와 1915년에 발행된『정정증보신구잡가』에서 수록되었던 잡가들이다. 노랫말들의 세부적인 표현은 달라도 그것의 중심내용은 제목에 걸맞게 이별에서 야기되는 '愁心'이다. '노세 노세'로 시작되는 <수심가>의 서두에서 인생 무상과 취락의 주제가 노래되고 있지만, 이하 내용들을 보면 여기에서도 핵심은 사랑에서 야기되는 온갖 종류의 수심들에 있다 하겠다. 현재『한국 속가 전집』에 수록된 잡가집들에서 확인되는 모든 <수심가>들은 모두 ① 아니면 ②의 계열로 구분할 수 있다. 각 잡가집의 <수심가>들이 서로 전사한 듯 완전히 동일한 경우가 있으나 이러한 예는 극히 드물다. 대부분 <수심가>들이 字句의 변화나 순서의 교체를 통해 약간의 변화를 시도하고 있다. 하지만 이것이 내용의 차이를 수반하지 않는다는 점에서 잡가집에 수록된 <수심가>들의 노랫말들은 동일한 내용의 반복이라고 볼 수 있다. 하지만 음반으로 발매된 <수심가>들은 인생사의 수심을 노래하는 동일한 주제를 공유하면서도 그 노랫말은 모두 다르다.

③
인생이 살면 기오백년 사나 한백년 못살걸 왜 이리 서러 사나 생각사록 서른 마음 만아서 나 어이 사너냐//아아 쓸쓸한 이 세상 외로운 이 몸 언제나 언제나 잘 살아 보잔말가 진정으로 서른 일 만어서 나 어니를 사너냐 (김옥엽, 태평레코드 8094)

'인생이 살면 기 오백년 사나'의 구절에서 잡가집에 수록된 <수심

가>의 영향력을 감지할 수 있다. 하지만 잡가집에서는 그것이 '노자 노자 젊어 노자'라는 취락의 정서로 이어졌다면, 김옥엽이 녹음한 <수심가>는 이와 달리 '쓸쓸한 세상'에서 견디기 어려운 '외로움' 때문에 '진정 서러'워서 살 수 없다는 한탄으로 이어진다. '진정 수심 때문에 못 살겠네'라는 정서가 '진정 서러운 일 많아서 나 어이 살까나' 하는 표현으로 전환되고 있는 것이다. 전통적인 <수심가>의 수심은 실연에서 오는 서러움으로 구체화된다. 하지만 김옥엽의 <수심가>에서 서러움의 구체적인 원인은 듣는 사람이 판단할 몫이다. 듣는 사람의 상황에 따라 실연에서 오는 서러움일 수도 있고, 인생 그 자체의 고독에서 오는 서러움일 수도 있다. 전통적인 <수심가>와 다른 새로운 <수심가>가 만들어지고 있는 것이다. '노자 노자 절머 노자'라는 익숙한 <수심가> 구절로 시작하는 다음의 노래를 보자.

④
노자 노자 절머노자 매양이면 마음대로 노잔다/나희 만코 백발이 되면은 못 놀겠구나아/인생이 살면은 긔오백년 사나 한 백년 못살썰 번민이로구나/자나 깨나 버릴 날 업서 나 어이을 사는야/사랑에 자최는 사라저 버리고 다만 나문건 번민과 고충이로구나/언제나 쏘 다시 맛나 에ㅣ 잘 살단 말이냐/쓸쓸한 이 세상 파도도 만코 험악한 이 사회적해도 만코나/생각을 하면 버릴 날이 업서 업서 나 어이 사느냐(김옥엽·이영산홍, 포리돌레코드 19001)

'나이 많으면 못 놀겠구나, 인생이 살면 오백년을 사나, 한 백년도 못 산다'는 내용까지는 전통적인 맥락을 유지하고 있다. 이런 맥락에서 보자면 유한한 인생에서 오는 번민은 홍안을 아끼지 말고 놀면서 날려 버리자 라는 내용으로 이어져야 한다. 그런데 위 노래의 화자는 이 번민을 자나 깨나 버리지 않고 그냥 안고 살아가고 있다. 왜냐하면 사랑하는 임을 잊을 수가 없기 때문이다. 비록 사랑은 '번민과 고충'만 남겨두고 '자취 없이 사라져 버리고', '험악한 社會敵害'들은 임과의 재회를 가로막고 있는 상황이지만 아직도 화자는 사랑을 포기할 수 없는 것이다. 때문에 화자의 수심은 젊었을 때 매양 놀지 왜 번민에 빠져 있냐는 누군가의 핀잔에도 불구하고 더욱더 깊어질 뿐이다. 이렇게 ④의 <수심가>는 전통적인 <수심가>는 물론, 태평레코드사에서 발매한 김옥엽의 <수심가>와도 구분되는 또 다른 새로운 <수심가>이다.

⑤
간다…가네…나 도라가요 써덜거리고 나 도라간다 가는 사람 생각말고 잘 살넘으나/아…춘하초동 사시절에 도시 행낙이 이뿐이더냐 생각사록 서른 일이 만아 못살겟구나/아…죽어 영리별은 녀중군자도 다 잇것만은 살아 생전 생리별은 못하겟구나 나라/아…세월 가고 님 마저 가면 쓸쓸한 세상 눌 밋고 사자는 말가 생각사록 잇고 버릴 날 업서 못 살겟구나(이영산홍·이진봉, 시에론레코드 16)

'간다 간다, 나 도라가니, 가는 사람 생각말고 잘 살아라'라는[36] 말만 남기고 그 사람은 가버렸다. 느닷없는 이별 통고에 화자는 당황스럽기 그지없다. 화자는 가 버린 그 사람을 향해 우리의 '행복했던 인연[행락]이 이뿐이더냐'라고 원망하지만, 이미 이별의 상황은 돌이킬 수 없기에 '생각할수록 깊어지기만 하는 서러움 때문에 못살겠다'는 푸념만 하고 있다. 푸념은 여기서 그치지 않는다. 죽은 후면 누구나 이별한다. 하지만 화자는 자신의 의지와 상관없이 '살아 생전 생이별'의 상황에 내던져

---

36) <개성난봉가>(『가곡보감』), 서도잡가 <자진난봉가>(리갈 C101, 김옥엽, 이영산홍) 등에도 이와 유사한 구절이 포함되어 있다.

졌다. 더욱더 비극적인 것은 세월이 가고, 시간이 흐를수록 임에 대한 생각을 '잊어버릴' 수 없다는 사실이다. 이런 상황에서 화자가 할 수 있는 일은 푸념밖에 없다. '못살겠다'는 한탄에는 비극적인 상황으로 내몰린 화자의 참담한 심정이 압축되어 있다. 전체적인 표현방식은 '못살겠구나'를 후렴구처럼 달고 이러저러한 수심의 내용을 나열하고 있는 잡가집의 <수심가>와 매우 유사하다. 유사한 것은 표현 방식일 뿐, 세부적인 표현은 다른 <수심가>들에서는 찾을 수 없는 독특한 면모를 갖추고 있다. 이외 다른 유성기 음반 <수심가>들 역시 모두 다 다른 노랫말들을 지니고 있다.37) 이러한 양상은 <개성난봉가>의 경우에서도 동일하게 발견된다. 즉 노랫말들이 대동소이한 잡가집 수록 <개성난봉가>들에 비해, 음반으로 발매된 <개성난봉가>들의 노랫말들은 서로 다르다는 말이다.

이처럼 기존 노랫말의 틀을 반복하고 있는 잡가집에 수록된 잡가들과 달리 음반으로 발매된 잡가들은 동일한 틀보다는 각기 다른 개성을 추구하고 있다. 이러한 차이의 원인은 매체의 특성과 관련지어 설명할 수 있다. 잡가집에서 <수심가>는 여러 노래들 중 하나이다. 소비자들이 잡가집을 선택하는 이유는 <수심가> 때문만은 아니다. 이외의 다른 노래들 역시 소비자의 선택에 중요한 영향력을 미친다. 따라서 <수심가>는 단독 상품이 아니라 잡가집의 다양한 레퍼토리 중 하나로 소비자들에게 선택된다. 하지만 음반의 경우에는 이와 사정이 다르다. <수심가> 음반은 <수심가>만으로 승부해야 한다. 따라서 다른 <수심가>

---

37) 현재 『유성기음반 가사집』에 가사가 수록되어 있는 <수심가> 음반 중, 본문에 인용하지 않은 음반 중 음반번호와 가수만 제시하면 다음과 같다. *콜럼비아 40213 이금홍/콜럼비아 40619 김옥선 · 김죽엽/콜럼비아 40638 고일심/리갈 117 손진홍 · 김향란빅타 49149 박월정 · 신옥도.

음반들과 구분되는 상품성을 확보하는 일이 중요한 문제로 대두될 수밖에 없다. 상품성의 확보를 위해 제작자는 인기 가수를 섭외하거나 음악적인 변화를 시도하는 등의 다양한 차별화 전략을 활용할 것이다. 결국 <수심가> 음반들의 노랫말이 서로 다른 개성을 추구하는 현상은 바로 상품성을 확보하기 위한 음반 제작의 차별화 전략에서 나온 결과로 볼 수 있다. 물론 유행가와 비교했을 때 그 개성의 수준은 독창적이라고 하기는 어렵다. 사용되는 언어 표현이나 기법들이 새롭다고는 해도 일정 정도는 여전히 기존 노랫말들의 전통에 의지하고 있기 때문이다. 작사가를 분명히 밝히고 있는 유행가에 비해, 분명 전통적인 노랫말과 다르고, 다른 음반의 노랫말들과도 다르지만 잡가 음반에서 작사가를 밝히지 않았던 것은 이러한 연유에서 기인한 것이라고 볼 수 있다.

3.4. 향유 방식의 다원화

전통적으로 잡가는 연행의 현장에서 직접 그 노래를 '라이브'로 관람하는 방식으로 향유되었다. 대표적인 잡가의 연행 현장은 '움집(움집 사랑·깊은 사랑·소리움집·소리공청)'으로 불리는 공간이었다. 이태원·서빙고·왕십리·응봉동·뚝섬 등이 유명한 움집 밀집 지대였다. 마을에 따라서는 '노인움집'과 '젊은 움집'이 있었고 규모가 큰 것은 100 여명을 수용할 수 있을 정도였으며, 1930년대 말까지도 가끔 볼 수 있었다고 한다.[38] 또한 협률사나 광무대 같은 근대식 극장 무대 역시 잡가의 중요한 연행 공간이었다. 실제로 『무쌍신구잡가』(1914년)는 부제를 '광무대 소리'로 달 정도로, 잡가는 극장 공연의 중요한 레퍼토리로 자리하고

---

38) 홍현식·박헌봉, 「좌창경기긴잡가」, 『무형문화재조사보고서』, 문화재관리국, 1969 참조. 이에 대해서는 전지영, 앞의 논문, 186~187면에서 재인용

있었다. 이외의 '화류계나 일반 사회'의 수많은 사적 연회 등의 공간에서도 잡가가 불렸을 것이다.39) 특히 1906년 11월 23일에 있었던 태극학회의 원족회에서는 회원들의 장기로 '잡가'가 '애국가, 군가, 시조, 무용' 등과 더불어 '輪演'되었다는 기록이나,40) 許英肅은 '평양 날탕패가 왔다가도 눈물을 짓고 달아날 정도'의 솜씨로 <방타타령>을 잘 불렀고, 金性洙는 썩 훌륭하지는 않았지만 '조박을 免'할 정도로는 <六字백이>를 불렀다는 기록41) 등을 통해 잡가가 전문 예능인에 의해서만이 아니라, 일반인들에 의해서도 '일반 사회의 사적 연회' 현장에서 이루어지는 '노래 자랑'의 레퍼토리였음을 확인할 수 있다.

그러나 유성기 음반을 통한 음악의 향유는 이와는 전혀 다른 새로운 문화를 만들어내게 된다. 눈에 보이지 않은 녹음된 음악을, 집으로 가져와서, 같은 곡을 여러 번 반복해서 들을 수 있다는 경험은 완전히 새로운 음악 향유 방식인 것이다. 또한 이러한 녹음된 음악의 감상은 이전

---

39) 『신유행창가』: 이상준 저, 정가 50전, 본서는 이전에 재판 발행하얏든 것과 습번에 추가한 10여종을 합하야 20여종인데 일반 화류계와 사회에서 부르는 창가이며 포복절도할만한 것도 신작 하얏고 곡조는 아연판으로 신작하야 보기에도 아름다운 책이외다. *『조선속곡집』, 1929년, 『한국속가전집』 5에 들어있는 광고문.

40) "十一月 二十三日 本會에서 遠足會를 舉行ᄒᆞ엿는데 (…) 坐定後에 會長이 本日 開會의 趣旨를 說明ᄒᆞ고 因以 遊戲 競走 等 各樣 運動으로 遊興이 方酣홀 際에(…) 麥麵 菓子 等으로 午餐을 喫ᄒᆞ고 小憩後에 韓致愈氏는 衝天의 意氣로써 勤學歌를 唱ᄒᆞ미 數多 會員이 互相 和應ᄒᆞ며 次에는 愛國歌 軍歌 時調 雜歌 舞蹈 等으로 各自의 長技를 輪演ᄒᆞ야 十分의 興을 盡ᄒᆞ고 (…)."(잡보, 『태극학보』 5호, 1906.12).

41) "許英肅氏의 「방아타령」은 平壤날탕패가 왔다가도 눈물을 짓고 달아날 것이다.(…) 劉英俊氏는 그가 丁七星氏 모양으로 잘 하지를 안어 그럿치 만일에 西道뱃따락이를 한다면 제아모리 剛腸者라도 한줄기 눈물을 홀일 터이다. 그러나 근래에는 스투른 中國노래로 동모들을 각금 웃긴다. (…) 前東亞日報社長 金性洙氏의 六字백이도 조박은 免하얏지만은 (…) 中外日報 閔泰瑗氏는 조선詩調鄕인 瑞山出生이니만큼 목침돌림의 詩調 한 장은 과이 남부럽지 안치만은 다른 잡가도 여흥일석은 할만한다."(「名男名女 숨은 장끼, 歲暮餘興競技大會」, 『별건곤』 10, 1927.12).

의 감상과는 전혀 다른 경험을 만들어 낸다. 라이브를 통한 감상에서 '노래는 가수와 떼어 놓을 수 없는 행동'이기 때문에 노래가 끝나면 음악에 대한 소비 역시 끝나 버린다. 하지만 영원한 반복 재생이 가능한 음반에서는 노래가 끝났다고 해도 감상자의 소비는 끝나는 것이 아니다. 다시 음반을 틀러 듣고 싶은 노래를 영원히 반복해서 들을 수 있고, 음악 소비에 있어 소비자의 취향과 선택이 보다 더 적극적으로 개입되기 때문이다.42)

즉 가수가 직접 공연하는 장소를 소비자가 찾아가서 들어야만 하는 방식에 비해 음반을 통한 잡가의 소통은 노래의 소비를 훨씬 더 수월하고 폭넓게 하는 기반이 되었을 것이다. 이러한 기반 하에서 잡가는 20세기 전반 한국의 대표적인 대중가요로 성장해 갔다. 대중가요를 '음반이나 방송매체 등 대중매체를 주 전달매체로 삼고 있으며, 구비 전승되는 적층 예술과는 달리 창작자와 작품의 오리지널리티가 비교적 분명한'43) 노래로 규정한다면 적층예술인 잡가는 유성기 음반으로 발매되었다 하더라도 대중가요일 수 없다. 하지만 '오리지널리티'가 분명한 대중가요, 즉 '유행가'가 음반으로 발매되기 시작하고, 광범위하게 소비되기 시작한 것은 1930년대 중반에 들어서면서 부터이다. 1920년대 말 <사의 찬미>나 <낙화유수> 같은 유행가 음반이 나오고 공전의 히트를 거두었다고는 하지만, 음반 시장에서 유행가의 지분이 잡가나 판소리 등 구비 전승되었던 전통 음악 보다 앞서기 시작한 것은 1930년대 중엽에 들어서부터이기 때문이다. '유행가'라고 하는 낯선 음악 양식을 거부감 없이 받아들일 수 있는 새로운 세대의 소비 계층이 성장할 시간

---

42) 이상의 서술은 마크 카츠, 『소리를 잡아라』, 마티, 2006, 24~25면의 내용을 참조.
43) 이영미, 『한국대중가요사』, 시공사, 1998, 17면.

이 필요했던 것이다.[44)]

따라서 20세기 전반 한국 대중가요사를 살펴보는 데는 '오리지널리티의 유무' 보다는 '대량복제 대량생산되는 음반 산업의 시스템'이 우선적인 조건이라 하지 않을 수 없다. 그렇다면 잡가는 '오리지널리티'를 지닌 '유행가'와 함께 1920~30년대 대량으로 복제되고 대량으로 생산되었던 음반 산업의 시스템 하에서 당대인들의 열광을 받는 대중가요로 성장해 갔다는 결론에 이르게 된다. 다음의 인용문은 잡가와 유행가가 함께 향유되었던 소통의 현장을 보여주고 있다.

　　우리 옆방 음악가 신구잡가 음악가/머리는 상고머리 알록달록 주근깨/으스름 가스불에 바요링을 맞추어.『(대사)자 창부타령 노래가락 개성난봉가/자 뭐든지 없는 거 빼놓곤 다 있습니다./에 또 눈물 콧물 막 쏟아지는 낙화유수 세동무/자 십전입니다. 단돈 십전 십전』싸구려 싸구려 창가책이 싸구려/ 창가책이 싸구려

　　우리 웃방 변사님 무성영화 변사님/철 늦은 맥고모에 카라없는 와이셔츠/캄캄한 스테지에 노랑목을 뽑아서.『(대사)아침부터 내리는 눈이 저녁이 되어서는 함박꽃이 쏟아진다/산다손으로 말미암아 거짓결혼에 희생이 되어 생의 파멸을 당한 안나는/주인 빠드레드로부터 나가라는 선고를 받았다.』싸구려 싸구려 무성영화 싸구려/ 무성영화 싸구려.[45)]

　1933년에 빅타사에서 발매된 김용환의 <낙화유수 호텔>중 2절까지의 가사이다. 노래와 대사가 섞여 있는 이 노래는 코믹한 내용이 주를

---

44) 20세기 전반 한국 대중가요사에서 잡가와 유행가의 담당층이 구세대와 신세대로 구분되었을 가능성에 대해서는 고은지, 앞의 논문 참조.
45) 이 가사는 http://www.gayo114.com에서 제공된 것임.

이루는 '만요'에 속한다. 여기서는 주목해야 할 것은 '신구잡가'란 표현
이다. 현재 확인된 최초의 가집이 『신구잡가』(1914년)이다. 그러나 위
노랫말에서 이 책을 지칭하고 있다고 보기는 어려울 듯하다. 우선 실제
『신구잡가』에는 <낙화유수>, <세동무> 같은 유행가가 실려 있지 않
다. 또한 잡가집 중 많은 책들이 '정정증보신구잡가, 증보신구잡가, 무
쌍신구잡가' 등 신구잡가를 활용하고 있는 제명을 가지고 있다. 따라서
여기서 '신구잡가'란 '창부타령, 노래가락, 개성난봉가'의 구시대의 노래
와 '낙화유수, 세동무'와 같은 신시대의 노래가 함께 실려 있는 '창가책'
즉, 노래책을 의미하는 것으로 보아야 할 것 같다.[46] 이 노랫말이 우리
에게 흥미로운 것은 <창부타령>과 같은 잡가가 <낙화유수> 같은 유
행가는 물론 '안나의 기구한 운명'을 그린 무성영화와 함께 당대 대중문
화의 최첨단에서 많은 사랑을 받고 있었던 향유의 현장이 구체적으로
그려져 있기 때문이다. 1930년대의 현실에서 잡가는 사라져가는 전시대
의 지나가버린 문화유산이 아니라, 외부에서 막 전래해온 새로운 문화
양식들과 함께 당대 대중들의 일상 속에서 소비되던 인기 있는 문화 상
품으로 자리하고 있었던 것이다.

　뿐만 아니라 유성기 음반이라고 하는 새로운 매체의 등장은 잡가집
을 통한 잡가의 향유 방식에 새로운 경향을 만들어 내기도 했다. 그 대
표적인 사례가 1931년 발간된 『정선조선가요집』의 경우이다. 여기에는
잡가와 유행가가 함께 섞여 있는 '가사·편·시조', '경기잡가', '서도잡
가', '남도단가', '춘향전', '심청전', '삼국지', '남도잡가' 등의 갈래 구분

---

46) 20세기 초에 '창가'가 '노래'의 의미로 쓰이고 있었음은 『조선잡가집』(1916)의 '머리
말'에서 확인된다. 또한 잡가집에서도 그 제목에 '창가'를 사용하고 있기도 하다. 이
러한 사례들에서 창가는 특정 장르명이기도 했으나, 일반적으로 노래의 의미로도 사
용되었음을 확인할 수 있다.

하에 다양한 전통 음악들의 노랫말들이 두루 실려 있다. 이어 '樂譜部流行名曲選'에는 현대의 가요집 혹은 노래집의 체제와 동일하게 <오동나무>, <카츄샤>, <낙화유수>, <마의태자> 등의 '유행가'가 악보와 함께 가사가 제시되고 있다. 그런데 특이한 점은 각 노래의 '가사(사설) 끝에는 해곡에 대한 축음기 레코드가 필요하실 때에 구매의 편의를 도모하기 위해 콜럼비아 레코드 번호'가 기입되어 있다는 사실이다. 뿐만 아니라 책의 서두에 '김창엽, 이동백, 송만갑. 백목단, 이영산홍, 이화중선' 등의 당대 최고의 전통음악 가수와, '채규엽, 이애리수' 등의 유행가 가수의 사진이 게재되어 있기도 하다. 이러한 편집 체제는 잡가집과 유성기 음반의 소통이 서로 동시다발적으로 진행되고 있었음에 대한 증거이다. 이제 소비자는 노래책을 통해,[47] 음반을 통해 각각 혹은 동시에 다양한 방식으로 잡가를 향유할 수 있게 된 것이다.[48]

이처럼 20세기 전반 소통매체가 다양해짐에 따라 잡가의 향유 방식 역시 다원화되고 있었다. 이러한 기반을 토대로 하여 잡가는 전대의 모

---

[47] 20세기 전반의 노래책으로는 잡가집만 있는 것이 아니었다. 방효순, 앞의 논문을 통해 '流行창가, 최신식유행창가집, 통속창가집, 대경성창가집, 대유행창가전집, 근대 무쌍 신식창가' 등의 수많은 창가집이 잡가집과 동시에 발간되었음이 확인된다.

[48] 라디오 역시 잡가의 또 다른 소통매체로 동시대에 공존하고 있었다. 이와 관련해서는 정신문화연구원 편, 『경성방송국 국악방송곡목록』, 민속원, 2000을 참조할 수 있다. 소통매체의 다양화를 통한 잡가의 성장과 그 변모 양상은 잡가집과 유성기 음반을 대상으로 해서도 충분히 논의될 수 있다는 판단 하에, 잡가의 소통매체로서 라디오와 관련된 논의는 후속 과제로 남겨 두고자 한다. 20세기 전반기 음악소통매체로서 라디오의 역할은 비단 '국악' 분야에만 국한되어 있었던 것이 아니었다. 유행가나 서양의 클래식 등도 라디오 음악 프로그램으로 편성되어 있었기 때문이다. 또한 라디오를 통한 음악의 수용방식은 노래책이나 유성기 음반에 비해 일방적이란 점에서 폐쇄적이며, 방송국이나 전파 송수신 시스템 등의 복잡한 하드웨어를 요구한다는 특징이 있다. 때문에 잡가의 소통매체로서 라디오의 역할은 우선 '20세기 전반 라디오문화사의 복원과 대중음악사에서 라디오가 차지하는 위상'에 대한 구도가 마련된 이후에 구체적으로 진행될 수 있을 것이다.

습을 유지하는 관성을 지키는 동시에, 전대에서는 볼 수 없었던 새로운
변화의 모습을 보여주면서 당대의 대표적인 대중가요로 성장하고 있었
던 것이다.

4. 결론

이상의 논의에서 잡가집과 유성기 음반으로 소통매체가 다양해짐에
따라 20세기 전반 잡가는 조선 후기의 성장세를 지속적으로 이어가고
있었음을 확인해 보았다. 잡가집이 등장한 1910년대를 지나 1930년대를
관통하는 한 세대 동안 대중들에게 특히 인기 있었던 곡들은 더욱 집중
적인 인기를 얻었다. 뿐만 아니라 잡가집들에서는 존재감이 없었던 새
로운 곡들이 음반으로 발매되면서 잡가에 대한 대중들의 수요에 부응
하고 있었다.

19세기 후반 시조를 모아 놓은 가집들을 통해 간헐적으로 그 모습을
드러내던 잡가는 20세기에 들어 급격하게 성장하는데, 1910년대 집중적
으로 발간된 잡가집은 그러한 성장의 구체적인 결과물이다. 그러나 잡
가의 성장은 여기에 머무르지 않았다. 잡가집에서 유성기 음반으로 소
통매체가 확장되면서 잡가의 성장은 지속되었고, 1930년대 이르러서는
유행가와 경쟁관계에 있을 정도로 한국 대중 가요사의 비중 있는 영역
을 차지하게 된다.

결국 잡가는 1920년대와 1930년대 유성기 음반 시장의 확대와 함께
성장해 갔던 것이다. 물론 이 성장은 양적인 성장이다. 질적인 성장 여
부에 대해서는 앞으로 더 논의해야 할 과제이다. 본고에서는 다만 잡가
가 기록되어 있는 잡가집과 유성기 음반에서 확인되는 곡목의 양적인

측면을 가지고 성장을 논했다. 잡가의 양적인 성장이 이에 대한 대중적 수요의 성장을 의미하는 것은 분명하다. 따라서 유성기 음반 시장을 유행가와 함께 잡가가 양분하고 있었다는 사실 확인을 통해 잡가는 1930년대에 전성기를 맞이했던 것으로 추정해 볼 수 있다.

유성기 시대에 잡가가 전성기를 맞이했다는 점은 한국 사회가 근대적 시스템으로 재편되었음에도 불구하고 전근대의 문화인 잡가는 여전한 생명력을 가지고 있었음을 의미하는 것이다. 이러한 잡가의 생명력은 20세기 전반 한국 대중문화의 특성을 파악하는 데 중요한 실마리를 제공해 줄 수 있을 것이다.

본고에서는 20세기 전반 잡가의 존재 양상을 양적인 측면에서 살펴보았다. 다음은 질적인 측면에서 살펴볼 차례이다. 즉 잡가의 노랫말들에 대한 연구를 후속 연구 과제로 제시할 수 있다는 말이다. 노래책 환경 하에서와 음반 환경 하에서 잡가의 노랫말이 어떠한 변화를 경험했는지, 그 변화는 어떠한 의미가 있는지가 밝혀질 때, 20세기 전반 잡가의 존재 양상이 보다 구체적으로 드러날 것이다. 또한 앞으로의 연구 대상을 잡가의 소통매체만이 아니라, 당대의 잡지나 신문, 음반 설명 등에 나타난 음반 관련 기록이나 이를 통해 드러난 당대인들의 반응들로 확장시켜야 할 것이다. 이러한 바탕이 마련될 때 비로소 잡가가 당대 삶 속에서 살아 숨 쉬고 있었던 문화적 자취들이 풍부하게 포착될 것으로 기대한다.

『고전문학연구』32, 한국고전문학회, 2007에 수록.

20세기 유성기 음반에 나타난
대중가요의 장르 분화 양상과 문화적 의미

1. 20세기와 고전시가

한국 고전 시가사의 하한선은 어디인가? 일반적으로 고전 시가의 경계는 20세기를 기점으로 구분된다. 20세기는 이미 고전 시가의 생명력이 상실되고, 근대시가 탄생하는 신문학기로 여겨지기 때문이다. 그 결과 우리 앞에 놓여진 20세기 초반의 한국 문학사는 신체시, 창가, 신소설 등의 신양식 중심으로 서술되었다. 그러나 20세기의 전반기, 1910년대에서 1930년대까지의 문학 현장에서 고전문학의 생명력은 여기저기에서 발견된다.[1] 물론 고전문학이 현대문학과 치열하게 경쟁하고 있었다거나, 새로운 시대에 걸맞은 예술적 경지를 성취했다는 것은 아니다. 20세기의 고전문학은 19세기적 상황의 확장과 변형을 통한 재생산의 양상을 보이고 있기 때문이다.

주지하다시피 19세기 후반에 이를수록 고전문학사는 질적·양적인

---

 1) 이에 대해서는 고은지, 「개항기 계몽담론의 특성과 계몽가사의 주제 표출양상」, 『우리어문』 18(우리어문학회, 2002)과 「추월색의 대중적 인기와 서사 구조」, 『민족문학사연구』 30(민족문학사연구회, 2006) 참조.

면에서 매우 풍요로워지고 있었다. 이러한 고전문학사의 활력은 '대중
성'으로 설명된다. 고전시가사의 경우를 보자. 『가곡원류』로 대변되는
고급 예술 양식과 더불어 『남훈태평가』로 대변되는 대중적 양식이 함
께 성장하고 있었다. 뿐만 아니라 잡가라고 하는 새로운 대중적 양식이
등장하면서 고전시가의 대중화 양상은 날로 증폭되어 갔다.[2] 20세기
애국계몽기 시가 운동 역시 이러한 고전시가의 대중적 기반이 있었기
에 가능한 것이었다.[3] 이렇게 조선후기 문학사의 풍요로운 자산은 20
세기 들어서 지속적인 성장세를 보이고 있었다. 때문에 20세기 문학사
에서 조선후기 시가사의 생명력은 여전히 유효하다고 볼 수 있다. 문제
는 그것이 20세기적 상황과 조우하면서 무엇이, 어떻게 변화되어 가고
있었으며, 그러한 변화를 가능하게 했던 문화적 환경은 어떤 모습이었
는가 하는 점이다. 이러한 문제 제기에서 출발하여 본고에서는 유성기
음반 자료들을 통해 20세기 사람들이 경험했던 이러한 변화의 양상들
을 살펴보고자 한다.

2. 한국 대중가요의 시원, 조선후기 시가사와 유성기 음반

'고전시가'란 20세기 이전 가창 양식들의 노랫말을 일컫는 학술 용어
이다. 그 역사적 실체는 '시'와 '가'가 결합된 가창양식으로, '노래'의 형
태로 존재하고 있었다. 때문에 '시가'는 곧 '노래'이고 '가요', '음악'인 것
이다. 즉 존재방식에 주목해 본다면 '시가'와 '가요'는 다른 말이 아니다.

---

2) 이에 대해서는 고미숙, 『19세기 시조의 예술사적 의미』, 태학사, 1998: 최규수, 『19
　세기 시조 대중화론』, 보고사, 2005 참조할 것.
3) 고은지, 「계몽가사의 문학적 형상화 방식과 그 의미」, 고려대학교 박사학위논문,
　2004.

대중가요를 '대중사회에서 매스미디어를 통해 형성되는 문화양식'으로 정의 내린다고 한다면, 한국 대중가요의 시원은 20세기 초반 유성기 음반의 등장에서 찾아야 한다. 이러한 관점에서 보면 한국 대중가요사는 일본에서 유입된 창가나 유행가에서 시작된다.4) 하지만 '소비의 다수성과 이해의 용이성'이란 관점에서5) 보면, 한국 대중가요의 기원은 조선 후기의 대중적 가창 양식으로까지 거슬러 올라간다. 최근 한국 대중가요 연구에 있어 조선 후기 시가사가 시원으로 각광받고 있는 것은 이 때문이다.6)

'대중'에 대한 개념 규정은 그리 간단한 문제가 아니다. 연구자의 학문적 기반이나 관심 영역에 따라 매우 다양한 대중의 개념이 존재하고 있다. 한국 대중가요의 기원 찾기란 동일한 목적을 가지고서도 연구자들 사이에 분분한 의견이 존재하는 것은 바로 이 때문이다. 이러한 상황은 대중성을 단일한 개념으로 파악할 수 없음을 시사한다. 대중가요의 시원을 전통 양식에서 찾는 경우, 대중성은 가곡창으로 대표되는 엘리트층의 고급 문화와 오랜 기간 민중들의 삶 속에서 전승되던 민요로 대표되는 기층의 민속 문화의 중간 단계에 있는 것으로 이해해 볼 수 있다. 이러한 대중성에 변화가 시작된 것은 음악의 대량 생산, 대량 판매의 시스템을 갖춘 유성기 문화가 도입되면서 부터이다. 소리 복제 기

---

4) 김창남, 「유행가의 성립과정과 그 문화적 성격」, 『노래』 1, 실천문화사, 1984; 이영미, 『한국대중가요사』, 시공사, 1998.

5) 이는 미국을 중심으로 한 서양의 대중음악을 가리키는 개념이다. 강등학에 의해 한국 대중가요 연구에 활용되고 있다. 강등학 「19세기 이후 대중가요의 동향과 외래양식 이입의 문제」, 『인문과학』 31, 성균관대학교 인문과학연구소, 2001, 242면.

6) 이노형, 『한국 대중가요의 연구』, 울산대학교 출판부, 1994; 고미숙, 「대중가요의 선구, 20세기 초반 잡가 연구」, 『18세기에서 20세기 초 한국 시가사의 구도』, 소명출판, 1998; 박애경, 「유행가 형성과정 연구」, 『연세어문학』 25, 연세대학교 국어국문학과, 1993; 강등학, 위 논문; 장유정, 『오빠는 풍각쟁이야』, 민음in, 2006.

술을 바탕으로 한 유성기 문화를 통해 전통적인 노래들의 전파 범위나 수용 계층의 전폭적인 확산이 이루어질 수 있었기 때문이다. 이렇게 유성기 문화는 전통 사회와는 다른 근대적 개념의 대중성이 만들어지는 계기가 되었다는 점에서 중요한 의미를 갖는다 하겠다. 특히 이러한 변화가 전통 문화를 기반으로 하여 만들어졌다는 점에서 주목할 필요가 있다. 즉 유성기 문화에는 근대적 새로움과 전통적 익숙함이 서로 섞여 있는 것이다. 따라서 20세기 전반 한국 대중가요사의 실체를 파악하기 위해서는 유성기 음반이라는 근대적 매체와 그 안에 기록되어 있는 고전 시가 콘텐츠를 모두 함께 살펴봐야 하는 것이다.[7]

유성기 음반은 '자본주의적 상품문화'이다. 물론 그 중에는 이익의 창출과 무관하게 예술적 사명감으로 생산된 것들도 있을 것이다. 하지만 유성기 음반의 본령은 상업성에 있다. 생존을 위해서 유성기 음반의 콘텐츠 선정은 당시 대중의 기호에 충실할 수밖에 없다. 때문에 20세기 전반 유성기 음반에는 당시 대중문화의 최첨단에 대한 생생한 증언들이 그대로 기록되어 있는 것이다.

때문에 한국 대중가요사의 경로를 확인하기 위해서는 당시 대중들의 음악적 취향이 '그때의 그 모습 그대로' 녹음되어 있는 유성기 음반에 주목해야 한다. 물론 '후대 연구자'들에 의한 선행 연구에서도 유성기 음반은 중요하게 다루어졌다. 하지만 그 관점은 일본에서 유입된 외래의 양식적 측면에만 집중되어 있었을 뿐, 유성기 음반 전체로 확대되지 못했다. 혹 전통의 관점에서 접근하더라도 대체로 판소리에 집중되어

---

7) 한국 대중가요의 형성 과정에서 유성기 음반을 주요한 근거로 삼는 논의가 지닌 한계에 대한 언급은 강등학, 위 논문 참조. 장유정 역시 위의 책에서 강등학의 논의를 바탕으로 한국 대중가요의 형성에 있어 유성기라는 기술적 토대와 함께 많은 전통 음악들이 유성기 음반으로 제작되었다는 사실을 고려해야 함을 강조하고 있다.

있었다. 연구자의 관심에 따라 특정 영역만이 부각되었던 것이다. 하지만 본 연구에서는 유성기 음반 전체 레퍼토리를 대상으로 하고자 한다. 음반 전체의 콘텐츠에서 음악 양식으로, 이에서 다시 가창 양식으로 범위를 좁혀 갈 것이다. 이를 통해 당시 대중들이 선호했던 '노래'들이 어떤 것들이었는지가 보다 구체적으로 확인될 것이다. 또한 본 연구에서는 '노래'들의 장르 구분에 대한 당대적 시각을 존중하고자 한다. 연구자들은 20세기 전반의 대중가요를 '창가, 유행창가, 엔카 풍의 일본식 노래' 등의 다양한 용어로 지칭하고 있다. 그러나 이 용어들의 함의가 연구자들마다 달라서 많은 혼란이 야기되고 있다. 하지만 유성기 음반 목록을 살펴보면 노래 제목 앞에 곡목이 분류되어 있는 것을 확인할 수 있다. 이러한 곡목 분류에는 당대인들의 대중가요에 대한 인식이 그대로 반영되어 있을 터, 이에 주목한다면 오늘날 다양한 용어 사용에서 오는 혼란을 해결할 수 있음은 물론, 후대인의 관점에 의해 오염되지 않은 당대의 대중 음악사 현장을 재구할 수 있을 것이다.

3. 한국 유성기 음반사의 전개와 음악 레퍼토리의 변화

1899년 3월 10일자 『황성신문』에는 '노래(歌), 피리(笛), 거문고(瑟) 소리를 넣은 유성기 음반을 틀어 놓는 연극장이 서서(西署) 봉상사(奉常司) 앞에 설치되었으니 많이 왕림하여 완상(玩賞)하라'는 광고가 실려 있다. 한국 유성기 음반사의 시작과 관련해서 확인된 최초의 신문 기록이다. 그러나 유성기 문화는 아무나 향유할 수 있는 것은 아니었다. 1910년대 하급 공무원에 해당하는 판임관의 월급이 30원이었다고 하니, 이러한 상황에서 한 대에 25원 정도 하는 유성기는 매우 고가의 상품이었다.8) 유성기 보급 초기에는 경제적 특권층만이 유성기 문화를 누릴 수 있었다. 이러한 상황에 비약적인 변화가 일어난 것은 1929년 전기 녹음 방식이 도입되면서 부터이다. 기존의 나팔통식 녹음 방식이 가진 후진성을 획기적으로 개선한 전기 녹음 방식은 고음질 음반의 대량 생산을 가능하게 했다. 전세계적으로 1920년대 중반에 실용화되는 전기녹음 방식은 'LP가 CD'로 대체된 것과 같은 정도의 획기적인 변화였다.9) 1930년대 한국 사회도 그 변화의 자장권에 편입해 들어간다. 그리하여 '레코드가 홍수를 이루는 레코드 예술가의 황금시대10)'가 시작되었다.

1930년대에 접어들면서부터 유성기 음반은 부유한 상층만이 접근 할 수 있는 고급문화에서 벗어나 일상의 오락거리로 보급되기 시작했던 것이다. 당시 '전 조선에는 300개가 넘는 크고 작은 축음기 가게가 성업' 중이었고, '콜럼비아, 빅타, 시에론, 오케, 포리돌, 태평' 등 6대 음반사에서 '1933년에만 537종'의 음반이 발매되었다고11) 한다. 1934년에는 '600에서 700만 매에 달하는 유성기 음반이 팔려 나갔고, 그 시장 규모는 600~700만원'12)에 이를 정도로 유성기 음반 시장의 성장은 비약적인 속도로 진행되었다. 이후 유성기 음반은 1940년대 '전시 체제'에 접어들기 전까지 한국 사회에서 가장 영향력 있는 대중문화 양식으로 자리하게 된다.13) 따라서 여기에 녹음되어 있는 대중음악 콘텐츠는 20세기 한

8) 株式會社 日本蓄音機商會, 器械 金 25원, 音譜 金 1원 50전, 日本 音譜는 最近에 吹入흔 者, 朝鮮 音譜는 本年에 吹入흔 者, 特約店 경성 본정 二丁目 辻屋, 평양 대화정 吉丸상회, 『매일신보』(1911.9.14.).
9) 요시미 순야 지음, 송태욱 옮김, 『소리의 자본주의: 전화, 라디오, 축음기의 사회사』, 이매진, 2005, 113면.
10) 「六大會社 레코드戰」, 『삼천리』(1933년 5월호).
11) 「時代人의 情緖를 캣취한 流行 歌曲의 氾濫」, 『매일신보』(1933.12.29.).
12) 「레코-드 販賣店과 六百萬圓」, 『삼천리』(1934년 8월호). *주 10), 11), 12)번 자료는 장유정, 앞의 책, 49~50면에서 재인용.

국 대중가요사의 판도를 그리는 데 중요한 좌표들을 제공해 줄 것이다.

한국 대중가요의 시원을 외래 양식에서 찾는 연구자들의 관점대로라면 한국 유성기 음반의 시작은 곧 외래 양식의 유입을 의미해야 한다. 그러나 실제 유성기 음반사 초창기의 녹음 목록에 대한 증언과 기록들은 이와는 전혀 다른 상황을 보여주고 있다.

① 외부에셔 일젼에 류셩긔를 사셔 각항 노리 곡죠를 불너 류셩긔 속에다 넛코 희부 대신 이하 졔관인이 츈경을 구경 ᄒ려고 삼쳥동 감은뎡에다 잔치를 비셜ᄒ고 (중략) 몬져 명창 광디의 츈향가를 넛코 그 다음에 기성 화용과 밋 금랑 가사를 넛코 말경에 진고긔퓌 계집 산홍과 밋 사나히 학봉 등의 잡가를 넛엇는디   『독립신문』, 1899.4.10.

② 유성기(축음기)는 가정오락하는데 用, 일가단란하는 樂에도 中媒, 대한악공 한연오(韓演五)와 관기 최홍랑과 기외 수명을 특별이 일본에 고용하여 평음반의 제반악보다 今回에 성취   『만세보』, 1907.3.19.

③ 평안도 상하 창 영변가, 죠자룡 아도 품고 싸우는데, 장비 장판교 호통, 죠자룡 오강에셔 활 쏘는디, 활용도에셔 됴됴더픠, 류관쟝 삼고초려가, 졔갈션싱 살언는데, 죠자룡 오림산 디젼가, 졔갈션싱 동남풍가, 곽씨부인 품 파는데, 어사역졸 발힝가, 심봉사 쑬 싱각가, 각식 화초타령, 삭갓 쓰고 휘모리 슐타령, 휘모리 밍꽁이타령, 경산타령 미화타령, 권쥬가 셩마 휘모리, 정거쟝타령, 평양염불가, 자진방아타령, 역금 슈심가, 사설 난봉가, 황쥬 난봉가, 영쳔슈가, 푸른 산즁가, 셰월타령, 가진 난봉가,

---

13) 이상 유성기 음반사의 전개에 대해서는 배연형, 「한국 음악의 음반 문헌학 서설」, 『한국음악사학보』 4, 한국음악사학회, 1990; 송방송, 「일제 전기의 음악사 연구를 위한 시론: 일축 유성기 음반을 중심으로」, 『한국 음악학』 10, 한국고음반연구회, 2000; 최동현, 『일제강점기의 유성기 음반 속의 대중희곡』, 태학사, 1991; 박찬호, 『한국가요사』, 현암사, 1992; 이영미, 앞의 책; 장유정, 앞의 책 등을 참조.

만포첨사타령, 장님무당타령, 휘모리중타령, 장님 흉너가, 장사(위)눈 흉너가, 달거리, 문전 승타령, 무당 노러가락, 휘모리 평양가, 고슴도치 타령, 피리 양산도, 담바귀 타령, 피리 기구리타령, 민화타령, 피리 농부가, 자진 농부가, 피리 리별가, 피리 심청이 우는 소리, 피리 츙청도 란란가, 전나도 방아타령, 피리 풍각징이, 피리 산타령, 피리 만국거리, 피리 기러기타령, 도도리, 타령곡, 뒤산타령, 심방곡신와위, 산타령, 긴슈심가, 셩쥬푸리, 류자비기, 기타령, 양산도, 긴난봉가, 적벽가, 놀녕, 연죠가, 션유가, 유산가, 방아타령, 도화타령, 곳타령, 소츈향가, 가세타령, 가사 슈양산가, 창녀고쟈, 임타령, 집장가, 홍타령, 산염불, 사철가, 남창지름, 가마귀 지름, 장긔타령, 비짜라기, 열기 형장가, 풋고쵸잡가, 단가, 자진단가, 각식시타령, 기성경구, 사랑가, 천자뒤푸리, 졍자타령, 츈힝옥즁가, 리별가, 토기화상, 소상팔경가, 션인가, 노인가, 쥬졍타령, 녀자 믜신가, 남원 사령 호 츈힝가   『매일신보』, 1912.7.12.

　　당시 신문들에 실렸던 유성기 음반 관련 신문 기록들이다. 한국 유성기 음반사의 시작이 전통 음악의 녹음으로 시작되었음을 확인할 수 있다. 인용문 ①에는 당시 최고위층의 파티 현장이 그려져 있다. 외부 주최로 개최된 '삼청동 감은정 잔치'에서 판소리, 가사(歌詞), 잡가 등이 유성기를 통해 연주되고 있다. 이는 당시 음악 수용의 방식에 변화가 일어나고 있음을 시사하고 있다. 유성기 등장 이전까지 음악의 향유는 '라이브' 방식으로 이루어지는 것이 일반적이었다. 현장에서 창자(기생, 가객)와 악공 등의 연주를 직접 관람하는 방식으로 음악이 수용되었던 것이다. 그러나 이제는 이러한 연행 현장에 가지 않아도 음악 감상이 가능하다. 음반을 유성기에 넣고 틀면 창자와 악공이 없어도 음악 연주를 들을 수 있기 때문이다. 유성기의 등장으로 '보고 듣는' 방식에서 '듣는' 방식으로 음악 수용 형태가 바뀌고 있는 것이다. 이는 문화 향유 방식에 일어난 획기적인 변화 양상이다.

이제는 '감은정 잔치'에서 틀어 놓은 유성기에서 흘러나오는 노래들을 살펴볼 차례이다. 유성기 음반에 녹음되어 있던 노래들은 판소리와 가사(歌詞) 그리고 잡가이다. 이들은 조선 후기 각광 받고 있던 대중적 가창 양식이다. 유성기 음반사의 초창기 음반 녹음이 조선 후기 가창 양식에 주도되었다는 사실은 인용문 ②에서도 확인 가능하다. '대한의 악공과 관기'가 녹음했다면 그것은 당연히 조선 후기의 가창 양식이었을 것이다.

1899년 무렵에 유성기 음반은 최고위층의 관료들이나 누릴 수 있는 특수한 문화였다면, 10여 년이 지나면서 유성기 향유층은 특권 계층에서 벗어나 '가정 오락용'으로 일반 대중에까지 확산되어 간다. 1900년대 신문 광고들에는 유성기 음반 광고가 심심치 않게 실리고 있기 때문이다. 그 중 하나가 인용문 ③으로, 이는 1912년 『매일신보』에 실린 '일본축음기상회'의 광고문이다. 이 인용문은 지금의 명동인 '경성 본정'에 한국 지사를 둔 일본축음기 상회는 '경성 남더문 더광통교 천변'에 있는 '오복상점'과 특약을 맺고 본격적으로 유성기 및 음반을 판매하고 있었음을 말해 주고 있다. 또한 여기에서는 이즈음의 유성기 음반 곡목들이 10년 동안 매우 다채로워 졌음을 확인할 수 있다. '잡가, 판소리, 노래가락, 지름시조, 가사, 단가' 등 우리에게 낯익은 곡목들이 여기저기서 발견된다. 이 중에서 가장 많은 비중을 차지하고 있는 양식은 '잡가'로 분류되는 대중적 가창 양식이다.

전통적 가창 양식에 의해 주도되었던 유성기 음반 레퍼토리에 변화가 일어나기 시작한 것은 1920년대 후반부터이다.

ⅰ) 노리 소용·반엽·계락·언락·두거·반엽(창 하규일, 대금 최학봉, 장고 김창근, 해금 김화여), 가사 죽지사(창 현매홍, 대금 최학봉, 장고

김창근, 해금 김화여), 시조(평) · (사설), 단가 대장부 허랑하여, 춘향
전 춘향 몽중가, 남도잡가 飛鳥歌(가야금병창), 남도잡가 륙자박이,
경기잡가 제비가(창 박월정, 가야금 沈相健, 장고 한성준), 단가 빅구
타령 · 추풍감별곡(申錦紅), 판소리 심청전 · 춘향전(창 김창용, 장고
한성준), 서도잡가 배짜라기 · 자진 배짜라기(표연월), 서도잡가 놀령,
서도잡가 경사거리(양우석), 합주 잔도드리(금 정위정, 양금 김창근,
단소 양우석, 대금 최학봉, 해금 김화여, 장고 한성준, 취적 이응용),
讀書 추풍감별곡(金竹史), 가야금 병창 단가 춘향전, 가야금 산조(가
야금 심상건, 장고 한성준), 대금 평조회상(김영근),

ⅱ) 양곡 독창 어엿분각시 · 방끗웃는 月桂꽃 · 매기의 추억 · 사랑스러운
클리민트 · 반달 · 귀쓰람이(윤심덕, 반주 윤성덕), 양곡 4인 2부 합창
쇠쏘리 · 2인 제창 가을 序曲(짜리아회원 朴基淑), 양곡 4인 2부 합창
여롬 소곡 · 소곱징이(짜리아 회원)   『매일신보』, 1926.2.6.

위 인용문은 1926년 2월 6일자 『매일신보』에 실렸던 '제비표 일동 레
코드 제2회 매출목록' 광고문이다. 논의의 편의를 위해 본래의 광고문
의 내용을 레퍼토리의 성향을 기준으로 ⅰ)과 ⅱ)로 나누어 보았다. 하
규일, 박월정, 한성준 등 당대 명인 명창들의 이름이 보이는 ⅰ)은 전통
적 레퍼토리이다. 여전히 판소리, 잡가의 비중이 높다. 하지만 앞 선 인
용문들과 비교해보았을 때 변화가 감지된다. 성악곡과 기악곡은 물론
소설 낭독에 이르기까지 레퍼토리가 매우 다양해지고 있기 때문이다.
이 중 노리(가곡창)나 시조(시조창), 가야금 병창은 성악곡으로, '잔도드
리'나 '대금', '가야금 산조'는 기악곡으로, '독서 추풍감별곡'은 소설 낭
송, 즉 송서(誦書)로 분류할 수 있다. 즉 1920년대 중반에 이르면서 유성
기 음반의 음악 콘텐츠는 보다 다채롭게 변모하고 있는 것이다.
콘텐츠의 다양화는 ⅱ) '양곡' 파트에서 더욱 두드러지게 나타난다.

그 유명한 윤심덕이 부른 '매기의 추억', '클레멘타인', '반달' 등은 지금에도 널리 불리고 있는 곡들이다. 여기서 전통적인 가창양식으로 채워졌던 유성기 음반의 레퍼토리가 외부에서 들여온 새로운 가창 양식으로 확대되고 있음을 확인할 수 있다. 전래 양식과 외래 양식이 동시 다발적으로 음반으로 발매되고 있다는 사실은, 한국 음악 문화의 판도가 새로운 경지로 나아가고 있음을 의미한다. 즉 재래의 대중적 가창 양식에 집중되어 있던 유성기 음반 콘텐츠는 일본을 통해 새로운 음악 양식들이 유입되면서 다채로워졌고, 이로 인해 한국 음악 문화는 '재래 양식'과 '외래 양식'의 공존이라는 새로운 판도로 재편되었던 것이다.

이러한 새로운 음악 문화의 판도에 대해 연구자들은 1930년대에 들어 유성기의 보급이 급속도로 확산되는 동시에, '유행가' 음반이 전통 양식을 대신하여 유통되는 음반의 주종을 차지하게 되면서, 판매 또한 급증했다고 보고 있다.14) 노래에 대한 대중적 취향이 '재래 양식'에서 '외래 양식'으로 이동해 갔고, 외래 양식의 유입이 유성기 음반의 시장 확대에 결정적인 영향을 미쳤다는 설명이다. 과연 그러한가? '외래 양식'의 유입으로 인해 '전래 양식'에 대한 대중들의 기호에 변화가 야기된 것일까? 답을 찾기 위해서는 외래 양식의 유입으로 재편된 당대 대중 음악계의 현장과 이에 대한 당대인들의 반응을 살펴볼 필요가 있다.

지금까지 확인된 바에 의하면 1907년에서부터 1945년 이전까지 발매된 유성기 음반은 대략 6,200여종을 상회한다고 한다.15) 당대 음반에는 '음반 고유번호, 장르(종류), 곡목, 작사(작시)자, 작곡자, 편곡자, 연주

---

14) 최동현, 위의 책, 44면.
15) 한국정신문화연구원 편, 『한국유성기음반총목록』, 민속원, 1998, 13면.

자, 반주자' 등의 정보가 담겨 있다. 이 중에 본고에서는 우선 '장르(종류)'명에 주목하고자 한다. 여기에는 현대 연구 관행에 의해 오염되지 않은 '노래'들에 대한 당대인들의 장르 인식이 고스란히 담겨 있기 때문이다. 이를 통해 당대 '노래 문화' 즉 '20세기 시가사'의 지형도에 대한 전망이 마련될 것으로 기대한다.

4. 유성기 음반 목록과 20세기 전반 '노래 문화'의 축약도

4.1. 고전 시가와 '양악'의 접속

현재 '일본 콜럼비아·일본 빅타·일본 포리돌·시에론·오케·태평'의 '6대 음반' 회사는 물론 당시의 군소 음반 회사에서 발매된 유성기 음반의 총목록과 가사지(歌詞紙)가 자료집으로 묶여 출판 된 상태이다. 『한국 유성기 음반 총목록』과 『유성기 음반 가사집(1~6)』이 그것이다. 이중에 『한국 유성기 음반 총목록』에는 가사를 제외한 음반 관련 정보가 정리되어 있다. 본고에서는 여기에서 일본 콜럼비아 축음기 주식회사에서 발매된 음반에 주목하고자 한다. 일본 축음기 상회(일명 '일축 혹은 니쏘노홍')가 미국 콜럼비아사와 합작하여 세운 것이 '일본 콜럼비아'사다. 미국 콜럼비아사의 기술력을 도입한 만큼 녹음의 질이 우수한 것은 물론, 발매양도 당대 최고 수준이었다. '일본 콜럼비아' 음반은 '정규반, 일축 조선 소리반, 콜럼비아 보급반, 리갈 보급반' 등의 다양한 형태로 발매되었는데, 현재까지 학계에 보고된 음반 종류만 해도 1,473종에 이르며, 보고되지 않은 것까지 합하면 최소한 1,500여 종에 이른다고 한다.16)

'콜럼비아 정규반'과 '리갈 음반'은 일본 콜럼비아사의 주력 상품이었다. 특히 리갈 음반은 정규반보다는 저렴한 염가반으로 발매된 '대중반(大衆盤)'이다. 현재 확인된 정규반은 모두 924매이며, 리갈 음반은 373매이다. 이들 음반에 수록된 콘텐츠들을 장르별로 구분해 보면 다음과 같다. 여기서 전래양식, 외래양식, 혼합양식의 구분과, 성악곡, 기악곡, 서사 및 극의 구분은 논의의 편의를 위해 설정해 놓은 것이다. 이외 각 항목에 해당하는 장르명은 유성기 음반 발매 당시에 사용되던 표현들을 그대로 사용한 것이다.

	전래양식	외래양식	혼합양식
성악곡	경기잡가, 경기유행가, 고잡가, 긴잡가, 남도잡가, 서도속요, 서도잡가, 서도만곡, 서도잡가, 잡가, 잡곡, 속곡, 민요, 가사, 노래, 시조, 아악, 단가, 가야금 병창, 창극, *판소리17)	독창(테너·바리톤·소프라노), 동요, 신유행가, 유행소곡, 유행가, 째즈송, 땐스뮤직, 성가, 찬송가, 시국가, 신가요	신민요, 만요
기악곡	가야금 독주, 저 독주, 대금 독주, 단소, 기악, 정악, 취주악	바이올린 독주, 쌘죠 독주, 하모니카 독주	가야금 바욜린 이중주, 기타 尺八18) 사중주
서사 및 극	극, 영화설명, 영화극, 정사애화, 화류애화, 만담, 넌센스, 스켓취, 코메듸, 소설낭독, 야담		

위와 같은 분류는 비단 일본 콜럼비아 음반만이 아니라 '빅타, 포리

<hr>

16) 『한국유성기음반총목록』, 131면.
17) 판소리라는 장르명은 나와 있지 않다. 대신 '춘향전, 심청전, 흥보전, 삼국지' 등의 이름으로 발매되어 있다. 논의의 편의를 위해서 본고에서는 이를 모두 판소리로 묶어 명명하고자 한다.
18) 팔척: 일본 전통 피리인 '샤쿠하치'.

돌, 오케, 태평' 등 동시대 발매된 모든 음반 콘텐츠에도 적용할 수 있다. 우선 레퍼토리가 음악 양식은 물론 서사 및 극 양식까지[19] 포함하고 있다는 점이 요즈음의 음반 문화와는 다르다. TV와 영화가 보편화된 오늘날과는 달리 20세기 전반에는 유성기 음반이 음악 매체일 뿐 아니라, 영화와 연극, 코미디, 소설 낭독의 기능까지 담당하는, 말 그대로의 '멀티미디어'로 자리하고 있었던 것이다.

우리의 관심사인 '성악곡' 파트에 집중해 보자. 먼저 전래양식에 속하는 장르명들을 보자. 조선 후기 시가 연구의 주요 영역들이 그대로 유성기 음반의 레퍼토리를 구성하고 있다. 20세기에도 지속되고 있는 조선후기 시가사의 생명력을 느낄 수 있다. 외래양식에 속하는 독창이나 동요, 유행가, 째즈 등은 현대까지도 활발하게 창작, 수용되고 있는 노래들이다. 이중에 시국가, 신가요는 1940년 소위 '대동아 전쟁 시기'의 시대적 분위기가 만들어낸 특수한 형식이다. 성가, 찬송가 등과 함께 논의의 중심에서 벗어나는 이러한 노래들은 잠시 논외로 밀어 놓도록 하자. 이렇게 본다면 1930년대에는 한국 음악사에는 전통적 양식과 외래에서 이입된 서구적 양식의 공존이라는 큰 흐름이 형성되어 있다고 할 수 있다. 여기서 조선시가와 양악의 접속이라는 20세기 초반 노래 문화의 지형도를 그리기 위한 첫 번째 좌표 값이 마련된다.

4.2. 예술가곡과 대중가요의 분화

논의의 시점을 보다 세부적인 항목에 집중해 보면, 성악 파트에서 예술가곡과 대중가요라는 두 가지 흐름을 발견할 수 있다. 우선 성악 파트

---

19) 유성기 음반에 수록된 서사 및 극 양식에 대해서는 최동현, 앞의 책과 『일제강점기 유성기음반속의 극·영화』, 태학사, 1998을 참조.

중 전래양식의 세부 항목을 살펴보자. 그러면 '가사, 노래, 시조, 아악'이라는 장르명이 눈에 띌 것이다. 각 장르명에 해당하는 구체적인 콘텐츠는 다음과 같다.

① 歌詞: 상사별곡, 백구사, 수양가, 죽지사, 황계사, 춘면곡
② 詩調: 平調, 女唱지름, 사설詩調, 男唱지름
③ 時調: 平時調, 사설時調, 각調
④ 노래: 羽樂, 還界樂, 권주가, 花編, 자진 한 닢, 弄
⑤ 아악: 言樂, 編樂

고전 문학의 시가 장르명이 고스란히 유성기 음반으로 취입된 노래들에 사용되고 있다. 그러나 약간의 차이점이 있다. 현재 연구자들은 시조문학을 '時調'로 통일하고 음악적 분류가 필요할 때는 '時調唱'과 '歌曲唱'를 사용하고 있다. 하지만 당대인들의 인식에 있어 '詩調'와 '時調'가 공존하고 있었다는 데서 현대적 용법과 차이를 보인다. 또 하나의 차이는 '노래'를 가곡창에 대한 명칭으로 사용하고 있다는 점이다. 시조(가곡창)에서 분화되어 나온 '노래가락'이 왜 '노래' 가락인지가 이에서 짐작된다. 연구자들은 시조창을 대중적 가창 양식으로 설명하고 있다. 가곡창이 전문적인 예능인에 의해 연주되는 고급예술인데 비해 시조창은 보다 쉽고, 문학적 지향은 통속적이라는 것은 상식이다. 하지만 1930년대에 접어들면 시조창과 가곡창 사이에 있는 이러한 경계가 무너진 듯하다. 삼현육각의 반주가 필요한 가곡창과는 달리 장구 장단 또는 무릎장단만으로 가창이 가능하다는 데서 시조창의 대중적 성격이 논해진다. 하지만 '③ 時調'의 연주 형태를 보면 삼현육각의 거창한 형태는 아니지만 '단소·해금·단소'의 반주를 동반하고 있다. 이를 가곡창이 분

명한 ⑤의 '대금·세적·양금·장고'에 비하면 그렇게 대단히 단출하다
고 만은 볼 수 없기 때문이다.[20] 뿐만 아니라 '時調'의 노랫말을[21] ⑤의
'아악'으로 취입된 곡의 노랫말과[22] 비교해 보았을 때 차이를 발견할
수도 없다. 조선후기 시조사에서 가곡창과 시조창의 경계를 나누었던
지표 중 하나였던 노랫말의 통속성이, 1930년대에 접어들어서는 의미를
잃어가고 있는 것이다. 동일한 곡이 시조창과 가곡창으로 동시에 각기
다른 창자에 의해 취입되고 있음이 확인되기 때문이다. 대중성의 의미
를 '수용의 보편성과 이해의 용이성'의 관점에서 파악한다면 1930년대
시조창 역시 대중성의 영역에서 멀어져 '예술가곡'으로 편입되고 있는

---

20) 아래 주 21)번과 22)번 참조.

21) ⅰ) 최일원 창. 단소·해금·장고 반주. **평시조**: 백년을가사인 인수라도/유락을등분
미백년이라/황시백년 미가필이니 불여장휘 백년전이라/오날도백년중 일일이라 아니
놀이// **사설시조**: 나무도돌도업는뫼에 매에좃친가토리안과 대천바다한가운데 천석
실은배에 노도일코 닷도끈처 룡총도쩌러져 키도빠지고 바람불어물결쳐 안개비두석거
자자진제 갈길은천만리남고 사면이검어 어둑정그려 천지적막가치 놀써오는밤에 수적
맛난사공의안과 엇그제님여히고 상사로병된나의안이야 일너무삼 *한국고음반연구
회 편, 『유성기음반 가사집(콜럼비아 음반)』3, 1992, 민속원, 639~640면.
ⅱ) 최일원 창. 단소·해금·장고 반주. **사설시조**: 明年三月에 오시마하더니 明年
이限이업고 三月도無窮하다 楊柳靑靑楊柳黃은 靑黃變色이 몃번이며 玉窓櫻桃붉
엇스니 花開花落이얼마인고/邯鄲枕비러다가 莊周胡蝶이 暫間되여 夢中相逢 하쟛
드니 長長春日短短夜에 輾轉反側 잠못이르니 夢不成을어이하리/가지에兩崖猿猩
啼不盡하고 夜月空山杜鵑聲에 남은간장이다녹는다// **각시조**: 鳳凰台上에 鳳凰遊
터니 鳳은가고 台는비엿난데 흐르나니 江水로다/吳宮花草는埋幽逕이요 晉代衣冠
成古邱라 三山은半落靑天外요 二水中分白鷺洲라/想爲浮雲 能蔽日하니 長安을 不
見使人愁라. *『유성기음반가사집』3, 671~672면.

22) 하규일 창. 대금·세적·양금·장고 반주. **언락**: 일월싱신도 천황씨ㅅ적 일월성신/
산하토지도 지황씨ㅅ적 산하토지/일월성신 산하토지다 천황씨와 지황씨ㅅ적과 한가
지로되 사람은 어인 연고로 인황씨ㅅ적 사람이 안인고// **편락**: 나무도 바위돌도 업는
뫼에 매게 좃친 가톨의안과 대천바다 한가운데 일천석실은 배에 노코일코 닷도끈코
용총도것고 치도빠지고 바람부러 물결치고 안개뒤석겨 자자진날에 갈길은 천리만리
남고 사면이 검어어득 저못천지 적막가치 놀썻는데 수종만난 도상공의 안과 엇그제님
여휜 나의안이 사엇다가 가홀하리요 *『유성기음반가사집』3, 495~496면.

것이다.

아악에 대한 장르적 규정은 민간의 속악(俗樂)과 구별되는 '궁중의식에서 연주된 전통음악'이다. 그렇다면 ⑤의 '雅樂'은 장르명이 아니다. '언락, 편락'이라는 곡명은 물론 하규일이라는 창자를 고려해 보면 이는 가곡창이기 때문이다. 여기서 아악은 민간의 저속한 음악과 구분되는 고급음악의 의미로 해석할 수 있다. ②와 관련된 신문 광고를 보면 '詩調'는 '가사(歌詞)와 함께 '고상한 취미'로 강조되고 있다.23) 이상의 정황에 비추어 보면, 시조창과 가곡창을 포함한 시조 문화는 1930년대 고급예술의 영역에 자리하고 있었던 것으로 추측해 볼 수 있다.

'노래, 시조(時調, 詩調), 가사' 등이 19세기적 '예술가곡'이라면, 외래 양식에서는 '독창'이 20세기적 '예술가곡'이라 하겠다. '테너 독창, 바리톤 독창, 소프라노 독창'으로도 발매되었던 이 장르는 양곡에서 파생된 20세기적 '예술가곡'의 시조이다. '독창' 장르를 주도했던 것은 당대에 '반도 성악계의 유일무일한 천재아'라는 평가를 받았던 안기영으로, 현제명과 함께 한국 가곡사의 대부로 알려져 있는 인물이다. 지금은 '클래식'으로 분류되는 성악 장르가 바로 이에서 시작되었다.

반면 '잡가, 잡곡, 속곡' 등의 다양한 명칭으로 불리던 잡가와 '유행가, 쌔즈송, 쌘스뮤직' 등은 대중적 가창양식, 즉 대중가요로 분류할 수 있다. 대중적 가창 양식으로서 잡가의 특성에 대해서는 이미 많은 선행 연구를 통해 충분히 밝혀졌다. '유행가'는 지금의 '트로트, 뽕짝'의 선구적 형식으로 한국 대중가요의 시원으로 오래전부터 연구자들의 주목을 받아 왔다. 이에 대해서는 다음 항에서 본격적으로 다루기로 하고, 여기에

---

23) 詩調 平調·女唱지름, 歌詞 상사별곡·백구사; 고상한 취미, □한 기분은 歌詞 詩調에서 □□, 반주는 당대 일인자 김규선씨의 저(대금), 창 박녹주 여사. *『동아일보』(1931년 2월 22일).

서는 20세기 전반 노래 문화의 지형도에서 '예술가곡'과 대중가요의 좌
표값이 설정됨만을 지적하고자 한다.

결국 20세기 전반 한국 노래 문화는 고급예술과 대중예술이라는 또
하나의 흐름을 가지고 있었던 것이다. 고급예술과 대중예술의 구분은
20세기적 상황이 아니다. 조선 후기 시가사에서부터 이러한 구분은 이
미 진행되고 있었다. 20세기적 상황이라면 '양악'의 유입으로 전래 양식
과 외래 양식이라는 새로운 흐름이 만들어지고 있고, 이 안에서 다시
대중문화와 고급문화로 양분된다는 점이다. 이렇게 외부 문화가 유입되
면서 한국의 노래 문화는 매우 풍성해지고 있었던 것이다.

4.3. 대중가요의 세 흐름: '잡가'와 '유행가', 그리고 '신민요'

20세기 노래 문화에서 '대중가요'의 대표주자는 잡가와 유행가이다.
잡가의 대중성은 일찍부터 주목받아온 바이다. 한국 대중가요의 시원을
여기에서 찾을 수 있을 정도로 잡가의 대중가요적 속성은 뚜렷하다. 현
재 잡가에 대한 명칭은 '잡잡가, 긴잡가, 12잡가' 등으로 몇 개 되지 않
는다. 하지만 콜럼비아 음반 목록에서 확인되는 잡가의 장르명은 매우
다양하다. 1900년대 잡가집에 사용되는 잡가 명칭에 비해서도 유성기
음반에서 사용되는 잡가의 장르명은 세분화 되어 있다. 이와 같은 장르
명의 세분화는 1920년대를 지나 1930년대를 지나면서 잡가의 성장세가
지속되고 있음을 의미한다. 잡가의 성장세는 발매량에서도 확인된다.
1930년대의 전반기에는 유성기로 발매되는 노래들 중에는 잡가가 가장
많았기 때문이다. 즉 잡가는 유성기 음반의 등장을 계기로 본격적인 의
미에서의 대중가요로 성장했던 것이다.[24]

---

24) 이와 관련한 후속 연구를 현재 진행 중이다. 후속 연구를 통해 이에 대해 보다 자세

전통적 양식에서는 잡가가 당대 최고의 대중가요였다면, 외래 양식
으로는 단연 유행가가 독보적이라 하겠다. 일본 콜럼비아 음반에서 확
인되는 유행가는 1929년 12월경에 발매된 <서울 마-춰>가 처음이다.
이에 대한 장르명은 '신유행가, 신유행곡'으로 되어 있다. 현재 가사지
가 남아 있지 않아 정확한 실체를 확인할 수는 없지만, '마-춰'라는 제
목과 '콜롬비아 오-게스튜라' 반주라는 기록으로 '양악'임을 알 수 있다.
이후 1933년에 발매된 음반에 가서야 유행가라는 장르명이 고정적으로
발견된다. 그 전에는 그 전에는 유행소곡이란 용어가 사용되었다. 유행
가에 대한 당대인들의 인식 속에는 '째즈'나,[25] '쌘스뮤직'도[26] 포함되
어 있었다.

　유행가의 출현은 20세기 들어 한국 대중가요사에 발생한 새로운 사
건이다. 일본 자본에 의해 한국 사회에 음반 시장이 형성되고, 유성기
음반을 통해 당대인들은 '양악'이라는 낯선 음악을 접할 수 있었다. '독
창'으로 지칭되던 성악곡이나 '동요'와는 구분되는 대중적 스타일의 노

하게 논의하도록 하고, 여기서는 다만 유성기 음반 목록을 통해 확인할 수 있는 20세
기 잡가의 대략적인 존재 양상만을 지적하고자 한다.

25) 째즈 코-라스 사랑의 유레이티~, 째즈 코-라스 사랑의 란데뷰~ ; 이 노래는 콜럼
비아의 자랑인 째즈코라스 團의 傑作盤이다. 靑春의 歡樂을 소리치는 그 輕快하고
도 아름답은 旋律은 우리의 가슴을 動搖 식히고야 말 것이다. 이 一枚야말노 今夏
流行歌界의 特異한 光彩를 낼 줄 밋는다. *『한국유성기음반총목록』, 215면.

26) 음원을 직접 접하기 전이라 단정할 수는 없지만, '룸-바나, 쑤루-쓰'와 같은 '사교
댄스' 곡이었을 것으로 짐작된다. 유성기 음반 가사지 중에는 무용방식이 그림과 글
로 아주 자세하게 설명되어 있는 첨부지도 발견되어 흥미를 끈다.(*꽁꽁打令 舞踊
方式. ◎이 춤은 어느 句節로부터 始作해도 關係치안습니다. 『유성기음반 가사집』
1, 민속원, 1990, 143~144면). 또한 당시의 '쌘스곡' 중에는 아리랑의 댄스버전인
<신아리랑>이 주목을 요한다. 현재 확인할 수 있는 기록에 의하면 <신아리랑>의 광
고 모델이 그 유명한 최승희였다(*아리랑 짠스曲! 레코-드는 시에론 五0. 안무는
名舞踊家 趙澤元氏. 춤추는 이는 太陽劇場 븨 人氣스타-崔承伊!, 『한국유성기음반
총목록』, 667면).

래를 유행가로 지칭하면서, '유행가의 시대'가 도래했던 것이다.

20세기 외부 문화의 유입이 이루어지면서, 노래문화의 층위는 더 다양해지고, 그 안에서 기존의 재래 양식과 새로운 외래 양식이 서로 공존하게 되었다. 본격적인 유성기 문화가 시작된 1920년대까지는 전통 음악이 유성기 발매를 주도하고 있었다. 그러다 1930년대 후반에 가서야 '유행가'로 지칭되던 외래 양식의 비중이 전통 음악에 앞서기 시작하면서, 그 공존관계에 변화가 야기되었다.[27] 또한 외래 양식의 이입은 기존의 가창 양식과 결합하여 '신민요'라고 하는 새로운 혼합 양식을 만들어 내기도 했다. 이렇게 20세기 전반 노래 문화는 전통 양식과 외래 양식, 그리고 이 둘의 결합으로 만들어진 혼합 양식으로 다채롭게 구성되고 있었다.[28] 여기서 신민요가 전통 양식과 외래 양식의 혼합으로 형성된 양식임은 다음의 인용문을 통해 확인할 수 있다.

> 朝鮮 古樂을 編曲化! 오래 前부터 朝鮮의 古樂을 新時代에 適合하도록 編曲化식히려고 幾多의 樂團巨匠들이 頭腦를 썩엿다. 淸州출생 숨은 바요리니스트 金甲順氏난 寢食을 잇고 數個月 동안 苦心으로 硏究에 熱中하든 끗헤 古樂編曲을 完成 식혀 이 偉大한 功績은 斯界의 새로운 進出을 만들엇다.[29]

'조선 고악을 신시대에 적합하도록 편곡화' 시키려는 작업이 수많은

---

27) 배연형, 〈한국 유성기음반 총목록 해제〉, 『한국 유성기음반총목록』, 13면.

28) 이러한 20세기 전반 노래 문화의 구도는 강등학, 「형성기 대중가요의 전개와 아리랑의 존재 양상」, 『한국음악사학보』 32, 한국음악사학회, 2004에서 이미 그 기반이 마련되었다.

29) 가야금 · 바욜린 二重奏 夏四月, 金甲子, 바욜린 金甲順, 〈五月新譜〉(『동아일보』, 1934년 4월 20일), *『한국 유성기음반총목록』, 209면.

악단의 거장들에게 화두로 떠오르고 있었던 시대적 상황을 엿볼 수 있다. '침식을 잊은 수개월 동안의 고심과 연구 끝에' 내놓은 음악 양식은 가야금 병창과 바이올린 연주를 혼합한 양식이었다. 곧 양악과 국악의 혼합 스타일이 한국 음악계에 '새로운 진출'을 만들어냈던 것이다. 위 인용문에서처럼 단가가 가야금-바이올린 이중주에 맞게 편곡되어 불리기도 했으며, '양산도 타령'이나 '방아타령'과 같은 전통 음악이 양악 반주에 맞춰 녹음되기도 했다.

'신민요'는 이러한 혼합의 가장 적극적인 형태이다. '조선 고악을 편곡'한 곡들과 달리 '유행가'의 선율에 중심이 있었던 '신민요'는[30] 아예 새로운 장르로 자리 잡고, 잡가·유행가와 함께 당대 대중가요계의 중심축을 형성하고 있었기 때문이다. 이러한 혼합 양식의 등장은 한국 대중가요의 형성을 이식론적 관점에서 해석하는 입장에 대한 반증이다. 즉 신민요는 새로운 문화의 유입으로 우리의 전통 문화가 속수무책으로 사려져 갔던 것이 아니라, 신세대의 문화를 적극적으로 수용하면서 새로운 문화 양식으로 성장하고 있었던 저간의 사정을 반영하고 있기 때문이다. 일반적으로 신민요는 잡가나 민요에서 만들어진 장르로 한때 인기를 얻었으나 곧 사라지고 만 특수한 문화 현상으로 설명된다. 하지만 유성기 음반 자료에서 확인할 수 있는 신민요의 존재는 그렇게 간단하게 처리할 수 있는 문제가 아니다. 1930년대 대중가요계에서 신민요의 위상은 '잡가', '유행가'와 함께 매우 중요하다는 점에서, 한국 대중가요사의 향방에 신민요의 역할을 매우 중요하다 하겠다.[31]

---

30) 신민요 세 골 큰 애기. 제주라 한라산 진주 촉석루 천안 삼거리의 세 곳 큰애기타령. 曲은 新民謠에 새로운 경지를 내이고 잇는 羅素雲氏의 作으로 홍타령을 洋樂化한 것임니다. 〈빅타 음반 1936년 7월 신보〉. *『한국 유성기음반총목록』, 463면.
31) 이에 대해서는 송방송, 「한국근대음악사의 한 양상: 유성기음반의 신민요를 중심으

이상의 논의를 정리하면 다음과 같다. 즉 '유성기 시대' 최대 음반사인 일본 콜럼비아사의 음반 목록을 통해 확인할 수 있는 20세기 전반 한국 음악사의 흐름은 '예술가곡'과 '대중가요'라는 조선 후기의 흐름이 '양악'과 접속하면서 매우 풍요로워 지고 있었음을 확인할 수 있었다. 또한 대중가요는 전통양식인 '잡가'와 외래양식인 '유행가'라는 두 개의 중심축과, 그 중간 지점 어디쯤에 있는 신민요를 중심으로 하여 성장해 갔다.

5. 대중가요의 분화가 지닌 문화적 의미, 세대별 문화 수용의 시작

유성기 시대 대중가요계가 '잡가'와 '유행가'로 양분되었다고 한다면 그것이 지닌 문화적 의미는 무엇일까? 현재 우리에게 '잡가'는 대중가요가 아니라 전통음악이다. 즉 대중적 생명력은 이미 사라지고 만 지난날의 문화적 유산으로, 일부 전공자들이나 매니아층에게만 수용될 뿐이다. 하지만 '유행가'는 여전히 대중가요이다. 트로트, 혹은 전통가요, 성인가요로 지칭되는 부류가 이것이다. 잡가와 유행가의 생과 사의 경계가 나뉘기 시작한 시기는 언제인가? 언제라는 확답을 내릴 수는 없지만, 유행가 음반이 본격적으로 발매되기 시작한 1930년대 초입부터는 아닌 것으로 보인다.

로」, 『음악학』 9, 한국음악학회, 2002; 장유정, 「1930년대 신민요에 대한 당대의 인식과 수용」, 『한국민요학』 12, 한국민요학, 2003; 이진원, 「형성기의 신민요 창작에 대한 일고찰」, 『한국음반학』 14, 한국고음반연구회, 2004 참조.

① 平壤名技 金秋月讓이 絶唱歌盤.(…)노래는 옛날범벅打令을 改作한
新범벅打令으로 讓의 能爛한 才技를 기우려스며 더욱히 管絃樂伴奏
를 하여 輕快한 甘美가 써오른다.32)

② 前月新譜로 新進 歌嬉 金玉仙讓의 絶唱盤을 發賣하여 讚辭를 밧고
야말엇습니다. 이제 다시 讓의 가장 長技요 더욱히 故鄕의 노래인 開
城難逢歌를 불너스니 반그시 人氣가 飛騰할줄노 確信합니다.33)

③ 신속요 이별가. 원래 春香傳 중의 離別歌임니다마는 거긔다 새 멜로디
를 집어 너허서 雜歌 비슷 판소리 비슷한 新俗謠.34)

　새로운 스타일의 탄생과 신인가수의 발굴은 해당 장르의 상품성을
증명한다. '노래의 聲價'로 표현되는 상품성은 대중문화 판에서 살아남
기 위해서 필요충분조건이다. 인용문 ①에서는 '옛날' 잡가를 개작한
새로운 잡가가 만들어지고 있음을, 인용문 ②에서는 '신진 가희'가 발
굴되어 잡가로 대중들의 찬사를 받고 있음을 보여주고 있다. 또한 ③
은 콜럼비아 음반이 아니라 빅타음반의 자료이지만 1930년대 잡가의
존재와 관련해서 주목할 만한 기록이어서 인용해 보았다. 여기서는
'잡가 비슷, 판소리 비슷'한 '새 멜로디'를 가진 '신속요'가 창작되었음
을 확인할 수 있다. 즉 1936년에도 잡가의 음악적 양식 변화가 여전히
현재 진행 중이었던 것이다. 이처럼 유행가의 약진에도 불구하고 잡가
의 생명력 역시 만만치 않았다. 잡가의 인기 못잖게 판소리의 인기 역

---

32) 속곡 신범벅타령, 김추월, 관현악반주. 〈1934년 8월 신보〉. *『한국 유성기음반총목
　　록』, 213면.
33) 경기잡가 개성난봉가, 개성산염불, 김옥선·김죽엽, 피아노 김준영, 저 김계선, 장
　　고 민형식. 〈1934년 10월 신보〉. *『한국 유성기음반총목록』, 220면.
34) 〈빅타음반 1936년 6월 신보〉. *『한국 유성기음반총목록』, 463면.

시 대단했다. 판소리의 인기는 창극과 가야금 병창이라고 하는 새로운 장르가 만들어지는 원동력이 되었다. 그렇다면 잡가와 판소리에 대한 당대인들의 장르인식은 어떠했을까? 다음 인용문들이 이에 대한 답변을 줄 것이다.

① 松都 名技 金玉仙讓이 레코-드를 通하야 그 노래의 聲價를 大衆의게 뭇게 된 것은 이번이 처음이다. 讓이 불은 이 노래는 南道短歌를 愁心歌調로 불너 舊歌謠의 새로운 進出을 만들엇다.[35]

② 朝鮮歌謠의 至寶 春香傳 全集.(…)우리의 고전예술작품으로 만대에 빗날 춘향전(…)취입예술가는 당대 명창기요 남도가요계의 독보인 리화중선양을 주연으로 그 외 일류예술가를 망나하여스니만치 질에 잇서서나 량에 잇서 구가요 약진의 첫봉화일것이다.[36]

③ 芳年 십八世의 한 썰기 名花 張一朵紅讓은(…)舊歌謠界의 빗나는 寵姬이다.[37]

④ 鄕土民謠 「살・살・살」은(…)舞踊曲으로 된 것을 관현악반주를 하여 더욱 異彩를 도두윗슬 쑨만 안이라 舊歌謠에 새로운 進出을 만들엇다.[38]

---

35) 단가(變調) 초한가. 김옥선, 장고 민형식. 〈1934년 8월 신보〉. *『한국 유성기음반총목록』, 214면.
36) 창극 춘향전. 〈1936년 8월 신보〉. *『한국 유성기음반총목록』 220면.
37) 잡가 노래가락, 장일타홍, 관현악반주. 〈1934년 리-갈레코드 제1회 7월신보〉. *『한국 유성기음반총목록』, 360면. *'리-갈 레코드'는 일본 콜럼비아사에서 정규반과 별도로 발매가 염가반(廉價盤)이다.
38) 경상도민요 살살살, 이옥화, 관현악반주. 〈1934년 리-갈레코드 제1회 7월신보〉. *『한국 유성기음반총목록』, 360면.

순서대로 '단가, 잡가, 창극'이란 장르명으로 발매된 음반들에 대한 기록들이다. 여기에서 공통적으로 발견되는 것은 '구가요'란 용어이다. '유행가'라고 하는 신문화가 성장하고 있는 가요계에서 '구가요'는 신인 스타의 발굴과 '새로운 진출'을 모색하면서 경쟁력을 확보해가고 있는 것이다. 그러나 그 경쟁은 동일한 수용층을 대상으로 한 것이 아니었을 것으로 짐작된다. 즉 잡가·판소리와 유행가의 수용층이 서로 분리되었을 가능성을 상정해 볼 수 있다는 말이다.

유행가가 한국 가요계에 소개된 이후, 주류 장르로 자리하게 되기까지 근 10년의 시간이 필요했던 것은 이와 관련지어 설명할 수 있다. 유성기 음반의 소비층은 경제적 능력을 갖춘 성인계층이다. 유성기 문화가 대중적으로 확산되었다고 해도 그렇게 쉽게 아무에게나 접근이 허용될 수는 없다. 어느 정도 경제력을 갖춘, 요즘의 용어로 말하자면 '기성세대' 정도 되는 '어른들'만이 유성기 문화에 접근할 수 있었을 것이다. '개성난봉가, 수심가' 등에 익숙해 있었던 당시의 '기성세대'들의 귀에는 <서울 마-취>라고 하는 '신유행가'는 그 제목을 이해하는 것부터 쉬운 일이 아니었을 것이다. 결국 유행가를 소비할 수 있고, 이해할 수 있는 신세대가 성장할 때 까지 유행가는 대중가요계의 주류 장르로 부상할 수 없었던 것이다.

전통적인 대중가요계에서는 '新時代에 適合'한 조선 고악의 스타일을 찾아내기 위해 '寢食을 잇고 數個月 동안 苦心하고 硏究에 熱中'하는 동안, 20세기에 태어나 새로운 문화 환경에서 성장한 아이들은 유성기문화의 소비자층으로 성장해가고 있었다. 그 결과 '구가요'를 선호하는 수용자층 외에 '신가요'를 선호하는 수용자층이 유성기 음반의 구매자로 급부상하게 되었을 것이다. 이러한 수용층의 분화에 따라 유행가는 조선 가요계의 주류로 편입, 신세대 문화로 자리하게 되었던 것으로 볼 수 있다.

이러한 수용층의 분화가 '구요(舊謠)와 신요(新謠)'의 분화로 요약할 수 있는 20세기 대중가요사의 문화사적 의미이다.[39] 19세기가 '전문성을 중심으로 고급예술과 대중예술로의 분화되면서'[40] 대중문화의 수용층이 형성되었다. 하지만 문화적 환경이 변화에 따라 새로운 세대의 문화 수용자 층이 형성되었고 이에 따라, 한국 문화사의 진폭이 점점 더 넓어졌던 것이다. 새로운 문화 수용층의 성장은 새로운 문화를 요구하게 마련이다. 따라서 유행가를 수용할 수 있는 신세대의 등장은 한국 대중문화의 형성에 있어 중요한 사건이라 하지 않을 수 없다. 유성기 시대 이후, 즉 해방 이후 한국 대중음악계에서 조선의 고악, 구가요는 사라지게 되고, '유행가'가 소위 '국민가요'로 자리하게 되기 때문이다. 문화의 유입 그 자체만이 아니라, 그 문화를 이해하고 즐길 수 있는 문화 소비자층의 성장과 변화에 주목한다면 20세기 전반 한국 대중문화 연구는 새로운 경지를 보여줄 것으로 기대한다.

6. 남은 과제

본고에서는 일단 현재 확인이 가능한 음반 목록에서 나타난 당대 장르 분화를 통해 당대 대중가요사의 문화적 지형도를 그려보았다. 이 작업을 통해 아주 기초적인 구도만이 마련되었을 뿐이다. 이 지형도를 채워나가기 위해서는 후속 연구를 통한 보완 작업이 필요하다. 따라서 결

---

39) 이와 관련된 명확한 근거는 향후 연구 대상을 유성기 음반 목록 이외, 당대의 신문과 잡지들에 게재되었던 문화 기사나, 당대 문화 풍속을 알 수 있는 여러 자료들로 확장하고 이들의 독해 통해 더욱 풍부하게 마련하고자 한다.

40) 고미숙, 『18세기에서 20세기 초 한국 시가사의 구도』, 234면.

론을 대신하여 앞으로 해결해야 할 후속 과제들을 제시하는 것을 논문을 마무리 하고자 한다.

본 논의를 통해 마련된 20세기 전반 한국 대중가요계의 구도가 보다 충실해지기 위해서는 우선 '잡가, 유행가, 신민요' 등의 각 좌표지점의 내부적 상황을 들여다봐야 할 것이다. 이를 위해 확인해야 할 것은 1930년대 각 양식들이 차지하고 있었던 양적 비중의 변화 추세이다. 현재까지는 막연하게 1930년대 유행가가 전통음악을 압두했다고 설명된다. 하지만 본고에서 확인된 바에 의하면 1930년대에도 잡가나 판소리들의 전통적인 대중가요들이 생존을 위한 계속 자기 변화의 모습을 보이고 있다. 이에서 1930년대를 유행가의 압도적 승리로 규정내리기 전에 그 과정이 어떠했는지에 대한 궁금증이 유발된다. 과연 어느 시점부터 유행가의 성장이 전통적인 대중가요들을 압두하게 되었는지, 그렇다면 그 원인과 구체적인 양상은 무엇인지, 이때 전통적 대중가요들을 어떤 모습으로 존재하고 있었는지에 대한 구체적인 논의가 요구된다 하겠다.

양적인 측면 못지않게 질적인 측면, 즉 문학적인 측면에서의 변화 양상에 대해서도 관심을 가져야 한다. 이에 가사지를 통한 노랫말의 확인이 요구된다. 유성기 음반에 녹음된 전통적 장르의 노랫말들과 조선 후기 시가의 그것들을 비교해 가면서 변한 것은 무엇이며, 변하지 않은 것은 무엇인지, 만일 변했다면 무엇이 어떻게 변했으며, 왜 그러한 변화들이 일어났는지, 그리고 유행가들의 노랫말들과의 관계는 어떠했는지에 대한 탐구를 통해 19세기와 다른 20세기의 대중적 감수성을 포착할 수 있을 것이다.

이 외에도 유성기 음반 전체를 대상으로 통계적 자료를 통해서는 1930년대를 관통하면서 각 장르의 성장과 소멸의 과정을 추적해 보는 작업 역시 앞으로의 중요한 과제이다. 이러한 후속 작업들을 통해 아직 까지는 영성(零星)하기 그지없는 20세기 전반 한국의 문화사의 질감이 보다 풍성해지리라 기대해 본다.41)

『한국시가연구』 21, 한국시가학회, 2006에 수록.

---

41) 20세기 전반 한국 대중가요사에서 '창가'의 존재 역시 무시하지 못할 위치를 차지하고 있었다. 1920~30년대의 출판 목록을 보면 '창가'란 타이틀로 발매된 노래집들이 확인되기 때문이다. 이 중에는 '교육창가집 · 유치원용 유년창가집 · 조선교육 창가집' 등 교육용 창가집들도 보이지만, '노래가락 창가 · 현대유행 신식 창가 · 윤심덕 창가 · 통속창가집' 등 대중가요의 영역에 가까운 창가집들도 보인다(＊이상의 자료는 방효순, 「일제시대 민간서적 발행 활동의 구조적 특성에 관한 연구」, 이화여자대학교 박사학위논문, 2001 참조). 뿐만 아니라 『남녀병창 유행창가』(1923)와 『신구유행창가』(1924)란 이름의 노래집은 『한국속가전집』 4에 수록되어 있다. 특히 여기에 실려 있는 〈가쥬샤가 賈珠謝歌〉는 1910년~20년대 '신식교육을 받은 학생들을 중심으로 부잣집 담 너머에서 들려오는 레코드 소리에 따라 누구나 열창'했다고 하는 〈가주사이별곡〉와는 비록 가사 내용은 다르지만 모두 톨스토이의 소설 『불화』의 주인공인 카츄사의 이야기를 담고 있다는 점에서 흥미롭다. 이상의 사실들을 통해 유성기 음반 자료에서는 포착되지 않지만, '창가'가 학교용 노래에 한정되지 않고 대중가요로 존재하고 있었음을 확인할 수 있다. 이렇게 '창가'는 20세기 전반 한국 대중가요사의 진행 과정에서 일정한 지분을 차지하고 있었다. 때문에 창가의 존재에 대한 구체적인 조망이 이루어질 때, 20세기 전반 대중 가요사의 복원이 보다 당대의 현실에 가까워 질 것이다.

제
3
부

20세기 '대중오락'으로 새로 태어난 '야담'의 실체

1. 문제제기

고전문학사에서 야담은 '조선 후기 시정 문화의 출현을 배경으로 이 주변에서 떠돌던 다채로운 삶의 모습들을 한문으로 기록한 단편의 서사물'로 규정된다. 특히 야담은 동시대에 존재했던 어떠한 문학 장르보다 '봉건 해체기 당대의 현실을 생동감 있고 폭넓게 포착'해냈다는 점에서 많은 주목을 받고 있다.[1] 이에 비해 20세기 야담에 대한 평가는 매우 부정적이다. 1928년 김진구에 의해 '야담운동'이라 명명되면서 본격화된 야담의 20세기적 변모는, 1930년대 윤백남으로 중심이 이동되면서 상업주의적 통속화의 경로로 왜곡되어 갔다는 것이 일반적인 견해이다.[2]

20세기 전반 한국 사회에서 '잘 팔리는 문화 상품'으로 한 시대를 풍미하고 있었음에도, 야담에 대한 연구가 소략했던 것은, 그것이 '저열하

---

1) 정출헌, 「야담의 세계」, 민족문학사연구소(엮음), 『민족문학사 강좌(상)』, 창작과 비평사, 1995.

2) 임형택, 「야담의 근대적 변모」, 『한국한문학』 학회창립 20주년 기념호, 한국한문학회, 1996; 정부교, 「근대 야담의 전통 계승 양상과 의미」, 『국어국문학지』 35, 문창어문학회, 1998; 김준형, 「야담운동의 출현과 전개 양상」, 『민족문학사연구』 20, 민족문학사학회, 2002.

고 통속적인' 대중문화의 권역에 있었다는 이유 때문이다. 대중문화를 '가치 없음'으로 규정하는 시선들에 의해 20세기 야담은 당대 그것이 누렸던 인기의 실체가 무색할 정도로 무관심하게 버려져 있었던 것이다. 하지만 최근 '고급하고 순도 높은' 예술성을 지향하는 관점에서 벗어나, 당대 삶을 구성하고 있는 저급하고 조악한 문화적 실체들이 '편견 없이' 주목받기 시작하면서, 20세기 야담에 대한 새로운 접근이 이루어지고 있다.3) 이 글 역시 이러한 논의들과 동일한 문제의식에서 출발하여, 20세기 전반 한국 대중문화의 지형도 속에서 전근대적 양식인 야담이 '민중의 오락'으로 탄생되는 과정을 추적해 보고, 그 결과 만들어진 '20세기 야담'의 실체가 무엇인지를 살펴보는 데 목적을 두고자 한다.

2. '조선역사'에 대한 열풍, 역사의 대중화

야담이 20세기 대중의 오락으로 탄생되는 단초는 1920년대 발흥된 '조선학 열풍'에서 찾을 수 있다. '조선인으로 조선어와 조선사를 알아야 하겠다는 향학열'(《조선일보》, 1928.11.25)을 확산시키기 위한 민족주의적 기획 하에 많은 역사저작들이 생산되었다. 이 이전까지 역사는 철저하게 지식인들의 전유물이었다. 물론 개항 이후 을지문덕이나, 최영 등의 전기물들이 나오면서 역사가 대중화되는 듯도 했다. 그러나 이들 역사전기소설들이 내뿜는 구국영웅의 압도적인 아우라는 애국계몽운동의 슬로건에는 적합했으나, 대중적 흡인력을 갖추지 못하고 있었다. 무

---

3) 차혜영, 「1930년대 《월간야담》과 《야담》의 자리」, 『1930년대 한국문학의 모더니즘과 전통연구』, 깊은샘, 2004; 이경돈, 「『별건곤』과 근대 취미독물」, 『대동문화연구』 46, 성균관대학교 대동문화연구원, 2004; 공임순, 「재미있고 유익하게, '건전한' 취미독물 야담의 프로파간다」, 『민족문학사연구』 34, 민족문학사학회, 2007.

엇보다도 이들이 국한문체로 창작되었다는 점은, 독자층을 한자 해독능력을 갖춘 지식인 집단에 한정해서 창작되었음을 의미한다. 국한문 표기는 역사전기소설이 애당초 대중적 보급을 고려하지 않았음을 단적으로 보여주는 것이다. 그나마 이러한 시도도 1910년 일제강점기에 접어들면서 원천적으로 봉쇄되어 버렸다.

그러다 1920년대 많은 신문과 잡지들이 속속 창간되면서, 역사물을 위한 공식적인 담론의 장이 부활했고, 이를 배경으로 '전기(傳記), 사담(史談), 전설, 비사(秘史), 기인기담(奇人奇談), 애화(哀話), 애사(哀史), 사화(史話), 야담' 등의 다양한 역사물들이 쏟아져 나오기 시작한다. '이조인물약전(李朝人物略傳), 조선사개강(朝鮮史槪講), 조선사연구초(朝鮮史研究抄), 조선사(朝鮮史), 조선상고문화사(朝鮮上古文化史)' 등 그 이름만으로도 역사 연구의 저작들임을 알 수 있는 글들에서부터, '사상(史上)의 로만쓰, 사화(史話), 사담(史譚), 야사(野史), 이면사(裏面史), 측면사(側面史)' 등의 표제어가 붙은 글들이나, 『마의태자』·『임거정전(林巨正傳)』·『단종애사』·『젊은 그들』·『대도전』 등의 역사소설에 이르기까지, 정사와 야사, 논문과 소설의 경계를 넘나들면서 다양한 역사물들이 연일 발표되었다. 뿐만 아니라『별건곤』,『한빛』,『삼천리』,『조광』 등의 잡지들에서도 다양한 양식의 역사물들이 발표되기는 마찬가지였다.

이중『별건곤』은 다양한 표현전략을 동원하여 다채로운 양식의 역사물들을 발표했다는 점에서 흥미롭다. '창작야담'으로 오해받기도 하는[4]「지하국방문기」(1927.3)는 몽유록의 전통과 풍자적인 글쓰기를 동원, 과거의 위인들을 현재로 소환하여 당대 문제를 풍자하고 있다는 점에서 매우 재미있는 작품이다. 또한「드면綠」(1927.7),「대수양군 아세아 정벌

---

4) 이경돈, 위의 논문, 272~276면.

기: 개작통국통감」 (1927.8) 등도 창작야담으로 오해받기는 마찬가지인데, 이것은 가정을 통해 실패한 역사를 성공한 역사로 대체시킨다는 점에서 '가상역사, 대체역사'의 시원으로 논의되는 게 타당할 듯하다.5) 이외에도 '기인기사록(奇人奇事綠), 천하괴담, 기인편담' 등 주로 기인들의 행적들을 중심으로 쓰인 글들은 '20세기 야담' 운동의 전사적(前史的) 형태로 주목할 만하다.

1920년대 일어난 조선학 열풍의 분위기 속에서 다양 다종한 역사물들의 보급되면서, 이로 인해 국민적 열풍이 만들어졌고, 역사의 대중화가 시작되었다. 그러나 인쇄매체를 통한 역사의 대중화는 한계를 지닐수밖에 없다. 국한문으로 신문이나 잡지에 게재된 역사물은 한문을 해독할 수 있을 정도의 교양을 갖춘 독자층들만 대상으로 하기 때문이다. 이보다는 훨씬 대중적인 한글로 쓰였다고 해도, 절대 문맹률의 수치가 높았던 당대 조선의 현실에서 인쇄매체를 통한 역사의 대중화는 한계에 봉착하게 마련이다. 바로 식자층을 대상으로 한 역사 대중화 운동이 봉착한 한계에서 김진구에 의해 '20세기 야담운동'이 시작되었다.

김진구는 그 자신이 '조선 근대사', 그 중에서도 '김옥균 전공자'라 해도 과언이 아닐 정도로 김옥균 연구에 조예가 깊었다. '칠팔년 동안 총총

---

5) 「드면 록」은 '그때 이리 했으면 조선이 어찌 되었을까'라는 가정 하에서 '임진왜란, 병자호란, 대원군의 쇄국정책, 갑신정변, 동학운동' 등의 역사적 실패를 반성하는 내용으로 구성되어 있어, '가상역사물, 대체역사물'의 속성을 갖추고 있다. 또한 수양대군이 유자광 등이 주동한 정부번복(政府顚覆)의 음모(陰謀)에 수양이 무고하게 연루었다가 풀려 난 후 자신의 부덕함을 자책하며 은퇴하였다는 내용에서 시작되는 「수양대군 아세아 정벌기: 개작통국통감」 역시, 만일 수양대군이 왕위를 찬탈하지 않고, 위대한 세종의 업적을 유지하는 데 힘썼으면 어떻게 되었을까라는 가정 하에 구상되었다는 점이 대체역사물로 보기에 충분하다. 특히 이 작품은 노골적인 대동아공영론에 입각하여, 조선이 아세아총연맹의 맹주가 되어 태평양에서는 영군함을, 인도양에서는 영·불·서 삼국의 연합 군대를 격파시켜 황색인종의 무위(武威)를 만방에 알리는 것으로 설정되어 있다.

히 돌아다니며 그의 유적과 행적을 속탐한 결과, 조선 사람 중 김옥균 연구로는 제일인'(≪조선일보≫, 1927.11.12)이라는 칭호를 듣게 된 김진구는, 김옥균을 중심으로 한 갑신개혁의 일화 및 이면사에 대한 저작들을 『별건곤』 등지에 발표하였으며, 동경에서 『고균연구(古筠研究)』를 내기도 하였다.6) 그러나 글을 통한 역사의 대중적 보급에는 한계가 있다. 이러한 한계를 절감했을 김진구는 역사의 대중적 보급의 효과적인 전략을 모색했을 것이고, 그래서 찾아 낸 것이 '강화(講話)', 즉 구연(口演)의 방법이었던 것이다. 물론 여기에는 김진구 그 자신도 밝혔듯이7) '사카이 도시히코(堺利彦)' 일파의 신강담 운동이 모델이 되었다. 이런 맥락에서 '역사를 통한 민중 교화 운동'을 취지로 시작된 야담운동은 글이 아닌 말에서 먼저 출발했던 것이다.

3. 야담대회의 시작과 대중적 변모 과정

3.1. 야담운동의 시작, 역사 강연회로서 야담대회

김진구는 1927년 11월 23일은 자신의 집에서 '김익환, 이종원, 민효식, 신중현' 등을 모아 놓고 '조선야담사'를 발기하고,8) 그 첫 사업으로 12월 11일 '역사 야담회'를 개최한다. 원래 김진구는 자신이 구상한 야담 운동에 대해 '강담(講談)'이란 용어를 사용하고자 했던 것 같다. 김진

---

6) 임화, 「古筠傳 雜感」, 『삼천리』, 1940년 3월. 金振九 씨가 東京서 발행하든 古筠 研究라는 것도 있다.
7) 김진구, 「야담출현의 필연성(4)」, ≪동아일보≫, 1928년 2월 5일. 야담은 중국의 설서와 일본의 강담, 그 중에서도 신강담(堺利彦 一派의 신운동)을 끌어다가 長을 취하고 短을 보하고, 그 위에 조선적 정신을 집어넣어 조선적인 것으로 창설.
8) 김진구, 「야담출현의 필연성(1)」, ≪동아일보≫, 1928년 2월 1일.

구는 '조선야담사'가 결성되기 바로 전인 1927년 11월 12일에 "조선에서 처음 시험인 강담회"란 타이틀로 '김옥균의 최후'라는 연제(演題)로 역사 강연회를 개최했다. 그 내용이나, 청강료를 받는 방식 등이 향후 '야담대회'란 이름으로 이루어지는 야담운동의 실체와 다르지 않다.[9] 그럼에도 이후에 강담이란 용어 대신 철저하게 야담이란 용어를 내세웠던 것은 아마도 양건식이 1927년 11월 15일 ≪중외일보≫에 기고한 강담과 문예가 란 글 때문인 것으로 보인다.

> 이제부터 조선에도 강담이 시작된다 한다.…보도에 의하면 김진구군이 故 金古筠居士의 사적을 일본의 강담을 번저 처음으로 口演한다는 것이다. 강담?이라는 것이 그러면 조선에는 업섯든가? 아니 잇섯다. 재래 조선에는 고담쟁이라고 이약이를 잘하는 사람이 잇섯다. 일본의 강담이라는 것이 즉 이 고담쟁이다…다만 그 고담쟁이가 사령이 죠케는 하나 넘우 상식이 업서 과장을 심히 함으로서 事實을 事實 갓지 아니하게 듯게 하는 폐가 잇섯…문예가의 손으로 잘 다듬어 놓는다면 演者부터 감사하게 녀길 것…팔봉에게 붙잡히어 이런 조리업는 말을 늘어 노핫지만 강담에 대하여는 벌서부터 생각한 바 잇는 터에 김군이 시험한다는 말을 듯고 반갑게 생각하야 한마듸 한 것이다. 당초부터 김군과 나와는 일면식도 업서 누군지 모른다.…이왕 운동

---

9) ≪조선일보≫, 1927년 11월 12일. 한창 구라파의 자본주의가 동아전국을 뒤덥허 들어올 째에 조선에서 제일 먼저 뿌르조아 민주주의를 수입하려고 자각한 고 김옥균씨가 당시 국가민생을 건지고자 하는 만반의 경륜을 품엇스나 당시 잠 깁히 들은 민중의 향응을 엇지 못하야 혹 일본의 고해절도에서 강개불우의 생활을 보내기도 하고 혹 남의 나라 선각자와 팔을 잡아 조선 사람도 남과가티 살리려 하고 총총히 다니다가 한업는 원한을 가슴에 품은 채로 상해 동화양행 루상에서 반동아(反動兒) 홍종우의 륙혈포에 피를 뿌리고 넘어지든 그 일생은 생활 그것이 한 시(詩)이요 사극(史劇)인데 일즉이 씨의 위인과 성격에 대하야 만흔 공명을 가진 학보 김진구씨는 과거 칠팔년 동안 총총히 돌아다니며 그의 유적을 찻고 행적을 속탐하야 조선 사람 중 김옥균연구로는 제일인이라는 말을 듯는데 오는 십삼일 밤 일곱시 반에 김옥균전집간행회 주최로 김옥균씨의 최후라는 연제로 조선에서 처음 시험인 강담회를 열 터인데 보통 오십전, 학생 삼십전의 청강료를 바들 터이라더라.

을 일으키는 마당에 강담이라는 말을 다른 말로 밧궈 썻스면 조치 안흔가 한다. 강담이란 말은 일본에서 직수입된 것이오 중국에서는 이를 設書라고 하니 우리 조선에는 고담이라는 진부한 말은 말고 다른 적당한 말이 업슬가.

'양백화'란 필명으로 당대 여러 매체를 통해 중국 문예물을 끊임없이 번역 소개한 양건식은 이 글을 통해 "조선 고유의 강담은 발달은 고사하고 시대를 잘못 만나 없어지고 듣지 못하는 이때 돌연이 김군이 이를 시작한다 하니 매우 조흔 일"이라며 김진구의 시도에 적극적인 지지를 보내고 있다. 조선야담사를 조직하고 본격적인 야담운동을 전개하면서 김진구 자신이 야담을 "일본의 강담과 중국의 설서를 절충하야 조선적으로 건설"한 새로운 술어임을 밝혔기 때문에(≪동아일보≫, 1928.1.31), 연구자들은 20세기 야담의 탄생과 관련해서 일본의 강담과의 관련성에 주목해 왔다. 하지만 위 글에서 양건식이 지적했듯이 강담이란 방식은 조선 재래로부터 존재해오던 고담쟁이, 즉 '전기수의 전통'과 다른 것이 아니다. 그가 보기에 전기수의 전통이 문제가 되는 것은 "너무 상식이 없고 과장이 심해서 사실을 사실 같지 않게 만드는" 내용에 있었다. "모순과 과장을 일삼아 사실을 너무도 무시하는" 내용을 "문예가의 손으로 잘 다듬어" 놓는다면 이것이 곧 양건식이 "벌서부터 생각"했던 '강담'의 바람직한 모습이 된다. 그런데 바로 조선의 첫 시험으로 시도한 김진구의 강담이 이러한 양건식의 기대에 부응했던 것이다. 고담쟁의 말이 사실과 너무나 거리가 먼 과장과 모순으로 일관된 것에 불만이었던 양건식에게, 김옥균의 사적에 충실한 김진구의 강담은 바로 양건식이 구상했던 조선식 강담의 체현이기에 충분했다. 김진구는 양건식의 글에서 그가 자신과 동일한 구상을 하고 있었음을 읽어냈고, 이 글에 상당히 공명한 듯하다. 때문에 일면식도 없었던 양건식과 의기투합해 그를 '조선야담사'에 간사로 영입했던(≪중외일보≫, 1927.12.7) 것은 아니었을까. 그러면서 양건식의 제안대로 일본의 용어를 대신하고, 또한 고담이라는 진부한 말을 대체할 수 있는 또 다른 용어를 모색하던 중 '직업적인 설서가, 즉 전기수의 전통'과 관련 있었던 야담이란[10] 말을 찾아 사용하게 된 것으로 추정해 볼 수 있다.

야담이란 용어를 선택한 김진구는 또 다른 고민에 접하게 된다. 자신 있게 야담이란 술어가 '오인(吾人)의 창작'이었음을 선언하였으나, 그도 알고 있듯이 이미 『어우야담』이나 『청구야담』 등의 서책이 옛날 조선에서부터 존재하고 있었기 때문이다. 여기서 김진구는 '근거 없음'을 이유로 들어 옛날 야담과 자신이 창안한 야담의 경계를 명확하게 한다. 결국 20세기의 야담은 옛 조선의 야담과 표현만 동일할 뿐, 그 함의는 완전히 달라지게 된다. 이렇게 조선 시대 야담과 결별을 선언한 김진구가 자신이 제창에 "20세기 신술어" 야담에 강연회를 통한 역사의 보급이라는 계몽운동의 의미를 부여했던 것이다. 이런 맥락에서 김진구는 그가 20세기 야담을 자신의 '창작'이라고 강조했던 것으로 이해할 수 있다. (단락 나누었음)

'조선야담사'의 활동이 본격적으로 대중들에게 각인되기 시작한 것은 '야담대회'란 이름으로 역사 강연회를 시작하면서 부터이다. 그 첫 대회가 '신춘야담대회'란 제목으로 1928년 2월 6일에 열렸다. 이에 동아일보사에서는 홍보에 상당한 공력을 들인다. 그에 보답하듯 신춘야담대회는 성공을 거두고, 이후 '일반 시민들의 열렬한 요구'에 의해 전국 순회강연에 접어들게 된다. 김진구가 창안한 야담의 출발이 역사 강연회였다

---

10) 임형택, 「18·9세기 '이야기꾼'의 소설과 발달」, 김열규 외, 『고전문학을 찾아서』, 문학과지성사, 1976.

는 사실은 야담대회의 레퍼토리를 통해 확인할 수 있다.

오라! 들으라! 우리 조선에서 새로 창설된 민중예술=그리고 민중오락인 야담대회를 들으러 오라! 그리하야 우리는=정신이 극도에 굶주린 우리는 이것을 들음으로써 정신의 양식을 구하라! 얻으라! 동양풍운을 휩쓸어 일으키든 혁명아들의 포연탄우 가운데서 장쾌한 활약을 하든 이면사의 사실담을 들으라! 동양풍운을 휩쓴 동학란(이돈화), 한말호걸 대원군(권덕규), 이홍장과 이등박문(김익환), 김옥균왕국(김진구)

1928년 2월 6일자 ≪동아일보≫에 실린 제1회 야담대회의 광고문이다. 임형택이 지적했듯이 '차라리 학술강연회'처럼 보일 정도로, 그 주제가 '동양 삼국을 넘나드는 근대 혁명의 역사에 초점'을 맞춰져 있다.[11] 이럴 수밖에 없었던 것은 김진구 자신이 가장 잘 아는 것은 '갑신정변을 중심으로 한 그때의 일'이었기 때문이었다. 저간의 사정은 야담운동의 1년을 회고하는 그의 글(≪조선일보≫, 1929.12.12~21)에서 확인된다. 김진구는 이 글에서 "야담의 재료"를 "근대사"에서 선택한 이유를 "천년고대의 그것은 너무 진부한 감이 있어 대중의 머릿속에 그다진 신신하게" 받아들여지지 않을 것이었기에, "현실을 지배하는 근대사 중에서도 최근의 것"을 선택했던 것으로 설명하고 있다. 이후 야담대회의 프로그램은 김진구의 기획에 따라 주로 근대사와 관련된 내용으로 구성된다. 다음은 신문 기사를 통해 확인할 수 있는 야담대회의 프로그램만을 정리해 본 것이다.

□ 손문 황흥 처음 악수의 막(김익환), 만고충기 계월향(이현숙), 한일호걸

---

11) 임형택(1996), 위의 논문, 57면.

대시합의 막(김진구) – 1927.12.10.

☐ 임오군란과 명성황후(김익환), 오성과 한음(김진구), 만고 쾌남아 홍길
  동(이성환) – 1928.4.5.

☐ 구한국 시대의 궁정역사(유한익) – 1928.6.9.

☐ 기상천외 대도적(이성환), 일본풍속만담(김진구), 薩萬敎와 조선(도진
  현) – 1928.7.4.

☐ 김옥균의 학창시대(정현숙), 일한호걸 대시합전, 오성의 豪放, 전봉준
  을 차저온 사람들(이상 김진구) – 1928.9.9.

☐ 한일청 삼국을 휩쓸던 임오군란(김익환), 광무 초년의 쇄국정치(김성),
  김옥균의 3일천하(김익환), 민중운동 동학(김성) – 1928.9.10.

☐ 김홍집 내각과 한국정계(김익환), 두자춘과 금항아리(윤백남), 임난여
  걸 黑魊장군(김진구) – 1928.12.7.

☐ 호협 이오성, 동양호걸의 대쾌투(이상 김진구), 만담 몽금(윤백남) –
  1929.5.2.

☐ 오성과 한음. 일한호걸 대시합전, 劒頂의 충혼, 김옥균의 최후, 임란 여
  걸흑포장군(이상 김진구) – 1929.11.8.

윤백남의 이름도 간혹 눈에 띠지만, 단연 돋보이는 것은 김진구이다.
그의 레퍼토리를 보면 "명치유신 당시 팔을 뽑냇든 일본 호걸과 망명
중에 잇던 김옥균 간의 당시 정세"를 주제로 한 '한일호걸의 대시합'에
서부터, '전봉준을 차저온 사람들, 김옥균의 최후' 등 한말의 정세와 관
련된 것들이 대부분이었다. 뿐만 아니라 1930년대로 넘어가서도 김진구
의 야담은 김옥균이 살았던 한말의 정세와 관련 깊은 것들이 대부분이
다. 야담운동을 출범시켰을 때의 각오처럼, '현실을 지배하는 최근대'의
역사를 민중에게 알려 그들을 교화하겠다는 의지를 야담대회를 통해
실현시키고 있었던 것이다. '만고충기 계월향'이라든가 '임란 여걸 흑포
장군'[12] 등 임란 시의 여성 영웅들에 대한 이야기로 주제를 확장시켰을

때도, 그의 계몽의지는 관철되고 있다. 그 이외의 김익환, 유한익, 김성의 야담에서도 역사를 통한 민중의 교화라는 야담운동의 취지가 실천되고 있기는 마찬가지다.

결국 20세기에 창안된 '신술어' 야담의 정체는 역사의 대중적 보급을 목적으로 하는 강좌 혹은 강연회로 규정할 수 있다. 이러한 김진구의 구상에서 『청구야담』, 『어우야담』 같은 옛날 조선의 서책들이 있을 자리는 없다. 그래서 그는 그것들을 "어데 별노 근거도 없는 것을 엉터리로 적어 놓은" 것으로 규정하고(≪동아일보≫, 1928.1.31), 야담의 전통과의 결별을 선언했던 것이다.

3.2. 야담대회의 대중적 확산, '일시의 오락'으로서의 인기

그러나 1930년대에 접어들면서, 이러한 야담대회의 판도에 변화가 일기 시작한다. 윤백남의 등장에서 그 조짐을 감지할 수 있다. 그의 모습이 처음 확인되는 것은 1928년 12월 9일 야담사 창립 1주년 기념 야담대회에서이다. 이때 그는 중국 이야기인 '두자춘과 금항아리'라는 연재로 참여했는데, 이 내용은 조선의 역사와는 무관한 내용이다. 그 다음 해 5월에 다시 '만담 몽금'으로 모습을 드러내는 것으로 보아, 이때까지 윤백남은 만담가로 야담대회에 참여했던 것으로 보인다. 1930년 9월 11일부터 12월 12일까지 ≪동아일보≫에 『탐화루만담(耽奇樓漫談)』을 연재했는데, 이러한 상황은 윤백남은 만담가로서 야담 무대에 섰다는 추정에 힘을 보탠다. 『탐화루만담』 연재가 끝나자마자(1930년 1월 16일부

---

12) '임난여걸 黑貌장군'은 그 제목에서 '의병장 김천일의 아내'의 일화로 추정할 수 있다. 이 일화는 『대동기문』에 수록되어 있고, 『월간야담』 32호(1937년 5월)에 「낮잠 자는 안해」란 제목으로 발표되었다.

터) 이번에는 역사소설을 연재하기 시작했는데, 그것이 바로 『대도전』
이다. 『대도전』의 대대적인 흥행으로 소설가로서 이름이 높아진 윤백남
이 야담대회에 참여하면서부터, 야담가로서 윤백남의 명성도 함께 높아
진다.

> □ 천하 대기인 정수동(김진구), 연산조의 기걸 박장곤(윤백남), 한말 惑
>   星 민영익(김진구) – 1931.3.6.
> □ 騎牛老翁, 牧丹登記(이상 윤백남) – 1931.9.17.
> □ 연산군 비화, 여인군상, 세조일화(이상 윤백남) – 1931.10.1.
> □ 한말 폐정과 대원군 英斷(김진구), 佛國民族性漫談(이창섭), 현재 천
>   하장사 昔日談(김진구) – 1931.11.29.[13]
> □ 동양호걸 대시합전, 김옥균선생의 최후(이상 김진구) – 1932.5.14.
> □ 연산군비화, 세조일사(이상 윤백남) – 1933.11.3.
> □ 야담=인조반정과 姜沆, 만담=양심(이상 윤백남) – 1933.11.3.
> □ 최영의 꿈(권덕규), 연산조(윤백남) – 1934.1.9.
> □ 李長坤의 반생, 德不孤(윤백남) – 1935.3.8.

　물론 중국의 것인 '목단등기(牧丹登記)'나 '만담 양심' 등도 눈에 띠지
만, 1931년 3월 이후 열리는 윤백남의 야담대회는 '연산조의 기걸 박장
곤, 연산군 비화, 세조일화' 등으로 비로소 야담이란 이름에 어울리는
레퍼토리로 구성되기 시작한다. 향후 윤백남 야담대회의 프로그램은 이

---

13) 「야담대회」, 《조선일보》, 1931년 11월 29일. 한말 폐정과 대원군의 영단(英斷)이
라는 제목은 량반 호족의 잔인무도를 썩거 나리고 미신굴과 협잡배를 소탕하고 용장
하고 씩씩한 국민을 만들기 위하야 무예를 장려하며 군대를 양성한 대원군의 애국심
의 발로를 여실히 그려내는 것…현존 천하장사의 석일담(昔日譚)이란 담제는 윤영
렬 옹의 안성군수 시대부터 포도대장시대까지의 신출괴돌한 긔지와 용력을 비롯하
야 리규완씨의 갑신개혁 당시로부터 일본망명까지 의협담용을 통쾌하게 설파. 청담
료는 십오전 균일, 본보 독자는 십전.

를 중심으로 구성된다.14) 1931년 5월 9일부터 6월 22일까지 '남조선 순
회 사담'이란 타이틀을 내걸고 활동하기 시작하면서부터, ≪동아일보≫
에 실리는 야담대회 기사는 '윤백남'의 이름을 내건 야담대회가 대부분
을 차지할 정도로, 동아일보사의 후원 아래 윤백남은 당대 '야담의 패
왕'으로 군림해간다.15)

  "문예적 차원에서가 아니라 어디까지나 흥미위주"로 『수호지』 번역
에 임했던(≪동아일보≫, 1928.4.29) 윤백남의 입장과 민중 교화의 차원에
서 야담운동을 시작했던 김진구의 성향은 다를 수밖에 없다. 계몽적 입
장을 견지한 김진구의 야담대회보다는 재미를 앞세운 윤백남의 야담에
대중적 관심이 집중될 것은 당연한 일이다. 야담대회는 무료강연이 아
니었다. 30전에서 15전의 입장료를 내야지만 관람이 가능한 일종의 흥
행물이었기에 대중들의 기호는 중요한 것이 아닐 수 없다. '윤백남'이란
타이틀을 내건 야담대회가 전국방방곡곡에서 개최될 수 있었던 것은
바로 윤백남의 야담이 가진 매력이 당대 대중들의 기호에 부합했기 때
문이었을 것이다. 이를 계기로 야담의 대중적 저변은 확대되었고, 야담

---

14) 多言生, 「秘中秘話, 百人百話集」, 『별건곤』(1934년 1월). 김진구와 윤백남 량씨는
    누구나 다 아는 야담 대가다. 그런데 김진구씨는 김옥균(金玉均) 이야기를 엇지나
    만히 하얏던지 눈을 감아도 김옥균이가 환이 보인다고 하더니 윤백남씨는 연산조(燕
    山朝) 이야기를 또 그러케 오래 두고 복습을 한다. 그의 눈에도 아마 연산주가 뵈기
    쉬울 걸.

15) 일반적으로 1930년대에 들어 김진구가 일제의 탄압에 견디다 못해 야담대회를 윤백
    남에게 넘기고, 야담계에서 은퇴한 후 야담운동이 통속적으로 변질되었다고 여겨진
    다. 그러나 윤백남이 야담가로 부상한 이후에도 야담가 김진구의 명성은 여전했다.
    '윤백남야담대회'가 전국 방방곡곡에서 개최되는 만큼은 아니었지만, 그리고 이전에
    비해 현저하게 줄어들기는 했지만, 1930년대 들어서 개최되는 야담대회에서 김진구
    의 이름을 찾기란 그리 어려운 일이 아니다. 특히 1934년 6월호 『별건곤』에는 '윤백
    남씨와 김진구씨가 제일 소중히 역이는 야담의 연재'를 원하는 독자의 글이 실릴 정
    도로 야담가로 김진구는 아직까지는 건재했다.

대회는 역사 강연회이기를 포기하고 '일시의 오락'으로 성향이 변하기 시작한다.

야담의 대중적 저변이 확대되는 데 결정적인 역할을 했던 매체로 라디오를 꼽을 수 있다. 1926년 11월 30일에 설립된 경성방송국의 초기 방송은 조선어 프로그램과 일본어 프로그램을 병행하는 형태로 진행되었다. 그러나 조선 청취자가 절대 다수를 차지하는 상황에서 보다 많은 청취자를 확보하기 위해서 일본어 방송에서 조선어 방송을 독립시키게 된다. 1932년 드디어 일본어 방송과 별도로 조선어 방송이 시작되었고, 이를 계기로 라디오가 대중적으로 보급되기 시작한다. 이때 초대 조선어 방송 과장으로 초빙된 이가 바로 윤백남이다. 이미 야담대회를 통해 야담가로 명성을 쌓아가고 있던 그가 야담을 프로그램으로 편성했을 것은 당연한 일이다. 조선어 방송의 시작으로 야담대회의 현장은 이제 라디오 스튜디오로 확대되고, 청취자는 굳이 야담대회가 열리는 극장으로 가지 않아도, 집안에서 야담을 들을 수 있게 되었다. 이로 일시의 오락으로서 야담의 대중화는 급속한 속도로 전개된다.

> 라듸오를 통하야 야담의 인끼가 조선 안에 꼭 드러찬 지는 이미 오래…조선서 야담하는 분으로 가장 유명한 분들은 신정언, 유추강, 현철. 삼 연사의 야담대회. 6일 밤 동양극장. 1등석 대인 70전, 소인 60전. 2등석 대인 50전, 소인 40전, 애독자는 20원 할인[≪조선일보≫, 1935년 12월 4일].

야담가로서의 신정언의 인기는 『신정언야담집』이란 단행본이 출간되었고, 여기 저기 열리는 야담대회에 그가 초빙되는 데서 확인된다. 뿐만 아니라 『월간야담』 등의 잡지나 신문에 꾸준히 야담을 발표하면서 윤백남의 뒤를 이은 스타 야담가로 왕성한 활동을 펼친다. 위 인용문은 신정언이 야담대회의 무대가 아닌 라디오를 통해 데뷔한 야담가였음을 말해 주고 있다. 야담대회를 통해 대중들에게 알려지기 시작한 야담이 방송을 통해 확고하게 자리 잡으면서, 야담은 역사 강연회이기를 포기하게 된다. "조선 건국 초기 이성계의 무용담이나, 한양 도읍과 관련된 아기자기한 이야기, 왕의 사생활에 숨은 비화, 사화와 당쟁 및 달콤한 연애 이야기" 등 "소설 이상의 재미"를 담고 있는 수많은 이야기들이16) 연일 라디오에서 방송되는데, 굳이 재미도 없는 '한일청 삼국을 휩쓸던 임오군란, 광무 초년의 쇄국정치, 김옥균의 3일천하, 민중운동 동학'에 관련된 이야기를 듣고 싶어 할 사람들은 그렇게 많지 않을 것이다. 무료 강연이면 모르겠지만, 돈을 내고 관람해야 하는 유료 강연인데 대중들이 계몽보다는 재미를 선호했음은 당연한 일이다.

김진구는 야담대회를 '오락을 목적으로 하는 일본의 낙어(落語: 라쿠코, 만담의 기원)나 박춘재의 재담'과는 다른 것으로 만들고 싶어 했다.17) 하지만 1935년에 이르면 이런 그의 의도에 아랑곳하지 않고 "만담과 야담을 구별 못하는 이가 생길" 정도로 야담과 만담의 경계는 무화되고, 다만 야담은 '주로 야사를 중심으로 한 고담(古談)'에서, 만담은 '주로 현대를 중심으로 한 실담(實談)'에서 그 내용을 취재하는 점에서 구분될

---

16) 湖岩, 「흥미진진한 신정언 야담집」, ≪조선일보≫, 1938년 11월 4일. 신정언의 야담은 천하일품이다. 어린이나 늙은이나 정언의 방송이 잇슬때는 모두 귀를 기우리고 자미잇게 듯는다. 그의 야담 중에서도 가장 유명한 야담을 모아 단행본으로 한 신정언야담집이 이제야 세상에 나오게 되었다…이태조의 化家爲國하던 金尺夢과 그 超越的 武勇談과 한양 서울터를 잡을 때 아기자깃한 傳說…第 二篇에 거둔 月下岩上의 周易과 第 三篇에 거둔 五十老鵲의 科擧 가튼 것은 李朝文運의 황금 시기를 대표한 成宗 이면생활에 숨은 일종 秘話…이조 사화 쟁정에 관한 이야기와 이박에도 달콤한 연애이야기 가튼 조선정취가 흐르고 흐르는 자미 잇고도 점잔흔 야담이다. 야담이라 하지마는 그 내용을 따져 보면 傳說 民譚으로 내지 史話까지 알마치 석거서 알기 쉽고 구구하게 맨든 소설 이상의 자미…. 인문사, 정가 1원 50전.

17) 김진구, 「야담운동의 1년 회고」, ≪조선일보≫, 1928년 12월 9일.

뿐이었다.18) 즉 이야기의 소재가 과거의 것이냐 현재의 것이냐를 기준으로 구분될 뿐, 야담과 만담은 재미있게 즐길 수 있는 오락물을 많은 각광을 받았던 것이다. '윤백남 야담대회'와 '신불출 만담대회'가 동시다발적으로 열리면서 경쟁관계가 형성되기도 하고, 때로는 야담과 만담이 한데 묶인 대회가 개최되는 등, 야담은 만담과 경쟁하기도 하고 협력하기도 하면서, 오락물로 그 주가를 높여가고 있었다.

　오락물이 통속화의 길로 빠져드는 것은 쉬운 일이다. 20세기 야담은 통속적이라는 사실은 분명하다. 하지만 야담대회나 라디오 야담, 즉 구연적 방식으로 실현되는 야담이 통속적이라고 단언할 수는 없다. 1935년 이후의 야담대회의 프로그램은 물론 라디오 야담의 내용에서 통속성을 확정지을 수 있는 근거는 없다.19) 비록 야담이 "역사지식을 통속화(通俗化)" 식힌 "일시의 오락"이기는 했으나 "고사(古事)의 보급으로"

---

18) 신불출, 「웅변과 만담」, 『삼천리』, 1935년 6월.

19) 1930년대 경성방송국의 야담 프로그램은 mbc 라디오의 장수 프로그램인 '전설 따라 삼천리'와 유사한 성격이라 할 수 있다. 다음은 야담방송의 내용들이다 1938년 9월 10일 오후 9시, 大人妙笑, 유추강: 이조판서 이모(李某)는 서리(書吏) 안모(安某)의 의복이 너무 남루함을 차마 볼 수가 업서서… 「네 일년 록이 五千량은 되는데 꼴은 저다지 흉하게 하고 단기느냐」 하고 무럿습니다… 서리는 과연 어떠한 대잡을 하얏슬지? 그리고 서리 안모의 일생에는 어떠한 변화가 생겻든지 드러보아 주십시오 //1938년 9월 11일 오후 8시, 活佛, 유추강.…정영석이 순조때에 어사를 배명하고 양호 지방에 갓슬 때입니다…어사 내심에 필경코 그 자가 도적의 두령임이 틀림업다 하고 내탐을 하랴고 일부러 파입폐복을 하고 김진사를 차젓습니다. 그 결과가 과연 어떠하엿슬지 의문의 인물 김진사는 후에 홍경래란에도 큰 공을 세운 이지만 영영한 기인으로 아럿슬 뿐 그는 본을 모른다고 합니다//1938년 9월 20일 오후 9시, 義狗塚, 신정언. 지금도 평안남도 용강군 토성면에 남아 잇는 의구총은 오날까지도 후세 사람들에게 의로운 개의 미담을 말하고 잇습니다…오날 밤에는 취해서 쓸어진 주인을 불의 위난에서 구해냇다는 이야기는 간단히 하고 그 후에 그 개를 '소위 개는 다섯 해를 두지 안는'다고 해서 기특한 개인 줄 알면서도 그 미신으로 해서 죽여 버리려고 할 때…개를 죽이지 안코 살여더니만 그후 다시 독사의 화로부터 주인을 구햇다는 후일담을 할나고 합니다. *이상 야담 방송 내용은 해당 날자 ≪조선일보≫ 라디오 방송란에 소개된 것을 참조했음.

역사를 "보급식히는 노력"을 기울인다는 점에서 인정받고 있기 때문이다.[20] 야담의 노골적인 통속화는, 구연적 방식이 아닌, 또 다른 채널을 통해 생산되는 야담을 통해 진행되었다.

4. 야담잡지의 출현, '건전한' 혹은 '불온한' 야담의 두 얼굴

4.1. 야담잡지의 출현, '취미독물'야담의 인기

흔히 20세기 야담은 역사소설의 완성을 위한 과도적 양식으로 논의된다. 하지만 『월간야담』이 창간된 1934년 당시의 문단은 "『단종애사』, 『임거정전(林巨正傳)』, 『운현궁의 봄』 등 역사를 원재(原材)로 한 소설이 전면(全面)을 덥고" 있는 '기이(奇異)한' 형국이었다. 더군다나 앞서 살펴보았듯이 야담가로서 윤백남이 명성을 얻은 것은 이미 그가 역사소설가로 이름을 얻은 직후의 일이기도 했다. 즉 야담의 번성은 이미 『마이태자』의 성공으로 역사소설의 상품성이 검증된 이후의 일이었던 것이다. 『마이태자』의 상업적 성공은 '사상의 로만쓰'와 같은 기획물의 연재(1929.9.24~1930.4.16)를 가능하게 하였다. 매체, 특히 신문을 통해 발표되었던 수 많은 역사물 중에 국문으로 발표되었던 것은 역사소설과 이 '사상의 로만쓰'라 이름 붙여진 기획물이었다. 즉 다른 역사물들이 한문 해독력을 갖춘 지식인 집단을 겨냥했다면, 역사소설과 '사상의 로만쓰'는 이보다는 더 대중적인 국문독자들을 겨냥한 기획이었던 것이다. 이를 통해 발표된 글들은 "혁거세와 알영, 동명성왕과 같은 정사 중에 주요 인물로부터,

---

20) 『삼천리』, 1934년 6월. 歷史知識을 通俗化 식혀 보급식히는 非藝術的 방면의 노력도 버릴 일은 못된다. ≪조선일보≫, 1936년 1월 31일. 일시의 오락뿐 아니요 古事의 보급으로 상당히 의의가 잇다고 인정받는 야담.

설랑과 가실, 공주와 온달 같은 반전설적(半傳說的) 인물에 이르기까지 삼국사(三國史) 중 주요하고 소설적 홍미 잇는"[21] 것들이었다. 이중 삼국시대편만 골라 이은상이 『조선사화집』(1931.3)이란 단행본으로 출간될 정도로 대중적으로도 홍행에 성공했다.[22] '사상의 로만쓰'와 같은 기획은 어린이만을 대상으로 한 '어린이 조선'이나 여성 독자를 대상으로 한 '규등사담' 등으로 이름을 바꾸면서 지속되었다. ≪매일신보≫에 연재되었던 「김현감호」 등 『삼국유사』의 이야기를 원안으로 하는 '사상기담(史上奇談, 김동인)'이나, 유명한 '일타홍의 이야기'가 원안이 된 「하방천기(遐方賤妓)」(신정언)에서 출발한 ≪조선일보≫의 '연속야담' 역시 '사상의 로만쓰'와 동일한 성격의 기획물이다.

그런데 홍미로운 것은 이러한 기획물들의 성격이 바로 20세기 야담의 내용을 구성하는 실체라는 점이다. 결국 20세기 야담은 '삼국사기, 삼국유사, 동국통감, 고려사, 포은집, 수이전, 청구기화, 어우야담, 지봉유설' 등의 "사승(史乘) 중에서 소설적 홍미 있는 것을 골라 사적(史蹟)의 본간을 상치 안는 정도에서 윤색을 가한 것"으로[23] 그 경계를 확정지을 수 있겠다. 이렇게 해서 20세기 야담의 경계는 '조선 후기 시정 문화의 출현을 배경으로 이 주변에서 떠돌던 다채로운 삶의 모습들을 한문으로 기록한 단편의 서사물'로 규정되는 야담을 포함하면서, 이를 훌쩍 뛰어 넘어서게 되었고, 심지어 전설과 민담(民譚) 등의 구비문학에까지 뻗어 가게 된다.[24] 결국 글로 기록되었든 혹은 말로 전해져 오든, 옛날

---

21) 이광수, 「조선사화집, 이은상씨의 近著를 讀하고」, ≪조선일보≫, 1931년 3월 30일.
22) 「서정 시장 조사기, 한도·이문·박문·영창」, 『삼천리』, 1935년 10월. 『조선사화집』은 출판된 이래 모두 3천부를 돌파하는 호기록을 세웠다고 한다. 이때 가장 많이 팔린 책은 이광수의 역사소설들로 각기 4천부가 넘게 팔렸다.
23) 「상로만쓰 발간」, ≪동아일보≫, 1931년 3월 21일.
24) 20세기 야담의 경계는 비단 '조선'에만 머물지 않고, 중국, 일본 및 페르시아, 인도

의 이야기 중 '소설적 흥미'가 있는 것이라면 무엇이든지 20세기 야담의 저본이 될 수 있었던 것이다.

현대화는 소화 7년(1932년)부터…야담은 어떤 창작소설과 가치 새로 만든 것도 아니요 또는 고담과 가치 떠도는 말을 하는 것이 아니라 <u>사관이 집필하여 만든 정사(國史)와 자매관계가 잇는 야사 중에서 취미 잇고 유익한 어떤 篇을 골라서 말로 또는 글로 쓰기도 한 것</u>…<u>조선의 야담 문헌으로써 가장 오래되고 내용이 오래 된 것은 삼국유사. 그 다음으로는 고려시대의 파한집, 역옹패설 등 수백종이 잇고 이조에 들어서는 명조조 유명한 문인인 유명인의 저작인 어우야담 동야휘집 대동야승 동경잡기 등</u>…최근으로는 이긍익씨의 <u>연려실기술</u>을 합하여 이조시대의 야담문헌만도 2백 70여종으로 그 책수는 수천의 다수에 달합니다…그런데 距今 7~8년까지는 이런 문헌이 각기 창고에 감추어 잇슬 뿐이요…<u>이것이 먼저 여러 사람 아페서 말로 들리게 된 것은 거금 10수년 전에 김진구씨가 고 김옥균씨의 一生記를 口演한 것이 잇섯는데 김옥균전기는 현대인물임으로 아직 야사 중의 사실은 아니엇습니다 그런데 소화 7년 경에 윤백남 신정언 양씨가 비로소 방송국 마이크를 통하여 그 야사문헌을 방송하게 된 것이 오늘날 야담계의 제일보</u>[≪조선일보≫, 1940년 3월 13일].

10여 년의 시간을 거쳐 진행된 20세기 야담운동의 연원과 진행과정이 일목요연하게 정리되어 있는 글이다. "순연히 한문으로 된 까닭"에 오랫동안 "창고에 감추어져 있었던 야담문헌들이 말과 글로 여러 사람들 앞에 나서게 되면서" 야담의 현대화가 시작되었다는 설명은 20세기 야담의 정체에 대한 궁금증을 해결해 준다. "정사와 야사 중에 취미 잇

등의 세계적인 규모로 확장되고 있다. 특히 '중국야담'에 대한 인기는 '조선야담'에 버금갈 정도여서, 『월간 야담』에는 창간호부터 끊이지 않고, 중국의 이야기를 싣고 있다.

고 유익한 어떤 편을 골라 말로 또는 글로 쓰기도 한 것", 곧 한문 저작
의 한글화가 바로 20세기 야담의 실체였던 것이다. 지금 20세기 야담
운동에 대한 연구에 있어 강조되고 있는 김진구의 위상에 비해, 당대
야담 운동에 있어 김진구의 역할은 정말 소략하게 언급되고 있다. 역사
를 보급하기 위한 민중 교화의 운동으로 구상된 김진구의 기획은 '야담'
이란 말이 20세기에 널리 유행하게 되는 계기로 인정될 뿐이다. 그 대
신 야담운동의 쇠퇴 혹은 통속적 굴절화의 '원흉'처럼 여겨지고 있는 윤
백남을 현대 야담의 시조로 보고 있다. 뿐만 아니라 "소화 7년 경(1932)
에 윤백남 신정언 양씨가 비로소 방송국 마이크를 통하여 그 야사문헌
을 방송하게 된 것이 오늘날 야담계의 제일보"라는 구절에서 20세기 야
담의 보급에 있어 라디오 방송이 미친 영향을 다시금 확인할 수 있다.

  야담대회와 라디오 방송을 통해 충분히 입증된 야담의 상품성을 출판
자본이 놓칠 리 없다. 그 결과 『월간야담』(1934.10 창간)과 『야담』(1935.8
창간)이라는 동일 성격의 잡지가 연달아 창간된다. 동시에 동일한 성격
의 잡지가 출간되었으나, 두 잡지 모두 상업적으로 성공을 거둘 정도로,
야담의 인기를 날로 성장해 갔다. 김동인, 전영택, 현진건 같은 '예술적'
소설가들도 돈벌이를 위해 야담 잡지를 통해 야담을 발표할 정도로, "도
로혀 다른 잡지들의 판매부수를 야담 잡지가 능가"하면서[25] 1930년대
한국 사회에서 야담은 잘 팔리는 문화상품으로 자리하게 된다.

  대중문화 분야에서 야담은 매우 각광받는 존재였지만, 문학의 권역
에서는 아예 배제된 존재였다. 독창성과 고유성을 강조하는 근대 문학
적 관점에서 "사료가 되는 야사를 토대로 삼아 가지고 보통 담화식으로
그 뜻을 설명"[26]하는 야담은 도저히 용납될 수 없는 존재였다. 이미 있

---

25) 천태산인, 「야담의 기원에 대하여」, 『비판』, 1936년 4월.

는 한문 저서를 한글로 재생해내는 것에 불과한데다가, 말하는 투를 그대로 옮겨 적는 문체까지 야담은 예술적 양식이 되기는 자격미달일 수밖에 없다. 그렇다면 당대 문학사에서 있어 야담의 위치는 어디였을까? 당대인들은 야담과 같이 흥미를 본위로 하는 가벼운 읽을거리들을 '취미독물'로 명명하면서, 문학의 권역에서 배제된 하위문화의 영역에 위치 지었다. 이에 대한 지식인들의 시선은 당연히 냉담할 수밖에 없었지만, 당대 독자들은 취미독물에 열렬한 환영을 보냈고, 이에 힘입어 꾸준히 생산되었다.27) 대중 서사물로서 야담의 위치는 바로 여기이다.

4.2. 20세기 야담의 창작 방식, 불온한 취미독물과 건전한 취미독물

『월간야담』과『야담』의 목적은 취미와 오락에 그 자체에 있다.28)『월간야담』은 '실익'이라는 계몽성을 표방하기도 하지만 이것은 포즈일 뿐이다.『야담』은 아예 '옛 것을 복원하는' 목적을 철저하게 재미에 두었다.29) 이제 역사를 통한 민중의 교화라는 야담의 목적은 완전히 사라져

---

26) 신정언, 『포양기』의 서두, ≪조선일보≫, 1936년 4월 30일. 야담은 순연한 역사도 아니오 소설도 아니오 문학도 아니오 만담도 아니오 특히 역사 중의 한 종류가 되는 야사를 토대로 삼아 가지고 보통 담화식으로 그 뜻을 설명하게 됨으로 야담이라는 일홈이 붓게 되고 이것이 야담의 독특성…이제 우리가 일즉 듯도 보도 못하든 야담이라는 것을 말로도 하고 글로도 쓰게 된 것은 다행이 우리의 것을 새로 인식하는 실긔가 터진 까닭.

27) 이에 대해서는 천정환·이용남,「근대적 대중문화의 발전과 취미」,『민족문학사연구』30, 민족문학사학회, 2006; 이경돈, 앞의 논문, 참조.

28) ≪매일신보≫, 1934년 8월 5일. 취미 오락 잡지 중 윤백남씨 주재로 월간야담이라는 잡지 발행. 동서 야승의 미담 일화를 소개. 대중에게 실익과 취미, 우슴을 모르고 자라는 청년에게 감격과 새로운 힘잇는 우슴을 제공. ≪조선일보≫, 1934년 8월 15일. 새로 나오는 잡지 월간야담. 계유출판사에서는 야담전집을 발간하야 수만은 독자를 포섭하고 있는 터이거니와 이번에 또다시 월간야담을 발행. 이미 8월 창간호가 나왓는대 쓸쓸한 우리 생활에 명랑한 기분을 북도다 주자는 것이 그 주요 목적.

29) 『야담』창간호, 1935년 11월. 문예창작, 옛말, 사화(史話), 일화(逸話) 등등에서 순

버리게 된다. 그렇다고 해서 이들 잡지에 실린 모든 야담에 대해 '통속적 굴절'이란 표현을 쓰기는 어렵다.

20세기 야담의 기원이 『삼국유사』에서 시작하여 『연려실기술』에 이르기까지 '조선의 야담문헌'들에 수록된 '소설적 흥취'가 있는 이야기들을 한글로 복원하는 데 있는 한, 원 텍스트와 복원 텍스트에는 차이가 존재할 수밖에 없다. 이러한 변개에 대한 연구자들의 관점은 '전대 야담의 주제의식'에서 벗어난 '통속화'라는 점에 맞춰져 있다.[30] 그러나 『월간야담』에 수록된 야담들 중 그 출처를 확인할 수 있는 많은 작품들이 원 텍스트에 충실하고, 이 경우 통속적인 것과는 거리가 있다. 물론 부분적으로 묘사나 세부적인 내용에 대해서 변화가 일어나고 있으나, 그 정도가 원 텍스트의 주제의식을 심각하게 훼손할 정도로 통속적인 양

전히 취미 있고 이야기로 될 만한 것을 편집의 방침으로 결정…이러한 옛 것의 복원은 당대 문장의 작업과는 달리 철저히 재미를 중심으로…창간호에 있어서도 다른 것보다도 가장 여러분께 자랑하고저 하는 것은 삼국유사의 번역…삼국시절의 온갖 기쁨, 로맨쓰, 일화 등으로 본시 『삼국유사』는 역사적 가치보다는 문학(취미문학)적 가치가 높은지라.

30) '소실의 도움으로 출세한 우하형'의 이야기가 저본이 되는 「깨어진 물동이」(김동인, 『월간야담』 13호, 1935년 10월)를 원본과 비교해보면 '전체 줄거리나 세부적인 내용'에서 거의 차이점을 찾을 수 없다. 단지 우하형과 헤어져 있을 때 여주인공이 다른 남자와 살았던 행적에 대해 원본에서는 이것이 아무런 문제가 되지 않는데 비해, 「깨어진 물동이」에서는 '더러운 몸' 운운하며 훼절에 대해 자책하는 문맥이 삽입되어 있다. 이에 대해 임형택은 '김동인이 원작을 변조하여 훼절로 이야기를 엮어 낸 다음, 여자의 한번 실절은 만회할 수 없는 통한이라는 의미'로 제목에서 '깨어진'이란 표현을 사용할 정도로 '원작을 변질'했다고 설명하고 있다[임형택, 위의 논문(1996), 80~82면]. 하지만 여자의 정절을 강조하는 문맥이 삽입되었다고 해서 이를 '상업주의로 빚어진 통속성'이라고 볼 수는 없을 듯하다. 1930년대 자유연애가 팽배되는 분위기와 맞물려 여성의 순결을 강조하는 '정조론' 역시 만만치 않게 강조되고 있었던 당대의 분위기 때문에 원작에는 없는 정조론이 개입된 것이라고 해석할 수 있기 때문이다. 또한 '깨어진 물동이'란 제목에 대해서도 작품 속 남녀 주인공이 만나게 되는 계기가 '깨어진 물동이'에 있기에, 이를 제목으로 설정하고 있다는 견해가 제기된 바도 있다[정부교, 위의 논문, 213~214면].

상을 보이고 있지는 않다.[31] 하지만 『월간야담』에 실린 야담들 중에는 매우 선정적이며 지극히 통속적인 것이 많은 것 역시 사실이다. 이러한 양상을 찾을 수 있는 것이 대부분 원전이 확인되지 않는 '창작 야담'들이란 점에서, 『월간야담』에 실린 야담들을 창작 방식에 따라 구분할 필요성이 제기된다. 20세기 야담은 창작 방식에 따라 세 계열로 구분할 수 있다.

첫 번째 계열은 전대의 문헌에 충실한 야담들이다. 여기에는 전대 야담집에 수록된 원전을 충실하게 '문학적 문체'로 옮겨 놓은 「보은단 유래」(윤백남, 2호), 「일타홍과 일송에 얽힌 삽화」(신가일, 2호), 「남만선상(南蠻船上)의 상사루(相思淚)」(신정언, 6~7호), 「생보살의 월하불공(月下佛供)」(신정언, 8호), 「낮잠 자는 안해」(김초, 32호) 등이 속한다.[32] 이외 「명사의 신필」(윤백남, 9호), 「흥덕왕과 앵무」(추회, 11호), 「김유신과 미기 천관」(최문진, 12호), 「충서(忠鼠)」(신정언, 15호), 「황조의 노래」(박민수, 20호), 「압록강의 곳」(홍훈, 21호) 등은 『삼국유사』에 수록된 원전의 서사구조를 충실하게 따르고 있는 작품들이다.

두 번째 계열은 역사적 기록을 근간으로 여기에 허구적 상상력이 가미된 야담들이다. 「후백제 비화」(윤백남, 12호), 「사자수(泗水)에 어린 향혼(香魂)」(신정언, 2호~3호)을 가장 대표적인 작품으로 꼽을 수 있다. 신라 말, 후삼국시대를 배경으로 한 「후백제의 비화」는 농군이 자기 아들에게 백제 망국의 비화를 들려주는 것으로 시작한다. 그런데 바로 그

---

31) 이에 대해서는 정부교, 위의 논문과 김준형, 「근대 전환기 〈옥소선 이야기〉의 개작 양상과 그 의미」, 『한국고전여성문학연구』 13, 한국고전여성문학회, 2006 참조.

32) 20세기 야담과 이의 원전이 된 조선 시대 야담은 다음과 같다. 「보은단 유래」 ─ '역관 홍순언'의 이야기, 「南船上의 相思淚」 ─ '홍도이야기,' 「생보살의 月下佛供」 ─ '기생의 도움으로 과거에 급제한 노진' 이야기, 「낮잠 자는 안해」 ─ '아내 덕에 이름을 날린 의병장 김천일.'

농군은 "백제 명족의 후예"인 아자개이고, 그 아들은 진헌이라는 설정이다. 이어 왕위계승을 위해 위홍과 "추잡한 거래"를 했던 경문왕의 두 왕비, 그리고 공주(진성여왕)의 궁정 스캔들과 궁예와 진헌(견훤)을 중심으로 한 후고구려와 후백제의 건국 과정에 대한 장황한 서술이 이어지고 있다. "복잡다단한 당시의 일을 짧은 글로 물어화(物語化)한다는 것을 무리한 일"이라며 작가 스스로가 고백하듯, 작품의 구성력은 매우 헐겁다. 하지만 신라의 멸망과 후고구려, 후백제의 건국에 관련된 야사들이 흥미롭게 얽혀 있어 읽는 재미는 상당하다. 이 작품에서 작가의 상상력은 파편적인 역사의 기록들을 하나의 서사 구조로 엮어내는 매개적인 기능을 담당할 뿐, 역사적 사실에 비교적 충실하게 내용이 구성되어 있다. 이에 비해 「사자수에 어린 향혼」은 상상력에 비교적 더 많은 힘이 실린 작품이다.

"백제사담"이란 타이틀에 걸맞게 『삼국사기』에 백제 멸망의 징조로 기록된 수많은 기변(奇變)들에서부터 이야기가 시작되는 이 작품은, "주색에 침혹"한 의자왕이 "신라의 절대미인인 패향옥녀(佩香玉女) 향랑(香娘)"을 빼앗아 오기 위해 신라와 전쟁을 시작했으며, 고구려 역시 동일한 목적으로 신라를 공격하면서 삼국전쟁이 일어난 것으로 설정되어 있다. '삼한통일'이라는 역사적 사실과 완전하게 다른 설정으로, 상상력에서 나온 허구이다. 그런데 이 작품의 허구적 세계가 순조 때 김소행이 지은 한문소설 『삼한습유』에 기원을 두고 있다는 사실에 주목할 필요가 있다. 향랑의 탄생과 그녀의 전생, 그리고 장차 "관하동자"의 배필이 될 것이라는 "동방대각불존"의 예언에서, 김유신이 백결의 거문고 연주를 이용해 백제군을 '사면초가'의 전술로 사기를 꺾어 버리는 내용이나, 전쟁에서 승리하기 위해 김유신이 "신라의 의렬부인 향랑"에게 자문을 구하는 내용 등은 『삼한습유』의 내용 그대로이다. 결국 「사자수에 어린 향혼」은 역사적 사실에 근거하여 여기에 『삼한습유』의 허구적인 설정이 가미되어 만들어진 작품인 것이다. 결국 이 작품은 낙화암에서 몸을 던진 삼천궁녀의 시체들이 떠올라 사자수가 그녀들이 녹의홍상으로 덥혀 있는 비극적인 장면으로 마무리 되는데, 작품의 제목인 '사자수에 어린 향혼'은 바로 삼천궁녀들의 비극적인 죽음을 상징한다. 이처럼 「사자수에 어린 향혼」의 중심 내용인 백제 멸망과 삼국 전쟁이라는 큰 얼개는 역사적 기록에 충실한 편이다. 하지만 전쟁의 계기가 향랑이라는 미인을 탐하는 의자왕의 욕정 때문이라든가, 삼국 전쟁의 과정에 향랑이라는 여인이 큰 활약을 떨친다든가 등, 세부적인 상황들을 구성하는 에피소드들은 역사와 너무나 먼 거리에 있다. 역사적 사실이라는 관점에 비추어 보면, 이 작품의 상상력은 상당히 위험한 수준이라 할만하다.

그러나 한 가지 분명한 점은 그러한 허구적 상황의 첨가로 인해 작품의 통속적인 재미가 배가된다는 사실이다. 궁정을 배경으로 하여 한 남자를 둘러 싼 자매 혹은 모녀의 추잡한 스캔들이나, 신라의 절대 미녀를 빼앗아 오기 위해 전쟁을 일으킨 왕의 황음은 독자들의 말초적인 감각을 자극하기에 충분하다. 이러한 자극적인 감각은 세 번째 계열인 창작 야담에서 확연하게 두드러진다.

> 성숙긔에 잇는 두 정남 처녀는 자리를 같이 하고 안저 잇스니 그들의 시선은 서로 서로 인생의 신비에서 신비를 끌고 왓단 갓다 하엿다.…여자뿐 아니라 미듬성 잇고 웅훈한 남성미가 잇슴을 깨다럿다. 그의 입술에는 뜻깊은 미소가 떠 놀고 수정 같은 추파는 룡덕의게서 써나지 안엇다. 아직 한번도 여성과 교제를 안해 본 룡덕이지만 남녀의 교제는 배우지 안어도 신비롭게 깨다라저서 과히 서투르지 안엇다. 그들은 마음 속에 길이워 잇든 사랑의 화단이 팔쇠의 대다리로 쏘낙비를 맛게 되어 수색을 서로 지고 피고 마럿다…그

들 두 청춘 사이에는 끈으려도 끈을 수 없는 사랑의 굳은 매답이 매저젓다 [허소석, 「죽교(竹橋)의 기연(奇緣)」, 6호].

「죽교의 기연」은 '이조 역대 왕 중 풍류왕'이란 이름을 얻은 성종 때를 배경으로 하여 기이한 운명으로 얽혀진 용덕과 선옥의 로맨스를 그려내고 작품이다. 주인공들이 죽교(竹橋)에서 첫 대면을 하게 되는 과정이나, 여주인공이 남자 주인공에게 붙어 있는 원귀와 한바탕 싸움을 벌여만 했던 사정들이 미스터리 하게 얽혀 있어 독자들의 궁금증을 자극한다. 결국 용덕과 선옥은 우여곡절 끝에 만나게 되고, 첫눈에 이끌린 두 남녀는 작품의 말미에 사랑으로 맺어진다. 성숙기에 있는 두 남녀는 만나는 순간, 남녀의 교제에 대해 배운 바는 없었으나 신비롭게 깨닫는 바가 있게 되어, 처음이었으나 서투르지 않게, 여러 번 마음 속 사랑의 화단 속에서 서로 피고 지면서, 끊으려야 끊을 수 없는 사랑의 매듭을 맺고야 말았던 것이다. 우회적으로 남녀 간의 성애를 묘사하고 있는 매우 에로틱한 장면이다. 이러한 서사에서 '성종 때'라는 역사적 공간은 어떠한 실제적 의미도 확보하지 못한다. 그저 남녀의 기이한 로맨스가 펼쳐지고 있는 어느 불특정한 과거의 한 때라는 의미 그 이상도, 그 이하도 아니다. 결국 이 작품의 목적은 과거를 배경으로 남녀가 결합하게 되는 과정으로 흥미진진하게 엮어 가면서 독자들의 흥미를 자극하여 야담 잡지를 계속 구독하게 하는 것이다. 이러한 상업주의와 결탁한 흥미본위의 설정들은 '여러 놈들의 처참한 추행'으로 훼손된 여체의 묘사가 두드러진 다음의 작품에서 엽기적인 성향으로 치닫게 된다.

서편 으로 람-뽀불 한아가 히미하게 불빗을 나타내고 그 밋흐로는 소반 갓흔 침대 하나가 아무럿케나 노혀 잇는대 그 우에는 여자 한아가 <u>아무 의복</u>

도 몸에 걸치지 안코 빨간 알몸둥이로 손과 발에는 굴근 줄노 침대짜지 아울너 묵거 노코 머리은 산발하야 이리저리고 흐터저서 그 여자에 얼골을 가리다 십히 하엿다…어느 나라 사람인지 알 수가 업슬 만큼 빨안 알몸둥이다. 그중에도 토실토실한 육테미가 나는 몸이지만은 벌서 온몸에 파랑빗이 돌고 음부로부터은 만혼 상처 곳헤 유혈이 흐르고 잇다. 아마 여러 놈들이 처참한 추행 곳헤 결국 참지을 못하고 귀신 모르는 죽엄을 당한 것. 빨아버슨 알몸둥이다 머리는 산발하고 입에서는 피가 흐르고 잇다[신효정, 「해상(海上)의 비명(悲鳴)」, 10호].

훼손된 여인의 신체에 대한 묘사의 적나라함은 도착적이리만치 엽기적이다. 위 작품은 동학난의 실패로 중국으로 망명하게 위해 부부가 몰래 들어간 배가 하필이면 조선의 여자를 인신매매하여 사창가에 팔아넘기는 배라는 설정에서 시작된다. 끝끝내 강간 당한 아내는 투신자살하고, 이에 '피가 끓어 오른' 남편이 미친 사람처럼 배에 불을 지르는 것으로 끝나는 이 작품에서 전달하고자 하는 것은 동학이라는 역사적 상황과는 무관하다. 강간과 광기에 휩싸인 채 이루어진 방화라는 자극적인 설정이 독자들의 시선을 잡아끌고 있다.

기픈 밤 그러치 안허도 귀기가 도는 이 음산한 뫼면을 더욱 처참히 하려든 셈인지 매서운 바람이 획획 날카로운 소리로 울고 잇는 무시무시하고 음산한 밤이엇다. 이 박서방의 새 무덤을 파헤지는 괴물이 잇섯다. 무서움도 모르는지 일심불한히 호미로 무덤을 파고 잇다. 드듸어 흙 속에서 나온 시체. 관곽도 업시 거적에 싸서 무든 시체를 어더내인 괴물은 그 시체 우에 거꾸러졋다. 박서방의 안해엿다. 「용서해 주세요. 30년 전의 그이는 마음의 남편이오 당신은 몸의 남편. 마음의 남편이거나 몸의 남편이거나 누구가 중하고 누구가 경하리까.」 처음의 일념을 관철키 위하여 드는 정을 아닌 체 하고 그의 씨를 밧지 안키 위해서 씨마다 떨구어 버리며 복수의 귀신으로 화해서 30년

간 살기는 살았지만 그 목적으로 관철하고 나니 아직껏 아닌 체하든 박서방
에 대한 정애가 한꺼번에 소사 오른다. 스스로 남편을 관가에 고해서 죽게
만들고 또한 그 남편 곁에서 따라 죽은 안해의 마음[윤백남, 「초일념(初一
念)」, 4호].

　『월간야담』에서 자주 실리는 것은 치정과 복수담이다. 그 중에도 위
작품은 단연 돋보인다. 윤백남은 서두에서 이 글을 "홍경래의 난리로 세
상이 불끈 뒤집히는 동안 어느 조고마한 산촌"에서 벌어지는 "평화로운
활극"으로 소개하고 있다. 그러나 실제 내용은 평화로움 대신 음산함과
기괴함으로 가득 차 있다. 박서방의 무덤을 파헤치던 괴물은 바로 그의
아내, 박보패라는 여인이다. 처녀적 정혼자가 죽은 후 지금의 남편과 결혼
했다. 비록 몸은 지금의 남편에게 있지만, 마음만은 그 정혼자에게 두었던
그녀는, 30년이라는 긴 시간 동안 "처음 마음"을 지키고자 남편의 "씨를
떨구어 버릴" 정도로 섬찟한 "복수의 귀신"으로 살았다. 이와 같은 복수
에 대한 일념은 우연한 기회에 남편이 자신과 결혼하기 위해 정혼자를
죽인 범인이라는 것을 알아내는 순간 망설임도 없이 곧장 관가에 남편의
죄를 고변할 정도로 그녀를 냉정하고 독한 여자로 만들었다. 하지만 복수
가 실현되는 순간, 30년 동안 애써 거부했던 "몸의 남편", 박서방에 대한
"정애"가 마구 솟아난 보패는 남편에 대한 그리움과 애정, 미안함 때문에
폭주해 버린다. 그리고 끝내 묻은 지 하루도 지나지 않은 무덤에서 남편의
시신을 파내, 끌어안고는 그 곁에서 자결하고 만다. 20세기 야담이 다다른
잔혹성과 엽기성의 극치를 보여주는 작품이다.
　이러한 야담의 속성은 1930년대 한국 대중문화를 지배했던 '에로와
그로'의 코드의[33] 직접적인 산물로 해석할 수 있다. '에로 그로'란 1930

---

33) 이에 대해서는 소래섭, 『에로 그로 넌센스: 근대적 자극의 탄생』, 살림, 2005 참조.

년대의 유행어에 대해 당대인들은 '자본주의적 생산방식이 발달되고, 자본의 축적이 풍부해면서 소비력이 확대되고 다양화 되는 과정'에서 생겨난 '부산물'로 '괴기(怪奇) 잔인(殘忍) 기태(奇態) 등의 성질'로 규정하고 있었다. 즉 자본주의적 시스템이 어느 정도 자리 잡기 시작한 1930년대 한국 사회에 유행하는 '에로 그로'의 감각은 우연한 계기에 의해 일어난 현상이 아니라, 자본주의가 발달하는 과정에서 필연적으로 생겨난 현상이라는 것이다.[34] 취미독물의 야담의 창작도 이러한 당대의 흐름에 예외일 수는 없었을 것은 당연한 일이다. '괴녀(怪女)의 요무(妖舞), 광란(狂亂)의 무희(舞姬), 암야(暗夜)의 괴녀(怪女), 피 무든 비수' 등은 그 제목만으로 작품의 성향이 괴기(怪奇)에 집중하고 있음을 보여주는 야담들은 기괴한 취미를 선호하는 1930년대 한국 대중문화의 지배적 분위기의 반영인 것이다.

이렇게 20세기 야담의 창작은 전대 문헌을 충실하게 한글로 옮기는 방식, 역사적 기록을 근간으로 상상력을 가미하는 방식, 과거라는 공간적 배경 이외에는 역사적 실제와는 무관한 채 상상력에 의해 창작되는 방식 등 세 가지 방향에서 진행되었다. 이중에 상업주의와 결탁한 통속적인 '불온한 야담'은 주로 세 번째 방향인 창작 야담들에 해당된다고 할 수 있다. 어떠한 문헌적 근거를 확인하기 힘든 이러한 창작 야담들에서 과거는 단지 작품 속의 공간적 배경으로 설정되었을 뿐, 아무런 역사적 실제도 확보하지 못한다. 포로노그라피에 가까운 성애 장면의 묘사가 등장하는가 하면(「송진사의 기연(奇緣)」, 고병철, 11호), 처첩갈등·출생의 비밀·신분을 뛰어 넘는 사랑·삼각관계·살인을 둘러 싼 미스테리 등등 통속적인 서사 장치들을 총동원한 작품(「정인가화(情人佳

---

34) 錦農生, 「에로·그로의 私的 考察」, 『비판』, 1931년 6월.

話) 벽오동 심은 뜻은」, 춘금여사, 35호) 등은 독자들의 말초적 감각만을 자극할 뿐인, 지극히 '불온한' 통속적인 작품들임에 분명하다.

하지만 이러한 극단의 저편에는 야담에 대한 통렬한 비난 속에서도 "역사지식(歷史知識)을 통속화(通俗化) 식혀 보급 식히는 비예술적(非藝術的) 방면의 노력도 버릴 일은 못"(『삼천리』, 1934년 6월)된다는 기대에 답하는 '건전한' 야담들도 존재하고 있었다. 역사적 문헌에 충실한 첫 번째 계열의 야담들이 이에 속한다고 볼 수 있다. 이처럼 "홍미진진한 탐정물, 연애물, 전기(傳奇)물, 사화(史話)"(『월간야담』 11호 편집후기)가 두루 섞여 있었던 『월간야담』의 야담은 건전함과 불온함, 혹은 확실한 문헌적 근거와 순전한 작가의 창작이라는 양극단을 두고 다양한 성향이 두루 섞여 있었던 것이다.

따라서 20세기 야담에 대해 '통속적 굴욕'이라는 진단은 당대 모든 야담들에 대한 정당한 평가가 되지 못한다. 이러한 평가는 『월간야담』이라는 성인용 잡지에 실렸던 '상업적 야담'들에 한해서만 정당하고, 그 대부분이 전대의 문헌적 근거를 가지고 있지 않은 창작 야담이라는 점도 명심해야 할 것이다. 결국 통속적이며 퇴폐적인 야담의 얼굴은 성인 독자를 대상으로 한 잡지에서 성인 버전으로 생산된 20세기 수많은 야담들 중 하나였을 뿐이다. 이렇게 20세기의 야담은 다양한 채널을 통해 생산되면서[35] 건전한 취미독물에서 불온한 취미독물에 이르기까지 매우 다층적인 층위를 지니고 있었던 것이다.[36]

35) ≪동아일보≫에서 특정 독자층(아동과 여성)을 겨냥한 '소년야담'(1938.10.9~1937.11.4)이나 '규등사담(閨燈史談)'(1937.11.17~1938.2.9) 및 '야담(1939.10.14~1940.7.14)'이란 기획물들은 '에로그로'와는 거리가 먼 '건전한' 야담들로 구성되어 있다. 그 내용은 모범이 인물들의 행적이나 기이한 사연들, 아니면 '알영, 유화부인, 소서노, 선덕여왕, 낙랑공주, 치희, 도미' 등 역사 속의 여성인물들에 대한 이야기들이기 때문이다.

5. 맺음말

이상에서 20세기 전반 한국 대중문화의 지형도 속에서 야담의 존재하는 자리를 살펴보았다. 1920년대부터 부흥하기 시작한 조선학 열풍을 배경으로 일어난 조선 역사에 대한 열망을 배경으로 각종 인쇄매체를 통해 온갖 종류의 역사물들이 양산되면서 역사에 대한 대중적 보급이 진행되고 있었다. 이러한 상황에서 시작된 20세기 야담운동은 역사를 통한 민중 교화라는 계몽적 의도를 지니고 있었다. 하지만 야담에 대한 대중적 인지도가 높아가면서 야담은 초기의 계몽성을 대신 대중적 흥미에 더 많은 비중을 두기 시작했다. 특히 라디오 야담 방송이 시작되면서 20세기 야담의 대중화는 한청 가열되었고, 『월간야담』과 『야담』이라고 하는 야담잡지의 출현으로 이어졌다. 야담잡지의 등장으로 야담은 취미독물로 대중들의 각광 속에서 왕성하게 생산되면서, 당대를 대표하는 대중 서사물로 자리하게 되었다. 대중 서사물로서 야담이 출현하게 되는 데에는 이광수의 역사소설 『마의태자』의 성공이 큰 영향을 미쳤다고 볼 수 있다. 당대 '야담계의 패왕'으로 군림했던 윤백남이 신문에 역사소설을 연재하는 동시에 『월간야담』을 창간, 야담을 발표했다는 사실은 야담과 역사소설이 공존하면서 대중 사물로서의 역사물에 대한 당대 대중들의 수요를 만족시켜 나갔음을 상징적으로 보여준다

---

36) 공임순에 의해 『가정지우』, 『신시대』, 『아희생활』과 같은 잡지들에 실린 '건전한' 취미독물로서 야담이 일본 제국주의의 식민논리를 전국민적으로 확산시키는 선전도구였을 가능성이 논의되고 있음은 주목할만하다. 공임순, 앞의 논문(2007) 참조. 그러나 그 논의가 구체적인 야담을 대상을 대상으로 하여 진행되지 못했다는 점에서 아쉬움을 남긴다. 왜냐하면 여기에 인용된 이광수의 「모(母), 매(媒), 처(妻)」에게는 야담이 아니기 때문이다. 단지 이광수가 대동아전쟁에 아들을, 오라비를, 남편을 보내야 하는 조선의 여성들이 지녀야할 바람직한 태도의 사례로 신라의 화랑인 화랑창의 어머니와, 그 아내의 이야기를 제시하고 있을 뿐이다.

하겠다. 장편인 역사소설은 지금의 역사 드라마에 비견할 수 있다면, 한때 역사 드라마와 함께 높은 인기를 구가했던 '전설의 고향'은 대부분이 단편인 야담에 비견할 수 있을 것이다. 예컨대 긴 호흡의 역사 드라마와 짧은 호흡의 '전설의 고향'과 같은 프로그램이 공존하면서, 대중들의 각광을 받았던 것처럼, 1920년대 후반에서 1940년대에 이르는 20세기 전반기 한국 대중 문화계에서도 역사소설과 동시에 야담이 대중들의 다양한 기호를 충족시켜 가면서, 높은 인기를 구가하고 있었던 것이다.

만일 20세기에서 조선 시대에 창작된 야담처럼 '당대의 현실을 사실적으로 반영하는' 텍스트를 찾는다면, 아마도 '만문(漫文)'이나, '세태소설'에서 찾을 수 있을 것이다. '식민지 조선의 생생한 사회상을 그대로 재현하는 안석영의 만문 만화'[37]나 당대 현실의 동태를 '다각적으로 묘출'한 당대의 걸출한 세태소설들은 조선시대 야담의 전통을 훌륭하게 20세기 화한 사례로 볼 수 있다는 말이다. 이러한 상황에서 20세기 야담은 흥미를 본위에 둔 취미독물로 조선시대의 야담과 완전히 다른 것이라 하지 않을 수 없다. 따라서 연구자들이 야담에게 기대했던 그러한 생명력을 20세기에 복원된 야담에게서 찾을 수 없었던 것은 당연한 결과라 할 수 있다. 대신 20세기 한국의 대중문화사에 있어 야담은 역사가 가지고 있는 상품성을 적극적으로 활용하여, 당대 대중들의 기호에 부합하면서 왕성한 생명력으로 생산되었던 문화상품으로 인정할 수 있을 것이다.

『정신문화연구』 31-1, 통권 110, 한국학중앙연구원, 2008에 수록.

---

37) 신명직, 『모던쏘이, 경성을 거닐다』, 현실문화연구, 2003.

1930년대 오락물로서 역사의 소비

– 야담 방송과 『월간야담』을 중심으로 –

1. 1930년대 역사와 대중화: 역사소설과 야담의 인기

1930년대에 들어 음반, 영화, 대중인쇄매체 등의 다양한 매스 미디어의 번성으로 '조선'에도 대중문화 산업이 본격적으로 자리하기 시작했다. 이러한 1930년대 대중문화 시스템 속에서 야담은 가장 잘 팔리는 문화 상품 중 하나였다. 야담만을 집중적으로 취급하는 월간지가 두 권씩이나 발간되었고, 그것들이 동시에 많은 독자층을 확보하고 있었다는 사실은 1930년대 '야담장사'가 얼마나 활황이었는지 잘 보여준다. 상품이 잘 팔리기 위해서는 우선 광범위한 소비층이 확보가 되어야 할 것이고, 그러한 소비층을 유지·확산시키기 위해서는 구매욕을 끊임없이 자극할 수 있는 상품의 원활한 생산이 이루어져야 한다. 1930년대 야담장사의 번성을 위해서는, 야담에 대한 광범위한 수요층이 확보되고 그 수요를 유지할 수 있도록 지속적으로 새로운 야담을 생산할 수 있는 효과적인 시스템이 갖추어져 있었을 것이다. 이 글에서 주목하고자 하는 것은 바로 이 지점이다.

선행 연구에서는 야담이라고 하는 전근대적인 양식이 어떠한 경로를

통해 20세기에 소환되었으며, 그 과정에 전통적인 야담에 어떠한 변화
가 일어났는지에 대한 설명에 집중해 왔고, 그 결과 흥미로운 연구 성
과들이 축적되었다. 하지만 야담이 1930년대 대중문화산업 시스템 속에
서 번성을 구가할 수 있었던, 시장 구조와 생산 방식에 대한 조명은 미
흡했다. 이 글에서는 야담이 당대 경쟁력 있는 문화상품이었다는 점에
주목하여, 1930년대의 어떠한 사회적 조건이 야담에 대한 수요를 낳았
으며, 그 수요의 지속과 확산을 위해서 야담 자체가 확보하고 있는 매
력은 무엇이었는지 살펴보는 데 목적을 두고자 한다.

　1930년대 야담의 번성은 대중들이 역사를 오락물로서 소비하기 시작
했음을 의미한다. 지식인들의 전유물이었던 '조선의 역사'가 대중들과
조우하기 시작한 것은 1920년대 후반 문화민족주의의 맥락 하에 발흥
한 '조선학'의 열풍과 깊은 관련이 있다. 1930년대에 들어 더욱 증폭된
조선학 열풍은 근대 사학의 정립으로 이어지는 동시에, 수많은 역사물
이 신문·잡지 등의 인쇄 매체를 통해 다량으로 생산되는 데 결정적인
역할을 담당했다. 학술적 연구를 바탕으로 저술된 역사물에서부터 역사
소설들이나 '애화(哀話), 기화(奇話), 비화(悲話)' 등의 표제어가 붙은 통
속적인 야담에 이르기까지, 다양한 층위의 역사물들이 '조선의 역사'와
당대 대중들의 만남을 주선하게 되었던 것이다.[1]

　문학과 비문학, 교양과 오락의 한계를 자유롭게 넘나드는 다종다양
한 역사물들 중에 대중들의 인기가 집중되었던 것은 단연 역사소설과
야담 이었다. 각 신문사는 경쟁적으로 역사소설들을 연재했고, 이중에
이광수와 윤백남의 소설들은 연재 직후 족족 단행본으로 간행될 정도

---

　1) 이에 대해서는 김병길, 「한국근대 신문연재 역사소설의 기원과 계보」, 연세대학교 박
　　사학위논문, 2006, 64~69면; 이승윤, 「한국 근대 역사소설의 형성과 전개」, 연세대
　　학교 박사학위논문, 2005, 65~135면 참조.

로 독자들의 열렬한 지지를 받았다. 이와 동시에 야담으로 명명된 수많은 역사물이 역사소설과 함께 신문이나 잡지를 통해 거의 매일 독자들에게 제공되었다. 이 같은 역사물의 대중적 선풍을 선도한 것은 1926년 5월 10일부터 1927년 1월 9일까지『동아일보』에 연재되었던 이광수의 「마의태자」이다. 1928년에 출간된 단행본은 1935년에도 여전히 베스트셀러로 자리할 정도로 꾸준한 인기를 끌었고,[2] 장르를 옮겨 가요로, 연극으로, 영화로 제작되는 등 「마의태자」의 대중적 성공은 가히 기념비적이라 할 만하다. 「마의태자」의 성공으로 확인된 역사의 상품성은 이후 수많은 역사소설들의 신문연재를 견인했고, 야담의 대중적 생산으로 이어졌다.[3]

이 중에서도 야담에 주목하는 이유는 야담만을 단독 상품으로 취급하는 전문 잡지들이 발간되고, 그것들이 동시에 상당한 독자층을 확보할 정도로, 당대 대중서사물들 중에서 야담의 인기가 단연 돋보이기 때문이다. 야담의 대중적 인기와 상관없이 야담은 문학으로 인정받지 못했다. 1934년 윤백남이『월간야담』을 발행했을 때와 달리 그 이듬해 김동인이『야담』을 발행했을 때는 그에게 많은 비난이 가해졌다는 사실이 이를 단적으로 증명한다. 김동인이 야담계에 투신했다는 이유로 많은 비난을 받았던 것은 그가 대중소설작가로 분류되던 윤백남과 달리, '순문학의 거장이며 개척자'로 추앙받는 당당한 '문인'이라는 데에 있었다. 문인으로서 야담을 전문적으로 다루는 '취미 오락잡지'를 발간한 김

2) 「漢圖・以文・博文・永昌等書市에 나타난 書籍市場調査記」,『삼천리』, 1935. 10.
3) 흔히 야담은 역사소설로 이행되었다고 설명되나, 시간적 순서로 본다면 야담의 인기 몰이가 시작된 것은 역사소설이 성공을 거둔 이후이다. 야담과 역사소설의 공존에 대해서는 고은지, 「20세기 '대중오락'으로 새로 태어난 '야담'의 실체」,『정신문화연구』31, 한국학중앙연구원, 2008, 103~129면.

동인의 행위 자체가 비난의 대상이[4] 될 정도로 당대 문단에서 야담은
철저하게 배제된 양식이었던 것이다.

1930년대 각종 인쇄매체를 통해 야담처럼, 소설·희곡·에세이로 범
주화되는 공식적인 문학의 장에서 배제되었지만, '실화, 애화, 우화, 기
담, 만담' 등의 다양한 이름으로 수많은 읽을거리들이 발표되었다. 상당
히 이질적인 성향들이 서로 역동적으로 뭉쳐 있는 이러한 대중적인 서
사물들에 대해 당대인들은 '취미독물'이란 이름을 부여하였다. 이들은
비록 정통 문학권에서 배제된 '소설 외(外) 서사' 양식들이었지만, 하위
문화 혹은 대중문화의 권역에 위치하면서 거의 모든 대중문화 매체 속
에서 당당히 자신들의 존재감을 과시하고 있었다.[5] 이들 중에서 유독
야담만이 선택되어 이를 전문적으로 취급하는 잡지가 두 권씩이나 발
행되었고, 모두 상당한 성공을 거둘 수 있었던 것은 야담이 다수의 고
정적인 소비자층을 확보하고 있었음을 의미한다. 그렇다면 야담에 대한
당대의 수요는 어떠한 문화적 기반에서 만들어졌던 것일까?

2. '야담 장사'의 기반: '이야기꾼'의 전통과 근대적 문화 공간

20세기에 야담은 말과 글 두 가지 방식으로 재현되었다. "상업적 야
담가"들이 "극장에 방송국에 가두(街頭)에" 진출하여 야담을 구연하는
한편, 『월간야담』과 『야담』 등의 잡지에 수많은 야담들을 발표하면서,
1930년대 중후반에 이르러 바야흐로 야담장사의 번성 시대가 왔던 것

---

4) 「金東仁에게 〈夜談〉을 듣는다」, 『신인문학』, 청조사, 1936.3.
5) 이경돈, 「『별건곤』과 근대 취미독물」, 『대동문화연구』 46, 성균관대학교 대동문화
연구원, 251~285면.

이다. 물론 이에 대한 당대 지식인들의 시각은 부정적이었다. "구원(久遠)한 이상(理想)을 향해 용진(勇進)하여 할 문예가"들이 "비속한 야담가"들과 섞이는 것은 용납될 수 없었다. 그럼에도 불구하고 1936년 당시 "야담장사의 번성"은 부인할 수 없는 일이었고, "일부 문사들"은 "생계를 위해 야담계"에 투신해 가는 우려할만한 상황이 벌어지고 말았다. 이러한 상황에 대해 정리할 필요를 느낀 것인지, 김태준은 당대 야담장사의 번성에 대한 기원을 찾는 글을 한 편 발표한다. 그것이 바로 1936년 4월에 『비평』에 기고한 「야담의 기원에 대하여: 간단한 사적 고찰」이란 글이다. 비록 야담장사에 대한 우려로 끝맺고 있지만, 글의 전체는 제목 그대로 야담의 기원에 대한 내용으로 채워져 있다. 20세기 야담장사의 활황이 이미 조선 후기부터 번성하기 시작해 1930년대 당대까지도 건재했던 이야기꾼의 전통에 그 기원을 두고 있었음을 밝히고 있는 이 글은, 탑골공원에서 이야기꾼에 의해 '고담과 기담'이 구연되는 현장을 그대로 옮겨 놓으면서 시작한다.

탑동공원의 한 구석에도 여름철만 되고 보면 직업없는 나그네의 자유로운 집합장소로 되어 언제든지 초만원의 성황을 일운다. 그래서 원각사의 오랜 탑 앞에는 유랑객의 끄운없는 찬 우슴 소리가 요란스럽게 들린다. 많은 사람들이 어느 「니야기꾼」 한 사람을 둘러 싸고 그 니약기를 듯는다.
「니약이꾼」의 입에서는 에로, 그로, 넌센쓰의 古談 奇談이 連發 再發한다.
"녯날 봉이 김선달이란 사람이 평양에 살엇는데.." "녯날에 정수동 이란 사림이 잇섯는데.."
운운하면 청중은 박자를 처 가면서 열광적으로 듯는다. 이런 일은 요사이에 비로서 생긴 일은 아니다.

용어 사용에 예민한 연구자들이었다면 야담과 고담의 함의를 분명하게 나누어 사용했을 것이다. 하지만 1930년대 야담계의 현실에서 야담과 고담은 혼용되고 있었다. 물론 "고담쟁이가 사령이 죠케는 하나 넘우 상식이 업서 과장을 심히 한다는 점"에서 야담과 구별되기도 했고, "야담은 고담과 같이 떠도는 말을 하는 것이 아니라"는 의견도 있었다.6) 하지만 야담의 내용은 "야사를 중심으로 하는 고담"으로 받아들여졌고,7) 야담 방송에 있어서도 "고담과 야담을 섞어 쓰다가, 고담이 너무 고색이 찬연해서 야담이라는 명칭으로 통일했을"8) 정도로, 당대 현실에서 야담과 고담의 용어는 엄격하게 구별되지 않았다. 따라서 "「니약이꾼」의 입"에서 흘러나오는 "에로, 그로, 넌센쓰의 고담과 기담"에 "청중들이 박자를 처가면서 열광적으로 듣는" 위 인용문을 1930년대 야담이 구연되는 현장에 대한 묘사로 읽어도 무리는 없을 듯하다. 그런데 글보다는 그때의 그 장면을 찍은 듯한 사진이 있어, 당시 야담 구연의 현장을 보다 생생하게 확인할 수 있다.

1937년 8월 25일 「조선일보」에 실렸던 사진과 이에 대한 기사이다. "탑동공원의 입각당(入角堂) 갑업는 청풍과 지튼 그늘"에서 "고담(古談)"으로 "스름업는 시간을" 보내고 있는 사람들의 뒷편으로, '원각사의 오랜 탑'이 보인다. 사진에는 "희년(稀年)에 친구 찾아 온 이"들과 "산업 예비군인 젊은이"들이 삼삼오오 모여 "대신가(大臣家) 별당에서 시작하여 십오야 대밭에서 처녀와 중놈이 만나는 이야기"며, "옛날 탑

---

6) 양건식, 「講談과 文藝家」, 「중외일보」, 1927.11.15; 「문화토의실」, 「조선일보」, 1940.3.13.

7) 신불출, 「웅변과 만담」, 「삼천리」, 1935.6.

8) 노정팔, 「휴일없는 메아리」, 한국교육출판사, 1983, 63면.

거리는 紅塵萬丈! 百度를 오르내리는 炎熱을 뚤코 號外소리가 요란하다 (…) 여기는 탑동공원의 八角堂 갑업는 청풍과 지튼 그늘이라 稀年의 스름업는 시간을 이곳에서 옛 이야기로 보내고 잇스니 (…) 善을 도우고 惡을 懲戒하는 古談一.은 淺薄한 人情에 쪼들인 俗世人에게 한 줄기 淸心劑가 되기에 足하다. 억세인 北道 사투리가 끗난 다음 요번에는 경상도 사투리가 등장하얏다. **이야기는 大臣家 別堂에서 시작하야 十五夜 대밧테서 처녀와 중놈이 맛나는 장면에 이르럿슬 때 여페서 듯고 섯던 젊은 사나히들의 가슴이 뚜엿다.** 이야기가 끗치 나니 비록 가난할망정 청초한 모습을 한 노인 京調 **그윽히 까라안즌 목소리로 그 옛날 탑동공원이 큰 절간으로 잇슬 때의 전설을 이야기하얏다.** 봐하니 이곳에 모인 분네는 稀年에 할 일이 업서 조흔 친구를 차저 온 이도 잇고 이야기를 듯고 섯는 젊은이들은 아마 요사이 말로 産業豫備軍인가보다 (…) 시간을 벌서 편집마금할 때가 되엿는데 탐방갓던 기자 그 직업을 이저버리고 이 仙境에서 날을 맛칠 번 하얏다.

동공원이 큰 절간으로 있을 때의 전설"을 듣는 장면이 찍혀 있다. 마감시간을 잊어버릴 정도로 "고담(古談)에 빠져 있어 노라"는 기자의 고백만 없었더라면, 김태준의 글에서 묘사되었던 탑골공원에 모여 "에로틱하고 그로틱하며 넌센스한 고담과 기담"을 열광적으로 듣는 군중들의 모습을 찍어 놓은 것이라 해도 무방할 정도이다. 김태준은 이러한 당시 야담 구연의 광경이 "요사이에 비로소 생긴 일은 아니"고, "적어도 이백년 전 이조시대"에 만들어졌음을 단정적으로 서술했다. 왜냐하면 『추재기이』에서 "직업적인 설서가(設書家)"들에 의해 "에로문학인 어면순(御眠盾)이나 숙향전·소대성전·심청전·설인귀 같은 니약이책"이 "일반 대중에게 방송"되었던 현장을 발견한 김태준은 여기에서 1930년대 '야담장사'가 활성화 될 수 있었던 기원이 마련되었음을 확인했던 것이다.9)

___

9) 이러한 설명은 '20세기 야담운동'을 새롭게 창안했던 김진구의 주장과 매우 다르다. 역사를 통한 민중 계몽 운동이라는 방향에서 '야담운동'을 기획했던 김진구에게 있어 '야담'은 지배층의 시선에서 왜곡된 정사(正史)의 이면에 숨겨진 민중의 역사를

윤백남야담대회, 인천10)

야·만담의 밤, 평양11)

의미했다. 그 결과 조선의 야담 전통을 부정했고, 대신 일본의 신강담을 끌어들여 자신이 창안한 '20세기 신술어 야담'을 규정했던 것이다. 결국 김진구의 야담은 오락물서가 아니라, 민중 계몽을 위한 교양으로서의 성격이 강하다. 이에 대해서는 고은지, 앞의 논문, 106~111면 참조.

10) '무려 만여명이 입장(…)세시간 동안(…)아즉도 긔억이 살아지지 아니한 조선 리조의 력사적 사실을 여실히 나타낼 것(…)그 중에 녀인 군상은 가정부인에게 가장 적절한 이야기(…).' 『조선일보』, 1933. 2. 7.

11) '야담계의 최고 권위인 신정씨의 량대장과 량미인과 만담계의 경이자인 황재경 씨의 조선말 가튼 영어, 울고 살가? 웃고 살가? 등 포복절도할 장면은 천여 청중 을 무아경에 끄러 넛타가 동 열시 삼십분 경 산회.' 「조선일보」, 1936. 2. 25.

이처럼 1935~6년 무렵에도 조선후기 이야기꾼의 전통과 이에 대한 청중들의 열광은 지속되고 있었고, 이는 야담장사가 번성할 수 있는 중요한 문화적 환경이었다. 이야기에 대한 전통적인 수요가 유지되고 있었기에 야담이 극장과 방송국이라는 근대적 문화 공연으로 그 구연의 현장을 확대시킬 수 있었다는 말이다. 위의 자료들은 바로 1933년과 1936년 당대 야담대회란 이름으로 개최되었던 야담 구연 현장의 모습들을 찍어 놓은 보도 사진들이다. 야담대회는 야담 그 자체만으로도 세 시간의 공연이 이루어지기도 했으며, 때로는 만담과 함께 공연되면서 청중들을 매료시켜나가면서, 야담 구연 현장을 확대시켜 나갔다. 이러한 야담대회의 성장은 야담에 대한 수요의 확대로 이어졌을 것이다. 극장이나 공원 출입에 제한이 있었던 부녀자들도 방안에서 라디오를 통해 야담을 듣는 것이 가능해졌고, 시장이나 거리를 비속한 공간으로 여겨 출입을 꺼리는 이들도 '야담대회'가 열리는 극장에는 자유롭게 드나들었으리라는 것을 추정하는 일은 어렵지 않다. 더군다나 매달 발행되는 야담잡지들을 통해 시간과 장소의 구애 없이, 어디서나 마음이 내키면 언제든지 야담을 즐길 수 있게 되면서, 야담의 수요층은 전대에 비교할 수 없을 정도로 확산될 수밖에 없었던 것이다.

3. 야담의 일상적인 소비 시작과 수요의 확대
: 라디오 야담방송

1930년대 대중들이 야담이란 이름을 접하기 시작한 것은 구연으로 재현되는 야담을 통해서였다. 전국 방방곡곡에서 열리는 '야담대회'를 통해 윤백남이 당대 야담계의 거성으로 부각되었다. 하지만 간헐적으로 개최되는 '야담대회'보다, 야담이 일상적으로 소비되기 시작한 것은 라디오를 통해 야담방송이 시작되면서 부터이다. 1926년 11월 한국 최초의 방송국인 경성방송국의 설립된다. 1932년 일본어 방송과 별도로 조선어 방송이 시작되면서, 라디오는 본격적으로 한국 사회에 보급되기 시작한다. 경성방송국에서 활동하였고, 해방 후에는 한국 최초의 PD로 지금의 KBS를 발기하기도 했던 방송인 노정팔은 "라디오가 탄생하면서부터 야담과 고담 방송이 함께 시작되었고, 고담이라는 용어가 너무 고색창연하여 후에 야담이라는 말로 통일"했던 것으로 회고하고 있다.12) 그의 말처럼 야담은 때로는 고담으로 때로는 기담이란 타이틀로 방송되었다. 부정기적인데다가, 정해진 시간에 맞춰 정해진 장소에 찾아가야만 했던 '야담대회'와 달리, 적어도 일주일에 한 두 번은 꼭 방송되는 야담방송을 통해 대중들은 일상적으로 야담을 접할 수 있는 기회를 제공받게 된다. 라디오를 통해 일상적 공간에서 야담이란 이름으로 역사가 소비될 수 있는 환경이 만들어진다는 점에서, 야담방송은 중요한 의미를 지닌다. 이제는 신문에서 방송 프로그램을 통해 야담방송만 확인된다면, 그리고 라디오의 청취가 가능한 환경이라면 누구라도 장소의 제한 없이 야담을 즐길 수 있게 된 것이다. 당시 방송의 프로그램 편성을 보면, 대체적으로 주간에는 요리, 뉴스, 강좌, 연설 등의 시사·교양 방송이, 6시간대에는 아동·교육방송이, 7시 이후인 야간에는 음악·극 등의 연예오락방송이 배치되었다. 이중 야담은 판소리, 잡가, 가곡·시조창 등과 함께 경성방송국 개국 초기부터 중요 연예 프로그램으로 자리하고 있었다. 방송 시간은 주로 8시간대나 9시간대에 편성되었는데, 다음은 『조선일보』에서 발췌한 1933년 야담 방송 프로그램

---

12) 노정팔, 『휴일없는 메아리』, 한국교육출판사, 1983, 63면.

중 일부이다.

> 연속고담 3회, 박인성, 벙어리 御使: 9월 14일(목)-9월 15일(토), 밤 9시
> 연속야담 3회, 윤백남, 코르시키 奇談: 10월 30일(화)-11월 2일(목), 밤 9시
> 연속고담 3회, 박인성, 忠狗와 獨猫: 11월 6일(월)-11월 8일(수), 밤 9시
> 연속고담 3회, 박인성, 主客의 誼: 11월 21일(화)-11월 23(목), 밤 9시
> 연속야담(1회)..연속고담(2회)..연속야담(3회), 윤백남, 清末.談: 12월 4일 (월)-12월 6일(수), 밤 9시
> 연속괴담 3회, 박인성, 竹林의 魂: 12월 13일(수)-12월 15일(목), 밤 9시
> 연속기담 3회, 윤백남, 租界秘話: 12월 27일(수)-12월 29일(목), 밤 9시

고담, 야담, 괴담, 기담이 용어가 혼용되고 있었음이 우선 눈에 보인다. 특히 12월 4일 윤백남의 방송에 대해서는 야담과 고담이 서로 교체되는 데서 야담이란 용어가 자리 잡지 못했던 시기였음이 확인된다. 또한 윤백남의 야담 레퍼토리에는 '조선'의 이야기가 아닌 외국의 이야기들이 포함되어 있어, 당시 야담의 범주가 조선의 역사에만 국한되지 않았던 것을 알 수 있다. 방송 형태를 보면, 3회 정도의 연속 방송 형식을 취하고 있으며, 시간 편성은 방송 마감 직전인 밤 9시였다. 진행은 박인성과 윤백남이 주도했는데, 이때 윤백남은 『동아일보』에 「봉화(烽火)」를 연재하고 있었다. 참고로 『조선일보』에서는 홍명희의 「임거정전」이 연재 중이었다. 즉 야담과 역사소설은 공존하면서 역사물에 대한 당대 대중들의 다양한 취향에 부응하고 있었던 것이다. 이러한 야담과 역사소설의 공조 속에서 야담은 짧지만 강렬한 오락성으로 자신의 상품성을 특화시켜 나갔다.

連續古談 벙어리 御使, 박인성: 영조. 平壤城內에서 代金과 客主業을 하

는 崔某의 아들이 放蕩해서 父親의 金錢을 欺取한 뒤 梅笑春이라는 妓生을 다리고 雲霧島 로 避身(…)그러케 지내는 동안 崔生은 魔碁法에 걸리여 不過 半朔에 大金 百餘兩을 전부 일코 本宅 平壤으로 金錢을 周旋하러 歸鄕(…)[寧邊의]鄭郡守는 崔牲이 업는 틈을 萬幸으로 生覺하고 下人을 시켜서 崔生의 愛人을 欺罔하고 寧邊으로 데리고 가 버렷습니다.

連續怪談 竹林의 魂, 박인성: 이백오십년전 효종시대의 좌상 金錫胄의 少年時代의 이야기다. 그는 早失父母하고 名勝地를 周遊하는 중 全南 羅州地方에 이르럿슬 째 그곳 某所 竹林에는 밤마다 女子의 幽靈이 出現하야 人馬가 不通되고 그곳의 損害는 莫大하엿다. 김석주는 깁흔 밤 죽림 속을 드러가 유령을 붓들고 그 짜닭을 물어가지고 怨讐를 갑허준 뒤부터는 유령도 사라지고 짜라서 마을은 넷날 그대로 復舊되엿스며 소년 金錫胄의 功勞를 칭송치 안는 이 업섯다. 幽?怪談의 一席.

경성방송국에서는 방송프로그램을 각 언론사로 보낼 때, 경우에 따라서는 방송의 개략적인 내용을 함께 보내기도 했는데, 위 인용문들은 『조선일보』에 게재되었던 야담방송의 개략적인 내용이다. 1933년 9월 14일 『조선일보』에 소개되었던 '영조 때'의 이야기인 「벙어리 어사」는 방탕한 부잣집 도련님이 부모의 돈을 훔쳐 기생과 도피 행각을 벌이던 중, 꾐에 넘어가 도박으로 모든 돈을 잃고, '애인'마저 빼앗긴다는 내용이다. 제목인 '벙어리 어사'와의 관련성을 확인할 수 있는 내용이 없다는 점이 아쉽지만, 이상의 내용만으로 「벙어리 어사」의 서사가 매우 익숙한 통속적인 요소들로 짜여 있다는 것을 알 수 있다. 인물의 허랑방탕한 행각들, 여자를 사이에 둔 남자들 간의 다툼, 사기와 배신으로 점철된 인간관계 등은 청취자들을 라디오 앞에 잡아 두기에 충분히 자극적인 화소들이다. 이어 그해 12월 14일 『조선일보』.에 소개되었던 괴담 「죽림의 혼」의 내용도 이와 마찬가지다. 효종 때의 실존 인물 김석주가

주인공인 이 이야기는, 귀신 출몰로 폐허의 지경에 이른 마을에 용감한
인물이 나타나, 귀신의 원한을 풀어주어 평화를 회복한다는 매우 낯익
은 구조로 이루어져 있다. 특히 이 기담은 MBC의 장수 프로그램이었
던 '전설 따라 삼천리'에서 한번은 방송되었음직도 한 그런 내용이어서
흥미를 끈다. 이러한 유사성은 다른 야담방송에서도 느낄 수 있다. 다음
은 1938년 『조선일보』에 소개되었던 야담방송의 내용 중 일부이다.

活佛, 유추강: 나중에 우상에까지 벼슬이 이르러 77세에 돌아간 온 양인
숙헌공 정만석(鄭晚錫)이 순조 때에 어사를 배명하고 양호 지방에 갓슬 때
입니다. 그때 전란도는 크게 가물어서 흉년이 들어 백성들의 지내기가 말이
안될 형편 (…) 한 마을에 들어가자 농민들이 크게 마시며 노래하고 질기는
것을 보고 괴이히 여겨 이런 흉년에 저것이 윈일 (…) 김진사라고만 하는 선
배가 잇는데 그가 빈민들에 때로 하사하야 별로 흉년임을 모르고 지낸다고
하엿드랍니다. 정어사 내심에 필경코 그 자가 도적의 두령임이 틀림업다하고
내탐을 하랴고 일부러 파입폐복을 하고 김진사를 차젓슴니다. 그 결과 과연
엇더하엿는지 의문의 인물 김진사는 후에 홍경래란에도 큰 공을 세운이지만
영영한 기인으로 아럿슬 뿐 그는 본을 모른다고 합니다.

四蛇昇天, 김탁운: 지금으로부터 오백년전 사람으로 벼슬이 좌의정까지
일으럿다가 연산때 무오사화에 연좌되엿든 문정공 어세겸(魚世謙)의 젊엇슬
때의 이야기입니다 (…) 하로는 유조가 꿈을 꾸엇는데 그 꿈에 다섯 말이 용
이 하늘로 올너가다가 한 마리는 중도에서 떨어지고 네 마리만이 하늘로 올
러 가드라고 이야기 하얏슴니다 이 이야기를 들은 어머님은 무엇이라고 해
몽하얏는가 과연 후일에 어떠한 일이 잇섯든가?

뻔뻔한 여자, 신정언: 때는 이조 성종입니다 당시 심심원(沈深源)이라는
이가 잇섯는데(…)한 소복미인을 맛낫슴니다 그는 청상으로 친정에 도라가
는 도중인데 중로에서 부랑배를 맛나 혹 무슨 봉변을 할까 두려워한다 하므

로 선뜻 그러며는 남매행세를 하자하고 중로에 한 여관에서 묵게 되엇는데 의외로 그 여인은 여적으로 밤사이에 그 주인 집의 물건을 훔처 잠적햇습니다 그래서 심은 공범으로 몰려 고초를 당하고 후에 다시 그 여자를 맛나서 여러 가지 풍파를 격근 파란만장한 풍류남아의 일대기입니다.

유츄강의 「활불」(9.11. 8시)은 『대동기문』에 실려 있는 '정만석이 김진사를 만나 적을 쳐부수다'라는 이야기를 근간으로 삼고 있다. 「기인 김진사」라는 제목으로 1936년 『월간야담』 20호에 실린 야담 역시 동일한 이야기를 모티프로 삼고 있다. 야담방송과 읽을거리로서의 야담의 생산은 동일한 시스템 속에서 이루어졌던 것이다. 실제 인기 야담가는 동시에 인기 야담 저술가들로 활약했다. 「활불」은 일종의 기인담(奇人談)으로, 『월간야담』의 내용을 참조하면, 김진사라고 하는 기인이 후에 정만석이 홍경래난을 해결하는 데 큰 결정적인 전략을 알려준 인물로 나온다. 정만석의 실제 사실을 바탕으로 김진사라고 하는 허구적 인물이 만들어져 이야기의 흥미성을 배가시키고 있다. 김탁운의 「사사승천」(11.4, 8시 30분) 역시도 『용재총화』에 수록된 어함종의 꿈 이야기를 저본으로 한 이야기다. 신정언의 「뻔뻔한 여자」(10.7, 9시)에 등장하는 심심원이라는 풍류남아는 조선 시대 야담 문헌에 등장하고 있기는 하지만, 방송의 내용과 유사한 에피소드는 확인되지 않는다. 이상의 야담 방송은 역사적 실존 인물들이 겪는 기이한 사건들을 재미나게 엮고 있다는 공통점이 있다. 또한 역사적 사실의 실재성(實在性), 사실성(事實性)이 중요한 것이 아니라, 이야기 자체의 기이함이 주는 흥미로움에 더 집중하고 있다는 것도 공통점이다.

金雁, 장지호: 지금으로부터 사백여 년 전 이조 세종조에 생긴 일입니다

경상남도 진주 땅에 하성금(河成金)이란 이가 잇섯는데 (…) 한 해는 대단
히 가물이 들어 거 왼동리가 곤란을 당하고 잇슬 때 하씨는 동이를 위해서
우물을 파고자 하야 멧 길을 파 나려갓는데 문득 한 개 놋쟁반이 잇는 것을
보고서 그것을 집어가지고 집에 왓드랍니다 (…)이것이 지금도 항간에서 전
해오는 하수분(河水盆)이라는 것인데 이 하수분이 나중에 금기럭이가 되어
서 그 자최를 감추기까지에 이 야기를 할랴고 합니다(9.14, 8시 30분)

  앞의 이야기들이 역사적 실존 인물들이 등장하는 이야기라면, 위의
이야기는 '화수분'에 대한 유래에 얽힌 전설이다. 이처럼 역사적 인물과
관련된 기이하고 흥미로운 에피소드나, 화수분이란 말이 만들어진 유래
는 우리가 언제가 한번 쯤 '전설따라 삼천리'를 통해 들었던 이야기들이
라 해도 무방할 정도이다. 이런 측면에서 30년대 야담방송을 '전설따라
삼천리'의 원형으로 볼 수도 있겠다. 후에 TV드라마가 확장되면서 '전
설 따라 삼천리' 포맷은 '전설의 고향'으로 옮겨 갔다고 한다. 그러면서
동시에 장편의 사극 드라마가 인기리에 방송되고 있었는데, 이러한 '전
설의 고향'과 장편 사극의 공존이 1930년대 대중적 역사허구물로서 단
편의 야담과 장편의 역사소설이 공존하는 관계에서 시작되었다고 해도
무리는 아닐 듯하다.
  이상의 야담방송들에서 찾을 수 있는 공통점 중 하나는 대체적으로
특정한 역사적 시대를 거론하면서 방송이 시작되고 있다는 점이다. 하
지만 여기서 역사적 조건은 관심의 대상이 아니다. 예를 들면 순조 때
정만석이 성종 때의 인물이어도, 세종 때의 인물이어도 이야기는 달라
지지 않는다. 물론 홍경래난이라고 하는 역사적 사건이 중요한 의미로
해석될 여지도 있지만, 야담방송의 목적은 민중반란이 아니라, 김진사
라고 하는 기인의 일생이 주는 흥미로움이다. 이처럼 재미로 가득 찬

야담 방송은 인기를 끌지 않을 수 없다. 야담 방송의 인기는 스타 야담
가의 배출을 통해 확인할 수 있다. 특히 이 중에 신정언의 활약이 눈에
띤다. "천하일품으로 어린이나 늙은이나 그의 방송이 잇슬 때는 모두
귀를 기울이고 자미있게 듣는"[13] 것으로 정평이 나 있었던 야담가 신
정언의 인기는 높은 방송 출연료를[14] 통해 입증된다. 신정언은 유추강,
장지호와 함께 방송국에 전속된 야담가로 활약했었고, 신예 스타로 김
탁운이 부상하였다.

(중앙방송국전속 일류 예술가) 납량야담대가실연의 밤
: 신정언-물 건너는 승. 유추강-黑石化寶. 장지호-죽을 따에 살 구넉

유추강   신정언   장지호   김탁운

춘소를 황홀케할 야담대회: 神甁(유추강), 一經千讀(장지호),
無子得孫(최여성), 토막야담 數題(신정언), □(김탁운)

　　야담은 '야담대회'란 이름으로 극장이나 회관 등의 공개된 무대에서
소통되었다. '윤백남 야담대회'나 '신정언 야담대회' 등의 타이틀이 말해

---

13) 湖岩, 「흥미진진한 신정언야담집」, 『조선일보』, 1938.11.4.
14) 「情報室」, 『삼천리』, 1941.9: 放送一回의 料金(…) 야담에 7圓(단, 申鼎言 씨에겐
　　10원). *이외 강연, 공화, 강좌, 소설낭독, 음악독창 등 개인 출연료는 7원이었다.

주듯이 한 사람의 야담가의 참여로 진행되는 것이 일반적이었다. 하지만 "최근 4~5년" 그러니까 1934~1935년 간 부쩍 "절대적 인기"가 높아진 야담의 세력에15) 힘입어 스타 야담가들이 많아지자 3일간에 걸쳐 주야로 2회씩 총 6회의 야담 공연이 개최될 정도로 야담대회의 규모가 커진다. 바로 1938년 "납량" 특집으로 개최되었던 "야담대가"들의 "실연의 밤"이 그 대표적인 사례이다. 1939년 봄에는 "춘소(春宵)'에 무료한 독자들"을 "위안"하기 위해『조선일보』사는 무려 4사람의 스타 야담가를 동원하여 대대적인 야담대회를 개최한다. 이처럼 라디오를 통한 야담의 수요 확산과 이에 부응하는 스타 야담가들의 배출에 힘입어 야담대회의 규모 역시 확장되었던 것이다. 그러나 방송을 통해 야담 시장의 확산은 일정 정도의 한계가 있다. 1939년 당시 라디오 보급률은 1.9%의 극히 미미한 수준이었기 때문이다.16) 하지만 잡지는 라디오에 비해 훨씬 더 광범위한 지역과 계층을 포섭할 수 있다. 방송을 듣지 못하는 계층이나 지역에 있는 사람들도 이제 다달이 발간되는『월간야담』,『야담』등의 잡지를 통해 수편의 야담을 정기적으로 접할 수 있게 되면서, 야담시장은 라디오에서 잡지로 더욱 확장되어 갔다.17)

---

15) '조선에서 야담의 인기를 끄을기 시작한 것은 어느 듯 십년의 역사를 가젓거니와 (…)최근 사오년 이래 야담의 세력은 놀랄만큼 보급(…)잡지를 통하야 또는 라디오를 통하야 절대의 인끼.'『조선일보』, 1939.4.1.

16)『조선』, 1949.4, 유선영, 「한국 대중문화의 근대적 구성과정에 대한 연구」, 고려대학교 박사학위논문, 1992, 263면에서 재인용.

17) 현재『월간야담』은 그 자료가 영인되어 출간된 상태이나,「야담」은 대학도서관의 귀중서고에 보관 중인 관계로 자료에의 접근이 매우 어렵다. 따라서 이 글에서는 자료의 접근이 용이한『월간야담』에 집중하여 논의를 진행하였다. 논의의 대상을『야담』으로 확장시킨다면, 1930~40년대 야담의 존재에 대한 보다 풍부한 시각을 얻을 수 있으리라 기대하면서, 이에 대한 논의는 후속 작업으로 미룬다.

4. 야담 제작 방식과 상품성
  : 역사를 소재로 한 대중적 통속물

  야담이 문단에서 철저하게 외면 받았던 데에는 그것이 창작물로서
독창성이 없다는 점이 중요한 이유로 작용했다. 1940년 3월 13일자『조
선일보』의 '문화토의실'이라는 난에는 20세기 야담의 정의와 범주, 야담
의 현대화 경로에 대한 의문을 해결할 수 있는 유용한 정보들이 많이
들어있다. 우선 "야사(野史) 중(中)에서 취미(趣味) 잇고 유익(有益)한 어
떤 편(扁)을 골라서 말로 하기도 하고 또는 글로 쓰기도 한 것"이라는
서두는 곧 20세기 야담의 정의이다. 그렇다면 야담의 20세기화는 어떠
한 경로로 이루어졌을까? 이러한 의문에 대해 이 글은 '야담의 현대화'
는 "소화7(1932)년 경에 윤백남과 신정언이 방송국 마이크를 통하여 야
사문헌(野史文獻)을 방송"하면서부터였다는 답변을 주고 있다. 즉 방송
을 통해서 확대된 야담의 수요가 야담 잡지들의 발간으로 이어졌다는
말이다. 이어 "『삼국유사』에서 시작하여,『파한집』,『역옹패설』"을 비
롯하여 "『청구야담』,『동야휘집』,『대동야승』,『연려실기술』" 등에 이
르기까지 수 백 여 종의 한문서적들이 "야담문헌"으로 거론되고 있다.
그러나 실제 야담이란 타이틀로 발표된 글들을 보면 정사(正史), 즉『삼
국사기』나『고려사』 등에서 발췌한 것들도 있어, 20세기 야담의 소재원
이 되는 문헌들은 전대 한문으로 기록된 모든 문헌들로 확장된다. 때문
에 '한문에 대한 해독력, 한문에 대한 교양을 야담가의 제일 조건으로
제시되었던 것이다.
  결국 작가의 상상력에서 나온 독창적인 이야기가 아니라, 한문으로
쓰여 있어 대중적 접근이 어려웠던 기존의 흥미로운 이야기들을 말로,
한글로 쉽게 풀어내는 것이 바로 20세기 야담의 실체인 것이다. 이러한

야담의 특성은 야담을 문학의 영역에서 멀어지게 만들었지만, 야담에 대한 소비자들의 왕성한 수요를 즉각적으로 충족시킬 수 있는 효과적인 생산방식을 낳기도 했다. 즉 무궁무진한 이야기 소스가 저장되어 있는 전대의 문헌들 중에 재미있어 보이는 것을 야담가가 선택해 그것을 말로 혹은 한글로 옮겨내기만 하면 짧은 시간에 많은 야담들을 생산할 수 있었기 때문이다. 이러한 야담의 제작 방식은 야담에 대한 대중들의 폭발적인 수요에 즉각적으로 부응하기에 용이한 시스템이다. 야담방송이 중단되지 않고 지속되며, 동시에 각종 신문 매체에 야담들이 연재되고, 수편의 야담들로 매월 한 권의 잡지를 꾸리는 일이 가능했던 것은 바로 이미 잘 짜인 기존의 이야기를 활용하는 야담의 고유한 제작 방식에 힘입은 바 크다 하겠다.

그렇다고 해서 20세기 야담이 전대 한문 원전들의 충실한 번역물이지 만은 않았다. 물론 한문의 기록 그대로, 윤문 정도의 수준에서 한글로 옮겨 놓은 것들도 있다. 하지만 원문의 맥락을 각색하거나, 아예 새롭게 창작한 것들도 그에 못지않게 많다. 원전 그 자체가 흥미롭기는 해도, 1930년대의 당대적 맥락과 함께 호흡할 수 없다면, 문화상품으로서의 흡인력은 떨어질 수밖에 없다. 다음에 인용한 「압록강의 꽃」(『월간야담』21호, 1936.8)은 역사적 사실이 1930년대 문화상품으로서의 매력을 갖추기 위해 당대적 맥락 속에서 어떻게 변형되었는지 보여주는 대표적인 사례이다. 우리가 잘 알고 있는 유화와 해모수의 이야기가 근간이 된 작품이다. 등장인물, 구성, 갈등 구조 등은 원전에 충실하다. 그런데 달라진 점은 유화와 해모수의 '연애행각'이 보다 절절해지고 있으며, 이에 대한 유화의 동생 선화의 불타는 질투가 두 사람의 사랑에 대한 장애로 설정되어 있다는 점이다. 당대 통속적인 대중소설에서 흔히 볼 수 있는 구조이다.

-어쩌면 그 남자는 그러케도 잘 생겼을까. 헌출한 키, 둥근 윤곽, 힌 살빗 모든 것이 내가 생각하는 남자가 그가 아니고 누구이냐-(…) 그는 어떠한 수단과 방법을 써서라도 자기에게로 오도록 하라는 심산이엇다.

달이 이슥하고, 거운 첫 닭이 울 때가 되어 유화는 깁뿐 맘으로 돌아왔다. 선화는 자는 척 하고, 고요히 누어 잇섯다. 유화는 조심스럽게 선화를 깨지 안토록 애쓰면서 옷을 벗고 누엇다. 유화의 눈에는 해모소의 환영과 아울러 천사만려가 폭풍우 모양으로 그의 가슴 속 에서 물결치고 잇섯다.

-그이는 과연 천제의 아들일까. 그럿타면 나는 얼마나 행복된 여자이냐. 그럿타면 나는 그분의 자부가 아닌가. 이 우에서 더 깁뿐 일이 어듸 잇슬까. (…) 가만이 쥐든 그의 따뜻한 손! 유화는 거의 법열을 느낄 정도로 해모소의 환영을 거리며, 잠이 들엇다. 선화는 그제야 가만이 눈을 떠서 형 유화의 모양을 보며 이상한 우슴을 우섯다.

유화, 선화, 해모수라는 이름에 대한 사전 정보가 없다면, 이 이야기는 그야말로 현대적인 통속 소설의 한 장면이 된다. 한 남자와 자매의 삼각 관계, 게다가 남자의 애인인 언니는 동생의 속내를 전혀 모르는 상태이다. 그저 "천제의 자부"가 된다는 신분상승의 희망에 부풀어 있고, 남자의 손길을 회상하며 "법열(法悅)"을 느낄 정도로 뜨거운 사랑에 빠진 여자일 뿐이다. 하지만 "그러케도 잘 생긴", 큰 키에 흰 피부가 눈부신 그 남자를 "어떠한 수단과 방법을 써서라도" 자신의 것으로 만들고 싶은 동생은 이러한 언니에게 사무치는 질투감을 느끼고 있다. 하룻밤을 보내고 들어 온 언니를 보며 '이상한 웃음'을 짓는 그녀는, 원하는 바를 위하기 위해 무슨 일이든지 서슴지 않는 전형적인 악녀 캐릭터이다. 그 이상한 웃음의 정체는 곧 밝혀진다. 선화는 바로 아버지 하백에게 언니의 '야합' 사실을 과장하여 일러바치고, 이를 알게 된 하백은 불같이 화를 낸다. 그 다음의 일은 원래 문헌의 기록 그대로이다. "유화가 아들을 나으니, 그가 곧 동명성왕, 고주몽이다"는 설명으로 마무리하면서 역사적 사실에 충실함을 드러내고 있으나, 이는 사족일 뿐이다. 서사의 핵심은 '꽃미남'을 둘러싼 두 자매의 삼각관계라는 각색된 맥락에 있고, 야담을 읽는 재미는 여기서 증폭된다. 1930년대 야담 속에서 고구려 건국 영웅을 낳은 유화와 해모수의 역사는 '통속적인 연애물'로 각색되어, 오락물로서 소비되고 있는 것이다.

1920년대를 지나 1930년대에 접어들면서 통속문학이 당대 문학 비평계의 중요한 이슈 중 하나로 부상하였음은 주지의 사실이다. 현실이 주는 '불편한 진실'을 외면한 채, 달콤하고 짜릿한 위안을 목적으로 하는 통속문학이, 오히려 '불편한 진실'에 천착하는 것을 예술적 사명으로 여기는 진지한 문인들의 입에 오르내릴 정도로, 통속문학의 시장은 그만큼 확산일로에 있었던 것이다. 이러한 통속소설 중 가장 대표적인 것이 연애소설이었다. 장애가 있는 연애담을 기본 구조로 한 이들 연애소설은 성적인 결합 그 자체보다는, 그에 이르는 과정에서의 정서적 자력(磁力)을 부각시킴으로써, 남녀 간의 이끌림과 그로부터 연유되는 관계의 발전 과정에 이야기의 초점을 둔다. 그리고 여기에 이들의 결합을 방해하는 악의 무리를 배치함으로써, 이야기의 흥미성을 배가시키는 전략을 활용한다.[18] 「압록강의 꽃」의 서사적 중심은 해모수와 유화의 감정적 이끌림과 언니의 연애를 질투하는 악녀로 등장한 선화의 역할에 있다는 점에서, 1930년대식 유화와 해모수의 이야기는 더 이상 고구려의 건국신화가 아니라, 역사적 사실에 통속적 전략을 끌어 들여 탄생한 통속적 연애 물이라 하겠다.

---

18) 한용환, 『소설학사전』, 고려원, 1992, 윤정헌, 『한국 근대 통속소설사 연구』, 165~166면에서 재인용.

해모수와 유화뿐 아니라, 1930년대 '야담 씬'으로 소환된 삼국시대의 역사 중에 많은 비중을 차지하고 있는 것이 바로 남녀의 이야기이다. 유리왕과 화희·치희의 삼각관계, 호랑이와 사랑에 빠져 버린 김현, 천관녀와 스캔들을 뿌린 김유신, 남편을 위해 왕의 유혹을 뿌리친 도미, 죽은 왕비를 위해 수절한 흥덕왕, 가실을 향한 설씨녀의 믿음 등 야담으로 번역된 『삼국유사』의 이야기들 중에 유독 남녀의 이야기가 자주 눈에 띤다는 점은 바로 당대의 야담이 대중적 통속물로 제작되었던 사정을 반영한다.

원래 그 자체에 연애담으로 재구성될 재료들이 없는 역사에 새로운 인물과 사건을 첨가하여, 역사에는 없는 '새로운 역사'가 만들어지는 데서 대중적 통속물로서의 야담의 특성은 더욱더 분명해진다. 이중에 가장 대표적인 것으로 고구려 봉상왕대의 역사적 사실을 근간으로 한 「사랑이냐 신의냐?」(『월간야담』, 46호, 1938.11)이다. 『삼국사기』기록에 의하면 봉상왕은 백성들의 굶주림이 극도에 달한 상황에서도, 15세 이상의 남녀를 징발하여 궁실을 수리하게 하였다고 한다. 이에 재상 창조리는 왕에게 궁실 수리를 중지할 것을 간하나, 이를 듣고 노한 왕은 오히려 창조리를 협박하며 자신의 악행을 반성하지 않았고, 이에 창조리는 백제에 망명하여 소금장사로 숨어 있던 왕의 조카인 을불을 찾아내어 그를 새 왕으로 추대하고 봉상왕을 폐위시켜 버린다. 그 을불이 바로 미천왕이다. 여기까지는 정사(正史)이다. 하지만 야담 「사랑이냐 신의냐?」에서 정사는 프롤로그와 에필로그의 역할을 할 뿐이다.

청년들은 근 일년 동안이나 왼몸에서 끌어오르는 젊은 피를 억제 하지 못하면서 민정에 어둡고 당신 한 몸의 안일만 일삼는 봉상왕을 폐하고 현상 창조리의 먹은 뜻대로 왕제(王弟) 을불(乙弗)을 추대할 계획을 세워 은연중 분

투 노력하든 끝에 이제는 옴치고 뛸 수 없는 궁박한 처지에 일으고 말엇든
것이다. 신의란 두 자의 큰 족자를 등 뒤에 두고 다른 청년의 주목을 받으며
묵묵히 안젓든 이 집의 젊은 주인 리부(利夫)는 다시 천천히 입을 열엇다.
　내 아버니로 말하면 국상의 자리에 게신 몸. 그러나 대왕의 미움을 사고
게신 처지(…)간당의 손에 개죽엄을 하고야 말 것이니 이 안이 원통하냐는
말일세(…)이제 우리에게 남어 잇는 것은 폭력 하나 뿐인 것일세(…)그러치
그 말이 올치 폭력은 폭력으로 갚어야 하지(…)

　역사에서 주인공은 단연 창조리이다. 하지만 여기서 창조리는 사건
의 발단만 만들어주고는 서사에서 사라져 버리고, 본격적인 이야기는
울분에 차 있는 일군의 젊은이들이 등장하는 데서 시작된다. 창조리의
아들 이부(利夫, 허구적 인물이다)가 이끄는 이 무리는, 기울어져 가는 나
라를 구하고자 하는 일념으로 모인 혁명아들이다. "몸에서 끌어 오르는
젊은 피를 억제치 못하여" 정권교체를 꿈꾸며 1년 동안 고군분투하였
으나, 국상마저 겁박하여 내쫓는 왕의 폭력성과 혁명 좌절에의 불안으
로 지금 비장한 분위기를 연출하고 있는 것이다. "우리에게 남아 있는 것
은 폭력 하나뿐이다, 폭력은 폭력으로 갚어야 하지"라는 이부의 발언은,
식민지라는 상황 하에서 무장투쟁에 대한 비유가 아닐까하는, 다분히
정치적으로 해석될 여지를 만들어낸다. 그러나 서사의 중심은 어쩔 수
없이 원수지간이 되어 버린 청춘 남녀의 비극적 사랑에 있다는 점에서,
이러한 여지는 사라져 버린다.
　여기서 폭력의 대상은 바로 왕의 외척으로 나라의 실세인 '민수(敏
首)'라는 인물인데, 이 역시 가상의 인물이다. 그런데 바로 이 민수를
암살하겠다고 자처하고 나선 '도우(都友)'라는 청년이, 민수의 딸인 '설
히[雪姬]'와 약혼한 사이인 것이다. 물론 도우나 설희 역시 가상의 인물
이다. 비록 근 1년 동안 "끈흐려 해야 끈키 어려운 설히와의 사랑이 중

단"된 처지이기는 하지만, 그녀를 이용하면 어렵지 않게 민수에게 접근할 수 있으리라는 판단 때문에 과감히 암살의 임무에 도우가 자원함으로써, 비극적인 사랑이 시작되었다는 점에서, '폭력 운운'은 역사성을 잃어버린다. 하필이면 남자주인공이 사랑하는 연인이 원수의 딸이고, 원수의 딸이 하필이면 남자주인공이 사랑하는 여자주인공이라는 설정은, 바로 통속적 연애 소설에서 빈번하게 등장하는 '통속적 우연에서 비롯된 불가항력적' 상황이라 하겠다.19) 다음의 장면은 우여곡절 끝에 1년 만에 도우와 설희가 상봉하는 부분이다.

> 설히의 두 눈동자와 붉은 입술에는 타올으는 듯한 정녈(情熱)과 그 것을 숨기려하는 수집은 태도가 뒤석여 나타나 잇다(…)두 눈에서 눈물이 금방 쏘다저 나릴 것 같앳다.(…)개인적 평범한 세상-의 주ㅅ대가 되는 애욕과 련모와 행복감이 밀물 밀려들 듯 도우의 가슴에 쏘처 일어낫다.(…)눈앞에는 눈 같이 흰 풍만한 육체 탐스런 억개와 가슴이 향그러운 냄새를 풍기면서 엷은 옷에 싸히여 노혀 잇는 것이엿다. 그 탐스럽고 향그런 육체를 당장 자기가 힘껏 끌어 아는댓자 그 육체의 주인공은 조고만치도 거절하거나 반항치 안흘 것이 틀림없지 안이하냐? 도우는 입술과 목이 타기 시작하엿다.(…)한 우국사상가로의 존재로부터 갑자기 한낫 아름다운 처녀의 사랑에 빠저 좁게 움추러저 버린 것이었다. 그래서 그는 설히와 두 사람만의 세계에 몸이 잠겨 버리고 말았다.

"애욕과 연모와 행복감"을 중심으로 하는 개인적 인생과 "무사로서, 우국사상가로서"의 역사적 사명감이 서로 갈등하다가, 결국 청년은 "풍만하고, 탐스럽고, 향그러운" 애인의 "육체"에 굴복하는 그리 낯설지 않는 상황이 연출되고 있다. "엷은 옷에 싸히여" 있는 "육체"의 주인공은

---

19) 윤정헌, 위의 책, 171면.

그가 안는다고 해도 "조고만치고 거절하거나 반항하지 않을 것"이 분명한 상황에서, 피가 끓는 청년은 신의를 버리고, 그만 아름다운 처녀와 둘만의 세계에 몸을 잠겨 버리고" 만다. 강력한 정서적 이끌림과 그로부터 연유되는 관계의 발전이라고 하는 통속적 연애소설의 특성에 충실 하다. 이들의 연애는 결국 비극으로 끝나 버린다. 왜냐하면 그냥 갑작스럽게 정신을 차린 청년은 다시 "사랑"을 버리고 "신의"를 회복하기 때문이다. 애인의 안내로 드디어 원수와 대면하게 된 청년. 하지만 일은 자신의 뜻대로 되지 않는다. 원수의 입을 통해 민수에게 접근하기 위하여 쓴 간단한 편지가, 오히려 동지들의 고발하는 결과를 낳았다는 것을 알았기 때문이다. 자신이 '우연히' 뜻하지 않게 배신자가 되어 버린 황망한 상황에서 청년은 마지막 결단을 내릴 수밖에 없다.

> 시퍼런 비수가 들려 잇서다. 그 눈 깜짝할 동안 도우는 민수와 자기의 사히를 가리운 히고 붉은 모란 꽃병을 찍어 넘기엿다. 그 다음 순간 민수가 채벽에 걸린 장검을 끄내 들 새도 없이 도우는 민수의 왼편 가슴을 비수로 힘껏 들이 질럿다. 이 모든 것은 눈깜짝할 동안에 끝이 낫다. 도우가 모란꽃송이로 알고 내여질은 비수 끝에 설히의 그 눈같이 흰 목이 반이나 넘어 잘러진 것을 나중에야 도우가 발견하엿다. 이 처참한 광경을 굽어보고 섯든 도우는(…) 그 비수로 자기의 목을 힘껏 찔으고 붉은 피를 쏘드며 두 시체 우에 그냥 쓸어저 버리고 말엇다.

결국 원수를 죽였지만 결말은 해피엔딩이 아니다. 왜냐하면 아버지를 지키려고 뛰어든 애인의 목이 자신의 칼에 의해 "반이나 넘어 잘러진 것"을 뒤늦게 발견했기 때문이다. 이 처참한 광경에 청년도 애인을 죽인 그 비수로 자신을 목을 찔러 "붉은 피를 쏟아내며" 두 시체 위에 그냥 쓰러져 버리고 만다. 도우의 이 희생으로 신하들의 인심과 민심이 창조리에게 옮아가 결국 봉상왕을 쫓아내 정권교체의 개혁은 성공을 거둔다. 「압록강의 꽃」에서와 마찬가지로 에필로그에 사서(史書)의 기록을 그대로 옮기면서, 역사적 사실에 충실함을 보이는 듯하나, 이것 역시 사족이다. 여기서 중요한 것은 굶주리다 못해 서로 잡을 먹을 지경에 이른 고구려의 백성들도, 오직 자신의 담락에만 몰두하는 봉선왕의 불의도, 이에 항거하는 창조리의 의기도 아니다. 서사의 핵심은 '어쩔수 없는 불가항력적 상황'에서 벌어지는 청춘남녀의 비극적 연애담에 있다. 독자들의 관심을 끌어 낸 것은, 열광을 끌어 낸 것은 부패한 정권에 항거하는 창조리의 결단이 아니라, '도우와 설희'란 이름으로 재현되는 또 다른 버전의 '마의태자와 낙랑공주' 혹은 '호동왕자와 낙랑공주의' 애타는 사랑이다.

이처럼 야담 「사랑이냐 신의냐」는 역사적 사건과 상상력의 결합으로 생산된 작품이다. 이부의 존재나, 도우와 설희의 비극적인 사랑, 민수의 암살 사건 등은 허구이지만, 역사적 맥락에서 보면 얼마든지 그때 그 당시에 있었음 직한 인물들이며 사건들이다. 실존 인물들과 역사적 사실은 근간으로 여기에 작가의 상상력이 더해져서 또 다른 이야기가 만들어진다는 점에서 위 작품의 창작 방식을 현대의 '팩션'과 유사하다고도 볼 수 있다. 하지만 현대의 '팩션'이 새로운 역사 해석으로서 긍정적인 힘을 발휘한다면, 1930년대 야담에서 보이는 '팩트'와 '픽션'의 결합은 '팩트'가 가지고 있는 역사성보다는 '픽션'이 가지고 통속적 서사가 더 큰 힘을 발휘한다는 점에서 구별된다. 역사적 기록은 단지 액자의 역할일 뿐, 전면에 등장하는 것은 통속적인 서사구조로 풀어나가는 비극적인 결말로 끝나는 보우와 설희의 연애이다.

만 일주년 기념호부터는 흥미가 진진한 장편 하나 혹은 실코자 한다. 탐정

물일까? 연애물일까? 전기물일까? 사화? 속담에 말하는 바와 가티 박첨지가
나올까? 김동지가 나올까? 이것은 오히려 독자제위의 好奇를 끄을기 위하야
우정 한 개의 비밀로 감추어 두고자 한다.

위 인용문은 1935년 『월간야담』 8월호의 후기 중 일부이다. 이 글에
서 1930년대 야담이 '탐정물, 연애물, 전기물'이라는 통속적인 서사물로
생산되었음을 확인할 수 있다. 당대의 야담을 분류한다면 아마 많은 작
품들이 이 세 가지 범주로 분류할 수 있을 정도이다. 처첩갈등・출생의
비밀・신분을 뛰어 넘는 사랑・삼각관계는 물론, 시체유기와 살인을 둘
러 싼 미스터리 등등의 통속소설에 자주 활용되는 서사 장치들이 총동
원된 「정인가화(情人佳話) 벽오동 심은 뜻은」(『월간야담』 35호, 1937.11,
춘금여사)은 이와 같은 『월간야담』의 편집 방향을 가장 집약적으로 보
여 주는 대표작이다. 이와 같은 통속적 서사구조는 시대만 현대로 옮기
면 현대물이라 하더라도 낯설지 않다. "과거의 지층에 사는 중년 대
중"[20]은 물론 새로운 감각을 원하는 신세대들까지 공략할 수 있는 야
담의 상품성은 바로 역사적 공간에서 역사적 인물들이 펼치는 연애, 복
수, 질투, 살인, 음모, 배신 등의 이야기에서 확보된다 하겠다. 즉 기성
세대들에게도 익숙한 공간과 인물들이 등장하여 펼쳐지는 탐정물, 연애
물, 전기물 등이 신세대들의 감각에도 맞았기에, "모던적 첨단 유행과
는 거리가 먼 40 이상의 대중남녀는 물론, 역사에 대해 흥미를 가지기
시작한 청춘남녀"들의 열광을[21] 받을 수 있었던 것이다.

---

20) 김광섭, 「문예지 야담 기타, 최근 문단시감(文壇時感)」, 『동아일보』, 1936.4.23.
21) 염상섭, 「역사소설시대」, 『매일신보』, 1934.1.20.

5. 야담의 다양한 층위 그리고 지속적인 생명력

『삼국유사』, 『삼국유사』에서 시작하여 "조선 후기 시정 문화의 출현을 배경으로 이 주변에서 떠돌던 다채로운 삶의 모습들을 한문으로 기록한 단편의 서사물"들은 매우 흥미로운 이야기들을 무한대로 품고 있는 저장고이다. 이 안에서 당대 대중들이 흥미를 느낄 만한 '연애, 탐정, 전기'적인 이야기들을 그대로 한글로 옮기거나, 혹은 여기에 약간의 손질을 가하면 어렵지 않게 한 편의 통속적 서사물이 만들어진다. 이것이 바로 1930년대 야담이 생산되던 방식이다. 이 때문에 야담은 독창성이 생명인 순수 문학권에서 철저하게 제외되었지만, 야담에 대한 당대 대중들의 환호는 열렬했다. 방송을 통해, 각종 인쇄매체를 통해 야담이 대량으로 생산되면서, 야담은 당대 잘 팔리는 문화 상품으로 자리하고 있었다.

이 글에서는 1930년 야담을 통해 오락물로서 역사가 소비는 방식에 집중하였다. 하지만 야담의 모습은 이것만 있는 것이 아니었다. 교훈적인 계몽적인 맥락에서 생산된 야담도 있다. 특히 아동을 대상으로 한 야담들은 흥미보다는 교훈성이 더 강한 측면이 있다. 또한 동일한 역사적 사실이라 하더라도, 매체나 수요자의 성향에 따라 여러 버전의 야담이 만들어졌다. 예를 들면 서동과 선화공주의 이야기가 '어린이 야담'으로 생산될 때에는 공주를 얻을 수 있던 서동의 용기가 강조되었다면, 성인독자를 대상으로 야담에서는 신분을 뛰어 넘는 로맨스가 강조되었다. 이러한 다양한 야담의 층위 속에서 이 글에서는 주로 심야 방송과 잡지를 통해 생산되었던 야담에 집중해 보았다. 8시와 9시의 심야에 방송되는 야담의 주 청취자 층은 성인이며, 『월간야담』 및 『야담』 역시 성인 잡지이다. 따라서 이들은 성인 소비층을 공략하기 위해 강한 통속적 이야기 구조를 주요 전략으로 선택했고, 그 전략은 주효하여 야담의

시장의 번성이라는 결과를 낳았다. 무대에서 공연되는 야담이라고 해서
예외는 아니다. 1936년 조선일보 주최의 '신춘야담대회'에서 구연되었
던 유추강의 '춘몽(春夢)'은, 음모와 배신이 남무하고, 악귀와 선관·선
녀 의 행렬이 교체되는 장면을 보는 기인이 등장하며, 시체가 다시 살
아나고, 지네가 여인으로 변신하여 한 남자를 돕고, 여인을 버린 남자는
다시 빈궁의 나락으로 떨어지는 등의 요소들도 구성되어 있다(『조선일
보』, 1936.2.6). "많은 청중을 장시간 동안 희로애락의 세계"에 빠져들게
할 수 있었던 "말 재간"의 구체적인 자질은 바로 '진실과 직면하는 두려
움' 대신 '관능과 감각에 탐닉'하고자 하는 대중들의 취향에 딱 맞아떨
어지는 이와 같은 통속적인 서사 장치였던 것이다.

　이와 같은 통속성은 세대를 관통하는 힘을 지니고 있었다. 야담이 "야
사에서 나온 고담" 내용으로 하고, 만담은 "현대를 배경으로 한 실담"을
내용으로 한다는 점에서 구분될 뿐, 야담과 만담을 동일한 것으로 보는
이들이 많았다는 신불출의 말은[22] 신문화인 만담과 야담이 동일한 지층
에서 소비되었음을 증언한다. 실제 1930년대 후반으로 접어들면서 야담
과 만담이 함께 섞인 '야담 만담대회'가 적지 않게 개최되기도 했다. 즉
야담은 신세대적 감각에 호소할 수 있는 통속적 구조를 획득했기에, 계
층을 지속적으로 확장시키면서 번성할 수 있었던 것이다. 이러한 야담의
특성을 판소리, 잡가 등의 전통가요가 1930년대 중후반 이후 당대 대중
가요계에서 쇠퇴하고, 지금은 전통 예술이라는 한정된 영역으로 축소되
어 버린 상황과 비교해 볼 수 있겠다. 1920년대 후반에서 1930년대 중반
무렵까지 유성기 음반 발매 목록의 많은 부분을 차지했던 것은 신세대가
선호하는 유행가가 아닌 기성세대가 선호하는 전통가요 장르였다. 하지

---

22) 신불출, 「웅변과 만담」, 『삼천리』, 1935.6.

만 신세대가 경제력을 갖추면서 문화 소비자로 부상하기 시작하면서 유행가가 비약적으로 성장하는 한편, 새로운 소비자층을 확보하는 데 실패한 전통가요는 급격하게 쇠퇴해 버렸다.[23] 하지만 이에 비해 신세대의 감각에 호소할 수 있는 통속적 서사구조를 갖춘 야담은 새로운 소비자층의 확보에 성공할 수 있었고, 그 결과 지속적인 생신과 소비가 활발하게 이루어졌던 것은 아니었을까? 즉 역사를 당대의 대중들이 선호하는 문화코드 속에서 다양하게 변주하면서 수많은 이야기들을 생산해 냈던 야담의 전통이 한국 대중 서사에 있어 역사물의 인기를 지속시키는 힘 중 하나일 수 있다는 말이다. 앞으로 야담은 한국 대중 서사의 관습적 장치들의 기원이라는 점에서 더욱 많은 관심이 필요함을 제시하면서 글을 맺는다.

『대중서사연구』 19, 대중서사학회, 2008에 수록.

---

23) 고은지, 「20세기 유성기 음반에 나타난 대중가요의 장르 분화 양상과 문화적 의미」, 『한국시가연구』 21, 한국시가학회, 2006, 103~129면.

『추월색』의 대중적 인기와 서사 구조

1. 문제제기

신소설 연구자들은 그것이 지니고 있는 '전대 소설' 즉 고전소설과의 차별성에 주목했다. '인정(人情)이 위주가 되고 심리 상태'를 묘사하는 한편 '개화기의 신생활이나 몰락 귀족의 생활'로 이야기의 범위를 확대했다[1] 점에서, 신소설을 고전소설의 범위에서 벗어나는 신문학 양식으로 규정했던 것이다. 하지만 실제 신소설 작품군의 내용을 들여다보면 연구자들의 기대와 달리 고전소설적 요소들을 더 풍부하게 찾을 수 있다는 것 또한 사실이다. 이러한 현상을 이식론의 반박의 근거로 보고 '전통 계승'이란 측면에서 긍정적인 평가가 내려지기도 한다.[2] 그러나 대부분의 평가는 강한 비난의 어조를 띠고 있다.

그러나 메이지 45년 7월 20일에 초판이 간행된 『구의산』 상하권에 이르러서 이해조의 예술적 행적은 확실히 저조에 들어섰다. (…중략…) 주목할 점은 통속성의 현저한 증장이다. (…중략…) 통속성의 대두 내지는 증장이란

---

1) 임화, 임규찬 편, 『개설 신문학사』, 한길사, 1993, 129면.
2) 조동일, 『신소설의 문학사적 성격』, 한국문화연구소, 1973 참조.

말은 다른 각도에서 보면 문학적 발전의 정돈(停頓) 내지는 퇴보, 즉 문학의 속화를 의미한다. (…중략…) 신소설이 역사적인 자기발전을 중지했을 때 일 어나는 즉 신소설의 문학적 속화의 표현인 통속화의 대두와 증장은 먼저 신 소설이 구소설 양식에의 복귀에서 명백한 면모를 드러낸다.3)

위 인용문에서 임화는 이해조의 '예술적 행적'이 메이지 45(1912)년을 기점으로 '구소설 양식으로 복귀, 통속화의 경향으로 함몰'되면서 확실 한 저조기에 들어섰음을 강조하고 있다. 이러한 견해는 이후 이해조 개 인의 작품세계에 국한되지 않고 신소설 일반으로 확대 적용되어, 신소 설 연구의 기본적인 토대가 되었다.4) 그 결과 신소설사의 구도는 초창 기의 '건강함'을 상실한 채, 1910년 이후 '애국 계몽기 소설이 모색해온 근대소설의 길로부터 유턴, 구소설로 전격적으로 복귀'하는5) 양상으로 그려지고 있다.

이와 같은 선행 논의는 근대라는 시대적 상황에 강박된 나머지 당대 의 일상 속에 살아 있었던 신소설의 문학적 생명력을 거세시켰다는 한 계를 지닌다. 연구자들은 그 시대에 '있어야 할 것'으로 근대문학을 상 정한 채 신소설에서 근대적인 그 무엇을 찾아내는 데 몰두했던 것이다. 그러나 실제 작품세계에서 이런 기대가 충족될 수 없음을 확인하자, 그 순간 신소설은 연구자들의 기준에 비해 함량미달인 문학으로 규정되었

---

3) 임화, 앞의 책, 297~298면.
4) 신소설이 '낡은 양식에 새 정신을 담은 문학'이라고 규정될 때, 이러한 규정은 개화 기 소설 전부에는 해당시킬 수 없고 초기의 중심적인 몇몇 작품에 한정되어야 한다. 소위 신소설이란 것의 대부분이 특히 후기(1912년, 1913년)로 갈수록 조선 후기 소설 보다 훨씬 더 후퇴한 그로테스크한 양상을 드러내기 때문이다(김윤식·김현, 『한국 문학사』, 민음사, 1973, 101면).
5) 최원식, 「1910년대 친일문학의 근대성」, 『아시아문화』 14, 한림대학교 아시아문화 연구소, 1999, 82면.

던 것이다. 문학작품은 연구자의 연구 대상이기 전에 독자들에게 읽히던 문학 텍스트이며, '있어야 할 것'을 보고자 하는 연구자들과 달리 독자들은 '있는 것'을 본다. 그 동안 근대문학의 완성을 정점으로 한 발전론적인 문학관에 맞는 일부 작품들만이 의미 있는 작품으로 부각되었고, 대부분의 작품들은 무시되거나 폄하되었던 것이다.[6] 단선적인 문학사의 서술에서 수많은 신소설 작품들이 '통속적'이라는 불명예를 쓴 채 사라져 버렸던 것이다. 이제 그들을 문학사의 현장으로 귀환시킬 때이다. 이를 위해 연구자는 '있어야 할 것'이 아니라 '있는 것'에 주목할 필요가 있다. 그랬을 때 신소설이 당대인들의 삶 속에서 어떻게 살아 숨쉬고 있었는지를 확인할 수 있을 것이고, 이를 통해 신소설은 문학 텍스트로서의 본래 지위를 회복하게 될 것이다.

'있어야 할 것'에서 시선을 거두고 '있는 것'으로 시선을 돌렸을 때 20세기 문학사는 매우 풍부한 질감으로 다가온다. 그 동안 연구자들에 의해 20세기 문학사는 '신문학기'로 규정되었고, 문학사 서술은 신소설·창가·신체시 등의 신양식을 중심으로 진행되었다. 그 결과 전대의 문학 양식들은 앞 시대의 잔영(殘影) 정도로 설명되었다. 그러나 이 시기 문학사의 현장에 있어 전대의 문학 양식들은 '잔영' 이상의 존재감을 가지고 있었다. 고전소설은 근대적 인쇄기술과 만나 새로운 유통망을 확립하면서 더욱더 대중적으로 확산되었고, 잡가는 현존하는 모든 고전시가 양식을 흡수하면서 '풍류방'에 갇혀 있던 고전시가를 '무대예술'이라는 새로운 경지로 끌어냈다. 이런 문학적 활력은 '대중성'으로 요약할 수 있다. 18세기부터 진행되어 온 한국문학의 대중화가 19세기를 지나

---

6) 손정수, 「1910년대 문학에 나타나는 계몽성의 변모 양상에 대한 고찰」, 『한국문학과 계몽담론』, 새미, 1999 참조.

면서 더욱 확장되었음은 주지의 사실이다. 결국 20세기 문학사의 출발
은 전대 문학사를 마감하는 지점이 아니라, 대중성을 향해 확산일로에
놓여 있던 전대 문학사를 기반으로 하여 이루어졌던 것이다.

20세기 문학사의 현장에 '있었던 것'에 주목했을 때 당대의 소설사는
고전소설의 소멸과 신소설의 등장이라는 수순으로 진행되고 있지만은
않았다. 발행량의 측면에서 보자면 신소설은 1912년에 59종이 그 이듬
해인 1913년에는 45종이 발행되면서 절정기에 이른다. 그러나 이후 곧
내리막에 들어서서 1914년에는 21종으로 줄었다가, 1915년에는 8종에
그친다[7] 그런데 고전소설의 경우에는 1914년부터 방각본 영웅소설들
이 활자본으로 간행되더니, 1915년에 이르러 고전소설의 활자본 간행은
전성기를 맞이하게 된다. 즉 고전소설의 출판은 신소설의 생명이 스러
질 무렵부터 본격적인 궤도에 올라, 1915년에서 1918년에 이르는 동안
절정기에 이르렀던 것이다[8] 이렇듯 신소설의 등장에도 불구하고 고전
소설의 인기는 여전했고, 신소설과 고전소설은 대중성의 영역에서 공존
하고 있었던 동시대의 문학양식이었던 것이다. 여기서 신소설은 대중소
설이라는 관점이 열린다.

『추월색』을 바라보는 본고의 입장은 바로 이 지점에서 마련된다. 역
사적 정당성이란 측면에서 본다면 『추월색』은 결코 긍정적이지 않다.
'일로전역(日露戰役)'을 '동양 행복의 기초요 황색인종이 진흥되는 조짐'
이라는 발언을 서슴지 않고 내뱉는 『추월색』의 노골적인 친일성은 비

---

7) 연도별 신소설의 발행량은 다음과 같다. 1910년(2종), 1911년(10종), 1912년(59종),
   1913년(45종), 1914년(21종), 1915년(8종) 이에 대해서는 하동호, 「개화기 소설의 서
   지적 정리 및 조사」, 『동양학』 7, 단국대학교 동양학연구소, 1977 참조.
8) 이상 1910년대 고전소설의 출판 상황은 이주영, 『구활자본 고전소설 연구』, 월인,
   1998 참조.

난받아 마땅하고, 이것이 지닌 비역사성에 대해서는 이미 명쾌한 결론이 내려졌다.9) 하지만 이제 이런 비난을 잠시 유보하고, 대중소설의 관점에서『추월색』을 다시금 살펴볼 필요가 있다. 대중소설로서『추월색』이 거둔 성공은 다른 신소설 작품들이 넘볼 수 없을 정도로 독보적이기 때문이다.10) 역사의식의 부재라는 후대인들의 평가와 상관없이 당대의 독자들이 신소설 중에서 유독『추월색』에 편향된 애정을 보였던 이유는 무엇일까?

대중소설은 독자를 끊임없는 갈등으로 몰아넣는 문제적 소설과는 달리, '평화를 지향'하며 미리 설정된 해결 방식과 이미 알려진 장치들을 반복함으로써 독자들에게 알고 있었던 것을 발견하는 기쁨을 준다.11) 이러한 대중소설의 속성에 비추어 보면 독자들은『추월색』에서 '평화'를 발견하고, 자신들이 익숙해져 있던 것들을 발견하는 기쁨을 느낄 수 있었기에,『추월색』을 애독(愛讀)했을 것이다. 따라서 당대의 독자의 입장이 되어『추월색』을 읽어 나가면서, 그것이 지닌 대중적 인기의 원인을 서사 구조에서 찾아보도록 하겠다. 이를 통해 당대 문학 현장에서 살아 숨 쉬고 있었던『추월색』을 발견하는 것이 본고의 목적이다.

2. 『추월색』의 대중적 인기

대중성의 지표로 신소설을 조명할 때 제일 먼저 포착되는 작품은『추월색』이다. 신소설은 상업적 목적을 위해 생산된 문화상품으로, 그것의

---

9) 최원식, 앞의 글.
10) 이에 대해서는 다음 항에서 논의하도록 한다.
11) U.에코, 『대중의 슈퍼맨』, 열린책들, 1994, 24면~26면.

대중적 인기는 출판횟수로 가늠할 수 있다. 앞서 서술한 바와 같이 연구자들은 1910년 이후의 신소설사는 '건강성'을 상실하고 '대중적 통속성'으로 이행하는 퇴행기로 설명한다. 그러나 출판 현장은 1912년과 1913년에 이르러 신소설 창작이 절정에 이르고 있음을 증언하고 있다. 1912년에는 발행량이 전년도에 비해 무려 6배나 늘어날 정도로 신소설의 성장은 급속도로 이루어졌다. 그러나 그 생명력은 겨우 1~2년 동안만 유지되었다.[12] 이러한 상황에서도 『추월색』은 1912년 초판 발행 이후 1923년까지 모두 18판이 발행되면서 신소설계 최고의 베스트셀러로 군림하게 된다.[13] 그 인기는 1930년대로까지 이어졌다.

　옥중화, 삼국지, 구운몽, 소대성전, 사씨전(謝氏傳), 심청전, 옥루몽, 사랑의 불꽃(愛の火焰), 쌍옥루, 강명화 실기, 춘향전, 민자명족(閔子冥足), 옥린몽, 수호지, 유충렬전, 수허전(水許傳), 용문전(龍文傳), 열녀전, 효자전, <u>추월색전</u>, 무정(無情), 해국왕성(海國王星)
　　　　　　　　　　　　－「평양경찰서 관내 출판물 반포상황」, 1929[14]

인용문은 총독부에 의해 조사된 '1929년 평양 내 베스트셀러 목록'이다. 여기서 『사랑의 불꽃』이나 『쌍옥루』같이 일본에서 건너온 서간집이나 소설과 함께 『무정』과 같은 한국의 근대 소설도 보이지만, 대부분을 차지하고 있는 것은 고전소설의 범주에 속하는 작품들이다. 한국의

---

12) 앞의 주 7) 참조.
13) 신소설의 발행횟수는 다음과 같다. 추월색(18판), 강상촌(9판), 구의산(9판), 금상첨화(9판), 설중매화(9판), 월하가인(9판). 이에 대해서는 하동호, 앞의 논문 참조.
14) 조선총독부, 『평양부－조사자료 제3집 생활상태조사』(천정환, 『근대의 책읽기』, 푸른역사, 2004, 91면에서 재인용). 한편, 천정환의 책에서 '사민전(謝民傳)'으로 되어 있는 것을 본 인용문에서는 『사씨전』으로 바로 잡았다.

근대문학이 바야흐로 완성기에 접어든 시기에도 독자들의 사랑은 『구
운몽』이나 『사씨남정기』 등의 고전소설들에 쏠려 있었던 것이다. 이 중
에 신소설로서는 『추월색』이 유일하다.15) 『추월색』의 독자들 중에는
채만식·이태준·이효석 등 1920~30년대 문학사의 거장들이 포함되어
있었고,16) 그들은 소설 속 인물들에게도 『추월색』을 읽혔다. 이효석의
소설 『석류』나 채만식의 『태평천하』에 『추월색』을 읽는 인물들이 등장
한다는 사실은 작가뿐 아니라 1930년대 독자들에게도 『추월색』이 낯설
지 않은 작품이었음을 말해 준다. 이렇게 『추월색』은 1930년대까지 독
자들의 열광을 받고 있었던 것이다. 독자들은 『추월색』의 어떤 측면을
좋아했을까? 소설 속 인물들의 말을 들어 보자.

> 이야기를 좋아하는 마음은 어디서 오는 것일까, 재희는 글자를 깨친 지 얼
> 마 안 되었음에도 서울 시대의 묵은 이야기책들을 끔찍이는 사랑하였다. 긴
> 가을 밤에나 혹은 어머니나 그가 가벼운 병석에 있을 때에 그는 병풍 속 자
> 리에 누워 신소설 『추월색』을 낭독하였다. 아름다운 이 공기는 모녀는 울리
> 기에 족하였다. <u>정임이와 **영창이의** 기구한 운명의 축복은 한없이 눈물 지어
> 어느덧 한 가락의 초가 다 진하면 새 가락을 켜놓고 운명의 다음 줄을 계속
> 하여 읽곤 하였다.</u>(…중략…)웬일인지 재희는 늘 <u>『추월색』의 슬픈 이야기를
> 생각하였다.</u> 준보를 생각할 때에 어린 마음에 으래 정임이와 영창이의 사실
> 이 떠오르곤 하였다
>
> — 이효석, 『석류』, 1936년

소설 속 주인공인 재희는 글자를 깨칠 무렵부터 어머니와 함께 긴 가

---

15) 여기서 제목이 고전소설에서 가장 일반적으로 사용되는 제목과 같은 '추월색전'으로
되어 있는데, 이는 당대 독자들이 『추월색』을 고전소설과 동일한 범주로 인식하고
있었음을 추측하게 한다.
16) 천정환, 앞의 책, 496면.

을밤이나 혹은 가벼운 병석에 있을 때마다 『추월색』을 읽고는 한없는
눈물을 흘린다. 정임이가 이렇게 『추월색』의 슬픈 이야기에 빠져들었던
것은 그녀의 운명을 예감해서였을까? 『추월색』의 슬픈 이야기는 준보
와 헤어져 지내야만 하는 재희의 처지와 꼭 닮아 있다. 이렇게 재희는
『추월색』의 남녀 주인공의 슬픈 사언을 마음속에 새겨두고 준보에 대
한 그리움으로 슬픔에 젖어들 때마다 꺼내 보고 있었던 것이다. 정임과
영창의 슬픈 이야기란 이 커플이 겪는 사랑의 수난사이다. 정임과 영창
은 부모에 의해 결혼이 결정된 사이이다. 하지만 민란을 만나 영창의
가족이 몰락하자 정임의 부친이 딸을 다른 곳으로 시집보내려 하고, 이
에 정임이 반항하면서 그들의 사랑은 위기에 직면한다.

　이와 같은 내용에 대해 한 연구자는 『추월색』의 심층서사가 상실된
가치와 회복을 지향하는 가족 결합의 서사에 놓여 있다는 견해를 제시
하고 있다.17) 그러나 정임의 가출은 가족의 붕괴에 기인한 것이 아니라,
영창과의 결혼을 방해하는 아버지와의 갈등에서 기인했고, 영창과의 결
혼을 통해 이 갈등이 해소된다는 점에서 『추월색』의 '심층서사'는 사랑
의 완성을 위해 모든 것을 감내하는 여인의 수난에 놓여 있다 하겠다.

　물론 예외적인 경우도 있지만 대부분의 신소설은 '눈물의 텍스트'라
고 할 만큼 가정 내의 애정 갈등으로 촉발된 여성 주인공의 수난을 다
루고 있다.18)

　연구자들은 신소설의 이러한 통속적 성향을 비난의 시선으로 바라보
고 있지만, 당대의 독자들은 이를 열렬하게 환영하고 있었다. 신소설의
출판 횟수로 보자면 상위권에 접어드는 작품들은 통속적이며 연구사에

---

17) 김석봉, 「『추월색』 심층서사의 의미」, 『한국 개화기 소설 연구』, 태학사, 2000 참조.
18) 이에 대해서는 김석봉, 「신소설의 대중적 성격 연구」, 서울대학교 박사학위논문,
　　2003 참조.

서는 거의 존재감이 없는 작품들이다. 반면 연구자들에 의해 대표적인 신소설로 꼽히고 있는 『혈의 누』나 『은세계』·『자유종』은 재판에 그치고 있을 뿐이다. 이중에서도 신소설 독자들은 유독 『추월색』에 편향된 애정을 쏟고 있었다. 앞서 말했듯이 대중소설의 독자들은 소설의 내용에서 뭔가 새롭고 문제적인 것을 발견하는 것보다 이미 알고 있는 것을 발견하는 기쁨을 원한다. 그렇다면 독자들이 『추월색』에서 발견한 기쁨은 무엇이었을까? 구체적인 서사 구조를 따라가면서 이에 대한 해답을 얻어 보자.

3. 『추월색』의 서사구조

3.1. 겁탈과 저항: 근대로 위장된 성적 욕망과 사랑에 대한 절대적 신념의 대립

고전소설과 신소설의 가장 뚜렷한 경계는 구성방식에 있다. 일대기적 구성을 취하고 있는 고전소설과 달리, 신소설에서는 일정 기간 동안 주인공이 겪는 고난이 중점적으로 서사화된다. 또한 서술 방식에 있어서도 고전소설에서는 주인공의 탄생에서부터 시간의 흐름에 따라 서술 시간이 평면적인 방식으로 전개되는 것이 일반적이다. 하지만 대부분의 신소설에서는 시간이 역행하거나 뒤섞인다는 점에서도 고전소설과 신소설의 차이가 만들어진다. 물론 모든 고전소설에서 사건의 시간이 순차적인 흐름으로 진행된다고 말할 수는 없다. 그러나 이러한 순차적인 사건 진행은 고전소설에서 널리 사용되는 방식이라는 점에 비추어 보았을 때 현재 사건과 과거 사건이 역전되어 나타나는 역전적 구성 방식은 신소설이 성취한 새로운 기법으로 일컬어진다. 현재 시점에서 사건이 서술된 후 과거의 시점으로 돌아가 남녀 주인공의 사연을 각각 서술해 준 다음, 다시 현재 시점으로 되돌아 와서 주인공들의 결합 이후를 이야기하는『추월색』의 구성방식은 신소설의 기법적 새로움이 적극적으로 활용된 사례이다. 주인공이 처한 지금 이 순간의 위기 상황에서 이야기를 시작하는 다른 신소설들처럼『추월색』역시 주인공이 고난에 처해 있는 현재 시점에서 서술을 시작하고 있다.

시름없이 오던 가을비가 그치고 슬슬 부는 서풍이 쌓인 구름을 쓸어 보내더니, 오리알빛 같은 하늘에 티끌 한 점 없어지고, 교교(皎皎)한 추월색이 천지에 가득하니, 이때는 사람 사람마다 신선한 곳에 한번 산보할 생각이 도저히 나겠더라. (…중략…) 그 월색 안고 불인지(不忍池) 관월교 석난간에 의지하여 오똑 섰는 사람을 일개 청년 여학생이더라. 그 여학생은 나이 열팔구세쯤 된 듯하며, 신선한 조화로 머리를 장식하고 자줏빛 하가마를 단정하게 입었는데, 그 온아한 태도가 어느 모로 뜯어보든지 천생귀인(天生貴人)의 집 규중에서 고이 기른 작은아씨더라 (…중략…) 그 공원에 남아 있는 사람은 이 여학생 한 사람 뿐인 듯 하더니, 어떤 하이칼라적 소년이 술이 반쯤 취하여 노래를 부르고 불인지 옆으로 내려오는데 (…중략…) 회동회동 내려오는 모양이 애모한 부형의 재산도 꽤 없애 보고, 남의 집 시악시도 무던히 버려주었겠더라. (…중략…) 그 소년의 마음에는 어떠한 욕망이 있는지 여학생은 냉연히 사절하는 모양이니, 소년도 그 눈치를 알았을 듯하건마는 무슨 생각으로 내려가는 여학생을 굳이 따라 가며 저 말 또 다시 한다. (13~14면)[19]

『추월색』의 서두이다. 생생한 묘사는 신소설이 성취한 또 하나의 기법적 혁신으로 많은 연구자들의 주목을 받아왔다. 작품의 시공간과 그

---

19) 본고는『한국신소설전집』4권(전광용 외 편, 을유문화사, 1968)에 수록된『추월색』을 대상으로 했으며, 이하 인용문에서는 면수만 밝히도록 한다.

안에 배치된 인물이 매우 구체적으로 묘사된 위 인용문에서도 이를 확인할 수 있다. '티끌 하나 없는 오리알빛 하늘에 가을 달빛이 교교하게 빛나는' 상야 공원의 분위기와 조화로 머리장식을 하고 자줏빛 '하가마[はかま]'를[20] 입은 '여학생'에 대한 생생한 묘사가 독자의 시선을 끌기에 충분하다. '달 정신을 뽑아다가' 만든 것 같은 여학생에 취해 있던 독자들은 '술에 취해 노래를 부르며 회동회동 내려오는' 소년의 등장으로 긴장하게 된다. '파나마 모자를 푹 숙여 쓰고 금테 안경은 코허리 옆에 걸고 양복 앞섶으로 달빛에 반짝이는 금빛 시계줄을 늘어뜨린 채, 한 손에는 반쯤 탄 여송연은 다른 손에는 단장을 든' 그 소년의 패션은 하이칼라의 최첨단을 자랑하고 있다. 하지만 그의 속내는 '부형의 재산도 꽤 없이 하고, 남의 집 시악시도 무던히 버렸'을 것 같은 천하의 난봉꾼이다. '냉연히 사절하는 여학생'을 '굳이' 따라가던 소년의 수작을 좀 더 살펴보자.

> (소년) 괴로운 비가 개이더니 달빛이야 참 좋습니다. (…중략…) 인간의 이별하고 만나는 인연은 시로 부평 같은 일이지만는 지금 우리가 이렇게 좋은 때와 이렇게 좋은 곳에서 기약 없이 만나기는 참 뜻밖의 기회요구려…… 여보시오 조금도 부끄러우실 것 없소. 서양사람들은 신랑 신부가 직접으로 결혼한답니다. 우리도 소개니 중매니 할 것 없이 직접으로 의논함이 좋지 않겠습니까?(15면)

'신랑·신부가 직접 결혼하는 서양 사람들'을 거론하며 '소개니 중매

---

20) 하가마는 원래는 남자들의 예복이다. 그런데 일본에서 처음 여성에 대한 교육이 시작되었을 때 하가마가 여학생들의 교복으로 사용되었다고 한다. 현재 일본 풍속에서 여자들이 하가마를 입은 경우는 졸업식뿐이라고 한다. 따라서 『추월색』에서 정임이가 하가마를 입고 있다는 사실은 그녀가 여학생이라는 표지가 된다.

니 할 것 없이 직접으로 의논하자'는 발언을 문면 그대로 이해한다면
자유연애에 대한 선언으로 보인다. 하지만 그의 발언이 근대적 연애에
대한 열정에서 나온 것으로 보기에는 그의 행동이 수상하다. '이왕 결심
한 바가 있다며' 쌀쌀맞게 거절하는 여학생의 태도에 소년은 더욱 여학
생의 옆으로 바싹바싹 다가가 '공경하던 예모'는 집어치우고 '옥 같은'
그녀의 손목을 덥석 잡는 데서 그의 문명적 발언은 그저 여자를 유혹하
기 위한 핑계임이 드러난다. 당연히 여학생은 소년의 손목을 뿌리치고,
소년 역시 이에 굴하지 않는다. 그의 문명적 발언은 더욱더 노골적인
작업의 수순을 밟아간다.

> (소년) 이렇게 큰 변이 될 것 무엇 있소? 야만이 커진 문명국 사람은 악수
> 례(握手禮)만 잘들 하데…… 이렇게 접문례(接吻禮)도 잘들 하
> 고……. 하……하…….(15면)

소년은 '악수례'도 하고 '접문례'도 잘 하는 문명국 사람들을 본받아
여학생에게 달려든다. 말줄임표와 의성어는 성적 욕망에 사로잡힌 인물
의 내면을 효과적으로 드러내고 있다. 여기서 '문명'은 소년의 성적 욕망
을 정당화하기 위한 변명일 뿐이다. 『추월색』에는 이와 같은 문명적 이
성 교제에 대한 발언이 눈에 띄고, 이 때문에 근대적 자유연애를 중심으
로 『추월색』의 주제의식이 거론되기도 한다. 하지만 '이십세기 문명'을
운운하며 자유연애에 대한 욕망을 이야기하는 인물들은 모두 주인공의
의지에 반하는 반동인물들이며, 그들의 발언은 여학생의 육체를 향한
소년의 달뜬 욕망을 실현시키는 데 동원된 수사(修辭)일 뿐이다.[21] 근대

---

21) "남녀 물론하고 혼인은 부모가 정하는 것이지마는, 이십세기 시대에 부모가 혼인을
정해 주기를 기다리는 사람이 누가 있나? 혼인이라는 것은 제 눈에 들고 제 마음에

적 수사로 자신의 욕망을 위장한 소년은 '예절과 염치'의 가면마저 벗어
던지고, '난잡한 말을 함부로 뒤던지며 여학생의 허리를 덥석 안고 그녀
를 나무 수풀 깊고 깊은 곳, 어두컴컴한 구석으로' 끌고 간다. 겁탈의 위
기에서 당연히 여학생은 저항하고 끝내 칼에 찔리게 된다. 이때 '마침
예비해 두었던 것 같이' '후록고투'를 휘날리며 등장한 '청년신사' 때문
에 '소년은 칼도 미처 뽑지 못하고 달아나' 버리고, 그 청년이 소년 대신
범인으로 몰리게 된다. 소년의 등장으로 예비된 불안감이 현실로 재현
되면서 앞으로 벌어질 사건에 대한 독자들의 호기심은 한껏 고조된다.
'단아한 여학생'이 겁탈당하는 충격적인 현장에 대한 생생한 묘사와[22)
구원자가 도리어 범인으로 몰리게 되는 상황 설정으로『추월색』의 서두
는 독자들의 시선을 붙잡아 두면서 성공적인 출발을 보이고 있다.

> (소년) 요년아, 너 요렇게 악지부리는 이유가 무엇이냐? 소위 너의 결심하
> 였다는 것이 무슨 그리 장한 결심이냐? 너 이년, 너의 꽃다운 혼이
> 당장 이 칼끝에 날아갈지라도 너는 네 고집대로 부리고 장부의 가
> 슴에 무한한 한을 맺을 터이냐?
> (여학생) 오냐, 죽고 죽고 또 죽고 만 번 죽을지라도 너같이 개 같은 놈에

맞는 사람과 할 것인데……"(31면) 이는 정임이 하숙하던 여인숙의 주인노파의 발언
인데, 이 소년 강영한에게 매수된 인물이라는 점에서, 그 발언의 진실성이 의심된다.
22) "(여학생은) 악이 바싹 나서 모만사하고 젖먹던 힘을 다 써서 항거하느라니 두 몸이
한데 튀틀어져서 이리로 돌리고 저리로 몰리며 죽을둥 살둥 모르고 서로 상지한다.
(…중략…) 소년은 불 같은 욕심을 이기지 못하는 중, 여학생이 죽기를 한하고 방색
(防塞)하는 양에 홧증이 왈칵 나며 홧증 끝에 악심이 생겨서 왼손으로는 여학생의
젖가슴을 잔뜩 움켜잡고, 오른손으로는 양복허리에서 단도(短刀)를 빼어들더니 (…
중략…) 말에 소년의 악심이 더욱 심하여 말이 막 그치자 번쩍 들었던 칼을 그대로
푹 찌르는데, 별안간 한 모퉁이에서 어떤 사람이 '이놈아, 이놈아!' 소리를 지르며
쫓아오는 바람에 소년은 깜짝 놀라 여학생 찌르던 칼도 미처 뽑을 새 없이 삼십육계
의 줄행랑을 하고"(16~17면)

　　게는 실절(失節)은 아니하겠다. (16면)

　'꽃다운 혼을 칼끝으로 날려 버리겠다'며 '개 같이' 덤벼드는 소년과
단심가(丹心歌)의 구절을 인용하면서 죽음을 불사하고 결심을 지키려는
여학생 사이의 대치는 팽팽한 긴장감을 유발한다. 이는 아마도 『추월색』
의 전체 서사에서 갈등이 가장 첨예한 양상으로 드러나는 국면일 것인
데, 여기서 소년의 성적 욕망은 노골적인 행동으로 옮겨지고 있다. 그렇
다면 죽음을 각오하고 저항하는 여학생의 행위를 지배하고 있는 것은
무엇일까? 그것은 바로 '실절(失節)'하지 않겠다는 굳은 의지, 즉 사랑을
지키기 위한 절대적 신념이다. 단호한 의지로 절개를 지키고자 하는 여
학생과 그에 못지않은 단호함으로 그녀의 육체를 손에 넣으려는 소년의
대립은 결국 근대로 위장된 성적 욕망과 사랑에 대한 절대적 신념 사이
의 대립인 것이다.
　서사의 긴장감이 최고조에 이르는 순간 서술 시간은 여학생이 탄생
하던 과거로 돌아간다. 과거 스토리에서 그 여학생은 시종(侍從) 이모모
(某某)의 딸 정임(貞妊)이며, 어린 아이였을 적에 맺어진 정혼자 대신
다른 남자에게 시집보내려는 아버지 때문에 가출하여 일본에 와 있다
가, 비가 내리는 날 울적한 기분에 산책 나온 공원에서 그런 몹쓸 봉변
을 당하게 되었음이 소상히 밝혀진다. 다른 곳으로 시집가라는 아버지
의 명을 거역하고 가출을 감행하는 정임의 행동은 봉건적 인습에 대한
반발로 해석하여 자유연애에의 근대적 발현으로 읽을 수도 있다. 하지
만 결혼을 둘러싼 부모와 자식 간의 갈등은 고전소설에서도 자주 애용
되는 설정이라는 점 때문에 이런 해석을 주저하게 된다. 고전소설의 여
주인공들 역시 정혼자와의 약속을 파기하고 다른 곳으로 시집보내려는
부모 때문에 '칼로 목을 찔러' 자살을 시도하거나,[23] 편지를 써 놓고 가

출하고 있다.24) 이처럼 한국문학사의 전개에서 부모에 대한 도리를 저버리고 남자를 선택한 여주인공은 신소설에서 처음 등장하고 있는 것이 아니다. 애정을 둘러 싼 부모와 자식 간의 갈등이라는 상황은 고전소설 속에서 이미 만들어지고 있다는 점에서 정임의 행위는 당대 독자들에게는 매우 익숙한 패턴이었다. 그러나 사랑을 지키기 위한 정임의 수난은 아버지가 그녀의 결혼은 반대하기 이전부터 시작되고 있다는 점에서 고전소설 속의 여주인공들과 노선을 달리한다.

3.2. 추억 때문에 흘리는 눈물: 사랑이라는 감정의 실재성

고전소설에서 남녀의 결혼은 하늘에 의해 맺어지거나 아버지의 지인지감(知人之鑑)에 의해 결정되는 것이 일반적인 설정이다. 이 과정에서 남녀 주인공은 대면하는 순간 서로를 배필로 인정한다. 아버지에게 이 남자와 결혼하라는 명을 받는 순간 그를 결혼 상대자로 받아들이는 여주인공의 모습은 그대로 정임의 모습으로 이어진다. 하지만 고전소설 속 여주인공들과는 달리 정임은 시간의 흐름 속에서 영창과의 추억을 만들고 있다는 점에 주목할 필요가 있다.

정임이와 영창이는 부름을 까먹으며 속달거리고 이야기 하는데,
(영창) 이애 정임아 나는 너한테 장가가고 너는 나한테 시집온다더라
(정임) 장가는 무엇하는 것이오, 시집은 무엇하는 것이냐?
(영) 장가는 내가 너하고 절하는 것이오, 시집은 네가 우리집에 와서 사는 것이라더라

23)『육미당기』의 여주인공 백소선이 이에 해당한다.
24)『서해무릉기(西海武陵記)』의 여주인공 유연이 이에 해당한다. 이에 대해서는 조동일,『신소설의 문학사적 성격』, 한국문화연구소, 1973, 45면 참조.

　(정) 이애, 누가 그러더냐?

　(영) 우리 어머니가 말씀하시는데 너의 아바지하고 우리 아바지하고 그렇
　　　게 이야기하셨다더라

　(정) 이애 나는 너의 집에 가서 살기 싫다. 네가 우리집으로 시집오너라.

　두 아해는 밤이 깊도록 이렇게 놀다가 헤어져 갔는데 (…중략…) 그 두 아
해들도 혼인이 무엇인지 부부가 무엇인지 의미는 알지 못하나 영창은 정임
에게로 장가갈 줄로 생각하고, 정임은 영창에게로 시집갈 줄 알더라.

　(17~18면)

　1910년대 활자본으로 인쇄되면서 인기를 누렸던 조선 후기 대중 소
설들에서 남녀 주인공은 '천정연분(天定緣分)'으로 맺어진다는 것이 일
반적이다. 그들은 대부분은 천상계에서 연인으로 묶여 있었다가 환생하
거나, 속계에서 연분을 맺고자 태어난 천상적 존재들로 누군가의 개입
으로 서로의 결혼이 주선되기 전까지 이들은 서로 모르는 사이로 설정
되어 있다.[25] 때문에 아버지가 결혼을 반대하자 죽음을 불사하는 여주
인공의 저항은 다분히 도리나 의무를 지키기 위한 당위에서 나온 행위
라는 해석이 가능하다. 하지만 정임과 영창은 함께 '걸음마를 시작하고
말을 배운' 사이이다. 그들의 결혼이 아버지들에 의해 주선되기는 하지
만, 그들에게는 함께 한 시간이 있다. '놀기도 함께 놀고 장난도 서로 하
며 친형제 같이 정답게' 지내면서 '잠시도 헤어져 지낼 수 없을' 정도로
깊은 정분을 나누는 그들은 연인으로 발전한 친구들을 닮아 있다.

　고전소설에서 여주인공의 수난은 부모나 혹은 다른 인물에 의해서
정혼의 파기가 종용되면서 시작된다. 정혼이 위기에 직면하기까지 그들
이 그리움 때문에 눈물을 흘리거나 심적인 고통에 빠지는 예를 발견하

---

25) 이에 대해서는 임성래, 『조선 후기의 대중소설』, 태학사, 1995 참조.

기란 어려운 일이다. 하지만 정임은 영창과 이별하는 그 순간부터 **뼈**에 사무치는 슬픔에 겨워 눈물을 흘리기 시작한다.

> (정임) 영창아 너하고 나하고 잠시를 떠나지 못하다가 네가 저렇게 멀리 가면 나는 놀기는 누구하고 같이 놀며 글은 누구하고 같이 읽으며 너를 보고 싶은 생각을 어떻게 참는단 말이냐 (…중략…)
>
> 정임은 품에서 사진 한 장을 꺼내더니 그 뒷등에 「경성 중부 교동 三三九」라고 써서 영창이를 주며,
>
> (정임) 이것 보아라. 이것은 내 사진이오, 이 뒷등에 쓴 것은 우리집 통호수다. 만일 사진을 잃든지 통호수를 잊어버리거든 삼삼구만 생각하여라.
>
> 영창이는 사진을 받아들고 그 말대답도 미처 못 해서 기적 소리가 뿡뿡 나며 차가 떠나고자 하니, 정임은 잠시 차에 내려서 스르르 나가는 유리창을 향하여
>
> "부디…… 잘 가거라"
>
> 하며 옷깃에 방울방울 떨어지는 눈물을 씻는데, 기관차 연통에서는 검은 연기가 물큰물큰 올라가며 차는 살 닫듯 하여 여느 겨를에 간 곳도 없고 다만 용산강 언덕 위에 멀리 의의한 버들잎만 머물었더라. (19면)

기차역에서의 안타까운 이별은 현대를 사는 우리들에게 익숙한 멜로드라마의 한 장면이다. 가슴속 고이 품었던 사진을 건네주고는 방울방울 눈물을 떨어뜨리는 정임의 모습은 이별에 아파하는 그녀의 감정을 고스란히 전달하고 있다. 뿡뿡하는 기적 소리로 영창과의 이별을 재촉하던 야속한 기차는 검은 연기를 물큰 물큰 뿜어대며 연인을 싣고는 살 닫듯 멀리 멀리 가버렸다. 이별을 경험한 안타까움으로 황량해진 정임의 내면이 감각적인 묘사를 통해 효과적으로 형상화되고 있다. 떠나가는 기차를 향해 하염없이 흘리는 정임의 눈물은 독자들의 감정을 공명

(共鳴)시키기에 충분하다. 『석류』에서 재희 모녀가 『추월색』을 읽으면
서 눈물을 흘렸던 사정이 이에서 이해된다. 이별 이후 눈에 눈물이 마
를 날이 없을 정도로 영창에 대한 정임의 그리움은 절실하다.

　　영창의 생각을 한시도 잊지 못하여 (⋯중략⋯) 영창의 편지를 어제 보았
어도 오늘 또 오기를 기다리며, 꽃피고 새 울 때와 달도 밝고 눈 흴 적마다
시름없이 서천을 바라보고 눈썹을 찡기더라 (⋯중략⋯) 문밖에 자취소리만
나도 아마 영창이가 오나 보다, 아침에 까치만 짖어도 아마 영창이가 오나보
다 하여 하루도 몇 번씩 문밖을 내다보더니 (20면)

　　영창이와 같이 가지고 놀던 유희제구(遊戲諸具)만 눈에 띄어도 초창한 빛
이 눈썹 사이에 가득하며 (⋯중략⋯) 한해 두해 지나 철이 차차 나갈수록 비
감한 마음이 더욱 결연(缺然)하여 여편을 읽을 적마다 소리 없는 눈물도 많
이 흘리는 터이언마는 (23면)

　　외삼촌이 혼처 의논할 때에도 영창이 생각이 뼈에 사무쳐서 건너방으로
들어가 눈물을 몰래 씻으며 "부모가 나를 이왕에게 허락하셨으니 나는 죽어
백골이 되어도 영창이의 아내이라. 비록 영창이는 불행하였을지도 나는 결코
두 사람의 처는 되지 아니할 터이오" (24~25면)

　　신소설은 당대의 현실을 작품 속으로 끌어들임으로써 현실 속에서
리얼리티를 건져냈다.[26] 이렇게 건져 올려진 리얼리티는 생생한 감각
적 묘사를 통해 작품 속 허구적 세계에 현실감을 부여하고 있다. 정임
이가 얼마나 영창을 그리워하는지가 구체적으로 제시되고 있는 위 인
용문들에서도 신소설의 리얼리티를 확인할 수 있다. 눈에서 안 보이면

---

26) 한기형, 『한국 근대소설사의 시각』, 소명출판, 1999, 63면.

마음도 멀어지는 법이라지만 정임이는 이에서 예외이다. 떠나간 영창을 '한시도 잊지 못하는' 그녀는 '철이 차차 나갈수록' 더욱 '비감'한 감정에 빠져들어 간다. '뼈에 사무'치는 그리움으로 눈물이 마를 사이가 없다. 영창과의 재회만이 정임이가 살아가는 유일한 이유라 해도 과언이 아닐 정도로, 그녀의 삶은 영창에 대한 그리움으로 완전히 점령당하고 있다. 이 그리움은 영창과 함께 한 시간을 통해 축적된 것이라는 점에서 정임의 감정은 현실적 질감을 가지게 된다.

정임에게 영창은 '부모가 허락한' 남자이다. 하지만 그녀가 영창을 기다리는 이유는 단지 이것만이 아니다. 이보다는 '참을 수 없'이 영창을 보고 싶은 마음이 그 이유의 더 큰 부분을 차지하고 있다. 기억 속에 새겨진 영창과의 추억, 그리고 그 안에서 구체적 질감을 가지게 되는 그리움 때문에 정임이는 영창을 기다리고 있는 것이다. 정임이에게 영창 대신 '문벌도 좋고 가세도 불빈(不貧)한 옥동 박과장의 셋째 아들'을 사윗감으로 선택한 아버지는 자신의 사랑을 방해하는 적대자일 뿐이다. 이런 맥락에서 아버지께서 가르쳐주신 '열녀는 불경이부라는 글'에 따라 '죽어도' 다른 곳으로는 '시집가지' 않겠다는 정임의 선언은 남자 때문에 부모의 명을 거역하는 행위를 합리화하는 구실로 들린다.

'열녀 불경이부'는 인인군자(仁人君子)의 도리로, 정혼자가 아닌 다른 남자에게 시집간다는 것은 이에 대한 배신행위이다. 고전소설 속 여주인공은 이 도리를 지켜내기 위해서 목숨까지 내건다.[27] 하지만 정임에

---

[27] "소녀의 일신을 이미 김공자에게 허락하고 지금에 배반함은 크게 신의가 없는 것이라. 하물며 그는 천지간에 한 곤궁한 사람이거늘, 만약 도로에 엎드려져 하루 아침에 무슨 일에 이른다면, 다만 부친께서 당초에 거두어 돌보신 성덕을 저버릴 뿐 아니라, 이는 진실로 인인군자(仁人君子)의 차마 할 바가 아니로소이다 (…중략…) 그윽히 생각하면 부끄러워 죽고 싶은지라. 어찌 천지간에 얼굴을 들어 스스로 인간이라 칭하리오? 이로부터 영원히 슬하를 하직하고 다만 빨리 죽기를 원하나이다."(서유영

게는 영창에게 시집갈 줄 알고 그와 함께 지내온 지난 시간의 기억이
있다. 도리에 앞서 정임을 지배하는 것은 바로 이 기억이며, 그 안에서
축적된 감정의 깊이이다. 재회를 기다리는 동안 깊어지는 그녀의 감정
은 도리보다 우선적인 가치를 지니게 되었다. 여기서 '봉건적 질서에서
이탈하고자 하는 소설 속 주인공들의 개인적 욕망'이 실재적 육체성을
획득하고 있는 장면을 목격할 수 있다.

영창과의 사랑을 지키기 위해서 그녀는 부모 곁을 떠나기로 결심한
다. '시집이란 다 무엇 말라죽은 것이야! 서양 사람은 시악시부인도 많
다더라'라는 말을 되뇌며, 금고 속의 아버지 돈을 훔쳐 가출을 감행한
다. '깊은 규중에서 아버지에게서 소학을 배운' 것이 정임이가 배운 학
력의 전부라는 점을 고려하면 이런 발언에서 근대적 함의를 찾는 것은
무리이다. 하지만 정임의 가출이 사랑을 지키기 위한 행위이며 이로 수
난의 여정이 본격적인 궤도에 이른다는 점에서, 여주인공의 수난에 중
심축을 놓고 진행되는 『추월색』의 서사에서는 중요한 설정이라 하지
않을 수 없다.

3.3. 거듭된 수난과 정숙한 여주인공: 서사적 긴장감의 고조

고전소설에서 가출은 결혼한 여자가 가정 내의 적대자에 의해 모함
을 받았을 때 자신의 무고함을 항변하기 위한 행위로 이루어진다. 거기
에는 자결이 전제되어 있다. 이에 비해 정임의 가출은 자의적 선택이고,
문명국 일본을 경험하게 되는 계기라는 점에서 근대적인 행위로 해석
되고 있다.[28] 그러나 이런 해석은 지나친 감이 없지 않다. 정임의 외면

지음, 장효현 역주, 『육미당기』, 고려대 민족문화연구소, 1995, 122면)
28) 김봉석, 「『추월색』 심층 서사의 의미」, 『한국 개화기 소설 연구』, 태학사, 2000,

은 분명 여학생이나 그녀의 내면은 근대적으로 계몽된 신여성과 아주 먼 거리에 있기 때문이다. 일본이라는 도착지가 아닌 집을 나온 이후 그녀의 행적에 주목한다면, 가출은 정임의 수난을 더욱 확대시키기 위해 설정된 상황으로 해석된다.

> 그 사람은 색주가 서방인데, 서울사람과 상약하고 어떤 집 계집아해를 색주가감으로 꾀어내는 판이라 (…중략…) 그 계집아해는 아니 오고 애매한 정임이가 걸렸으니 (…중략…) 악을 쓰고 소리를 질렀더니 그 놈이 감언이설로 달래다 못하여 회초리찜질을 대는 판에 전신이 피뭉치가 되고 과연 견딜 수 없을 뿐 아니라 죽고자 하여도 죽을 수도 없으니 이런 일은 평생에 듣지도 보지도 못하다가 꿈결 같이 이 지경을 당하매 분한 마음이 이를 것 없으나 어찌할 수 없이 갇혀 있더니 (28~29면)

신소설뿐만 아니라 고전소설에서도 가정의 테두리를 벗어나 거리로 나선 여주인공들은 납치와 강간의 위기에 처하게 된다. 가출 이후 정임 역시도 '색주가감'으로 팔려갈 위기에 '악을 쓰고 소리를 치르다 전신이 피뭉치가 될 정도로 회초리 찜질을 당하'게 된다. 정임에게서 죽음을 각오하고 사랑을 지키고자 했던 춘향의 모습이 연상된다. 다만 이제 막 거리로 나온 정임에게는 몽룡과 같은 구원자가 예비되지 않았다는 점에서 춘향과 같지 않다. 바야흐로 정임의 수난이 본격화되려는데, 구출된다면 『추월색』의 서사적 긴장감은 유지되기가 어렵다. 여주인공의 수난이 중심이 되는 서사에서 주인공의 계속된 고난은 비극적이고 감상적인 상황으로 이어지게 되고, 감정과 눈물의 과잉을 유발하게 된다. 그리고 독자들은 이에 기꺼이 동참할 준비를 갖추고 있다. 가출 이후 정

300면.

임의 행적에 울 준비가 되어 있는 독자들의 기대에 부응하기 위해, 정임은 거듭된 고난의 상황으로 빠져 들어야 한다. 정임이의 수난이 심각해질수록 서사의 긴장감은 강한 흡인력을 가지게 된다. 따라서 정임의 가출은 근대 '문명과의 만남을 주선하는 계기'이기보다는 서사적 요구에 의해 고난을 증폭시키기 위한 설정인 것이다. 일본 유학도 정임을 고난의 상황으로 몰아가기 위한 설정이라는 점에서 가출과 동일한 의미를 지닌다.

> 여관을 정하고 위선 여관 주인에게 일본말을 배우니 원래 총명이 과인하고 학문도 중학교 졸업은 되는 터이라, 일곱달만에 못할 말이 없이 능통할 뿐 아니오 문법도 막힐 곳 없이 무슨 서적이든지 능히 보게 되매, 그해 봄이 소석천구 일본여자대학에 입학하였는데, 그 심중에는 항상 부모의 생각, 영창이 생각, 자기 신세 생각이 한데 뒤뭉쳐서 주야로 간절한 터이라. 그러한 뇌심 중에 공부도 잘되지 아니하련마는 시험 볼 적마다 그 성적이 평균점 일공공(100)에 떨어지지 아니하여 해마다 최우등으로 진급되니, 동경 여학생계에 이정임의 이름을 모를 사람이 없이 명예가 굉장하더라 (29~30면)

일본에서 정임의 생활을 서술하고 있는 부분이다. 어디에서도 신교육과 문명에 대한 열망을 찾을 수 없다. 다만 '부모 생각, 영창이 생각, 자기 신세 생각'으로 고민하는 가련한 모습만이 있을 뿐이다. '근심이 첩첩하여 만사에 무심'한 정임에게 학교에 다닌다는 행위는 중요하지 않다. 부모 생각에, 연인 생각에 골몰하고 있는 정임은 경성에 있을 때 영창이 보고 싶은 마음에 눈물을 흘리던 모습에서 달라진 것이 없다. 이에 부모에 대한 걱정과 집을 떠난 서러움이 더해져 그녀의 시련은 더욱 가중될 뿐이다. 이런 상황에서 공부에 집중할 수 없음은 당연한 일이다. 하지만 정임은 늘 백점만 받는 우등생으로 '동경 여학생계'에 '굉장한 명예'를 떨치고 있다. 여성 주인공의 정숙함과 순결성으로 위기 상황이 긴박성을 더해간다는 견해[29]를 참조하면 우등생 정임의 면모는 그녀의 고결함을 강조하기 위한 설정으로 이해할 수 있다.

그녀의 위기는 '여학생 일요 강습회'의 청첩을 받아들이면서 더욱 심각한 국면으로 접어든다. 이는 정임의 육체를 소유하고자 하는 '하이칼라적 소년' 강영한의 술수이나, 정숙한 그녀는 이런 술수를 모르는 채 그저 순진하게 청첩장에 쓰인 말만 믿고 함정 속으로 걸어 들어간다. 이로 인해 정임이가 처한 위기 상황은 더욱 더 긴박해지고, 정임의 정숙함은 이와 대비되어 그녀의 수난을 더욱 부각시키고 있다. 이후 서사는 강영한에 매수된 노파가 온갖 말로 정임을 강영한과 연결시키려는 내용으로 진행된다. 노파의 혼인 소개에 대해 '마음에 정한 바가 있어 시집을 아니 가기로 결심'했다며 단호하게 대응하는 정임의 모습은 다시 한번 더 춘향과 겹치게 된다.

춘향이가 수청을 거절했듯이, 정임 역시도 영창 때문에 다시는 오지 못할 좋은 혼처를 거부하고 있다. 더 이상 일본에 머무를 수 없다고 판단한 정임은 일요강습회에 발길을 끊고, '부모 봉양이나 하며 여학교를 세워 청년 여자들이나 가르치며 오는 세월을 보낼 것'을 결심하고 귀국할 행장을 차린다. 여기서 여학교를 세우겠다는 정임의 의지를 계몽의 열망으로 읽는 것은 오해다. 물론 그녀에게 이런 마음이 아예 없는 것은 아니겠으나, 근본적인 것은 아니다. 귀국하여 부모나 봉양하면서 여학생들이나 가르치겠다는 그녀의 선택이 '시집을 아니 가기로 한' 결심에서 나왔기 때문이다. 이러한 정임의 미래에서 남편이 죽은 후 수절을 결심한 열녀의 모습이 떠오른다.[30] 수난이 심해질수록 그녀의 정절은

---

29) 안 뱅상 뷔포, 『눈물의 역사』, 동문선, 2000, 78면.

이에 비례하여 더욱 더 돋보이고 있다. 거듭된 수난 속에서 강화되는 여주인공의 정숙함은 그녀가 처한 상황과 대비되어 감정의 과잉을 유발하게 된다. 평생 수절하기로 결심하는 정임의 모습은 독자들로 하여금 한숨 섞인 눈물을 흘리게 하기에 충분히 감정적이다.

3.4. 고난의 극복과 여주인공의 승리: 열녀라는 보상

사랑하는 영창과의 이별, 아버지의 결혼 반대, 이로 인한 가출, 불한당의 유혹과 겁탈의 위기로 이어지는 정임의 수난에는 행복한 결말이 예비되어 있다. 그것이 대중소설의 공식이다. 정임의 수난을 끝내기 위해서 작가는 영창과 그녀를 만나게 해야 한다. 정임과 영창의 재회는 정임이가 칼에 찔려 사경을 헤매던 그날 밤 상야공원에서 이루어졌다. '푸록코트'를 휘날리며 칼에 찔린 그녀 앞에 나타났던 청년신사가 바로 영창이었던 것이다. 영창이 순사에 의해 살인범으로 몰리게 되나, 살아난 정임에 의해 모든 오해가 풀리고, 두 연인은 재회를 한껏 기뻐하며 집으로 돌아와 부모님과 친지의 축복 속에서 결혼식을 올린다. 다음의 인용문은 정임의 결혼식 날 하객이 한 '연설' 중 일부이다. 정임이에 대한 평가의 최종본으로 여기서 정임은 '열녀'로서 칭송되고 있다.

> [연설] 아내가 절개를 지키는 것은 원리적으로 여자의 직분이 아니오니까? (⋯중략⋯) 오늘 결혼식을 지낸 신부 이정임이는 가히 열녀의 반열에 참례하였다 하겠습니다. (⋯중략⋯) 만일 열녀가 아니면 다른 곳으로 시집갔으련마는 그 의를 지키고 결코 김영창씨를 저버리지 아니하여 천곤백난을 지내고 기어코 김영창씨를 다시 만난 오늘 예

---

30) 여기서 9년 동안 수절하며 열심히 신앙생활 하는 영화 〈스캔들－조선남녀상열지사〉의 정절녀 숙부인 정씨(전도연분)를 연상할 수 있다.

식을 거행하니 그 숙덕이 가히 열녀되겠습니까 못되겠습니까? 여
러분 생각하여 보시오. (내빈이 모두 박수한다.) (46~47면)

적지 않은 분량을 차지하고 있는 이 연설은 어떠한 문학적 형상화 과
정을 거치지 않았다는 점에서 그리고 작가의 노골적인 개입이라는 점
에서 탐탁치는 않다. 하지만 그간 정임이의 행적이 명쾌하게 요약되고
있다는 점에서 눈여겨 볼만하다. 여기서 '다른 곳으로 시집가지 않기'
위해 넘어온 정임이의 '천곤백난'이 인정받고 있고, 이를 통해 그녀의
고난이 위로받는다는 느낌을 받을 수 있다. 그리고 그 위로는 그녀의
'숙덕이 열녀'라는 반열로 올려지면서 완성된다. 『추월색』의 서사가 얼
마나 정임의 수난에 집중했는가는 행복한 에필로그여야 할 신혼여행의
과정에서 정임 부부를 납치라는 위험에 빠트림으로서 다시 한 번 확인
된다. 여성의 납치는 순결성에 대단히 위협적인 상황이다. 마적의 괴수
가 '정임의 화용월태를 보고 기쁜 마음을 이기지 못'한다는 언술에서 정
임이 순결의 훼손이라는 위기에 직면해 있음을 느낄 수 있다. 이 상황
에서 정임의 정절은 '정녕코 욕보고 살지 아니할 터이오 두말없이 죽은
사람이라'는 영창의 발언을 통해 강조된다.

납치된 상황에서도 시아버지의 얼굴을 알아 본 정임은 '무서운 판에
도 악을 바짝 내어' 위기를 해결한다. 온갖 위기 상황은 여주인공의 승
리로 일단락되고 이시종 내외, 김승지 내외, 그리고 이정임 내외가 재회
하여 행복을 나누게 된다. 이 자리에서 시아버지는 모든 것을 '며나리
덕'으로 돌리게 되고, 정임은 열녀에 이어 효부라는 타이틀까지 거머쥐
게 된다. 결국 정임이는 부모에게는 효성 지극한 딸이고, 남편에게는 절
개 있는 아내이며, 시부모에게는 착한 며느리라는 덕목을 갖춘 완벽한
여성의 반열에 '참례'함으로써, 영창에 대한 사랑 하나로 그 많은 고난

을 견뎌낸 보상을 받으면서 서사는 대단원을 맞이하고 있다.

　고전소설의 주인공들은 위기에 직면할 때마다 조력자의 도움을 받는다. 『혈의 누』와 같이 신소설에도 조력자의 도움은 유효한 서사적 장치로 활용되고 있다. 하지만 정임에게 구원자는 없다. 거듭되는 수난 속에서 그녀가 의지하고 있는 것은 영창에 대한 사랑뿐이다. 정임이 영창에 대한 그리움으로 눈물을 흘리며, 수난의 행로를 밟아가는 동안 영창은 무엇하고 있었을까? '영창이 생각으로 근심이 가슴에 맺혀서' 어찌할 줄 모르는 정임이와 달리 영창은 오직 난리의 지경에서 헤어진 부모 생각뿐, '정임은 도시 잊고' 있었다. 그저 어느 날 우연히 '삼삼을 자승[3×3]하는 문제'를 풀다가 정임을 떠올릴 뿐이다.[31] 사랑밖에 모르는 정임에 비해, 영창은 다분히 도리에 의해 움직이고 있다. '정임이의 거취를 알기 전에는 다른 배필을 구하지 않으리라'는 그의 다짐은 만약 정임이의 거취를 안다면 다른 배필과 결혼할 수 있다는 뉘앙스가 내재되어 있다. 그가 다른 혼처를 거절했던 이유는 정임에 대한 의리 때문이지 애정 때문인 것은 아니다. 또한 신혼여행 중 납치라는 위기 상황에 도리를 내세워 자결을 결심하기도 한다. 정임이 '놀란 마음 무서운 생각이 다 없어지고 악을 바짝 내어' 상황에 대처하는 의연함을 보이는데 반해, 영창은 아내가 죽었으리라는 판단 하에 도리를 내세워 '신세를 비관하면서' 자결을 결심하는 나약함을 보이고 있다.[32]

---

31) "문득 한 생각이 나며 '옳지! 정임이가 남문역에서 작별할 때 편지나 자주하라고 부탁하여 통호수를 잊었던 삼삼구를 생각하라하더라. 편지나 부쳐서 소식이나 서로 알고 있으리라'." (38면)

32) "정임이는 죽었는데 나는 살아서 가는 것이 사람의 의리가 아닐 뿐 아니요, 설령 혼자 돌아간다한들 정임이 부모 볼 낯도 없고 장래 신세도 다시 희망할 바이 없는지라 (…중략…) 목을 매어 죽으려고 양복 질빵을 끌러 막 나뭇가지에 치켜 거는 판에." (55면)

영창 역시 『추월색』의 주인공이지만, 전체 서사 과정에서 정임과 동
등한 비중을 차지한다고 보기는 어렵다. 그의 행적 역시 수난으로 점철
되어 있지만, 『혈의 누』의 옥련의 서사를 그대로 따라가고 있기 때문이
다. 옥련의 서사는 부모와 헤어진 소녀가 온갖 역경을 견뎌내면서 부모
의 품으로 돌아가는 데 그 중심축이 놓여 있다. 이런 옥련의 행로를 따
라가고 있는 영창의 행적은 사랑을 지키기 위한 여주인공의 서사와 어
긋나 있고, 사랑을 지키기 위한 정임의 수난에 집중하고 있는 『추월색』
의 서사적 긴장은 이로 인해 이완되고 있다.

4. 맺음말

이상의 논의를 통해 『추월색』의 서사가 사랑을 지키고자 하는 정임의
굳은 의지에 의해 추동되고 있음을 확인해 보았다. 그녀가 자신의 운명
을 개척하기 위해 액션을 취한다고 보기는 어렵다. 가출이 과감해 보이
지만, 그것은 문제적 상황에 대한 근본적인 해결책이 되지는 않는다. 그
러나 사랑에 한해서는 정임의 의지와 태도는 매우 적극적이고 능동적이
다. 사랑을 향한 여주인공의 의지만이 그녀로 하여금 모든 고난을 이겨
내게 하는 힘으로 작동하고 있다는 점에서, 『추월색』은 『춘향전』의 뒤
를 잇는다 하겠다. 1910년대 『춘향전』의 발행 횟수는 90여 회를 넘고 있
다. 다른 인기 있는 작품들이라 하더라도 발행 횟수가 40여 편 안팎이라
는 사실을 감안해 본다면, 춘향의 인기는 단연 독보적이었다. 『추월색』
이 다른 모든 신소설들을 제치고 가장 많은 인기를 누릴 수 있었던 원인
을 여기에서 찾을 수 있다.

마음에 둔 남자를 저버리지 않고, 천곤백난을 이겨낸 정임은 '열녀'이

다. 작중인물의 입을 빌어 작가는 그녀를 열녀의 반열에 올리고 있지 않은가? 영창을 만날 수 없다면 평생 수절할 수 있다는 태세를 갖춘 정임은 정녕 '열녀 춘향'의 후예이다. 춘향이 몽룡을 그토록 기다렸던 것은 그가 '몸이 기억하는 첫 남자'이기 때문이라는 누군가의 말처럼, 춘향의 열(烈)은 도리나 관념의 문제가 아니라 감정의 문제이다. 이런 측면에서도 두 인물은 유사하다. 즉 춘향에 열광했던 독자들은 『추월색』에서 춘향의 또 다른 분신인 정임을 발견했을 것이다. 신소설로서는 유일하게 『추월색』이 오랫동안 인기를 끌면서 당대의 삶 속에 살아 있었던 원인이 이에 있다 하겠다.

물론 『춘향전』과 『추월색』의 사이에는 19세기 이후 확대되어 온 애정소설사의 흐름이 놓여 있다. 고전소설사 속에 애정 문제는 『금오신화』에서부터 중요한 역할을 담당하였다. 소설은 남녀 주인공의 애정 문제를 기본으로 하여 다른 요소들을 붙이면서 각기 다른 하위 양식으로 분화해 갔다고 할 수 있을 정도로, 애정은 소설에서 아주 중요하게 다루어지는 주제이다. 그러나 '단권짜리 전책에다 남녀 주인공의 애정을 집중적으로 다루기' 시작한 애정소설이 한국 문학사에 본격적인 모습을 드러내기 시작한 것은 19세기 이후에서이다.[33] 그 과정에서 주목할 만한 것이 사랑을 성취하기 위한 정숙한 여주인공의 수난과 이를 극복하고자 하는 의지가 강화되어 나타난다는 점이다.

19세기 후반에서 20세기 초반에 걸쳐 중국 소설의 번안작인 『왕경룡전』 계열의 작품들이 등장하는데, 『청년회심곡』·『부용상사곡』·『채봉감별곡』이 그것이다. 이들은 기녀가 자신보다 높은 신분의 남자를 사랑하면서 겪게 되는 수난을 그려내고 있다는 점에서 '기녀신분갈등형' 애

---

33) 조동일, 『한국문학통사』 3, 지식산업사, 1994, 555~561면.

정소설로도 분류된다. 『왕경룡전』의 중국 원작은 '특권 귀족의 아들이
창가에서 재물을 잃고 패가망신하게 되고, 여주인공인 기녀는 남주인공
의 몰락 후 자신의 행위를 뉘우치며 남성을 돌보고 절개를 지킨다'는
내용으로 되어 있고, 이 과정에서 향락산업에 의해 구귀족이 몰락해 가
는 세태가 사실적으로 반영되어 나타난다. 하지만 그것이 17세기 조선
사회에 수용되면서 '조선의 애정소설로서 본질적인 특징'을 획득하게
되고, 그것은 '사랑을 성취하려는 여주인공의 의지'와 기녀의 신분임에
도 불구하고 '정절과 기품을 소유한 여주인공의 순결'이 강화되는 방향
으로 구체화되었다. 그리고 이 과정에서 기녀는 애초부터 사랑하는 이
를 위해 순결을 지키는 정절녀로 그려지고 있다. 즉 사랑의 성취를 향
한 굳건한 의지를 가지고 온갖 고난을 겪는 정결한 여주인공의 수난이
강화되면서 중국과 구분되는 조선의 특징이 만들어졌던 것이다. 이러한
경향이 20세기에 이르러 더욱 강화되면서 배경과 인물이 완전히 조선
의 형상으로 환골탈태한 『청년회심곡』·『부용상사곡』·『채봉감별곡』
등의 소설들이 출현하게 되었다.[34]

  『추월색』의 서사 역시 이러한 조선 애정소설사의 흐름이 신소설의
영역으로 유입된 것으로 볼 수 있다. 소설 속의 시공간에 20세기 당대
를 끌어 들여, 근대의 풍경을 배경으로 사랑을 지키고자 하는 고결하고
정숙한 여주인공의 수난을 서사화하면서 고전소설과는 다른 신소설적
인 면모를 획득하고 있다. 물론 그 신소설적인 면모는 구체적이고 감각
적인 묘사와 이를 통해 확보되는 사랑이라는 감정의 실재성으로 확보
된다. 그럼에도 불구하고 당대 독자들에게 익숙한 애정소설의 서사적

---

34) 이상의 서술은 박일용, 『조선시대의 애정소설』, 2000, 집문당, 302~348면의 내용
   을 참조했음.

유형을 바탕으로 사랑에 목숨을 걸고 있는 춘향을 빼닮은 여주인공을 내세워 당대 독자들의 감수성을 자극했기에 『추월색』은 애정소설로 성공을 거두었던 것이다.

하지만 이것으로 『추월색』의 대중성이 다 밝혀졌다고 볼 수는 없다. 당대에 존재하고 있던 수많은 읽을거리 중에 독자들은 자신들의 기호대로 작품을 선택한다. 이러한 대중의 선택이 언제나 연구자들의 선택과 일치하는 것만은 아니다. 특히 신소설의 경우 연구자와 대중의 선택이 큰 격차를 보이고 있다. 그 결과 연구자들의 구미에 맞는 작품들만이 연구사에서 살아남았고, 당대 독자들의 환호를 받았던 작품들은 연구사의 변방으로 사라져 버렸다. 소설을 통해 새로운 시대정신을 발견하는 일도 매우 중요하지만 그에 못지않게 당대인들의 일상적인 삶을 구성하고 있는 지표들을 발견하는 일도 중요할 것이다. 신소설을 대중성의 관점에서 바라봐야 할 이유가 여기에 있다. 본고의 대상이 되었던 『추월색』을 비롯한 『강상촌』·『구의산』·『금상첨화』·『설중매화』·『월하가인』 등은 당대인들의 삶 속에서 살아 있었던 작품이었으나 지금 연구사에서는 거의 흔적도 찾을 수 없을 정도로 그 존재가 미미하다. 그 동안 연구의 주변으로 밀려나 있었던 작품들을 적극적으로 살펴보고, 당대인들의 삶을 재구할 수 있는 다양한 징후들을 발견할 수 있기를 기대해 본다. 이를 통해 19세기의 물결과 20세기의 물결이 서로 뒤섞여 만들어진 근대라는 새로운 흐름 속에서 살아갔던 그 시대의 모습이 보다 풍부한 질감으로 살아날 수 있을 것이다.

『민족문학사 연구』 30, 민족문학사학회, 2006.

1930년대 대중문화 속의 '춘향전'의
모던화 양상과 그 의미

- 〈만화 모던 춘향전〉을 중심으로 -

1. 1930년대 '모던'과 '춘향'의 만남

본 논의의 목적은 1932년 11월부터 『제일선』에[1] 연재되었던 〈만화 모던 춘향전〉을 통해, 1930년대 대중문화 속에서 '춘향전'이 변주되는 구체적인 양상과, 그것이 지닌 의미를 살펴보는 데 있다.

18세기에 탄생한 춘향의 생명력은 21세기 현재에도 여전히 왕성하다. 수세기 동안 '춘향전'이라고 불리는 수많은 텍스트들은 판소리와 소설 및 연극, 영화, 무용, 오페라, 뮤지컬, 만화, 드라마 등으로 다채롭게 변주되어 왔다. 이제 '춘향전'은 어떠한 특정 작품에 대한 고유명사가 아니라, '춘향'을 공유하고 있는 다양한 예술 장르군에 대한 일반명사처럼

---

1) 『제일선』은 1932년 5월부터 개벽사에서 『혜성』을 개제해 발행한 대중잡지이다. 『혜성』에 비해 '다소 내용이 부드러운 문예지 유형의 대중지'로, 채만식이 편집에 관여했다. *개벽사와는 오래동안 인연을 갓고 일을 보와주시든 채만식군이 다시 입사하게 되어 이제부터 주로 제일선의 편집을 마터보게 되엿다(2권 5호, 1932.5), 신경질 제3기 환자 채만식씨 요짐은 그 야윈 얼골에 안경까지 쓰고는 여전히 창백한 얼골을 찌푸리고 「배 압퍼 죽겟서!」를 연발한다(3권 1호, 1933.1)

사용되고 있는 듯하다. '춘향예술'이란 용어의 등장은 이러한 저간의 사
정을 반영하고 있다.[2] <만화 모던 춘향전>은 '춘향전'이 1930년대 문
화코드인 '모던'과 접속하여 만들어진 '춘향예술' 중 하나이다.

주지하는 것처럼 '모던'은 일본을 통해 유입된 신문화로 넘실대던
1920~30년대 한국의 도시 대중문화의 욕망을 압축적으로 표현하는 용
어이다.[3] 이 시기 한국 사회를 휩쓸었던 '모던'은 원래의 의미와는 다르
게 신문화에 대한 '경멸'과 '조소'의 의미를 지닌 말로 사용되고 있었다.
왜냐하면 그것은 '택시, 짧은 스커트, 라팔바지, 째즈, 라디오', 그리고
'나신독창과 빠와 땐스'로 규정되는 '소비계급의 문화적 생활양식'이었
기 때문이다.[4] 당시 모던보이들은 '극장에서 영화를 보고, 연애편지를
쓰고, 택시를 타고, 끽다점 혹은 카페로 가서 커피와 함께 케익을 먹고,
드라이브를 하는'[5] 것이 일상이었고, 모던걸들은 '헐리우드 여배우와

---

2) 설성경, 『춘향예술의 역사적 연구』, 연세대학교 출판부, 2000.

3) 신명직, 『모던쏘이, 京城을 거닐다』, 현실문화연구, 2003; 김태수, 『꽃가치 피어 매
혹케 하라』, 황소자리, 2005; 강심호, 『대중적 감수성의 탄생』 살림, 2005 참조.

4) 모던! 모든 것이 모던이다. 모던科學 모던쏘-이 모던大臣 모던王子 모던哲學 모던
科學 모던宗敎 모던藝術 모던自殺 모던劇場 모던스타일 모던巡査 모던도적놈 모던
雜誌 모던戀愛 모던建築 모던商店 모던妓生…無制限이다(…)우리가 지금 불으는
모던은 1900年을 中心으로 새로히 생긴 社會的 條件의 반영(…)모더니씀은 아머리
카니씀(;현대자본주의)을 母體로 하고 이 世上에 생겨난 一部 消費階級의 文化的
生活樣式(…)쏘-키-가잇고 토-키-가 한 개 나왓섯고 택씨-이 잇고 모던썰이 잇고
모던쏘이가 잇다. 쌀분스카트와 라팔바지가 잇고 레부-썰이 잇고 짜쓰가 잇고 라디
오가 잇고 裸身獨唱(이거야말로 朝鮮모던界獨이다)이 잇고 빠-가 잇고 짠쓰가 잇고
(…) *王寅生, 「모던이씀」, 『별건곤』, 1930.1.

5) [영화관에서 과자를 파는] 흰(白色) 「에푸론」을 입은 소녀(…)얼치기 모쏘들은 전기
써진 사히에 붉은 봉투에 「러부레타」를 과자 사는 체하고 넌즛이, 「에푸론」 안주머
니니 너허주는(…) 극장이 파하면 오십전 균일 「탁시」가 죽ㅣ 극장 문 압헤서 기다
리고(…)1931년식 「모던 쓰어」는 호긔잇게 자동차에다 애인을 실고 끽다점(喫茶店)
으로 가서 「쎄익」에다 「커피」를 자시고 쓸쓸한 말거리를 만들어서 정답게 「드라이
브」(…). *『매일신보』 1931.1.8.

같은 옷차림을 하고, 백화점 쇼핑을 하고, 슈베르트의 음악을 듣고, 영화와 유행가에 열광'6)했다. 이렇게 향락적이고 소비지향적인 모던의 일상은 윤리적, 도덕적으로 비난의 대상이 되기에 충분했고, 모던보이와 모던걸들은 '못된 보이', '못된 걸'이라 불리기 일쑤였다.7) 하지만 수많은 그리고 지속적인 비난에도 불구하고 모던한 삶의 방식은 확대, 재생산되면서 일상의 저변으로 퍼져가고 있었다.

이에 비해 '춘향전'은 1938년까지도 '농촌의 교과서'8)라고 지칭될 정도로 '모던문화'와는 무관한 '흙 냄새 나는 순박한 농민'들의 집중적인 사랑을 받고 있었다. 하지만 이러한 평가는 제한적인 의미만을 지닌다. 20세기 전반 한국 대중문화로 시선을 확대해 보면, '모던'한 문화들과 함께 호흡하고 있었던 '춘향전'들을 발견할 수 있기 때문이다. 이질적으로 보이는 '모던'과 고전 '춘향전'의 접속은 어느 순간 느닷없이 이루어진 것이 아니라, 이러한 당대의 문화적 맥락이 있었기에 가능한 현상이었던 것이다.

6) 모던걸들의 일상에 대해서는 김경일, 『여성의 근대, 근대의 여성』, 푸른역사, 2004를 비롯하여 연구공간 수유+너머 근대매체연구팀, 『매체로 본 근대여성 풍속사, 신여성』, 한겨레신문사, 2005; 한금윤, 『모던의 욕망, 일상의 비애』, 프로네시스, 2006; 서지영, 「식민지 조선의 모던걸」, 『한국여성학』 22, 한국여성학회, 2006 등을 참조.
7) 「모던 쏘이」 「모던 썰」하면 철업시 시테것만 好와하는 殘薄한 男女들(…) 그래서 「모던」이란 말이 「못된」이라고 고쳐서 「못된 쏘이」 「못된 썰」이라고까지 빈정더리게 되어 잇다. *具然甲, 「모던의 眞意義」, 『실생활』, 1931.1.
8) 노익형, 「출판업으로 대성한 諸家의 포부」, 『조광』, 1938.12.

2. 20세기 전반 한국 대중문화 속의 '춘향전들'

20세기 전반 한국 대중문화 속에서 '춘향'은 다양한 장르, 다양한 매체에 걸쳐 대단한 인기를 누리고 있었다. 우선 가장 먼저 눈에 띄는 것은 소설로서의 인기이다. 현재 학계에서 구활자본 소설로 분류되는 20세기 초반 고전소설 중에 '춘향전'의 인기는 단연 독보적이었다. 발행횟수로만 보더라도 <춘향전>은 총 97회인데 반해, 그 다음을 잇는 <삼국지연의>와 그 각편들이 43회에 불과했을 정도로 <춘향전>에 대한 대중의 수요는 엄청났다. 실제로 1932년에 가장 많이 팔린 '베스트셀러' 중 하나로 <춘향전>이 거론되고 있으며,[9] 1935년에는 7만여 권의 <춘향전>이 팔려 나갔다고 한다.[10] 이들은 '시골 장거리에서 장터로 도라다니며 파는 봇찜장사 一千五百名 손으로' '조선의 향토를 직히고 사는 농민'들에게 많이 판매되었다. 하지만 순박한 농민들만이 '춘향전'의 소비자들은 아니었다.

판소리로서 '춘향전'은 유성기 음반의 주 구매층인 도시인들에게도

---

9) 1932년에 제일 만히 읽히운 책은 무엇인가(…)-충렬전-심청전-춘향전 조선의 고전 문학(古典文學)으로(…)춘향전 심청전 충렬전들이 잘 팔리는 것은 역시 조선의 오랜 문화의 전통(傳統)이 움직이기는 힘이라고 아니 할 수 업다. 이 책을 애호하는 계급은 조선의 흙냄새에서 생활의 량식을 엇는 순박한 논민이다. 조선의 향토를 직히고 조선의 전통을 그대로 안고 사는 농민이다. *「모-던 風聞錄, 三二年獵奇的流行 (七)-民族의 文化를 表象한 書籍. 이 해 一 년에 읽혀진 책들」, 『매일신보』, 1932.12.17.

10) 조선에서 제일 만히 팔니는 冊이 무엇이냐 하면 亦是 玉篇과 春香傳이라 서울에 都賣商들로 組織된 都賣商組合이 잇는데 이 方面의 調査에 依하면 玉篇이 一年間 二萬卷, 春香傳 一年間 七萬卷, 沈淸傳 一年間 六萬卷, 洪吉童傳 一年間 四萬五千卷, 雜歌冊 一年間 一萬卷 等等이라 한다. (…)그런데 前記와 가치 多數한 部數가 書籍市場에 消化되고 잇는데 그러면 이 冊들은 엇든 機關을 通하야 흐터지는가 하면 오로지 시골 장거리에서 장터로 도라다니며 파는 봇찜장사 一千五百名 손으로 販賣되고 잇다 한다. 그리고 前記 書籍의 販賣部數는 每年 同數量으로 需要되고 잇다함도 注目할 現狀이다. *「玉篇과 春香傳 第一」, 『삼천리』, 1935.6.

인기가 있었다.[11] 1920년대 중후반을 지나 1930년대 들어서면서 한국 대중문화의 핵심으로 부상하기 시작한 음반 산업에서 판소리 '춘향전'은 주력 분야였다. '사랑가, 옥중가, 이별가, 어사 춘향 상봉가'등의 대목들이 각각 하나의 음반으로 발매되기도 했으며, '창극 전집'의 형태로 전편(全篇)이 발매되기도 하면서,[12] 판소리가 '잡가, 유행가' 등과 함께 20세기 전반기 한국 대중가요사의 중심축을 형성하는 데 '춘향전'이 주도적 역할을 하고 있었다. 이들을 구입했던 소비자층은 도시에 사는 중장년층으로 추정해 볼 수 있다. 즉 신세대인 청춘남녀들이 '유행가'라고 하는 신식 가요에 열광했다면, 이에 익숙하지 않은 중장년층은 '판소리나 잡가' 등의 전통가요를 들었던 것이다.[13] 상층과 하층의 계급을 기준으로 고급예술과 민속예술로 구분되었던 전통 문화에 비해, 20세기 대중문화는 구세대와 신세대라는 세대를 기준으로 분화되는 새로운 면모를 보이고 있는 것이다. 그러나 전통과 모던, 구문화와 신문화의 구별이 완강한 경계를 가지는 것만은 아니었다. 전통적 맥락, 즉 소설과 판소리라는 본연의 장르적 기반에서 벗어나 20세기 전반 모던한 대중문화 양식과 호흡하는 새로운 '춘향전들'이 등장했기 때문이다.

---

11) 물론 유성기 문화가 도시만의 문화 양식이라는 말은 아니다. 하지만 대다수의 국민이 소작농이거나 혹은 공장의 노동자로 있었던 1920~30년대 조선의 상황에서 유성기를 소유하고, 음반을 들을 수 있는 계층은 아무래도 경제적으로 여유가 있고 여가 문화를 향유할 수 있는 시간적 여유를 가질 수 있는 도시민들에 집중되어 있을 수밖에 없었을 것이다.

12) 〈고대소설극 춘향전〉(일축레코드, 1926), 〈창극 춘향전〉(콜럼비아레코드, 1934), 〈춘향전전집〉(시에론레코드, 1934), 〈춘향전전편〉(빅타레코드, 1937), 〈창극 춘향전〉(오케레코드, 1937).

13) 고은지, 「20세기 유성기 음반에 나타난 대중가요의 장르 분화 양상과 문화적 의미」, 『한국시가연구』 21, 한국시가학회, 2006 참조.

① 극 춘향전: 김영환, 이이래스, 윤혁, 박녹주(콜럼비아, 1931)[14]
　가요극 춘향전: 조명암 원작·각색, 박창환·유계선·강정애, 설명-이
　백수, 주제가-남인수·이화자(오케레코드, 1942)

　1인 창자에 의해 연행되던 '춘향전'의 전통이 20세기에 와서 연극적
요소를 새롭게 도입, 창극이라고 하는 신양식으로 변형되었음은 주지의
사실이다. <극 춘향전>과 <가요극 춘향전>은 이러한 창극이 다시 변
주된 텍스트들이다. 이중에 <극 춘향전>은 '신구(新舊) 극계(劇界)의 혁
명적 작품'이란 광고카피에 걸맞게 '당대 영화해설계의 거장' 김영환과
이애리스라는 새로운 극계의 스타와, 윤혁과 박녹주라는 전통 극의 스
타들이 모여 녹음한 음반이다. 이러한 인적 구성으로 보아 김영환과 이
애리스가 대사를 서로 주고받으면, 이에 걸맞은 윤혁과 박녹주의 창이
교체되는 형식이었던 것으로 짐작해 볼 수 있다. 즉 <극 춘향전>은 배
역을 맡은 창자들의 대화창(對話唱) 혹은 분창(分唱)으로 진행되던 초기
창극의 형태에서 벗어나, 여기에 신식 배우들의 대화가 더해진 새로운
형태의 '춘향전'인 것이다.[15] 이후 10여 년 후에 발매된 <가요극 춘향
전> 역시 이와 동일하게 대사와 노래의 교체로 구성되어 있다. 박창환,
유계선, 강정애, 이백수 등의 배우는 대사를 담당하고, 남인수와 이화자
가 노래를 불렀다. 이들이 부른 노래는 창작곡은 아니고 기존에 있던
노래의 가사를 '남원춘색, 서상가약, 화초이별, 천리원정, 춘향하옥, 북
비안서, 암행어사'로 이어지는 '춘향전' 스토리에 맞게 바꾼 것이다.[16]

---

14) 金永煥, 尹赫, 李애리스, 朴綠珠, 四氏의 熱演 新舊劇界의 革命的 作品이요 前無
　後無한 新作 春香傳은 正히 興味津津함. *한국정신문화연구원편, 『한국유성기음
　반총목록』, 민속원, 1998, 152면.
15) 1930년에 김영환, 복혜숙, 박녹주가 참여한 <영화극 심청전>(콜럼비아레코드)에서
　이와 동일한 방식이 이미 시도되었다. *『동아일보』, 1930.1.28(6회신보).

단 <극 춘향전>과 비교해 판소리가 유행가로 교체되어 있다는 점에서,
1930년대 중후반 무렵 전통가요 잡가·판소리를 밀어내고 유행가가 장
악한 당대 대중가요계의 현실을 짐작할 수 있다.

② 넌센스: <모던춘향전>, 이서구작, 몽룡-신불출, 김연실, 신은봉(시에론,
1933)
폭소극: <요절 춘향전>, 이도령-신불출, 방자-성광현(오케, 1934)
만극: <流線型 춘향전>, 이도령-김원호, 춘향-지경순, 방자-복혜숙
(리갈, 1940)

위의 텍스트들은 음악적 요소를 제거하고 '춘향전'의 극적인 요소만
을 가지고, 코미디로 만들어진 것들이다. 1930년대에 '스켓취, 넌센스,
만담, 폭소극, 풍자희극, 코메디' 등으로 발매된 많은 희극 음반들이 있
는데, 이들은 대체로 3분 이내의 짧은 대화 형식으로 이루어져 있다. 이
러한 양식들은 신파극 공연의 '막간극(幕間劇)'으로 공연되던 '대화만담'
에서 유래한 것이라 하는데,[17] 지금의 용어로 말하자면 개그 혹은 코미
디라고 할 수 있다.[18] 이와 같은 장르 속성에 걸맞게 이들 음반의 내용
은 춘향전의 기본 스토리가 '폭소'와 재미를 목적으로 '모던'하게 재창
조된 것이다. 이상의 '극'들이 '춘향전'의 내러티브를 기반으로 변형된
텍스트들이라면, 다음의 자료들은 모티프 차원에서 '춘향전'을 수용한
신민요와 유행가들이다.

---

16) 〈가요극 춘향전〉에 대해서는 이준희, 「가요극 〈춘향전〉의 음반사적 의미」, 『한국음
반학』 15, 한국고음반연구회, 2005에서 자세하게 논의되고 있다.
17) 최동현·김만수, 『일제강점기 유성기음반 속의 대중희극』, 태학사, 1997.
18) 코메디란 장르명이 사용된 음반도 있다. '코메듸 〈털보낭군〉, 〈아서라 마러라〉'(콜럼
비아레코드, 1932).

③ 신속요: <이별가>, 박송주작곡, 김옥진노래(빅타레코드, 1936)[19]

신민요: <이도령의 노래>, 김안서 작사, 전기현 편곡, 조병기 노래(콜럼비아, 1936)

④ 유행가: <이도령>(김용환), <춘향>(정재덕), 왕평 작사, 김용환 작곡(포리돌, 1933)

주제가: <춘향전>, 김파영 작사, 김기장 작곡, 최승이 노래(태평, 1933)

주제가: <그리운 광한루>(김팔련 작사), <십장가>(이현경 작사), 홍난파 작곡, 김복희 노래(빅타, 1936)[20]

유행가: <남원의 봄빛>, 김용환 작곡, 이화자 노래(포리돌, 1938)

유행가[만요]: <모-던 妓生點考>, 처녀림 작사, 김송규 작곡, 仁木他喜雄 편곡, 김해송 노래(콜럼비아, 1938)

위 노래들 중에서 판소리 <이별가>를 음악적으로 변형한 신속요 <이별가>를 제외한 다른 노래들은, '춘향전'을 모티프로 해서 새롭게 창작된 유행가들이다. 한국 대중가요사에서 '춘향전'의 '가요극화' 혹은 '유행가화'는 1940~50년대에도 지속적으로 이어져, 적지 않은 LP가 발매되었다.[21] 이처럼 20세기 전반 대중문화계의 현실에서 '춘향전'은 가요극, 넌센스[폭소극 혹은 만극], 신민요, 유행가 등 당대 최첨단의 대중문화 장르들로 다양하게 변주되고 있었다.

20세기적 '춘향전'의 재생산은 대중가요계에서 그치지 않았다. 이러한 '춘향전'의 음반화가 가능했던 기반에는 당대의 수많은 '춘향전' 공

---

19) 李道令의 옷깃을 붙잡고 발버둥치는 春香의 넋두리. 원래 春香傳 中의 離別歌임니다마는 거기다 새 멜로듸를 집어 너허서 雜歌 비슷, 판소리 비슷한 新俗謠. 1936.6 *『한국유성기음반총목록』, 463면.

20) 京城撮影所 第1回作品 全發聲映畵 春香傳 主題歌. *『한국유성기음반총목록』, 459면.

21) 이준희, 앞의 논문 참조.

연물이 있었다 해도 과언이 아닐 정도로 공연예술계에서 '춘향전'의 인기 역시 대단했다. 1930년대에 들어 본격적으로 성장한 창극을 통해 판소리로서 '춘향전'의 인기가 지속적으로 유지되었다. 뿐만 아니라 1922년에는 무성영화(하야카와 감독)로, 1936년에는 토키영화(이규환 감독)로 만들어졌고, 다시 1939년에 영화화가 기획될 정도로,[22] 영화산업에서도 '춘향전'은 흥행을 보증해 줄 수 있는 텍스트로 자리하고 있었다. 또한 극예술연구회(1936), 동경학생예술좌(1937) 및 일본극단인 신협(新協, 1938) 등을 중심으로 한 연극 '춘향전' 공연이 경성 및 동경 등지에서 활발하게 이루어졌으며,[23] 대중극 혹은 상업극으로 만들어진 '춘향전'들도 매번 흥행에 성공을 거두었다.[24] 이외에도 러시아 발레단에 의해 무용극(1936)으로 공연되기도 했다.

이렇게 '춘향전'은 당대 대중문화를 선도했던 최첨단의 유행 문화와 적극적으로 접속하고 있었다. 그 결과 다양한 양식으로 변주된 수많은 20세기적 '춘향' 텍스트들이 생산되었고, 소비자들에게 선택받기 위해 경쟁하고 있었다.[25] 이와 같은 '춘향전'의 예술적 변주들을 '전통의 부

---

22) 1939년에는 조선영화주식회사에서 무라야마 도모요시(村山知義)를 영입하여 영화 〈춘향전〉을 기획하기도 했었다고 한다. 그러나 실현성면에서는 큰 기대를 할 수 없다는 내용으로 보아 현실로 이루어지지는 않은 듯하다. *하즈미 쓰네오, 「조선영화를 말한다」, 『모던일본-조선판』(윤소영 외 옮김, 『일본잡지 〈모던일본〉과 조선, 1939, 〈모던일본〉 조선판 1939년 완역』, 어문학사, 2007, 378면.

23) 백현미, 「민족적 전통과 동양적 전통: 1930년대 후반 경성과 동경에서의 〈춘향전〉 공연을 중심으로」, 『현대문학이론연구』 23, 현대문학이론학회, 2004.

24) 임형수, 「'춘향모티프'의 연극화에 관한 연구」, 『한국언어문학』 59, 한국언어문학회, 2006.

25) 다양한 장르에 속하는 '춘향전'들이 경쟁관계에 있었다는 사실은 다음의 글을 통해 확인할 수 있다: 최상의 취입진과 최량의 기술이 결합한 춘향전의 결정판! 영화로 극으로 춘향전에 대한 관심은 갈수록 더커갑니다. 그러나 춘향전의 흥미는 그 「소리」에 잇슴니다. 두 번 다시 듯기 어려운 이 명창 여러분의 역창을 드르실 기회를 逸치 마시라. *〈춘향전전집〉(빅타, 1938)의 광고문.

활'로 보는 것은 타당하지 않다. 부활이란 죽어 있는 것이 다시 살아난 다는 의미이다. 하지만 이상에서 살펴본 바와 같이 조선 후기에 등장한 이래 '춘향전'은 우리 예술사에서 한번도 사라진 적이 없기 때문이다. 오히려 최신의 문화 양식이 유입되었을 때, '춘향전'은 그 유행의 첨단 에서 새로운 스타일로 신속한 자기 변모를 도모하였고, 그 결과 1930년 대 모던문화 속에서도 여전히 식지 않는 인기를 구가하고 있었다.

  본 논의의 대상이 되는 김규택의 <만화 모던 춘향전> 역시 '춘향전' 이 모던한 스타일로 변주된 작품이다. 여기서의 만화는 여러 개의 컷이 연결되면서 스토리가 전개되는 지금의 형식과 동일하지 않다. <만화 모던 춘향전>은 1회당 모두 8개의 만화로 구성되어 있는데, 만화를 중 심으로 이를 설명해 주는 간단한 설명이 부연되어 있기 때문이다. 이러 한 구성방식은 1930년대에 유행했던 '한 컷 짜리 만화를 중심으로 이에 말풍선이 사용되는 대신 서술문이 결합하여 의미를 전달하는'26) 만문 만화에 속한다고 볼 수 있다. 실제 작가 김규택은 '조선만화만문계의 넘 버-원'으로 소개되고(『제일선』 후기, 1932.1)있기도 하다. 이러한 형식보 다 더욱 흥미로운 것은 '모던'의 문제이다. 1930년대 모던문화의 한 측 면이 춘향과 몽룡을 통해 재현되고 있기 때문이다. 조선시대에 탄생한 '춘향전'이 '모던'이라는 당대 최첨단의 유행을 만나 어떻게 변주되고 있는가. 구체적인 작품의 내용 분석을 통해, 변주의 구체적인 양상을 드 러내고, 나아가 당대 문화 속에 '춘향전의 모던화'가 어떠한 의미를 가 지는지 살펴보고자 한다.

---

26) 신명직, 앞의 책, 6~7면.

3. '춘향전'의 모던화 방향

3.1. '춘향전'의 기본 서사 구조의 유지, 〈옥중화〉 계열과의 친연성

'춘향전'의 스토리는 기생의 딸 춘향과 양반 몽룡의 신분을 뛰어 넘는 사랑 이야기로 압축된다. 특히 이중에 사랑을 지키기 위해 고난을 무릅쓰는 춘향의 '절개'가 핵심적인 요소라 할 수 있다. 〈만화 모던 춘향전〉의 서사 역시 이러한 '춘향전'의 전통을 충실하게 따르고 있다. '너의 골 승지(勝地)가 어데가 제일(第一)'이냐 라는 몽룡의 질문에 방자가 '광한루, 오작교, 영주각이 삼남제일 승지'라고 대답하는 장면에서 시작한다. 이것이 만화 1의 내용이다. 만화 2는 당연히 광한루에서 몽룡이 춘향을 발견하는 장면이며, 만화 3은 몽룡의 심부름으로 방자가 춘향을 찾아가는 장면이다. 이렇게 〈만화 모던 춘향전〉의 각 장면은 '만남-결연-이별', 그리고 이별 후 춘향이 겪는 고난이라는 '춘향전'의 기본 서사 구조를 그대로 이어 가고 있다.[27]

따라서 〈만화 모던 춘향전〉은 '춘향전'의 패러디라고 할 수 있다. 그렇다면 〈만화 모던 춘향전〉이 대상으로 삼은 '춘향전' 텍스트는 어떤 계열일까? 주지하는 것처럼 '춘향전' 텍스트에는 매우 다양한 이본들이 있다. 이들은 기생 춘향과 양반 몽룡의 사랑과 이 사랑을 지키기 위한 춘향의 고난, 그리고 암행어사가 되어 돌아온 몽룡과의 재회를 통해 이 모든 것에 대한 보상이 이루어진다는 기본적인 스토리를 공유하고 있다. 하지만 이외의 부분들에서 각 이본들 사이에 적지 않은 차이점을 가지고 있다. 이렇게 수많은 '춘향전'들 중에서 〈만화 모던 춘향전〉은

---

27) 그러나 아쉽게도 현재 발견된 〈만화 모던 춘향전〉은 춘향이 하옥된 장면(만화 40)에서 끝나는 5회(『제일선』 3권 3호, 1933.3)가 마지막이다. 이 3권 3호를 마지막으로 『제일선』 자체가 폐간되었는지 더 이상의 자료는 현재까지 확인되지 않은 상태이다.

<옥중화> 계열과 친연성이 깊어 보인다.

  춘향이가 전 조선 추천 대회를 압두고 남몰내 맹연습을 하는 판인데 房子
란 놈이 벌컥 달녀 드럿다.
  『야잇 춘향이』
  『아이구 깜짝이야 하맛터면…』
  『락태할ㅅ번 햇지…우슴의 말이고 수신하는 게집애가 아모리 쓰포츠 전
성시대로서니 삼남대로에서 추천 당하냐?』
  (…)
  『정녕히 못 가겟느 그러지 말고 갓치 가자무나』
  『몽룡씨보고 안수해 접수화 해수혈이라고 엿주어라』
  【만화 3】

  몽룡의 심부름으로 찾아온 방자와 춘향이 첫 대면하는 장면이다. 방
자가 깜짝 놀라는 춘향에게 '락상을 락태'로 바꾸는 '우슴의 말'로 수작
을 걸고 있다. 이러한 어희는 대부분의 경판본이나 완판본 계열에서는
찾을 수 없다. 하지만 <옥중화> 계열들에서는 수작의 대상이 춘향에서
향단으로 바뀌는 경우가 있기는 해도, '락상-락태'의 어희는 흔히 발견
된다. 뿐만 아니라 광한루로 몽룡을 만나러 가는 대신, '안수해(雁隨海)
접수화(蝶隨花) 해수혈(蟹隨穴)'이라는 메시지를 전하게 하는 춘향의 모
습도 <옥중화> 계열에서 발견할 수 있는 특징이다.[28]
  또한 경판본이나 완판본에서는 이별 후 몽룡은 '수신제가'라는 사대
부의 본분에 입각하여 글공부에 힘쓰는 것으로 그려진다. 하지만 <옥
중화> 계열에서는 '춘향 생각을 잊지 못해, 춘향을 만나기 위해 일심으

---

28) '춘향전' 이본들의 내용은 『춘향예술사자료 총서』 1~8(설성경 편저, 국학자료원,
   1998)를 참조했음.

로 공부하는' 몽룡이 주로 등장한다. <만화 모던 춘향전>에서의 몽룡
역시 '상사병에 걸린 춘향에 못지않게 상한 마음을 견디지 못해' 슬픔에
잠겨있다는 점이(만화 18) <옥중화> 계열과의 관련성을 깊게 한다. 특
히 만화 12는 이별문제를 두고 춘향이 몽룡과 싸우는 것을 월매가 창밖
에서 엿듣는다는 <옥중화>의 내용을 그대로 그림으로 옮겨 놓은 것인
데, 이 역시 방각본 계열에서는 찾기 힘든 <옥중화>의 한 장면이다.29)

이처럼 <만화 모던 춘향전>은 여러 '춘향전' 계열 중에서 20세기 활
자본으로 널리 유통되고 있었던 <옥중화> 계열과의 공통점을 많이 가
지고 있다. 무려 97회나 발간될 정도로 폭발적인 인기를 구가하고 있었
던 구활자본 '춘향전'들 중 현재 발견된 것은 65종이고, 이중 80%에 해
당하는 52종이 <옥중화> 계열이라고 한다.30) 즉 1935년 즈음에서 1년
간 7만여권이 팔렸던 <춘향전>들은 필사본 형태가 아니라 활자본인
<옥중화> 계열의 '춘향전'들이었던 것이다. 이처럼 20세기 초반, 즉
1920~30년대 '춘향전'의 소통은 필사본 형태가 아닌 활자본을 중심으
로 이루어졌던 것이고, 이런 상황이라면 <만화 모던 춘향전>의 작가인
김규택이나 잡지『제일선』의 독자들이 접했을 '춘향전' 역시도 필사본
보다는 활자본일 가능성이 크다 하겠다. 따라서 <만화 모던 춘향전>에
서 진행되었던 '춘향전'의 모던화 작업은 <옥중화> 계열의 활자본 '춘
향전' 텍스트를 근간으로 하여 이루어졌을 가능성을 상정해 볼 수 있다.

---

29) 춘향모는 절 고양이 모양으로 짯뜻흔 아리목에 착졉치고 누엇다가 건너 방에셔 무엇
이 화다탕 와르르 흐며 울음소리가 은은히 들리거늘 춘향모 이러나며 우스며 흐는
말이 뎌것들 ᄉ랑싸홈 하는고나 엿드르라 나오는듸 옷을 모다 버셧 것다 초마도 벗
고 고장이도 벗고 속속곳만 입엇는듸 영창을 감안이 열고 도독괴거름 것듯 가만가만
나오더니 춘향방 창밧게 귀를 기우리고 은근히 드러보니 *〈옥중화〉,『춘향예술사
자료총서』2, 54면.
30) 오윤선, 「〈옥중화〉를 통해 본 '이해조 개작 판소리'의 양상과 그 의미」,『판소리연구』
21, 판소리학회, 2006, 399면.

3.2. 모던보이 몽룡과 모던걸 춘향, 그리고 모던한 풍속

<만화 모던 춘향전>에서 몽룡이 등장하는 첫 장면은 매우 파격적이
다. 물론 그가 방자와 나누는 대사는 전통적 맥락을 그대로 따르고 있
다. 하지만 '여드름약'병을 옆에 두고 거울 앞에서 여드름을 짜는 몽룡
의 행동은 이전의 몽룡이들에 비해 낯설기 그지없다. 하지만 1930년대
의 몽룡에게라면 청춘의 상징, 여드름은 고민거리가 되기에 충분할 것
이다. 1932년 10월 신문에 여드름약 광고가 게재되어 있는 것으로[31] 보
아, 이즈음부터 여드름이 청춘들의 고민거리로 자리하기 시작한 듯하
다. 거울 앞에서 여드름 짜는 데 골몰하는 '년광 16세'의 몽룡의 모습은
이러한 시대적 상황이 충실하게 반영되어 있다 하겠다. 전통적인 관습
을 따르는 동시에 당대적 맥락으로 변형된 새로운 몽룡의 모습은 1930
년대 독자들의 관심을 끌기에 충분히 흥미롭다. 기대하는 바가 충실하
게 지켜지면서도 이를 배반하는 파격은 비단 몽룡에게만 국한된 것은
아니다. <만화 모던 춘향전>을 읽게 하는 힘은 바로 여기에서 나온다.
독자들은 이미 익숙한 춘향과 몽룡이 자신들의 기대를 어떻게 배반하
는지 그 과정을 흥미진진하게 지켜보게 될 것이다. 이 과정에서 독자들
은 모던보이, 모던걸로 변신한 춘향과 몽룡과 만나게 된다.

①몽룡군은 년광이 십육이나(…) 早熟早達해서 詩律風流며 愛酒探花의
　　멋을 아자 밤이면 東嶺月明을 玩賞하고 낮이면 花柳楓菊에 놀기를 조

---

31) 여드름 빼는 美顔水. 신통하게 有效하다!. 年來의 信用! 的確한 효과!◀여드럼 吹出
物에-頑固한 여드럼 吹出物, 참말 正確하게 그리고도 有效함으로, 非常한 評判임
니다! 年來의 信用! 效果는 더욱 더욱 向上되얏슴니다! ◀眞正한 美의 成長-尙히
少量式 常用하면 「죽은깨」 吹出物을 訪하고, 適度로 脂肪을 去하고, 살결운 곱게
윤해가, 조와져서 맑은 것 갓치 아름다웁게 됨으로 코게 깃써하심니다!◀얼골의 美
를 숭상하는 家庭人의 親友▶ *『매일신보』 1932.10.18, 광고면.

아하니 <u>可謂 모쏀엿다</u>(…)『그러커든 위스키- 몃 병 가지고 그리로 놀너가자』.   만화 1

②春香『아니 쌈박 이것네. 몽룡씨 서울 가시거든 치마감으로 푸린트한 「지리멘 하부다이」를 꼭 한 감 사보내서요. 네네』이것을 보더래도 시골찌기 <u>春香이는 매우 모던 이엿든 것이다.</u>   만화 15

모던보이, 모던걸은 주로 향락지향적인 소비문화의 주체로 급부상한 신세대들이었다. 때문에 이들은 비판의 대상이 되었다. 하지만 <만화 모던 춘향전>에서는 모던보이, 모던걸에 대한 비난에 목적을 두고 있지 않다. 몽룡과 춘향의 본질이 변하지 않고 있기 때문이다. '시율풍류며 애주탐화'의 멋을 아는 조숙한 16세, '모쏀 몽룡'은 공부하다 봄구경 가고 싶어 안달이 난 전통적인 몽룡과 크게 달라 보이지 않는다. 단지 술이라는 소품이 '위스키'로 바뀐 것이 근대적인 파격이라 할 수 있다. 이에 비해 이별의 상황에서 몽룡에게 서울 가시거든 프린트한 '지리멘, 하부다이'[32] 등 당대 최신 유행의 옷감을 사다 달라고 부탁하는 '모던걸' 춘향의 모습은 이전의 춘향이들에게서는 찾을 수 없는 새로움이다. 그렇다고 해서 원래 춘향의 본질이 훼손되는 것은 아니다. '근대가 베푸는 새로운 상품의 포로로 자족하는, 그래서 아무런 의식도 없이 근대 상품에 탐닉하는'[33] 많은 모던걸들의 모습을 춘향에게서 찾을 수 없기 때문이다. '모던걸 춘향'은 변학도의 수청 요구에 '걸상으로 변학도의 면상'을 내려칠 정도로 용감하며(만화 36), '쌜가 벗겨져 매달릴 것을 예

---

32) 지리멘[縮緬]:바탕이 쪼글쪼글한 비단. 하부다이[羽二重]:얇고 매끈하며 윤택이 나는 흰색 비단. 이 옷감들은 모던걸들의 패션을 선도하던 옷감들이었다. *맹문재, 『한국근대여성의 일상문화』전 9권, 국학자료원, 2004.

33) 신명직, 앞의 책, 81~85면.

상해 안에 수용복까지' 챙겨 입을 정도로 당돌하다(만화 37). 천비 자식
이라고 수절하지 못할 법이 어디 있냐며, 변학도에 당당히 맞서는 전통
적인 춘향의 모습에서 모던걸 춘향은 자신의 거부 의사를 행동으로 실
천할 정도로 적극적이고 과격한 모습으로 나아가고 있다. 또한 '빨가벗
겨서 거꾸로 메달려 물고문 당하는' 극심한 고문을 대비해 '수영복'을
마련하는 '모던걸 춘향'의 의연함 역시 태형의 고통 속에서도 <십장가>
를 부르며 꿋꿋하게 몽룡을 향한 마음을 지켜냈던 춘향의 각오와 다를
바가 없다. 이처럼 모던보이 몽룡, 모던걸 춘향은 모던이라는 외피를 입
었음에도 불구하고, 그 본질적인 성향은 전통적인 몽룡과 춘향에게서
달라지고 있지 않다.

『제일선』의 후기를 보면 <만화 모던 춘향전>에 대한 독자들의 반응
이 매우 열렬했음을 확인할 수 있다. '흥미 백퍼센트의 독물(讀物), 중간
기사(中間記事)'로서 <만화 모던 춘향전>에 대한 독자들의 반응은 다른
어떤 기사들에 대한 것보다 자주 등장하고 있다.[34] '종로 책사에만 들
어가면 <만화 모던 춘향전>의 궁금한 계속에 대해 물어보지 않은 이가
없고, 경향각지에서는 주문이 산적한다'는 표현이 물론 과장일 수도 있

---

34) ①中間의 興味記者로 太白山人의 「問題女性을 차져서」라든지 「名士蓄妾 이약기」며
特히 「모던 春香傳」 등은 깁흔 가을밤에 조흔 소야거리임을 자랑하기 주저하지 안이한
다(1932.11)/②더구나 모던 春香傳에 이르러서는 여러말슴 안켓습니다(1932.12)/③
金奎澤氏 朝鮮漫畵漫問界의 넘버-원 如前히 深刻한 質(?)問을 發(?)하며 社內 첫재
가는 애교 노릇을 한다(1933.1)/④第一線의 斷然 人氣記事요(…)그 中에서도 모-던
춘향전 갓흔 것은 朝鮮의 보임을 中外에 크게 자랑(1933.2)/⑤모던 春香傳은 大人氣
임니다 서울 鐘路의 冊肆엘 드러가 보면 어느 분을 勿論하고 궁금한 繼續을 물어
보지 안으시는 분이 업고 鄕村各地에서는 보던 춘향전 보내라는 主文이 山積하는
形便임니다. 이번으로 第五回를 마지하는데 더욱더 興味가 생기는 佳境으로 드러가
는 판임니다. 옛날 春香의 이야기야 여러분도 다 아시는 바이지마는 모던 春香傳 혹은
春香傳의 모던化는 將次 엇더케 展開되는지 여러분과 함께 은근하게 期待하고 잇슴니
다(1933.3).

다. 하지만 다른 논문이나 문예물은[35] 물론 '중간기사'들에게서도 보이지 않는 이런 과장이 유독 <만화 모던 춘향전>에만 보이는 것은 그 만큼 이것이 흥행에 성공을 거두었다는 의미일 것이다. 대중 서사물로서 <만화 모던 춘향전>이 일정정도의 성공을 거둘 수 있었던 요인은 새로운 요소를 도입한다 하더라도, 그것이 독자들의 기대를 저버리지 않았다는 데서 찾을 수 있다.

갈등을 지향하며 독자들을 고뇌의 상황 속으로 밀어 넣은 문제적 소설들과 달리 대중적인 서사물들은 독자들에게 그들이 알고 있는 것을 재발견 하는 기쁨과 평화를 준다. 따라서 대중 서사물은 주로 독자들과 작가 사이에 공통의 체험 속에 있는 상투적 상황들은 인용하며, 이미 익숙해져 있는 원형들이 가지고 있는 문화적 의미를 작동시키면서 현실문제들에서 오는 긴장감들을 풀 수 있는 상상의 도구로 소비된다.[36] '흥미독물'인 <만화 모던 춘향전>은 애초 그 출발이 대중적인 읽을거리로 창작된 것이다.[37] 이런 맥락에서 보자면 <만화 모던 춘향전>이 대중적 서사물로 성공하기 위해서는 그 '모던화의 방향'이 '춘향전'이 가지고 있는 문화적 원형들을 훼손해서는 안 되는 일이다. 따라서 바로 모던보이 몽룡과 모던걸 춘향이 그들의 본질적 의미에서 벗어나지 않았던 것이 <만화 모던 춘향전>의 인기 비결이라 할 수 있다. 즉 <만화

---

35) 『제일선』의 편집은 크게 '논문, 흥미독물(중간기사), 문예란(창작란)'의 세 부분으로 구성되어 있다.

36) 움베르토 에코, 김운찬 역, 『대중의 슈퍼맨』, 열린책들, 1994.

37) 『별건곤』에는 '실화, 사화, 애화, 괴담' 등 많은 '취미독물(趣味讀物)'들이 실려 있다. 이들은 문학의 제도로 포섭되지 않는 '소설 외 서사' 양식으로, '흥미독물'로 분류되는 <만화 모던 춘향전> 역시 이 계열에 속한다고 할 수 있다. 취미독물에 대한 자세한 논의는 이경돈, 「『별건곤』과 근대 취미독물」, 『대동문화연구』 42, 성균관대학교 대동문화연구원, 2004 참조.

모던 춘향전>의 모던화 방향은 '춘향전'들이 가지고 있었던 전통적 맥락을 유지하면서 세부적인 상황에서 모던적 요소들을 받아들이는 수준에서 이루어진다고 할 수 있다. 다음의 상황들이 그 모던화의 구체적인 결과들이다.

① 광한루에서 벌어지는 몽룡과 방자의 술자리에 있는 양주병과 양주잔, 그리고 축음기 [만화 2]
② 맥주로 하는 결연식[만화 6], 기타에 맞춰 부르는 사랑의 '세라나데' [만화 7]
③ 화장대가 있고, 클라라 보와 찰리 채플린의 사진이 붙여 있으며, 화투판이 벌어져 있는 춘향의 방 [만화7]
④ 역두(驛頭)에서의 이별 [만화 15]
⑤ '연애씨균(戀愛氏菌)' 때문에 병든 춘향 [만화 17]
⑥ 몽룡 부모에서 약혼편지와 '다이아 백금' 반지를 받은 춘향 [만화 19, 만화 20]
⑦ 서양식으로 발목에 철구(鐵球)를 달고 '센티멘탈'에 빠진 춘향 [만화 39]

몽룡과 춘향이란 단어만 빼고 본다면 1930년대 모던 풍경에 대한 충실한 세태 묘사라 할 수 있다. 양주와 맥주, 축음기, 기타, 세레나데, 헐리우드 배우, 연애와 다이야 반지, 센티멘탈 등은 당대 모던의 일상을 구성하던 실체들이다. 이러한 모던의 일상이 광한루에서의 주연, 몽룡과 춘향의 사랑가, 춘향의 집치레, 오리정에서의 이별과 이후의 그리움, 그리고 춘향 하옥 등 '춘향전'의 전통적 맥락과 섞이면서 '모던한 춘향전'을 만들어 내고 있다. 그러나 이중에 ⑥번의 경우는 전통적인 '춘향전'과 비교해 보면 그 순서의 이동이 이루어진 것이라고 볼 수 있다. 전통적인 '춘향전'에서는 결말에 이르러서야 몽룡과 춘향의 관계가 몽룡의 부모에게서 정식으로 인정받게 된다. 하지만 <만화 모던 춘향전>은 몽룡이 서울로 올라온 직후, 바로 부모에 의해 약혼이 진행되는 것으로 그려져 있다. 이러한 변화는 1920~30년대 연애와 결혼의 풍속이 반영된 것으로 볼 수 있다. 가문과 가문의 결합으로 이루어지던 봉건적인 결혼관과 달리 근대적 결혼에서는 개인의 주체적인 감정의 문제가 중요한 것으로 대두되기 시작하면서, 연애라고 하는 새로운 제도가 만들어지기 시작한다. 물론 연애가 결혼의 문제와는 별개로 성의 자유를 조장한다는 이유로 비난이 되고 있기도 하지만, 어찌되었던 연애는 결혼에 있어 필수적인 근대적 제도로서 1920~30년대 한국 사회를 휩쓸고 있었다.[38]

애초부터 '춘향전'은 자유연애로 해석될 여지가 다분했다. 춘향이 신분의 질곡을 넘어서 자신이 선택한 남자 몽룡과의 사랑을 위해 모든 것을 희생한다는 점에서 충분히 그러하다. 실제 1930년대 신여성에 의해 춘향의 절개가 봉건적 윤리가 아닌 사랑의 차원에서 해석되기도 했다.[39] '춘향전'을 '모던화'하는 데 있어 이런 연애 세대와 관련하여 이별 후 그녀가 앓은 아픔을 '연애씨균'이 '체내에 번식하여 호르몬선(線)을 자극하

---

38) 이에 대해서는 권보드래, 『연애의 시대』, 현실문화연구, 2005 참조.

39) 『(…)나를 위안해 주는 것은 저─ 서적들과 극장뿐이외다.(…)춘향전의 영화를 보았는데 나는 춘향이라는 여자에게서 많은 흥미를 느꼈어요. 정말 자기의 사랑하는 사람을 위해서 그 목숨을 바치는 정렬과 의지에는 존경하는 뜻을 가지지 않을 수가 없었읍니다』『(…)그러나 춘향이의 정조관은 한 개의 사람으로서의 자각에서 나온 그것이 않이고 그 당시 도덕에 그저 맹종하야 마치 종의 상전에 대한 충성과 비슷한 것이 아닐는지요』 자기가 춘향을 존경한다는 것(…)사랑을 위해서 모든 것을 밭이는 열렬한 정렬과 한번 허락한 약속을 위해서 죽음을 내기 해서라도 그것을 지키는 신의(信義). 이것은 확실히 사람의 아름다운 점이란 것을 그는 말하였다. *南萬民, 「새 人間과 貞操觀」, 春香의 貞操 再吟味,」, 『여성』, 1936.10.

여' 생긴 병으로 해석했던 것이다. 그리고 춘향과 몽룡의 '연애결혼'을
뒤로 연장시키는 대신 일치감치 부모의 허락을 받은 정당한 관계로 재배
치했던 것은, 이를 통해 '모던 춘향'의 연애를 성적 방종에서 구해 그녀의
정숙함을 지켜나가고자 했던 작가의 판단 때문이라 여겨진다.

결국 <만화 모던 춘향전>은 모던이라는 파격에도 불구하고 독자들
이 별 부담감 없이 새로운 '모던 춘향전'을 받아들일 수 있었던 원인은
그것이 '춘향전'에게 이미 익숙한 독자들의 관습적 기대에 부응하면서
도, 당대 유행하던 모던의 풍속들을 적절하게 활용, 새로운 장면들을 만
들어 냈던 데 있다 하겠다.

3.3. '에로 그로', 그리고 '넌센스' 결합

1930년의 한 잡지에 1930년은 모던보이, 모던걸을 제치고 '에로 그로'
가 급부상하면서 마무리 되었고, 그 기세는 1931년 이후에도 지속될 것
으로 보인다는 내용의 기사가 실렸다.[40] 이러한 예언은 적중했고, '에
로'와 '그로'는 따로 혹은 같이 사용되면서 1930년대 대중문화의 코드로
널리 유행하였다. 서구적 연애관과 일본식 성문화의 유입으로 한층 대
담해진 성적 욕망들은 '에로'라는 말로 분출되면서, '에로풍년, 에로서비
스, 에로광경, 에로발 산업, 에로(味)' 등의 용어들을 파생시켰다. 동시에
'자본주의 발달로 자본 축적이 풍부해진 결과' '성욕과 식욕을 충족시킬
수 있는 기괴(怪奇)·잔인(殘忍)'한 '그로테스크한 행위'에[41] 대한 기호

---

40) 1930년은 모보 모가를 앞서 에로 그로로써 저물고 말엇다 한다(…)이 에로 그로는
   1931년에도 容易하게 其姿態를 감추지 아니라고 밋는다. *錦農生, 〈에로·그로의
   私的 察考〉, 『비판』, 1931.1.

41) 資本主義的 生産樣式이 發達되고 資本蓄積이 豊富하여지고 有産階級의 消費力이
   擴大(…)한번 性慾과 食慾의 充足方法에 對하야 複雜多端한 非常的 그것이 嗜慾되

가 확대되기 시작한 것이 1930년대 한국 대중사회의 한 단면이었다. 거창한 이념들의 대립과 국제정세의 급변으로 매우 혼란한 시기였음에도 1930년대 대중들은 지식인들의 비난에도 불구하고 '에로틱한 침실 풍경'과 '엽기적'인 자극에 몰두해 갔던 것이다. 이런 '에로 그로'는 주로 시각적인 측면에서 모던 문화를 압도해 갔다.42) '만화'라는 장르적 속성상 시각적 이미지가 중요한 <만화 모던 춘향전> 역시 '에로 그로'의 감각으로 넘실거리던 1930년대의 모던 문화의 경향을 풍부하게 반영하고 있다. 모던걸 춘향은 '에로'라는 별칭을 가지게 되며, 1930년대에 '미스 코리어'로 다시 태어난다. 원래 춘향은 단오날 그네를 타는 것으로 되어 있다. 하지만 1930년대 '미스코리어의 칭호를 듣는' 모던걸 춘향은 '전 조선추천대회를 앞두고 남몰래 맹연습'하느라 그네를 타는 것으로 그 상황이 바뀌고 있다. 여기서 '미스, 코리어'는 '절대가인', '금천하지절색 (今天下之絶色)'의 1930년대식 표현으로 볼 수 있다.43)

면 繼續的으로 單純한 刺戟이라던지 正常的 美라던지는 滿足치 안이하여 畢竟은 怪奇 殘忍 奇能등의 性質을 帶한 魅力을 늣기게 되는 것이다 소위 그로테스크라는 行爲에 對하야 嗜慾이란 것이 卽 이것이다. * 같은 글.

42) '에로 그로 넌센스'에 대한 자세한 논의는 천정환, 『근대의 책읽기』, 푸른역사, 2003, 401~405면과 소래섭, 『에로 그로 넌센스』, 살림, 2005 참조.

43) 미스, 코리어의 稱號를 듯는 春香이가 全朝鮮鞦韆大會를 앞두고 남몰내 猛練習을 하는 판인데(이상 만화 3에 관련된 서술내용).

만화 3   만화 9   만화 35   만화 39

　모던걸 춘향의 시각적 이미지들이다. 한결같이 1930년대 '미스 코리어'에 걸맞게 요염한 모습들이다. 몽룡의 심부름으로 온 방자와 대면한 춘향이 분첩으로 얼굴을 매만지는 장면이나(만화 3), '서울 가게 되었'다는 몽룡의 말에 아직 사태를 파악하지 못하고 '라라라라 조와라' 노래하는 장면에서 춘향은 한껏 교태로운 포즈를 취하고 있다(만화 9). 또한 변학도에게 끌려가는 춘향의 모습(만화 35)이나 '영어(囹圄)의 몸'이 되어서도 '서양식(西洋式)'으로 발목에 크다란 철구(鐵球)'를 달고 '석양'에 '애인 몽룡군'의 생각으로 '쎈티멘달'에 젖어 있는 춘향의 자태(39)는[44] '쑥대머리 귀신형상'으로 있었던 전통적인 춘향과는 달리 매우 요염하다. 이러한 에로틱한 춘향의 이미지 역시 전통적인 춘향의 모습에 비해 크게 파격적이지는 않다. 원래 춘향은 절대적 미모를 자랑하던 남원 제일의 미녀이지 않는가. 따라서 미스 코리어 춘향의 에로 이미지는 춘향의 미모를 강조하는 1930년대식 해석이라 할 수 있다. 때문에 여기서는

---

44) 1930년대 상황에서 '센티멘탈'은 '에로티시즘'과 함께 사용되고 있었다.　*戀愛悲劇　等 은 低級한 센티멘탈리즘과 低劣한 에로틱시즘 等의 世紀末的 頹廢氣分의 涵養　鼓吹임을 말할 수 있다(申鼓訟, 「演劇運動의 出發 二」, 『조선일보』, 1931.7.31)/센티멘타리쯤과 에로 그로의 前後配置로 低級의 觀衆을 相對로 無慘히도 墮落의 길을 보이여 주엇쓸뿐이다(石一良, 「最近朝鮮演劇界이 動向」, 『시대공론』, 1932.1).

1930년대의 에로 코드가 일반적으로 내포하고 있었던, 그래서 비난이 대상이 될 수밖에 없었던 성적 퇴폐의 이미지를 읽어 낼 수는 없다.

1930년대 유행하던 '에로 그로'는 정상에서 벗어난 기괴한 에로의 이미지, 즉 성적 퇴폐의 이미지와 관련해서 사용되었다. <만화 모던 춘향전>에서 이러한 맥락에서 사용되었던 '에로 그로'의 이미지는 '춘향전' 내에서의 유일한 악인인 변학도에 집중되어 있다. 전통적으로 변학도의 주된 관심은 오로지 기생을 끼고 노는 것에 있었다고 해도 과언은 아니다. 신관으로 부임하자마자 그가 주력한 것은 관내의 기생들을 점고하는 것이었다. 1930년대의 변학도 역시 마찬가지다. 아니 변학도의 성적 탐욕은 더욱더 강조되고 있다. '에로 도(道)에 있어서는 최고 기록을 보유하고 있는' 1930년대의 변학도는 아버지 덕에 남원부사를 명받고 남원으로 떠나기 전에 경성의 '암월관[暗月館;명월관의 패러디]'에서 '장안의 기생, 웨이트레스, 밀가루[학비를 내지 못하고 성 밀매음에 종사하는 여학생들], 갈보 및 각 창루(娼樓)의 대표기(代表妓)'들을 모아 '축하 겸 고별' 파티를 열면서 등장한다.

만화 29

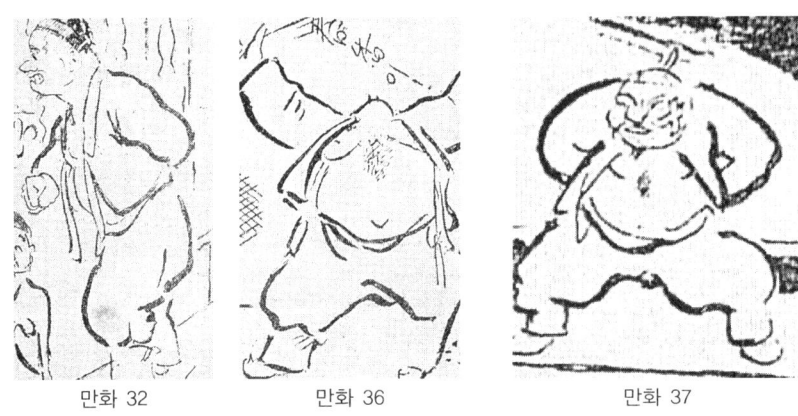

만화 32   만화 36   만화 37

　위의 첫 번째 이미지는 '신연맞이' 대목의 1930년대 버전인데, 여기에서 '세단 형(形)의 쌍교연(雙轎輦)을 타고 예창기중개소(藝娼妓仲介所), 미인홀 등이 늘어서 있는 색가(色街)를 두로 돌아 읍(邑)으로 들어가는' 것으로 변형되어 있다. 물론 1930년대 변학도도 기생들을 점고하고, 이 자리에 춘향이 빠지자, 춘향이 '기생이 아닌 여염집으로 있다가 몽룡에게 머리를 언쳤다는' 사실을 알고도, 춘향을 데려오라고 성화를 낸다(만화 32). 춘향과의 만남이 좌절된 후 변학도는 시종일관 옷을 풀어 헤친 모습으로 등장한다. 마치 모든 일을 꾸며 놓았다가 일이 글러 버린 상황을 표현함인지, 그의 모습은 성적 탐욕으로 일그러진 모습으로 그려진다. 두 번째 이미지는 춘향이 오지 않은 것을 알고 난 직후의 모습이며(만화 32), 세 번째 이미지는 억지로 끌려 온 춘향에게 '춘향이! 춘향이!' 하며 '곰처럼 두 팔을 벌이고 덤벼'드는 모습이다(만화 36). 춘향이 휘두른 걸상에 맞은 후, 고문 받는 춘향을 바라보는 변학도의 모습이 그려진 마지막 이미지(만화 37)는 탐욕스러움으로 일그러진 변학도의 최종판이다. 이러한 변학도의 이미지는 '에로 그로'의 코드로 읽히기 충

분하다. 다음의 이미지들도 성적 퇴폐의 맥락을 내포하는 '에로 그로'와
는 거리가 있지만, 나름대로 기괴한 이미지들이다.

만화 10   만화 11

만화 24

이별 통보에 충격에 휩싸여 치마 자락을 쫙쫙 찢어버리며 사물집기
를 내던지는 춘향의 모습이[45] 그로테스크하게 그려지고 있다. '소름이
씨칠 만큼 무서운 얼굴이 차차 커지더니 마지막에서는 차가운 「Z백호
(白號;비행선)」[46] 덩치만큼이나 커진'(만화 10) 춘향의 모습은 기괴하기

---

45) 츈향이가 그 말 듯고 어엽분 얼골이 붉으락 프르락ᄒᆞ고 눈섭이 꼿꼿ᄒᆞ더니 안져다
　　이러셔는딕 발길에 밟힌 초마자락이 짜악짜악 씨져지며 면경체경 들너치며 문방亽
　　우를 외즉ᄯᆞᆫ 와를 탕탕 씨트리며 *〈옥중화〉, 53면.
46) 'Z백호'란 표현은 이상이 1932년 7월에 〈건축무한육면각체〉라는 제목으로 발표한 시

그지없다. 또한 치마는 반쯤 내려가 있고, 손으로는 몽룡의 멱살을 잡고 '악마! 색마!'라고 고함을 지르고 있는 춘향의 모습도 가관이지만, 목이 졸려 눈과 혀가 튀어 나온 몽룡의 모습(만화 11)은 엽기적이란 표현이 딱 어울린다. 웃통을 벗고 '굉력소(肱力素)'를 옆에 끼고 책을 읽는 몽룡의 모습은 '에로' 보다는 '그로' 쪽에 더 가까운 것으로 보인다. 이상에서 '춘향전'이 전통적인 맥락을 유지하는 범위 내에서 풍속과 에로 그로의 이미지로 변형되면서 1930년대식 '모던 춘향전'으로 재탄생되는 과정을 살펴보았다. 이러한 모던화가 궁극적으로 지향하는 지점은 어디인가? 그것은 「모던 춘향전」이 애초부터 대중의 말초적 감각을 자극하기 위한 '흥미물'이었다는 점을 상기한다면, 재미 그 자체에 있다 하겠다. 이런 재미라는 측면에서 '춘향전'의 모던화는 1930년대 모던 문화의 또 하나의 특성인 '넌센스'와 만난다. '엉터리, 아무 뜻도 없는 웃음거리, 어처구니 없어서 우스운 것, 소용없는 빈소리'라는 의미로 받아들여졌던 1930년대의 '넌센스'는[47] 당대 대중문화의 중요한 코드 중 하나였다.

사실 도령 복장을 하고 태연히 여드름을 짜는 몽룡이 등장하는 첫 장면부터 어처구니없게 웃기는 장면이다. 또한 상사병이 연애씨균이 체내에 침투해서 발병했다는 설정 역시 말도 안 되는 넌센스이다. 또한 앞에 예로 든 '그로'의 이미지들도 엽기적인 동시에 웃음을 자아낸다. 이외에도 다음의 이미지들처럼 웃음을 자아내는 넌센스한 장면들이 등장한다.

들 중 첫 번째 시에 나오는 '쾌청(快晴)의공중(空中)에붕유(鵬遊)하는Z백호(伯號), 회충양약(蛔蟲良藥)이라고 씌어져있다'라는 구절에서 발견된다. 여기서 'Z백호'는 제1차 세계대전 당시 독일의 재플린 백작이 만든 비행선인 '재플린'으로 1929년에 미국에서 출발한 재플린호가 일본으로 날아 와서, 당대 일본인들을 열광케 만들었다고 한다.
  * 김연수, 「시인의 상상력, 詩 안에만 가두지 말라」, 『동아일보』 2005. 4. 22.
47) 『모던-어 點考』, 『신동아』, 1932. 2.

만화 5   만화 18

만화 33   만화 38

　당나귀도 아니고 그렇다고 수레도 아닌, 앞부분만 당나귀 머리 모양을 한 수레를 타고 춘향의 집으로 찾아가는 설정(만화 5)은 웃음을 유발한다. 또한 서울로 올라가는 길에 춘향 생각에 '처량한 심사'를 달래느라 말 위에서 원고지에 '애처로운 시흥(詩興)'을 적느라, 낙마를 거듭하는 바람에 상처로 '왜호박'처럼 되어버린 몽룡의 모습은(만화 18) 처량하고 애처롭기 보다는 우습다. 춘향을 데려오지 못한 행수 기생이 화가 난 변학도의 주먹질에 '하이 쌀' 처럼 공중으로 날아오르고, 이를 육방 하인들이 마치 야구 선수처럼 '오-ㄹ 라이트, 네버마인'을 외치며 받는 장면 역시 웃음을 유발하기 위한 설정이다(만화 33). 춘향과 관련된 맥락 역시 넌센스와 결합하는데, 위의 맨 마지막 이미지가 그것이다. 죄수에게 씌우던 용수를 쓰고 끌려가는 춘향의 배를 보자. 유독 배가 불러 마치 임신한 듯하다. 이를 본 그림 중의 군중들 역시 '드러 갔더니 금세 배가 불렀구나'하며 춘향의 훼절을 의심한다(만화 38). 하지만 춘향이 훼절할 리는 없다. 여기서 배가 부른 것은 앞서의 물고문 때문으로, '배불뚝이 춘향'은 이제까지의 춘향의 에로틱한 이미지를 배반하면서 웃음을 유발하고 있다. 옥에서 '센티멘탈'에 젖은 춘향이 배가 부른 것도(만화 39) 이 때문이다. 그래서 이 장면은 에로틱하면서도 웃기다. 이어 곧 바로 춘향이 옥 창살 밖으로 물을 토해 내는ㅂ데, 이를 본 간수가 '누가 오줌을 누는 가'라고 오해 하는 장면(만화 40)에서는 엽기적인 웃음이 유발된다.

넌센스는 웃음 그 자체를 유발한다는 점에서 오랜 연원을 가진 '소화(笑話)'와 맥을 같이 한다. 그리고 넌센스와 동시대에 소화란 타이틀로 많은 글들이 나왔다. 하지만 넌센스는 당대의 풍속과 문화가 반영되어 있다는 점에서 소화와 구분된다.[48] 이런 맥락에서 보자면 모던의 세태로 변형된 새로운 '춘향전'의 내용을 웃음을 섞어 그려내고 있는 <만화 모던 춘향전>의 서사적 지향은 '넌센스'라고 할 수 있다. 결국 모던적 세태의 반영이나 에로 그로한 요소들의 도입은 웃음을 유발하기 위한 장치들이었던 것이다. 그러나 <만화 모던 춘향전>의 '넌센스'는 웃음 그 자체를 목적으로 한다는 점에서, 지식인이나 모던보이, 모던걸, 에로 그로로 대변되는 당대의 향락적 세태에 대한 풍자와 결합하는 '넌센스'들과는[49] 거리가 멀다. 이미 살펴보았듯이 '춘향전의 모던화' 과정에서 집중적인 풍자의 대상은 전통적으로 비난의 대상이 되어 왔던 변학도

---

48) 소래섭, 앞의 책, 51~53면.
49) 소래섭, 앞의 책, 63면.

가 유일하다. '관탈민녀'의 모티프를 손수 실천하는 변학도의 행태가 1930년대에 와서는 '에로' 지향적 태도에 대한 '그로'틱한 과장으로 변형되어 풍자의 대상으로 그려지고 있는 것이다. 만일 작품 전체가 당대의 세태 풍자를 목적으로 했다면, 에로 그로의 맥락으로 변형된 춘향과 몽룡에게서도 비난의 시선을 찾을 수 있어야 할 것이다. 그러나 그들에게서 변학도와 동급의 비난을 찾을 수가 없다. 때문에 모던 춘향전'이 지향하는 '넌센스'의 목적은 세태에 대한 비난과 결합하기 보다는 흥미를 자극하기 위한 웃음 그 자체에 있다 하겠다.

4. '모던 춘향전'의 등장 이후와 그 의미

'춘향전'의 모던화는 전통적인 맥락을 훼손하지 않는 범위에서 당대 모던문화의 최신 유행 코드와 접속하는 방향으로 진행되었다. 그리고 이러한 전략은 <만화 모던 춘향전>에 그치지 않았다. 이후 '춘향전'이 '넌센스, 폭소극, 만극'으로 변형되어 음반으로 발매되고 있기 때문이다. 이미 논의의 서두에서 20세기 전반 한국 대중문화 속에서 이들의 존재를 확인해 보았다. 각기 명칭은 다르지만 넓게는 당대 가장 일반적으로 사용되었던 넌센스에 속한다고 할 수 있다. 이 중 1933년에 발매된 이서구 작의 <모던 춘향전>은 현재 그 내용을 확인할 수 없다. 하지만 1934년과 1940년에 발매된 <요절 춘향전>과 <유선형 춘향전>은 현재 각각 『유성기 음반 가사집』 2와 6에 그 전문이 수록되어 있어, 그 실체를 확인할 수 있다. 우선 <요절 춘향전>의 목적은 철저하게 허리가 끊어질 듯 웃어제낄 수 있는 '폭소' 자체에 있다. 내용은 '시율풍류와 애주탐화 하든 탓으로 화류풍국에 놀기를 조하'하든 몽룡이 방자를 데리고

'무주의 탁주에서 아메리카 칵테일, 영국 위스키, 독일 맥주' 등의 술 이름을 거느리며 수작하다가, '근본있는' 춘향을 '걱구러뜨릴' 작정을 하는 대목에서 끝나는 2장짜리 음반이다. 신불출이라는 당대 최고의 만담가가 참여한 음반답게, 내용의 중심은 주로 몽룡과 방자의 말장난에 맞춰져 있다. 전통적인 서사 맥락의 훼손 없이, '세탁, 고무신, 비행기' 등 당대의 용어들을 차용하여 새로운 맛을 내고 있다.

모두 4장으로 발매된 <유선형 춘향전>에서는 '춘향전'의 전(全) 서사가 '하이카라 시대'의 '모던식(式)'으로 변형되어 있다. '유선형(流線型)'은 1930년대 모던의 세태를 수식하는 또 다른 유행어였다.[50] 그런데 <유선형 춘향전>의 내용으로 보아 여기서 '유선형'은 스피드한 내용 전개 정도의 의미로 쓰인 듯하다. 음반 4장으로 '춘향전'의 풀 스토리를 소화해 내느라고 두 주인공의 결연 과정이나 고행이[51] 아주 간단하게 처리되고 있거나, 신연맞이·기생점고·옥중고생·옥중상봉 등은 아예 생략되고 있기 때문이다. 그런데 여기에서의 이별 장면은 <만화 모던 춘향전>의 상황과 유사하다는 점이 흥미롭다.

이곳은 남원 정거장이 있다(…)이별의 서름을 실고가려는 남원 정거장의 한양행 오전 구시 십분차는(…)정녕 가려면 나를 죽이고가요 처녀 십팔세 고

---

50) 원래는 스피드를 내기에 알맞게 가늘고 긴 동체(動體)를 의미했었는데, 이것이 쓰인 맥락을 보면 주로 신체, 특히 남자들이 선호하는 가늘고 긴 여체를 수식하는 말이나, 빨리 빨리 급속하게 처리해 버리는 세태와 관련되어서도 사용되고 있었다. *신명직, 앞의 책, 169~173면.

51) 신관사도 변학도가 수청들라고 하는 지긋지긋한 야료를 어떻게 받으란 말이야요(…) 수청 들라고 큰 칼 씌어놓고 매질을 할 때 그에 내 서방님 이도령 당신을 생각하고 참죠 한번 맛고 나서는 일자로 알뢰리다 일편단심 먹은 마음 한시라도 변하리까 또 두 번을 맞고나서는 잇자로 아뢰리다 이 낸 몸이 열두번 죽자와도 한양랑군 우리 이 서방밧게 나는 몰라요 이렇게 버티면 어때요.

히 간직해 주었던 꽃송이를 피기도 전에 꺾어 놓고 가신단 말이 원수작이요 아이 분해 이 천하모진 놈아 날 죽이라(…)아이구 옆구리야 허 춘향이가 사람 친다(…)아니 레코드 속에 드러있는 춘향이는 권투선수 건을 가졌느냐 아이구 늑막염이야(…)앗다 요새는 신식이 아니야요? 구찌어니 하나하고 아몬파파야 크림에다 지ㅣ간 빗대 구두 하나하고 요새 경성에서 류행하는 아주 스마-트한 양장 한 벌 사다 주어요. 스마-트한 양장이냐? 너도 못된 껄이 되고 싶은 게로구나 오냐 입어 보아라 내가 사랑하는 춘향이 령인데 양장 아니라 서양간장인들 못 사다주겠느냐 하하(…)

1930년대에는 이별의 장소가 오리정에서 역두(驛頭)로 모던화되더니, 1940년의 '유선형 모던식'에서는 '남원 정거장 오전 9시'로 보다 구체화되어 있다. 또한 이별에 대처하는 춘향이 하는 대사나 행동에서도 유사한 점이 발견된다. 1930년대의 모던걸 춘향의 대사가 '악마! 색마! 그럴 말이면 내 몸을 왜 버려 노왓니'라며 아주 간단하게 처리되었다면, 1940년대 춘향의 대사는 이런 맥락을 더 장황하게 늘어놓고 있다. 특히 '권수선투와 같은 더 강력한 펀치로 단매에 몽룡이를 녹크아웃' 시키는 춘향의 파워풀한 모습은 압착기계(壓搾機械) 이상의 힘으로 몽룡의 목을 조르던 1930년대 모던 춘향의 또 다른 버전이라 할 수 있다. 구체적인 상황만 다를 뿐, 1930년대와 40년대 모던식 이별장면들의 전체적인 구도는 동일하다고 볼 수 있다. 뿐만 아니라 몽룡이 서울 가는 데 '신식'으로 '경성에서 유행하는 화장품과 스마트한 양장'을 부탁하는 모던걸스러운 모습도 변하지 않고 있다. 이와 동시에 춘향의 절개는 변함없이 강조되고 있다는 점에서 '춘향전'의 본래 맥락은 여기서도 지켜지고 있다 하겠다.[52] 이런 점에서 <유선형 춘향전>은 '모던 춘향전' 계열이라

---

52) 〈만화 모던 춘향전〉에서는 이별 직전에 몽룡이 춘향에서 불란서에서 직수입한 정조대를 선물하고 있고(만화15), 〈유선형 춘향전〉에서는 '버텨라 버텨 오라이 간바레 그

할 수 있다.

이처럼 20세기 전반 '춘향전'은 모던화 과정을 통해 '모던 춘향전'으로 재탄생하였고, 이를 통해 전통 문학인 '춘향전'은 새로운 시대상과 호흡하면서 살아가고 있었다. '고전의 모던화'는 이외에도 여러 편이 있다. <모던 심청전>이 음반으로 발매되고 있으며(1935, 리갈), 잡지들에서도 <모던 심청전>, <억지 춘향전>, <만화 흥보전>의 글들을 찾을 수 있다.53) 이러한 작업들은 고전문학과 20세기 사이에는 생각만큼 큰 단절이 있었던 것만은 아니었음을 말해 준다. 사실 고전시가의 생명력 역시 중심 장르의 이동이 이루어지기는 했으나, 20세기 들어서도 신문이나 출판 인쇄물, 유성기 음반을 통해 당대 대중문화로 왕성한 활력을 자랑하고 있었다.54) 결국 21세기인 지금에도 우리가 향유하고 있는 고전문학의 유산들은 단절되었다가 부활한 것이 아니라, 한국인의 삶 속에서 계속 살아 있었던 것이다. 20세기 전반기의 대중문화 속에서 찾을 수 있는 '모던 춘향전'을 비롯한 수많은 20세기의 춘향전들을 비롯한 고전 예술들을 부활이 아닌, 당대의 유행 문화라는 측면에서 접근해야 하는 이유는 여기에서 찾을 수 있다.

것이 소위 지금 세상에서는 볼 수 없는 춘향이의 절개라오(…)장하다 춘향아! 부귀 영화 다 바리고 한 남편을 위하야 직힌 굳은 절개 몃천년 몃백년 간들 굳은 절개 아름답게 빛날 것이다'라는 몽룡의 말을 통해 춘향의 절개가 강조된다는 점을 통해 다분히 남성적 시각이라 할 수 있다.

53) <모던 심청전>(1936), <억지 춘향전>(1941), <만화 흥보전>(1940)의 작가는 모두 웅초 김규택이다. 뿐만 아니라 김규택은 『조광』를 무대로 채만식의 <천하태평춘>(1938)을 비롯 박태준, 김남천, 이기영 등 당대의 걸출한 작가들과 삽화 작업을 함께 했다. 이런 활동의 영향이었는지 <만화 모던 춘향전> 이후의 고전의 모던화 작업은 만문만화가 아닌 소설의 형식을 띠고 있다. 이런 형식의 변화를 비롯 구체적인 내용에 대한 연구가 필요하리라 본다.

54) 고은지, 「20세기 초 시가의 새로운 소통매체의 출현과 그 의미」, 『어문논집』 55, 민족어문학회, 2007.

또한 이러한 고전의 모던화 작업은 익숙한 문화에 안주하려는 기성 세대와 새로운 문화를 열망하는 신세대 사이에 있는 간극을 줄이는 데 기여했다는 점에서 당대적 의미를 부여할 수 있다. '농촌의 교과서'라 할 정도로 '춘향전'은 새로운 문화의 흐름과 유리되어 있었다. 하지만 '모던 춘향전'들은 전통적인 관습은 유지하면서도, 신세대가 열광할 수 있는 모던의 유행 코드를 풍부하게 포함하고 있다. 그렇기에 종로의 책 사를 드나드는 '근대적인 독자'들에게도, 경향각지에 있는 '전통적인 독 자'들에게도 '모던 춘향전'은 익숙하지만 새로운 '춘향전'으로 받아들여 질 수 있었던 것이다.[55]

새로운 문화가 유입되면 이전의 전통 문화가 세력을 잃고 밀려갔을 것으로 생각하기 쉽다. 하지만 기존의 전통 문화들이 신문화의 영역으 로 유입되어 새로운 문화 코드들로 재해석 되면서, 재창조되기도 한다. 전통의 맥락에서 보자면 이러한 작업은 원작의 훼손이라는 비판을 받 을 수도 있다. 하지만 전통을 고수하고 있는 텍스트들은 이를 이해하고 이에 공감할 수 있는 문화집단이 사라지고 나면 연구의 대상이 되거나 전통 예술로 보존되기는 하겠지만 당대인들 삶과 함께 호흡할 수 있는 문화적 생명력은 상실하고 말 것이다. 하지만 새로운 문화의 소비자로 부상한 신세대들의 감각에 맞게 새롭게 변형되는 텍스트들은 세대가 바뀌면서 문화의 지형도가 새롭게 재편된다고 해도 살아남을 수 있을 것이다. 우리 문화사 속에서 '춘향전'은 이러한 양상을 보여주는 가장 대표적인 텍스트이다. 다양한 세대에 걸쳐 다양한 버전으로 재탄생되는 '춘향전' 텍스트들은 전통적 의미 맥락을 얼마나 유지하고 있느냐 함께,

---

55) 여기서의 '전통적인 독자층'과 '근대적인 독자층'의 구분은 천정환의 논의를 따른 것 이다. *천정환, 앞의 책, 52~58면.

이것이 어떠한 맥락으로 변형되는가를 함께 보여준다는 점에서 당대의 문화적 지형도를 볼 수 있는 바로미터인 것이다. 여기서 춘향전의 모던화 작업의 의의를 찾을 수 있다. 즉 전통적인 텍스트가 '에로 그로 넌센스'의 문화 코드와 접속하여 만들어진 새로운 버전의 춘향 텍스트인 <만화 모딘 춘향전>은 1930년대 최첨단의 문화적 현상을 보여주는 동시에, 이를 통해 '춘향전'이 다양한 세대에게 폭넓은 사랑을 받을 수 있는 문학 양식으로 자리할 수 있게 되었다는 점에서, 그것이 지닌 의의를 지적할 수 있다는 말이다.

　본고의 이러한 해석은 1930년대 유행 문화의 코드로 재해석된 새로운 '춘향전'에 국한된 관점이다. 당대 여러 문화권에서의 '춘향전'의 존재 양상은 이러한 관점으로 포괄할 수 없을 만큼 광범위 할 것이다. 별로 새로운 것이 없는 '춘향전'들이 다양한 텍스트들 및 문화적 코드들과 상호교섭하면서 생성해 내는 새로운 의미들은 당대의 문화적 지형도를 좀 더 밀도 높게 그려나가는 데 유효한 정보를 제공해 줄 것으로 믿는다.

『민족문학사연구』 34, 민족문학사학회, 2007에 수록.

'정탐소설' 출현의 소설적 환경과 추리소설로서의 특성
-『쌍옥적(雙玉笛)』과『박쥐우산』을 중심으로 -

1. 문제제기

『쌍옥적(雙玉笛)』[1]과『박쥐우산』[2]이 어떠한 소설적 환경 하에서 '정탐소설'이란 타이틀로 출현할 수 있었으며, 동시대의 다른 소설적 양식들과 구분하여 이들을 '정탐소설'로 규정하게 하는 내적 자질은 무엇이며, 그것이 추리소설로서 어떠한 의미가 있는지를 밝혀내는 것이 이 글의 목적이다.

추리소설이란 범죄의 발생과 그 해결에 집중하는 서사 장르이다. 한국 추리소설사의 시작을 알린 작품으로 거론되는 것은 이해조의『쌍옥적』이다. 최원식과 임성래에 의해 한국 추리소설의 효시[3]라는 타이틀

---

1) 1908년 12월 4일부터 그 이듬해 2월 12일까지『뎨국신문』에 연재되었다가, 1911년에는 보급서관에서 단행본으로 발간되었다.

2) '정탐소설'이란 타이틀로 1920년 7월 14일부터『조선일보』에 연재되었던 작가 미상의 소설이다. 1920년 9월 5일 내려진 제 2차의 정간조치로 인해『조선일보』의 발행이 중단된 탓에, 미완인 상태로 남아 있게 된 듯하다. 하지만 정간 직전에 발표된 43회에서 미궁에 빠져 있던 진범과 그의 범행 동기가 밝혀지고 있어, 작품 전체의 구조를 파악하는 데 큰 어려움은 없다.

3) 최원식, 「이해조 문학 연구」,『한국근대소설사론』, 창작과비평사, 1986, 140~141

을 지니게 되었다. 하지만 추리소설이란 양식을 처음 시도했다는 점에서는 의의가 있을 수 있으나, 작품의 실질은 추리소설의 장르적 특성에 함량미달이라는 것이 최종적 결론이다. 더군다나 연구자들에 따라서는 『쌍옥적』이 한국 추리소설사에서 제외되기도 한다.[4] 이러한 연구자들의 판단에는 증거들에 대한 합리적 분석을 토대로 범인을 밝혀내는 논리적인 사고가 추리소설의 본령이라는 전제가 바탕하고 있다.

 문제는 이와 같은 추리소설의 장르적 규칙은 애드가 앨런 포나 코난 도일 등, 소위 '고전적 추리소설'이라 일컬어지는 작품들에서 만들어진 것으로,[5] 『쌍옥적』을 분석하는 기준으로 적용하기에는 무리라는 점이다. 『쌍옥적』에서 탐정 역할을 하는 2명의 순사는 범죄에 대해 '추리'하는 대신, 범죄의 흔적들을 쫓아다닌다. 문제 해결을 위한 '이성적인 분석'보다는 추적이라는 '행위적인 측면'이 더 큰 비중을 차지하고 있는 것이다. '액션, 분석, 미스터리'라고 하는 추리소설의 요소 중 '분석'을 본질적인 요소로 여기는 '고전적 추리소설'을 기준으로 본다면, 『쌍옥적』은 추리소설로서 자격미달일 수밖에 없다. 선행연구에서도 지적되고 있듯이 '고전적 추리소설'에 전제된 연구 시각은 한국 추리소설사를 '결함'으로

<hr />

 면: 임성래, 「개화기의 추리소설 〈쌍옥적〉 연구」, 『추리소설이란 무엇인가』, 국학자료원, 1997, 145~161면.
 4) 김창식의 경우에는 『사형수』(최독견, 1931)를 한국 최초의 창작 추리소설로 거론하면서, 『의문의 사』(복면귀, 1919)·『겻쇠』(단정학, 1929)·『혈염봉』(최병화, 1930) 등에 대해서는 철저한 문헌적 고증을 통해 그것이 창작인지 번안인지의 여부가 밝혀진 후에는, 그 시기가 소급될 수도 있다는 유보적인 입장을 취하고 있다. 이에 반해 정혜영은 『겻쇠』를 한국 문학 최초의 추리소설로 보고 있기도 하다. 김창식, 「추리소설 형성기의 실상과 김내성의 『魔人』」, 『현대 문학 이론 연구』 7, 현대문학이론학회, 1997, 23~29면; 정혜영, 「식민지 조선과 탐정문학」, 『한국문학이론과 비평』 35, 한국문학이론과 비평학회, 2007, 382~383면.
 5) '고전적 추리소설'에 대한 서술은 정항균, 「추리소설의 경계 변천 고찰(1)」, 『뷔히너와 현대문학』 26, 2006, 167~169면을 참조했음.

규정할 위험성을 내포하고 있는 것이다.6)

'고전적 추리소설'이 탄생할 수 있었던 근대적인 이성과 과학적 추론
이라는 기반이, 과연 '정탐소설'이 출현할 당시 한국 사회에도 갖추어져
있었는지에 대해서는 의문이 들지 않을 수 없다. 사실 추리소설이란 장
르의 형성과정과 특성은 각 나라의 고유한 상황에 따라 다양하게 나타
나게 마련이다. '탐정소설(detective story;영국)', '경찰소설(roman policier;
프랑스)', '미스터리 소설(mystery story;미국)', '범죄소설(criminal roman';
독일)' 등등, 추리소설에 대한 다른 이름들은 사회적 · 문화적 특수성에
따라 추리소설이란 장르의 특성이 얼마든지 다른 입장에서 규정될 수
있음을 보여준다. 한국의 추리소설사 역시 이에서 예외가 아니다. '추리'
라는 개념의 제한에서 벗어나, 보다 객관적인 입장에서 초기 한국 창작
추리소설에 대한 접근이 필요하다. 이를 위해 선행되어야 할 작업은 용
어에 대한 정리이다.

한국 사회에서 추리소설은 애초부터 '추리소설'로 불리지 않았었다.
원래 '추리소설'은 2차 세계 대전이 끝난 후 일본에서 만들어졌다.7) 그
이전에는 일본에서 만들어진 '탐정소설'8)이란 단어가 한국에 도입되어,

---

6) 최애순, 「1930년대 탐정의 의미규명과 탐정소설의 특성 연구」, 『동양학』 42, 단국
대 동양학연구소, 2007, 25~26면; 박유희, 「한국 추리서사에 나타난 '탐정' 표상」,
『한민족문화연구』 31, 한민족문학회, 2009, 402면.

7) 종전 직후 이루어진 상용한자 정리 과정에서 '정(偵)'이 탈락되면서, '탐정소설'이란
표현의 사용이 불가능해지자, 그 대안으로 제시된 것이 '추리소설'이다. 1946년 기키
다카타로(木木高太郎)가 『추리소설총서』를 내면서 사용하기 시작했다고 한다. 그
당시 일본에서는 '추리'라는 어감이 생리적 혐오감을 불러일으킬 뿐 아니라, 상상력
이 전무하기 그지없다는 이유로 '추리소설'이란 표현 자체가 '탐정소설'의 본질을 훼
손한다는 반감이 표출되기도 했다. 기타 준이치로(紀田順一郎), 스노울프(cau74)
역, 『나의 탐정학 입문』, 네이버 카페, 「일본 미스터리 즐기기」에서 참조.

8) '탐정소설'은 구로이와 루이코(黑岩涙香)가 번안소설 『법정의 미인』을 발표할 때 처음
사용한 용어라고 한다. 권일영, 「주마간산 일본미스터리문학사」, 『계간 미스터리』,

식민지 시기 내내는 물론 1950년대까지 사용되었다. 그런데 20세기 초 '근대 조선'에서 추리소설에 대한 당대적 용어로 '탐정소설'이 유일하지는 않았다. 그전부터 '정탐소설(偵探小說)'이 사용되고 있었다. 『쌍옥적』이 추리소설인가에 대한 논란 속에서도 그것이 한국 추리소설의 첫 작품일 수 있는 이유는, 바로 그것이 추리소설에 대한 당대적 용어인 '정탐소설'을 표방하고 있기 때문이다. 이후 번안소설인 『도리원(桃李園)』(보급서관, 1913)이나 모리스 르블랑의 「금고의 비밀」(『청년』, 1922.7) 등이 '정탐소설'이란 타이틀로 소개되면서, '정탐소설'은 '탐정소설'과 함께 교체 가능한 동의어로 공존하고 있었다.[9] 그러나 식민지였던 상황에서 자연스럽게 1920년대를 지나 1930년대로 접어들면서 일본적 기원을 지닌 '탐정소설'이 대세를 이루게 된다.

따라서 한국 추리소설사는 용어를 중심으로 구분한다면 '정탐소설'의 시대, '탐정소설'의 시대, 그리고 '추리소설'의 시대로 정리할 수 있다. 여기서 본고에서 관심을 가지고 있는 것은 초창기 한국 추리소설, '정탐소설'의 시대이다. 문화적, 사회적 환경에 따라 각 나라마다 추리소설을 존속시키고 발전시키기 위해 서로 다른 특성들을 추구해갔다면[10], 한국 추리소설사의 특수성은 '정탐소설'로 명명된 작품들을 통해 규명해낼 수 있을 것이다. 당대인들의 시선에서 추리소설로 창작된 '정탐소설'

2006, 봄호.

9) 『붉은 실』예고, 『동아일보』, 1921.7.3.: 정탐소설가로 일홈이 놉흔 알터, 코난, 도일씨가 지은 『붉은 실』을 련재(…)그는 탐정소설에 뜻을 두고(…)이『붉은 실』한 권은 그가 탐정소설계에 재필을 두른 첫 솜씨(…)주인공 「설락 홈스」(한정하)는 영국 서울 론돈에 한 사설정탐가(…)세계에 명성이 현자한 정탐소설(…). 또한 1935년 5월 13일자 『조선일보』에 실린 『염마(艶魔)』의 연재 광고를 보면, 타이틀에는 '정탐소설(偵探小說)'이란 표현이, 내용을 서술하는 데에는 '탐정소설(探偵小說)'이란 표현이 사용되고 있다.

10) 정규웅, 『추리소설의 세계』, 살림, 2003, 75면.

들의 실질들을 살펴봤을 때, 한국적 추리소설의 정체성이 어떻게 형성되기 시작했는지를 알 수 있다는 말이다. 이를 통해 한국 추리소설사의 전개 과정이 보다 다채롭게 재구될 수 있으리라 기대한다.

이러한 기대 속에 『쌍옥적』과 『박쥐우산』을 '정탐소설'로 규정하게 하는 특성을 확인하기 위해서, 본고에서 관심을 가지고 있는 것은 그들의 등장을 가능하게 했던 당대의 소설적 환경이다. '정탐소설'은 한국 소설사의 전통에서 보면 매우 낯선 양식이다. 그렇다고 해서 '정탐소설'을 서구에서 기원한 추리소설이란 양식이 일방적으로 한국적 상황에 이식된 결과라고만은 볼 수 없다. '정탐소설'은 당대의 한국적 상황 속에서 형성된 '독특한 문학 현상'이기 때문이다.11) 따라서 '독특한 문학 현상'으로서 '정탐소설'이 지닌 특성을 파악하기 위해서는 무엇보다도, 그것이 출현할 수 있었던 당대의 문학 환경과의 관련성에 주목하여야 할 것이다.

20세기 초 한국 문학사에서 '정탐소설'과 친연성을 지닌 양식은 당대의 새로운 소설 장르로 부상하고 있었던 신소설과 번안소설들이다. 1906년 이인직의 『혈의 누』가 발표되면서 한국 문단에 새로운 소설 양식으로 자리하게 된 신소설은, 간행 빈도라는 측면에서 보면 1912년에서 1913년 무렵 절정에 이른다. 그리고 이와 동시에 『지환당(指環黨)』, 『비행선』, 『지장보살』, 『도리원(桃李園)』, 『일만구천방』, 『누구의 죄』 등, 서양 추리소설들을 번안한 단행본들이 간행된다. 이 중에 『쌍옥적』의 등장에는 신소설이 문학적 환경으로 자리하고 있었다면, 그 뒤를 이어 발표된 『박쥐우산』에는 번안 추리소설들이 중요한 문학적 환경으로

11) 이정옥, 「송사소설계 추리소설과 정탐소설계 추리소설 비교연구」, 『대중서사연구』 21, 대중서사학회, 2009, 240~241면.

자리하고 있었다는 것이 본고의 구도이다. 이와 같은 구도 속에서 '정탐소설'이 추리소설로서의 장르적 특성을 어떻게 성취해 가고 있는지, 『쌍옥적』과 『박쥐우산』의 내부로 들어가 그 과정을 살펴보도록 하자.

2. 『쌍옥적』: '순검과 정탐'의 등장,
한국 최초의 탐정 캐릭터 출현

추리소설의 기본적인 목적이 범죄의 발생과 그 해결 과정을 서사화하는 데 있다면, 『쌍옥적』 역시 이러한 규칙을 충실하게 따르고 있다. 하지만 이해조 당대에 이러한 구성 방식을 취한 소설 양식은 『쌍옥적』만이 아니었다. 한국 소설사에서 신소설만큼 범죄 모티프에 집중한 장르는 없다고 할 정도로, 범죄서사는 신소설의 특징적인 서사 문법 중 하나이기도 하다. 이해조 역시도 범죄를 서사화한 많은 작품들을 남기고 있는데, 『소양정(昭陽亭)』과 『구의산(九疑山)』, 『소학령(巢鶴嶺)』, 『봉선화(鳳仙花)』 등이 그것이다. 그런데 이들은 『쌍옥적』이 등장한 이후인 1911년과 1912년에 창작되었음에도 불구하고, '정탐소설'로 명명되고 있지 않다는 점에서 관심을 끈다.[12] 특히나 일찍부터 '탐정소설적 요소를 갖춘 작품'으로 언급된 『구의산』의 경우, 한국 추리소설의 기원으로까지 거론될 정도이지만[13] 정작 이해조는 『구의산』을 '정탐소설'로 보고 있지 않다. 추리소

---

12) 뿐만 아니라, 이해조 이외의 다른 신소설 작가들도 살인 사건을 소설을 구성하는 중요한 모티프로 애용했다. 1912년과 1913년 사이에 간행된 『고의 성』, 『행낙도』, 『벽부용』, 『명월정』, 『현미경』, 『동정추월』, 『능라도』 등이 그 결과이다. 그러나 이들 중에서도 '정탐소설'이란 타이틀로 발표된 작품은 없다. 이들에 대한 자세한 논의는 최현주, 「신소설의 범죄서사 연구」, 서강대학교 박사학위논문, 2003 참조.
13) 임화의 언급이 있은 후, 이상우는 김내성의 『타원형의 얼굴』(1935)과 함께 『구의산』

설적 구성에 근접해 있었음에도 불구하고 『구의산』이 '정탐소설'로 명명
되지 않았던 이유는 무엇이었을까? 『구의산』과 『쌍옥적』의 비교를 통해
이에 대한 답을 찾아보자.

추리소설에서 다루어지는 범죄는 살인사건인 경우가 대부분이다. 거
액이 들었다고는 하지만, 가방의 도난 사건을 다루는 『쌍옥적』은 추리
소설로서의 임팩트가 약한 것이 사실이다. 이에 비해 『구의산』은 신혼
초야에 일어난 신랑의 살해 사건을 다룬다는 점에서 훨씬 '추리소설적'
이다. 그런데 이러한 구성은 이해조의 창작이 아니다. 『구의산』은 고전
소설인 『김씨열행록(金氏烈行錄)』을 개작한 작품[14]으로, 신랑이 신혼
첫날밤 처참히 살해되고, 그 용의자로 지목된 신부가 진범을 찾아낸다
는 설정은 『김씨열행록』 내용과 완전히 일치한다.[15] 『구의산』의 '탐정
소설적 요소'는 이해조의 고유한 발상이 아니라 『김씨열행록』에서 가지
고 온 것이다. 즉 자신의 창작이 아닌 탓에 '정탐소설'이라는 새로운 장
르명이 『구의산』에는 적합하지 않다고 판단했을 가능성도 없지 않다.

이 한국 추리소설의 첫 작품이라는 입장을 취한 바 있고, 최근에는 그것이 지닌 추리
소설적 특성에 대한 논의가 이루어지기도 했다. 임화, 『개설 신문학사』, 1939(임규
찬 편, 『개설 신문학사』, 한길사, 1993); 이상우, 『한국추리소설탐험』, 한길사,
1991; 김석봉, 「『구의산』 서사 구조의 성층화 양상 연구」, 『대중서사연구』 10, 대중
서사학회, 2003; 곽상순, 「추리 소설의 서사구조와 근대성: 이해조의 九疑山을 중심
으로」, 『한국소설연구』 5, 한국소설학회, 2003.

14) 김명식, 「『김씨열행록』과 『구의산』: 고전소설의 개작 양상」, 『국어교육』 49, 한국
국어교육연구회, 1984.

15) 『김씨열행록』과 『구의산』의 내용이 달라지는 것은 진범이 밝혀진 후반부터이다. 고
전소설인 경우에는 남편이 살해된 후에 유복자까지 낳아 가문을 굳건히 지켜낸 '열
부(烈婦) 김씨'의 행적에 초점이 맞춰져 있다면, 『구의산』은 인물의 수난과 가족의
재회를 주로 다루는 신소설적 특성에 걸맞게, 살해의 위기를 모면한 신랑의 수난사
와 온갖 역경 끝에 가족과 화해하는 과정에 초점이 맞춰져 있다. 또한 범인의 처결에
있어 사형(私刑)이라는 방식을 취하고 있는 『김씨열행록』과 달리 『구의산』에서는
'법소'로 보내져 공적 재판의 과정을 거친다는 점이 근대적 변모 양상이라 하겠다.

하지만 이에 대한 근본적인 이유는 범죄 해결의 주체가 사건과 맺는 관
련 양상에 있다.

　추리소설이 장르적 독자성을 획득하게 되는 구성 요소 중에 하나가
탐정은 자신이 다루고 있는 사건의 외부에 존재해야 한다는 조건이
다.16) 여기서 탐정은 홈즈와 같은 사립 탐정에 한정하지 않고, 추리소
설에서 사건 해결을 주도해가는 인물로 확대해볼 수 있다. 그렇다면 추
리소설로 성립하기 위해서는 사건을 해결하는 인물들은 범죄와 무관한
외부인들이어야 할 것이다. 『구의산』에서 살인 사건에 얽힌 비밀을 밝
혀내는 인물인 애중은 추리소설에 등장하는 탐정 캐릭터와는 다르다.
그녀는 용의자인 동시에 피해자로 사건에 연루된 내부 인물이기 때문
이다. 하지만 『쌍옥적』에서 사건과 무관한 인물들이 탐정으로 등장한다
는 점에서 이와 구분된다. 동시에 추리소설의 조건에도 부합한다. 사건
의 피해자인 김주사가 "수십년 뎡탐에 못 잡은 도적이 별로 읍는" 것으
로 명성이 자자한 정순검에게 사건을 의뢰하게 되고, 여기에 김순검과
'여정탐' 고소사(高召史)가 합류함으로써, 범행에 대한 수사가 시작되기
때문이다. 이것이 바로 『구의산』과 『쌍옥적』을 서로 다른 장르로 구분
하게 하는 차이이다. 즉 『쌍옥적』은 사건 외부의 인물이 의뢰라는 방식
으로 사건에 개입하게 된다는 점에서, 사건에 연루된 인물이 스스로 범
죄를 해결해 가는 『구의산』과 달리, '정탐소설'이라는 새로운 장르로 불
릴 수 있었던 것이다.

　이처럼 범죄의 해결이 사건의 외부에 존재하는 인물에 의해 이루어
지는 방식은 『쌍옥적』을 추리소설로 인정하게 하는 내적 자질이 된다.
물론 범죄를 다룬 신소설들에서도 범죄 해결을 주도하는 인물들이 사

---

16) 이브 뢰테르, 김경현 역, 『추리소설』, 문학과지성사, 2000, 17면.

건 외부에서 개입된 인물인 경우도 많다. 고전소설 중 송사소설(訟事小說)이라는 양식에서 기원을 찾을 수 있는 이들은 주로 어사나 군수로 등장한다. 즉 국왕의 대리인들로, 절대 권력의 소유자들인 것이다. 송사라는 의미 그대로 재판의 과정을 통해 범죄가 해결되어야 하기에, 범죄 해결의 주체는 곧 재판, 처결의 주체로 국왕이 지닌 절대적 권리의 대행자여야 했던 것이다. 이에 비해 추리소설의 탐정들은 사건을 해결하기는 하지만, 그들의 역할은 사건의 조사에 한정될 뿐, 형벌을 집행하지는 못한다. 직업적인 탐정이든, 경찰이든, 기자이든, 소설가이든, 어떠한 형태로 등장하든지 추리소설 속에서 범죄를 해결하는 인물들은 권력과는 무관한 개인적 존재들이다. 여기서 경찰이 공권력을 대행한다고 볼 수 있지만, 왕권이라는 절대 권력을 대행하는 송사소설 속 판관(判官)들과 비교한다면, 정말 미미한 수준이다. 『쌍옥적』에 등장하는 순검들은 비록 공권력에 소속된 인물들이기는 하다. 그러나 아무런 권력도 지니지 못한 힘없는 개인들일 뿐이라는 점에서, 추리소설 속 탐정 캐릭터들이라 할 수 있다. 하지만 추리소설로서 『쌍옥적』의 성취는 일단 한국 최초의 탐정 캐릭터로서 '순검과 정탐'을 사건 해결의 주체로 설정했다는 점에 한정된다.

『쌍옥적』의 사건은 '동학 평정 후 삼남에서 도적들이 대치(大熾)하는' 사회적 조건 때문에 발생한다. 도적들에게 결세들을 빼앗겨 세금을 미납하게 된 군수가 세금 미납의 책임을 물어 교수형에 처해지는 현실 앞에, 나주의 군수 김승지는 화를 피하기 위한 계획을 세우면서 사건은 꼬이게 된다. 자신의 관할지인 나주의 결전은 물론 사촌이 군수로 있는 영광군의 결전까지 한데 모은 거금 이만 오천 원을 모두 지화(紙貨)'로 바꿔 아들 김주사로 하여금 직접 운반하게 하는 것이 그의 계획이었다. 그러나 김주사가 윤선과 철로로 '목포에서 인천을 거쳐 경성'으로 이동하는 도중에 사건이 발생한다. "알 사람은 쥐도 개도 읍슬" 것이라 믿어 의심치 않았던 임무 수행의 과정에서 그만 거액이 든 가방을 도적맞고 만 것이다. 멸문지화(滅門之禍)가 두려운 김주사는 "수십년 덩탐에 못 잡은 도적이 별로 읍는" 것으로 명성이 자자한 정순검을 찾아 그에게 사선을 의뢰하게 되고, 여기에 김순검과 '여정탐' 고소사가 합류함으로써 범인의 정체를 밝히기 위한 조사의 서사는 비교적 흥미진진하게 진행된다.

그런데 『쌍옥적』의 추리소설로서의 긴장감은 고소사의 살해 용의자로 두 순검이 경무청에 수감되면서 급격하게 무너진다. 또 다른 범죄가 발생하면서 조사의 서사는 일단 보류되고, 공공의 적으로 전락한 순검들의 수난사가 전면으로 부상하게 된다. 더군다나 여기에 첫 번째 용의자로 지목되었다가 사건 의뢰자인 김주사와 친인척 관계로 밝혀져, 혐의에서 벗어난 인물들의 수난사가 더해지면서, 이후 『쌍옥적』의 서사는 인물들의 수난을 중심으로 진행된다. '쌍옥적'이라고 불리는 범인들과, 이 범인을 추격하다가 도망자 신세로 전락하고만 순검들, 절도의 혐의에서는 자유로워졌지만 또 다른 이유로 도망해야만 했던 인물들, 심지어 살해된 누이 고소사의 원한을 갚기 위해 혈안이 된 삼보 스님까지 모두 금강산으로 모여들게 되면서, 『쌍옥적』의 서사는 서로 쫓고 쫓기는 연쇄적인 추격의 국면으로 이어진다. 여기서 중요한 것은 김주사의 돈가방을 훔쳐간 범인의 정체가 아니라, 추격의 사슬 속에서 어떻게 살아남는가 하는 생존 게임이 된다.

조사의 서사에 집중되어야 할 내러티브가 느닷없이 수난의 서사로 '변질'되는 양상은, 추리소설로서 『쌍옥적』이 지닌 결함이다. 그러나 이해조가 당대 최고의 신소설 작가였으며, 『쌍옥적』이 그의 수많은 신소설들 중 하나라는 점을 고려한다면, 이는 수난의 서사에 집중하는 신소설의 장르적 특성17)에 견인된 결과라 해석할 수 있다. 당대에 새로운 소설 문법으로 부상하고 있었던 신소설이라는 토대에서 출현한 양식이었기에, '정탐소설'에서도 인물들이 겪는 '수난의 여정'이 비중 있게 다루어졌던 것이다. 수난에 집중하는 신소설 특유의 장르 문법에 강하게 구속되면서, 추리소설로서의 완성도를 더 이상 추구해 갈 수 없었던 것이 『쌍옥적』의 한계라 하겠다. 그러나 이 뒤를 이어 등장한 『박쥐우산』은 『쌍옥적』에서 실종되었던 '조사의 서사'가 강화되면서, 추리소설로서의 완성도를 높여가고 있다.

3. 『박쥐우산』: 번안에서 창작으로, 추리소설 문법의 정교화

1920년 7월 14일부터 『조선일보』에 연재되기 시작한 『박쥐우산』은, '박쥐우산'이란 모던한 분위기의 제목부터 추리적 상상력을 자극한다. 작품의 실질 역시 이러한 기대에 부응한다. 칼에 난자된 황만수의 사체가 발견되는 비극적 장면으로 시작되는 첫 장면부터 관심을 끌기에 충분히 흥미롭다.18) 살해 현장에 도착한 '정탐 변동식과 오창걸'은 민첩하

---

17) 이에 대해서는 김경애, 「신소설의 '여인 수난이야기' 연구」, 『여성문학연구』 6, 한국여성문학학회, 2001, 111~134면 참조.

18) 대체적인 줄거리는 다음과 같다. 살해당한 황만수는 서울 사는 박진사의 재산 관리인이었다. 박진사의 두 아들 중 둘째 아들인 영진이, 부친의 사후에 재산 분할과 관련해서 황만수와 분쟁이 있었다는 사실을 알게 된 정탐 변동식에 의해 용의자로 체포된다. 그리고 검사에게 넘겨진 영진은 심문을 받기 시작한다. 여기서 증거는 어떠한 심증적 증거보다도 강력한 권위를 갖게 된다. 하지만 정탐 오창걸에 의해 황만수와 채무관계에 있었던 추지엽이 또 다른 용의자 체포된다. 하지만 증인들이 등장하여 범행 일 당일 그들의 알리바이를 입증해 주고 그들은 무죄로 판명난다. 미궁에 빠진 사건 해결을 위해 원점으로 돌아간 정탐들은 다시 조사를 시작하고 이 과정에서 용의선상에 제외되었던 박진사의 첫째 아들의 혐의점들이 밝혀지는 동시에, 출생

고 능숙한 방식으로 증거들을 수집한다. 그들은 근거로 살해 당시의 정황, 살해 방법과 무기, 피해자와 범인과의 관계 및 범인의 침입과 도주의 경로까지 '추칙[推測]'하며, 동시에 탐문을 통해서 용의자의 인상착의까지 확보한다. 그러고는 그 증거들이 지시하는 바를 따라 범인 찾기에 나선다. 이것이 1회의 내용으로, 익히 봐오던 추리소설의 시작과 크게 다르지 않다. 도대체 어떤 범죄가 발생했는지 그 정체를 가늠할 수 없었던 『쌍옥적』의 서두와 비교해 볼 때, 『박쥐우산』은 추리소설로서 꽤 성공적인 출발을 하고 있는 셈이 된다. 뿐만 아니라 조사의 서사보다는 수난의 서사가 더 큰 비중을 차지하고 있었던 『쌍옥적』과 달리, 『박쥐우산』은 '조사의 서사'에 집중한다는 점에서도 추리소설의 일반적인 문법에 충실하다 하겠다. 한국 추리소설의 문법이 『박쥐우산』에 이르러 보다 정교해지고 있는 것이다. 이러한 배경에는 번안을 통해 소개된 서양 추리소설들에 대한 독서 경험이 자리하고 있었으리라는 가능성을 상정해 볼 수 있다.

'정탐소설'의 출현에 있어 문학적 환경으로 주목해야 할 번안소설은 앞서 언급했던 『지환당』, 『도리원』, 『누구의 죄』[19] 등이다. 한국 추리소

과 관련된 그의 비밀이 밝혀진다. 영로는 박진사의 친자가 아니라 업둥이로 들어온 것임이 드러난 것이다. 영로 역시 이러한 사실을 알고 있었고, 그의 사악한 본성을 파악한 박진사는 모든 재산을 자신의 친자인 영진에게 남기고자 하는 유서를 작성하고 그것을 황만수에게 맡겼던 것이다. 그리고 이를 알게 된 영로가 박진사의 사후, 재산을 차지하고자 유일한 방해물이었던 황만수를 살해했던 것이다.

19) 『누구의 죄』(隱菊散人, 1913)는 김태준의 『조선소설사』(1939)에서 이해조 작으로 언급된 이후로, 이해조 번안으로 알려져 있다. 이용남, 『이해조와 그의 작품세계』, 동성사, 1986, 153면. 그러나 김태준이 언급한 맥락을 확인해 보면, 이것이 왜 이해조 작인지에 대해 명확한 이유가 제시되어 있지 않다. 더군다나 이해조가 필명으로 '은국산인(隱菊散人)' 사용했다는 기록은 확인되지 않고 있다. 따라서 현 상황에서 『누구의 죄』의 번안자를 이해조로 확정하기는 힘들 듯하다. 따라서 추후에 자료 확인을 거쳐 은국산인이 이해조의 필명임이 밝혀지기 전까지는 『누구의 죄』가 이해조의 번

설 연구에 있어 이들이 주목받지 못했던 이유는, 한국에 번역된 추리소설들이 대부분 '고전적 추리소설'이라는 점과 관련이 있다. 그 시작은 1918년으로 거슬러 올라간다. 코난 도일의 「세 친구」가 '탐정긔담 「충복(忠僕)」'이란 제목으로 『태서문예신보』에 소개된 이후, 코난 도일 외에도 애드가 앨런 포, 모리스 르블랑의 작품들이 꾸준하게 번역 혹은 번안되어, 잡지를 통해 소개되고 있었다. 이들이 지금 우리에게도 익숙한 작가들의 작품인데 반해, 1910년대 단행본으로 간행되었던 서양의 추리소설들은 생경하기 그지없다. 그러나 최근 한국 근대문학 형성에 번안소설이 미친 영향력이 관심을 끌면서 이들에 대한 논의가 이루어졌고, 그 결과 대부분이 구로이와 루이코(黑岩淚香)의 번안소설을 '재번안'한 것이며, 원작은 19세기말 프랑스의 추리소설들임이 밝혀지게 되었다.[20]

1912년과 1913년에 집중해서 간행되고 있는 이들 번안소설들은 『쌍옥적』과 『박쥐우산』의 사이에 놓여 있는 추리소설들이다. 『박쥐우산』의 창작에 번안소설이 영향을 미쳤을 것으로 추정되는 이유는 특히 이 작품에서 『누구의 죄』와의 유사성을 적지 않게 찾을 수 있기 때문이다. 『누구의 죄』의 원작은 세계 최초의 장편 추리소설로 일컬어지는 에밀 가보리오의 『루르즈 사건(L'Affaire Lerouge)』이다.[21] 구로이와 루이코

안이라는 단정을 유보하도록 한다. 현재 『누구의 죄』는 『한국신소설전집』 7권에 실려 있다.

20) 박진영, 「1910년대 번안소설과 '정탐소설'의 매혹」, 『대동문화연구』 52, 성균관대학교 대동문화연구원, 2005, 305면.

21) 원작은 세계 최초의 장편 추리소설로 일컬어지는 에밀 가보리오의 『루르즈 사건(L'Affaire Lerouge)』이다. 탐정 캐릭터 중 하나인 르콕(Lecoq)이 바로 이 『루르즈 사건』에 처음 등장하지만, 그의 역할은 사립탐정인 타바레를 소개시켜 주는 것으로 끝난다. 1863년부터 신문에 연재되면서 큰 인기를 끌고 이에 힘입어 1866년에는 단행본으로 출간되었다. 작품의 초반은 추리소설의 일반적인 어법에 충실하나, 중반을

가 에밀 가보리오의 작품 5편을 번안했다고 하는 사실을 참조한다면,[22] 여기에 당연히『루르즈 사건』이 포함되었을 것이고, 그렇다면『누구의 죄』는 그에 대한 재번안이 된다. 사랑하는 애첩이 낳은 자식과 애정이 없는 본처 사이에서 나은 자식을 서로 뒤바꾸고자 했던 백작의 이기적 욕망에서 시작된 비극적인 가정사를 다루고 있다. 이 과정에서 출생의 비밀을 알게 된 현재 첩의 아들이, 모든 비밀을 알고 있는 루르즈 부인 을 살해하게 된다. 출생의 비밀과 상속권을 둘러싼 살인사건이란 기본 적인 설정에서부터『박쥐우산』에 많은 영향력을 미친 작품으로 판단된 다. 다음은『박쥐우산』의 첫 회를 서사적 순서에 따라 정리한 것이다.

1. 사건의 발생과 정탐들의 등장: 황만수 살해 사건 현장에 마침 인천에 들 어온 군함 구경 차 내려와 있었던 정탐 변동식과 오창걸이 등장함.
2. 증거의 수집과 범죄의 재구성: 검시(檢屍)와 주변에 흩뿌려진 혈흔을 통해 사인과 흉기를 추정하는 한편, 시신에 남아 있는 주머니가 떨어져 나간 비단 끈, 타다 남은 종잇조각, 손톱에 낀 쥐 털 등을 증거로 수집 한다. 또한 살인 현장 주변을 조사하여 진흙 속의 구두 자국과 백통 단 장(短杖)의 끝 마개 및 범인이 도주하면서 무너뜨린 담장에 묻은 이끼 등을 확인한다.
3. 피해자 최후의 행적 조사: 피해자 주변인 탐문 조사를 통해 황만수가 살 해 직전에 양복에 맥고 모자를 쓰고 단장을 가진 하이카라상과 조선옷

넘어서면서부터는 서사가 범죄의 해결에 집중하기보다는, 백작 가문의 비극과 인물 들 사이의 멜로에 집중해 간다. 이 때문에 '유사 경찰 소설, 사이비 추리소설'이라는 평가가 내려지고 있다. 하지만 한편으로 그를 '탐정소설의 아버지'로 평가하기도 하 며, 코난 도일이 그의 영향을 받았다는 견해도 있다. 아직 한국어판이 나오지는 않았 다. 다만『르콕탐정』의 한국어판 서두에서『루르즈 사건』에 대한 해제와 간단한 줄 거리가 소개되고 있다. 정태원, 「르콕탐정 해설」, 에밀 가보리오, 한진영 옮김, 『르 콕탐정』, 국일미디어, 2003 참조.
22) 박진영, 앞의 논문, 297~298면 참조.

에 단발하고 탕건에 갓 쓴 나이 든 이와 술을 마시고, 말다툼을 했던 정황이 포착된다. 정탐들은 각각의 증거를 가지고 범인 추적에 나선다.

'별안간 곡성이 낭자해지면서' '선지피가 솟아올라 보기에도 끔직한' 황만수의 사체가 발견되는 서두는 『누구의 죄』에서 '정탐 지구론'의 활약상을 그대로 학습한 결과로 볼일 정도로 유사하다. 범죄 현장에 도착하자마자 지구론은 증거를 수집하는 데 열중하고, 그 증거 등을 통해 살인 사건의 현장을 재구해 낸다. 지구론이 찾아낸 증거 중에 진흙에 파인 구두 자국, 시체의 손톱에 끼여 있던 장갑 조각 등은 『박쥐우산』에서도 중요한 증거로 재등장한다. 뿐만 아니라 지구론이 진흙에 남겨진 족적을 통해 추측한 용의자가, 바로 '박쥐우산을 든 하이카라'로, '박쥐우산'이란 제목이 여기에서 착안된 것임을 알 수 있다. 『박쥐우산』에서도 진범이 확정되는 결정적인 증거가 바로 '박쥐우산과 하이카라'라는 인상착의이다. 『누구의 죄』에서 자세하게, 거의 과시하듯이 장황하게 설명되는 지구론의 '정탐활동'이 『박쥐우산』에서는 축약적으로 제시되고 있다고 할 정도로, 두 작품의 시작은 상당히 비슷하다.

두 작품의 공통점은 이것만이 아니다. 조사의 서사와 심문의 서사가 교차하는 구조 역시 공통점이다. 조사의 주체가 탐정이라면, 심문의 주체는 검사이다. 탐정에 의해 범인이 밝혀지고, 검사가 체포된 범인을 심문하는 방식이 교차 편집되는 구성 방식은 『루르즈 사건』과 『오르시발 범죄』 등에서 시도된 것으로, 이 때문에 이들이 '법정소설'로도 일컬어지고 있다.23) 따라서 '정탐'에 의해 정체가 밝혀진 범인이, 검사로 넘겨져 심문 받고, 이 과정에서 증거가 절대적인 효력을 발휘한다는 『박쥐

---

23) 이브 뢰테르, 앞의 책, 26면.

우산』의 모태는『누구의 죄』에서 온 것이라 할 수 있다. 이외에도 용의
자의 알리바이가 그의 유무죄를 입증하는 중요한 근거로 기능하고 있
으며, 수사의 과정을 통해 범죄를 둘러싼 인물들의 과거사가 드러나면
서, 작품이 액자식 구성을 취하게 되는 점에서도 두 작품은 겹쳐진다.
이러한 유사점들에서『박쥐우산』이 추리소설로서의 완성도를 높일 수
있었던 데에는『누구의 죄』에 대한 독서 경험이 다대한 영향력을 미쳤
으리라는 추정이 가능해진다.

　그런데『박쥐우산』은『누구의 죄』의 서사구조를 일방적으로 답습하
고 있지만은 않다. 두 작품 사이에서 발견되는 차이점은『박쥐우산』이
서양 추리소설의 문법을 수용할 때, 한국적 변형과정을 거쳤음을 말해
준다. 우선 악의 근원으로서 설정되는 인물에서 그 차이를 지적할 수
있다.『누구의 죄』라는 제목에서 제기하는 질문에 대한 답은 구도부인,
즉 루르즈 부인을 살해한 사도 노무[노엘]가 아니라, 그의 아버지인 로
투 고현[백작]이다. 즉 자신이 사랑하는 애첩의 소생이 사생아로 천대
받는 동안, 애정 없는 부인과의 사이에서 난 자식은 적자로서 백작 가
문의 영광을 누리는 것이 못마땅한 아버지에 의해, 적자와 서자가 바뀐
다는 원작의 설정은 한국적 상황에서는 도저히 받아들여질 수 없는 것
이다. 그래서『박쥐우산』에서는 박진사 가문에 '개구멍바지', 즉 업둥이
로 들어온 외부인인 영로가 모든 악행의 근원으로 설정되어 있다.

　1920년 '조선'에는 적자와 서자를 바꾸는 아버지가 있을 수 없었다.
박진사가 황만수에게 간곡하게 부탁했던 것도 바로 가통(家統)을 바로
잡아달라는 것이었다. 진범인 영로가 '어려서부터 싹이 좋지 못해, 아무
도 몰래 동생 영진을 구박'했던 인물이라는 설정은 그가 박진사의 혈육
이 아니라는 점과 관련 깊다. 이와 달리 영진이 '물로 씻어 먹을 정도로
고결한 성품을 지닌' 인물로 형상화됨으로써, 그가 박진사의 혈육임이

더욱 강조되고 있다. 결국 한국적 상황에 따라 애초에 적통이나 가통이니 하는 데에 관심이 없이, 오직 자기의 욕망에 충실했던 원작 속의 아버지가 『박쥐우산』에는 이와 너무나 다른 합리적이고 정의로운 아버지로 그려지게 되었던 것이다.

이보다 더 큰 변화는 원작에 있었던 멜로적 요소, 즉 연애서사가 『박쥐우산』에서는 완전히 제거되었다는 점이다. 『누구의 죄』의 원작인 『루르즈 사건』은 후대에 '사이비 경찰소설, 혹은 유사 추리소설'이라 평가될 정도로, 서사의 상당 부분을 멜로에 할애하고 있다. 영로, 영진 형제에 해당하는 인물인 사도 노무[노엘]와 유덕 고현[알베르]에게는 모두 애인이 있다. 악인인 사도 노무에게는 숨겨진 애인이, 선인인 유덕 고현에게는 정숙한 정혼자가 있다는 차이는 있지만, 여하튼 이들은 모두 연애 중이다. 더군다나 검사 다브론[다브롱]과 유덕 고현의 정혼자인 아키집 규패[다르단디]는 과거 연인 사이였다. 『누구의 죄』에서 적지 않은 부분을 차지하고 있는 것이 바로 옛 애인을 자신이 사형에 처해야 할 범죄자의 애인으로 대면한 다브론 검사의 내적 갈등이다. 하지만 『박쥐우산』에서는 이 모든 로맨스가 사라진다. 연애의 경력은 정숙한 여인에게는 있을 수 없는 일이었던 당시 조선의 상황에서 아키집 규패를 둘러싼 유덕 고현과 다브론의 연적(戀敵)관계는 쉽사리 허용될 수 없었을 것이다. 다만 사노 노무가 범행 당일 자신의 알리바이를 조작하기 위해 애인인 죠디[줄리엡]을 이용했다는 설정만은 추리서사의 진행 상 필수적인 부분인 까닭에 기생 금낭과 영로와의 관계로 변형시켜 수용하고 있다.

물론 이러한 차이가 『박쥐우산』을 보다 더 추리소설로서 치밀한 구성을 갖추게 만들기도 했다. 추리소설로서의 서사와 멜로드라마로서의 서사가 교착되어 있는 『누구의 죄』에 비해, 멜로의 서사가 제거되면서, 『박쥐의 우산』은 범인의 추적과 진범 밝히기라는 추리소설 본연의 목적에 집중하게 되었다. 멜로가 사라진 자리를 대신하고 있는 것이 오동식과 변창걸 두 '정탐'의 수사 과정이다. 동 시간대로 이루어지는 그들의 수사 과정은 서로 다른 결과를 만들어내지만, 그 모두 진범이 아니라는 것이 밝혀지면서, 범인 찾기라는 추리소설의 특성은 더욱 강화되고 있는 것이다.

이와 관련해서 더 살펴봐야 할 과제는 에밀 가보리오로 대표되는 초기 프랑스 추리소설의 성향과 한국 추리소설의 관련성이다. 『박쥐우산』에서 『누구의 죄』가 창작의 모태로 선택된 것은 우연이 아니다. 『누구의 죄』의 원작인 『루르즈 사건』에 대한 번역과 번안 작업은 지속적으로 이루어진다. 안회남의 『루-루쥬 사건』(조광사, 1940)과 김내성의 『마심불심(魔心佛心)』(해왕사, 1948년 초판, 1952년 3판, 1954년 □판)이 그것이다. 또한 1950년대에 출간된 『복면신사(腹面紳士)』(제일문화사, 1952년과 1957/아동문학사, 1961년)는 월북작가였던 안회남의 번역본이었던 탓에 다른 사람 이름으로 위장하여 출판된 듯하다. 결국 『루르즈 사건』은 1900년대 초반부터 1960년에 이르기까지 무려 60년 가까운 시간에 계속 끊임없이 수용되고 있다.

뿐만 아니라 각 본이 모두 조금씩 다른 성향을 보이고 있다. 『누구의 죄』가 인물과 사건의 그로테스크함을 부각시키고 있다면, 『루-루쥬 사건』은 추리소설적 면이 가장 강해, 탐정 타바레에 대한 등장이 매우 소상하게 번역되고 있다. 대신 추리서사와 무관한 멜로적 요소는 완전히 제거되고 있다. 반면 『마심불심』은 원작의 구도와 인물을 그대로 1930년 경성으로 옮겨 놓고 있을 뿐, 별다른 차이는 없는데, 다만 안회남의 번역과 달리 추리소설적 요소보다는 가정비극적인 멜로드라마적 요소를 좀 더 강조한다는 특이점이 있다. 이처럼 한국의 추리소설 작가들에게 『루르즈 사건』은 매우 매력적인 텍스트였던 것이다. 이는 비단 안회남이나 김내성과 같은 작가들에게 국한된 일은 아니었다. 왜냐하면 『누구의 죄』를 제외하고서는 1950년대에 걸쳐 꾸준하게 재판 이상 발행되고 있기 때문이다. 이는 독자들에게도 『루르즈 사건』이 흥미롭게 다가갔다는 말이 된다. 그러나 이 작품이 이렇게 인기를 끌 수 있었던 원인을 『루르즈 사건』 그 자체가 지닌 서사적 매력만으로는 설명하는 것은 부족하다. 여기에는 분명 한국적 대중서사의 토양과 호응되는 측면이 있었기 때문으로, 그것의 정체가 무엇인지를 밝혀내는 것은, 한국적 추리소설의 정체성을 드러내는 단서가 될 수도 있을 것으로 기대해 본다.

4. 남은 문제들

이상에서 '정탐소설'로 창작된 『쌍옥적』과 『박쥐우산』이 신소설과 번안소설이라는 동시대의 소설 양식들과 소통하면서 추리소설로서의 장르적 특성들을 갖추어져 가는 과정을 살펴보았다. 그 결과 『쌍옥적』과 『박쥐우산』의 등장이 우연적인 현상이 아니라, 당대의 문학적 자양분을 토대로 하여 진행되었던 새로운 양식의 실험과 모색 과정이었음을 알 수 있었다. 그러나 이는 한국 초창기 추리소설에 대한 연구의 시작일 뿐이다. 앞으로 남은 문제들이 더욱 많다.

본고에서는 일단 '고전적 추리소설'의 관점이 아닌, 당대적 관점에서 『쌍옥적』이 '정탐소설'이라는 새로운 장르로 명명될 수 있었던 작품의 내적 특질들을 찾아내는 작업을 수행했다. 『쌍옥적』에서, 범죄 해결의 주체를 사건 외부자로 설정하는 새로운 시도가 감행되었고, 이것이 『쌍옥적』 동시대의 범죄서사를 갖춘 다른 양식들과 차별시킬 수 있는 장르적 특성이라는 것이 본고의 결론이다. 뿐만 아니라 『박쥐우산』이라는 또 다른 정탐소설을 통해서는 『쌍옥적』 이후에도 추리소설에 대한 양식적 실험이 시도되었음을 확인할 수 있었다. 특히나 『박쥐우산』의 경우에는 서양 추리소설의 문법을 한국적 상황에 맞게 변형하면서 수용했다는 점에서 새로운 발견이라 할 수 있다. 이를 통해 1908년 이후 채만식, 김내성이 출현하는 1930년대까지 간극으로 남아 있었던 한국 창작 추리소설사의 빈 공간이 『쌍옥적』과 『박쥐우산』이라는 새로운 작품들로 채워지게 되었다는 것 또한 의미 있는 일이라 하겠다.

그러나 문제는 한국 초창기 추리소설사에 대한 얼개를 보다 정치하게 다듬는 일일 것이다. 여기에서 주목해야 할 것은 '정탐소설'이 획득한 대중성의 여부이다. 결론적으로 말하자면 '정탐소설'은 대중적으로 그리 성공을 거두지 못한 것으로 보인다. 『구의산』이 1922년 발행된 7판본이 확인되는 것에 비해, 『쌍옥적』은 1917년에 발행된 3판본 이후의 발행 기록은 확인되지 않기 때문이다. 더군다나 『박쥐우산』의 경우에는 물론 정간 조치라는 강제적 외압이 작용하기는 했으나, 결국 미완인 상태로 더 이상의 연재가 이루어지지 않았음은 물론, 단행본의 발행 역시 확인된 바 없다. 즉 '정탐소설'이 대중적 호응을 얻지 못했던 것이다. 대신 『구의산』에서 알 수 있듯이 범죄를 다룬 신소설들은 당시 독자들에게 상당한 지지를 받았다. '정탐소설'과 신소설에서 범죄를 다루는 방식의 차이는 무엇일까? 그리고 이후 등장하는 '정탐소설'과는 어떠한 관련성을 가지게 되는 것일까? 본고에서는 추리소설의 성립 조건을 밝혀내는 것을 목적으로 한 탓에, 여기까지는 논의가 진행되지 못했다. 이에 대한 향후 연구를 후속 과제로 제시하면서 논의를 마무리하도록 한다.

『비평문학』 35, 한국비평문학회, 2010에 수록.

참고문헌

· 이세보 시조의 창작 기반과 작품 세계 ·

1. 자료

『이세보 시조집(附 신도일록)』, 『동양학총서』 11, 동양학연구소, 1985.

진동혁, 『주석 이세보 시조집』, 정음사, 1985.

2. 저서 및 논문

고미숙, 「19세기 시조의 전개 양상과 그 작품세계 연구」, 고려대학교 박사학위논문, 1994.

박노준, 「이세보 시조의 分의식과 정서 표출의 두 국면」, 『동양학』 20, 단국대학교 동양학연구소, 1990.

이능화 지음, 이재곤 옮김, 『조선해어화사』, 동문선, 1992.

이동연, 「19세기 시조의 변모 양상」, 이화여자대학교 박사학위논문, 1995.

이종묵, 「유산의 풍속과 유산류의 전통」, 『고전문학연구』 12, 한국고전문학회, 1997.

정흥모, 「19세기 사대부 시조의 연구」, 고려대학교 박사학위논문, 1994.

진동혁, 『이세보 시조 연구』, 집문당, 1985.

최규수, 「『남훈터평가』를 통해 본 19세기 시조의 변모 양상」, 이화여자대학교 석사학위논문, 1988.

최재남, 「구비적 측면에서 본 시조의 시적 구성원리」, 서울대학교 석사학위논문, 1983.

・20세기 놀이문화인 시조놀이의 등장과 그 시조사적 의미・

1. 자료

『조선일보』, 『동아일보』, 『중외일보』.

『소년』, 『청춘』, 『신민』, 『삼천리』.

『「歌鬪」原本時調白首』, 不美舍, 1922.

심재완, 『교주 역대시조전서』, 세종문화사, 1972.

2. 저서 및 논문

고미숙, 『19세기 시조의 예술사적 의미』, 태학사, 1998.

고은지, 「20세기 유성기 음반에 나타난 대중가요의 장르 분화 양상과 문화적 의미」, 『한국시가연구』 21, 한국시가학회, 2006.

고은지, 「애국계몽기 시조의 창작 배경과 문학적 지향」, 고려대학교 석사학위논문, 1997.

미나미 히로시 외, 『다이쇼 문화』, 정대성 옮김, 제이앤씨, 2007.

박재환·김문겸, 『근대사회의 여가문화』, 서울대학교 출판부, 1997.

신경숙, 「근대 초기 가곡 교습」, 『민족문화연구』 47, 고려대학교 민족문화연구원, 2007.

이경돈, 「'취미'라는 사적 취향과 문화주체 '대중'」, 『대동문화연구』 57, 대동문화연구원, 2007.

임선묵, 「時調놀이 攷」, 『동양학』 10, 단국대학교 동양학연구소, 1980.

정병욱, <序>, 『시조문학사전』, 신구문화사, 1966.

조동일, 『한국문학통사(제4판)』 5, 지식산업사, 2005.

천정환, 『근대의 책읽기』, 푸른역사, 2003.

천정환·이용남, 「근대적 대중문화의 발전과 취미」, 『민족문학사연구』 30, 민족문학사학회, 2006.

・경성방송국 프로그램에 기록된 20세기 '시조예술'의 연행 양상과 특징・

1. 자료

『조선일보』, 『동아일보』, 『삼천리』.

한국정신문화연구원 편, 『경성방송국국악방송곡목록』, 민속원, 2000.

2. 저서 및 논문

고은지, 「20세기 놀이문화인 시조놀이의 등장과 그 시조사적 의미」, 『한국시가연구』 24, 한국시가학회, 2008.

권도희, 「20세기 기생의 음악사회사적 연구」, 『한국음악연구』 29, 한국국악학회, 2001.

권도희, 「20세기초 음악집단의 재편」, 『동양음악』 20, 서울대학교 동양음악연구소, 1998.

권순회, 「'시조삼장'의 새로운 이해」, 『시조학논총』 20, 한국시조학회, 2004.

권순회, 「조선후기 시조창의 형성과 전개의 방향」, 『한국시가연구』 14, 한국시가학회, 2003.

김명주, 「일제강점기 이왕직아악부의 방송활동」, 『한국음악사학보』 30, 한국음악사학회, 2003.

김영운, 「가곡과 시조의 음악사적 전개」, 『한국음악사학보』 31, 한국음악사학회, 2004.

문현, 「고음반에 전하는 가곡·가사·시조의 음향자료 연구」, 『한국음반학』 8, 한국고음반연구회, 1998.

문현, 「평시조의 창제별 음악적 특징연구」, 한국학중앙연구원 박사학위논문, 2004.

배연형, 「정가 유성기음반의 문헌학적 연구」, 『한국음반학』 8, 한국고음반연구회, 1998.

서철원, 「『교주 가곡집』을 통해 본 20세기 고시조 향유와 전승 양상」, 『한국문학이론과 비평』 41, 한국문학이론과 비평학회, 2008.

송방송, 「1920년대 방송된 전통음악의 공연양상」, 『한국학보』 26, 일지사, 2000.

신경숙, 「근대초기 가곡교습」, 『민족문화연구』 47, 고려대학교 민족문화연구원, 2007.

신경숙, 「조선후기 여창가곡의 연구」, 고려대학교 박사학위논문, 1994.

신경숙, 「하순일 편집 『가곡원류』의 성립」, 『시조학논총』 26, 한국시조학회, 2007.

신경숙, 『19세기 가집의 전개』, 계명문화사, 1994.

신웅순, 「시조창분류고」, 『시조학논총』 24, 한국시조학회, 2006.

이형대, 「1920~30년대 시조의 재인식과 정전화 과정」, 『고시가연구』 21, 한국고시가문학회, 2008.

이혜구, 「1930년대의 국악방송」, 『국악원논문집』 9, 국립국악원, 1997.

임미선, 「완제 시조창 연구」, 『한국음반학』 10, 한국고음반연구회, 2000.

임미선, 「현행 시조제의 판도」, 『한국성악의 예술세계』, 전통가곡연구회, 2004.

장옥님, 「1930년대 후반의 국악방송 연구」, 『서울대석사학위논문집 1995~96』, 민속원, 1997.

정영진, 「일제강점기 문인음악 연구」, 『음악과 민족』 24, 민족음악학회, 2002.

· 「천희당시화」에 나타난 애국계몽기 시가인식의 특질과 그 의미 ·

1. 자료

『독립신문』, 『대한매일신보』, 『황성신문』, 『만세보』, 『서북학회월보』, 『대한자강회월보』, 『태극학보』.

『靑丘永言』 序・後拔, 『大東風謠』 序, 『歌曲源流』 跋.

고미숙・강명관 편, 『근대계몽기시가자료집』 ①・②・③, 성균관대학교 대동문화연구원, 2000.

李鍾一, 「默菴備忘錄」, 『한국사상총서』 Ⅷ, 한국사상연구회, 1975.

2. 저서 및 논문

H.B. 헐버트, 『대한제국 멸망사』, 신복룡 역주, 집문당, 1999.

고미숙, 『18세기에서 20세기 초 한국시가사의 구도』, 소명, 1998.

고미숙, 『19세기 시조의 예술사적 의미』, 태학사, 1998.

고은지, 「개항기 계몽담론의 특성과 계몽가사의 주제표출양상」, 『우리어문연구』 18, 우리어문학회, 2002.

고은지, 「애국계몽기 시조의 창작배경과 문학적 지향」, 고려대학교 석사학위논문, 1997.

권보드래, 『한국 근대소설의 기원』, 소명출판사, 2000.

권영민, 「근대소설의 기원과 개화계몽담론」, 『문학동네』 1998 겨울호.

길진숙, 『조선 전기 시가예술론의 형성과 전개』, 소명출판사, 2002.

김동식, 「한국의 근대적 문학 개념 형성과정 연구」, 서울대학교 박사학위논문, 1999.

김용석, 『깊이와 넓이 4막 16장』, 휴머니스트, 2002.

김우창, 「감각, 이성, 정신」, 『한국문학이란 무엇인가』, 민음사, 1995.

김종엽, 『연대와 열광: 에밀 뒤르켐의 현대성 비판 연구』, 창작과비평사, 1998.

김춘식, 「장르의 소멸과 근대적 장르 인식」, 『한국문학과 근대성의 형성』, 아세아문
      화사, 2001.

김홍규, 『한국문학의 이해』, 민음사, 1986.

노동은, 『한국근대음악사 1』, 한길사, 1995.

박성창, 『수사학』, 문학과지성사, 2000.

백현미, 「창극의 역사적 전개과정 연구」, 이화여자대학교 박사학위논문, 1996.

손정수, 「개화기의 역사 지향담론」, 『한국문학과 계몽담론』, 새미, 1999.

유탁일, 『완판방각소설의 문헌학적 연구』, 학문사, 1983.

임형택, 『한국문학사의 시각』, 창작과비평사, 1984.

임형택, 「18·19세기 <이야기꾼>과 소설의 발달」, 김열규 외, 『고전문학을 찾아서』,
      문학과지성사, 1976.

한국 서양사학회 편, 『민족과 민족주의: 서양에서의 민족과 민족주의』, 까치, 1999.

홍신선, 『한국근대문학이론의 연구』, 문학아카데미, 1991.

· 20세기 초 시가의 새로운 소통매체 출현과 그 의미 ·

1. 자료

『매일신보』

한국정신문화연구원 편, 『한국 유성기음반 총목록』, 민속원, 1998.

2. 저서 및 논문

강등학, 「19세기 이후 대중가요의 동향과 외래양식의 이입문제」, 『인문과학』 31, 성
      균관대학교 인문과학연구소, 2001.

고미숙, 『18세기에서 20세기 초 한국시가사의 구도』, 소명, 1998.

고은지, 「계몽가사의 문학적 형상화 방식과 그 의미」, 고려대학교 박사학위논문,
      2004.

고은지, 「20세기 유성기 음반에 나타난 대중가요의 장르 분화 양상과 문화적 의미」,
      『한국시가연구』 21, 한국시가학회, 2006.

권도희, 「20세기초 음악집단의 재편」, 『동양음악』 20, 서울대학교 동양음악 연구소,

1998.

김영철, 「한국개화기 시가장르의 형성과정 연구」, 서울대학교 박사학위논문, 1986.

김용석, 『깊이와 넓이 4막 16장』, 휴머니스트, 2002.

박애경, 「20세기초 대중문화의 위상과 시가」, 『민족문학사연구』 31, 민족문학사연구소, 2006.

송방송, 「현대음악사의 총체적 시각: 콜럼비아음반 자료를 숭심으로」, 『한국학보』 103, 일지사, 2001.

송방송, 「1930년대 한국양악사의 일국면」, 『진단학보』 92, 진단학회, 2004.

신경숙, 『19세기 가집의 전개』, 계명문화사, 1994.

와타나베 히로시 · 윤대석 옮김, 『청중의 탄생』, 강, 2006.

요시미 순야 · 송태욱 옮김, 『소리의 자본주의』, 이매진, 2005.

장유정, 『오빠는 풍각쟁이』, 민음in, 2006.

정재호, 「잡가집의 계열구분과 그 특성」, 『한국속가전집』 6, 다운샘, 2002.

천정환, 『근대의 책읽기』, 푸른역사, 2002.

• 20세기 전반 소통매체의 다양화와 잡가의 존재 양상 •

1. 자료

정재호 편, 『한국 속가 전집』 1~6, 도서출판 다운샘, 2002.

한국정신문화연구원 편, 『한국유성기음반총목록』, 민속원, 1998.

김점도 편, 『유성기음반총람자료집』, 신나라레코드, 2000.

이보형 외 편, 『유성기음반가사집』 2, 민속원, 1999.

2. 저서 및 논문

고미숙, 「20세기 초 잡가의 양식적 특질과 시대적 의미」, 『18세기에서 20세기 초 한국 시가사의 구도』, 소명출판사, 1998.

고은지, 「20세기 유성기 음반에 나타난 대중가요의 장르 분화 양상과 문화적 의미」, 『한국시가연구』 21, 한국시가학회, 2006.

고은지, 「20세기 시가의 새로운 소통매체의 등장과 그 의미: 신문, 잡가집, 유성기 음반을 중심으로」, 『어문논집』 55, 민족어문학회, 2007.

노미원, 「1910년대 유행한 잡가의 한 고찰」, 한국정신문화연구원 석사학위논문,

1986.

박애경, 「잡가의 개념과 범주의 문제」, 『한국시가연구』 13, 한국시가학회, 2003.

방효순, 「일제시대 민간서적 발행 활동의 구조적 특성에 관한 연구」, 이화여자대학교 박사학위논문, 2001.

배연형, 「정가 유성기음반의 문헌학적 연구」, 『한국음반학』 8, 한국고음반연구회, 1998.

배연형, 「서도소리 유성기음반 연구」, 『한국음반학』 14, 한국음반학, 2004.

성무경, 「잡가 '유산가'의 형성원리에 대하여」, 『가사의 시학과 장르실현』, 보고사, 2000.

이노형, 「잡가의 유형과 그 담당층에 대한 연구」, 서울대학교 박사학위논문, 1987.

이영미, 『한국대중가요사』, 시공사, 1998.

김영운, 「경기 십이잡가의 음악 형식」, 『한국민요학』 10, 한국민요학회, 2002.

이형대, 「선소리 산타령을 통해 본 잡가의 텍스트 변이와 미적 특질」, 『한국시가연구』 19, 한국시가학회, 2005.

장유정, 「대중매체의 출현과 전통가요 텍스트의 변화 양상 고찰」, 『고전문학연구』 30, 한국고전문학회, 2006.

전지영, 「歌詞와 雜歌의 발전과정에 대한 재고찰」, 『한국음악연구』 35, 한국국악학회, 2004.

정재호, 「잡가고」, 『민족문화연구』 6, 고려대학교 민족문화연구소, 1972.

정재호, 「잡가집의 특성과 문학사적 의의」, 『한국시가연구』 8, 한국시가학회, 2000.

최원오, 「잡가의 교섭갈래적 성격과 그 이론화의 가능성 검토 시론」, 『관악어문연구』 19, 관악어문연구회, 1994.

움베르토 에코, 『대중의 슈퍼맨』, 열린책들.

마크 카츠, 『소리를 잡아라』, 마티, 2007.

http://www.gayo114.com

· 20세기 유성기 음반에 나타난 대중가요의 장르 분화 양상과 문화적 의미 ·

1. 자료

한국정신문화연구원 편, 『한국유성기음반총목록』, 민속원, 1998.

한국고음반연구회 편, 『유성기음반 가사집(콜럼비아음반)』 3~4, 민속원, 1992.

2. 저서 및 논문

강등학, 「19세기 이후 대중가요의 동향과 외래양식 이입의 문제」, 『인문과학』 31, 2001.

강등학, 「형성기 대중가요의 전개와 아리랑의 존재 양상」, 『한국음악사학보』 32, 한국음악사학회, 2004.

고미숙, 『18세기에서 20세기 초 한국 시가사의 구도』, 소명출판, 1998.

고미숙, 『19세기 시조의 예술사적 의미』, 태학사, 1998.

고은지, 「개항기 계몽담론의 특성과 계몽가사의 주제 표출양상」, 『우리어문』 18, 우리어문학회, 2002.

고은지, 「계몽가사의 문학적 형상화 방식과 그 의미」, 박사학위 논문, 고려대학교, 2004.

고은지, 「추월색의 대중적 인기와 서사 구조」, 『민족문학사연구』 30, 민족문학사연구회, 2006.

김창남, 「유행가의 성립과정과 그 문화적 성격」, 『노래』 1, 실천문화사, 1984.

박애경, 「유행가 형성과정 연구」, 『연세어문학』 25, 연세대 국문과, 1993.

박찬호, 『한국가요사』, 현암사, 1992.

배연형, 「한국 음악의 음반 문헌학 서설」, 『한국음악사학보』 4, 한국음악사학회, 1990.

송방송, 「일제 전기의 음악사 연구를 위한 시론: 일축 유성기 음반을 중심으로」, 『한국음반학』 10, 한국고음반연구회, 2000.

송방송, 「한국근대음악사의 한 양상: 유성기음반의 신민요를 중심으로」, 『음악학』 9, 한국음악학회, 2002.

요시미 순야 지음·송태욱 옮김, 『소리의 자본주의: 전화, 라디오, 축음기의 사회사』. 이매진, 2005.

이노형, 『한국 대중가요의 연구』, 울산대 출판부, 1994.

이영미, 『한국대중가요사』, 시공사, 1999.

장유정, 『오빠는 풍각쟁이야』, 민음in, 2006.

최규수, 『19세기 시조 대중화론』, 보고사, 2005.

최동현, 『일제강점기 유성기음반속의 극·영화』, 태학사, 1998.

최동현, 『일제강점기의 유성기 음반 속의 대중희곡』, 태학사, 1991.

· 20세기 '대중오락'으로 새로 태어난 '야담'의 실체 ·

1. 자료

『월간야담』; 『야담』; 『별건곤』; 『삼천리』; ≪동아일보≫; ≪조선일보≫.

2. 저서 및 논문

공임순, 「재미있고 유익하게, '건전한' 취미독물 야담의 프로파간다」, 『민족문학사
　　연구』 34, 민족문학사학회, 2007.

김준형, 「근대 전환기 <옥소선 이야기>의 개작 양상과 그 의미」, 『한국고전여성문
　　학연구』 13, 한국고전여성문학회, 2006.

김준형, 「야담운동의 출현과 전개 양상」, 『민족문학사연구』 20, 민족문학사학회,
　　2002.

소래섭, 『에로 그로 넌센스: 근대적 자극의 탄생』, 살림, 2005.

신명직, 『모던쏘이, 경성을 거닐다』, 현실문화연구, 2003.

이경돈, 「『별건곤』과 근대 취미독물」, 『대동문화연구』 46, 성균관대학교 대동문화
　　연구원, 2004.

임형택, 「18·9세기 '이야기꾼'의 소설과 발달」, 김열규 외, 『고전문학을 찾아서』,
　　문학과지성사, 1976.

임형택, 「야담의 근대적 변모」, 『한국한문학 학회창립 20주년 기념호』, 한국한문학
　　회, 1996.

정부교, 「근대 야담의 전통 계승 양상과 의미」, 『국어국문학지』 35, 문창어문학회,
　　1998.

정출헌, 「야담의 세계」, 민족문학사연구소(엮음), 『민족문학사 강좌(상)』, 창작과 비
　　평사, 1995.

차혜영, 「1930년대 ≪월간야담≫과 ≪야담≫의 자리」, 『1930년대 한국문학의 모더
　　니즘과 전통연구』, 깊은샘, 2004.

천정환·이용남, 「근대적 대중문화의 발전과 취미」, 『민족문학사연구』 30, 민족문
　　학사학회, 2006.

·1930년대 오락물로서 역사의 소비·

1. 기본자료

『월간야담』, 『별건곤』, 『삼천리』, 『동아일보』, 『조선일보』

2. 저서 및 논문

고은지, 「20세기 '대중오락'으로 새로 태어난 '야담'의 실체」, 『정신문화연구』 31, 한
　　국학중앙연구원, 2008.

고은지, 「20세기 유성기 음반에 나타난 대중가요의 장르 분화 양상과 문화적의미」,
　　『한국시가연구』 21, 한국시가학회, 2006.

공임순, 「재미있고 유익하게, '건전한' 취미독물 야담의 프로파간다」, 『민족문학사연
　　구』 34, 민족문학사학회, 2007.

김병길, 「한국근대 신문연재 역사소설의 기원과 계보」, 연세대학교 박사학위논문,
　　2006.

김준형, 「근대 전환기 <옥소선 이야기>의 개작 양상과 그 의미」, 『한국고전여성문
　　학연구』 13, 한국고전여성문학회, 2006.

김준형, 「야담운동의 출현과 전개 양상」, 『민족문학사연구』 20, 민족문학사학회,
　　2002.

노정팔, 「휴일없는 메아리」, 한국교육출판사, 1983.

유선영, 「한국 대중문화의 근대적 구성과정에 대한 연구」, 고려대학교 박사학위논
　　문, 1992.

이경돈, 『별건곤』과 근대 취미독물」, 『대동문화연구』 46, 성균관대학교 대동문화연
　　구원, 2004.

이승윤, 「한국 근대 역사소설의 형성과 전개」, 연세대학교 박사학위논문, 2005.

임형택, 「야담의 근대적 변모」, 『한국한문학』학회창립 20주년 기념호, 한국한문학
　　회, 1996.

정부교, 「근대 야담의 전통 계승 양상과 의미」, 『국어국문학지』 35, 문창어문학회,
　　1998.

정출헌, 「야담의 세계」, 민족문학사연구소(엮음), 『민족문학사 강좌(상)』, 창작과비
　　평사, 1995.

차혜영, 「1930년대 ≪월간야담≫과 ≪야담≫의 자리」, 『1930년대 한국문학의 모더
　　니즘과 전통연구』, 깊은샘, 2004.

·『추월색』의 대중적 인기와 서사 구조·

1. 자료

최찬식, 『추월색』, 전광용외 편, 『한국신소설전집』 4권, 을유문화사, 1968.

서유영, 장효현 역주 『육미당기』, 고려대학교 민족문화연구소, 1995.

2. 저서 및 논문

김석봉, 「신소설의 대중적 성격 연구」, 서울대학교 박사학위논문, 2003.

김석봉, 「『추월색』 심층서사의 의미」, 『한국 개화기 소설 연구』, 태학사, 2000.

김윤식 · 김현, 『한국문학사』, 민음사, 1973.

박일용, 『조선시대의 애정소설』, 집문당 2000.

손정수, 「1910년대 문학에 나타나는 계몽성의 변모 양상에 대한 고찰」, 『한국문학
과 계몽담론』, 새미, 1999.

이주영, 『구활자본 고전소설 연구』, 월인, 1998.

임성래, 『조선 후기의 대중소설』, 태학사, 1995.

임화, 임규찬 편, 『개설 신문학사』, 한길사, 1993.

조동일, 『신소설의 문학사적 성격』, 한국문화연구소, 1973.

천정환, 『근대의 책읽기』, 푸른역사, 2004.

최원식, 「1910년대 친일문학의 근대성」, 『아시아문화』 14, 한림대학교 아시아문화
연구소, 1999.

하동호, 「개화기 소설의 서지적 정리 및 조사」, 『동양학』 7, 단국대학교, 1977.

한기형, 『한국 근대소설사의 시각』, 소명출판, 1999.

안 뱅상 뷔포, 『눈물의 역사』, 동문선, 2000.

U.에코, 『대중의 슈퍼맨』, 열린책들, 1994.

·1930년대 대중문화 속의 '춘향전'의 모던화 양상과 그 의미·

1. 자료

『제일선』, 『별건곤』, 『삼천리』, 『매일신보』.

설성경 편저, 『춘향예술사자료 총서』 1~8, 국학자료원, 1998.

한국정신문화연구원편, 『한국유성기음반총목록』, 민속원, 1998,

이보형·홍기원·비연형 편저, 『유성기음반가사집』 2, 민속원, 1994.

최동현·임명진 편저, 『유성기음반가사집』 6, 민속원, 2003.

맹문재, 『한국근대여성의 일상문화』 전 9권, 국학자료원, 2004.

2. 저서 및 논문

강심호, 『대중적 감수성의 탄생』 살림, 2005.

고은지, 「20세기 유성기 음반에 나타난 대중가요의 장르 분화 양상과 문화적 의미」,
    『한국시가연구』 21, 한국시가학회, 2006년 참조.

고은지, 「20세기 초 시가의 새로운 소통매체의 출현과 그 의미」, 『어문논집』 55, 민
    족어문학회, 2007.

권보드래, 『연애의 시대』, 현실문화연구, 2005.

김경일, 『여성의 근대, 근대의 여성』, 푸른역사, 2004.

김태수, 『꽃가치 피어 매혹케 하라』, 황소자리, 2005.

백현미, 「민족적 전통과 동양적 전통: 1930년대 후반 경성과 동경에서의 <춘향전>
    공연을 중심으로」, 『현대문학이론연구』 23, 현대문학이론학회, 2004.

서지영, 「식민지 조선의 모던걸」, 『한국여성학』 22, 한국여성학회, 200.

설성경, 『춘향예술의 역사적 연구』, 연세대학교 출판부, 2000.

소래섭, 『에로 그로 넌센스』, 살림, 2005.

신명직, 『모던쏘이, 京城을 거닐다』, 현실문화연구, 2003.

연구공간 수유+너머 근대매체연구팀, 『매체로 본 근대여성 풍속사, 신여성』, 한겨레
    신문사, 2005

오윤선, 「<옥중화>를 통해 본 '이해조 개작 판소리'의 양상과 그 의미」, 『판소리연
    구』 21, 판소리학회, 2006.

움베르토 에코, 김운찬 역, 『대중의 슈퍼맨』, 열린책들, 1994.

이경돈, 「『별건곤』과 근대 취미독물」, 『대동문화연구』 42, 성균관대학교 대동문화
    연구원, 2004.

이준희, 「가요극 <춘향전>의 음반사적 의미」, 『한국음반학』 15, 한국고음반연구회,
    2005.

임형수, 「'춘향모티프'의 연극화에 관한 연구」, 『한국언어문학』 59, 한국언어문학회,
    2006.

천정환, 『근대의 책읽기』, 푸른역사, 2003.

최동현, 김만수, 『일제강점기 유성기음반 속의 대중희극』, 태학사, 1997.
한금윤, 『모던의 욕망, 일상의 비애』, 프로네시스, 2006

· '정탐소설' 출현의 소설적 환경과 추리소설로서의 특성

1. 자료

작가미상, 박쥐우산 , ≪조선일보≫ 1920.7.14~9.5.

2. 저서 및 논문

곽상순, 「추리 소설의 서사구조와 근대성: 이해조의 九疑山을 중심으로」, 『한국소설연구』 5, 한국소설학회, 2003.

권일영, 「주마간산 일본미스터리문학사」, 『계간 미스터리』, 2006 봄호.

김경애, 「신소설의 '여인 수난이야기' 연구」, 『여성문학연구』 6, 한국여성문학학회, 2001.

김명식, 「『김씨열행록』과 『구의산』: 고전소설의 개작 양상」, 『국어교육』 49, 한국국어교육연구회, 1984.

김석봉, 「『구의산』 서사 구조의 성층화 양상 연구」, 『대중서사연구』 10, 대중서사학회, 2003.

김창식, 「추리소설 형성기의 실상과 김내성의 『魔人』」, 『현대 문학 이론 연구』 7, 현대문학이론학회, 1997.

박유희, 「한국 추리서사에 나타난 '탐정' 표상」, 『한민족문화연구』 31, 한민족문학회, 2009.

박진영, 「1910년대 번안소설과 '정탐소설'의 매혹」, 『대동문화연구』 52, 성균관대학교 대동문화연구원, 2005.

이브 뢰테르, 김경현 역, 『추리소설』, 문학과지성사, 2000.

이상우, 『한국추리소설탐험』, 한길사, 1991.

이용남, 『이해조와 그의 작품세계』, 동성사, 1986.

이정옥, 「송사소설계 추리소설과 정탐소설계 추리소설 비교연구」, 『대중서사연구』 21, 대중서사학회, 2009.

임성래, 「개화기의 추리소설 <쌍옥적> 연구」 『추리소설이란 무엇인가』, 국학자료원, 1997.

임화, 임규찬 편, 『개설 신문학사』, 한길사, 1993.

정규웅, 『추리소설의 세계』, 살림, 2003.

정태원, 「르콕탐정 해설」, 에밀 가보리오, 한진영 옮김, 『르콕탐정』, 국일미디어, 2003.

정항균, 「추리소설의 경계 변천 고찰(1)」, 『뷔히너와 현대문학』 26, 2006.

정혜영, 「식민지 조선과 탐정문학」, 『한국문학이론과 비평』 35, 한국문학이론과 비평학회, 2007.

최애순, 「1930년대 탐정의 의미규명과 탐정소설의 특성 연구」, 『동양학』 42, 단국대 동양학연구소, 2007.

최원식, 「이해조 문학 연구」, 『한국근대소설사론』, 창작과비평사, 1986.

최현주, 「신소설의 범죄서사 연구」, 서강대학교 박사학위논문, 2003.

찾아보기

고은지

1970년 제주 출생
고려대학교 교육학과 및 동대학원 국어국문학과 졸업

논문
「20세기 초 시가의 새로운 소통매체의 출현과 그 의미」
「20세기 유성기 음반에 나타난 대중가요의 장르 분화 양상과 문화적 의미」
「20세기 전반 소통매체의 다양화와 잡가의 존재양상」
「20세기 놀이 문화인 시조놀이의 등장과 그 시조사적 의미」
「경성방송국 프로그램에 기록된 20세기 '시조예술'의 언행양상과 특징」

저서
『계몽가사의 소통환경과 양식적 특징』(보고사, 2009)

한국시가문학연구총서19
전근대 문학의 근대적 변모 양상

2012년 5월 25일 초판 1쇄 펴냄

저 자 고은지
발행인 김흥국
발행처 도서출판 보고사

책임편집 한나비
표지디자인 이유나

등록 1990년 12월 13일 제6-0429호
주소 서울특별시 성북구 보문동7가 11번지 2층
전화 922-5120~1(편집), 922-2246(영업)
팩스 922-6990
메일 kanapub3@chol.com
http://www.bogosabooks.co.kr

ISBN 978-89-8433-985-9 93810
ⓒ 고은지, 2012

정가 24,000원